御製

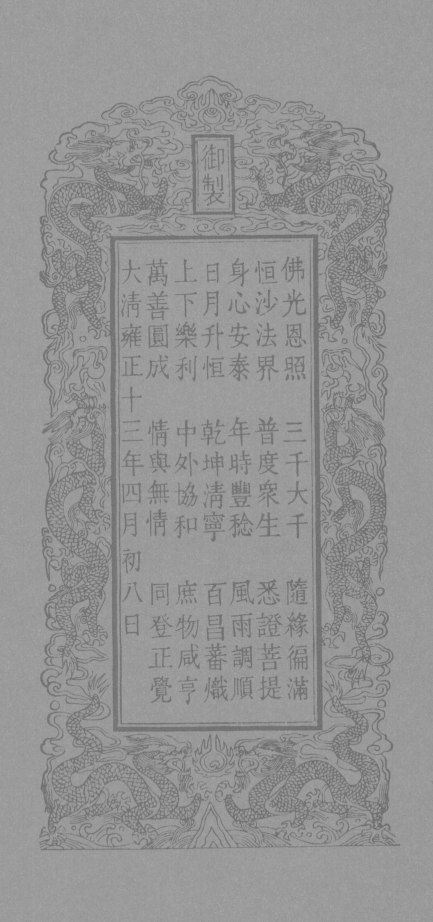

佛光恩照　三千大千　隨緣徧滿
恒沙法界　普度衆生　悉證菩提
身心安泰　年時豐稔　風雨調順
日月升恒　乾坤清寧　百昌蕃熾
上下樂利　中外協和　庶物咸亨
萬善圓成　情與無情　同登正覺
大清雍正十三年四月初八日

第八七册　大乘論（一〇）

廣百論釋論

唐三藏法師玄奘奉 制譯

清刻龍藏佛說法變相圖

廣百論釋論卷第六　廉六

聖天菩薩本

護法菩薩釋

唐三藏法師玄奘奉　制譯

破見品第四

復次若如所言諸法性相世俗事有勝義理空如來於中智見無礙言音辯了巧悟他心如何世間猶爲種種妄見所魅諍論紛紜由能聞者有過失故何者名爲聞者過失謂貪已見不求勝解於善惡說不能了知若無如是三種過失是則名爲聞正法器爲顯此義故說頌曰

稟和希勝慧　是法器應知　異此有師資

無因獲勝利

論曰要具三德名爲法器一者稟性柔和無

有偏黨恒自審察不貪已見二者常希勝解求法無猒不守已分而生喜足二者爲性聰慧於善惡言能正了知得失差別若無如是所說三德雖有師資終無勝利言勝利者所謂師資開悟證得如其次第如彼六師諸外道等雖聞正法而無所證非佛於彼無慇濟心亦非聖教不中正理以於世間所應度者聞佛聖教皆已度訖爲顯此義故次頌曰

說有及有因　淨與淨方便　世間自不了
過豈在牟尼

論曰諸佛如來無礙智見觀利他事不過四種謂所捨證及此二因體義皆眞名言非謬即是四諦聖教所攝佛雖廣說而彼不知過在世間非牟尼失以諸外道覺慧庸微及闕正修故不能解如彼烈日放千光明盲者不見於日無咎復次彼諸外道定爲無明放逸睡眠纏覆心識於自所許不能信依所以者何故次頌曰

捨諸有涅槃　邪宗所共許　眞空破一切
如何彼不欣

論曰諸外道宗皆言棄捨我所有事唯我獨存遠離羈纏蕭然解脫無爲憺怕名曰涅槃離相眞空絕諸妄境亦無分別執有等心觀此能除一切心境正歸無上大般涅槃不違汝等所求解脫如何憎背而不生欣我等涅槃唯除我所空亦破我知何所欣汝涅槃中若有我者必不離所何成涅槃我如前破不應重執故當欣此離我眞空有則可除空無能遣執有起過觀空即除空有二徒得失懸隔云何汝等黨有誹空可愍邪徒癡狂無智

不能信受有益眞空常好邪求無益妄有而於正教反生嫌嫉如彼惡子婬亂迷心耽緬色聲倡蹶無禮於母慈訓不知敬從自任兇頑反生怨害復次若離眞空畢竟無別捨證方便故次頌曰

不知捨證因　無由能捨證　是故牟尼說清涼餘定無

論曰彼諸外道雖復發心求證涅槃及捨生死由不善知捨證方便於所捨證終不能成憎背眞空耽著妄有故於方便名不善知除眞空觀無捨生死及證涅槃別方便故諸有貪求外道見者終不能得出世清涼言清涼者則是一切苦及苦因究竟寂靜唯有空觀是證得因除此更無別方便故如是空觀佛法中有一切外道邪論所無故牟尼說四沙門果我法中有餘法定無以諸外道執著已見謗空觀故不證涅槃云何應知我等所執定非捨證正方便耶前已具說執常句義立實有時皆有過失後當廣破執根境等故知汝執非正方便又諸外道於涅槃處實不能離我所見等而謂彼處有自內我解脫我所名爲涅槃所以者何我與我所畢竟無有相離義故汝不可言苦樂等法於涅槃處遠離於我汝自立爲我所有故如汝所執我之自體亦不可言我之自體非我所有同喻無因勿汝所執我無自體便似空華有違宗過是故汝等外道所執不能究竟捨離生死亦不能證究竟涅槃由此應知非正方便復次諸外道等製造書論雖彼所詮少分有實謂說施等是牽引因能招善趣及餘勝樂又說殺

等是牽引因能招惡趣及餘劇苦然彼書論前後相違亦復許爲殺生等業又能引發諸惡見趣亦從如是見趣所生如有盲人遇遊正道或時迷失復履邪途外道書論亦復如是有實有虛不可依信若爾如來三藏聖教或有所説難可信解是則一切内外經書無可信者成大過失所以者何佛經中説種種神變不可思議又説甚深眞實義理諸有情類不能測量復説如來三業作用聲聞乘等所不能知謂無功用普於十方無量無邊極遠世界隨諸有情一一根性無量無數品類差別如其所樂能於一時現妙色身饒益無盡雖斷一切尋伺分別而能爲彼無量有情宣説無邊甚深廣大眞實美妙無盡法音於一念頃能除有情無量無邊心行穢垢其心雖無實生實滅亦無一切能緣所緣而一念頃普於一切所知境界現見周盡於現見時遠離一切能見所見分別思惟雖斷一切隨眠纏縛而於三有現受死生雖久離欲而生欲界現處居家迫迮牢獄貯畜種種財穀珍奇養育妻兒親眷僮僕如是等事皆難信知故我於此深懷猶豫事若唯有誠可生疑然事亦空故次頌曰

若於佛所説　深事以生疑　可依無相空
而生決定信

論曰此頌意言如來爲怖外道羣鹿大師子吼示現眞空如是眞空其義決定分明理教所共成立諸有智者用是定量銳難精思皆不能趣隨順空理無倒勤修衆善莊嚴成無上果於此應生決定信解唯空是實餘並非

眞但是如來隨物機欲善權方便顯示宣揚又佛所言雖有無量略唯二種謂空不空若於不空有所疑者可依空理比度應知諸法皆空云何可見由識言境有義不成諸法體相略有二種謂識所識及言所言一境同隨有多識起隨見差別境相不同此識不應隨外境起由一境體多相不成故知所識決定非有言是假立唯詮共相一切共相皆非實有多法成故如軍林等又諸共相皆依別法所依別法其數無邊諸近見者不能普見既不見別不應見總如二性等依二等物不見所依必不能見如是共相既非所見如何依彼建立能詮是故共相但假施設非爲實有可爲言詮又諸共相若實有者一一法上全有分有俱不得成一一法上若全有者應如別法共相不成一一法上若分有者應成多分非一共相又實等上無別有一實等總性慧所緣故如非實等總性即是諸法共相是故共相非有實體但諸世間假共施設如是諸法或識所識或言所言二種推徵俱非實有除此二境更無別法故應信解諸法皆空由此契經有如是說諸法實性無示無對皆同一相所謂無相諸法性相非言所行言不能詮故名無示非心心法所行境故非緣有對之所能對故名無對非起二種所行相外別有餘相故名無相空相無二故名一相不爲妄執貪等毒箭損害眞見所證眞空分明可了故名爲相又眞空理離有無等一切法相故名無相無相無二故說爲一即以如是無相爲相故名爲相非別有相復次彼諸外

道作如是言諸佛所說略有二種謂空不空空言若實餘說應虛若佛所言一分是實則類餘分亦非虛者我等所言亦應如是云何總撥言不可信汝等外道於現事中有謬失故不可依信所以者何故次頌曰

觀現尚有妄　知後定爲虛

論曰彼諸外道邪覺亂心淺近事中尚有顛倒況於後世深遠難知因果理中而無謬失是故所言不可依信於何淺近我有倒邪謂勝論者計同異等是現量境諸數論者計苦樂等是現量境如是等事其數無邊皆有顚倒所以者何如勝論執同異性等是現量境其理不成牛馬等性分別意識於色等法假施設有越諸根境非現量得徧諸所依無差別故如和合體彼計第六和合句義其體是一徧諸所依越諸根境非現量得同異等性其義亦爾云何執爲現量境界又彼論說有實句義是現量境理亦不然所以者何瓶衣等物分別意識於色等法假施設有云何執爲現量境界然彼論說瓶衣等物因德業實同異合故爲眼所見及身所觸故是根境現量所知此必不然先明因德所引實智非現量攝謂因青等煖等諸德所引實智定非見觸現量所攝非業同異實所引生依隨餘相合所生故如因香味所引實智因業引生實智亦爾如其所應比量遮破謂因諸業所引實智亦非見觸現量所攝非同異性實所引生依隨餘相合所生故如因香味所引實智因實引生所有實智如見壺等知是牛等既破壺等諸實句義非所見觸即已破彼所引

實智以壺等智必因德業方乃得生此前已破是故亦非現量所攝因同異性所引實智亦非見觸現量所攝依隨餘相合所生故如非實等所有諸智謂非實智於德業等言此非實依隨餘相合所生故定非見觸現量所攝餘智亦爾由是應知一切句義假合生智皆非眞實緣彼現量謂緣實智非是眞實緣實現量假合生故如德等智如是乃至緣和合智亦非眞實緣彼現量假合生故如實等智故不應執六句義中有現量境是故勝論於其現世淺近事中亦有顛倒復次彼數論者執色等法三德合成是實非假現量所得理亦不然多法成故如軍林等色等應假云何言實又樂等三其性別故如未變位不應成一又色等法若是實有應如樂等非三合成又樂等三其相各異云何和合共成一相不可合時轉爲一相與未合時體無別故又樂等三性既各異相不應同汝執性相定是一故性應如相同相應如性異又樂等別色等是總汝執總別既定是一總應如別是三非一別應如總是一非三云何別三成於總一又轉變時樂等三德若不和合共成一相如未轉時其相差別不應現見是一色等若三和合共成一相應失樂等三種別相不可說言樂等三德各有二相一總二別所以者何總相若一不應即三總相若三不應見一若言樂等一一皆有樂等三相共相和雜難可了知故見一者此亦不然各有三相還應見三如何見一云何可知樂等有異又若一一皆有三相何須和合共成色等即應一一

能成色等根境差別爲我受用又此三德各有三相互有差別如何色等其相是一又若樂等一一皆能成色等法一一法體皆三合成是則諸法若性若相應無差別同以三德三相成故若爾所有大等因果唯量諸大諸根差別一切不成世間現見情與非情淨穢等物現比等量亦無差別違諸世間現所見故成大過失如是等類外道邪師所執雖多皆不應理誰能撓攪糞穢聚爲我佛法中多諸法將已摧彼敵故不煩詞如是外道於淺近處白日夷途尚致顛蹶況於深遠險絕稠林巨夜重昏而無謬失誰有識者信彼邪言爲正歸邪故復頌曰

誠依彼法行　被誑終無已

論曰若諸有情隨彼外道眛見倒執所說法行彼隨惡友邪教化力妄見熏習所任持故誹毀如來證所起法獲大罪業其量無邊由是因緣墮諸惡趣受大憂苦無有出期故有智者勿類愚夫隨惡友行而自欺誑應隨諸佛眞實無罪速證出離聖教修行復次如上所言佛經中說種種神變不可思議又說甚深眞實義理諸有情類不能測量乃至廣說如是等事難信知者誠如所言諸佛功德所說義理皆甚深故難可信知汝等愚夫薄福少智唯求自利不願濟他未飮大悲甘露法味豈能信解如是法門若有慧光破無明闇深心悲愍一切有情求佛菩提具廣大福乃能信解如是法門謂諸如來昔無量劫悲慧種性熏發其心爲拔有情生死大苦爲求無上正等菩提於諸佛所恭敬供養聽聞正法

繫念思惟修集無邊法隨法行謂施戒忍勤定慧等種種難行微妙勝行殷重無間修習圓滿證得無上正等菩提獲不思議自在神力本願所引妙用無窮於此何緣而不信解現見世間機關等事先勢所引任運動搖如是如來殊勝神變本願所引任運施爲又如世間習幻術者若極成滿處多人衆妙用難思何況如來久修勝定增上滿足神通作用而可測量是故汝等於諸如來不思議事應生信解於佛圓德自在神通當至心求勿懷放逸有聲聞等於佛無邊不思議力自知絶分悲號傷歎聲振三千汝等云何誹謗不信復次諸有智者自往涅槃昧識逢師不能隨學爲顯此義故説頌曰

智者自涅槃　是能作難作　愚夫逢善導　而無隨趣心

論曰煩惱纏縛無始時來數習堅强牢固難斷涅槃虛寂無相無名勝德無邊高深難證諸有智者不因他教自然能度生死大海證得究竟大般涅槃是大丈夫能作難作愚夫久沒諸欲淤泥耽味歡娛不求出離如狗貪齩染血枯骨雖杖逼之猶不棄捨愚夫亦爾味著諸欲聖言訶責亦不猒離如是智者自然開覺證大涅槃是作難作愚夫放逸無所覺知雖遇聖言不希寂滅復次生死甚苦涅槃極樂過失功德麤著易了如何有情安然不欲猒背生死欣趣涅槃以彼愚癡有怖畏故謂懷我愛聞涅槃空恐證無餘我便斷滅由此怖畏是故不欲猒背生死欣趣涅槃如是怖畏由少智生所以者何故次頌曰

不知無怖畏　徧知亦復然　定由少分知
而生於怖畏

論曰若諸有情都無覺慧於一切法無所了知彼於涅槃不生怖畏若有徧知諸法正理彼達生死及與涅槃生死生時唯假苦生生死滅時唯假苦滅本來無我諸法皆空故於涅槃全無怖畏若有但解般涅槃時諸行皆滅都無所有不知行苦任運自滅無實體用離我我所彼由身見我愛所持聞涅槃中空無所有懼我斷滅便生怖畏如是怖畏因少智生故有智者應正除斷又非串習故生怖畏所以者何故次頌曰

生死順流法　愚夫常習行　未曾修逆流
是故生怖畏

論曰諸異生者說名愚夫煩惱隨眠無不成就欣生死樂不樂涅槃從無始來數曾受領增上生道可愛異熟未曾修習決定勝道增上生道諸果異熟貪等隨眠所依止處雖爲苦火常所焚燒而不覺知歡娛遊戲於生死苦常習行故不知過患無猒離心於其解脫無罪樂味由不曾知不樂修證如世溷猪耽樂糞穢清閑美膳非所欣求如是愚夫樂生死苦於解脫樂無希慕意由未串習聞說其名不能信受反生怖畏諸有智者由思擇力於解脫樂應正勤求勿類愚夫倒生猒怖復次諸有信求無倒解脫或性賢善或由慧力將修眞實見方便時若於其中爲作障礙所獲罪業其量無邊爲顯此義故說頌曰

諸有愚癡人　障他眞實見　無由生善趣
如何證涅槃

論曰眞實空見是證圓滿無上智因又是求滅一切無義涅槃方便此方便道是不思議功德生處由是展轉疾證菩提不住涅槃利樂無盡隨其所化無量有情根性不同安立種子及成熟等利樂無窮諸有愚人由無明闇覆自慧眼不見眞空復以邪說及餘方便障他所修如前功德彼獲罪業無量無邊唯有如來能知其際由重惡業染壞其心後生善趣去之甚遠隨眠纏縛相續堅牢種種業因能爲重障方便順忍尚不得生正見涅槃如何可證知障正法罪業既深智者應當自防勿犯復次諸有障他修正法者彼後自引邪見令生此邪見罪過於毀戒爲顯此義故復頌曰

寧毀犯尸羅　不損壞正見

論曰如契經言寧毀淨戒不壞正見此意云何毀淨戒者唯能自壞若壞正見兼壞自他令無量生受大苦果及失無量無邊利樂又毀戒者由犯戒故常懷慚愧訶猒自身壞正見者無慚無愧讃成邪見恒自貢髙又毀戒者不增邪見若壞正見令破戒惡未生而生生已增廣堅固難壞又毀淨戒但障生天壞正見者障涅槃樂所以者何故次頌曰

尸羅生善趣　正見得涅槃

論曰毀戒壞見雖復俱能損壞善因障礙樂果然毀戒輕壞見極重所以者何持戒生天增長結縛受生死苦正見能證三乘菩提得涅槃樂是故智者勿壞正見復次諸法眞理何者是耶謂一切法空無我理若爾此理亦有過失所以者何如有一類聞空無我謂法

皆無誹撥一切因果正理乃至斷滅一切善根此自見有過非空無我咎由惡取空妄起邪見行諸惡行空無我理心言不測非彼所證愚夫聞說諸法皆空不知聖意便撥世俗因果亦無滅諸善法此豈是空無我過失聖說空教有何意耶爲遣一切虚妄有執若爾亦應說諸法有爲遣妄執諸法空故實爾若有執諸法空如來亦說諸法是有既爲遣執說有說空諸法眞理爲空爲有諸法眞理非有非空分别戲論皆不能及何緣聖說非虛妄耶爲除邪執故非虛妄空有二教俱能除執何故如來多說空教以諸有情多分執有生死多分從有執生是故如來爲除有執滅生死苦多說空教若空若有皆是教門何故前說空爲眞理方便假說亦不相違又此空言是遮非表非唯空有亦復空空徧遣執心令契諸法非有非空究竟眞理諸法眞理實非空性空爲門故假說爲空眞理非空空爲門者眞理非有應有爲門隨機說門有亦無過然其門義順在於空有有等皆順執心空空空等皆違妄執故有智者聞說空言應離一切有無等執悟法眞理非有非無勿起有無分别戲論復次劣慧者前不應輒說空無我理增其惡見所以者何故次頌曰

寧彼起我執　非空無我見　後兼向惡趣　初唯背涅槃

論曰彼謂世間諸劣慧者我執即是薩迦耶見其我所見亦帶我執故我執言亦攝彼見我執雖復不稱正理而寧彼起過失輕故空無我見雖稱正理然彼不能如實了達因斯

誹撥諸法皆無過失重故寧彼不起云何此二過失輕重謂初我執唯背涅槃後惡取空兼向惡趣彼劣慧者惡取空時尚猒善根況諸舍識彼由猒背善及世間斷滅善根損害舍識非唯棄背清涼涅槃亦持自身足地獄火起我見者無如是事所以者何彼貪我樂欲我離苦不造衆罪廣修諸福脫諸惡趣不失人天但怖涅槃不證解脫故契經說寧起我見如妙高山非惡取空增上慢者若爾諸法空無我理隣近險趣聖不應說劣慧者前實不應說而勝慧者隨此修行獲大義利故須爲說所以者何故次頌曰

空無我妙理　諸佛眞境界　能怖衆惡見

涅槃不二門

論曰求解脫者除妙空觀無別方便能證涅槃智者欲除諸惡見垢離此無有餘勝方便有見執有所緣境故如餘有見不證涅槃亦不能除諸惡見垢修此空行至究竟者能證極果無上菩提普爲有情方便開示復令圓證所求妙果諸有能成自他利樂空無我觀最爲勝因故應善知有情根性方便開示令其悟入復次如來爲除惡見鬼魅說空無我阿揭陁藥所以者何諸惡見者聞說空名皆生怖畏漸次調伏自然息除爲顯此義故說頌曰

愚聞空法名　皆生大怖畏　如見大力者

怯劣悉奔逃

論曰愚謂惡見損覆慧眼彼聞空名諸惡見命自然損害空雖無心欲害惡見而力大故聞名自滅如聞虎名怯者自喪又如世間調

善龍象於其兩類威汗交流雖復無心損害物命而彼龍象威力大故其見聞者驚怖奔逃空理亦然威力大故令惡見者聞名驚怖自然損滅空理無心非爲損物證空理者應爲害他若證眞空其心寂靜平等無二豈欲害他然爲利樂諸有情故方便開示空無我理懷惡見者聞之自滅爲顯此義故次頌曰

諸佛雖無心　說摧他論法　而他論自壞
如野火焚薪

論曰諸佛無心欲摧他論然爲利樂所化有情開示昔來諸佛廣路謂一切法性相皆空前後如來無不遊履從因至果引導羣迷外道邪徒諸惡見論聞斯空教自然壞滅如在山林野火騰焰濕薪積木烈日所乾雖無有人持火來就然薪逼火如自引燒惡見邪徒諸論亦爾空教勢力而自崩摧復次諸外道宗皆說妄有欲令棄捨故說眞空所以者何故次頌曰

諸有悟正法　定不樂邪宗　爲餘出僞門
故顯眞空義

論曰有智自能簡別眞僞遇此正法不樂邪宗如識寶人得無價寶終不復樂餘水精珠諸外道宗皆立妄有去正法遠如假僞門誑惑有情令失大利故我顯示佛教眞空令彼邪徒趣眞背僞復次何緣外道欣樂邪宗猒背聖教由身見力若知無我必無欣猒所以者何故次頌曰

若知佛所說　眞空無我理　隨順不生欣
乖違無猒怖

論曰若知佛教空無我理斷除身見所起隨

眠觀察世間如空舍宅虛妄諸行生死輪迴興盛無欣衰損無猒無憂無喜無畏泰然若有身見謂我損益衰盛起時便生憂喜因斯便有怖畏無窮故有智人應除我執復次諸外道衆由著我執能爲自縛亦縛有情所損既多深可悲愍爲顯此義故說頌曰

見諸外道衆　爲多無義因　樂正法有情
誰不深悲愍

論曰諸外道衆貪愛我執能令自他起無量罪薩迦耶見是一切惡生根本故如說所有惡不善法一切皆以薩迦耶見爲本而生諸有中懷樂善法者自無定執隨順他緣爲彼外道邪言誑惑亦貪我見起無量罪如是外道能令自他俱起種種堅固纏縛誰有智人而不悲愍故樂正法淨意有情起利樂心應深悲愍慇懃爲說無我眞空令修正見離諸繫縛復次諸佛菩薩常住於世實有眞淨利樂他心何故世間猶有無量信邪倒見謗法有情由佛所說境智甚深微細難悟外道不爾所以者何故次頌曰

婆羅門離繫　如來三所宗　眼耳意能知
故佛法深細

論曰諸婆羅門唯常習誦虛言爲道耳識能知非是深細離繫外道唯以露形身體臭穢種種猛利自苦爲道眼識能知亦非深細如來聖教以證眞空無漏慧劒永斷所有內煩惱賊獲得無上正等菩提利益安樂一切含識理教意趣甚深微細諸有通達如實理者於佛聖教或知不知由佛理教最深細故外道愚夫不能悟入多信外道麤淺邪言少信

如來深細聖教世間多信婆羅門者以婆羅門多行誑詐誦呪祠火自苦除僁矯設吉祥妄說禍福爲活命故種種方便誑諸女人戍達羅等令於彼所生希有心供給所須推爲尊貴古昔黠慧諸婆羅門隱造明書言自然有唯得自誦不許他觀讃婆羅門最爲尊貴刹帝利等皆是卑賤給施所須獲無量福愚夫無智不能測量謂眞福田信敬供養然彼明書非自然有有所證故如世俗言又彼明書非盡稱理非聖說故如虛誑言婆羅門種非實尊貴非眞福田常行乞匃養妻兒故如貧癩者故有智人不應歸信婆羅門法既多誑詐離繫外道所學如何彼所學法多順愚癡所以者何故次頌曰

婆羅門所宗　多令行誑詐　離繫外道法　多分順愚癡

論曰離繫外道都不知眞唯貪後樂現受劇苦諸有所言多不合理愚癡種類聚結成羣爲世愚癡之所歸信云何決定知彼愚癡以露身形無羞恥故如狂如畜如似嬰兒若婆羅門實非尊貴何緣貴勝亦敬事之以彼習誦諸明論故諸婆羅門實無所識爲活命故於一切時誦諸明論詐現異相以動人心世間貴勝不審觀察謂其有德故敬事之又明論中雖無勝義而有世俗少分禮儀世間貴勝爲習學故彼雖無德亦申敬事餘有不誦諸明論者以同類故世俗相承不審觀察亦兼敬事離繫外道與彼不同云何世間亦多敬事以其薄知星歷道度觀鳥解夢占相吉凶故凡愚人多申敬事又婆羅門誦諸明論

以難成故世共敬之離繫外道以苦行故世共懸念此皆不能解脫生死諸有智者當正了知勿隨彼見故次頌曰

恭敬婆羅門　爲誦諸明故　懸念離繫者由自苦其身

論曰婆羅門法勤誦諸明世以爲難故共恭敬然諸明論非解脫因但有虛言無實義故離繫外道極自苦身亦以爲難世共懸念云何自苦非解脫因是異熟果非善法故彼拔髮等所生身苦由過去世惡行所招是業異熟非善法故如樂異熟非解脫因若言此苦現功力生非異熟果因不成者此亦不然彼所受苦是異熟果以無所益與色根識俱生苦故如地獄中所受身苦自部亦有不許此苦是異熟者應以此量而決了之諸有身苦非異熟者亦非能證解脫親因有漏身受現緣生故如婬欲樂又彼自苦非解脫因違聖教故如自害苦彼師所說非是聖教非如來等所共說故如婬書等故彼自苦但是前世惡行所招及以現在愚癡所起定非能證眞解脫因復次有作是言依尊勝身能得解脫世間尊勝謂婆羅門故婆羅門能證解脫非餘雜類可得涅槃此說不然故次頌曰

如苦業所感　非眞解脫因　勝身業所生亦非證解脫

論曰如離繫宗所受身苦業異熟故非解脫因婆羅門身設許尊勝亦業所感非解脫因身雖不能親證解脫而身中善是解脫因若爾餘身善亦如是云何但說婆羅門耶又婆羅門根境等法與餘種類一切皆同云何自

言彼勝餘劣是故彼説唯誑愚夫諸有智人不應信受然婆羅門非勝餘類此洲人故如戍達羅戍達羅等非劣彼姓此洲人故如婆羅門既言外道所説皆虚未知如來法有何實爲違此疑故説頌曰

略言佛所説　具二别餘宗　不害生人天
觀空證解脱

論曰佛説無量深妙法門利樂有情要唯二種一者不害能感人天二者觀空能證解脱損惱他意及所發生身語二業總名爲害若能斷彼所説害法修諸善因名爲不害謂十善業布施愛語利行同事及諸静慮無色定等由此得生人天善趣受諸勝妙無染果報依此能除一切煩惱及能修習無量善因眞如實際離相名空正觀此空證涅槃樂空無我理於諸法中無相無名咸同一味寂静安樂即是涅槃此必觀空方可證故如是善趣解脱二因唯佛法中具足可得外道雖説施等少分生人天因而不圓滿所以者何彼諸外道無有顯析因果智故不言意思生勝福故無别解脱律儀法故善趣麤業尚不委知涅槃妙因故其絶分如來所説理教周圓外道邪徒如何不樂由佛正教違彼邪宗乖本所貪故不欣樂爲顯此義而説頌曰

世人耽自宗　如愛本生地　正法能摧滅
邪黨不生欣

論曰如本生地雖不膏腴久處其中而不願捨自宗亦爾雖與理違以本師承故不能離尚不欲樂餘外道宗況慕如來甘露聖教甚深實相眞空智火能焚外道邪執積薪違彼

本心故不欣樂諸有智者應善思惟勿染邪宗致違正法復次佛法普照如盛日輪求勝智人應當信仰爲顯此義故說頌曰

有智求勝德　應信受眞宗　正法如日輪
有目因能見

論曰此中顯示要具二德能信大乘一者有智二者希求殊勝功德大乘能滅一切邪宗隨順大乘多所饒益謂自能證無上涅槃令他有情亦出生死大乘正法如彼日輪普爲世間破無明闇有慧目者因此法光分明照知眞僞色像背邪從正避嶮求安利樂自他無不成辦諸有智者應信大乘勿顧邪宗誹毀正法自受沉溺生死淤泥誑惑有情令失大利智與愚異謂識是非智勿似愚不辨眞僞若有眞實利樂他心應以大乘摧邪立正勤修空觀速證菩提利樂有情窮未來際

廣百論釋論卷第六

音釋

魅 靡寄切猶惑也　羈 居宜切係也　憺怕 憺徒感切怕傍各切憺怕恬靜也　媔 亡辨切溺也　猖蹶 猖尺良切狂也蹶居月切顛倒也　迫迮 迫博陌切迮側革切迫迮窘逼也　撓攪 撓奴巧切攪古巧切撓攪擾動也　淤 依倨切濁也　齩 五巧切噬也　溷 胡困切廁也　癩 落蓋切惡疾也　析 先擊切分也　膏腴 膏古勞切腴羊朱切膏腴肥也

廣百論釋論卷第七

聖天菩薩本

護法菩薩釋

唐三藏法師玄奘奉　制譯

破根境品第五

復次如上所言後當廣破根境等者我今當說根是了別境界所依將欲破根先除其境境既除已根亦隨亡迦比羅云瓶衣等物唯色等成諸根所行體是實有爲破此計故說頌曰

於瓶諸分中　可見唯是色　言瓶全可見

如何能悟真

論曰汝宗自說眼等諸根各取自境不相雜亂眼唯見色瓶通四塵豈見色時全見瓶體此顯瓶體非眼所見非唯色故猶如聲等豈不瓶體亦是色耶我不言瓶體唯非色但言瓶體非唯色成故所立因無不成失汝於現事既有乖違而言悟真此何可信如眼所見唯色非瓶香等亦然故次頌曰

諸有勝慧人　隨前所說義　於香味及觸

一切類應遮

論曰鼻舌身根其境各異全取瓶體義亦不成瓶非三根所取境界一一比量如前應知聲既非恒故此不說類其色等聲亦應然如是一切瓶衣車等皆非色根所取境界非定意識取於外境必隨色根瓶等既非色根境界意亦應爾若不爾者盲聾等人亦應了別色等外境如是瓶等非根所行皆是自心分別所起若言瓶等與色等法體無異故眼等諸根如取自境亦取瓶等是故諸根亦能漸

次取瓶等境若爾瓶等應是一切色根所行即違諸根各取自境或一瓶等體應成多或許諸根不取瓶等唯色等體是根境故色等各别既非是瓶如何合時成實瓶體若言瓶等衆分合成見一分時言見瓶等如見城分亦名見城此亦不然城非實故城體是假衆分合成見一分時不名全見瓶等若爾是假非真汝等云何執實可見又見一分言可見者其理不然故次頌曰

若唯見瓶色　即言見瓶者　既不見香等應名不見瓶

論曰若和合中有衆多分由一分故全得其名謂於一瓶有色等分由見色故言見瓶者所餘香等既不可見應從多分言不見瓶亦不應言色體是勝瓶一分故猶如香等色等於瓶既無勝劣應從香等名不可見世間立名或從多分或就最勝色上全無香等有一是故瓶等應從香等名不可見是則外色亦應非實是可見性是瓶衣等不可見法一分攝故猶如香等世間共知瓶色可見云何得立不可見耶世間所知隨自心變假說可見非外實色今遮心外實有可見故不相違不可見法無所有故應不可說所以者何可見無故名不可見無法都無如何可說可見之法以有體故可爲他說此亦不然無體之法亦是說因若不爾者不可見言現應無有又見於色都無所益何故說色以爲可見非不可見所以者何非由能見及不能見令色有異云何由見說色可見非由不見說不可見如瓶上色是可見故說瓶可見瓶上香等不

可見故亦應說瓶爲不可見其理等故又眼見時說色可見眼不見時亦應說色爲不可見其理等故瓶之與色既有可見不可見義何故今者偏破可見立不可見起執遮可見故言不可見非立瓶色爲不可見又色亦非全體可見如何由色而說見瓶所以者何故次頌曰

有障礙諸色　體非全可見　彼分及中間
由此分所隔

論曰有障礙色非全可見彼分中間此分所隔如隔壁等所見諸色雖見一分而不見餘故應如瓶名不可見於諸分中此分非勝餘分爲多此應從多名不可見麤色漸析未至極微常有多分若至極微非色相境是故諸色皆不可見豈不極微外面傍布無所障隔相隣而住全可見耶衆微總相是假非實一一別相非色根境有礙極微面有彼此如何得立色法實有全體可見雖諸極微總相是假一一別住實不可見然諸極微和合相助不可分析面有彼此故一一微其體實有全分可見此亦不然故次頌曰

極微分有無　應審諦思察　引不成爲證
義終不可成

論曰極微亦與餘物合故應如麤物有分是假破常品中已辯極微有分非實極微一一既不可見云何和合相助可見若相助時不捨本相不應相助若捨本相應非極微以相助時若如本細應無助力應不可見若轉成麤應非極微應假非實審思極微由有礙故有分非實不可全見是故不可引證諸色實

而可見如色由前所説道理有分無實非色根境如是一切有質礙法皆衆分成非色根境爲顯此義故復頌曰

一切有礙法　皆衆分所成

論曰諸有礙法以慧析之皆有衆分相依而立析若未盡恒如麤事衆分合成是假非實析之若盡便歸於空如畢竟無越色根境諸可見者皆衆分成世所共知並假非實細分障隔不可全見極微相助理復不成諸有礙物皆可析之盡未盡時歸空是假是故都無眞實色法可見可聞可觸嘗等所詮色法既非根境能詮亦然故次頌曰

言説字亦然　故非根所取

論曰一切所聞音聲言説漸次分析至一字名此亦如前猶有細分復漸分析乃至極微此非所聞猶有細分復漸分析乃至都無析未盡來是有礙故常有細分是假非實又聲細分前後安立互不相續體無合義非實詮表非實可聞其理分明故復别説若聲細分同時而生非前後立如色細分薩羅羅薩如是等字同時可聞義應無别如是已破色等五塵體是實有色根所得復次有説形色是眼所見今應徵問如是形色爲離顯色爲即顯耶若離顯者應非眼見離青等故如樂音等若即顯者應如顯色亦非眼見前已廣論又説頌曰

離顯色有形　云何取形色

論曰若離顯色别有形者云何依顯而取形耶如離顯色有樂音等自根取時不依於顯然依顯色而取於形如遠見火知煖總相是

故形色決定應非色根所取或非眼見若復有言不依青等而取形者應如是破不動顯處形色了別必色根境了別爲先緣形相故諸緣形相必色根境了別爲先如旋火輪形相了別或如闇中形相了別有作是言形顯二色其體各別能了異故如香味等現見世間長等青等能了各異若爾世間諸大造色與金銀等能了異故應有別體因既不定宗義豈成或復云何取形色者若形實有是眼所見云何依觸而取形耶不見青等依觸而取形既依觸而可了知應如澀等非眼所見此因若言定依於觸而了形者依於顯色應不了形若言依觸定了形者觸風水等應亦了形此難非理我意但言形可依觸而了知故非眼所見不言形了依觸決然若爾顯色亦依觸了應不可見如依觸故知火色等此必長等差別所隔方可了知故所立因無不定失所以者何若依於觸了別青等定是比知非眼所見青等共相此必長等差別所隔非親依觸不可難言形亦應爾以形於觸無決定故顯有決定故不相類如是已破離顯有形即顯亦非故次頌曰

即顯取顯色　何故不由身

論曰形若即是青等顯色顯色如形應由身取是則顯色身觸應知即是形故猶如形色身觸知形不知其顯故知顯色非即是形此意識形非即顯色不同知故猶如樂音形若與顯非即非離應如車等其體非眞形體若實如青色等應與顯色或即或離又諸形類無別極微一一極微無長等故離顯極微別

有長等極微自性難可了知形顯極微量既無別云何離顯別有實形亦不可說一一極微有長等相長等如麤體可分析何謂極微又諸極微量無差別彼此共許今說極微有長等相便違自宗汝所學宗許極微量無差別故亦應信受離顯無形若言極微雖無長等而由積集成長等形即顯極微集成長等何須別執有形極微又長等形非如青等極細分析本相猶存故長等形非色根境無實體故猶若空華若諸極微非實長等如何積集成長等耶汝許極微體非麤大云何積集成麤大耶是故長等非實有性但是青等積集所成復次勝論宗中離色等外別立實有同異性等彼由能依色等勢力爲色根境此亦不然前說色等非色根取故彼亦非色根境界彼宗有說實等要因麤德色德合故方見若無二德應如極微及空中風雖有不見此亦不然麤如長等析即歸無色非可見並如前說如何因斯能見實等彼復有說所依實等要由能依色故可見如熱水中水覆火色雖有火實而不可見即彼論中有破此說青等染色染白衣時不見白色應不見衣不可說言由見染色見染所依所染所依實與衣合故亦得見衣所以者何水火二實既共和合由見水色即見於水亦應由此見於火實彼宗二師俱不合理且借彼一以破彼宗爲破彼執復說頌曰

離色有色因　應非眼所見　二法體既異
如何不別觀

論曰色所依實名爲色因如是色因若離青

等應如味等非眼所見色與色因性相若異如青黃等應可別觀實既離色不可別觀應如色體無別實性實之與色亦可別觀如見青花二解別故如是二解非色根識假合生故如非實心復次或勝論者作如是言諸色實有而生聚色非實有故不可見者若執一處有衆多色可有此過我說同類處必不同故於一處唯有一色無此過者此亦不然若色實有應不可見無細分故如虛空等此因不定以色性等亦無細分而可見故汝云何知離色體外別有色性復云何知色性可見爲破彼執故說離色有色因等此中色性說爲色因色智色言藉此生故若此色性異色體一周徧一切離青等處亦應可見離青等處既不可見色性定應非眼所見有作是言若執色性其體周徧容有此失我說色性隨自所依各各不同無斯過者此亦不然若色性等隨自所依體不同者無青等處青等欻生有青等處青等欻滅爾時色性與所依色其處不同應各別立而汝不許云何無過若言色性有還動能轉至餘處或復新起是即此性非一非常既許一常體應周徧還同前失離青等處亦應可見既不可見應非眼境豈不中間或餘法上無了因故不可見耶何名爲了因謂形量差別若爾色性應不可見所依諸色無形量故又此色性應非眼見體周徧故如聲性等色與色性體相若異應可別觀如青黃等然此二種不可別觀是色是性故無有異不可說言見而不了是色是性二相差別色性相異應如青黃爲緣發生似

已見故能見既同所見應一故離色外無別色性既無色性離色可見如何比量因不定耶餘聲性等隨其所應一一研尋例如前破

復次勝論宗中說地水火有色觸故皆爲眼身二根所得世間共許地等三大是眼所見身所覺故風唯身得以無色故此亦不然巳破眼見當破身覺若隨世間共所許者身唯能覺觸德非餘所以者何故次頌曰

身覺於堅等　共立地等名　故唯於觸中
說地等差別

論曰世間身覺堅濕煖動便共施設地水火風是故唯觸名爲地等非離觸外有別所依地等四實此義意言地等四實不離於觸身所覺故如堅等觸若執地等非觸所攝應如味等非身所覺若於堅等立地等名則無所諍體無別故若立地等是觸所依非即堅等違此比量頌中初半明地等大自相身覺即觸所攝後半明彼地等共相非觸所攝身不能覺唯是分別意識所知前色性等自相共相隨其所應類亦應爾

復次地等諸大於燒等時無異相生故非根境如燒瓶等於熟位中有異相生謂赤色等此諸異相德句所攝離此無別實句根生如何可言離德別有地等實句身根所覺爲顯此義故復頌曰

瓶所見生時　不見有異德　體生如所見
故實性都無

論曰瓶等燒時有赤色等諸德相起現見異前除此更無實句瓶體與未燒位差別而生瓶等實句若別有體應如德句有異相起能燒所燒和合等位既無有別實句相生應如

空等非實有性亦非色根所取境界但是分別意識所知世俗諦收假而非實復次外道餘乘各別所執麤顯境相我已略遮今當總破外道餘乘徧計所執一切境相謂彼境相略有二種一有質礙二無質礙有質礙境皆可分析有質礙故如舍如林析即歸空或無窮過是故不可執爲實有無質礙境亦非實有無質礙故猶若空華又所執境略有二種一者有爲二者無爲諸有爲法從緣生故猶如幻事非實有體諸無爲法亦非實有以無生故譬如龜毛又所執境一一法上隨諸義門有衆多性若是實有應互相違復析歸空或無窮過又所執色應非實色是所知故猶如聲等廣說乃至所執諸法應非實法是所知故猶如色等由此道理一切所執若有若無皆非眞實諸有智者應正了知有無等境皆依世俗假立名相非眞勝義復次已破其境復爲破根先破餘乘故說頌曰

眼等皆大造　何眼見非餘

論曰眼等五根皆四大種所造淨色爲其自性故契經言謂四大種所造淨色名眼等根此世俗言非勝義說若執爲實其義不成所以者何同是造色何緣見用唯眼非餘未見世間二法相似所起作用更互不同豈不諸根其相有異謂各能作自識所依此果有異非相差別相既無別果如何異用有異故其果不同現見世間用殊相一如諸藥草損益用別堅等相同相既是同用應非異又應諸根即是大種生識用別名眼等根如即堅等作用不同得藥草名種種差別此不應然相

用體一名有異故由見等用有差別故即顯眼等相有差別非有別用依無別相用既不同相必有異故離大種別有義成若爾藥草用既不同亦應離大別有其體許有別體於義何違若如見等全離大種義可無違然非全離何得無違若言眼等性類雖同而相有異便違自宗汝宗性類即法體相性類既同相何由異不可一體有同不同二相差別俱非假有如一色上無有青黃二相差別若一法性可分二相於中一一復應可分如是展轉應析至空或至無窮常非實有又眼等根體由何異由見等因有差別故豈非見等同用大種以爲其因云何有別若由大種有差別故所生見等有差別者即應依此差別大種眼識等生何用眼等非唯大種是見等因

如何可言彼無異故見等無別復有何因謂善惡業此業復由貪樂見等衆緣展轉差別而生由此業故見等有異若多滿業別感見等其義可然若唯一業總感一身如何有異又色界身業無差別唯猒味等一業所招彼界諸根應無差別若言一業有多功能故所感身諸根別者業與功能俱是作用如何一用而有多用不言一用復有多用但說一體有多功能由此功能發生多果如同分眼體雖是一而能生識及生自類假說可然實云何爾一即是多理相違故若許一業有多功能感多根者何不許業唯感一根能生多識如是抑難於理何益又一根處有損益時餘根亦應同有損益又若一根身應鄙陋我不抑汝令唯一根但欲挫汝果業多用又業力

故無有諸根同時損益如地獄中雖有猛火焚燒其身而彼有情諸根不滅又由根處身相端嚴如青盲人形非鄙陋又若一業能生多果以生別識證有別根如是比量應不成立此有彼有此無彼無但可成立差別功能不應證有差別體相又即此業差別功能何不能生差別諸識諸識生時業已滅故無能生用若爾眼等應不從彼業用而生若業所引習氣猶存能生眼等何不從彼業引習氣諸識生耶此不應然生無色界眼等五識應亦現行業習所依識體有故立有色根無如是失生無色界大種無故造色亦無何緣生彼無大種耶離貪色故即由此因損害識種故眼等識於彼不生此不應然非於境界離貪欲故能緣識種亦被損害勿於欲界得離欲者或於三界得離欲者能緣彼識畢竟不生若言所依由自地業所引發故能生諸識身生色界於欲界境應不能緣若爾應言生無色界無境界故彼識不生何故不緣下地境起若言於彼已離貪故不能緣者此先已說先何所說謂生上地應不能緣下地境界若即業種能生五識不應根處有損益故識隨損益所以者何非業習氣用彼為依彼變異故識隨變異由現彼識有損益故令業習氣亦有損益所以者何世間現有緣即心境妄分別識能令餘法損益事成如在夢心妄謂心等若不覺知根處損益能依之識損益應無此中必有微細覺受如是等類問答無窮恐猒繁詞故應且止諸法性相微細甚深淺識之儔極難開悟且應隨俗說有諸根非

卒研窮能契實義故次頌曰
故業果難思　牟尼眞實説
論曰此頌義言諸業眼等異熟因果不可思議唯有如來能深了達非餘淺識智力所行應隨世間且説爲有非暫思擇能會甚眞諸法實性内證所知非世尋思所行境界若執實有理必不然所以者何違比量故謂眼非見如耳等根耳亦非聞如眼根等鼻不能嗅如舌等根舌不能甞如鼻根等身不能覺如上諸根一切皆由造色性故或大種故或業果故又眼等根皆有質礙故可分析令悉歸空或無窮過是故不應執爲實有但是自心隨因緣力虛假變現如幻事等俗有眞無復次數論外道作如是言色等境界皆二根取謂眼等見及内智知今應審察見智於境爲同一時爲有先後設許先後誰後誰先先後同時皆不應理所以者何故次頌曰
智緣未有故　智非在見先　居後智唐捐
同時見無用
論曰見是智緣智隨見起若未有見智必不生如生盲人無了色智是故智起定非見先若居見後智即唐捐見已了色智復何用汝宗法起必爲我須非但隨因任運起故若見已了復須起智應一境上了了無窮若二同時見應無用兩法俱有因果不成如牛二角如苦樂等汝應不許見爲智因若智智境不由見生盲聾等人應明了境又不應有盲聾等人以皆分明了色等故又不應立五有情根意獨能了色等境故復次有立眼耳境合方知其理不然故次頌曰

眼若行至境　色遠見應遲　何不亦分明
照極遠近色

論曰眼謂眼光是眼用故不離眼故亦得眼名若此眼光行至色處何故遠色見不淹遲如何月輪與諸近色舉目齊見無遲速耶未見世間有行動物一時俱至遠近二方由是因緣應立比量照遠色見不至遠色照近色見時無異故如近色見照近色見不至近色照遠色見時無異故如遠色見又若眼光至色方見極遠近色應見分明與非近遠見應無異既有差別故非至境非鼻等相於香味觸有此遠近明昧不同由是比知眼不至境於近遠境用差別故猶如磁石又眼趣色先見不見二俱不然故次頌曰

若見已方行　行則爲無用　若不見而往
定欲見應無

論曰本爲見色行趣於境其色已見行復何爲見已方行又違先立眼之與耳境合方知亦不可言不見而往眇無指的行趣何方如瞽目人所欲趣向不定能至此亦應然不見而往應無住期或於中間遇色便止期心往者或果所求或由力竭中塗而住如是二種理俱不成更無第三故非境合復次有説眼根不合故見此亦不然故次頌曰

若不往而觀　應見一切色　眼既無行動
無遠亦無障

論曰不合體無相無別故應見一切或全不觀所以者何緣無差別從緣有法差別不成豈不諸色由遠由障而不見耶眼既不行何遠何障而令不見若眼與色不合而見應無

遠近障無障殊不合之因無差別故有見不見理不得成又極遠名無實有體云何能礙令見不生非二中間諸法名遠彼於見用不能礙故若執中間諸法名遠礙見用者遠障應同言眼趣色亦有此過謂極遠名無實體等執眼爲常行趣於色實有此過所以者何執眼無常行趣於色可言力竭不至遠方若執眼常用無變壞行趣於色過與前同行與不行二俱有過故眼見色非行不行豈不光明助眼令見光明被障故不見耶夜分遠望珠燈中色既隔闇障應不能覩若言眼根雖不至色然同磁石遠近用殊此亦不然疑難等故世間共見何疑難耶此亦不然眞俗異故世間見俗汝執爲眞世亦不知不合而見如何可說與磁石同前諸頌中雖正破眼亦兼破耳以義同故謂若耳根境合知者不應遠近一時俱聞聲從質來既有遠近不應一念同至耳根耳無光明不應趣境設許趣境過同眼根又聲離質來入耳聞亦不應理鐘鼓等聲現不離質遠可聞故若耳與聲無聞而取應如香等不辯方維若耳與聲不合而取應無遠近一切皆聞不合體無根無別故或應一切皆不能聞是故耳根聲合不合實取自境二俱不成等次若執眼根能見於色應見自性所以者何故次頌曰

諸法體相用　前後定應同　如何此眼根
不見於眼性

論曰法體相用前後應同展轉相望無別性故眼若能見應如我思於一切時以見爲體是則眼根不對境位應常能見如對境時彼

位色無而有見用應以眼體爲其所觀若無色時眼不能見應有色位亦不能觀又若眼根以見爲體應能自見如彼光明即違自宗根非根境若不自見應不見他如生盲人都無所見又汝宗言眼等色等諸法相用樂等所成相用雖殊其體無別眼見色體即是自觀亦違自宗根非根境又眼見色稱實而觀色與眼根體真是一如能見色應見眼根既不見根應不見色不可眼色體實有殊勿違自宗同樂等性不應說眼不稱實觀勿違自宗現量所攝若言自見世事相違此亦不然體用別故若言見用即是樂等青等亦然應不可見若言根境其體有殊便違自宗俱樂等性不可一性有衆多體轉變亦然不離性故若言其體即別即同除汝巧言誰能說此根境體一見境非根如是宗言極難信解如破眼見耳等例然根境皆同樂等性故又應一境一切根行亦應一根行一切境是則根境安立不成故不應言諸根實有復次鵂鶹子言我宗根境其性有異不同彼失所以者何眼等五根隨其次第即是火空地水風實眼見三實謂火地水及見於色身覺四實謂除其空兼覺於觸耳唯聞聲鼻唯嗅香舌唯甞味故我師宗不同彼失若爾根境有異有同異且可然同如彼失眼等火等其相不同如何五根五實爲性地水火實異青等故非眼所觀地水火風若體異觸應非身覺是故汝宗亦有多過又彼宗執眼色意我四法合故能見於色此亦不然故次頌曰

眼中無色識　識中無色眼　色內二俱無

何能合見色

論曰眼色識三各別無二非和合故無見用生三法合時與別無異如何可執有見用生有小乘說此難不然誰言合時與別無異諸法一一雖各無能而和合時相依有用若和合位有異相生與前不同應非眼等若和合位無異相生與前既同應無見用若言同類有異相生此亦不然理相違故類之與相其體不殊如何可言類同相異同異二義互相乖違而言體一必不應理若眼等三能生見用爾時見用應亦生三不可同時有因有果而三起見非見起三一剎那中彼此俱有如何相望有因非因又應同時無因果義果體已有豈復須因若不同時應許先後同時不立先後豈成果時無因果是誰果因時無果因是誰因若爾應無一切因果尚不許有況立其無而說種種因果不同此世俗言非為勝義正破外道兼破小乘故此頌中唯破眼等我惑已破故不重論如破眼等合故見色耳等亦應隨義而破復次耳所聞聲能成名句詮表法義勝色等塵故於此中重審觀察令知詮表俗有眞無為所聞聲能詮表義為不爾耶若爾何失初且不然故次頌曰

所聞若能表去何不成非音

論曰所聞與音聲之異目俱能顯義表即是詮此中顯示聲不能詮設許能詮便失聲性以聲自相定不能詮無分別識所了知故如餘自相又聲自相定不能表所欲說義同喻無故如不共因聲之共相非耳所聞一一皆依多法成故有細分故如非實等此若能詮

便失聲性非所聞故猶如樂等非離聲性別有所聞猶如色等非聲性故後亦不然故次頌曰

聲若非能詮　何故緣生解

論曰若所聞聲不能詮表不應由此名句智生唯句與名能詮表義故於此處不說文身又若語聲不能詮表應同餘響非義智因若爾不應聞聲了義聞既了義應是能詮豈不意識耳識後生依所聞聲假立共相此能詮表引義智生意識生時聲與耳識二俱已滅共相何依聲體既無誰之共相若謂念力追憶前聲心等依之假立共相應心心法各別所緣不隨心緣應非心法若謂共相不要依聲唯分別心假想建立如何此相唯屬於聲若言因聲而得起者耳根識等豈非此因又耳識生不緣共相如何定作立共相因若言如色見已便增此亦同疑不可爲證若言諸法功力難思既爾云何强立共相若言二相同依一聲自相先聞後意俱了聲相既異體云何同心相既殊體亦應別不可意識二相合緣念唯記前所取相故若聲共相念不由聞自相亦應不聞而憶二先別了後可合緣別了既無合緣豈有是故共相非實能詮亦非音聲定不能表雖廣諍論而理難窮應正傍言推尋本義復次執聲與耳合不合聞多同色破又聲與耳合故能聞理必不然故次頌曰

聲若至耳聞　如何了聲本

論曰本謂說者聲起源故若聲離本來至耳聞如何得知能發聲者既了發處聲必不來

亦不應言耳徃聲處用無光質何以知行又
詮表聲不可全了所以者何故次頌曰
聲無頓說理　如何全可知
論曰名句細分漸次而生耳不頓聞如何全了亦不應說追念故知念必似前其如先辯不可離念率爾能知應不藉聞意別能了若爾聾者應自了聲或能說人言音無用若言聞聲次第緣力引故全了此亦不然次全了心不必生故若言全了必次聞生此亦不然天耳通後必隔定心方全了故又餘意識從聞聲後亦經多時方全了故不可執有實詮表聲先耳能聞後意能了但是虛妄分別識心變現言音謂為詮表復次應審推徵聲名何法其體實有是耳所聞若爾不然故次頌曰
乃至非所聞　應非是聲性　先無而後有
理定不相應
論曰未來聲體非耳所聞眼等五根取現境故則未來聲應非聲性非所聞故如色等塵若未來聲與現同類現可聞故彼亦名聲應現在聲與彼同類彼非聲故現亦非聲又從未來流入現在現可從彼說為非聲未來不從現在流入如何由現說彼為聲若現可聞是聲性者應此聲性本無而生則違汝宗先有聲性聲性先有應非始生既非始生後應無滅無生無滅聲性應常又過去聲應非聲性非所聞故如未來聲若未非聲流入現在現是聲故說彼為聲應現在聲流入過去過非聲故現亦非聲若爾則應三世聲性相待而立皆非實聲又現在聲從未來至得名生

者應過去聲從現在至亦說名生則過去聲應名現在後應更滅若過去聲從現在至得名滅者應現在聲從未來至亦說名滅則現在聲應名過去後應不滅未來無二應說爲常有滅有生應名過現如是推徵聲性散壞色等亦爾如理應思復次有數論者作是執言心往境處方能了別此亦同前根往境破又不應說心離於根獨能了境故次頌曰

心若離諸根　去亦應無用

論曰心若離根定不能了色等諸法去亦唐捐若不待根心獨了境盲聾等類應了諸塵或復應無盲聾等類此前已辯無假重論又養諸根心則明利是故決定心不離根有執內心其體周偏用依各別往所了塵用即是心現境行相起即了境去復何爲不可執言別現別了勿現色等了聲等塵又心不應離用趣境汝執體徧行趣何方又不應然故次頌曰

設如是命者　應常無有心

論曰心若趣塵體則不偏心常往境我應無心然微細心身中恒有睡眠悶等諸位常行有息等故夢可得故勞倦增故引覺心故任持身故觸身覺故又若內身恒無心者如死屍等害應無愆供應無福則與空見外道應同有執心體不偏不行但用有行亦同此過心用心體不相離故又若心體往趣前塵有觸內身應無覺受應勤思慮不損內心若執其心非自境合應如餘境亦不能知應一一心知一切境或一一境一切心知如是諸宗執實根境皆不應理應信非眞豈不大乘亦

同此過設許少實此過應同若爾應無世間諸事想顛倒故謂彼非無想者是何而由顛倒令諸世事是有非無想謂想蘊故次頌曰

令心妄取塵　依先見如焰　妄立諸法義
是想蘊當知

論曰初心生時取青等相如立幖幟爲後憶持取越色根所行境相故名爲想比此想故後時能憶境相分明雖一切心皆有其想而果位勝故說依先以後分明顯先是有此想妄立一切世間有情無情諸法義相如依陽焰有水想生誑惑自心亦爲他說由此妄想建立根塵及餘世間諸事差別爲顯此想依多法成是假非眞故說想蘊又顯世間法義差別皆由想立故說當知豈不五識緣實有塵隨五識行意識亦爾想與諸識境界必同何得定言想爲顛倒誰言諸識緣實有塵而妄爲難故次頌曰

眼色等爲緣　如幻生諸識

論曰如諸幻事體實雖無而能發生種種妄識眼等亦爾體相皆虛知矯誑人生他妄識想隨此發境豈爲眞根境皆虛如先具述此所生識亦復非眞所現皆虛猶如幻事非諸識體即所現塵勿同彼塵識無緣慮亦不離塵別有識體離所現境識相更無如何可言識體實有如有頌言

彼能緣諸識　非即所現塵　亦不離彼塵
故無相可取

有說幻事皆實非虛呪術功能加木石等令其現似車馬等相此相或用聲等爲體或體即是識之一分爲破彼救故次頌曰

若執爲實有　幻喩不應成

論曰若幻是實聲等爲體如餘聲等應不名幻若言幻事迅速不停如化所爲故說名幻此亦不然體旣實有如餘聲等何不名眞迅速不停亦非幻相勿電光等亦得幻名若言誑惑世間名幻幻相非虛何名誑惑若言能生常等倒故即應餘法亦得幻名又不應言幻是識分非解了性豈即是心惑應異名說唯識義應信諸法皆不離心如何一心實有多分或應信受識體非眞若識是眞而許多分應一切法其體皆同若識體一而現二分如陽焰中現似有水則不應言幻是識分其體實有識無二故非所執水是陽焰分如何喩識體一分多若爾大乘說何爲幻我所說幻如世共知覺慧推尋諸幻事性實不可得言豈能詮故一切法皆如幻事其中都無少實可得如有頌言

以覺慧推尋　諸法性非有　故說爲無性
非戲論能詮

是故諸法因緣所生其性皆空猶如幻事若法性空而現似有何異羂索籠繫太虛法性理然汝何驚異世事難測其類實繁爲證斯言故次頌曰

世間諸所有　無不皆難測　根境理同然
智者何驚異

論曰如一思業能感當來内外無邊果相差別極善工匠所不能爲是名世間第一難測又如外種生長芽莖無量枝條華葉根果形色間雜嚴麗宛然是名世間第二難測又如婬女身似糞坑九孔常流種種不淨而貪欲

者見發婬情是名世間第三難測又如華樹名曰無憂婬女觸之衆華競發枝條垂拂如有愛心是名世間第四難測又如華樹名好樂音聞作樂聲舉身搖動枝條裊娜如舞躍人是名世間第五難測又如華樹名好鳥吟聞鳥吟聲即便搖動枝條裊娜如喜抃人是名世間第六難測又如生上經無量生退下生時便求母乳騰躍嬉戲寢食貪婬是名世間第七難測又如欣樂無上菩提應正勤修微妙善法而行放逸撥法皆無是名世間第八難測又如猒捨迫迮居家至道場中而營俗務貪著財色無悔愧心是名世間第九難測又如淨定所發神通妙用無邊不相障礙隨心所欲一切皆成是名世間第十難測如是難測世事無邊根境有無方之甚易世俗故有勝義故空諸有智人不應驚異爲顯諸法俗有眞空故於品終復說頌曰

諸法如火輪　變化夢幻事　水月彗星響
陽焰及浮雲

論曰如旋火輪變化夢等雖現似有而實皆空諸法亦然愚夫妄執分別謂有其體實無離妄執時都無所見如淨眼者不覩空華無爲聖智所見乃眞能緣所緣行相滅故如是善順契經所言有爲識心所行非實是故根境皆俗非眞由識所行如火輪等諸外道輩所見非眞由執有無如眩瞖等欲求聖智除契妄眞應順如來圓淨法教

廣百論釋論卷第七

音釋

澀色立切不滑也 挫則臥切摧也 捐與緣切棄捨也 磁疾之切石可引鐵者 鵂鶹鵂許鳩切鶹力求切 慓幟慓甫遥切幟昌志切 裊娜裊奴了切娜奴可切裊娜長美貌 抃皮變切拊手也 彗徐醉切星名

廣百論釋論卷第八

聖天菩薩本

護法菩薩釋

唐三藏法師玄奘奉　制譯

破邊執品第六

如是已辯根境皆虚復爲滌除非眞句義邊執垢穢故説頌曰

諸法若實有　應不依他成　既必依他成
定知非實説

論曰若一切法性相實有應不依他而得成立既色等法必依他成如此彼岸定非實有鵂鶹所執實等句義有等爲因而得顯了有等句義復因實等爲自所依方可了别又色等法待自因緣及光明等而得顯現不見少法自體爲依故色等塵皆非實有若言相待雖立别名而此彼岸其體實有即色等故同喻不成此説不然色等相待體相無異此彼兩岸相待有殊故此彼岸非即色等其體非實同喻得成又彼所宗實等句義若無因立應似空花若有因成應同幻事故不可執其體實有數論宗中色等諸法不離樂等依樂等成樂等亦應依他而立若不爾者轉變應無有因無因類同前説是故色等其體非眞復次諸外道宗執有瓶等即色離色皆不得成以必依他瓶等可了如前同喻其體非眞不可説言瓶等即色瓶依色了故不依他所以者何故次頌曰

非即色有瓶

論曰非即色體可立有瓶聲等亦成瓶自性故色非聲等爲其自性如何可立色即是瓶

聲等亦應非即瓶體義同色破故不別論又一一瓶多法爲體色等不爾如何即瓶色等即瓶應如瓶一瓶即色等應如彼多故不可言瓶與色等體俱實有相即而成若謂色體散時體非瓶聚即轉爲瓶亦應色體散時體是色聚轉成非色若色聚時亦瓶亦色是則一法應有二相此前已破體應成多是故瓶等非即色等有作是說離色有瓶德實異故應無此失瓶依有等方可了知是假非眞已如前說又不可執離色有瓶所以者何故次頌曰

非離色有瓶

論曰非離色等別有實句瓶衣等物爲色等依所以者何瓶衣等物若非色等應如空等非色等依是則應無瓶衣等物以不共德無故如意意必是無非無常故如先所破我虛空等是故瓶等非離色等若即若離義既不成瓶等皆虛理應成立復次瓶等色等互相依成理俱不然故次頌曰

非依瓶有色　亦有瓶依色

論曰瓶等色等體皆非實如何定立能依所依此中依言或表因義欲顯實德因果不成鵂鶹子執依瓶等因有色等果此違比量謂非色等瓶等爲因是色等聲所詮表故取色等心所緣境故如色性等常故無因數論師執依色等因有瓶等果亦違比量謂非瓶等色等爲因不離彼故樂等性故即如色等彼執色等與其有性非即非離非即有故應如兎角非瓶等因若言色等即是有性應同有性體無差別若言色等樂等爲性既許體同

無斯過者此亦不然違汝自宗根境別故復太過失樂苦癡三有性亦同應無異故若言樂等非是有性應如兎角其體都無色等亦應同彼非有不相離故如樂等三是即一切皆非實有故非色等爲瓶等因復次勝論者言彼立同性與諸法一有斯過者我立同性與諸法異由相異故應無此失諸法相望有同有異法體局別所以名異有性該通所以名同通局旣殊故相有異由相異故異外有同若如是者同異句義應異性外別立有同有同異故如所同法若言不爾此同異性境界異故異外無同其所同法境界一故法外有同若爾諸法應有異性所以者何故次頌曰

若見二相異　謂離瓶有同　二相旣有殊　應離瓶有異

論曰若見諸法同異相異即於法外別立有同旣見諸法同異相殊應於法外別立有異同異二相俱徧諸法異應如同離法別有設許法外有異有同此復應有餘同異性如是展轉同異無窮則不可知二相差別二皆徧故俱無窮故異應如同名同非異同應如異名異非同是故法外無別同異又若實等與有性別應不能知實等是有帶別相智不能審知餘別相法前已具辯如何世間於非有性實等法上起有智耶若言實等雖非有性與有合故起有智者則實等法假名爲有體非眞有應說爲無如邊鄙人立飡立尿便利不洗不嚼楊枝假號爲牛非眞牛犢實等亦爾假有眞無又汝應言何者眞有餘與有合

假說有耶若言有性是眞有者其理不然無差別故有與實等齊有智緣如何可言一眞一假又眞有假有應非一智緣眞假相別故如王與王使又言實等其體各異有性是同故與有別此亦不然實等眞體亦無有異但可功能相等有別有性亦爾功用有殊云何定執有異實等所以者何俱所知故並非無故同有用故應互相似皆異皆同是故有性非離實等復次今應問彼法外有性以何爲喻知實有耶若言如一所依實等其相各別不生數智一數是同能生數智法與數合名一瓶等由相異故實等非一有與法殊此爲同喻若爾瓶等非一智知體非一故如二三等若言瓶等體雖非一而一合故名爲一者是則此一雖非瓶等與瓶等合應名瓶等爲顯此義故次頌曰

若一不名瓶　瓶應不名一

論曰譬如一數與實等合不名實等如是實等雖與一合應不名一更互相合義無別故世間不應名一瓶等或復實等與一合時爲成一相爲當不爾若成一相應捐實等一數相非實等體故若捐實等一數應無以數必依實等成故若言實等不成一相應非一智一言所了雖與彼合體非彼故如空合人智言各別若如矟等與人合故雖與人異而得人名其理不然彼假說故若言實等名爲一者亦是假說理又不然無眞一故若言一數是眞一者理亦不然智言同故若言一數徧該實等實等不爾故非眞一理亦不然前已破故謂不應爲一智所緣實等亦應非眞有

異於實等上起數智言既說為假於其數上實等智言例亦應爾相待智言二無別故如何可說一假一眞故立量言所執實等非眞實等數智數言所行境故如一二等所執一等非眞數體實等智言所行境故猶如實等是故一切其體非眞又數與實曾無合時云何乃言瓶與一合說瓶為一所以者何故次頌曰

瓶一曾無合　瓶應無一名

論曰實居空處一在實中處既不同豈得名合則應一數不表一瓶由處不同如二等數若作是說能依所依體互相徧故名為合此亦不然故次頌曰

若色徧於實　色應得大名　敵論若非他應伸自宗義

論曰若色等德徧所依實應如實體亦得大名地等處廣既得大名色等亦然如何非大又色等德應有形礙稱地等故猶如地等是則色等不依地成有形礙故如所依實俱有形礙處應不同實之與德應非因果如是等類過失衆多汝所立宗便為散壞若言色等德句所攝故無形礙此亦不然敵論非他應伸宗義對他敵論自叙唐捐我佛法中聰叡勇猛見眞理者於汝所宗六種句義如狂囈語無承敬心徒引何益或復色等依地等時為一分轉猶如樂等為徧轉耶若一分轉應一實上有德無德有青無青如是等過若言徧轉色等諸德應亦名大與實處同猶如地等實在空中德居實上所據各別如何處同我意不言同依一處但言德實其體相徧據

空量等故說處同德若名大應更有德然德無德故不名大敵論非他應伸宗義對他敵論自敘唐捐或復此中言雖難德同實名大而意難實同德無形以其處同猶如色等我宗地等皆有形質如何同德無形礙耶敵論非他應伸宗義對他敵論自敘唐捐或復色等與其果實同依因實和合而生諸因實中果體皆徧處無別故德應如實亦立大名實應如德不立大稱若言我宗實大非德不可相類其理不然敵論非他應伸宗義對他敵論自敘唐捐或復彼宗極微量小衆微和合起麤果時麤果與因處無別故極微與色應成麤大色與麤果應成極微若言我宗因小果大色無形量理亦不然敵論非他應伸宗義對他敵論自敘唐捐如是已說有數色等離實有體多諸過難其同異性如有應遮共德如數餘不共德及業差別如色等破於諸實中各別轉故勝論所執唯有爾所爲心言因顯諸法有以理推究皆不得成故不應執又說頌曰

有數等能相　顯所相不成　除此更無因
故諸法非有

論曰已辯有性數及色等不能顯有自所依法除此無有餘決定因可證諸法其體實有不可無因立有諸法勿有所立一切皆成故不可言諸法實有應隨世俗假說非無唯此無傲堪任推究異此違越世俗已宗鵂鶹所宗實等非有非有性故猶若空花有性亦無非實等故猶如兎角是故皆虛復次數論者言諸法不待有性數等而可了知故先諸失

於我無過爲破彼言復說頌曰

離別相無瓶　故瓶體非一
瓶體亦非多

論曰色香味等體相不同別根所行非餘根境離彼諸法無別有瓶故如色等瓶體非一既不許一瓶體應多一一非瓶如何多體色等性相展轉不同豈得各成一類瓶體若一一法其體皆瓶共和合時可名多體既無此義瓶體非多亦不應言瓶體實有而不可說爲一爲多兎角龜毛非實有故豈不色等合成軍林說名一多瓶亦應爾此唯世俗假說軍林其中都無軍林實體若執實有應如瓶破汝亦不說別有軍林又色香等無共合義故不可說和合爲瓶所以者何故次頌曰

非無有觸體　與有觸體合　故色等諸法
不可合爲瓶

論曰合謂其體展轉相觸此唯有觸謂地水等色聲香味非觸所攝如何相觸或觸觸耶既無有觸合義不成如無觸思終無合義若言色等有相觸義應觸所攝猶如地等則唯觸體同類相合色等諸塵定無合理合則便失色等性故設許色等聚集名合而色等性終非實瓶所以者何故次頌曰

色是瓶一分　故色體非瓶　有分既爲無
一分如何有

論曰色等聚集總說爲瓶色唯一分理非瓶體不可以瓶爲瓶一分如是聲等例亦應然一一非瓶皆瓶分故如是瓶分理亦不成有分既無分爲誰分色等一一其體非瓶除此更無眞實瓶體瓶體無故瓶分亦無豈色等

塵實爲瓶分軍林等物假說爲有分與有分即離難思應隨世間所見而說不可委細推究其眞又若色等體實是瓶一切應瓶故次頌曰

一切色等性　色等相無差　唯一類是瓶
餘非有何理

論曰瓶衣車等所依事中色等能依性相無別若色等體皆實是瓶衣等亦應皆是瓶體即色等故如共許瓶或所執瓶應非瓶體即色等故如衣車等色等不應同而有異依之建立瓶等類殊汝宗更無同異性故不由細分安布差別令其瓶等其相有異同以色等爲自性故瓶等不應異於色等違自所執因果一故如瓶衣等有不異失色等亦然即一瓶故又不應說色異味等不異瓶等故次頌曰

若色異味等　不異於瓶等　瓶等即味等
色何即瓶等

論曰瓶等既用味等爲體應如味等與色有異故不可言色異味等不異瓶等理相違故亦不應言味等一一與色等異不異瓶等瓶等即用色等諸法以爲自體無別性故如是已辯色等諸法與瓶等一其義不成今當顯說與瓶等異理亦不成故次頌曰

瓶等既無因　體應不成果　故若異色等
瓶等定爲無

論曰地等大體攬色等成故五大因即五唯量謂攬聲量成於空大更加觸量成於風大復加色量成於火大又加味量成於水大總攬五量成於地大大望瓶等同體相成如量

能成同類果故若異色等瓶等無因旣無有因體應非果以一切果待因成故是故若言瓶等異色即應瓶等非果非因非色等故如龜毛等又非根境非因果故色根所行無非因果此非因果根所不行或復應無瓶等諸法非因果故如石女兒自性許因思我許果根所顯故無不定失如是數論所立瓶等若一若異皆不得成復次勝論者言瓦等細分生瓶等故瓶等有因旣有其因體即是果有因是果其體非無此亦不然故次頌曰

瓶等因若有　可爲瓶等因　瓶等因旣無
如何生瓶等

論曰瓦等細分依餘法成何能爲因生於瓶等不見世間依他而立非自有法能作他因豈不種等雖依他立而能爲因生於芽等此同有難非救前失世所共知何容致難汝之所執異世所知故於此中同彼有難世所知法依他生已不復重生不依他立由自有力能作他因汝執不然依他成法乃至未滅恒依他住因若滅無果即隨滅故汝所執異世所知無體無能豈生他果或有因法有體有能可能生他餘有因法汝執瓦等極微爲因或餘爲因此並非有以無因故瓦等體無無體無力何能生果彼論宗中因有二種俱能生果謂常無常諸無常因必依常立常非有故無常亦無無無常因果由何有故彼因果皆不得成復次有作是言瓶等瓦等諸和合物從本已來同類因果展轉相續隨類不同其體實有一而可見此亦不然諸和合物漸次分析歸於色等色等如前已辯非有云何

依彼有和合物此和合物一及可見皆如前破不應重執又色等法共和合時無有一體故次頌曰

色等和合時　終不成香等　故和合一體
應如瓶等無

論曰色等合時終不展轉變成香等故雖和合不成一體勿捨別相失色等名由是因緣和合一體應如瓶等其體實無謂如瓶等離色等法無別體故一體不成和合亦然非離色等有別體故體不成一又和合時一一細分非和合故應如未合不合成一細分不應各名和合勿一合内有多合體是故和合體非實有又和合物必依色成色體尚無和合焉有色體無者如次頌曰

如離於色等　瓶體實爲無　色體亦應然
離風等非有

論曰應知此中四大造色俱名爲色變壞相故變壞色相大造合成故離大造無實有性不可此中唯一是色勿唯此一變壞非餘又亦不應一切是色勿一切色皆同一體體若有殊應失色性不可一性有衆多體勿一切法皆同一性是故色名無實有體唯依風等假立色名如色體虛受等亦爾領納等相推體實無唯有世間虛假名相若無大造如何世間有火等物燒煑等用又若一切皆無所有諸所安立應不得成我不言無諸法體用但說汝論所立皆無謂世所知色受等體燒煑等用一切非無若諸愚夫分別倒見所執體用我說爲無非諸聖人見此爲有妄情所執都無有故復次勝論者說火是能燒地是

所燒其體眞實燒煑等用亦眞實有熟變色等現可知故今應詰問火何所燒爲煖爲餘汝應審答並許何失二俱不然所以者何故次頌曰

煖即是火性　非煖如何燒　故薪體爲無
離此火非有

論曰煖非所燒即火性故於自有用現事相違又汝宗中所燒非煖故不應執煖爲所燒亦不應言所燒是地非煖性故猶如水風薪是所燒所燒無故薪體非有薪體既無火依何立火必依薪而得生起所燒薪盡火便無故能燒所燒既並非有熟變色等豈實有耶故執實有能燒所燒燒煑等用皆不應理有說此頌不唯破彼勝論外道地是所燒但總破言地等諸法非燒性故非所燒體此說不然非煖性故既無同喻應不成因不可說言如木燒位地等色聚非是所燒於彼聚中常有煖性異相隨故亦名所燒苦樂等法隨所依身由火變異亦名所燒無色界法前世下地所牽引故亦名所燒故非煖因所引同喻設爲同喻理亦不然燒非燒名唯有觸物世間共許非餘法故此非燒名雖通餘法而局同類如非實言又小乘人不執實有所燒等法何用破爲若言破彼世俗所燒便違世間何成比量復次離繫外道作如是言 地大極微及餘果物雖非是火而與火合由雜火故似煖相現然彼地等眞實非燒異煖性故亦非非燒似燒相故雖俱不可說而實是所燒此亦不然故次頌曰

餘煖雜故成　如何不成火　若餘不成煖

由火法應無

論曰若地大等由火雜故眞成煖性應令成火煖觸攝故如實火大若彼火雜不成煖性由火爲因所生熟變異觸諸法亦應無有如火不能生餘煖觸若無熟變色等諸法誰能燒煑燒煑於誰故燒煑等皆非實有火非實能燒觸所攝故如地大等地非實所燒觸所攝故如火大等能煑所煑准此應破故彼所執其理不成復次應重審問食米齋宗諸火極微爲有薪不無且非理故次頌曰

若火微無薪　應離薪有火

論曰若火極微離薪而有麤火同彼應不託薪若不託薪即應無有燒煑等用如火極微若爾即應失於火性無燒煑用如地水風不見世間有如是火無燒煑用及離於薪故火極微必依薪有如現見火依附於薪或應信知極微非火無火用故猶若龜毛有亦不然故次頌曰

火微有薪者　應無火極微

論曰若火極微恒與薪合應名麤火何謂極微於一切時與薪合故應如麤火失極微性地與彼合亦不成微餘亦應然種類同故則應決定無一極微色法旣然心法亦爾心與心法俱生滅故又一切法一體不成所以者何故次頌曰

審觀諸法時　無一體實有

論曰諸有爲法待因緣成積集而生積集而滅無有一法其體獨存於一體中復漸分析乃至極細猶有衆分若諸法體非一應多此亦不然故次頌曰

一體既非有　多體亦應無

論曰要先有一後積成多一體尚無多體焉有又汝執一藉緣生多一體既無多體豈有一體非有前已具論是故定無眞實多體雖彼所執一我獨存而體周圓與多我合又多法合一體不成一既不成多由何立豈不空等獨一無二世咸共了是一體耶世共所知是假非實汝所執實非世共知如何得知空等一體唯是假有故次頌曰

若法更無餘　汝謂爲一體　諸法皆三性故一體爲無

論曰若謂諸法更無餘伴唯一獨存說名爲一空等諸法一一體上皆有三性謂有一物有謂大有一謂一數物謂物類即實德業三中隨一故虛空等一一法上皆有三性若不爾者虛空等上有一智言應不得起由是無有一法獨存如何可言實有一體若言有一皆表實等故唯實等名有一物是則有一無有一故應不能起有一智言若言假說無斯過者此亦不然前已破故謂智言等誰假誰眞應並爲眞或俱是假又一切法其相雖殊應得實名或德或業是故假說其過彌深終不能除一成三失一有三性一體不成一既不成三亦非有是故諸法非一非多而言一多是假非實或有異釋一法成三謂一法言簡異非一非一極略所謂二種簡二及前即成二性根本法體以爲第三故一切法皆有三性今應徵問簡三取一乃是自心分別有異如何令法成三性耶又簡前二彌成其一非二非多名爲一故是則立一反破其三何

名以三而破其一復有異釋一法成三簡去來今三非有故如無名等簡異立名此簡三無故成三性此釋非理所以者何異類無邊豈唯三種簡無立有無不唯三簡有立名有過千數如何但說一法成三又相簡別唯在自心或在名言何關法體是故此釋於破無能復有釋言常先已破今此唯破執有無常所執無常皆有三性謂生住滅顯在諸經此亦不然生住滅相時分各異如苦樂捨必不同時時既不同體相亦別何名一法其性有三又若說生無間即滅應言二性何得論三又生滅時前後各異如去來世不名一法如何難言一法二性是故此釋理亦不成復有釋言諸有爲法極於一念於一念中有多刹那時分性故如臘縛等言三性者顯性非一不唯有三此亦不然時分前後非一法故如何可說一法有三是故如前釋爲最勝諸法一一非一非多隨世俗言有多有一世俗諸法隨世俗情假立爲有不任推究諸有智人於世俗法應隨說有勿固尋思若有尋思世俗諸法求其性相不異有人手執燈炬入於闇室求闇性相所以者何世俗諸法猶如幻闇衆緣所成不任思求求即散壞復次爲顯世間所執諸法皆非眞實及顯外道所執不同故次頌曰

眞非有俱非　一非一雙泯　隨次應配屬
智者達非眞

論曰一切世間色等句義名言所表心慧所知情執不同略有四種謂有非有俱許俱非隨次應知配四邪執謂一非一雙許雙非數

論外道執有等性與諸法一即當有句此執非眞所以者何若青等色與色性一應如色性其體皆同五樂等聲與聲性一應如聲性其體皆同香味觸等類亦應爾眼等諸根與根性一應如根性其體皆同應一一根取一切境應一一境對一切根又一切法與有性一應如有性其體皆同又樂苦癡及與思我與有性一應如有性其體皆同是則汝宗所立差別皆不成就故彼所執決定非眞勝論外道說有等性與法非一當非有句此亦非眞所以者何若青等色與色性異應如聲等非眼所行聲等亦然異聲等性應如色等非耳等境又一切法非有性者應如兎角其體本無是則應同空無我論或同餘道邪見師宗豈不有性非即諸法法雖非有而有有耶所依法無能依豈有又有性上無別有性應不名有所餘諸法雖有有性非有性故其體應無是則一切所立句義皆不得成便同撥無邪見外道故彼所執決定非眞無慚外道執有等性與彼諸法亦一亦異當於亦有亦非有句此亦非眞所以者何若有等性與色等一同數論過與色等異同勝論失一異二種性相相違而言體同理不成立一應非一即異故如異異應非異即一故如一一異既不成有非有焉立一異相異而言體同則一切法皆應無異異相既無一相何有一異二相相待立故若謂一法待對不同名一異者即應一異二並非眞或隨一假一法二相互相乖違俱言是眞必不應理故彼所執決定非眞邪命外道執有等性與彼諸法非一非

異當於非有非非有句此亦非眞所以者何若有等性與法非一同勝論過與法非異同數論失又一異相世共知有汝獨撥無違世間失又汝所說非一異言爲但是遮爲徧有表若偏有表應不雙非若但是遮應無所執有遮有表理互相違無表無遮言成戲論汝執諸法性相非空而說雙非但爲避過此雙非語亦不應論違汝所宗法性相故若諸法性一一俱非此俱非言亦不應說舉言必有俱非性故是則汝曹應常結舌發言便壞自論所宗默亦不成以俱非故語默俱失一何苦哉誰有智人而不悲愍故彼所執決定非眞如是世間四種外道邪論惡見擾壞其心虛妄推尋諸法性相皆不中理競執紛紜於諸法中起四種謗謂有非有雙許雙非增益損減相違戲論是故世間所執非實復次外道餘乘弊魔惡友邪論惡見擾壞其心於其世間虛僞諸法種種思搆妄執爲眞於相續假謂是眞常積集假中執爲實有爲顯此義復說頌曰

於相續假法　惡見謂眞常　積集假法中
邪執言實有

論曰有爲諸行前滅後生無始時來展轉相續生滅變異微細難知因果連綿其狀如一愚夫惡見謂是眞常邪執紛紜遞相誹斥色等諸法恃託因緣虛假集成都無實體微細積聚密合難分衆分和同冥然似一愚夫僻執言有實體各據一途互興諍論又於相續積集假中不達諸門分位假有橫計種種義類不同執一法中有多實性如是所迷自性

差别皆由惡見邪執而生緣此輪迴諸趣諸有備受衆苦未有出期是故應除惡見邪執信解諸法因緣集成是假非眞無顛倒理復次爲顯諸法衆緣所成非一非常無我無法猶如幻化情有理無是俗非眞復說頌曰

諸法衆緣成　性羸無自在　虛假依他立
故我法皆無

論曰諸法虛假衆緣所成起住依他體無自在念念生滅衆分集成非一非常猶如幻化愚夫執有智者達無故於其中無我無法一切外道及所餘乘計一計常爲我爲法一常非有我法定無故辯緣成顯二無我復次有作是言字名句合詮表自心所欲說義一一各别雖不能詮而和合時能有所表若義非有詮亦應無既有能詮定應有義爲破彼執故次頌曰

果衆緣合成　離緣無别果　如是合與果
諸聖達皆無

論曰此頌意言諸無爲法非緣成故猶若空華體用都無如前廣說諸有爲法衆緣所成如幻所爲無實體用緣合成果果不離緣如樹成林林非異樹攬緣成果順世俗言勝義理中無如是事故諸聖者了達皆無所以者何名之與句並字所成字復攬於衆分爲體字一一分多刹那成前後刹那無和合義要前念滅後念方生生有滅無其理決定無之與有合義不成前後二時有亦不合時分異故猶如去來合義既無字分焉有尚無字分字體豈成字體既無名句非有無字名句合義不成如何可言字名句合能詮表義然諸

世間隨自心變謂有衆字和合爲名復謂衆名和合爲句謂此名句能有所詮能詮所詮皆自心變諸心所變情有理無聖者於中如實知見云何知見謂見彼法皆是愚夫虛妄識心分別所作假而非實俗有眞無隨順世間權說爲有是故一切能詮所詮俗有眞無不應固執復次於諸所緣空無我見能速成辦自利利他所以者何愚夫於境執我我所生死輪迴聖者於中達空無我速證常樂能巧利他是故應修空無我見令自利滿妙用無窮爲顯此見是利自他正眞要道故說頌曰

識爲諸有種　境是識所行　見境無我時

諸有種皆滅

論曰識能發生諸煩惱業由此三有生死輪迴故說識心爲諸有種能牽後有得識食名如是識心緣色等起無所緣境識必不生若能正觀境爲無我所緣無故能緣亦無能所既亡衆苦隨滅證寂無影清涼涅槃至此位時名自利滿諸有本願爲利益他住此位中化用無盡亦令有識證此涅槃是故欲求自他勝利眞方便者應正勤修空無我見復有別釋識爲諸有種者謂宅識中種種熏成諸業習氣無明有愛所隨增故能感三有生死輪迴識爲所依故說爲識境是識所行者識中習氣由執色等境界熏成隨縛境界是所依故名曰所行見境無我時者謂無我見觀一切境性相空時諸有種皆滅者由無我見永斷一切無明有愛二種隨眠由此二種是發業因及能潤業令生果故斷此二種業果

不生爾時所有諸戲論事及煩惱事種子俱斷故名皆滅非一切種識等皆無所以者何由聖道起俱滅一切虛妄分別戲論習氣令有漏法畢竟不生一類有情諸無漏法無所依故亦皆斷滅一類有情由本願力所任持故無漏諸識相續不斷能爲殊勝廣大甚深無礙辯等無邊功德所依止處又由識等增上力故圓滿究竟神通作用窮未來際任運相續如是皆由本願行力所引發故自利利他功德無盡令諸有情成熟解脫盡未來際妙用無窮是故應修空無我觀捨諸邊執

廣百論釋論卷第八

音釋

嚼 在爵切咀嚼也　犢 徒谷切牛子也　稍 所角切　叡 以芮切明通達也

囈 倪制切衆言也　攬 力敢切取也　糺 居有切繚也　遞 都計切更迭也

斥 昌石切黜也

廣百論釋論卷第九

聖天菩薩本

護法菩薩釋

唐三藏法師玄奘奉　制譯

破有爲相品第七

復次已別分別根境無我今當總辯有爲相空謂色心等諸有爲法具生住滅三有爲相生爲首故先當破生生相既亡住滅隨遣有說果體本無而生爲破彼言故說頌曰

若本無而生　先無何不起

論曰種等諸因至變壞位能引芽等諸果令生若諸因中本無諸果何故芽等此位方生後位如先果應不起先位如後果亦應生又從此因應生彼果或應此果從彼因生若此彼因無彼此果而不生者彼此因力應亦不生同本無故若爾一切因果皆無便違自宗所說因果有說果體本有而生爲破彼言復說頌曰

本有而生者　後有復應生

論曰若諸因中本有諸果何故芽等後不更生後位如今果應更起今位如後果不應生又果本來因中有體何故此位乃說爲生若言今時方得顯者顯不離體應本非無今位如先亦應不顯先同此位顯應非無顯本非無今復顯者後應更顯是則無窮本有與生義相乖反言果本有生必不成既無有生果義便失果義既失便無有因則違自宗有因果義復次果先無論作如是言果或違因故非並有此言非理故次頌曰

果若能違因　先無不應理

論曰勝論者說果或違因或不違因果違因者合違於業合果後生前業滅故又相違法略有二種一能障礙二能壞滅後謂合德滅壞業因初謂合德障礙重等令其所起墜等業無如是合德其體未有應不能違先所起業世間未見無體能違汝不應言合德與業如囚與膾俱有相違勿違自宗因果不並若許二念業與合俱後亦應然無差別故便違自論及世共知故不應言果先非有復次果先有論作如是言一切因中果體先有此亦非理故次頌曰

果立因無用　先有亦不成

論曰數論者說一切因中果體先有此亦不然生果顯果故說名因果體本來已生已顯因便無用所以者何體與顯生不相離故應如其體從本非無本有顯生因義非有因非有故果義不成便違自宗立有因果復次諸法生時義不成故不應定執諸法有生所以者何故次頌曰

此時非有生　彼時亦無生　此彼時無生
何時當有生

論曰果已有時其體有故如本有法應不名生果未有時其體無故如定無法亦不名生又諸果法用起名生其體既無用依何立又能生果故說名因果體既無因何所起既無所起因義不成因義不存果從何出除此二位更無生時故定無生如虛空等又若執法體恒是有定不名生無所起故用雖有起此在未來無故非生現在已有自宗不許除此二位無別生時是故無生其理決定或勝論

執多實爲因積集共生一合德果闕衆緣時未有合德由是故說此時無生具衆緣時已有合德由是故說彼時無生以初合時合體有故應如後位不得名生後位已生不重生故可不名生初位不然名生何咎後若不生果應違實而汝不許果實相違障礙相違合德違業不違於實前已略明除此彼時更無異位是故合德決定無生如是色等依託實因實未有時果體未有由是故說此時無生實已有時果體已有由是故說彼時無生以初有時色等有故應如後位不得名生離此彼時更無異位是故色等決定無生如是合德障礙重等令其不生墜墮等業此能障體有時無時彼業不生准前應說離有無時更無異位故墜等業決定無生或數論執乳等因變成酪等果故說名生因體有時因性未變由是故說此時無生若於爾時因性已變便失因性應不名因果體有時因即成果由是故說彼時無生若於爾時果體生者應異法起非即因成除此彼時更無異位是故酪等決定無生自性等因成大等果准此推究皆非有生復次所生無故生義不成所以者何故次頌曰

如生於自性　生義旣爲無　於他性亦然
生義何成有

論曰說常有宗色等五蘊數論外道樂等三德諸法生時不令自性有變異故生義不成法未生時一切生用皆未有故生義不成諸法生時不令他性有變異故生義不成諸法生已一切生用皆已息故生義不成不可說

言色等樂等相用有變故說名生以於生時性與相用若一若異過等違宗亦不可言色等樂等自性有變故說名生勿於生時色等樂等變成受等苦等自性有作是言果先有論有前失故生義可無果先無論因緣和合果體將成生義應有果將成時其體未有如何可說果從緣生知因有能當成果體如言煑飯故說果生若爾生名應假非實色等生時猶未有故如是假說理亦無違以生時無後方見故若爾見位乃可名生以於見時方說生故如何不了言理而問雖見時說非見時生說因見生非因生故何故生時無有此見以見無故知生時無如何不知義理而答豈不見無名爲無見何得以問而作其答若爾應有問答無窮無見見無言無盡故又亦不可說無爲生無似空華違生理故至現有位亦不名生有似無爲違生理故所生無故生義不成復次執有生者作如是言果有三時前後差別將成作用及究竟時顯彼不成故次頌曰

初中後三位　生前定不成

論曰果先無論於未生時三位不成無無別故初中後位依有而彰未生體無如何可立或應許果未起非無見彼三時唯依有故果先有論於未生時三位不成有無別故有體無別相用未與如何可言三時有異又此三位既不同時生亦不成故次頌曰

二二既爲無　一一如何有

論曰初中後位相待而成二二既無一一豈有亦不可說三位同時初中後名依時立故

又不可說三時並有𢾾有此三相雜亂過汝亦不許三位同時故有一時二定非有若言覺慧於色等法觀二二時立一一位是則三位假有眞無違汝師宗三時實有是故三位唯假非眞不應定執果有三位復次色等諸法決定無生能生因緣不成立故生者決定從自從他從俱因緣三皆不可爲顯此義故說頌曰

非離於他性　唯從自性生　非從他及俱　故生定非有

論曰一法一時自爲因果理不成故非從自生若一體中有二相別說爲因果自義不成自言遮他顯於自相果從因起何謂自生又體如相應不成一相如其體應不成二是故所言一體二相說爲因果理必不成又自生言依義生不依義生者則非自生又自生言依便同樹響何能定表諸法自生又依慧生應同慧生不依慧生者則從他生不依慧生應同狂醉言無根系難可信依又自生言生他解不生他解者便失自宗他解不生發言無益何緣强立自生論耶現見世間法從緣起言自生者與此相違又若自生應違世法刀不自割針不自縫又自生言依汝生不依汝生者非謂自生不依汝生應非汝說哀哉愚昧不識自言又言自生同無因論撥無一切生果因緣有作是言自不生自生時無故如已滅無若言生時其體已有應如現在生用唐捐體顯名生亦不應理顯與體異便失自生顯與體同體應本有顯若本有生用應無故自生言定不中理言從他起理亦不然以法

生時自體未有既無有自孰對名他因緣名他對於自果自果未有他義不成若言生時自果已有因緣無用非謂他生顯故名生亦不應理顯不離體應本非無又因名他對異於果果異因故應亦名他因果俱他便無有自自非有故他亦應無從他生言便無有義又慧觀果說因爲他果之與因必不俱有因時無果誰藉他生果時無因從誰他起豈不以慧觀後觀前說從他生言無有失謂觀當果或念過因因果俱成猶如父子假名可爾理實不然因果異時有無不並如何可執實從他生如父子言亦不應理世間父子多有同時雖復一無而可假說因果不爾法喻豈同若謂先時於異體物以慧觀察取其異相次於因果觀後念前建立自他二相差別後發語時不觸前二但隨相說法從他生故法喻同無前過失此救非理所以者何異物同時無因果義因之與果必不同時父子不然何得爲喻又若假說此義非無汝執爲眞故不應理若言何爲咀嚼虛空現見因緣能生於果果相異彼說彼爲他何假繁詞固相徵難隨意勿說他與非他必有能生所生差別此足爲喜何藉多言言隨欲生無勞窮詰恣汝常喜孰與相遮憂喜自心妄想生故汝言必有能生所生爲假爲眞隨汝意答若言是假違汝所宗若言是眞難詰何咎所生未有對何能生能生已無所生何對故就勝義他生不成依世俗論徒言無益夫興諍論爲見不同舉世咸知何勞汎說故不應執定從他生自他俱生亦不中理如前二失積在汝宗

別既不成總如何立由是諸法決定無生自他俱生皆非理故復次能生所生同時前後俱不應理故定無生所以者何故次頌曰

前後及同時　二俱不可說　故生與瓶等唯假有非真

論曰若所生法在能生前既離能生所生何有此所生法設離能生是則能生便爲無用若所生法在能生後無所依止何有能生設離所生能生何用又此二法若不同時能是誰能所爲何所若所生法與能生俱生既同時應不相待如牛兩角互不相依應無能生所生差別所生未有能生亦無所生有時能生何用如是二法前後同時理俱不成故生非有隨俗說有能生所生不可推徵時分同異復次執果有生必依新舊新舊無故生不得成由二俱非諸法自相互相違反必不同時設許同時應離法有若離法有誰舊誰新汝不應言異體相表現見法外無舊無新亦不應言同體俱有更相違故如善惡心前後亦非故次頌曰

舊若在新前　前生不應理　舊若居新後後生理不成

論曰現見世間前新後舊不應蔽執前舊後新要前有新後轉成舊舊若前有新則爲無新名前生舊名後故新若無者舊亦應無新舊既無生依何有舊居新後理亦不然法新起時既無有舊體無別故後亦應無若言後時別生舊體是則新起何謂舊生後生嬰孩赤色未變而名耆舊理必不然若法初生而名舊者則一切法畢竟無新新既爲無舊亦

非有舊必以新爲前導故若謂諸法念念別生恒名爲新都無舊者舊既非有新亦應無簡舊名新舊無何簡所簡無故能簡亦無是故不應執有新舊既無新舊生豈得成然諸世間見有爲法相似相續謂爲一體前盛後衰説爲新舊聖隨後説有舊有新依此立生假而非實復次果體若生必依過去未來現在因體而生然皆不成故次頌曰

現非因現起　亦非因去來　未來亦不因
去來今世起

論曰現在果法非現因生因果同時理不成故雖形影等因果同時是假非眞隨俗而説去來二世已滅未生體相是無因用非有又現在法體相已成豈更藉他三世因起未來果法不因法來已滅未生無因用故豈不現在將欲滅時有體爲因生未來果未來無體生何所依若言未來生時有體應名現在何謂未來汝不應言生即是有亦不可説有即是生有若即生生應現在生若即有有應未來有在未來未來應現在生若現在現在應未來則違汝宗世相楷定亦違自説生在未來故不可言現在將滅爲因引起未來果生生時有無皆有失故復次有説未來體相具有由此生用得有所依生還未來令入現在滅還現在令入過去爲破彼言故説頌曰

若具即無來　既滅應非往

論曰猶如現在體相眞故未來不應來入現在或應未來非現等故體相不具猶若空華又應未來非現在故猶如過去不入現在又若未來體相已具應無生用猶如現在或未

來世生用應無以非現在猶如過去色等諸法雖居現在定當滅故亦名爲滅此現在法不往過去時定異故猶如未來又現在法應如過去不往過去由非未來又過去時非現所往如未來等世所攝故現在亦非未來所入世所攝故猶如未來過去未來非現等故應如兔角體相俱無未來體無生依何有故不應執色等果生生既是無滅亦非有但隨俗說有滅有生似有而無猶如幻等爲顯此義復說頌曰

法體相如是　幻等喻非虛

論曰色等諸法前後際無現不久停猶如幻等又色等法若從緣生如幻所爲皆非實有非緣生者皆似空華性相俱空不應言有法既非有生等定無如何可說生還未來令入現在滅還現在令入過去復次生住滅相前後同時理俱不成故不應執所以者何故次頌曰

生住滅三相　同時有不成　前後亦爲無
如何執爲有

論曰一體一時有衆多相互相違反理必不成若執同時體應各異既執體一應不同時執不同時亦不應理所相體一如何異時法體生時住滅未有至住滅位生相已無而言體同極爲迷謬若言前後相異體同善惡色心體應是一然捨前相後相起時體與相同應有捨得如何可執前後體同三體不同亦不應理以生住滅徧諸有爲三體如何各唯一相許各一相理亦不然滅體無生應非因起生體無滅應性是常住無滅生應非蘊攝

若許一一復有三相有如前過或復無窮同時前後三相不成更無異途如何執有復次若離所相別有生等應如色等有生等相則生等相應無異體所以者何故次頌曰

若生等諸相　復別有生等　應住滅如生

若生住如滅

論曰若生等相自所依俱如自所依別有生等此生等相標幟既同其體如何展轉有異若言生等如色等法雖生等俱而體有異礙等相別體異可然生等相同體如何異生等作用既有差別應如色等其體各異此因不定如眼等根用雖有多而體一故用有差別不可例同眼等用殊時同故體一生等用別時異故體多生等何緣用時有異自體俱起不待異時作用如何待時有異住滅二相初既用無後亦應然體無別故或復生等同與法俱等有生故應互相似一一皆有他諸作用或自作用一一皆無是故不應別有生等復次色等諸法與生等相其體爲異爲不異耶異且不然故次頌曰

所相異能相　何爲體非常

論曰色等諸法若異生等如擇滅等應無生滅不應觀彼皆是無常觀彼無常應成顛倒若言色等與生等合雖觀無常而非顛倒如名杖角以作人牛此不應爾異生等故應似無爲非生等合色等生等體相若異如何以一心慧而觀謂色等生色等住滅故色等法非異生等不異亦非非故次頌曰

不異四應同　或復全非有

論曰若色等法不異生等應如生等析一成

三生等亦應混三成一與色等法體不異故或生等相各失自體與其住等體不異故色等亦然應失自體與其生等體爲一法是則應無所相色等所相無故能相亦無無則無有爲無爲亦爾相待立故一切應無故色等法非異生等復次因果有無皆不可立生依彼故亦不得成所以者何故次頌曰

有不生有法　有不生無法　無不生有法　無不生無法

論曰有生有法義不得成生有同時遞相違故有生無法亦不得成如已滅無非所生故無生有法理不得成如未生無非能生故無生無法亦不得成如前二無非因果故或二無法因果不成如畢竟無非因果故如是已破因果異體爲破同體復說頌曰

有不成有法　有不成無法　無不成有法　無不成無法

論曰有成有法其理不成有法已成成無用故成復成者成則無窮若成異相其體應別相異體一理必不然相與其體不相離故有成無法理亦不成其相異故如苦樂等或復有無應無差別有無體一與理相違無成有法其義不成如有成無所說過故無成無法義亦不成如前有無相成過故或復無者即是數論所執自性不依他成雖有隱能而無顯體依彼所執故說爲無如是有無因果同異皆不成故決定無生復次已生未生生用已滅及未得故俱無有生除已未生有生時體不可知故亦無有生若言生時二半爲體謂生半分半分未生此亦不然故次頌曰

半生半未生　非一生時體　或已未生位
應亦是生時

論曰半生未生非生時體生未生故如已未生如已未生有二相别非生時體生時亦然有生未生二種相異如何可立爲一生時或應已生及未生位亦共合説爲一生時有生未生二相異故如汝所執半生未生此顯生時已未生位皆失自性故定無生豈不生時具有二相已生半分半分未生已生未生名有一相如何可難令互相成一一别觀可生時異總觀二相豈異生時若言生時體一相二已未生位體二相殊故已未生與生時異如何體一二相相違相既不同體應成二非一有分從二分生勿違生時二半無體若半已起名作生時半既未生應名未起又半生已生用已無半復未生生用未有如何二半合立生時若生用無名生時者已未生位應名生時便失自宗三位差别故離二位無别生時生時既無二位非有是故諸法決定無生復次應問迷徒生時自性爲因緣起爲是自然初且不然故次頌曰

生時若是果　體即非生時

論曰若生時體從因緣生即非生時已有體故未來將起故名生時未來體無説誰爲果若言此位觀待當來至現在時名爲果者亦應説近何立遠名如是生時非已生故如未生位非實生時又此生時時遠攝故如已滅位何謂生時若言生時體雖未有衆緣會故已得近名同是未來體俱非有餘遠此近差别何緣亦違汝宗去來皆遠故汝所執但有

虛言後亦不然故次頌曰
生時若自然　應失生時性
論曰若生時體非因緣生應是無為失生時
性若非緣起得名生時一切無為應生時攝
又非緣起應類空華體既是無豈生時攝若
體非有名作生時即一切無應生時攝是故
諸法無實生時復次有作是說若無生時已
生未生亦應非有生時已過未至生時建立
已生未生二位生時無者二位亦無又無生
時二位應合故有二位中間生時為破彼言
故次頌曰
已生異未生　別有中間位　生時異二位
應別有中間
論曰若謂已生未生不合由生時位隔在中
間若無生時二位應合如兩界首必有封壃
是故生時定應有者生時二位應有中間未
生生時生時生已更相異故如是中間復有
中間展轉增長有無窮過過無窮故難立生
時又已未生種類別故如色聲等無別中間
既無中間生時何有又生時位若在未來即
名未生未來攝故若居現在即名已生現在
攝故若非現未不名生時如過去等是故諸
法無別生時復次假許生時已未生位三分
各別而審推徵為捨生時得已生位為當不
捨得此位耶初不應然故次頌曰
若謂生時捨　方得已生時　是則應有餘
得時而可見
論曰若捨生時得已生位未得已得兩位中
間應有得時如生時位若許爾者餘復有餘
如前生時有無窮過過無窮故難立得時若

捨生時得已生位離此二位無別得時從未生時至已生位應離二位無別生時又捨生時得已生位體應有異非一法生後亦不然故次頌曰

若至已生位　理必無生時　已生有生時
云何從彼起

論曰已生生時必不俱有時分異故猶如去來若已生位有生時者或應同體或異體俱則非已生從生時起自從自起世現相違俱有非因如牛兩角若言一體二相不同得說爲因無斯過者二相前後體不應同二相俱時應非因果又若同體生時已生於自他性應失應得相不離體如體應同體不離相如相應別體同相別理必不然法之與時體無有異故不可說時異法同一法一時有同有異說爲因果理必不成如從生時至已生位進退徵責過難多途從未生時至生時位研覈詰問如理應思是故生時非別實有復次立有生時已生位別此無實義但有虛言所以者何故次頌曰

未至已生位　若立爲生時　何不謂無瓶
未生無別故

論曰若立生時非已生位將至此位名作生時瓶名已生生時未至已生位故瓶體定無瓶體既無生依何法不可無法名作生時勿一切無皆名生位故應於有立生時名若謂生時其體已有無斯過者此亦不然未至已生與未生位無差別故有義不成若謂生時是未來世最後位故非體全無此不應理同未來攝等非已生無前後故若未來世半有

半無有同已生世應雜亂故生時位但有虛言生時旣無生亦非有復次若謂生時體雖未滿而用起故非是全無非有非無不同兩位是故諸法別有生時此亦不然故次頌曰

非生時有用　能簡未生時　亦非體未圓
別於已生位

論曰未生生時無用有用二位差別理不可然生時體無用應非有生時體有應是已生設許生時有能起用而體未有應名未生非未生名別有少法但遮已起名未生時旣名未生何能簡彼若少有體應名已生旣非已生應無少體不可一法半有半無有無相違不同體故若許體別有即已生無即未生生時豈有故離二位無別生時復次或應生時即已生位非無有故如已生時爲顯此因故說頌曰

前位生時無　後位方言有　兼成已生位
故此位非無

論曰未起用時名爲前位於此前位未有生時正起用時名爲後位於此後位方有生時是則生時成已生位有異前故如已生時非體全無可與前異所言兼者謂捨全無即未生時名全無位生時捨彼是有非無由此兼前成已生位若捨無位必至有時有即已生中無異位依何而立別有生時是故生時即已生位非無有故如已生時又此生時應許有體若無有體生用應無體用並無生時豈有若無體用而有生時則一切無皆應頓起無無異故如此生時又若生時體用非有因緣和合應無所爲有不生無如前已說故生

時位是有非無有即巳生更無異位故不應立别有生時復次無别生時理應信受愚猶固執略復推徵如是生時爲無爲有有即巳起無即未生除此執爲生時位體爲顯此理復說頌曰

有時名巳生　無時名未起　除茲有無位

誰復謂生時

論曰所執生時推徵其性不過二種謂有及無如是有無二位所攝除此無别中間生時汝等何緣非理横執此極麤淺而汝尚迷況復幽微汝能思測故應信受無别生時生時既無生如何有是故諸法理實無生生既實無住滅亦爾生爲先故非有義成故不别遮住滅二相復次巳别廣破果先有無爲總略遮果先有等故於品後復說頌曰

諸有執離因　無别所成果　轉生及轉滅

理皆不可成

論曰數論所執果不離因果同其因體本實有如是果體生滅不成果不離因同因常故因果體一差别理無諸法性常無增無滅是則所作唐設其功少有所爲便違自論有不可滅無不可生大等亦應無生滅義即自性故如樂苦癡又大不應從自性起自能起自世現相違是則世間現見因果生滅作用一切皆無世現所知汝尚誹毀況能信受深隱義耶如是觀生都非實有生無實故滅亦實無但隨世間說有生滅隨世所說是俗非眞勝義理中無生無滅一切法性非斷非常生滅既無法應常住如前廣破常性實無若爾應無一切法性不爾我說俗法非無豈不我

宗說一自性轉變力故無所不爲雖有所爲而無生滅斷常等過所以者何果起不生性變成故果謝不滅歸本性故果性非常前變滅故果性非斷後變生故轉變非恒故非定有自性不易故非定無此亦不然諸法生滅理既不立汝宗所執轉變豈存又轉變言及自性等前已廣破無宜重執故汝所說理必不然有作是言我經部等因緣和合無間果生果起酬因復能生後如是展轉無始時來因果連綿相續不絕無有生滅斷常等過所以者何相續無始故無有生未得對治相續不盡故無有滅相續改轉所以非常相續連綿所以非斷非一性故亦非轉變此亦不然若有生滅可有相續生滅既無相續何有無生滅義前已廣論相續有終是則爲斷相續無始是則爲常相續體一即有轉變故立相續過失彌多有作是言我說諸法常有部等一切有爲從本已來性相實有酬前起後三世遷流無有斷常生滅等過所以者何體恒有故無生無滅有爲相合所以非常果起酬因所以非斷念念別故非變非續此亦不然說常有宗先已破故色等諸法體若恒有應似無爲離有爲相便同數論一切皆常不可說言用有生滅用不離體應同體常體不離用應非恒有若用本有應不名生若用本無應非可起用未生位生用未有不可名生用已生位生用已息亦不名生除此二位無別生時前已廣說故不可執諸法用生生既是無滅亦非有又若色等有爲相合故是無常此有爲相無餘相合應非無常若言此相與

餘相合是則無窮若言有爲有大小相展轉相相非無窮者此亦不然如色等法餘相合故不名能相生等亦然與餘相合應非能相又如大相不以所相色等諸法爲其能相小相亦爾不應所相大生等法以爲能相若別有相應至無窮若別無相應成常住又有爲相定非實有若實有者與理相違所以者何如無爲法有無爲相離法實無此亦應然同三相故無爲實有前已廣遮一切有爲亦非實有以慧分析便歸空故又對無爲立有爲法無爲無故有爲亦無有爲無爲若從緣起即同幻事若不藉緣便似空花故不應執以爲實有如契經言有爲無爲皆是世俗分別假立其體俱空除爲無爲更無別法設復說有但是虛言有爲無爲攝一切法此二空故

諸法皆空空中都無分別戲論虛通無礙即聖慧明故契經言一切諸法從本皆空空即無性由無性故即是般若波羅蜜多其中都無少法可說爲生爲滅爲斷爲常爲一爲異爲來爲去天帝當知若有淨信諸善男子或善女人能如是說不謗般若波羅蜜多異此說者皆名爲謗若說常空應墮斷滅遮常有故不墮此邊執常不空應墮斷滅常無因果名斷滅故我諸所說皆是遮言遮謂遮他生滅等執無生非滅唯爲遮生無滅非生但爲遮滅非斷常等類此應知雖涅槃時生死斷滅此方便說是假非眞如說天中有常樂等是隨俗說非稱實言應以前說諸句文詞隨其所應破諸妄執我等皆妄誰復爲眞謂畢竟空心言路絕分別戲論皆不能行唯諸聖

賢内智所證是故智者應正勤修證此眞空捨彼妄執

廣百論釋論卷第九

音釋

膾古外切 系胡計切緒也

廣百論釋論卷第十

聖天菩薩本
護法菩薩釋
唐三藏法師玄奘奉　制譯

教誡弟子品第八

復次正論已立邪道伏膺於密義中尚餘微滯以淨理教重顯眞宗遣彼餘疑故說頌曰
由少因緣故　疑空謂不空　依前諸品中　理教應重遣

論曰雖一切法本性皆空而初學徒未能明見追愛妄有逆怖眞空或爲餘緣未能決了以正理教重顯前宗令彼除疑捨諸倒執既一切法本性皆空未達此空以何爲性諸法無我此復云何謂無自性應正曉示何假轉音正示無由以無體故但可假說諸法無我無性可取故名爲空如契經言空名諸法無我無性無執無取勝義理中都無少法有我有性可說名空若爾空名應不可說實不可說但假立名如說太虛雖無自性實不可說而假立名空既離言有應可說亦不可說實無體故如說諸法實性都無無性理中無二無說若爾說者言及所言一切皆空今應無說既有所說應不皆空爲顯此疑故次頌曰
能所說若有　空理則爲無

論曰言能說者謂能說人言及所言俱名所說此三總攝有爲無爲謂眼等根及色等境此若實有何法爲空爲遣此疑故復頌曰
諸法假緣成　故三事非有

論曰能說言義三事性空假託衆緣而成立故餘宗亦許諸法名言皆是自心隨俗安立

如是說者言及所言皆勝義無唯世俗有如何謂此三事不空云何定知三事非有謂依他立如幻所爲不依他成皆如兎角是故三事自性皆空爲益世間假有言說又汝何爲疑難真空我意猶望成昔有見應捨此意所以者何非破他宗能成已見如破他說無礙故常非即能成自無常性設有此理汝亦不成所以者何故次頌曰

若唯說空過　不空義即成　不空過已明
空義應先立

論曰若唯破空不空成者不空已破空義應成前諸品中已說一切立不空義所有過失若汝欲成不空義者先當方便除前過失不除前失但說空過汝不空義終不得成非顯他人有失無德即能成已有德無德要具二能方成已見謂立與破故次頌曰

諸欲壞他宗　必應成已義　何樂談他失
而無立已宗

論曰要具立破自見方成立破二能見所依故唯彰他失不顯已宗自義得成終無是理何緣汝輩唯樂破空不念欲成已之有義故於立破二事應均方可得成自宗有義汝欲立有畢竟無能故諸法空其理決定豈不空論此過亦齊不顯已宗唯彰他失此質非理空無我宗前諸品中已廣顯故然空無我遣有我成故破汝宗我宗已立若爾空論但有虛言空無我名無實義故如是如是誠如所言空無我名是假非實爲破他執假立自宗他執既除自宗隨遣爲顯此義復說頌曰

爲破一等執　假立遣爲宗　他三執既除

自宗隨不立

論曰一異及非名爲三執俱同一異故不別論一等三宗若正觀察皆歸無性無少可存彼性本空非由今破故契經說迦葉當知所見本空非由今破諸修空者證本性空故諸破言皆是假說立亦應爾權設非眞諸法皆空宗依何立依汝所執故我立宗所執旣無宗應不立汝謂爲有故宗非無爲存自宗應許他有爲遣汝執故立我宗汝所執無我宗彌立雖爾不可立空爲宗現見世間瓶等有故雖空無我比量多端而被强威現量所伏不爾瓶等非現量知所以者何故次頌曰

許瓶爲現見　空因非有能　餘宗現見因

此宗非所許

論曰我若許瓶現量所得空因比量可說無能然我說瓶非現量得空因比量何爲無能瓶等諸塵皆非現見破根境等諸品已論不可餘宗謂瓶現見對此安立爲證有因所見若同可引爲證所見旣異誰肯順從是故空因不違現量能立諸法性相皆空瓶等諸塵世間現見若以比量皆立爲空是則世間無不空法空無翻對應不得成爲舉此疑故說頌曰

若無不空理　空理如何立

論曰夫立空理翻對不空不空若無空亦非有如何可立諸法皆空爲決此疑故復頌曰

汝旣不立空　不空應不立

論曰立不空者翻對於空旣不信空不空焉立如何可立諸法不空汝不信空而得立有我不執有何廢立空若言不空亦有所對謂

互無有及定無空我空亦然對世俗有遣彼妄有故立眞空又所立空專爲遣執不必對有方立於空如爲遣常說無常教雖常非有而立無常又汝此中不應疑難翻對在有不在於空有事非無有翻有對空理非有何對何翻若謂不然空是宗故如立色等無常爲宗此無常宗既定是有空宗亦爾應必非無此說非眞因不定故世間現見無亦是宗理亦應然故次頌曰

若許有無宗　有宗方可立　無宗若非有
有宗應不成

論曰無宗若有對立有宗無宗若無有宗何對若言無對而立有宗即自違前責空有對若一切法無不皆空無我眞空咸同一味如何現見諸法不同此亦不然世俗有故勝義無故理不相違爲顯此義故說頌曰

若諸法皆空　如何火名煖　此如前具遣
火煖俗非眞

論曰若一切法本性皆空如何世間有火等異世俗事有諸法不同勝義理空無火等異故汝疑難於理不然火等如前破根境等已具觀察是俗非眞如何此中復爲疑難若法非有空何所遮空有所遮故法應有若爾四論展轉相遮皆應是眞便違自意爲顯此義故說頌曰

若謂法實有　遮彼說爲空　應四論皆眞
見何過而捨

論曰遮所遮故建立能遮所遮若無能遮豈有如言非雨故說名冬冬時所遮雨時必有空遮有故有定非無此亦不然因不定故一

等四論展轉相遮皆應是眞是所遮故眞旣無過皆應可宗汝見何德捨三執一故不可說實有所遮若諸所遮皆實有者自言無過汝過應眞汝撥無空此空應實若一切法性相都無是則世間皆應斷滅尚不執有況復執無執有執無皆成過故爲顯此義故說頌曰

若諸法都無　生死應非有　諸佛何曾許
執法定爲無

論曰若法全無應無生死因果展轉相續輪迴非定執無何得爲難我說世俗因果非無諸佛世尊智見無礙亦未曾許定有定無如契經中佛告迦葉諸法性相非有非無有是一邊無是第二謂常與斷此二中間無色無見無住無像不可表示不可施設此意說言世俗有故依之建立生死輪迴勝義空故謂法性相非有非無心言路絶若一切法眞離有無復以何緣而言俗有眞雖無二俗有何乖應離於眞別有其俗雖不相離而義有殊俗順世情眞談實理故眞無二俗有多途又一切宗皆許無二而有種種體類不同是故不應輒生疑難爲顯此義故說頌曰

若眞離有無　何緣言俗有　汝本宗亦爾
致難復何爲

論曰若色等法眞離有無復有何緣而言俗有因果不斷生死輪迴俗順世情因緣假有眞談實理非有非無汝等本宗皆許無二而言法有輒難何爲所以者何如諸句義非即是有勿一切法其體皆同亦非非有勿一切法其體皆無非有非無雖徧諸法而立種種

句義不同我法亦然何煩致難由此道理餘難亦通所以者何故次頌曰

諸法若都無　差別應非有　執諸法皆有
差別亦應無

論曰若一切法實性都無所有世間因果差別謂從眼等眼識等生此皆應無無無別故此同上釋謂不執無執有執無皆非理故又若執有其過亦同所以者何若一切法皆同有性所有世間因果差別謂從眼等眼識等生此皆應無有無別故定於有上隨相不同建立世間諸法差別我亦如是眞故雖空於俗有中建立差別故汝所難即爲唐捐有劣慧人復生疑難若法非有則定應無能破有因此難非理世俗有故汝執非無能立有因何故非有爲顯此義復說頌曰

若謂法非有　無能破有因　破有因已明
汝宗何不立

論曰若謂諸法性相皆無能破有因亦非有者此慧極劣以於現前麤顯事中不能了故世俗所攝能破有因前已廣明何謂非有汝不可說俗有非因勝義理中無立破故若不忍許能破有因何不立因證自宗有如我廣說能破有因汝立有因一未曾見如何可執諸法非空空言是破破他便立有言是立自立方成是故我空無勞別立汝所執有須別因成別因既無何緣知有破因易得立因難成故破有因未爲奇妙若爾汝等何不破空爲破彼言故說頌曰

說破因易得　是世俗虛言　汝何緣不能
遮破眞空義

論曰破因易得是俗虛言未見有因破眞空故小乘外道雖惡眞空而未有因破眞空義如何可說易得破因諸法性空易立難破諸法性有難立易傾眞僞皎然如何固執有被立破因網所籠自出無能矯作是說聲爲定量表法有無旣有有聲法應定有法若非有有聲應無爲破此言故說頌曰

有名詮法有　謂法實非無　無名表法無
法實應非有

論曰彼立諸名以聲爲性此立名等非即是聲故但舉名以破彼執有聲詮有汝執所詮法實非無無聲表無應信所詮法實非有無聲非量便自違宗故汝所言非爲證有此劣慧者欲脫已愆徒設功勞終不能免依實有法立實有名因實有名生實有解法若非有應無有名有名若無應無有解旣有有解故法非無此亦不然假立名故爲顯此義故說頌曰

由名解法有　遂謂法非無　因名知法無
應信法非有

論曰若聞有名生於有解遂謂諸法是有非無旣聞無名生於無解應信諸法非有是無此旣不然彼云何爾依名生解是證空因謂爲有因必不應理法體若有何待有名旣待有名方生有解故知諸法體實爲無但假立名世共流布有名決定無實所詮如人號牛依想立故名能遣有而立有因不異有人以明爲闇有若可說是假非眞所以者何故次頌曰

諸世間可說　皆是假非眞　離世俗名言

乃是眞非假

論曰世間言說皆隨自心爲共流傳假想安立法若可說是假非眞非假是眞定不可說諸可說者皆俗非眞前諸品中已廣成立故所執有是假非眞如舍如軍可言說故一等四執前已具遮更不立餘眞實有法是則此論應墮無邊爲釋此疑故說頌曰

謗諸法爲無　可墮於無見　唯蠲諸妄執如何說墮無

論曰謗諸有法可墮無邊唯遣妄情豈墮無執爲破有執且立爲無有執若除無亦隨遣又世俗有前已數論故不應言此墮無執唯許俗有眞應是無不許眞無應許眞有此言非理故次頌曰

有非眞有故　無亦非眞無　既無有眞無何有於眞有

論曰若有眞有可有眞無眞有既無眞無豈有無眞無故眞有亦無眞非有無如前屢辯如何復執眞是有無若眞非無何意頻說諸法性相俗有眞無此說意言唯俗是有眞無此有故說眞無若爾此眞俗無爲體若不爾者應別有眞若別有眞有非唯俗有既唯俗眞體應無眞體若無何欣修證此中一類釋此難言我說眞無是遮非表世間妄見執有爲眞遮此有眞不表無體然其眞體即是俗無非離俗無別有眞體言眞無者謂俗無眞此遮其眞無別所表此於言義未究其源誰謂眞無別有所表若遮餘法別有所詮是遮表言遮餘法已表餘共相如非衆生非黄門等若遮餘法無別所詮是唯遮言遮所遮已

其力斯竭如勿食肉勿飲酒等此眞無言唯遮其眞無別所表不言可悉如非有言唯遮其有不詮非有亦不表餘若詮其無或表餘法則不應說此非有言若非有言詮於有者非無之說應表其無如是遮言愚智同了彼無疑難重說何爲彼難意言有若唯俗眞即非有何所修證但說眞無是遮非表乃至廣說豈釋難耶復有釋言修無我觀方便究竟見眞理時一切俗有皆不顯現故說眞無此亦不然意難了故若俗非有說名爲眞應無所證若別有眞是所證者則不應言有唯是俗又違經說都無所見乃名見眞少有所見即非見眞是故此言亦非正釋如是釋者應作是言眞非有無心言絕故爲破有執假說爲無爲破無執假說爲有有無二說皆世俗言勝義理中有無俱遣聖智所證非有非無而有而無後當廣說有作是難證法空因爲有爲無有則餘法亦應是有無則不能證諸法空爲舉此難故說頌曰

有因證法空　法空應不立

論曰空必依因方可得立若不爾者一切應成因既不空餘亦應爾唯陽焰等水等性空則所立宗皆不成就爲釋此難復說頌曰

宗因無異故　因體實爲無

論曰數論師等總別無異勤勇無間所發等因皆即是聲應如聲體不遍餘故因體不成勝論師等計總與別或異不異其不異者過同前師異即如前諸品已破故異不異皆不成因由此故說宗因無異因體實無又所立因體若實有應與宗體或一或異然不可說

因與宗體或一或異非一異故猶若軍林是假非眞世俗所攝隨順世間虛妄分別建立種種宗因不同遣諸邪執邪執旣遣宗因亦亡故不可言法同因有宗因假立皆俗非眞復有難言證法空喻爲無爲有無則不能證諸法空有則諸法如喻應有此亦不然故次頌曰

謂空喻別有　例諸法非空　唯有喻應成
內我同烏黑

論曰喻則是因一分所攝因旣俗有喻亦應然若謂離因別有喻體以例諸法是有非空此定不然離因之喻必不能證所立義宗如所立宗非因攝故若非因喻能立義宗內我如烏黑性應立又應一切所立皆成無因事同易可得故由是喻體必不離因故應同因不可爲難若一切法本性皆空證見此空有何勝德爲敘此難故說頌曰

若法本性空　見空有何德

論曰非於離我諸行法中證見我空少有勝德諸法亦爾若本性空證見此空何所饒益若無所益何用劬勞修能證空無量加行爲釋此難復說頌曰

虛妄分別縛　證空見能除

論曰諸法諸行雖空無我而諸愚夫虛妄分別執一異等由此虛妄分別勢力生長貪等煩惱隨眠隨緣發生諸善惡業沒三有海相續輪迴三苦所煎不能自出勤修加行證無我空漸次斷除虛妄分別隨其所應證三菩提自利利他功德無盡虛妄分別其體是何謂三界心心所有法豈不此法亦本性空如

諸愚夫所執色等何能引苦煎迫有情若此雖空而能引苦是則色等亦有此能何故但言虚妄分別雖色心等皆本性空而要依於虚妄分別計度諸法爲有爲無因是發生雜染清淨由斯含識染淨不同是故但言虚妄分別法若實有是事可然法既實無如何計度爲有無等染淨不同如夢等中雖無色等而有種種相現分明此喻不然於夢等位有分別故作用非無分別爲依現諸境像起諸染淨是事可然今既皆空無實分別誰能起此作用不同無體有能曾所未見若無有體而有功能兎角龜毛應皆有用又無煩惱或無善根而諸有情有染淨者已斷煩惱應更輪迴未種善根應獲常樂此中一類釋此難言世俗非無故無此失應同世俗非諦實耶

彼答不然隨世俗量是實有故亦名諦實如何可說一法一時有無相違俱名諦實生等亦爾一法一時有生無生有滅無滅有斷無斷有常無常有來無來有去無去乃至廣說更互相違如何可言俱是諦實彼作是說一法一時無義爲眞有義爲俗義差別故互不相違猶如世間施等善法性有漏故得不善名善根相應故亦名善俱名諦實而不相違此理不然施等善法觀待異故可不相違一法一時有無二諦無別觀待何得無違所以者何安和名善善有二種所謂世間及出世間出世善法畢竟能害煩惱諸纏究竟安和名勝義善世間善法暫時有能畢竟無能暫時能伏煩惱纏故名世俗善非永能斷煩惱纏故亦得名爲勝義不善此善不善互不相

違有能無能時分異故如施等善住一刹那說名有能過此已後必不能住說名無能有能無能雖在一法時分異故而不相違第二刹那施等不住既無有體誰名無能由彼體無能定非有能非有故即名無能或能無能時分無異所望境别故不相違所以者何暫時能伏貪等纏故名爲有能不能斷滅貪等種故名曰無能如服酥膏能除風疾不遣痰癊有能無能時分雖同而所望境有差别故互不相違一法一時有無二諦境無差别何得無違彼復救言如一念識我執依故世俗名我由勝義故亦名無我我無我别而不相違一法一時有無亦爾雖無境别而不相違此亦不然我無我義不相違故所以者何一刹那心不自在故名爲無我我執所依亦名爲我如契經言若識是我應得自在不應轉變而諸愚夫依發我執故說名我不自在義我執依義雖同一識而不相違一法一時有無相反俱名諦實豈得無違汝今爲成有無二諦同在一法互不相違雖别衆多世間譬喻種種方便終不能成彼重救言如一青色據自故有望他故無諸法亦然一一法性據俗故有望眞故無此亦不然青黃體異可據自有望他爲無俗之與眞其體不别據自可有望誰爲無尋究其俗實即是眞非考彼青實成黃色故汝所立法喻不同又俗與眞體不相離如何俗體望眞爲無如契經中佛告善現世俗勝義無各别體世俗眞如即是勝義非離其色别有於空乃至識空亦復如是如何一法無别境時二義相違俱名諦實由

是古昔軌範諸師情事不同安立二諦世俗諦語近顯俗情勝義諦言遠表實事世俗諸法雖稱俗情而事是虛故非諦實又現量證緣起色心言不能詮應非俗諦故契經說所有世間名句所詮名爲俗諦此經意說世共所知能詮所詮相應法義及爲詮表非共所知法義經書名爲俗諦現量所證緣起色心非言所詮亦非俗諦若言假立名言所詮故此色心亦俗諦攝究竟勝義應亦非真假立名言所詮表故究竟勝義無此色心真理都無事有法故非二諦攝此法應無則違世間現量所詮若言是有非二諦收應立第三非真俗諦若言雖有緣起色心是諸世間現量所得而非究竟勝義諦收假說名爲世俗諦攝隨意假立世俗名言有實色心則無諍論

此爲依故染淨義成若謂色心世俗故有由勝義故非有非生如是所言爲有何義若言如彼無分別智所行境界究竟空無不如是有故說非有若爾所行究竟無故無分別智應不得生設許得生亦非真智緣無境故如了餘無智既非真境應是俗雖言色心不如是有而復彌顯色心實有由說非有究竟無故無異相故定應是有既定是有由是亦應許此色心實有生等若汝意謂雖復色心亦有亦生而非勝義應先審定勝義是何然後可言此非勝義若言勝義是無分別智慧所行究竟空無此先已破謂彼所行究竟無故無分別智應不得生乃至廣說又此所行非真勝義以是無故猶如兎角或非有故如彼空花若言勝義是可研窮此亦不然境無異

故夫研窮者不捨世俗又世俗法不可研窮此可研窮應離世俗然非離俗別有勝義故不可說此可研窮是故汝言非勝義相若謂餘宗所執勝義都非有故是勝義相此亦不然彼謂緣生暫住等性名爲勝義今撥非有便違自宗及現量等若言諦實是勝義相是則世俗應非諦實何故前言俗爲諦實設許唯說非有非生名爲諦實是有是生唯假言說妄分別立既非諦實唯假言說妄分別立如何能起染淨作用故彼釋難其理不成非說龜毛名爲有體即有作用能縛世間復有餘師釋此難曰分別所執法體是無因緣所生法體是有由斯發起煩惱隨眠繫縛世間輪迴三有或修加行證無我空得三菩提脫生死苦因緣生法雖通色心而心是源所以偏說虛妄分別能縛世間猒此能修證空加行雖有境界若無有心虛妄尋思終不繫縛亦不能猒修無我空證三菩提出離生死爲證此義引契經言

偏計所執無　依他起性有　妄分別失壞
墮增減二邊

此中一類釋此義言名是偏計所執義是依他起性名於其義非有故無義隨世間非無故有不可引此證有依他此釋不然義相違故若名於義非有故無義亦於名是無何有又於其義所立名言旣因緣生如義應有若妄所執能詮性無妄執所詮其性豈有名隨世俗有詮表能汝不許爲依他起性義亦隨俗假說有能何不許爲偏計所執世俗假立能詮所詮無應並無有應齊有如何經說一

有一無故汝所言不符經義應信徧計所執性無是諸世間妄情立故依他起性從因緣生非妄情爲應信是有彼證已義復引經言由立此此名　詮於彼彼法　彼皆性非有由法性皆然

此頌不能證成彼義經意不說名於義無但說所詮法性非有辯諸法性皆不可詮名言所詮皆是共相諸法自相皆絕名言自相非無共相非有此中略說所詮性無非謂能詮其性實有故頌但說彼非有言不爾應言此性非有彼爲證此依他性無復引經中所說略頌

無有少法生　亦無少法滅　淨見觀諸法非有亦非無

此亦不能證依他起其性非有所以者何此頌意明徧計所執自性差別能詮所詮其體皆空無生無滅離執淨見觀諸世間因緣所生非無非有故此非證依他起無若有依他何緣經說一切法性無不皆空又契經言佛告善現色等諸法自性皆無復有經言佛告大慧一切法性皆無有生先有先無不可生故此有密意密意如何謂此諸經唯破徧計所執自性非一切無若一切無便成邪見云何知有此密意耶餘契經中顯了說故謂薄伽梵說如是言我唯依於相應自性說一切法自性皆無若有如言而生執著謂染淨法自性皆無彼惡取空名爲邪見相應自性即是世間徧計所執由心轉變似外諸塵依此諸塵起諸倒執因此倒執計有自他能詮所詮相應自性染淨諸法即是依他故知諸經

有此密意又到彼岸般若經中佛自分明判有無義徧計所執所集所增所取常恒無變易法如是一切皆名爲無因緣所生皆說爲有又餘經說徧計所執自性無生依他起性所攝諸法從因緣生又慧度經作如是說行慧度者善知色性善知色生善知色如乃至廣說又諸經說諸法無性無生滅等皆應分別不可如言執爲了義勿世俗諦諸法亦無便惡取空成大邪見此言非理所以者何於了義經異分別故世尊自說若諸經中說空無相無願無行無生無滅無有自性無有有情命者主宰補特伽羅解脫門等名了義經我言合理以於餘經佛自決判我依徧計所執自性於餘經中說一切法皆無自性無生無滅本來寂靜自性涅槃依依他起自性說言諸有情心生滅流轉乃至廣說又餘經中佛告具壽舍利子言色自性空自性空故無生無滅無生滅故無有變易受想行識亦復如是此依徧計所執自性說自性空無生滅等以諸愚夫隨自心變色等諸法周徧計度執有眞實自性差別世尊依彼說色等法自性皆空無生滅等依他起性由無徧計所執性故亦說爲空非自性空無生滅等如來處處說三自性皆言徧計所執性空依他圓成二性是有故 知空教別有意趣不可如言撥無諸法如言取義名謗大乘故契經言若有菩薩如言取義不求如來所說意趣是名於法非理作意亦名非處信解大乘若有菩薩不如其言而取於義思求如來所說意趣是名於法如理作意亦名是處信解大乘若爾

云何釋此經句佛告天子汝等當知佛於菩提都無所得亦無少法可生可滅所以者何以一切法無生無滅是故如來出現世間有作是釋諸佛證得大菩提時遠離一切分別戲論雖出世間而不可說有證得等復有釋言佛以菩提爲其自性故無所得如契經言菩提即佛佛即菩提故無所得如其法性而覺知故不生先無不滅先有以諸法性離戲論故無生無滅無上菩提現在前故說名如來出現世間又契經說善現當知色名諸色無性之性受想行等廣說亦爾此經意明依他起性以其徧計所執色等無性所顯離言法性爲其自性若一切法都無所有如何無性而復言性若言色等世俗無性即是色等勝義之性與理相違所以者何夫勝義者分別戲論所不能及豈得以無爲其自性若以無性爲自性者應類餘無不名勝義應不能證無上菩提則違自宗成大過失依他起性若實有者便違經說故契經言

諸法從緣起　緣法兩皆無　能如是正知
名通達緣起　若法從緣生　此法都無性
若法都無性　此法非緣生

如是二經說緣生法雖無自性而不相違以從緣生法有二種一者徧計所執二者依他起性此中意明徧計所執自性非有不說依他若說依他都無自性便撥染淨二法皆無名惡取空自他俱損此妄分別誰復能遮得正見時自當能遣今且應問依他起性何智所知謂無分別智所引生世間淨智既無分別何名世間誰言此智是無分別若有分別

應不能行諸法實相但應緣彼徧計所執雖有分別而說能行法實相者虛妄分別應亦能行諸法實相又今未得無分別後法實相智如何定知有依他起此依他起非如現見他執所依如何定言實有此性唯無分別智所引生世間淨智知依他起與論相違如彼論言徧計執性何智所行爲凡智耶爲聖智耶俱非所行以無相故依他起性何智所行俱是所行然非出世聖智所行又言五事幾是所取幾是能取三是所取分別正智通能所取名相分別分別所取正智有二一緣眞如第二是彼所引生故今猶未得相等又是依他起性故彼論言徧計所執五事不攝依他起性四事所攝若依他起世智所緣而說非空甚可嗤笑諸法實相非是世間心智所行如前屢辯故不應說實有依他論說依他亦凡智境據自證受故不相違依他起性即心心法從緣起時變似種種相名等塵實自證受而增上慢謂取外塵然諸外塵徧計所執無體相故非所緣緣故非聖凡智所行境一切有漏心及心法唯能證受自所現塵未能如實證餘心境無漏世智相應心品由性離染自他俱證故說依他淨智所了與論所說理不相乖汝嗤笑言自呈愚昧非顯我說與理相違若從緣生心及心法同徧計執皆自性空便似空華何能繫縛三有含識生死輪迴是故依他非無體實論者本意決定應然若不爾者何緣故說妄分別縛證空能除誰覩龜毛能計能縛誰見兎角能證能除由是應知有心心法但無心外所執諸塵云何

定知諸法唯識處處經說於此何疑故契經言佛告善現無毛端量實物可依愚夫異生造諸業行唯有顛倒與彼爲依顛倒即是虛妄分別虛妄分別即心心法又契經言無有少法自性可得唯有能造能造即是心及心法又契經說三界唯心如是等經其數無量是故諸法唯識理成豈不決定執一切法實唯有識亦成顛倒是則應如色等諸法顛倒境故其體實無又境既無識云何有不應一識二分合成勿當失於心自一相若言識體實無二分能緣所緣行相空故但隨世俗同所了知有能緣心故說唯識則應亦說境界非無世俗同知有心境故若許實有少分識體應說此體其相如何既不可言能識所識如何定說唯有識耶諸契經言唯有識者爲令觀識捨彼外塵既捨外塵妄心隨息妄心息故證會中道故契經言

未達境唯心　起二種分別　達境唯心已
分別亦不生　知諸法唯心　便捨外塵相
由此息分別　悟平等真空

愚夫異生貪著境味受諸欲樂無捨離心生死輪迴沒三有海受諸劇苦解脫無因如來慈悲方便爲說諸法唯識令捨外塵捨外塵已妄識隨滅妄識滅故便證涅槃故契經言

如世有良醫　妙藥救衆病　諸佛亦如是
爲物說唯心

雖說極微亦可分析據方所故如舍如瓶此難極微可成多分是假非實不可全無若不爾者心及心法一刹那中時分攝故如歲月等衆分合成亦可全無成大過失如是等類

隨見不同分隅聖言令成多分互興諍論各執一邊既不能除惡見塵垢詎能契當諸佛世尊所説大乘清淨妙旨未會眞理隨已執情自是非他深可怖畏應捨執著空有兩邊領悟大乘不二中道如契經説菩薩當知身見爲根所生諸見感匱法業繫縛世間輕彼撥無諸法邪見及於此見稱讃流通因是所生感匱法業經無量劫墜那落迦惡趣輪迴受大憂苦昔微善力來至人中愚鈍盲聾多諸憂苦身形卑陋人不喜覩鄙拙言辭聞皆不悦或宿曾種增上善根來生人間受殊勝報由昔攝受謗法業因偏執如來破相空教非毁所説顯實法門令諸世間非法謂法法謂非法非義謂義義謂非義自損損他深可悲愍然佛所説無不甚深二諦法門最爲難測今且自勵依了義經略辯指歸息諸諍論世俗諦者謂從緣生世出世間色心等法親證離説展轉可言親證爲先後方起説此世俗諦亦有亦生假合所成猶諸幻事從分別起如夢所爲有相可言名世俗諦勝義諦者謂聖所知分别名言皆所不及自内所證不由他緣無相絶言名勝義諦如是略説二諦法門正法學徒同無所諍依前世俗染淨法生依後勝義證於寂滅是故聖説心境有三一者有言有相心境二者無言有相心境三者無言無相心境初於名言能有覺悟亦有隨眠次於名言雖有隨眠而無覺悟後於名言隨眠覺悟一向求無初二緣世俗後一緣勝義復有求離言説隨眠後所得心通緣二諦若於世俗起堅執見及於世俗起不順見

此二俱名虛妄分別是生一切無義利門繫縛有情令不解脫空無我見能悉斷除令諸有情離三有縛自證究竟寂滅涅槃亦轉化他令得解脫拔除正習障根本故　若於世俗起不順見此於勝義定有乖違爲明此見故説頌曰

法成一成無　違眞亦違俗　故與有一異
二俱不可言

論曰若執諸法與其有性定爲一者法則成一定爲異者法則成無是即違眞亦復違俗所以者何若一切法與有性一色應如聲是聲非色聲應如色是色非聲即有性故法應成一若一切法與有性異即色聲等體悉成無非有性故如空華等若執諸法與一性等定一異過如應當知是故有等與法一異二種妄見違俗及眞俱是俱非相違戲論過同一異故不別論於勝義中有無等寂一切問難皆不得成爲顯此義故説頌曰

有非有俱非　諸宗皆寂滅　於中欲興難
畢竟不能伸

論曰勝義理中無少有法以一切法本性無生故有見宗於斯寂滅依有見故非有見生此見既亡彼見隨滅眞若非有聖智不行聖智所行必非非有故非有見不證其眞聖智觀眞不觀非有簡俗有故説眞非有眞非有言還依俗説眞非有教能順趣眞是故諸經多説非有有非有見於此既除俱是俱非皆應類遣以其有等皆可表詮眞絶表詮故非有等一切惡見擾動其心於正理中廣興邪難皆依如是有等見生此見既除彼亦隨滅

雖欲猛勵抗論眞空由無所依措言何寄如空無底足不可依諸有大心發弘誓者欲窮來際利樂有情應正斷除妄見塵垢應妙悟入善逝眞空爲滿所求當勤修學

已除見有累　復遣執無塵　善開妙中道
願世咸歸寂

聖天菩薩造論旣周重叙摧邪復說頌曰

我在爲燎邪宗火　沃以如來正教酥
又扇因明廣大風　誰敢如蛾投猛焰

三藏法師於鷲嶺北得聞此論隨聽隨翻自慶成功而說頌曰

聖天護法依智悲　爲挫羣邪制斯論
四句百非皆殄滅　其猶劫火燎纖毫
故我殉命訪眞宗　欣遇隨聞隨譯訖
願此速與諸含識　俱昇無上佛菩提

廣百論釋論卷第十

音釋

蠲古玄切除也　痰癊痰徒含切癊於禁切　匱求位切　勵力制切嚴正也　抗苦浪切　措倉故切施布也置也　燎力照切縱火也　殄徒典切絕也　殉徐閏切以身從物曰殉

大乘阿毗達磨集論

唐三藏法師玄奘奉詔譯

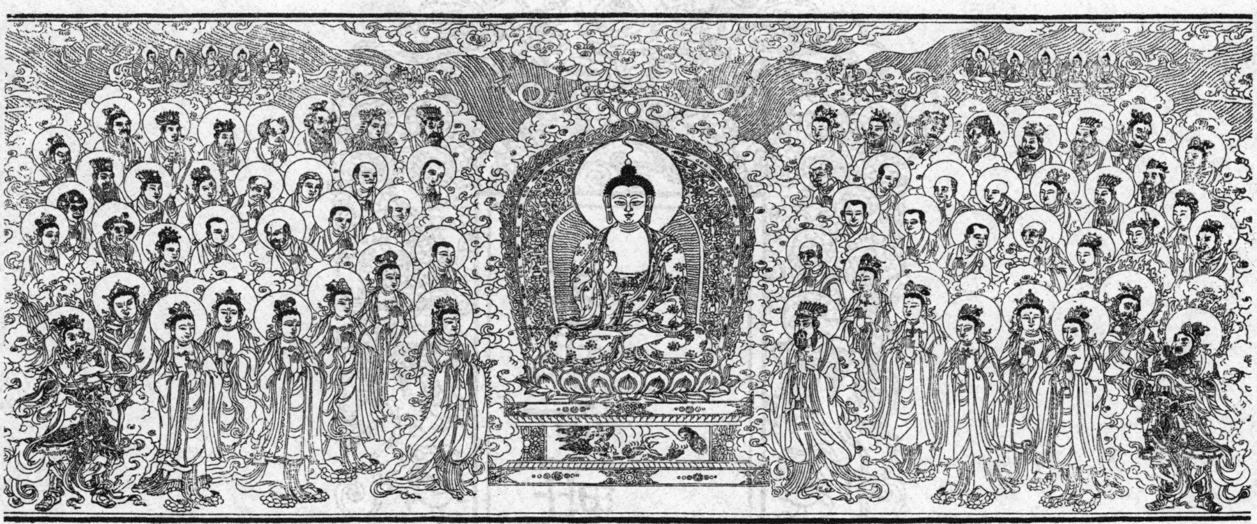

清刻龍藏佛說法變相圖

大乘阿毗達磨集論卷第一

無著菩薩造

唐三藏法師玄奘奉詔譯

本事分中三法品第一之一

本事與決擇　是各有四種　三法攝應成
諦法得論議　幾何因取相　建立與次第
義喻廣分別　集總頌應知

蘊界處各有幾蘊有五謂色蘊受蘊想蘊行蘊識蘊界有十八謂眼界色界眼識界耳界聲界耳識界鼻界香界鼻識界舌界味界舌識界身界觸界身識界意界法界意識界處有十二謂眼處色處耳處聲處鼻處香處舌處味處身處觸處意處法處

何因蘊唯有五爲顯五種我事故謂身具我事受用我事言說我事造作一切法非法我

事彼所依止我自體事何因何界唯十八由身具等能持過現六行受用性故何因處唯十二唯由身具能與未來六行受用爲生長門故何故名取蘊以取合故名爲取蘊何等爲取謂諸蘊中所有欲貪何故欲貪說名爲取謂於未來現在諸蘊能引不捨故希求未來染著現在欲貪名取何故界處名有取法應如蘊說色蘊何相變現相是色相此有二種一觸對變壞二方所示現云何名爲觸對變壞謂由手足塊石刀杖寒熱飢渴蚊虻蛇蠍所觸對時即便變壞云何名爲方所示現謂由方所可相示現如此如此色如是如是色或由定心或由不定尋思相應種種構畫受蘊何相領納相是受相謂由受故領納種種淨不淨業諸果異熟想蘊何相構了相是想相謂由想故構畫種種諸法像類隨所見聞覺知之義起諸言說行蘊何相造作相是行相謂由行故令心造作於善不善無記品中驅役心故識蘊何相了別相是識相謂由識故了別色聲香味觸法種種境界眼界何相謂眼曾現見色及此種子積集異熟阿賴耶識是眼界相如眼界相耳鼻舌身意界相亦爾色界何相謂色眼曾現見及眼界於此增上是色界相如色界相聲香味觸法界相亦爾眼識界何相謂依眼緣色似色了別及此種子積集異熟阿賴耶識是眼識界相如眼識界相耳鼻舌身意識界相亦爾處何相如界應知隨其所應

云何建立色蘊謂諸所有色若四大種及四大種所造云何四大種謂地界水界火界風

界何等地界謂堅鞕性何等水界謂流濕性何等火界謂温熱性何等風界謂輕等動性云何所造色謂眼根耳根鼻根舌根身根色聲香味所觸一分及法處所攝色何等眼根謂四大種所造眼識所依清淨色何等耳根謂四大種所造耳識所依清淨色何等鼻根謂四大種所造鼻識所依清淨色何等舌根謂四大種所造舌識所依清淨色何等身根謂四大種所造身識所依清淨色何等爲色謂四大種所造眼根所行義謂青黃赤白長短方圓麤細高下正不正光影明闇雲煙塵霧逈色表色空一顯色此復三種謂妙不妙俱相違色何等爲聲謂四大種所造耳根可取義或可意或不可意或俱相違或執受大種爲因或不執受大種爲因或俱大種爲因或世所極成或成所引或遍計所起或聖言所攝或非聖言所攝何等爲香謂四大所造鼻根所取義謂好香惡香平等香俱生香和合香變異香何等爲味謂四大種所造舌根所取義謂苦酢甘辛鹹淡或可意或不可意或俱相違或俱生或和合或變異何等所觸一分謂四大種所造身根所取義謂滑性澀性輕性重性耎性緩急冷飢渴飽力劣悶痒黏病老死疲息勇何等法處所攝色有五種應知謂極略色極逈色受所引色遍計所起色自在所生色

云何建立受蘊謂六受身眼觸所生受耳觸所生受鼻觸所生受舌觸所生受身觸所生受意觸所生受如是六受身或樂或苦或不苦不樂復有樂身受苦身受不苦不樂身受

樂心受苦心受不苦不樂心受復有樂有味受苦有味受不苦不樂有味受樂無味受苦無味受不苦不樂無味受復有樂依耽嗜受苦依耽嗜受不苦不樂依耽嗜受樂依出離受苦依出離受不苦不樂依出離受何等身受謂五識相應受何等心受謂意識相應受何等有味受謂自體愛相應受何等無味受謂此愛不相應受何等依耽嗜受謂妙五欲愛相應受何等依出離受謂此愛不相應受

云何建立想蘊謂六想身眼觸所生想耳觸所生想鼻觸所生想舌觸所生想身觸所生想意觸所生想由此想故或了有相或了無相或了小或了大或了無量或了無少所有無所有處何等有相想謂除不善言說無想界定及有頂定想所餘諸想何等無相想謂所餘想何等小想謂能了欲界想何等大想謂能了色界想何等無量想謂能了空無邊處識無邊處想何等無少所有無所有處想謂能了無所有處想

云何建立行蘊謂六思身眼觸所生思耳觸所生思鼻觸所生思舌觸所生思身觸所生思意觸所生思由此思故思作諸善思作雜染思作分位差別又即此思除受及想與餘心所法心不相應行總名行蘊何等名爲餘心所法謂作意觸欲勝解念三摩地慧信慙愧無貪無瞋無癡勤安不放逸捨不害貪瞋慢無明疑薩迦耶見邊執見見取戒禁取邪見忿恨覆惱嫉慳誑諂憍害無慚無愧惛沉掉舉不信懈怠放逸忘念不正知散亂睡眠惡作尋伺何等爲思謂於心造作意業爲體

於善不善無記品中役心爲業何等作意謂發動心爲體於所緣境持心爲業何等爲觸謂依三和合諸根變異分別爲體受所依爲業何等爲欲謂於所樂事彼彼引發所作希望爲體正勤所依爲業何等勝解謂於決定事隨所決定印持爲體不可引轉爲業何等爲念謂於串習事令心明記不忘爲體不散亂爲業何等三摩地謂於所觀事令心一境爲體智所依止爲業何等爲慧謂於所觀事擇法爲體斷疑爲業何等爲信謂於有體有德有能忍可清淨希望爲體樂欲所依爲業何等爲慚謂於諸過惡自羞爲體惡行止息所依爲業何等爲愧謂於諸過惡羞他爲體業如慚說何等無貪謂於有有具無著爲體惡行不轉所依爲業何等無瞋謂於諸有情苦及苦具無恚爲體惡行不轉所依爲業何等無癡謂由報教證智決擇爲體惡行不轉所依爲業何等爲勤謂心勇悍爲體或被甲或加行或無下或無退或無足差別成滿善品爲業何等爲安謂止息身心麤重身心調暢爲體除遣一切障礙爲業何等不放逸謂依止正勤無貪無瞋無癡修諸善法於心防護諸有漏法爲體成滿一切世出世福爲業何等爲捨謂依止正勤無貪無瞋無癡與雜染住相違心平等性心正直性心無功用住性爲體不容雜染所依爲業何等不害謂無瞋善根一分心悲愍爲體不損惱爲業

何等爲貪謂三界愛爲體生衆苦爲業何等爲瞋謂於有情苦及苦具心恚爲體不安隱住惡行所依爲業何等爲慢謂依止薩迦耶

見心高舉爲體不敬苦生所依爲業何等無明謂三界無智爲體於諸法中邪決定疑雜生起所依爲業何等爲疑謂於諦猶豫爲體善品不生所依爲業何等薩迦耶見謂於五取蘊等隨觀執我及我所諸忍欲覺觀見爲體一切見趣所依爲業何等邊執見謂於五取蘊等隨觀執或斷或常諸忍欲覺觀見爲體障處中行出離爲業何等見取謂於諸見及見所依五取蘊等隨觀執爲最爲勝爲上爲妙諸忍欲覺觀見爲體執不正見所依爲業何等戒禁取謂於諸戒禁及戒禁所依五取蘊等隨觀執爲清淨爲解脱爲出離諸忍欲覺觀見爲體勞而無果所依爲業何等邪見謂謗因謗果或謗作用或壞實事或邪分别諸忍欲覺觀見爲體斷善根爲業及不善根堅固所依爲業不善生起爲業善不生起爲業如是五見幾增益見幾損減見四是增益見謂於所知境增益自性及差别故於諸見中增益第一及清淨故一多分是損減見計前後際所有諸見彼於此五幾見所攝謂或二或一切於不可記事所有諸見彼於此五幾見所攝謂或二或一切薄伽梵觀何過失故於蘊界處以五種相非毁執我由觀彼攝受薩迦耶見者有五種過失故謂異相過失無常過失不自在過失無身過失不由功用解脱過失於五取蘊有二十句薩迦耶見謂計色是我我有諸色色屬於我我在色中如是計受想行識是我我有識識屬我我在識等中於此諸見幾是我見幾是我所見謂五是我見十五是我所見何因十五是

我所見由相應我所故隨轉我所故不離我所故薩迦耶見當言於事了不了耶當言於事不得決了如於繩上妄起蛇解

何等爲忿謂於現前不饒益相瞋之一分心怒爲體執仗憤發所依爲業何等爲恨謂自此已後即瞋一分懷怨不捨爲體不忍所依爲業何等爲覆謂於所作罪他正舉時癡之一分隱藏爲體悔不安住所依爲業何等爲惱忿恨居先瞋之一分心戾爲體高暴麤言所依爲業生起非福爲業不安隱住爲業何等爲嫉謂耽著利養不耐他榮瞋之一分心妬爲體令心憂慼不安隱住爲業何等爲慳謂耽著利養於資生具貪之一分心悋爲體不捨所依爲業何等爲誑謂耽著利養貪癡一分詐現不實功德爲體邪命所依爲業何等爲諂謂耽著利養貪癡一分矯設方便隱實過惡爲體障正教受爲業何等爲憍謂或依少年無病長壽之相或得隨一有漏榮利之事貪之一分令心悅豫爲體一切煩惱及隨煩惱所依爲業何等爲害謂瞋之一分無哀無悲無愍爲體損惱有情爲業何等無慚謂貪瞋癡分於諸過惡不自羞爲體一切煩惱及隨煩惱助伴爲業何等無愧謂貪瞋癡分於諸過惡不羞他爲體一切煩惱及隨煩惱助伴爲業何等惛沉謂愚癡分心無堪任爲體障毗鉢舍那爲業何等掉舉謂貪欲分隨念淨相心不寂靜爲體障奢摩他爲業何等不信謂愚癡分於諸善法心不忍可心不清淨心不希望爲體懈怠所依爲業何等懈怠謂愚癡分依著睡眠倚卧爲樂心不策勵

爲體障修方便善品爲業何等放逸謂依懈怠及貪瞋癡不修善法於有漏法心不防護爲體增惡損善所依爲業何等忘念謂諸煩惱相應念爲體散亂所依爲業何等不正知謂諸煩惱相應慧爲體由此慧故起不正知身語心行毀所依爲業何等散亂謂貪瞋癡分心流散爲體此復六種謂自性散亂外散亂內散亂相散亂麤重散亂作意散亂云何自性散亂謂五識身云何外散亂謂正修善時於五妙欲其心馳散云何內散亂謂正修善時沉掉味著云何相散亂謂爲他歸信矯示修善云何麤重散亂謂依我我所執及我慢品麤重力故修善法時於已生起所有諸受起我我所及與我慢執受間雜取相云何作意散亂謂依餘乘餘定若依若入所有流散能障離欲爲業何等睡眠謂依睡眠因緣是愚癡分心略爲體或善或不善或無記或時或非時或應爾或不應爾遺失可作所依爲業何等惡作謂依樂作不樂作應作不應作是愚癡分心追悔爲體或善或不善或無記或時或非時或應爾或不應爾能障心住爲業何等爲尋謂或依思或依慧尋求意言令心麤轉爲體何等爲伺謂或依思或依慧伺察意言令心細轉爲體如是二種安不安住所依爲業復次諸善心所斷自所治爲業煩惱隨煩惱障自能治爲業

何等名爲心不相應行謂得無想定滅盡定無想異熟命根衆同分生老住無常名身句身文身異生性流轉定異相應勢速次第時方數和合等何等爲得謂於善不善無記法

若增若減假立獲得成就何等無想定謂已離遍淨欲未離上欲出離想作意爲先故於不恒行心心所滅假立無想定何等滅盡定謂已離無所有處欲超過有頂暫息想作意爲先故於不恒行諸心心所及恒行一分心心所滅假立滅盡定何等無想異熟謂已生無想有情天中於不恒行心心所滅假立無想異熟何等命根謂於衆同分先業所引住時決定假立命根何等衆同分謂如是如是有情於種種類自體相似假立衆同分何等爲生謂於衆同分諸行本無今有假立爲生何等爲老謂於衆同分諸行相續變異假立爲老何等爲住謂於衆同分諸行相續不變壞假立爲住何等無常謂於衆同分諸行相續變壞假立無常何等名身謂於諸法自性增言假立名身何等句身謂於諸法差別增言假立句身何等文身謂於彼二所依諸字假立文身此言文者能彰彼二故此又名顯能顯彼義故此復名字無異轉故何等異生性謂於聖法不得假立異生性何等流轉謂於因果相續不斷假立流轉何等定異謂於因果種種差別假立定異何等相應謂於因果相續假立相應何等勢速謂於因果迅疾流轉假立勢速何等次第謂於因果一一流轉假立次第何等爲時謂於因果相續流轉假立爲時何等爲方謂於東西南北四維上下因果差別假立爲方何等爲數謂於諸行一一差別假立爲數何等和合謂於因果衆緣集會假立和合

云何建立識蘊謂心意識差別何等爲心謂

蘊界處習氣所熏一切種子阿賴耶識亦名異熟識亦名阿陀那識以能積集諸習氣故何等爲意謂一切時緣阿賴耶識思度爲性與四煩惱恒相應謂我見我愛我慢無明此意遍行一切善不善無記位唯除聖道現前若處滅盡定及在無學地又六識以無間滅識爲意何等爲識謂六識身眼識耳識鼻識舌識身識意識何等眼識謂依眼緣色了別爲性何等耳識謂依耳緣聲了別爲性何等鼻識謂依鼻緣香了別爲性何等舌識謂依舌緣味了別爲性何等身識謂依身緣觸了別爲性何等意識謂依意緣法了別爲性

云何建立界謂色蘊即十界眼界色界耳界聲界鼻界香界舌界味界身界觸界及意界一分受蘊想蘊行蘊即法界一分識蘊即七識界謂眼等六識界及意界何等界法蘊不攝耶謂法界中諸無爲法此無爲法復有八種善法眞如不善法眞如無記法眞如虛空非擇滅擇滅不動及想受滅何等善法眞如謂無我性亦名空性無相實際勝法界何故眞如說名眞如謂彼自性無變異故何故眞如名無我性離二我故何故眞如名爲空性一切雜染所不行故何故眞如名爲無相以一切相皆寂靜故何故眞如名爲實際以無顛倒所緣性故何故眞如名爲勝義最勝聖智所行處故何故眞如名爲法界一切聲聞獨覺諸佛妙法所依相故如善法眞如當知不善法眞如無記法眞如亦爾何等虛空謂無色性容受一切所作業故何等非擇滅謂是滅非離繫何等擇滅謂是滅是離繫何等

不動謂已離遍淨欲未離上欲苦樂滅何等想受滅謂已離無所有處欲超過有頂暫息想作意爲先故諸不恒行心心所滅及恒行一分心心所滅又若五種色若受想行蘊及此所說八無爲法如是十六總名法界

云何建立處謂十色界即十色處七識界即意處法界即法處由此道理諸蘊界處三法所攝謂色蘊法界意處如說眼及眼界若有眼亦眼界耶設有眼界亦眼耶或有眼非眼界謂阿羅漢最後眼或有眼界非眼謂處卵㲉羯邏藍時頞部曇時閉尸時在母腹中若不得眼設得已失若生無色異生所有眼因或有眼亦眼界謂所餘位或有無眼無眼界謂已入無餘依涅槃界及諸聖者生無色界如眼與眼界如是耳鼻舌身與耳等界隨其所應盡當知若有意亦意界耶設有意界亦意耶或有意非意界謂阿羅漢最後意或有意界非意謂處滅定者所有意因或有意亦意界謂所餘位或有無意無意界謂已入無餘依涅槃界若生長彼地即用彼地眼還見彼地色耶或有即用彼地眼還見彼地色或復餘地謂生長欲界用色纏眼見欲纏色或用色纏上地眼見下地色如以眼對色如是以耳對聲如生長欲界如是生長色界若生長欲界即以欲纏鼻舌身還齅嘗覺欲纏香味觸若生長色界即以色纏身還覺自地觸彼界自性定無香味離段食貪故由此道理亦無鼻舌兩識若生長欲界即以欲纏意知三界法及無漏法如生長欲界如是生長色界若生長無色界以無色纏意知無色纏自

地法及無漏法若以無漏意知三界法及無漏法何故諸蘊如是次第由識住故謂四識住及識又前爲後依故如其色相而領受故如所領受而了知故如所了知而思作故如所思作隨彼彼處而了別故又由染污清淨故謂若於是處而起染淨若由領受取相造作故染污清淨若所染污及所清淨由此理故說蘊次第何故諸界如是次第由隨世事差別轉故云何世事差別而轉謂諸世間最初相見既相見已更相問訊既問訊已即受沐浴塗香華鬘次受種種上妙飲食次受種種卧具侍女然後意界處處分別以内界次第故建立外界隨此次第建立識界如界次第處亦如是

蘊義云何諸所有色若過去若未來若現在若内若外若麤若細若劣若勝若遠若近彼一切略說一色蘊積聚義故如財貨蘊聚如是乃至識蘊又苦相廣大故名爲蘊如大材蘊如契經言如是純大苦蘊集故又荷雜染擔故名爲蘊如肩荷擔

界義云何一切法種子義又能持自相義又能持因果性義又攝持一切法差別義

處義云何識生長門義是處義如佛所說色如聚沫受如浮泡想如陽燄行如芭蕉識如幻化以何義故色如聚沫乃至識如幻化以無我故離淨故少味故不堅不實故

大乘阿毗達磨集論卷第一

音釋

蚊蝱 蚊無分切蝱莫耕切蚊蝱並齧人飛蟲也 蠍 許謁切毒蟲也 鞕 魚孟切堅也 策 楚革切勸使進也 齅 許救切鼻收氣也

大乘阿毗達磨集論卷第二

無著菩薩造

唐三藏法師玄奘奉詔譯

本事分中三法品第一之二

復次蘊界處廣分別云何嗢柁南曰

實有性等所知等　色等漏等已生等

過去世等諸緣等　云何幾種為何義

蘊界處中云何實有幾是實有為何義故觀實有耶謂不待名言此餘根境是實有義一切皆是實有為捨執著實有我故觀察實有

云何假有幾是假有為何義故觀假有耶謂待名言此餘根境是假有義一切皆是假有為捨執著實有我故觀察假有

云何世俗有幾是世俗有為何義故觀世俗有耶謂雜染所緣是世俗有義一切皆是世俗有為捨執著雜染相我故觀察世俗有

云何勝義有幾是勝義有為何義故觀勝義有耶謂清淨所緣是勝義有義一切皆是勝義有為捨執著清淨相我故觀察勝義有

云何所知幾是所知為何義故觀所知耶謂所知有五種一色二心三心所有法四心不相應行五無為若於是處雜染清淨若所雜染及所清淨若能雜染及能清淨若於此分位若此清淨性由依此故一切皆是所知此中色謂色蘊十色界十色處及法界法處所攝諸色心謂識蘊七識界及意處心所有法謂受蘊想蘊相應行蘊及法界法處一分心不相應行謂不相應行蘊及法界法處一分無為謂法界法處一分又所知法者謂勝解智所行故道理智所行故不散智所行故內

證智所行故他性智所行故下智所行故上智所行故厭患智所行故不起智所行故無生智所行故智智所行故究竟智所行故大義智所行故是所知義一切皆是所知爲捨執著知者見者我故觀察所知

云何所識幾是所識爲何義故觀所識耶謂無分别故有分别故因故轉故相故相所生故能治所治故微細差别故是所識義一切皆是所識爲捨執著能見者等我故觀察所識

云何所通達幾是所通達爲何義故觀所通達耶謂轉變故隨聞故入行故來故往故出離故是所通達義一切皆是所通達爲捨執著有威德我故觀察所通達

云何有色幾是有色爲何義故觀有色耶謂色自性故依大種故喜集故有方所故處遍滿故方所可說故方處所行故二同所行故相屬故隨逐故顯了故變壞故顯示故積集建立故外門故内門故長遠故分限故暫時故示現故是有色義一切皆是有色或隨所應爲捨執著有色我故觀察有色

云何無色幾是無色爲何義故觀無色耶謂有色相違是無色義一切皆是無色或隨所應爲捨執著無色我故觀察無色

云何有見幾是有見爲何義故觀有見耶謂眼所行境是有見義餘差别如有色說一切皆是有見或隨所應爲捨執著眼境我故觀察有見

云何無見幾是無見爲何義故觀無見耶謂有見相違是無見義一切皆是無見或隨所

應爲捨執著非眼境我故觀察無見
云何有對幾是有對爲何義故觀有對耶謂有見者皆是有對又三因故說名有對謂種類故積集故不修治故種類者謂諸色法互爲能礙互爲所礙積集者謂極微已上不修治者謂非三摩地自在轉色又損害依處是有對義一切皆是有對或隨所應爲捨執著不遍行我故觀察有對
云何無對幾是無對爲何義故觀無對耶謂有對相違是無對義一切皆是無對或隨所應爲捨執著遍行我故觀察無對
云何有漏幾是有漏爲何義故觀有漏耶謂漏自性故漏相屬故漏所縛故漏所隨故漏隨順故漏種類故是有漏義五取蘊十五界十處全及三界二處少分是有漏爲捨執著漏合我故觀察有漏
云何無漏幾是無漏爲何義故觀無漏耶謂有漏相違是無漏義五無取蘊全及三界二處少分是無漏爲捨執著離漏我故觀察無漏
云何有諍幾是有諍爲何義故觀有諍耶謂依如是貪瞋癡故執持刀仗發起一切鬬訟違諍彼自性故彼相屬故彼所縛故彼所隨故彼隨順故彼種類故是有諍義乃至有漏有爾所量有諍亦爾爲捨執著諍合我故觀察有諍
云何無諍幾是無諍爲何義故觀無諍耶謂有諍相違是無諍義乃至無漏有爾所量無諍亦爾爲捨執著離諍我故觀察無諍
云何有染幾是有染爲何義故觀有染耶謂

依如是貪瞋癡故染著後有自身彼自性故彼相屬故彼所縛故彼隨逐故彼隨順故彼種類故是有染義乃至有淨有爾所量有染亦爾爲捨執著染合我故觀察有染

云何無染幾是無染爲何義故觀無染耶謂有染相違是無染義乃至無淨有爾所量無染亦爾爲捨執著離染我故觀察無染

云何依耽嗜幾是依耽嗜爲何義故觀依耽嗜耶謂依如是貪瞋癡故染著五欲彼自性故彼相屬故彼所縛故彼隨逐故彼隨順故彼種類故是依耽嗜義乃至有染有爾所量依耽嗜亦爾爲捨執著耽嗜合我故觀察依耽嗜

云何依出離幾是依出離爲何義故觀依出離耶謂依耽嗜相違是依出離義乃至無染有爾所量出離亦爾爲捨執著離耽嗜我故觀察出離

云何有爲幾是有爲爲何義故觀有爲耶謂若法有生滅住異可知是有爲義一切皆是有爲唯除法界法處一分爲捨執著無常我故觀察有爲

云何無爲幾是無爲爲何義故觀無爲耶謂有爲相違是無爲義法界法處一分是無爲爲捨執著常住我故觀察無爲無取五蘊當言有爲當言無爲彼不應言有爲無爲何以故諸業煩惱所不爲故不應言有爲隨欲現前不現前故不應言無爲如世尊說法有二種謂有爲無爲云何今說此法非有爲非無爲若由此義說名有爲不以此義說名無爲若由此義說名無爲不以此義說名有爲依

此道理唯說二種

云何世間幾是世間爲何義故觀世間耶謂三界所攝及出世智後所得似彼顯現是世間義諸蘊一分十五界十處全及三界二處一分是世間爲捨執著世依我故觀察世間

云何出世幾是出世爲何義故觀出世耶謂能對治三界無顛倒無戲論無分別故是無分別出世間義又出世後所得亦名出世依止出世故是出世義諸蘊一分及三界二處一分是出世爲捨執著獨存我故觀察出世

云何已生幾是已生爲何義故觀已生耶謂過去現在是已生義一切一分是已生爲捨執著非常我故觀察已生又有二十四種已生謂最初已生相續已生長養已生依止已生轉變已生成熟已生退墮已生勝進已生清淨已生不清淨已生運轉已生有種已生無種已生影像自在示現已生展轉已生剎那壞已生離會已生異位已生生死已生成壞已生先時已生死時已生中時已生續時已生

云何非已生幾是非已生爲何義故觀非已生耶謂未來及無爲法是非已生義一切一分是非已生爲捨執著常住我故觀察非已生又已生相違是非已生義

云何能取幾是能取爲何義故觀能取耶謂諸色根及心心所是能取義三蘊全色行蘊一分十二界六處全及法界法處一分是能取爲捨執著能受用我故觀察能取又能取有四種謂不至能取至能取自相現在各別境界能取自相共相一切時一切境界能取

又由和合識等生故假立能取

云何所取幾是所取爲何義故觀所取耶謂諸能取亦是所取或有所取非是能取謂唯是取所行義一切皆是所取爲捨執著境界我故觀察所取

云何外門幾是外門爲何義故觀外門耶謂欲界所繫法是外門義除依佛教所生聞思慧及彼隨法行所攝心心所等四界二處全及餘一分欲界所攝是外門爲捨執著不離欲我故觀察外門

云何内門幾是内門爲何義故觀内門耶謂外門相違是内門義除四界二處全及餘一分是内門爲捨執著離欲我故觀察内門

云何染汙幾是染汙爲何義故觀染汙耶謂不善及有覆無記法是染汙義有覆無記者謂遍行意相應煩惱等及色無色界繫諸煩惱等諸蘊十界四處一分是染汙爲捨執著煩惱合我故觀察染汙

云何不染汙幾是不染汙爲何義故觀不染汙耶謂善及無覆無記法是不染汙義八界八處全諸蘊及餘界處一分是不染汙爲捨執著離煩惱我故觀察不染汙

云何過去幾是過去爲何義故觀過去耶謂自相已生已滅故因果已受用故染淨功用已謝故攝因已壞故果及自相有非有故憶念分別相故戀爲雜染相故捨爲清淨相故是過去義一切一分是過去爲捨執著流轉我故觀察過去

云何未來幾是未來爲何義故觀未來耶謂有因非已生故未得自相故因果未受用故

雜染清淨性未現前故因及自相有非有故希爲雜染相故不希爲清淨相故是未來義一切一分是未來爲捨執著流轉我故觀察未來

云何現在幾是現在爲何義故觀現在耶謂自相已生未滅故因果受用未受用故雜染清淨正現前故能顯過去未來相故作用現前故是現在義一切一分是現在爲捨執著流轉我故觀察現在何故過去未來現在說名言事非涅槃等内自所證不可說故唯曾當現是言說所依故

云何善幾是善爲何義故觀善耶謂自性故相屬故隨逐故發起故勝義故生得故加行故現前供養故饒益故引攝故對治故寂靜故等流故是善義五蘊十界四處一分是善爲捨執著法合我故觀察善何等自性善謂信等十一心所有法何等相屬善謂彼相應法何等隨逐善謂即彼諸法習氣何等發起善謂彼所發身業語業何等勝義善謂眞如何等生得善謂即彼諸善法由先串習故感得如是報由此自性即於是處不由思惟任運樂住何等加行善謂依止親近善丈夫故聽聞正法如理作意修習淨善法隨法行何等現前供養善謂想對如來建立靈廟圖寫尊容或想對正法書治法藏興供養業何等饒益善謂以四攝事饒益一切有情何等引攝善謂施性福業事及戒性福業事故引攝生天樂異熟引攝生富貴家引攝隨順清淨法何等對治善謂厭壞對治斷對治持對治遠分對治伏對治離繫對治煩惱障對治所

知障對治何等寂靜善謂永斷貪欲永斷瞋恚永斷愚癡永斷一切煩惱若想受滅若有餘依涅槃界若無餘依涅槃界若無所住涅槃界何等等流善謂已得寂靜者由此增上力故發起勝品神通等世出世共不共功德

云何不善幾是不善爲何義故觀不善耶謂自性故相屬故隨逐故發起故勝義故生得故加行故現前供養故損害故引攝故所治故障礙故是不善義五蘊十界四處一分是不善爲捨執著非法合我故觀察不善何等自性不善謂除染汙意相應及色無色界煩惱等所餘能發惡行煩惱隨煩惱何等相屬不善謂即此煩惱隨煩惱相應法何等隨逐不善謂即彼習氣何等發起不善謂彼所起身業語業何等勝義不善謂一切流轉何等生得不善謂由串習不善故感得如是異熟由此自性即於不善任運樂住何等加行不善謂依止親近不善丈夫故聽聞不正法不如理作意行身語意惡行何等現前供養不善謂想對歸依隨一天衆已或殺害意爲先或邪惡意爲先建立祠廟廣興供養業令無量衆廣樹非福何等損害不善謂於一切處起身語意種種邪行何等引攝不善謂行身語意諸惡行已於惡趣善趣引攝不愛果異熟或引或滿何等所治不善謂諸對治所對治法何等障礙不善謂能障礙諸善品法

云何無記幾是無記爲何義故觀無記耶謂自性故相屬故隨逐故發起故勝義故生得故加行故現前供養故饒益故受用故引攝故對治故寂靜故等流故是無記義八界八

處全及餘蘊界處一分是無記爲捨執著離法非法我故觀察無記何等自性無記謂八色界處意相應品命根衆同分名句文身等何等相屬無記謂懷非穢非淨心者所有由名句文身所攝受心心所法何等隨逐無記謂即彼戲論習氣何等發起無記謂彼所攝受諸心心所法所發身業語業何等勝義無記謂虛空非擇滅何等生得無記謂諸不善有漏善法異熟何等加行無記謂非染非善心者所有威儀路工巧處法何等現前供養無記謂如有一想對歸依隨一天衆遠離殺害意邪惡見建立祠廟與供養業令無量衆於如是處不生長福非福何等饒益無記謂如有一於自僕使妻子等所以非穢非淨心而行惠施何等受用無記謂如有一以無簡擇無染汙心受用資具何等引攝無記謂如有一於工巧處串習故於當來世復引攝如是相身由此身故習工巧處速疾究竟何等對治無記謂如有一爲治疾病得安樂故以簡擇心好服醫藥何等寂靜無記謂色無色界諸煩惱等由奢摩他所藏伏故何等等流無記謂變化心俱生品

復有示現善不善無記法此復云何謂佛及得第一究竟菩薩摩訶薩爲欲饒益諸有情故有所示現當知此中無有一法眞實可得

云何欲界繫幾是欲界繫爲何義故觀欲界繫耶謂未離欲者所有善不善無記法是欲界繫義四界二處全及餘蘊界處一分是欲界繫爲捨執著未離欲界欲我故觀察欲界繫

云何色界繫幾是色界繫爲何義故觀色界繫耶謂已離欲界欲未離色界欲者所有善無記法是色界繫義除前所說四界二處餘蘊界處一分是色界繫爲捨執著離欲界欲我故觀察色界繫

云何無色界繫幾是無色界繫爲何義故觀無色界繫耶謂已離色界欲未離無色界欲者所有善無記法是無色界繫義三界二處四蘊一分是無色界繫爲捨執著離色界欲我故觀察無色界繫

復次有一分離欲具分離欲通達離欲損伏離欲永害離欲復有十種離欲謂自性離欲損害離欲任持離欲增上離欲愚癡離欲對治離欲遍知離欲永斷離欲有上離欲無上離欲何等自性離欲謂於苦受及順苦受處法生厭背性何等損害離欲謂習欲者暢熱惱已生厭背性何等任持離欲謂飽食已於諸美膳生厭背性何等增上離欲謂得勝處已於下劣處生厭背性何等愚癡離欲謂諸愚夫於涅槃界生厭背性何等對治離欲謂由世間出世間道斷諸煩惱何等遍知離欲謂已得見道者於三界法生厭背性何等永斷離欲謂永斷地地諸煩惱已生厭背性何等有上離欲謂世間聲聞獨覺所有離欲何等無上離欲謂佛菩薩所有離欲爲欲利樂諸有情故

云何有學幾是有學爲何義故觀有學耶謂求解脫者所有善法是有學義十界四處諸蘊一分是有學爲捨執著求解脫我故觀察有學

云何無學幾是無學爲何義故觀無學耶謂於諸學處已得究竟者所有善法是無學義爲捨執著已脫我故觀察無學
云何非學非無學幾是非學非無學爲何義故觀非學非無學耶謂諸異生所有善不善無記法及諸學者染汙無記法諸無學者無記法并無爲法是非學非無學義八界八處全及餘蘊界處一分是非學非無學爲捨執著不解脫我故觀察非學非無學
云何見所斷幾是見所斷爲何義故觀見所斷耶謂分別所起染汙見疑見處疑處及於見等所起邪行煩惱隨煩惱及由見等所發身語意業并一切惡趣等蘊界處是見所斷義一切一分是見所斷爲捨執著見圓滿我故觀察見所斷

云何修所斷幾是修所斷爲何義故觀修所斷耶謂得見道後見所斷相違諸有漏法是修所斷義一切一分是修所斷爲捨執著修圓滿我故觀察修所斷
云何非所斷幾是非所斷爲何義故觀非所斷耶謂諸無漏法除順決擇分是非所斷十界四處諸蘊一分是非所斷爲捨執著成滿我故觀察非所斷
云何緣生幾是緣生爲何義故觀緣生耶謂相故分別支故略攝支故建立支緣故建立支業故支雜染攝故義故甚深故差別故順逆故是緣生義一切皆是緣生唯除法界法處一分諸無爲法爲捨執著無因不平等因我法故觀察緣生
何等相故謂無作緣生故無常緣生故勢用

緣生故是緣生相
何等分別支故謂分別緣生爲十二分何等十二謂無明行識名色六處觸受愛取有生及老死
何等略攝支故謂能引支所引支能生支所生支能引支者謂無明行識所引支者謂名色六處觸受能生支者謂愛取有所生支者謂生老死
何等建立支緣故謂習氣故引發故思惟故俱有故建立支緣隨其所應
何等建立支業故謂無明有二種業一令諸有情於有愚癡二與行作緣行有二種業一令諸有情於諸趣中種種差別二與識作緣由熏習故識有二種業一持諸有情所有業縛二與名色作緣名色有二種業一攝諸有情自體二與六處作緣六處有二種業一攝諸有情自體圓滿二與觸作緣觸有二種業一令諸有情於所受用境界流轉二與受作緣受有二種業一令諸有情於所受用生果流轉二與愛作緣愛有二種業一引諸有情流轉生死二與取作緣取有二種業一爲取後有令諸有情發有取識二與有作緣有有二種業一令諸有情後有現前二與生作緣生有二種業一令諸有情名色六處觸受次第生起二與老死作緣老死有二種業一數令有情時分變異二數令有情壽命變異何等支雜染攝故謂若無明若愛若取是煩惱雜染所攝若行若識若有是業雜染所攝餘是生雜染所攝何等義故謂無作者義有因義離有情義依他起義無作用義無常義有

刹那義因果相續不斷義因果相似攝受義因果差別義因果決定義是緣起義

何等甚深故謂因甚深故相甚深故生甚深故住甚深故轉甚深故是甚深義又諸緣起法雖刹那滅而住可得雖無作用緣而有功能緣可得雖離有情而有情可得雖無作者而諸業果不壞可得是故甚深又諸緣起法不從自生不從他生不從共生非不自作他作因生是故甚深

何等差別故謂識生差別故內死生差別故外穀等生差別故成壞差別故食持差別故愛非愛趣分別差別故清淨差別故威德差別故是差別義

何等順逆故謂雜染順逆故清淨順逆故是說緣起順逆義

大乘阿毗達磨集論卷第二

音釋

耽嗜　耽丁含切嗜常利切　耽嗜謂喜欲之也

大乘阿毗達磨集論卷第三

無著菩薩造

唐三藏法師玄奘奉詔譯

本事分中三法品第一之三

云何緣幾是緣爲何義故觀緣耶謂因故等無間故所緣故增上故是緣義一切是緣爲捨執著我爲因法故觀察緣

何等因緣謂阿賴耶識及善習氣又自性故差別故助伴故等行故增益故障礙故攝受故是因緣義自性者謂能作因自性差別者謂能作因差別略有二十種一主能作謂識和合望識二住能作謂食望已生及求生有情三持能作謂大地望有情四照能作謂燈等望諸色五變壞能作謂火望薪六分離能作謂鎌等望所斷七轉變能作謂工巧智等望金銀等物八信解能作謂煙望火九顯了能作謂宗因喻望所成義十等至能作謂聖道望涅槃十一隨說能作謂名想見十二觀待能作謂觀待此故於彼求欲生如待飢渴追求飲食十三牽引能作謂懸遠緣如無明望老死十四生起能作謂鄰近緣如無明望行十五攝受能作謂所餘緣如田水糞等望穀生等十六引發能作謂隨順緣如臣事王令王悅豫十七定別能作謂差別緣如五趣緣望五趣果十八同事能作謂和合緣如根不壞境界現前作意正起望所生識十九相違能作謂障礙緣如雹望穀二十不相違能作謂無障礙緣如穀無障助伴者謂諸法共有而生必無缺減如四大種及所造色隨其所應等行者謂諸法共有等行所緣必無缺

滅如心心所增益者謂前際修善不善無記法故能令後際善等諸法展轉增益後後生起障礙者謂隨所數習諸煩惱故隨所有惑皆得相續增長堅固乃令相續遠避涅槃攝受者謂不善及善有漏法能攝受自體故

何等等無間緣謂中無間隔等無間故同分異分心心所生等無間故是等無間緣義

何等所緣緣謂有分齊境所緣故無分齊境所緣故無異行相境所緣故有異行相境所緣故有事境所緣故無事境所緣故事所緣故分別所緣故有顛倒所緣故無顛倒所緣故有礙所緣故無礙所緣故是所緣緣義

何等增上緣謂住持增上故引發增上故俱有增上故境界增上故產生增上故住持增上故受用果增上故世間清淨離欲增上故出世清淨離欲增上故是增上緣義

云何同分彼同分幾是同分彼同分爲何義故觀同分彼同分耶謂不離識彼相似根於境相續生故離識自相似相續生故是同分彼同分義色蘊一分眼等五有色界處一分是同分彼同分爲捨執著與識相應不相應我故觀察同分彼同分

云何執受幾是執受爲何義故觀執受耶謂受生所依色故是執受義色蘊一分五有色界處全及四一分是執受爲捨執著身自在轉我故觀察執受

云何根幾是根爲何義故觀根耶謂取境增上故種族不斷增上故衆同分住增上故受用淨不淨業果增上故世間離欲增上故出世離欲增上故是根義受識蘊全色行蘊一

分十二界六處全法界法處一分是根爲捨執著增上我故觀察根

云何苦苦性幾是苦苦性爲何義故觀苦苦性耶謂苦受自相故隨順苦受法自相故是苦苦性義一切一分是苦苦性爲捨執著有苦我故觀察苦苦性

云何壞苦性幾是壞苦性爲何義故觀壞苦性耶謂樂受變壞自相故隨順樂受法變壞自相故於彼愛心變壞故是壞苦性義一切一分是壞苦性爲捨執著有樂我故觀察壞苦性

云何行苦性幾是行苦性爲何義故觀行苦性耶謂不苦不樂受自相故隨順不苦不樂受法自相故彼二麤重所攝受故不離二無常所隨不安隱故是行苦性義除三界二處諸蘊一分一切是行苦性爲捨執著有不苦不樂我故觀察行苦性

云何有異熟幾是有異熟爲何義故觀有異熟耶謂不善及善有漏是有異熟十界四處諸蘊一分是有異熟爲捨執著能捨能續諸蘊我故觀察有異熟又異熟者唯阿賴耶識及相應法餘但異熟生非異熟

云何食幾是食爲何義故觀食耶謂變壞故有變壞者境界故有境界者希望故有希望者取故有取者是食義三蘊十一界五處一分是食爲捨執著由食住我故觀察食又此四食差別建立略有四種一不淨依止住食二淨不淨依止住食三清淨依止住食四示現住食

云何有上幾是有上爲何義故觀有上耶謂

一切有爲故無爲一分故是有上義除法界法處一分一切是有上爲捨執著下劣事我故觀察有上

云何無上幾是無上爲何義故觀無上耶謂無爲一分故是無上義法界法處一分是無上爲捨執著最勝事我故觀察無上由此所説差別道理餘無量門可類觀察復次蘊界處差別略有二種謂遍計所執相差別所分別相差別法性相差別何等遍計所執相差別謂於蘊界處中遍計所執我有情命者生者養者數取趣者意生者摩納婆等何等所分別相差別謂即蘊界處法何等法性相差別謂即於蘊界處中我等無性無我有性復有四種差別謂相差別分別差別依止差別相續差別何等相差別謂蘊界處一一自相差別何等分別差別謂即於蘊界處中實有假有世俗有勝義有有色無色有見無見如是等無量差別分別如前説何等依止差別謂乃至有情依止差別有爾所當知蘊界處亦爾何等相續差別謂一一刹那蘊界處轉於相差別善巧爲何所了知謂了知我執過患於分別差別善巧爲何所了知謂了知聚想過患於依止差別善巧爲何所了知謂了知不作而得雖作而失想過患於相續差別善巧爲何所了知謂了知安住想過患又蘊界處有六種差別謂外門差別内門差別長時差別分限差別暫時差別顯示差別何等外門差別謂多分欲界差別何等内門差別謂一切定地何等長時差別謂諸異生何等分限差別謂諸有學及除最後刹那蘊界處

所餘無學何等暫時差別謂諸無學最後刹那蘊界處何等顯示差別謂諸佛及已得究竟菩薩摩訶薩所示現諸蘊界處

本事分中攝品第二

云何攝略說攝有十一種謂相攝界攝種類攝分位攝伴攝方攝時攝一分攝具分攝更互攝勝義攝

何等相攝謂蘊界處一一自相即體自攝何等界攝謂蘊界處所有種子阿賴耶識能攝彼界

何等種類攝謂蘊界處其相雖異蘊義界義處義等故展轉相攝

何等分位攝謂樂位蘊界處即自相攝苦位不苦不樂位亦爾分位等故

何等伴攝謂色蘊與餘蘊互爲伴故即攝助伴餘蘊界處亦爾

何等方攝謂依東方諸蘊界處還自相攝餘方蘊界處亦爾

何等時攝謂過去世諸蘊界處還自相攝未來現在諸蘊界處亦爾

何等一分攝謂所有法蘊界處所攝但攝一分非餘應知一分攝

何等具分攝謂所有法蘊界處所攝能攝全分應知具分攝

何等更互攝謂色蘊攝幾界幾處十全一少分受蘊攝幾界幾處一少分如受蘊想行蘊亦爾識蘊攝幾界幾處七界一處眼界攝幾蘊幾處色蘊少分一處全如眼界耳鼻舌身色聲香味觸界亦爾意界攝幾蘊幾處一蘊一處法界攝幾蘊幾處三蘊全色蘊少分一

處全眼識界攝幾蘊幾處識蘊意處少分如眼識耳鼻舌身意識界亦爾眼處攝幾蘊幾界色蘊少分一界全如眼處耳鼻舌身色聲香味觸處亦爾意處攝幾蘊幾界一蘊七界法處攝幾蘊幾界三蘊全一少分一界全如是諸餘法以蘊界處名說及餘非蘊界處名說如實有假有世俗有勝義有所知所識所達有色無色有見無見如是等如前所顯隨其所應與蘊界處更互相攝盡當知

何等勝義攝謂蘊界處真如所攝於攝善巧得何勝利得於所緣略集勝利隨彼彼境略聚其心如是善根增勝

本事分中相應品第三

云何相應略說相應有六種謂不相離相應和合相應聚集相應俱有相應作事相應同行相應

何等不相離相應謂一切有方分色與極微處互不相離

何等和合相應謂極微已上一切有方分色更互和合

何等聚集相應謂方分聚色展轉集會

何等俱有相應謂一身中諸蘊界處俱時流轉同生住滅

何等作事相應謂於一所作事展轉相攝如二苾芻隨一所作更互相應

何等同行相應謂心心所於一所緣展轉同行此同行相應復有多義謂他性相應非已性不相違相應非相違同時相應非異時同分界地相應非異分界地復有一切遍行同行相應謂受想思觸作意識復有染汙遍行

同行相應謂於染汙意四種煩惱復有非一切時同行相應謂依止心或時起信等善法或時起貪等煩惱隨煩惱法復有分位同行相應謂與樂受諸相應法與苦受不苦不樂受諸相應法復有無間同行相應謂在有心位復有有間同行相應謂無心定所間復有外門同行相應謂多分欲界繫心心所復有內門同行相應謂諸定地所有心心所復有曾習同行相應謂諸異生所有心心所及有學者一分心心所復有未曾習行相應謂出世間諸心心所及初後時出世後所得諸心心所於相應善巧得何勝利能善了悟唯依止心有受想等染淨諸法相應不相應義由此了悟即能捨離計我能受能想能思能念染淨執著又能善巧速入無我

本事分中成就品第四

云何成就謂成就相如前已說此差別有三種謂種子成就自在成就現行成就

何等種子成就謂若生欲界色無色界繫煩惱隨煩惱由種子成就故成就及生得善若生色界欲界繫煩惱隨煩惱由種子成就故成就亦名不成就色無色界繫煩惱隨煩惱由種子成就故成就及生得善若生無色界欲界色界繫煩惱隨煩惱由種子成就故成就亦名不成就無色界繫煩惱隨煩惱由種子成就故成就及生得善若已得三界對治道隨如是如是品類對治已生如此如此品類由種子成就得不成就隨如是如是品類對治未生如此如此品類由種子成就故成就

何等自在成就謂諸加行善法若世出世靜慮解脱三摩地三摩鉢底等功德及一分無記法由自在成就故成就

何等現行成就謂諸蘊界處法隨所現前若善若不善若無記彼由現行成就故成就若已斷善者所有善法由種子成就故成就亦名不成就若非涅槃法一闡底迦究竟成就雜染諸法由闕解脱因亦名阿顛底迦以彼解脱得因必竟不成就故於成就善巧得何勝利能善了知諸法增減知增減故於世興衰離決定想乃至能斷若愛若恚

決擇分中諦品第一之一

云何決擇略説決擇有四種謂諦決擇法決擇得決擇論議決擇

云何諦決擇謂四聖諦苦諦集諦滅諦道諦

云何苦諦謂有情生及生所依處何等有情生即有情世間謂諸有情生在那落迦傍生餓鬼人天趣中人謂東毗提訶西瞿陀尼南贍部洲北俱盧洲天謂四大王衆天三十三天夜摩天覩史多天樂變化天他化自在天梵衆天梵輔天大梵天少光天無量光天極光淨天少淨天無量淨天遍淨天無雲天福生天廣果天無想有情天無煩天無熱天善現天善見天色究竟天無邊空處天無邊識處天無所有處天非想非非想處天何等生所依處即器世間謂水輪依風輪地輪依水輪依此地輪有蘇迷盧山七金山四大洲八小洲内海外海蘇迷盧山四外層級四大王衆天三十三天所居處別外輪圍山虚空宮殿若夜摩天覩史多天樂變化天他化自在

天及色界天所居處別諸阿素洛所居處別及諸那落迦所居處別謂熱那落迦寒那落迦孤獨那落迦及一分傍生餓鬼所居處別乃至一日一月周遍流光所照方處名一世界如是千世界中有千日千月千蘇迷盧山王千四大洲千四大王衆天千三十三天千夜摩天千覩史多天千樂變化天千他化自在天千梵世天如是總名小千世界千小千界總名第二中千世界千中千界總名第三大千世界如此三千大千世界總有大輪圍山周帀圍遶又此三千大千世界同壞同成譬如天雨滴如車軸無間無斷從空下注如是東方無間無斷無量世界或有將壞或有將成或有正壞或壞已住或有正成或成已住如於東方乃至一切十方亦爾若有情世間若器世間業煩惱力所生故業煩惱增上所起故總名苦諦

復有清淨世界非苦諦攝非業煩惱力所生故非業煩惱增上所起故然由大願清淨善根增上所引此所生處不可思議唯佛所覺尚非得靜慮者靜慮境界況尋思者

復次苦相差別有八謂生苦老苦病苦死苦怨憎會苦愛別離苦求不得苦略攝一切五取蘊苦生何因苦衆苦所逼故餘苦所依故老何因苦時分變壞苦故病何因苦大種變異苦故死何因苦受命變壞苦故怨憎會何因苦合會生苦故愛別離何因苦別離生苦故求不得何因苦所希不果生苦故略攝一切五取蘊何因苦麤重苦故如是八種略攝爲六謂逼迫苦轉變苦合會苦別離苦所希

不果苦麤重苦如是六種廣開爲八若六若八平等平等如說三苦此中八苦爲三攝八攝三耶展轉相攝所謂生苦老苦病苦死苦怨憎會苦能顯苦苦愛別離苦求不得苦能顯壞苦略攝一切五取蘊苦能顯行苦伽說二苦謂世俗諦苦勝義諦苦何者世俗諦苦何者勝義諦苦謂生苦乃至求不得苦是世俗諦苦略攝一切五取蘊苦是勝義諦苦云何苦諦共相謂無常相苦相空相無我相何等無常相略有十二謂非有相壞滅相變異相別離相現前相法爾相刹那相相續相病等相種種心行轉相資產興衰相器世成壞相何等非有相謂蘊界處於一切時我我所性常非有故何等壞滅相謂諸行生已即滅暫有還無故何等變異相謂諸行異異生由不相似相續轉故何等別離相謂於諸行失增上力或他所攝執爲已有何等現前相謂正處無常由因隨逐令受無常故何等法爾相謂當來無常由因隨逐定當受故何等刹那相謂諸行刹那後必不住故何等相續相謂無始時來諸行生滅相續不斷故何等病等相謂四大時分受命變異故何等種種心行轉相謂於一時起有貪心或於一時起離貪心如是有瞋離瞋有癡離癡若略若散若下若舉若掉離掉若不寂靜若寂靜若定不定如是等心行流轉故何等資產興衰相謂諸興善終歸衰變故何等器世成壞相謂火水風三種成壞有三災頂謂第二第三第四靜慮第四靜慮外宮殿等雖無外災成壞然彼諸天與宮殿等俱生俱滅說有成壞復

有三種中劫所謂飢饉疫病刀兵此小三災劫究竟位方乃出現謂世界成已一中劫初唯減一中劫後唯增十八中劫亦增亦減二十中劫世界正壞二十中劫世界壞已住二十中劫世界正成二十中劫世界成已住合此八十中劫爲一大劫由此劫數顯色無色界諸天壽量如說以壽盡故福盡故業盡故彼彼有情從彼彼處沒云何壽盡謂時死云何福盡謂非時死即非福死以彼有情貪著定味福力減盡因此命終云何業盡謂順生受業順後受業俱盡故死

何等苦相謂或三苦或八苦或六苦廣說如前是名苦相何故經說若無常者即是苦耶由二分無常爲緣苦相可了知故謂生分無常爲緣苦苦性可了知故滅分無常爲緣壞苦性可了知故俱分無常爲緣行苦性可了知故即依此義薄伽梵說諸行無常諸行變壞又依此義言諸所有受我說皆苦又於生滅二法所隨諸行中有生等八苦性可了知故佛說言若無常者即是苦又於無常諸行中有生等苦可了知者如來依此密意說言由無常故苦非一切行

何等空相謂若於是處此非有由此理正觀爲空若於是處餘是有由此理如實知有是名善入空性如實知者不顛倒義於何處誰非有於蘊界處常恒凝住不變壞法我我所等非有由此理彼皆是空於何處誰餘有即此處無我性此我無性無我有性是謂空性故薄伽梵密意說言有如實知有無如實知無復有三種空性謂自性空性如性空性眞

性空性初依遍計所執自性觀第二依依他
起自性觀第三依圓成實自性觀
何等無我相謂如我論者所立我相蘊界處
非此相由蘊界處我相無故名無我相故薄
伽梵密意說言一切法皆無我如世尊說此
一切非我所此非我處此非我我於如是義
應以正慧如實觀察此言何義謂於外事密
意說此一切非我所於內事密意說此非我
處此非我我所以者何以於外事唯計我所
相是故但遣我所於內事遍計我我所相是
故雙遣我我所前說無常皆剎那相此云何
知如心心所是剎那相當知色等亦剎那相
由心執受故等心安危故隨心轉變故是心
所依故心增上生故心自在轉故又於最後
位變壞可得故生已不待緣自然滅壞故當

觀色等亦念念滅如世尊說諸所有色彼一
切若四大種若四大種所造此依何意說依
容有意說同在一處依此而有是造義若於
此聚此大種可得當知此聚唯有此大種非
餘或有聚唯一大種或有二大種或有乃至
一切大種所造色亦爾若於此聚此所造色
可得當知此聚唯此非餘或有聚唯一所造
色或二所造色或有乃至多所造色隨其所
應又說麤聚色極微集所成者當知此中極
微無體但由覺慧漸漸分析細分損減乃至
可析邊際即約此際建立極微為遣一合想
故又為悟入諸所有色非真實故復次苦法
略有八種差別謂有廣大不寂靜苦有寂靜
苦有寂靜不寂靜苦有中不寂靜苦有微薄
不寂靜苦有微薄寂靜苦有極微薄寂靜苦

有非苦似苦住大寂靜云何廣大不寂靜苦謂生欲界未曾積集諸善根者云何寂靜苦謂即此已生順解脱分善根者云何寂靜不寂靜苦謂即此爲世間道離欲已種善根者云何中不寂靜苦謂生色界遠離順解脱分者云何微薄不寂靜苦謂生無色界遠離順解脱分者云何微薄寂靜苦謂諸有學云何極微薄寂靜苦謂諸無學命根住縁六處云何非苦似苦住大寂靜謂已得究竟菩薩摩訶薩等乘大悲願力故生諸有中復次前說死苦死有三種謂或善心死或不善心死或無記心死善心死者謂於明利心現行位或由自善根力所持故或由他所引攝故發起善心趣命終位不善心死者謂亦於明利心現行位或由自不善根力所持故或由他所

引攝故起不善心趣命終位無記心死者謂若於明利心現行位若於不明利心現行位或由闕二縁故或由加行無功能故起無記心趣命終位修淨行者臨命終位於身下分先起冷觸不淨行者臨命終位於身上分先起冷觸不淨行者中有生時其相顯現如黑羊羔光或如陰暗夜分修淨行者中有生時其相顯現如白練光或如晴夜分又此中有在欲色界正受生位亦從無色界命終後位亦名意生健達縛等極住七日或中大或時移轉住中有中亦能集諸業先串習力所引善等思現行故又能覩見同類有情又中有形似當生處又此中有所趣無礙如具神通往來迅速仍於生處有所俱礙又此中有於所生處如稱兩頭低昂道理終沒結生時分

亦爾住中有中於所生處發起貪愛亦用餘煩惱爲緣助此中有身與貪俱滅羯邏藍身與識俱生此唯是異熟自此巳後根漸生長如縁起中說於四生類或受卵生或受胎生或受濕生或受化生

大乘阿毗達磨集論卷第三

音釋

鎌 音廉鍥也

大乘阿毗達磨集論卷第四

無著菩薩造

唐三藏法師玄奘奉 詔譯

決擇分中諦品第一之二

云何集諦謂諸煩惱及煩惱增上所生諸業俱說名集諦然薄伽梵隨最勝說若愛若後有愛若喜貪俱行愛若彼彼希樂愛是名集諦言最勝者是遍行義由愛具有六遍行義是故最勝何等爲六一事遍行二位遍行三世遍行四界遍行五求遍行六種遍行

云何煩惱謂由數故相故緣起故境界故相應故差別故邪行故界故衆故斷故觀諸煩惱

何等數故謂或六或十六謂貪瞋慢無明疑見十謂前五見又分五謂薩迦耶見邊執見邪見見取戒禁取

何等相故謂若法生時相不寂靜由此生故身心相續不寂靜轉是煩惱相

何等緣起故謂煩惱隨眠未永斷故順煩惱法現在前故不正思惟現前起故如是煩惱方乃得生是名緣起

何等境界故謂一切煩惱還用一切煩惱爲所緣境及緣諸煩惱事又欲界煩惱除無明見疑餘不能緣上地爲境上地諸煩惱不能緣下地爲境已離彼地欲故又緣滅道諦諸煩惱不能親緣滅道爲境唯由依彼妄起分別說爲所緣又煩惱有二種謂緣無事及緣有事緣無事者謂見及見相應法所餘煩惱名緣有事

何等相應故謂貪不與瞋相應如瞋疑亦爾

餘皆得相應如貪瞋亦爾謂瞋不與貪慢見相應慢不與瞋疑相應無明有二種一一切煩惱相應無明二不共無明不共無明者謂於諦無智見不與瞋疑相應疑不與貪慢見相應忿等隨煩惱更互不相應無慚無愧於一切不善品中恒共相應惛沉掉舉不信懈怠放逸於一切染汙品中恒共相應

何等差別故謂諸煩惱依種種義立種種門差別所謂結縛隨眠隨煩惱纏暴流軛取繫蓋株杌垢燒害箭所有惡行漏匱熱惱諍熾然稠林拘礙等

結有幾種云何結何處結耶結有九種謂愛結恚結慢結無明結見結取結疑結嫉結慳結

愛結者謂三界貪愛結所繫故不猒三界由不猒故廣行不善不行諸善由此能招未來世苦與苦相應

恚結者謂於有情苦及順苦法心有損害恚結所繫故於恚境相心不棄捨不棄捨故廣行不善不行諸善由此能招未來世苦與苦相應

慢結者即七慢謂慢過慢慢過慢我慢增上慢下劣慢邪慢慢者謂於下劣計已爲勝或於相似計已相似心舉爲性過慢者謂於相似計已爲勝或復於勝計已相似心舉爲性慢過慢者謂於勝已計已爲勝心舉爲性我慢者謂於五取蘊觀我我所心舉爲性增上慢者謂於未得上勝證法計已已得上勝證法心舉爲性下劣慢者謂於多分勝計已少分劣心舉爲性邪慢者謂實無德計已有德

心舉爲性慢結所繫故於我我所不能了知不了知故執我我所廣行不善不行諸善由此能招未來世苦與苦相應

無明結者謂三界無智無明結所繫故於苦法集法不能解了不解了故廣行不善不行諸善由此能招未來世苦與苦相應

見結者即三見謂薩迦耶見邊執見邪見見結所繫故於邪出離妄計追求妄興執著於邪出離妄執著已廣行不善不行諸善由此能招未來世苦與苦相應

取結者謂見取戒禁取取結所繫故於邪出離方便妄計執著以妄執著邪出離方便故廣行不善不行諸善由此能招未來世苦與苦相應

疑結者謂於諦猶豫疑結所繫故於佛法僧寶妄生疑惑以疑惑故於三寶所不修正行以於三寶所不修正行故廣行不善不行諸善由此能招未來世苦與苦相應

嫉結者謂躭著利養不耐他榮發起心妬嫉結所繫故愛重利養不尊敬法重利養故廣行不善不行諸善由此能招未來世苦與苦相應

慳結者謂躭著利養於資生具其心悋惜慳結所繫故愛重畜積不尊遠離重畜積故廣行不善不行諸善由此能招未來世苦與苦相應

縛有三種謂貪縛瞋縛癡縛由貪縛故縛諸有情令處壞苦由瞋縛故縛諸有情令處苦苦由癡縛故縛諸有情令處行苦又依貪瞋癡故於善加行不得自在故名爲縛

隨眠有七謂欲愛隨眠瞋恚隨眠有愛隨眠慢隨眠無明隨眠見隨眠疑隨眠欲愛隨眠者謂欲貪品麤重瞋恚隨眠者謂瞋恚品麤重有愛隨眠者謂色無色貪品麤重慢隨眠者謂慢品麤重無明隨眠者謂無明品麤重見隨眠者謂見品麤重疑隨眠者謂疑品麤重若未離欲求者由欲愛瞋恚隨眠之所隨增未離有求者由有愛隨眠之所隨增未離邪梵行求者由慢無明見疑隨眠之所隨增由彼衆生得少對治便生憍慢愚於聖諦虛妄計度外邪解脫解脫方便於佛聖教正法毗柰耶中猶豫疑惑

隨煩惱者謂所有諸煩惱皆是隨煩惱有隨煩惱非煩惱謂除煩惱所餘染汙行蘊所攝一切心所法此復云何謂除貪等六煩惱所餘染汙行蘊所攝忿等諸心所法又貪瞋癡名隨煩惱心所法由此隨煩惱隨惱於心令不離染令不解脫令不斷障故名隨煩惱如世尊說汝等長夜爲貪瞋癡隨所惱亂心恒染汙

纏有八種謂惛沉睡眠掉舉惡作嫉慳無慚無愧數數增盛纏繞於心故名爲纏謂隨修習止舉捨相及彼所依梵行等所攝淨尸羅時纏繞於心

暴流有四謂欲暴流有暴流見暴流無明暴流隨流漂鼓是暴流義隨順雜染故初是習欲求者第二是習有求者後二是習邪梵行求者能依所依相應道理故

軛有四種謂欲軛有軛見軛無明軛障礙離繫是軛義違背清淨故此亦隨其次第習三求者相應現行

取有四種謂欲取見取戒禁取我語取執取諍根執取後有是取義所以者何由貪著欲繫縛躭涂爲因諸在家者更相鬬諍此諍根本是第一取由貪著見繫縛躭涂爲因諸出家者更相鬬諍此諍根本是後三取六十二見是見取各别禁戒多分苦行是戒禁取彼所依止薩迦耶見是我語取由見取戒禁取諸外道輩更相諍論由我語取諸外道輩互無諍論與正法者互有諍論如是執著諍論根本復能引取後有苦異熟故名爲取

繫有四種謂貪欲身繫瞋恚身繫戒禁取身繫此實執取身繫以能障礙定意性身故名爲繫所以者何能爲四種心亂因故謂由貪愛財物等因令心散亂於鬬諍事不正行爲因令心散亂於難行戒禁苦惱爲因令心散亂不如正理推求境界爲因令心散亂

蓋有五種謂貪欲蓋瞋恚蓋惛沉睡眠蓋掉舉惡作蓋疑蓋能令善品不得顯了是蓋義問於何等位障諸善法於樂出家位覺邪行位止舉捨位於樂出家時貪欲蓋爲障希求受用外境界門於彼不忻樂故於正覺行時瞋恚蓋爲障於所犯學處同梵行者正發覺時由心瞋恚正不覺故於止舉兩位惛沉睡眠掉舉惡作蓋爲障如前所説能引沉没及散亂故於捨位疑爲障遠離決定不能捨故

株杌有三謂貪株杌瞋株杌癡株杌由依止貪瞋癡先所串習爲方便故成貪等行心不調順無所堪能難可解脱令諸有情難斷此行故名株杌

垢有三種謂貪垢瞋垢癡垢由依止貪瞋癡

故毁犯如是尸羅學處由此有智同梵行者
或於聚落或閑静處見已作如是言此長老
作如是事行如是行爲聚落刺㸃染不淨説
名爲垢
燒害有三謂貪燒害瞋燒害癡燒害由依止
貪瞋癡故長時數受生死燒惱故名燒害
箭有三種謂貪箭瞋箭癡箭由依止貪瞋癡
故於有有具深起追求相續不絶於佛法僧
苦集滅道常生疑惑故名爲箭
所有有三謂貪所有瞋所有癡所有由依止
貪瞋癡故積畜財物有怖有恐多住散亂故
名所有
惡行有三謂貪惡行瞋惡行癡惡行由依止
貪瞋癡故恒行身語意惡行故名惡行又即
依此貪瞋癡門廣生無量惡不善行故建立
三不善根所以者何以諸有情愛味世間所
有爲因行諸惡行分别世間怨相爲因行諸
惡行執著世間邪法爲因行諸惡行是故此
貪瞋癡亦名惡行亦名不善根
漏有三種謂欲漏有漏無明漏令心連注流
散不絶故名爲漏此復云何依外門流注故
立欲漏依内門流注故立有漏依彼二所依
門流注故立無明漏
匱有三種謂貪匱瞋匱癡匱由依止貪瞋癡
故於有及資生具恒起追求無有猒足常爲
貧乏衆苦所惱是故名匱
熱有三種謂貪熱瞋熱癡熱由依止貪瞋癡
故不如正理執著諸相執著隨好由執著相
及隨好故燒惱身心故名爲熱
惱有三種謂貪惱瞋惱癡惱由依止貪瞋癡

故隨彼彼處愛樂躭著彼若變壞便增愁歎種種憂苦熱惱所觸故名爲惱

諍有三種謂貪諍瞋諍癡諍由依止貪瞋癡故執持刀仗興諸戰諍種種鬭訟是故貪等說名爲諍

熾然有三謂貪熾然瞋熾然癡熾然由依止貪瞋癡故爲非法貪大火所燒不平等貪大火所燒及爲邪法大火所燒故名熾然

稠林有三謂貪稠林瞋稠林癡稠林由依止貪瞋癡故於諸生死根本行中廣與染著令諸有情感種種身流轉五趣是故貪等說名稠林

拘礙有三謂貪拘礙瞋拘礙癡拘礙由依止貪瞋癡故顧戀身財無所覺了樂處憒閙得少善法便生猒足由此不能修諸善法故名拘礙諸如是等煩惱義門差別無量

何等邪行故謂貪瞋二煩惱迷境界及見起邪行慢迷有情及見起邪行薩迦耶見邊執見邪見迷所知境起邪行見取戒禁取迷諸見起邪行疑迷對治起邪行無明迷一切起邪行又十煩惱皆迷苦集起諸邪行是彼因緣所依處故又十煩惱皆迷滅道起諸邪行由此能生彼怖畏故

何等界故謂除瞋餘一切通三界繫瞋唯欲界繫又貪於欲界與樂喜捨相應如於欲界於初二靜慮亦爾於第三靜慮與樂捨相應已上唯與捨相應瞋與苦憂捨相應慢於欲界與喜捨相應於初二靜慮與樂喜捨相應於第三靜慮與樂捨相應已上唯捨相應如慢薩迦耶見邊執見見取戒禁取亦爾邪見

於欲界與憂喜捨相應於色無色界隨所有受皆與相應疑於欲界與憂捨相應於色無色界隨所有受皆與相應無明有二種謂相應不共相應無明一切煩惱相應故若於是處隨所有受皆得相應不共無明於欲界與憂捨相應於上界隨所有受皆得相應何故諸煩惱皆與捨相應以一切煩惱墮中庸位方息没故又貪於欲界在六識身如貪瞋無明亦爾貪於色界在四識身於無色界在意識身如貪無明亦爾慢見疑於一切處在意識身又貪瞋慢於欲界緣一分事轉如於欲界於色無色界亦爾所餘煩惱於一切處遍緣一切事轉

何等衆故謂二衆煩惱一見所斷衆二修所斷衆見所斷衆復有四種一見苦所斷衆二見集所斷衆三見滅所斷衆四見道所斷衆欲界見苦所斷具十煩惱如見苦所斷見集滅道所斷亦爾色界見苦等四種所斷各九煩惱除瞋如色界無色界亦爾如是見所斷煩惱衆總有一百一十二煩惱欲界修所斷有六煩惱謂俱生薩迦耶見邊執見及貪瞋慢無明色界修所斷有五煩惱除瞋如色界無色界亦爾如是修所斷煩惱衆總有十六煩惱

何等斷故謂如此差別斷由此作意斷從此而得斷如此差別斷者謂遍智故遠離故得對治故遍智者謂彼因緣事遍智自體遍智過患遍智遠離者雖彼暫生而不堅執得對治者謂未生者令不生故已生者令斷故得對治道由此作意斷者何等作意能斷耶總

緣作意觀一切法皆無我性能斷煩惱無常等行但爲修治無我行故從此而得斷者從何而得斷耶不從過去已滅故不從未來未生故不從現在道不俱故然從諸煩惱麤重而得斷爲斷如是如是品麤重生如是如是品對治若此品對治生即此品麤重滅平等平等猶如世間明生暗滅由此品離繫故令未來煩惱住不生法中是名爲斷

云何煩惱增上所生諸業謂若思業若思已業總名業相又有五種業一取受業二作用業三加行業四轉變業五證得業今此義中意多分別加行業何等思業謂福業非福業不動業何等思已業謂身業語業意業

又此身語意三業或善或不善不善者即十不善業道謂殺生不與取欲邪行虛誑語離間語麤惡語雜穢語貪欲瞋恚邪見善者即十善業道謂離殺生離不與取離欲邪行離虛誑語離離間語離麤惡語離雜穢語無貪無瞋正見

又殺生等應以五門分別其相謂事故意樂故方便故煩惱故究竟故

如契經言故思造業云何名爲故思造業謂他所教敕故思造業他所勸請故思造業無所了知故思造業根本執著故思造業顛倒分別故思造業此中根本執著故思造業顛倒分別故思造業若作若增長非不受異熟作者謂起造諸業令其現行增長者謂令習氣增益

如契經言決定受業云何名爲決定受業謂作業決定受異熟決定分位決定

十不善業道異熟果者於三惡趣中隨下中上品受傍生餓鬼那落迦異熟等流果者各隨其相於人趣中感得自身衆具衰損增上果者各隨其相感得所有外事衰損廣說如經十善業道異熟果者於人天趣中受人天異熟等流果者即於彼處各隨其相感得自身衆具興盛增上果者即於彼處各隨其相感得所有外事興盛

善不善業於善趣惡趣中感生異熟時有招引業圓滿業招引業者謂由此業能感異熟果圓滿業者謂由此業生已領受愛不愛果或有業由一業力牽得一身或有業由一業力牽得多身或有業由多業力牽得一身或有業由多業力牽得多身若一一有情成就多業云何次第受異熟果於彼身中重者先熟或將死時現在前者或先所數習者或最初所行者彼異熟先熟

如契經言有三種業謂福業非福業不動業何等福業謂欲界繫善業何等非福業謂不善業何等不動業謂色無色界繫善業如契經說無明緣行若福非福及與不動云何福及不動行緣無明生有二種愚一異熟果愚二眞實義愚由異熟果愚故發非福行由眞實義愚故發福及不動行

殺生業道貪瞋癡爲方便由瞋究竟如殺生麤惡語瞋恚業道亦爾不與取業道貪瞋癡爲方便由貪究竟如不與取欲邪行貪欲業道亦爾虛誑語業道貪瞋癡爲方便於三種中隨由一究竟如虛誑語離間語雜穢語業道亦爾邪見業道貪瞋癡爲方便由癡究竟

如契經言有共業有不共業有强力業有劣力業云何共業若業能令諸器世間種種差别云何不共業若業能令有情世間種種差别或復有業令諸有情展轉增上由此業力説諸有情更互相望爲增上緣以彼互有增上力故亦名共業是故經言如是有情與餘有情互相見等而不受用不易可得云何强力業謂對治力强補特伽羅故思所造諸不善業由對治力所攝伏故令當受那落迦業轉成現法受應現法受業轉令不受所以此業名强力者由能對治業力强故又故思所造一切善業皆名强力依此業故薄伽梵説我聖弟子能以無量廣大之業善熏其心諸所造作有量之業不能牽引不能留住亦不能令墮在彼數又對治力劣補特伽羅故思所造諸不善業望諸善業皆名强力又故思造業異熟決定不斷不知名强力業此中意説一切善不善業異熟決定聖道力不斷者皆名强力業又欲界繫諸不善業性皆是强又先所串習名强力業又依强位名强力業又不可治者所造諸業名强力業無涅槃法故又由田故發强力業又由心加行故發强力業又由九種因發强力業謂由田故事故自體故所依故作意故意樂故助伴故多修習故與多衆生共所行故與此相違是劣力業如世尊説若有説言彼彼丈夫補特伽羅隨如是如是業若作若增長還受如是如是異熟若有是事便不應修清淨梵行亦不可知正盡諸苦作苦邊際若有説言彼彼丈夫補特伽羅隨如是如是順所受業若作若增

長還受如是如是順所受異熟若有是事便應修習清淨梵行又亦可知正盡諸苦作苦邊際如是經言有何密意此中佛意爲欲遮止如是邪説謂樂俱行業還能感得樂俱行異熟苦俱行業還能感得苦俱行異熟不苦不樂俱行業還能感得不苦不樂俱行異熟故作是説又爲開許如是正説謂樂俱行業順樂受者還受樂異熟順苦受者還受苦異熟順不苦不樂受者還受不苦不樂異熟苦俱行業順樂受者還受樂異熟順苦受者還受苦異熟順不苦不樂受者還受不苦不樂異熟不苦不樂俱行業順樂受者還受樂異熟順苦受者還受苦異熟順不苦不樂受者還受不苦不樂異熟如是名爲此經密意

又業差別有三種謂律儀業不律儀業非律儀非不律儀業云何律儀業謂別解脱律儀所攝業靜慮律儀所攝業無漏律儀所攝業別解脱律儀所攝業者即是七衆所受律儀謂苾芻律儀苾芻尼律儀式叉摩那律儀勤策律儀勤策女律儀鄔波索迦律儀鄔波斯迦律儀及近住律儀依止何等補特伽羅建立出家律儀依能修行遠離惡行遠離欲行補特伽羅依止何等補特伽羅建立鄔波索迦律儀鄔波斯迦律儀依能盡受遠離惡行不遠離欲行補特伽羅依止何等補特伽羅建立近住律儀依止不能遠離惡行及不能遠離欲行補特伽羅若唯修學鄔波索迦一分學處爲説成就鄔波索迦律儀爲説不成就應説成就而名犯戒扇搋半擇迦等爲遮彼受鄔波索迦律儀不邪不遮彼受鄔波索

迦律儀然遮彼鄔波索迦性不堪親近承事苾芻苾芻尼等二出家衆故又半擇迦有五種謂生便半擇迦嫉妬半擇迦半月半擇迦灌灑半擇迦除去半擇迦靜慮律儀所攝業者謂能損伏發起犯戒煩惱種子離欲界欲者所有遠離離初靜慮欲者所有遠離離第二靜慮欲者所有遠離離第三靜慮欲者所有遠離是名靜慮律儀所攝身語業無漏律儀所攝業者謂以見諦者由無漏作意力所得無漏遠離戒性是名無漏律儀所攝業云何不律儀業謂諸不律儀者或由生彼種性中故或由受持彼事業故所期現行彼業決定何等名爲不律儀者所謂屠羊養雞養豬捕鳥捕魚獵鹿罝兔劫賊魁膾控牛縛象立壇呪龍守獄讒構好爲損等云何非律儀非不律儀業謂住非律儀非不律儀者所有善不善業

又業差別有三種謂順樂受業順苦受業順不苦不樂受業順樂受業者謂從欲界乃至第三靜慮所有善業順苦受業者謂不善業順不苦不樂受業者謂第三靜慮已上所有善業

又業差別有三種謂順現法受業順生受業順後受業順現法受業者若業於現法中異熟成熟謂從慈定起已於彼造作若損若益必得現異熟如從慈定起從無諍定起從滅定起從預流果起從阿羅漢果起亦爾又於佛爲上首僧中造善惡業必得現異熟又有餘猛利意樂方便所行善不善業亦得現異熟順生受業者若業於無間生中異熟成熟

謂五無間業復有所餘善不善業於無間生異熟熟者一切皆名順生受業順後受業者若業於無間生後異熟成熟是名順後受業又業差別有四種謂黑黑異熟業白白異熟業黑白黑白異熟業非黑白無異熟業能盡諸業黑黑異熟業者謂不善業白白異熟業者謂三界善業黑白黑白異熟業者謂欲界繫雜業或有業意樂故黑方便故白或有業方便故黑意樂故白非黑白無異熟業能盡諸業者謂於加行無間道中諸無漏業總約一切無漏業所有障礙隨順體性如其次第建立曲穢濁等諸染汙業淨牟尼等諸清淨業復有施等諸清淨業云何施業謂因緣故等起故處所故自體故分別施業因緣者謂無貪無瞋無癡善根等起者謂彼俱行思處所者謂所施物自體者謂正行施時身語意業云何施圓滿謂數數施故無偏黨施故隨其所欲圓滿施故施得圓滿又無所依施故廣清淨施故極歡喜施故數數施故田器施故善分布新舊施故施得圓滿云何應知施物圓滿謂所施財物非誑詐得故所施財物非侵他得故所施財物非穢雜垢故所施財物清淨故所施財物如法所引故如是應知施物圓滿

如契經說成就尸羅善能防護別解脫律儀軌則所行皆悉圓滿見微細罪生大怖畏於諸學處善能受學云何成就尸羅能受能護淨尸羅故云何善能防護別解脫律儀能善護持出離尸羅故云何軌則所行皆悉圓滿具淨尸羅難爲毀責故云何見微細罪生大

怖畏勇猛恭敬所學尸羅故云何於諸學處善能受學圓滿受學所學尸羅故從是已後依止尸羅釋佛經中護身等義云何名爲防護身語由彼正解所攝持故云何身語具足圓滿終不毀犯所毀犯故云何身語清淨現行由無悔等漸次修行乃至得定爲依止故云何身語極善現行染汙尋思所不離故云何身語無罪現行遠離邪願修梵行故云何身語無害現行不輕陵他易共住故云何身語隨順現行由能隨順涅槃得故云何身語隨隱顯現行隱善顯惡故云何身語親善現行同梵行者攝受尸羅故云何身語應儀現行於尊尊位離憍慢故云何身語敬順現行於尊教誨敬順受故云何身語無熱現行遠離苦行熱惱下劣欲解故云何身語不惱現行棄捨財業無悔惱故云何身語無悔現行雖得少分不以爲喜而無悔恨故如世尊說如是有情皆由自業業所乖諍從業所生依業出離業能分對一切有情高下勝劣云何有情皆由自業由自造業而受異熟故云何業所乖諍於受自業所得異熟時善不善業互違諍故云何從業所生是諸有情遠離無因惡因唯從業所生故云何依業出離依對治業解業縛故云何由業有情高下謂由業故於善惡趣得自體差別云何勝劣謂諸有情成就功德過失差別

如世尊說有情業異熟不可思議云何業異熟可思議云何業異熟不可思議謂諸善業於人天趣得可愛異熟是可思議諸不善業墮三惡趣得不愛異熟是可思議即由此業

感諸有情自身異熟等種種差別不可思議又即善不善業處差別事差別因差別異熟差別品類差別等皆不可思議復有種種外事差別能感業用不可思議又末尼珠藥草呪術相應業用不可思議又諸觀行者威德業用不可思議又諸菩薩自在業用不可思議所謂命自在故心自在故財自在故業自在故生自在故勝解自在故願自在故神通自在故智自在故法自在故諸大菩薩由如是等自在力故所作業用不可思議又一切佛所作諸佛應所作事業用不可思議如是集諦總有四種行相差別謂因相集相生相緣相云何因相謂能引發復有習氣因是名因相云何集相謂彼彼有情所集習氣於彼彼有情類爲等起因是名集相云何生相謂各別內身無量品類差別生因是名生相云何緣相謂諸有情別別得捨因是名緣相

大乘阿毗達磨集論卷第四

音釋

軛 於革切轅端橫木也 鄔 安古切 扇搋 梵語也此云生謂天然生者男根不滿也 搋 丑佳切 罝 咨邪切兔網也 魁膾 魁苦回切膾古外切魁膾謂宰殺者 控 苦貢切控制也

大乘阿毗達磨集論卷第五

無著菩薩造
唐三藏法師玄奘奉詔譯

決擇分中諦品第一之三

云何滅諦謂相故甚深故世俗故勝義故不圓滿故圓滿故無莊嚴故有莊嚴故有餘故無餘故最勝故差別故分別滅諦

何等相故謂眞如聖道煩惱不生若滅依若能滅若滅性是滅諦相如世尊說眼耳及與鼻舌身及與意於此處名色究竟滅無餘又說是故汝今當觀是處所謂此處眼究竟滅遠離色想乃至意究竟滅遠離法想由此道理顯示所緣眞如境上有漏法滅是滅諦相

何等甚深故謂彼諸行究竟寂滅如是寂滅望彼諸行不可說異不可說不異不可說亦異亦不異不可說非異非不異所以者何無戲論故於此義中若生戲論非正思議非道非如亦非善巧方便思故如世尊說此六觸處盡離欲滅寂靜沒等若謂有異若謂無異若謂亦有異亦無異若謂非有異非無異者於無戲論便生戲論乃至有六處可有諸戲論六處旣滅絕諸戲論即是涅槃

何等世俗故謂以世間道摧伏種子所得滅是故世尊別名說爲彼分涅槃

何等勝義故謂以聖慧永拔種子所得滅

何等不圓滿故謂諸有學或預流果攝或一來果攝或不還果攝等所有滅

何等圓滿故謂諸無學阿羅漢果攝等所有滅

何等無莊嚴故謂慧解脫阿羅漢所有滅

何等有莊嚴故謂俱分解脫三明六通阿羅漢等所有滅
何等有餘故謂有餘依滅
何等無餘故謂無餘依滅
何等最勝故謂佛菩薩無住涅槃攝所有滅以常安住一切有情利樂事故
何等差別故謂無餘永斷永出永吐盡離欲滅寂靜没等何故名無餘永斷由餘句故何故名永出永出諸纏故何故名永吐永吐隨眠故何故名盡見道對治得離繫故何故名離欲修道對治得離繫故何故名滅當來彼果苦不生故何故名寂靜於現法中彼果心苦永不行故何故名没餘所有事永滅没故何故此滅復名無爲離三相故何故此滅復名難見超過肉眼天眼境故何故此滅復名不轉永離諸趣差別轉故何故此滅名不甲屈離三愛故何故此滅復名甘露離蘊魔故何故此滅復名無漏永離一切煩惱魔故何故此滅復名舍宅無罪喜樂所依事故何故此滅復名洲渚三界隔絶故何故此滅復名弘濟能遮一切大苦災横故何故此滅復名歸依無有虛妄意樂方便所依處故何故此滅名勝歸趣能爲歸趣一切最勝聖性所依處故何故此滅復名不死永離生故何故此滅名無熱惱永離一切煩惱熱故永離一切求不得苦大熱惱故何故此滅名無熾然永離一切愁歎憂苦諸惱亂故何故此滅復名安隱離怖畏住所依處故何故此滅復名清涼諸利益事所依處故何故此滅復名樂事第一義樂事故何故此滅名趣吉祥爲證得

彼易修方便所依處故何故此滅復名無病永離一切障礙病故何故此滅復名不動永離一切散動故何故此滅復名涅槃無相寂滅大安樂住所依處故何故此滅復名無生離續生故何故此滅復名無起永離此後漸生起故何故此滅復名無造永離前際諸業煩惱勢力所引故何故此滅復名無作不作現在諸業煩惱所依處故何故此滅復名不生永離未來相續生故如是滅諦總有四種行相差別謂滅相靜相妙相離相云何滅相煩惱離繫故云何靜相苦離繫故云何妙相樂靜事故云何離相常利益事故

云何道諦謂由此道故知苦斷集證滅修道是略說道諦相道有五種謂資糧道加行道見道修道究竟道

何等資糧道謂諸異生所有尸羅守護根門飲食知量初夜後夜常不睡眠勤修止觀正知而住復有所餘進習諸善聞所成慧思所成慧修所成慧修習此故得成現觀解脫所依器性

何等加行道謂有資糧道皆是加行道或有加行道非資糧道謂已積集資糧道者所有順決擇分善根謂暖法頂法順諦忍法世第一法云何暖法謂各別內證於諸諦中明得三摩地鉢羅若及彼相應等法云何頂法謂各別內證於諸諦中明增三摩地鉢羅若及彼相應等法云何順諦忍法謂各別內證於諸諦中一分已入隨順三摩地鉢羅若及彼相應等法云何世第一法謂各別內證於諸諦中無間心三摩地鉢羅若及彼相應等法

何等見道若總說謂世第一法無間無所得三摩地鉢羅若及彼相應等法又所緣能緣平等平等智爲其相又遣各别有情假法假徧遣二假所緣法智爲相若别說見道差别謂世第一法無間苦法智忍苦法智苦類智忍苦類智集法智忍集法智集類智忍集類智滅法智忍滅法智滅類智忍滅類智道法智忍道法智道類智忍道類智如是十六智忍是見道差别相云何苦謂苦諦云何苦法謂苦諦增上所起教法云何法智謂於加行道中觀察諦增上法智云何智忍謂先觀察增上力故於各别苦諦中起現證無漏慧由此慧故永捨見苦所斷一切煩惱是故名爲苦法智忍云何苦法智謂忍無間由此智故於前所說煩惱解脱而得作證是名苦法智云何苦類智忍謂苦法智無間無漏慧生於苦法智忍及苦法智各别內證言後諸聖法皆是此種類是故名爲苦類智忍云何苦類智謂此無間無漏智生審定印可苦類智忍是名苦類智如是於餘諦中隨其所應諸忍諸智盡當知於此位中由法忍法智覺悟所取由類忍類智覺悟能取又此一切忍智位中說名安住無相觀者如是十六心刹那說名見道於所知境智生究竟名一刹那一切道諦由四種相應隨覺了謂安立故思惟故證受故圓滿故云何安立故謂聲聞等隨自所證已得究竟爲欲令他亦了知故由後得智以無量種名句文身安立道諦云何思惟故謂正修習現觀方便以世間智如所安立思惟數習云何證受故謂如是數習已自內

證受最初見道正出世間無戲論位云何圓滿故謂此位後圓滿轉依乃至證得究竟彼旣證得究竟位已復由後得智以名句文身安立道諦如契經言遠塵離垢於諸法中正法眼生者此依見道說諸法忍能遠塵諸法智能離垢遍知故永斷故道得清淨如契經言見法得法極通達法究竟堅法越度一切希望疑惑不假他緣於大師教餘不能引於諸法中得無所畏此亦依見道說見法者謂諸法忍得法者謂諸法智極通達法者謂諸類忍究竟堅法者謂諸類智越度一切希望者由諸忍智於自所證無有希慮越度一切疑惑者於此位中於他所證無有猶豫不假他緣者於所修道中無他引導自然善巧於大師教餘不能引者於佛聖教不爲邪道所化引故於諸法中得無所畏者於依所證問記法中諸怯劣心永無有故

何等修道謂見道上所有世間道出世間道輭道中道上道加行道無間道解脫道勝進道等皆名修道云何世間道謂世間初靜慮第二靜慮第三靜慮第四靜慮空無邊處識無邊處無所有處非想非非想處如是靜慮無色由四種相應廣分別謂雜染故清白故建立故清淨故何等雜染故謂四無記根一愛二見三慢四無明由有愛故味上靜慮雜染所染由有見故見上靜慮雜染所染由有慢故慢上靜慮雜染所染由無明故疑上靜慮雜染所染如是煩惱恒染其心令色無色界煩惱隨煩惱相續流轉何等清白故謂淨靜慮無色由性善故說名清白何等建立故

有四種建立謂支分建立等至建立品類建立名想建立云何支分建立謂初靜慮有五支何等爲五一尋二伺三喜四樂五心一境性第二靜慮有四支何等爲四一内等淨二喜三樂四心一境性第三靜慮有五支何等爲五一捨二念三正知四樂五心一境性第四靜慮有四支何等爲四一捨清淨二念清淨三不苦不樂受四心一境性對治支故利益支故彼二所依自性支故諸無色中不立支分以奢摩他一味性故云何等至建立謂由七種作意證入初靜慮如是乃至非想非非想處何等名爲七種作意謂了相作意勝解作意遠離作意攝樂作意觀察作意加行究竟作意加行究竟果作意云何品類建立謂初靜慮具輭中上三品熏修如初靜慮餘靜慮及無色三品熏修亦爾由輭中上品熏修初靜慮故於初靜慮中還生三異熟如初靜慮於餘靜慮中若熏修若生果各三品亦爾於無色界中無別處所故不立生果處所差別然由三品熏修無色定故彼異熟生時有高有下有劣有勝云何名想建立謂於初靜慮所攝定中諸佛世尊及得究竟大威德菩薩摩訶薩所入三摩地彼三摩地一切聲聞及獨覺等尚不了其名豈能知數況復證入如於初靜慮所攝定中於餘靜慮無色所攝定中亦爾如是所説皆依靜慮波羅蜜多何等清淨故謂初靜慮中邊際定乃至非想非非想處邊際定是名清淨云何出世道謂於修道中法智類智品所攝苦智集智滅智道智及彼相應三摩地等或未至定所攝或

初靜慮乃至無所有處所攝非想非非想處唯是世間不明了想恒現行故由此道理故名無想如世尊言乃至有想三摩鉢底方能如實照了通達滅定亦是出世間攝由聖道後所證得故要於人趣方能引發或於人趣或於色界能現在前生無色界多不現起由住寂靜解脫異熟者於此滅定多不發起勤方便故云何輭道謂輭輭輭中輭上品道由此道故能捨三界所繫地地中上上中上下三品煩惱云何中道謂中輭中中中上品道由此道故能捨三界所繫地地中中上中中中輭三品煩惱云何上道謂上輭上中上上品道由此道故能捨三界所繫地地中輭上輭中輭輭三品煩惱云何加行道謂由此道能捨煩惱是名修道中加行道云何無間道謂由此道無間永斷煩惱令無所餘云何解脫道謂由此道證斷煩惱所得解脫云何勝進道謂爲斷餘品煩惱所有加行無間解脫道是名勝進道又復棄捨斷煩惱加行或勤方便思惟諸法或勤方便安住諸法或進修餘三摩鉢底諸所有道名勝進道又爲引發勝品功德或復安住諸所有道名勝進道復云何修如是諸道謂得修習修除去修對治修得修者謂未生善法修習令生習修者謂已生善法修令堅住不忘倍復增廣除去修者謂已生惡不善法修令永斷對治修者謂未生惡不善法修令不生又道生時能安立自習氣是名得修即此道現前修習是名習修即此道現在前時能捨自障名除去修即此道旣捨自障令彼未來住不生法名對

治修復有四種對治名對治修謂猒壞對治斷對治持對治遠分對治云何猒壞對治謂於有漏諸行見多過患云何斷對治謂加行道及無間道云何持對治謂解脱道云何遠分對治謂此後諸道又道差別有十一種謂觀察事道勤功用道修治定道現觀方便道親近現觀道現觀道清淨出離道依根差別道淨修三學道發諸功德道遍攝諸道道如是諸道隨其次第謂三十七菩提分法四種正行四種法迹奢摩他毗鉢舍那三無漏根此中一切菩提分法皆由五門而得建立謂所緣故自體故助伴故修習故修果故四念住所緣者謂身受心法復有四事謂我所依事我受用事我自體事我染淨事自體者謂慧及念助伴者謂彼相應心心所等修習者

謂於內身等修循身等觀如於內於外於內外亦爾內身者謂於此身中所有內色處外身者謂外所有外色處內外身者謂內處相應所有外處根所依止又他身中所有內色處云何於身修循身觀謂以分別影像身與本質身平等隨觀內受者謂因內身所生受外受者謂因外身所生受內外受者謂因內外身所生受如受心法亦爾如於身修循身觀如是於受等修循受等觀如其所應又修習者謂欲勤策勵勇猛不息正念正知及不放逸修習差別故欲修習者謂爲對治不作意隨煩惱勤修習者謂爲對治懈怠隨煩惱策修習者謂爲對治惛沉掉舉隨煩惱勵修習者謂爲對治心下劣性隨煩惱勇猛修習者謂爲對治疎漏疲倦隨煩惱不息修習者

謂爲對治得少善法生知足喜隨煩惱正念修習者謂爲對治忘失尊教隨煩惱正知修習者謂爲對治毀犯追悔隨煩惱不放逸修習者謂爲對治捨諸善軛隨煩惱修果者謂斷四顛倒趣入四諦身等離繫四正斷所緣者謂已生未生所治能治法自體者謂精進助伴者謂彼相應心心所等修習者如契經說生欲策勵發起正勤策心持心此中諸句顯修正勤及所依止所依止者謂欲正勤者謂策勵等於止舉捨相作意中爲欲損減惛沉掉舉發起正勤故次說言策心持心修果者謂盡棄捨一切所治於能對治若得若增是名修果四神足所緣者謂已成滿定所作事自體者謂三摩地助伴者謂欲勤心觀及彼相應心心所等云何欲三摩地謂由殷重方便觸心一境性云何勤三摩地謂由無間方便觸心一境性云何心三摩地謂由先修三摩地力觸心一境性云何觀三摩地謂由聞他教法內自簡擇觸心一境性又欲三摩地者謂由生欲觸心一境性勤三摩地者謂由策勵發起正勤觸心一境性心三摩地者謂由持心觸心一境性觀三摩地者謂由策心觸心一境性修習者謂數修習八種斷行何等爲八謂欲精進信安正念正知思捨如是八種略攝爲四謂加行攝受繼屬對治又欲勤心觀修有二種謂并因緣聚散遠離修不劣不散彼二所依隨順修修果者謂已善修治三摩地故隨所欲證所通達法即能隨心通達變現又於別別處所法中證得堪能自在作用如所願樂能辨種種神通等事又

能引發勝品功德五根所緣者謂四聖諦自體者謂信精進念定慧助伴者謂彼相應心心所等修習者謂信根於諸諦起忍可行修習精進根於諸諦生忍可已爲覺悟故起精進行修習念根於諸諦發精進已繫念起不忘失行修習定根於諸諦既繫念已起心一境性行修習慧根於諸諦心既得定起簡擇行修習修果者謂能速發諦現觀及能修治煗頂引發忍世第一法如五根五力亦爾差別者由此能損減所對治障不可屈伏故名爲力七覺支所緣者謂四聖諦如實性自體者謂念擇法精進喜安定捨念是所依支擇法是自體支精進是出離支喜是利益支安定捨是不染汙支由此不染汙故依此不染汙故體是不染汙故助伴者謂彼相應心心所等修習者謂依止遠離依止無欲依止寂滅迴向棄捨修念覺支如念覺支乃至捨覺支亦爾如是四句次第顯示緣四諦境修習覺支修果者謂見所斷煩惱永斷八聖道支所緣者謂即此後時四聖諦如實性自體者謂正見正思惟正語正業正命正精進正念正定正見是分別支正思惟是誨示他支正語正業正命是令他信支見戒命清淨性故正精進是淨煩惱障支正念是淨隨煩惱障支正定是能淨最勝功德障支助伴者謂彼相應心心所等修習者如覺支說修果者謂分別誨示他令他信煩惱障淨隨煩惱障淨最勝功德障淨故四種正行者謂苦遲通行苦速通行樂遲通行樂速通行初謂鈍根未得根本靜慮第二謂利根未得根本靜慮第

三謂鈍根已得根本靜慮第四謂利根已得根本靜慮四種法迹者謂無貪無瞋正念正定無貪無瞋能令增上戒學清淨正念能令增上心學清淨正定能令增上慧學清淨奢摩他者謂於内攝心令住等住安住近住調順寂靜最極寂靜專住一趣平等攝持毗鉢舍那者謂簡擇諸法最極簡擇普遍尋思周審觀察爲欲對治麤重相結故爲欲制伏諸顛倒故令無倒心善安住故又依奢摩他毗鉢舍那立四種道或有一類已得奢摩他非毗鉢舍那此類依奢摩他進修毗鉢舍那或有一類已得毗鉢舍那非奢摩他此類依毗鉢舍那進修奢摩他或有一類不得奢摩他亦非毗鉢舍那此類專心制伏惛沉掉舉雙修二道或有一類已得奢摩他及毗鉢舍那此類奢摩他毗鉢舍那二道和合平等雙轉三根者謂未知當知根已知根具知根云何未知當知根謂於加行道及於見道十五心剎那中所有諸根云何已知根謂從第十六見道心剎那已上於一切有學道中所有諸根云何具知根謂於無學道所有諸根依初靜慮地現修道時亦修欲界繫所有善根於彼得自在故如依初靜慮地修欲界善根如是依一切上地現修道時皆能修習下界下地所有善根於彼得自在故

何等究竟道謂依金剛喻定一切麤重永已息故一切繫得永已斷故永證一切離繫得故從此次第無間轉依證得盡智及無生智十無學法等何等爲十謂無學正見乃至無學正定無學正解脫無學正智如是等法名

究竟道云何名爲一切麤重略說有二十四種謂一切遍行戲論麤重領受麤重煩惱麤重業麤重異熟麤重煩惱障麤重業障麤重異熟障麤重蓋麤重尋思麤重飲食麤重交會麤重夢麤重病麤重老麤重死麤重勞倦麤重堅固麤重上麤重中麤重細麤重煩惱障麤重定障麤重所知障麤重云何繫得謂於麤重積集假立繫得性云何離繫得謂於麤重離散假立離繫得性云何金剛喻定謂居修道最後斷結道位所有三摩地或加行道攝或無間道攝加行道攝者謂從此巳去非一切障所礙能破一切障無間道攝者謂從此無間盡智無生智生又此三摩地無間堅固一味遍滿爲顯此義薄伽梵說如大石山無缺無隙無穴一段極善圓滿十方猛風所不動轉云何名爲無間轉依謂巳證得無學道者三種轉依何等爲三謂心轉依道轉依麤重轉依云何盡智謂由因盡所得智或緣盡爲境云何無生智謂由果斷所得智或緣果不生爲境十無學法當知依止無學戒蘊定蘊慧蘊解脫蘊解脫知見蘊說

如是道諦總有四種行相差別謂道相如相行相出相云何道相因此尋求眞實義故云何如相以能對治諸煩惱故云何行相善能成辦心令不顚倒故云何出相趣眞常迹故於諸諦中十六行相皆通世間及出世間世間出世間有何差別於所知境不善悟入善悟入性差別故有障無障性差別故有分別無分別性差別故所以者何於諸諦中無常苦等十六世間行相不善通達眞如性故煩

惱所隨眠故依名言門起戲論故出世行相與此相違出世行相現在前時雖復現證見無常義然不依名言戲論門見此是無常義如無常行相於無常義餘行相於餘義隨其所應當知亦爾

大乘阿毗達磨集論卷第五

大乘阿毗達磨集論卷第六

無著菩薩造

唐三藏法師玄奘奉詔譯

決擇分中法品第二

云何法決擇法者謂十二分聖教何者十二一者契經二應頌三記別四諷頌五自說六緣起七譬喻八本事九本生十方廣十一希法十二論議

何等契經謂以長行綴緝略說所應說義如來觀察十種勝利綴緝長行略說諸法謂易可建立易可宣說易可受持恭敬法故善提資糧速得圓滿速能通達諸法實性於諸佛所得證淨信於法僧所得證淨信觸證第一現法樂住談論決擇悅智者心得預聰明英叡者數

何等應頌即諸經或中或後以頌重頌又不了義經應更頌釋故名應頌

何等記別謂於是處聖弟子等謝往過去記別得失生處差別又了義經說名記別記別開示深密意故

何等諷頌謂諸經中以句宣說或以二句或三或四或五或六

何等自說謂諸經中或時如來悅意自說

何等緣起謂因請而說又有因緣制立學處亦名緣起

何等譬喻謂諸經中有比況說

何等本事謂宣說聖弟子等前世相應事

何等本生謂宣說菩薩本行藏相應事

何等方廣謂菩薩藏相應言說如名方廣亦名廣破亦名無比爲何義故名爲方廣一切

有情利益安樂所依處故宣說廣大甚深法故爲何義故名爲廣破以能廣破一切障故爲何義故名爲無比無有諸法能比類故何等希法若於是處宣說聲聞諸大菩薩及如來等最極希有甚奇特法

何等論議若於是處無有顛倒解釋一切深隱法相如是契經等十二分聖教三藏所攝何等爲三一素怛纜藏二毗柰耶藏三阿毗達磨藏此復有二一聲聞藏二菩薩藏契經應頌記別諷頌自說此五聲聞藏中素怛纜藏攝緣起譬喻本事本生此四二藏中毗柰耶藏并眷屬攝方廣希法此二菩薩藏中素怛纜藏攝論議一種聲聞菩薩二藏中阿毗達磨藏攝何故如來建立三藏爲欲對治疑隨煩惱故建立素怛纜藏爲欲對治受用二邊隨煩惱故建立毗柰耶藏爲欲對治自見取執隨煩惱故建立阿毗達磨藏復次爲欲開示三種學故建立素怛纜藏爲欲成立增上戒學增上心學故建立毗柰耶藏爲欲成立增上慧學故建立阿毗達磨藏復次爲欲開示正法義故建立素怛纜藏爲顯法義作證安足處故建立毗柰耶藏爲令智者論議決擇受用法樂住故建立阿毗達磨藏如是三藏所攝諸法爲誰所行是聞所成思所成修所成心心所法所行如契經說諸心心所法有所緣有行相有所依及相應彼於此法爲何所緣謂契經等作何行相謂蘊等相應義爲何所依謂他表了憶念習氣何等相應謂互爲助伴於所緣行相平等解了云何於法所緣差別若略說有四種謂遍滿所緣淨

行所緣善巧所緣淨惑所緣遍滿所緣復有四種謂有分別影像所緣無分別影像所緣事邊際所緣所作成就所緣有分別影像所緣者謂由勝解作意所有奢摩他毗鉢舍那所緣境界無分別影像所緣者謂由眞實作意所有奢摩他毗鉢舍那所緣境界事邊際所緣者謂一切法盡所有性如所有性盡所有性者謂蘊界處如所有性者謂四聖諦十六行相眞如一切行無常一切行苦一切法無我涅槃寂靜空無願無相所作成就所緣者謂轉依如是轉依不可思議十六行相中空攝幾行相謂二無願攝幾行相謂六無相攝幾行相謂八淨行所緣復有五種謂多貪行者緣不淨境多瞋行者緣修慈境多癡行者緣衆緣性諸緣起境憍慢行者緣界差別境尋思行者緣入出息念境善巧所緣亦有五種謂蘊善巧界善巧處善巧緣起善巧處非處善巧處非處善巧應云何觀應如緣起善巧觀處非處善巧緣起善巧有何差別若以諸法流潤諸法令離無因不平等因生故是緣起善巧因果相稱攝受生故是處非處善巧淨惑所緣者謂下地麤性上地靜性眞如及四聖諦是名淨惑所緣若欲於法勤審觀察由幾道理能正觀察由四道理謂觀待道理作用道理證成道理法爾道理云何觀待道理謂諸行生時要待衆緣云何作用道理謂異相諸法各別作用云何證成道理謂爲證成所應成義宣說諸量不相違語云何法爾道理謂無始時來於自相共相所住法中所有成就法性法爾於諸法中正勤觀察

云何於法而起尋思謂起四種尋思一名尋思二事尋思三自體假立尋思四差別假立尋思云何名尋思謂推求諸法名身句身文身自相皆不成實云何事尋思謂推求諸法蘊界處相皆不成實云何自體假立尋思謂於諸法能詮所詮相應中推求自體唯是假立名言因性云何差別假立尋思謂於諸法能詮所詮相應中推求差別唯是假立名言因性於法正勤修尋思已云何於法起如實智謂起四種如實智一名尋思所引如實智二事尋思所引如實智三自體假立尋思所引如實智四差別假立尋思所引如實智云何名尋思所引如實智謂如實知名不可得智云何事尋思所引如實智謂如實知事相亦不可得智云何自體假立尋思所引如實智謂如實知實有自性不可得智云何差別假立尋思所引如實智謂如實知實有差別不可得智依法勤修三摩地者瑜伽地云何當知有五種一持二作三鏡四明五依云何持謂已積集菩提資糧於暖等位於諸聖諦所有多聞云何作謂緣此境如理作意云何鏡謂緣境有相三摩地云何明謂能取所取無所得智依此道理佛薄伽梵妙善宣說

菩薩於定位　觀影唯是心　義想既滅除
審觀唯自想　如是住內心　知所取非有
次能取亦無　後觸無所得

云何依謂轉依捨離諸麤重得清淨轉依故於諸法中云何法善巧謂多聞故云何義善巧謂於阿毗達磨毗奈耶中善知其相故云何文善巧謂善知訓釋文詞故云何詞善巧

謂能善知我我所等世俗言詞不深執著隨順說故云何前際後際密意善巧謂能善知於前際領受於後際出離故於諸法中云何住法若不得修慧唯勤方便修習聞思不名住法若不得聞思唯勤方便修習修慧亦不名住法若俱得二種方便安住乃名住法若唯於法受持讀誦爲他演說思惟其義是名聞思若修三摩地方便不知足是名修慧三摩地方便者謂無間殷重方便及無顛倒方便不知足者謂不生味著修上奢摩他方便何因緣故唯方廣一分名爲菩薩波羅蜜多藏由此分中廣說一切波羅蜜多數故相故次第故釋詞故修故差別故攝故所治故功德故更互決擇故何緣方廣分名廣大甚深由一切種智性廣大甚深故何因緣故一分衆生於方廣分廣大甚深不生勝解及懷怖畏由遠離法性故未種善根故惡友所攝故何因緣故一分衆生於方廣分廣大甚深雖生勝解而不出離由深安住自見取故常堅執著如言義故依此密意薄伽梵於大法鏡經中說如是言若諸菩薩隨言取義不如正理思擇法故便生二十八不正見何等名爲二十八不正見謂相見損減施設見損減分別見損減眞實見攝受見轉變見無罪見出離見輕毀見憤發見顛倒見出生見不立宗見矯亂見敬事見堅固愚癡見根本見於見無見見捨方便見不出離見障增益見生非福見無功果見受辱見誹謗見不可與言見廣大見增上慢見如方廣分說一切諸法皆無自性依何密意說謂無自然性故無自體

性故無住自體故無如愚夫所取相性故復次於遍計所執自性由相無性故於依他起自性由生無性故於圓成實自性由勝義無性故又於彼說言一切諸法無生無滅本來寂靜自性涅槃依何密意說如無自性無生亦爾如無生無滅亦爾如無生無滅本來寂靜亦爾如本來寂靜自性涅槃亦爾復次有四種意趣由此意趣故方廣分中一切如來所有意趣應隨決了何等爲四一平等意趣二別時意趣三別義意趣四補特伽羅意樂意趣復次有四種祕密由此祕密故於方廣分中一切如來所有祕密應隨決了何等爲四一令入祕密二相祕密三對治祕密四轉變祕密復次方廣分中於法三摩地善巧菩薩相云何可知謂由五種因故一剎那剎那消除一切麤重所依二出離種種想得樂法樂三了知無量無分別相四順清淨分無分別相恒現在前五能攝受轉上轉勝圓滿成就佛法身因聲聞藏法菩薩藏法等從如來法身所流何因緣故以香鬘等供養恭敬菩薩藏法便生廣大無邊福聚非聲聞藏法以菩薩藏法是一切衆生利益安樂所依處故能建大義故無上無量大功德聚所生處故

決擇分中得品第三之一

云何得決擇略說有二種一建立補特伽羅故二建立現觀故

云何建立補特伽羅略有七種謂病行差別故出離差別故任持差別故方便差別故果差別故界差別故修行差別故應知建立補特伽羅

云何病行差別此有七種謂貪行瞋行癡行慢行尋思行等分行薄塵行補特伽羅差別故云何出離差別此有三種謂聲聞乘獨覺乘大乘補特伽羅差別故云何任持差別此有三種謂未具資糧已具未具資糧已具資糧補特伽羅差別故云何方便差別此有二種謂隨信行隨法行補特伽羅差別故云何果差別此有二十七種謂信勝解見至身證慧解脫俱分解脫預流向預流果一來向一來果不還向不還果阿羅漢向阿羅漢果極七返有家家一間中般涅槃生般涅槃無行般涅槃有行般涅槃上流退法阿羅漢思法阿羅漢護法阿羅漢住不動阿羅漢堪達阿羅漢不動法阿羅漢補特伽羅差別故云何界差別謂欲界異生有學無學如欲界有三色無色界亦爾又有欲色界菩薩又有欲界獨覺及不可思議如來補特伽羅差別故云何修行差別略有五種一勝解行菩薩二增上意樂行菩薩三有相行菩薩四無相行菩薩五無功用行菩薩補特伽羅差別故何等貪行補特伽羅謂有猛利長時貪欲如是瞋行癡行慢行及尋思行補特伽羅皆有猛利長時差別何等等分行補特伽羅謂住自性位煩惱何等薄塵行補特伽羅謂住自性位微薄煩惱何等聲聞乘補特伽羅謂住聲聞法性若定若不定性是鈍根自求解脫發弘正願修猒離貪解脫意樂以聲聞藏為所緣境精進修行法隨法行得盡苦際何等獨覺乘補特伽羅謂住獨覺法性若定若不定性是中根自求解脫發弘正願修猒離貪解脫

意樂及修獨證菩提意樂即聲聞藏爲所緣境精進修行法隨法行或先未起順決擇分或先已起順決擇分或先未得果或先已得果出無佛世唯內思惟聖道現前或如麟角獨住或復獨勝部行得盡苦際何等大乘補特伽羅謂住菩薩法性若定若不定性是利根爲求解脫一切有情發弘正願修無住處涅槃意樂以菩薩藏爲所緣境精進修行法隨法行成熟衆生修淨佛土得受大記證成無上正等菩提

何等未具資糧補特伽羅謂緣諦增上法爲境發起暖品清信勝解成就暖品順解脫分未定生時何等已具未具資糧補特伽羅謂緣諦增上法爲境發起中品清信勝解成就中品順解脫分已定生時何等已具資糧補特伽羅謂緣諦增上法爲境發起上品清信勝解成就上品順解脫分即此生時又未具資糧者謂緣諦增上法爲境於諸諦中成就下品諦察法忍成就下品順決擇分未定生時已具未具資糧者謂緣諦增上法爲境於諸諦中成就中品諦察法忍成就中品順決擇分已定生時已具資糧者謂緣諦增上法爲境於諸諦中成就上品諦察法忍成就上品順決擇分即此生時此中三品順決擇分者謂除世第一法由此世第一法性唯一刹那必不相續即此生時定入現觀非前位故從下中品順解脫分順決擇分有可退義此唯退現行非退習氣已依涅槃先起善根者不復新發起故

何等隨信行補特伽羅謂資糧已具性是鈍

根隨順他教修諦現觀何等隨法行補特伽羅謂資糧已具性是利根自然隨順諦增上法修諦現觀

何等信勝解補特伽羅謂隨信行已至果位何等見至補特伽羅謂隨法行已至果位何等身證補特伽羅謂諸有學已具證得八解脱定何等慧解脱補特伽羅謂已盡諸漏而未具證八解脱定何等俱分解脱補特伽羅謂已盡諸漏及具證得八解脱定何等預流向補特伽羅謂住順決擇分位及住見道十五心刹那位何等預流果補特伽羅謂住見道第十六心刹那位即此見道亦名趣入正性決定亦名於法現觀若於欲界未離欲者後入正性決定位得預流果若於欲界位離欲者後入正性決定位得一來果若已離欲界欲者後入正性決定位得不還果若已永斷見道所斷一切煩惱得預流果何故但言永斷三結得預流果最勝攝故何故最勝以於解脱是不發趣因故雖已發趣復為邪出離因故及為不正出離因故又此三結是迷所知境因故迷見因故迷對治因故何等一來向補特伽羅謂於修道中已斷欲界五品煩惱安住彼道何等一來果補特伽羅謂於修道中已斷欲界第六品煩惱安住彼道何等不還向補特伽羅謂於修道中已斷欲界第七第八品煩惱安住彼道何等不還果補特伽羅謂於修道中已斷欲界第九品煩惱安住彼道若已永斷一切見道所斷煩惱及已永斷欲界修道所斷一切煩惱得不還果何故但言永斷五順下分結得不還果最勝

攝故何故最勝能爲下趣下界勝因故何等阿羅漢向補特伽羅謂已永斷有頂八品煩惱安住彼道何等阿羅漢果補特伽羅謂已永斷有頂第九品煩惱安住彼究竟道若阿羅漢永斷三界一切煩惱何故但言永斷五順上分結得阿羅漢果最勝攝故何故最勝是取上分因及不捨上分因故何等極七返有補特伽羅謂即預流果於人天生往來雜受極至七返得盡苦際何等家家補特伽羅謂即預流果或於天上或於人中從家至家得盡苦際何等一間補特伽羅謂即一來果或於天上唯受一有得盡苦際何等中般涅槃補特伽羅謂生結已斷起結未斷或中有纔起即便聖道現前得盡苦際或中有起已爲趣生有纔起思惟即便聖道現前得盡苦際或思惟已發趣生有未到生有即便聖道現前得盡苦際何等生般涅槃補特伽羅謂二結俱未斷纔生色界已即便聖道現前得盡苦際何等無行般涅槃謂生彼已不由加行聖道現前得盡苦際何等有行般涅槃補特伽羅謂生彼已由加行力聖道現前得盡苦際何等上流補特伽羅謂於色界地地中皆受生已乃至最後入色究竟於彼無漏聖道現前得盡苦際復有乃至往到有頂聖道現前得盡苦際又雜修第四靜慮有五品差別一下品修二中品修三上品修四上勝品修五上極品修由此五品雜修第四靜慮故如其次第生五淨居

何等退法阿羅漢謂鈍根性若遊散若不遊散若思惟若不思惟皆可退失現法樂住何

等思法阿羅漢謂鈍根性若遊散若不遊散若不思惟即可退失現法樂住若思惟巳能不退失何等護法阿羅漢謂鈍根性若遊散便可退失現法樂住若不遊散即能不退何等住不動阿羅漢謂鈍根性若遊散若不遊散皆能不退現法樂住亦不能練根何等堪達阿羅漢謂鈍根性若遊散若不遊散皆能不退現法樂住然堪能練根何等不動法阿羅漢謂利根性若遊散若不遊散皆能不退現法樂住何等欲界異生補特伽羅謂於欲界若生若長不得聖法何等欲界有學補特伽羅謂於欲界若生若長已得聖法猶有餘結何等欲界無學補特伽羅謂於欲界若生若長已得聖法無有餘結如欲界有三色無色亦爾何等欲色界菩薩補特伽羅謂與滅離無色界生靜慮相應住靜慮樂而生欲界或生色界何等欲界獨覺補特伽羅謂無佛出世時生於欲界自然證得獨覺菩提何等不可思議如來補特伽羅謂且於欲界始從示現安住覩史多天妙寶宮殿乃至示現大般涅槃示現一切諸佛菩薩所行大行何等勝解行菩薩補特伽羅謂住勝解行地中成就菩薩下中上忍何等增上意樂行菩薩補特伽羅謂十地中所有菩薩何等有相行菩薩補特伽羅謂住極喜離垢發光焰慧極難勝現前地中所有菩薩何等無相行菩薩補特伽羅謂住遠行地中所有菩薩何等無功用行菩薩補特伽羅謂住不動善慧法雲地中所有菩薩

復次如說預流果補特伽羅此有二種一漸

出離二頓出離漸出離者如前廣說頓出離者謂入諦現觀已依止未至定發出世間道頓斷三界一切煩惱品品別斷唯立二果謂預流果阿羅漢果如是補特伽羅多於現法或臨終時善辦聖旨設不能辦由願力故即以願力還生欲界出無佛世成獨勝果

大乘阿毗達磨集論卷第六

音釋

緝（七入切猶續也）纜（郎紺切）誹（府尾切謗也）鬘（莫環切）纔（昨該切猶僅也）

大乘阿毗達磨集論卷第七

無著菩薩造

唐三藏法師玄奘奉詔譯

決擇分中得品第三之二

云何建立現觀略有十種謂法現觀義現觀眞現觀後現觀寶現觀不行現觀究竟現觀聲聞現觀獨覺現觀菩薩現觀

何等法現觀謂於諸諦增上法中已得上品淨信勝解隨信而行

何等義現觀謂於諸諦增上法中已得上品諦察法忍此忍居順決擇分位此由三種如理作意所顯發故復成三品謂上輭上中上上

何等眞現觀謂已得見道十六心刹那位所有聖道又見道中得現觀邊安立諦世俗智不現在前於修道位此世俗智方可現前

何等後現觀謂一切修道

何等寶現觀謂於佛證淨於法證淨於僧證淨

何等不行現觀謂已證得無作律儀雖居學位而謂我今已盡那落迦已盡傍生已盡餓鬼已盡顛墜惡趣我不復造惡趣業感惡趣異熟

何等究竟現觀如道諦中究竟道說

何等聲聞現觀謂前所說七種現觀從聞他音而證得故名聲聞現觀

何等獨覺現觀謂前所說七種現觀不由他音而證得故名獨覺現觀

何等菩薩現觀謂諸菩薩於前所說七現觀中起修習忍而不作證然於菩薩極喜地中

入諸菩薩正性決定是名菩薩現觀聲聞現觀菩薩現觀有何差別略説有十一種謂境界差別任持差別通達差別誓願差別出離差別攝受差別建立差別眷屬差別勝生差別生差別果差別其果差別復有十種謂轉依差別功德圓滿差別五相差別三身差別涅槃差別證得和合智用差別障清淨差別和合作業差別方便示現成等正覺入般涅槃差別五種拔濟差別諸無量等最勝功德何現觀攝後現觀究竟現觀攝彼復云何謂無量解脫勝處遍處無諍願智無礙解神通相隨好清淨力無畏念住不護無忘失法永斷習氣大悲不共佛法一切種妙智如是等功德諸契經中處處宣説無量者謂四無量云何慈謂依止靜慮於諸有情與樂相應意

樂住具足中若定若慧及彼相應諸心心所云何悲謂依止靜慮於諸有情離苦意樂住具足中若定若慧餘如前説云何喜謂依止靜慮於諸有情不離樂意樂住具足中若定若慧餘如前説云何捨謂依止靜慮於諸有情利益意樂住具足中若定若慧餘如前説解脫者謂八解脫云何有色觀諸色謂依止靜慮於內未伏見者色想或現安立見者色想觀所見色住具足中若定若慧及彼相應諸心心所乃至爲解脫變化障云何內無色想觀外諸色謂依止靜慮於已伏見者色想或現安立見者無色想觀所見色住具足中若定若慧餘如前説云何淨解脫身作證具足住謂依止靜慮於內淨不淨諸色已得展轉相待想展轉相入想展轉一味想故於彼

已得住具足中若定若慧餘如前說乃至爲解脱淨不淨變化煩惱生起障云何無邊空處解脱謂於隨順解脱無邊空處住具足中若定若慧餘如前說如無邊空處解脱無邊識處無所有處非想非非想處解脱亦爾乃至爲解脱寂靜解脱無滯礙障云何想受滅解脱謂依止非想非非想處解脱超過諸餘寂靜解脱住於似眞解脱住具足中心心所滅爲解脱想受滅障勝處者謂八勝處前四勝處由二解脱所建立後四勝處由一解脱所建立此中解脱是意解所緣勝處是勝伏所緣自在轉故依有情數非有情數說色少多依淨不淨說色好惡依人與天說色劣勝餘如解脱中說勝伏所緣故名勝處遍處者謂十遍處所緣遍滿故名遍處於其遍滿住具足中若定若慧及彼相應心心所法是名遍處何故於遍處建立地等由此遍處觀所依能依色皆遍滿故餘隨所應如解脱說如是遍處能成滿解脱無諍者謂依止靜慮於防護他所應起煩惱住具足中若定若慧及彼相應諸心心所願智者謂依止靜慮於爲了所知願具足中若定若慧餘如前說無礙解者謂四無礙解云何法無礙解謂依止靜慮於一切法名差別無礙具足中若定若慧餘如前說云何義無礙解謂依止靜慮於諸相及意趣無礙具足中若定若慧餘如前說云何訓詞無礙解謂依止靜慮於諸方言音及訓釋諸法言詞無礙具足中若定若慧餘如前說云何辯才無礙解謂依止靜慮於諸法差別無礙具足中若定若慧餘如前說神

通者謂六神通云何神境通謂依止靜慮於種種神變威德具足中若定若慧及彼相應諸心心所云何天耳通謂依止靜慮於隨聞種種音聲威德具足中若定若慧餘如前說云何心差別通謂依止靜慮於入他有情心行差別威德具足中若定若慧餘如前說云何宿住隨念通謂依止靜慮於隨念前際所行威德具足中若定若慧餘如前說云何死生通謂依止靜慮於觀有情死生差別威德具足中若定若慧餘如前說云何漏盡通謂依止靜慮於漏盡智威德具足中若定若慧及彼相應諸心心所相隨好者謂依止靜慮於相隨好莊嚴所依示現具足中若定若慧及彼相應諸心心所并彼所起異熟清淨者謂四清淨云何依止清淨謂依止靜慮於隨所欲依止取住捨具足中若定若慧及彼相應諸心心所云何境界清淨謂依止靜慮於隨所欲境界變化智具足中若定若慧餘如前說云何心清淨謂依止靜慮於如所欲三摩地門自在具足中若定若慧餘如前說云何智慧清淨謂依止靜慮於隨所欲陀羅尼門任持具足中若定若慧餘如前說力者謂如來十力云何處非處智力謂依止靜慮於一切種處非處智具足中若定若慧及彼相應諸心心所云何自業智力謂依止靜慮於一切種自業智具足中若定若慧餘如前說餘力隨應當知亦爾無畏者謂四無畏云何正等覺無畏謂依止靜慮由自利門於一切種所知境界正等覺自稱德號建立具足中若定若慧及彼相應諸心心所云何漏盡無

畏謂依止靜慮由自利門於一切種漏盡自稱德號建立具足中若定若慧餘如前說云何障法無畏謂依止靜慮由利他門於一切種說障礙法自稱德號建立具足中若定若慧餘如前說云何出苦道無畏謂依止靜慮由利他門於一切種說出苦道法自稱德號建立具足中若定若慧餘如前說念住者即三念住謂御大衆時於一切種雜染不現行具足中若定若慧餘如前說不護者即三不護謂御大衆時於隨所欲教授教誡方便具足中若定若慧餘如前說無忘失法者謂於一切種隨其所作所說明記具足中若定若慧餘如前說永斷習氣者謂一切智者於非一切智所作不現行具足中若定若慧餘如前說大悲者謂於緣無間苦境大悲住具足中若定若慧餘如前說不共佛法者即十八種不共佛法謂於不共身語意業清淨具足中於所依及果根未得不退具足中於不共業現行具足中於不共智住具足中若定若慧餘如前說一切種妙智者謂於蘊界處一切種妙智性具足中若定若慧及彼相應諸心心所

云何引發如是等功德謂依止清淨四靜慮若外道若聲聞若菩薩等引發四無量五神通多分依止邊際第四靜慮若聲聞若菩薩若如來等引發所領功德何因引發如是功德謂依止靜慮數數思惟隨所建立法故如是等功德略有二種一現前發起自所作用二安住自性若現發起自所作用以出世後所得世俗智爲體若安住自性用出世智爲

體無量作何業謂捨所治障哀愍住故能速圓滿福德資糧成熟有情心無猒倦解脫作何業謂引發變化事於淨不淨變化無有艱難於寂靜解脫無有滯礙能住第一寂靜聖住由勝解思惟故勝處作何業謂能令前三解脫所緣境界自在而轉由勝伏所緣故遍處作何業謂善能成辦解脫所緣遍滿流布故無諍作何業謂所發語言聞皆信伏愛護他心最爲勝故如其所應發語言故願智作何業謂能善記別三世等事一切世間咸所恭敬由遠一切衆所歸仰故無礙解作何業謂善說法要悅衆生心能絕一切所疑網故神通作何業謂以身業語業記心化導有情令入聖教善知有情一切心行及過未已如應教授令永出離相及隨好作何業謂能令暫見謂大丈夫心生淨信清淨作何業謂由此勢力故取生有隨其樂欲或住一劫或復劫餘或捨壽行或於諸法自在而轉或於諸定自在而轉或復任持諸佛正法力作何業謂爲除捨無因惡因論不作而得論無倒宣說增上生道悟入一切有情心行正說法品意樂隨眠境界資糧當能出離隨其所應宣說決定勝道降伏諸魔善能記別一切問論無畏作何業謂處大衆中自正建立我爲大師摧伏一切邪難外道念住作何業謂能不染汙攝御大衆不護作何業謂能無間斷教授教誡所化徒衆無忘失法作何業謂能不捨離一切佛事永斷習氣作何業謂離諸煩惱亦不顯現似諸煩惱所作事業大悲作何業謂日夜六時遍觀世間不共佛法作何業

謂由身語意業清淨已得不退若行若住映蔽一切聲聞獨覺一切種妙智作何業謂能絕一切有情一切疑網令正法眼長時得住由此有情未成熟者令其成熟已成熟者令得解脫於上所說現觀位中證得後後勝品道時捨前所得下劣品道又即此時集斷作證於無餘依涅槃界位聲聞獨覺一切聖道無不皆由頓捨所捨非諸菩薩是故唯說諸菩薩等為無盡善根者無盡功德者何故建立諸無記事由彼所問不如理故何故所問不如理耶遠離因果染淨所應思處故

何緣菩薩已入菩薩超昇離生位而非預流耶由得不住道一向預流行不成就故何緣亦非一來耶故受諸有無量生故何緣亦非不還耶安住靜慮還生欲界故又諸菩薩已得諦現觀於十地修道位唯修所知障對治道非煩惱障對治道若得菩提時頓斷煩惱障及所知障頓成阿羅漢及如來此諸菩薩雖未永斷一切煩惱然此煩惱猶如呪藥所伏諸毒不起一切煩惱過失一切地中如阿羅漢已斷煩惱

又諸菩薩於所知境應修善巧於諸方便應修善巧於虛妄分別應修善巧於無分別應修善巧於時時中應修練根云何所知境謂略有六種一迷亂二迷亂所依三不迷亂所依四迷亂不迷亂五不迷亂六不迷亂等流云何方便善巧謂略有四種一成熟有情方便善巧二圓滿佛法方便善巧三速證通慧方便善巧四道無斷絕方便善巧云何虛妄分別謂略有十種一根本分別二相分別三

相顯現分别四相變異分别五相顯現變異分别六他引分别七不如理分别八如理分别九執著分别十散亂分别此復十種一無性分别二有性分别三增益分别四損減分别五一性分别六異性分别七自性分别八差别分别九隨名義分别十隨義名分别云何無分别謂别有三種一知足無分别二無顛倒無分别三無戲論無分别如此三種異生聲聞菩薩如其次第應知其相無戲論無分别復離五相一非無作意故二非超過作意故三非寂靜故四非自性故五非於所緣作加行故謂於所緣不起加行若諸菩薩性是利根云何復令修練根行謂令依利輭根引發利中根復依利中根引發利利根故

決擇分中論議品第四

云何論議決擇略說有七種謂義決擇釋決擇分别顯示決擇等論決擇攝決擇論軌決擇祕密決擇

何等義決擇謂依六義而起決擇何等六義謂自性義因義果義業義相應義轉義自性義者謂三自性因義者謂三因一生因二轉因三成因果義者謂五果一異熟果二等流果三增上果四士用果五離繫果業義者謂五業一取受業二作用業三加行業四轉變業五證得業相應義者謂五相應一聚結相應二隨逐相應三連綴相應四分位相應五轉變相應轉義者謂五轉一相轉二安住轉三顛倒轉四不顛倒轉五差别轉

何等釋決擇謂能釋諸經宗要此復云何略有六種一所遍知事二所遍知義三遍知因

緣四遍知自性五遍知果六彼證受又十四門辯釋決擇何等十四謂攝釋門攝事門總別分門後後開引門遮止門轉變字門壞不壞門安立補特伽羅門安立差別門理趣門遍知等門力無力門別別引門引發門

何等分別顯示決擇謂於如所說蘊等諸法中隨其所應作一行順前句順後句二句三句四句述可句遮止句等

何等等論決擇謂依八何八若文詞問答決擇一切眞僞復有四種等論決擇道理一能破二能立三能斷四能覺

何等攝決擇謂由十處攝諸決擇何等十處一成所作決擇處二趣入決擇處三勝解決擇處四道理決擇處五論決擇處六通達決擇處七清淨決擇處八引發決擇處九句差別決擇處十不由功用暫作意時一切義成決擇處

何等論軌決擇略有七種一論體二論處三論依四論莊嚴五論負六論出離七論多所作法第一論體復有六種一言論二尚論三諍論四毀論五順論六教論言論者謂一切世間語言尚論者謂諸世間所隨聞論世智所尚故諍論者謂互相違返所立言論毀論者謂更相憤怒發麤惡言順論者謂隨順清淨智見所有決擇言論教論者謂教導有情心未定者令其心定心已定者令得解脫所有言論第二論處謂或於王家或於執理家或對淳質堪爲量者或對善伴或對善解法義沙門婆羅門等而起論端第三論依謂依此立論略有二種一所成立二能成立所成

立有二種一自性二差別能成立有八種一立宗二立因三立喻四合五結六現量七比量八聖教量所成立自性者謂我自性或法自性差別者謂我差別或法差別立宗者謂以所應成自所許義宣示於他令彼解了立因者謂即於所成未顯了義正說現量可得不可得等信解之相立喻者謂以所見邊與未所見邊和會正說合者爲引所餘此種類義令就此法正說理趣結者謂到究竟趣所有正說現量者謂自正明了無迷亂義比量者謂現餘信解聖教量者謂不違二量之教第四論莊嚴謂依論正理而發論端深爲善美名論莊嚴此復六種一善自他宗二言音圓滿三無畏四辯才五敦肅六應供第五論負謂捨言屈言過捨言者謂自發言稱己

論失稱他論德言屈者謂假託餘事方便而退或說外事而捨本宗或現忿怒憍慢覆藏等如經廣說言過者略有九種一雜亂二麤獷三不辯了四無限量五非義相應六不應時七不決定八不顯了九不相續第六論出離謂觀察德失令論出離或復不作若知敵論非正法器時衆無德自無善巧不應興論若知敵論是正法器時衆有德自有善巧方可興論第七論多所作法略有三種一善達自他宗由此堪能遍興談論二無畏由此堪能處一切衆而興論端三辯才由此堪能於諸問難皆善辯答

復次若欲自求利益安樂於諸論軌應善通達不應與他而興諍論如薄伽梵於大乘阿毗達磨經中說如是言若諸菩薩欲勤精進

修諸善品欲行眞實法隨法行欲善攝益一切有情欲得速證阿耨多羅三藐三菩提者當正觀察十二處法不應與他共興諍論何等十二一者宣說證無上義微妙法時其信解者甚爲難得二者作受教心而請問者甚爲難得三者時衆賢善觀察德失甚爲難得四者凡所與論能離六失甚爲難得何等爲六謂執著邪宗失矯亂語失所作語言不應時失言退屈失麤惡語失心恚怒失五者凡與論時不懷獷毒甚爲難得六者凡與論時善護他心甚爲難得七者凡與論時善護定心甚爲難得八者凡與論時欲令已劣他得勝心甚爲難得九者已劣他勝心不煩惱甚爲難得十者心已煩惱得安隱住甚爲難得十一者旣不安住常修善法甚爲難得十二者於諸善法旣不恒修心未得定能速得定心已得定能速解脫甚爲難得

何等祕密決擇謂說餘義名句文身隱密轉變更顯餘義如契經言

逆害於父母　王及二多聞　誅國及隨行
是人說清淨

又契經言

不信不知恩　斷密無容處　恒食人所吐
是最上丈夫

又契經言

覺不堅爲堅　善住於顚倒　極煩惱所惱
得最上菩提

又契經言菩薩摩訶薩成就五法施波羅蜜多速得圓滿何等爲五一者增益慳悋法性二者於施有倦三者憎惡乞求四者無暫少

施五者遠離於施又契經言菩薩摩訶薩成就五法名梵行者成就第一清淨梵行何等爲五一者常求以欲離欲二者捨斷欲法三者欲貪已生即便堅執四者怖治欲法五者三二數貪何故此論名爲大乘阿毗達磨集略有三義謂等所集故遍所集故正所集故

大乘阿毗達磨集論卷第七

音釋

數數（並所角切數數頻也）綴（陟衛切聯也）憤（房吻切懣也）獷（古猛切麤惡貌）矯（居夭切詐妄也）

王法正理論

唐三藏法師玄奘奉　詔譯

清刻龍藏佛説法變相圖

王法正理論

彌勒菩薩造

唐三藏法師玄奘奉　詔譯

如佛世尊爲出愛王所説經言彼王一時往詣佛所頂禮佛足白言世尊有一沙門若婆羅門來至我所以不眞實過失現前訶諫於我我於爾時其心不生悔惱憂慼何以故觀此過失於我自身都不見故又有沙門若婆羅門來至我所以不眞實功德現前讚勸於我我於爾時心亦不生歡喜踊躍何以故觀此功德於我自身都不見故彼諸沙門及婆羅門既退還已我便獨處空閑靜室生如是心籌量尋伺我當云何了知諸王眞實過失眞實功德若我知者當捨其失爰修其德誰有沙門或婆羅門能了諸王眞實過失眞實

功德亦能爲我廣開示者既尋伺已便作是念唯我世尊一切知者一切見者定當了知諸王所有真實過失真實功德我今當往佛世尊所請問斯義故我今者來至佛所請決是義唯願如來爲我開示世尊云何諸王真實過失云何諸王真實功德作是請已爾時世尊告出愛王曰大王大王今者應當了知王之過失王之功德王衰損門王方便門王可愛法及能引發王可愛法云何名爲王之過失大王當知王過失者略有九種王若成就如是過失雖有大府庫有大輔佐有大軍衆不可歸仰何等爲九一不得自在二立性暴惡三猛利憤發四恩惠奢薄五受邪佞言六所作不思不順儀則七不顧善法八不知差別忘所作恩九一向縱任專行放逸云何名王不得自在謂有國王志性不强所爲輭弱爲諸大臣輔相國師羣官所制不隨所欲作所應作賜賚羣臣於妙五欲歡娛遊戲亦不如意如是名王不得自在云何名王立性暴惡謂有國王諸羣臣類或餘人等隨於一處現行少小不如意事即便對面擯黜發麤惡言咆勃忿恚顰蹙而住時生憤發設不對面背彼向餘而作於前擯罵等事設不對面亦不背彼向餘而作於前黜罵等事然唯內意憤恚鬱怏懷惱害心懷怨恨心然不長時持憤恚心相續不捨復有內意憤恚鬱怏懷惱害心懷怨恨心亦於長時持憤恚心相續不捨由如是相對面暴惡背面暴惡憤恚暴惡暫時暴惡長久暴惡如是名王立性暴惡大王當知長久暴惡名爲大過非是餘者云

何名王猛利憤發謂有國王諸羣臣等有小愆過有少違越便削封祿奪去妻妾或以重罰而刑罰之如是名王猛利憤發云何名王恩惠畜薄謂有國王諸羣臣等供奉侍衛雖極清淨善稱其心而以微劣輭言而慰喻之須賜爵祿酬賞勲庸不能圓滿不順常式或損耗已或稽留已或推注已或怨恨已然後方與如是名王恩惠畜薄云何名王受邪佞言若有國王諸羣臣等實非聰叡詐現聰叡貪濁偏黨不閑憲式情懷誅叛不修善政聽受信用如是輩人所進諫議由此因緣王務財寶名稱善政並皆衰損如是名王受邪佞言云何名王所作不思不順儀則謂有國王不能究察不審究察不能思擇不審思擇諸羣臣輩於彼彼務機密事中不堪委任而委任之堪委任者而不委任堪驅役者而不驅役不堪役者乃驅役之應賞賚者而刑罰之應刑罰者而賞賚之又於羣臣不善安處先王儀則由此羣臣處大朝會餘論未終發言間絶不敬不憚而興諫諍不如旨教而善奉行不正安住王之教命如是名王所作不思不順儀則云何名王不顧善法謂有國王不信他世亦不曉悟由於他世不信不悟便於當來善不善業愛非愛果不能信解不信解故無有羞恥隨情造作身語意業三種惡行不能時時布施修福受齋學戒如是名王不顧善法云何名王不知差別忘所作恩謂有國王於諸大臣輔相國師及羣臣等其心顛倒不善了知忠信技藝智慧差別以不知故非忠信所生忠信想於忠信所非忠信想無

技藝所生技藝想有技藝所無技藝想於惡慧所生善慧想於善慧所生惡慧想彼由如是心顛倒故於非忠信無有技藝惡慧臣所敬重愛養忠信技藝善慧臣所反生輕賤又諸臣等年耆衰邁曾於長夜供奉侍衛知其無勢無力無勇遂不敬愛不賜爵禄不酬其賞設被陵蔑捨而不問如是名王不知差別忘所作恩云何名王一向縱任專行放逸謂有國王於妙五欲一向沉没躭著嬉戲愛樂受行不能時時勗勵方便作所應作勞賚羣臣如是名王一向縱任專行放逸若有國王成就如是九種過失雖有大府庫有大輔佐有大軍衆而不可歸仰大王當知此九過失是王自性之過失也云何名爲王之功德大王當知王功德者略有九種王若成就如是功德雖無大府庫無大輔佐無大軍衆而可歸仰何等爲九一得大自在二性不暴惡三憤發輕微四恩惠猛利五受正直言六所作諦思七善順儀則七顧戀善法八善知差別知所作恩九不自縱任不行放逸云何名王得大自在謂有國王自隨所欲作所應作勞賚羣臣於妙五欲歡娛遊戲於諸大臣輔相國師羣官等所凡出教命宣布無礙如是名王得大自在云何名王性不暴惡謂有國王諸羣臣等隨於何處雖行增上不如意事性能容忍不現擯黜不發麤言亦不咆勃廣說乃至不生憤發亦不背面而作前事亦不内意祕匿忿纏亦不長夜蓄惡憤心相續不捨不現暴惡不背暴惡不匿暴惡不久暴惡如是名王性不暴惡云何名王憤發輕微謂有國

王諸羣臣等雖有大僁有大違越而不一切削其封禄奪其妻妾不以重罰而刑罰之隨過輕重而行黜罰如是名王憤發輕微云何名王恩惠猛利謂有國王諸羣臣等正直現前供奉侍衛其心清淨其心調順於時時中以正圓滿輭言慰諭具足須賜爵禄勲庸而不令彼損耗稽留劬勞怨恨易可供奉不難承事如是名王恩惠猛利云何名王受正直言謂有國王諸羣臣等實有聰叡無聰叡慢無濁無偏善閑憲式情無違叛樂修善法聽受信用如是輩人所進言議由此因緣國務財寶名稱善法皆悉增盛如是名王受正直言云何名王所作諦思善順儀則謂有國王性能究察能審究察性能思擇能審思擇諸羣臣等於彼彼務機密事中不堪委任而不委任堪委任者而委任之不堪役者而不驅役堪驅役者乃驅役之應賞賚者而正賞賚應刑罰者而正刑罰凡有所爲審思審擇然後方作而不卒暴又於羣臣能善安處先王儀則由此羣臣雖處讌會終不發言間絶餘論要待言終恭敬畏憚而興諫諍如其旨教而善奉行能正安住王之教命如是名王所作諦思善順儀則云何名王顧戀善法謂有國王信知他世由信善故便於當來淨不淨業愛非愛果能善信解由信解故具足慚恥而不縱情作身語意三種惡行時時思擇布施修福受齋學戒如是名王顧戀善法云何名王善知差別知所作恩謂有國王於諸大臣輔相國師及羣臣等心無顛倒能善了知忠信技藝智慧差別若諸羣臣忠信技藝及

與智慧若有若無並如實知於其無者輕而遠之於其有者敬而愛之而正攝受又諸臣等年耆衰邁曾於長夜供奉侍衛雖知無勢無力無勇然念昔恩轉懷敬愛而不輕賤爵禄勳庸分賞無替如是名王善知差別知所作恩云何名王不自縱任不行放逸謂有國王於妙五欲而不沉没躭著嬉戲愛樂受行能於時時𠠍勵方便作所應作勞賚羣臣如是名王不自縱任不行放逸若王成就如是功德雖無大府庫無大輔佐無大軍衆而可歸仰大王當知如是九種王之功德是王自性之功德也云何名爲王衰損門大王當知王衰損門略有五種一不善觀察而攝羣臣二雖善觀察而攝羣臣無恩妙行縱有非時三專行放逸不思機務四專行放逸不守府庫五專行放逸不修法行如是五種皆悉名爲王衰損門云何名王不善觀察而攝羣臣謂有國王於羣臣等不能究察不審究察不能思擇不審思擇忠信技藝智慧差別攝爲親侍加以寵愛厚賜爵禄重賞勳庸最機密處而相委任數以輭言現爲慰喻然此羣臣所付賜寳多有損費若遇怨敵惡友軍陣彼先退敗恐懼破散爲他所勝遅留人後奔散無戀矯行惡策動虧王政如是名王不善觀察而攝羣臣云何名王雖善觀察而攝羣臣無恩妙行縱有非時謂有國王雖於羣臣性能究察能審究察性能思擇能審思擇忠信技藝智慧差別攝爲親侍而不寵愛不如其量具賜爵禄最機密處亦不委任不數輭言現相慰喻彼於一時王遇怨敵惡友軍陣廣

說乃至大怖畏事命難現前爾時於臣方行寵愛廣說乃至數以輭言而相慰喻時羣臣等共相謂曰王於今者危迫因緣方於我等暫行妙行非長久心知此事已雖有忠信技藝智慧隱而不現如是名王雖善觀察而攝羣臣無恩妙行縱有非時云何名王專行放逸不思機務謂有國王於應和好所作所成機務等事而不時時獨處空閑或與智者共正思惟稱量觀察和好方便如是於應乖絕所作所成機務等事於應惠施所作所成機務等事於應軍陣所作所成機務等事於應攝受大力朋黨所作所成機務等事皆不時時獨處空閑或與智者共正思惟稱量觀察乖絕方便乃至攝受强黨方便如是名王專行放逸不思機務云何名王專行放逸不守府庫謂有國王寡營事業拙營事業不持事業不觀事業不禁王門不禁宫門不禁府庫或於俳優伎樂笑弄倡逸等所或復躭樂博弈戲等非量損費所有財寶如是名王專行放逸不守府庫云何名王專行放逸不修法行謂有國王於世所知柔和淳質聰慧辯才得理解脱巧便無害樂無害法所有沙門若婆羅門不能數往禮敬諮詢云何爲善云何不善云何有罪云何無罪作何等業能致吉祥遠離諸惡設得聞已亦不勗勵如說修行不能時時惠施樹福受齋學戒如是名王專行放逸不修法行若有國王成就如是五衰損門當知此王退失現法後法義利謂前四門退現法利最後一門退後法利云何名爲王方便門大王當知王方便門略有五種何

等爲五一善觀察攝受羣臣二能以時行恩妙行三無放逸專思機務四無放逸善守府庫五無放逸專修法行云何名王能善觀察攝受羣臣謂有國王於羣臣等性能究察能審究察性能思擇能審思擇忠信技藝智慧差別攝爲親侍如是名王能善觀察攝受羣臣云何名王能善以時行恩妙行謂有國王於諸羣臣善觀察已攝爲親侍加以寵愛隨其度量厚賜爵禄重賞勳庸最機密處而相委任數以輭言現相慰喻彼於一時王遇怨敵惡友軍陣大怖畏事命難現前即便罄竭顯示忠信技藝智慧如是名王能善以時行恩妙行云何名王無有放逸專思機務謂有國王於應和好所作所成機務等事能於時時獨處空閑或與智者共正思惟稱量觀察和好方便如是於應乖絶所作所成機務等事於應惠施所作所成機務等事於應軍陣所作所成機務等事於應攝受大力朋黨所作所成機務等事皆能時時獨處空閑或與智者共正思惟稱量觀察乖絶方便乃至攝受強黨方便如是名王無有放逸專思機務云何名王無有放逸善守府庫謂有國王廣營事業巧營事業善持事業善觀事業善禁王門善禁宮門善禁府庫又於俳優伎樂笑弄倡逸等所不以非量而費財寶亦不躭樂博弈戲等如是名王無有放逸善守府庫云何名王無有放逸專修法行謂有國王於世所知柔和淳質聰慧辯才得理解脱巧便無害樂無害法所有沙門若婆羅門而能數往禮敬諮問云何爲善云何不善何等有罪何

等無罪作何等業能致吉祥遠離諸惡既得聞已善能勗勵如說修行亦能時時惠施樹福受齋學戒如是名王無有放逸專修法行若有國王成就如是五方便門當知此王不退現法後法義利謂前四門不退現法所有義利最後一門不退後法所有義利云何名爲王可愛法大王當知略有五種諸王可愛可樂可欣可意之法何等爲五一世所敬愛二自在增上三能摧怨敵四善攝養身五能往善趣如是五種是王可愛可樂可欣可意之法云何能引王可愛法大王當知略有五種能引諸王可愛之法何等爲五一恩養世間二英勇具足三善權方便四正受境界五勤修法行云何名王恩養世間謂有國王性本知足於財寶門爲性謹愼不邪貪著如其所應積集財寶不廣營求又有國王性無貪悋成就無貪白淨之法以自所有庫藏珍財隨力隨能給施一切貧窮孤露又有國王柔和忍辱多以輭言曉諭國界於時時間隨其所應頒賞爵祿終不以彼非所能業惡業重業役任羣臣諸有違犯可矜恕罪即便矜恕諸有違犯不可恕罪以實以時如理治罰如是名王以正化法恩養世間由王受行如是恩養世間法故遂感世間之所敬愛云何名王英勇具足謂有國王計策無惰武略圓滿未降伏者而降伏之已降伏者而攝護之廣營事業如前乃至不甚躭樂博弈戲等又善觀察應與不應勤於僚庶應刑罰者正刑罰之應攝養者正攝養之如是名王英勇具足由王受行如是英勇具足法故遂能感得自

在增上云何名王善權方便謂有國王於應和好所作所成機務等事如前乃至於應攝受大力朋黨所作所成機務等事能正了知和好方便乃至攝受强黨方便如是名王善權方便由王受行如是善權方便法故遂能摧伏所有怨敵云何名王正受境界謂有國王善能籌量府庫增減不奢不悋平等自處清正受用衆雜受用勝妙受用隨其時候所宜受用與諸臣佐親屬受用在於勝處而爲受用奏諸伎樂而爲受用無有僁失而爲受用無僁失者謂疾惱時應食所宜避所不宜於康豫時消已方食若食未消或食而利皆不應食應共食者正現在前不應獨食精妙上味詭擯餘人如是名王正受境界由王受行如是正受境界法故遂能善巧攝養自身

云何名王勤修法行謂有國王具足淨信戒聞捨慧云何名王具足淨信謂有國王信解他世信解當來淨不淨業及愛非愛果與異熟如是名王具足淨信云何名王具足淨戒謂有國王遠離殺生及不與取婬欲邪行妄語飲酒諸放逸處如是名王具足淨戒云何名王具足淨聞謂有國王於現法義於後法義及於現法後法等義衆妙法門善聽善受習誦通利專意研究善見善達如是名王具足淨聞云何名王具足淨捨謂有國王雖在慳垢所纒衆中心恒清淨遠離慳垢而處居家常行棄捨舒手樂施好興祠福惠捨圓滿於布施時常樂平等如是名王具足淨捨云何名王具足淨慧謂有國王如實了知善不善法有罪無罪修與不修勝劣黒白於廣分

別諸緣生法亦如實知縱令失念生惡貪欲瞋恚忿恨覆惱慳嫉幻誑諂曲無慚無愧惡欲惡見而心覺悟並不堅住如是名王具足淨慧如是名王勤修法行由王受行此法行故能往善趣如是五種能引發王可愛之法能引諸王現法後法所有利益謂初四種能引發王現法利益利益最後一種能引發王後法利益復次大王當知我已略説王之過失王之功德王衰損門王方便門王可愛法及能引發王可愛法是故大王應當修學王之過失宜當遠離王之功德宜當修習王衰損門宜當遠離王方便門宜當修學王可愛法宜當希慕能引發王可愛之法宜當受行大王若能如是修學當獲一切利益安樂復次依行差別建立三士謂下中上無自利行無利他行名爲下士有自利行無利他行有利他行無自利行名爲中士有自利行有利他行名爲上士復有四種補特伽羅或有行惡而非樂惡或有樂惡而非行惡或有行惡亦復樂惡或非行惡亦非樂惡若信諸惡能感當來非愛果報由失念故或放逸故近惡友故造作惡行是名行惡而非樂惡若先世來慣習惡故喜樂諸惡惡欲所牽彼由親近善丈夫故聞正法故如理作意爲依止故見諸惡行能感當來非愛果報自勉自勵遠離諸惡是名樂惡而非行惡若性樂惡而不遠離是名行惡亦復樂惡若有爲性不樂諸惡亦能遠離名非行惡亦非樂惡此中行惡亦樂惡者是名下士若有行惡而非樂惡或有樂惡而非行惡是名中士若非行惡亦非樂

惡是名上士復有三王一重受欲二重事務三重正法初名下士次名中士後名上士復有三種補特伽羅一以非事爲自事二以自事爲自事三以他事爲自事若行惡行以自存活名以非事爲自事若怖惡行修行善行名以自事爲自事若諸菩薩以他事爲自事等初名下士次名中士後名上士又諸國王有三圓滿謂果報圓滿士用圓滿功德圓滿若諸國王生富貴家長壽少病有大宗葉成就俱生聰利之慧是王名爲果報圓滿若諸國王善權方便所攝持故恒常成就圓滿英勇是王名爲士用圓滿若諸國王任持正法名爲法王安住正法名爲大王與内宫王子羣臣英傑豪貴國人共修惠施樹福受齋堅持禁戒是王名爲功德圓滿果報圓滿者受用先世淨業果報士用圓滿者受用現法可愛之果功德圓滿者亦於當來受用圓滿淨業果報若有國王三種圓滿皆不具足名爲下士若有果報圓滿或士用圓滿或俱圓滿名爲中士若三圓滿無不具足名爲上士復有三臣一有忠信無伎能智慧二有忠信伎能無智慧三具忠信伎能智慧初名下士次名中士後名上士若不忠信無有伎能亦無智慧當知此臣下中之下又有四語一非愛似愛二愛似非愛三非愛似非愛四愛似愛諸有語言辭句善順然非所宜是名初語或有語言辭句勃逆然是所宜是第二語或有語言辭句勃逆亦非所宜是第三語或有語言辭句善順亦是所宜是第四語若有宣説非愛似非愛非愛似愛語者是下士若有宣

說愛似非愛語者是中士若有宣說愛似愛語者是上士復有三種受諸欲者或有受欲非法猛浪積集財寶不能安樂正養已身及與妻子廣說乃至不於沙門婆羅門所修植福田或有受欲以法或非法猛浪或非積集財寶能以安樂正養已身妻子眷屬及知友等不於沙門婆羅門所修植福田或有受欲一向以法及不猛浪積集財寶能以安樂正養已身廣說乃至能於沙門婆羅門所修植福田此三種中初名下士次名中士後名上士復有三人一者有人貪染而食愛著饕餮乃至躭湎不見過患不知出離二者有人思擇而食不染不著亦不饕餮吞吸迷悶堅住躭湎深見過患善知出離而於此食未斷未知三者有人思擇而食不生貪染廣說乃至深見過患善知出離又於此食已斷已知初名下士次名中士後名上士復依施物說有三人一者有人所施之物但具妙香不具美妙味之與觸二者有人所施之物具妙香味而無妙觸三者有人所施之物具足美妙香味與觸初名下士次名中士後名上士又依施田說有三人一者有人於愛於恩而行惠施二者有人於貧苦田而行惠施三者有人於具功德最勝福田而行惠施初名下士次名中士後名上士復有差別施於所愛名爲下士施於有恩名爲中士施於貧苦具德勝田名爲上士又依施心說有三人一者有人將欲惠施先心歡喜正惠施時心不清淨惠施已後尋復追悔二者有人先心歡喜施時心淨施已追悔三者有人先心歡喜施時心

淨施已無悔初名下士次名中士後名上士復於受持戒福業事建立三人一者有人但離一分非一切時常能遠離唯自遠離不勸他離亦不讚美見同法者心不歡喜是名下士二者有人離一切分一切時離唯自遠離不勸他人亦不讚美見同法者心不歡喜是名中士三者有人一切俱現是名上士又於受持禁戒處所建立三人一者有人住惡說法苾芻耶中受持禁戒二者有人住善說法苾芻耶中受持禁戒而有缺漏三者有人即住於此受持禁戒而不缺漏初名下士次名中士後名上士又於受持戒心建立三人一者有人爲活命故受持禁戒二者有人爲生天故受持禁戒三者有人爲涅槃故受持禁戒初名下士次名中士後名上士又於受持別解脱律儀說有三人一者有人唯能受持近住律儀二者有人亦能受持近事律儀三者有人亦能受持苾芻律儀初名下士次名中士後名上士又於受持苾芻律儀說有三人一者有人唯能成就受具足支無受隨法諸學處支亦無隨護他人心支亦無隨護如先所受諸學處支二者有人成前三支無後一支三者有人具成四支初名下士次名中士後名上士又有三人一者有人唯成就別解脱律儀二者有人成別解脱靜慮律儀三者有人成別解脱靜慮無漏三種律儀初名下士次名中士後名上士又有三人一者有人唯能成就非律儀非不律儀攝所受戒律儀二者有人亦能成就聲聞等相應所受戒律儀三者有人亦能成就菩提薩埵所受戒

律儀初名下士次名中士後名上士復依修習思惟方便建立三人一者有人唯得勵力運轉思惟二者有人有間運轉設得無間要作功用方能運轉三者有人已得成就任運思惟初名下士次名中士後名上士又依已得修差別故建立三人一者有人已得內心奢摩他定未得增上慧法毗鉢舍那二者有人已得增上慧法毗鉢舍那未得內心奢摩他定三者有人俱得二種初名下士次名中士後名上士又有三人一者有人已得有尋有伺三摩地二者有人已得無尋唯伺三摩地三者有人已得無尋無伺三摩地初名下士次名中士後名上士又依住修差別建立三人一者有人住染汙靜慮二者有人住世間清淨靜慮三者有人住無漏靜慮初名下士次名中士後名上士

王法正理論

音釋

賚（落代切賜予也）黜（丑律切貶下也）俳（蒲皆切俳優戲也）饕餮（饕他刀切餮他結切饕餮貪也）

瑜伽師地論釋

唐三藏法師玄奘奉 詔譯

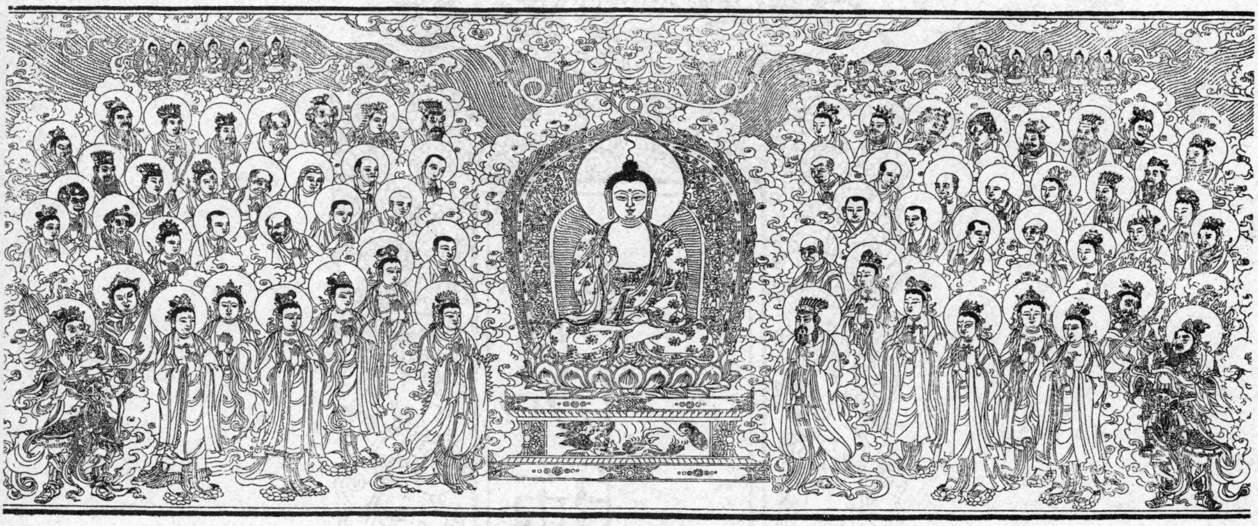

清刻龍藏佛說法變相圖

瑜伽師地論釋

最勝子等諸菩薩造

唐三藏法師玄奘奉　詔譯

本地分中五識相應地之一

敬禮天人大覺尊　福德智慧皆圓滿
無上文義眞妙法　正知受學聖賢衆
稽首無勝大慈氏　普爲利樂諸有情
廣採衆經眞要義　略說五分瑜伽者
歸命法流妙定力　發起無著功德名
能於聖者無勝海　引出最極法甘露
餐受美音自滿足　復爲饒益諸世間
等注無窮字華雨　榮潤牟尼如意樹
此論殊勝若蓮華　猶妙寶藏如大海
具顯諸乘廣大義　善釋其文無有遺
於此瑜伽大論中　我今隨力釋少分

爲令正法常無盡　利益安樂諸含識

今說此論所爲云何謂有二緣故說此論一爲如來無上法教久住世故二爲平等利益安樂諸有情故復有二緣故說此論一爲如來甘露聖教已隱沒者憶念採集重開顯故未隱沒者問答決擇倍興盛故二爲一切有情界中有種性者各依自乘修出世善得三乘果出生死故無種性者依人天乘修世間善得人天果脱惡趣故復有二緣故說此論一者或有於多說空不了義經如言計著撥無一切憎背有教爲令隨悟諸法有相解經密意捨無見故二者復有於多說有不了義經如言計著執有一切肰怖空教爲令隨悟諸法無相解經密意捨有見故復有二緣故說此論一爲成就菩薩種性補特伽羅唯依大教遍於諸乘文義行果生巧便智斷一切障修一切善證佛菩提窮未來際自他利樂無休廢故二爲成就二乘種性及無種性補特伽羅亦依大教各於自乘文義行果生巧便智斷煩惱障伏諸蓋纏修自分善得自乘果出離三界諸惡趣故復有二緣故說此論一者或有宿習無知猶豫顛倒執著外道小乘邪教故於大乘不能信解爲善分別大乘法相令其信解了達決定離顛倒故二者復有聞諸契經種種意趣甚深難解其心迷亂誹毀不信爲善開示令生信解饒益彼故復有二緣故說此論一爲攝益樂略言論勤修行者採集衆經廣要法義略分別故二爲攝益樂廣言論勤說法者於一一法開示無邊差別義故復有二緣故說此論一爲開顯諸

法實相問答決擇立正論故二爲滅除一切妄執問答決擇破邪論故復有二緣故說此論一爲顯了遍計所執情有理無依他起性圓成實性理有情無令捨增益損減執故二爲顯了世間道理證得勝義法門差別令修二諦無倒解故復有二緣故說此論一爲開闡隨轉眞實二種理門令知二藏三藏法教不相違故二爲開闡因緣唯識無相眞如四種理門令修觀行有差別故復有二緣故說此論一爲示現境界差別令知諸法自性相狀位差別故二爲示現修行差別令知三乘方便根本果差別故如是等類所爲諸緣處處經論種種異說當知皆是此論所爲令說此論所因云何謂諸有情無始時來於一切法處中實相無知疑惑顛倒僻執起諸煩惱發有漏業輪迴五趣受三大苦如來出世隨其所宜方便爲說種種妙法處中實相令諸有情知一切法如是如是空故非有如是如是有故非空了達諸法非空非有遠離疑惑顛倒僻執隨其種性起處中行漸次修滿隨其所應永滅諸障得三菩提證寂滅樂佛涅槃後魔事紛起部執競興多著有見龍猛菩薩證極喜地採集大乘無相空教造中論等究暢眞要除彼有見聖提婆等諸大論師造百論等弘闡大義由是衆生復著空見無著菩薩位登初地證法光定得大神通事大慈尊請說此論理無不窮事無不盡文無不釋義無不詮疑無不遣執無不破行無不修果無不證正爲菩薩令於諸乘境行果等皆得善巧勤修大行證大菩提廣爲有情常無倒

說兼爲餘乘令依自法修目分行得自果證如是略說此論所因

今說瑜伽師地論者名義云何謂一切乘境行果等所有諸法皆名瑜伽一切並有方便善巧相應義故境瑜伽者一切境無顛倒性不相違性能隨順性趣究竟性與正理教行果相應故名瑜伽此境瑜伽雖通一切然諸經論就相隨機種種異說或說諸法四種道理名爲瑜伽觀待作用法爾證成總攝一切正道理故或說二十四不相應行中一名瑜伽因果相稱無乖違故此二並如決擇分等處處廣說或說雜染清淨無性名爲瑜伽除違契順最爲勝故如大梵問契經等說諸瑜伽師觀無少法可令其生及可令滅亦無少法欲令證得及欲現觀謂於一切雜染無性瑜伽中行觀無少法可令其生及可令滅及於一切清淨無性瑜伽中行觀無少法欲令證得及欲現觀或說究竟清淨眞如名爲瑜伽理中最極一切功德共相應故如入楞伽契經中說若觀眞義除去分別遠離瑕穢無有能取亦無所取無解無縛爾時在定當見瑜伽不應疑慮大義經中說從一法增至百法皆名瑜伽法門雖別義無違故廣義經中說蘊界處緣起諦等皆名瑜伽攝一切境順機宜故於如是等諸經論中說一切境皆名瑜伽總具四性順四法故行瑜伽者謂一切行更相順故稱正理故順正教故趣正果故說名瑜伽此行瑜伽雖通諸行然諸經論就相隨機種種異說如辯瑜伽師地經中正修諸行說名瑜伽總攝一切相應行故月燈經

中修三十七菩提分法說名瑜伽此於一切順果行中最爲勝故於大分別六處經中辯奢摩他毗鉢舍那平等運道說名瑜伽如是正觀衆行主故海慧經中修三摩地說名瑜伽住心發行此最强故顯揚論等信欲方便精進四法說名瑜伽作意或智說名方便此四通生一切行故聞所成地別辯九道說名瑜伽會理除惑位別勝故謂世出世加行無間解脫勝進輭中上道修所成地總辯修習諸對治道說名瑜伽爲樂略者總說修故有處說緣諸地所攝無顛倒智名爲瑜伽緣諸地法無顛倒智行中勝故有處復說方便善巧或唯方便名爲瑜伽作意與智發行勝故或就最初發悟勝故功德實性契經中說諸緣起觀名爲瑜伽緣起觀智於出生死最爲要故正行經中說正見等八支聖道名爲瑜伽趣涅槃城此爲勝故毗柰耶經說修戒等名曰瑜伽戒定慧學因中勝故大義經中說修一切世出世行分位差別皆名瑜伽正行階位相符順故如是皆說共聲聞行名爲瑜伽通證三乘行中勝故慧到彼岸契經中說觀空作意名爲瑜伽發起大行此最勝故如彼經言菩薩所有大瑜伽者謂空作意菩薩由此空作意故不墮聲聞及獨覺地乃至能淨諸佛土等即彼經中復說般若波羅蜜多名勝瑜伽導大乘行此殊勝故如彼經言菩薩所有諸瑜伽中慧度瑜伽最上最勝廣說乃至是無等等何以故如是般若波羅蜜多是爲無上瑜伽法故餘處說此慧度所攝無分別定名爲瑜伽能發一切勝功德故餘處

復說菩薩所有殊勝慧悲平等雙轉名爲瑜伽能證無住大涅槃故如是等說諸不共行名爲瑜伽能證無上佛菩提故於如是等諸經論中說一切行皆名瑜伽具上所說四種義故果瑜伽者謂一切果更相順故合正理故順正教故稱正因故說名瑜伽此果瑜伽雖通諸果然諸經論就相隨機種種異說分別義經說力無畏不共佛法名曰瑜伽能伏諸魔制諸異論勝餘乘故殊勝經中說佛所證無住涅槃名爲瑜伽盡未來際無所住故大義經中說如來地無分別智及以大悲名爲瑜伽自利利他常無盡故辯說瑜伽師地經中佛地功德皆名瑜伽窮於法界無斷盡故分別三乘功德經中三乘果德名爲瑜伽皆與正理等相應故讚佛論說三身三德皆是瑜伽一切果德不相離故集義論說果位所攝有爲無爲諸功德聚皆是瑜伽等至究竟和合位故於如是等諸經論中一切果德皆名瑜伽具上義故如是聖教亦名瑜伽稱正理故順正行故引正果故有義正取三乘觀行說名瑜伽數數進修合理順行得勝果故境果聖教瑜伽境故瑜伽果故詮瑜伽故亦名瑜伽如是此論瑜伽兩字尚遍擾動聖言大海何況具說瑜伽師地恐難受持故且略說三乘行者由聞思等次第習行如是瑜伽隨分滿足展轉調化諸有情故名瑜伽師或諸如來證瑜伽滿隨其所應持此瑜伽調化一切聖弟子等令其次第修正行故名瑜伽師地謂境界所依所行或所攝義是瑜伽師所共行境界故名爲地如龍馬地唯此中

行不出外故或瑜伽師依此處所增長自法故名為地如稼穡地或瑜伽師地所攝智依此現行依此增長故名為地如珍寶地或瑜伽師行在此中受用自法故名為地如牛王地或諸如來名瑜伽師平等智等行在一切無戲論界無住涅槃瑜伽中故是彼所攝故名為地或十七地攝屬一切瑜伽師故如國王地是故說名瑜伽師地問答決擇諸法性相故名為論欲令證得瑜伽師地而說此論故以為名如對法論或復此論無倒辯說瑜伽師地故以為稱如十地經或復此論依止此地故以為號如水陸華由是論名瑜伽師地今此論體總有五分一本地分略廣分別十七地義二攝決擇分略攝決擇十七地中深隱要義三攝釋分略攝解釋諸經儀則四攝異門分略攝經中所有諸法名義差別五攝事分略攝三藏衆要事義此論既有如是五分何故但名瑜伽師地就初立名故無有失又一切法無不皆是瑜伽師地以瑜伽師用一切法為依緣故此中存略且說十七又十七地具攝一切文義略盡後之四分皆為解釋十七地中諸要文義故亦不離瑜伽師地由是此論用十七地以為宗要雖復通明諸乘境等然說論者問答決擇諸法性相意為菩薩令於一切皆得善巧修成佛果利樂無窮是故此論屬菩薩藏阿毗達磨欲令菩薩得勝智故

論曰云何瑜伽師地謂十七地

釋曰初問云何瑜伽師地者總問此論一部宗要問者先聞諸經所說瑜伽師地其義未

了故爲此問謂辯瑜伽師地經中數說正修瑜伽師地月燈經中亦說修習瑜伽師地如是非一如前廣說或作論者先總受請論體五分盡在心中欲爲學徒分別解說自假興問爲起說因故問云何瑜伽師地若不爾者先無略說無容欻問此地云何又發問者略有五種一不解故問二疑惑故問三試驗故問四輕觸故問五爲欲利樂有情故問今是第五專爲利樂諸有情類造斯論故謂十七地者總集所說瑜伽師地略有十七若廣安立地位無邊一一地中分位差別義無邊故如是一轉總問總答

論曰何等十七嗢柁南曰

五識相應意　有尋伺等三　三摩地俱非
有心無心地　聞思修所立　如是具三乘
有依及無依　是名十七地

釋曰何緣更問何等十七雖聞總數未了別名故復爲問嗢柁南者先略頌答略集地名施諸學者名嗢柁南五識相應者謂五識身相應地意謂意地有尋伺等三者謂有尋有伺等三地三摩地俱者謂三摩地俱名三摩呬多地非者謂非三摩地俱名非三摩呬多地此就一相且別地名非盡理說如是二名互寬狹故三摩地名通定不定唯在有心三摩呬多通有心位及無心位唯局在定如後廣說如是具三乘者謂由如是聞等地故或由如是上諸地故得具三乘及有餘依無餘依地一一別名　如後廣釋

論曰一者五識身相應地二者意地三者有尋有伺地四者無尋唯伺地五者無尋無伺

地六者三摩呬多地七者非三摩呬多地八者有心地九者無心地十者聞所成地十一者思所成地十二者修所成地十三者聲聞地十四者獨覺地十五者菩薩地十六者有餘依地十七者無餘依地如是略說十七名爲瑜伽師地

釋曰次廣列名重答前問言五識身相應地者謂眼等根是眼等識不共所依眼等不爲餘識依故又是親依眼等利鈍識明昧故又同時依必俱有故非如意等由是五識用眼等根標别其名猶如麥芽如鼓聲等故名五識由所依根有形礙故又必不離所依身故猶如身受故名爲身又復身者依義體義如六識身六思身等依五識身建立此地故名相應如律中說王相應論賊相應論謂依王賊而興言論此亦如是雖此地中分别多法五識爲主是故偏說又五識身相應心品總名相應於此地中雖明多法以心心所勝故别說又相應者是攝屬義謂此地中說五識身所攝屬法即是自性所依所緣助伴作業故名相應地如前說自後諸地識身相應隨其所應亦有通者略故不說

言意地者六七八識同依意根略去識身相應三語故但言意又實義問雖有八識然隨機門但有六識六七八識同第六攝就所依名故但言意所依非色或離於身猶如心受故不言身相應准前故略不說又六七八雖皆同有心意識義心法意處識蘊攝故然意義等故但言意皆是思量意根攝故第八持種心義偏强第六普遍了别境界識義偏强

是故不說心地識地身及相應略故不說地義如前何緣五識合立一地說在最初餘識立一說在第二五識同無當說分別所緣等業所說事少故合立一說在最初意地翻此故別立一說在第二又以五識同依色根同緣色境故合立一餘依無色所緣不定故別立一自性依緣麤細次第故說先後又以五識同現量攝故合立一說在最初餘識不定或現或比或非量攝故別立一說在第二如是二地自性依緣助伴作業合爲體故攝一切法應知此中以一切法不離識故依識起故識爲體故識最勝故先依八識建立二地如是八識自性依緣助伴業等後當廣說

有尋有伺等三地者尋謂尋求伺謂伺察或思或慧於境推求麤位名尋即此二種於境審察細位名伺非一刹那二法相應一類麤細前後異故今依此二建立三地有義此三就二前後相應建立謂欲界地及初靜慮麤心心所前後相續可有尋伺共相應故名有尋有伺地靜慮中間麤心心所前後相續定無有尋唯可與伺共相應故名無尋唯伺地第二靜慮已上諸地諸心心所前後相續決定不與尋伺相應名無尋無伺地若欲界地及初靜慮靜慮中間細心心所不與尋伺共相應者及一切色不相應行諸無爲法不與尋伺共相應故亦皆說名無尋無伺地故後論言有尋有伺地無尋唯伺地一向是有心地無心睡眠無心悶絕無想定無想生滅盡定及無餘依涅槃界名無心地有義此三就二離欲分位建立謂欲界地及初靜慮諸法

假者於尋及伺並未離欲名有尋有伺地靜慮中間諸法假者尋已離欲伺未離欲名無尋唯伺地第二靜慮已上諸地諸法假者於尋及伺並已離欲名無尋無伺地若在下地並已離欲亦得説名無尋無伺故後論言此中由離尋伺欲故説名無尋無伺地不由不現行故所以者何未離欲界欲者由教導作意差別故於一時間亦有無尋無伺意現行已離尋伺欲者亦有尋伺現行如出彼定及生彼地如實義者此三但就界地建立謂欲界地及初靜慮有漏無漏諸法於中尋伺俱可得故名第一地靜慮中間有漏無漏諸法於中無尋唯有伺故名第二地第二靜慮已上諸地有漏無漏諸法於中尋伺俱無有故名第三地故後論言此中欲界及初靜慮若定若生名有尋有伺地靜慮中間若定若生名無尋唯伺地第二靜慮已上色界無色界全名無尋無伺地無漏有爲初靜慮定亦名有尋有伺地依尋伺處法緣眞如爲境入此定故不由分別現行故餘如前説若就相應及就離欲建立三地攝法不盡亦大雜亂雖言有尋有伺等地唯是有心此就一門麤辯地相於此門中唯説第二靜慮已上無尋無伺地中無想定無想生滅盡定名無心地餘一切位名有心地後有四門復異建立如後當説雖言此中由離尋伺欲故説名無尋無伺地然唯説彼第二靜慮已上諸地必定已離尋伺地欲不言已離尋伺欲者下地諸法亦得説名無尋無伺若如是者未離下地尋伺欲者上地諸法亦應説名有尋伺等如是

建立成大雜亂是故此三唯就界地上下建立

所言三摩呬多地者謂勝定地離沉掉等平等能引或引平等或是平等所引發故名等引地有義此名唯攝一切有心諸定皆能平等引功德故不通無心以前頌中言三摩地俱故三摩地者是別境中心數法故二無心定不能等引諸功德故非等引地若爾何故等引地說此等引地略有四種謂靜慮解脫等持等至言靜慮者謂四靜慮言解脫者謂八解脫言等持者謂空等持無願等持無相等持言等至者謂五現見等至八勝處等至十遍處等至四無色等至無想等至滅盡等至此無有失二無心定是等引果故與其名實非等引有義此名通有心位及無心位所有定體若有心定平等能引諸功德故亦引平等根大等故及離沉掉戒無悔等平等方便所引發故名爲等引若無心定雖不能引殊勝功德而引平等根大等故是平等定所引發故亦名等引若爾何故前頌中言三摩地俱此無有失頌中文略且言彼俱其實等引非俱亦是後說等引通無心故如實義者等引地名有通有局有心無心兩位俱攝故名爲通後說無想滅盡定亦是等引地體故唯在有漏無漏勝定非欲界等一切散心故名爲局以後說言唯靜慮等名等引地非於欲界心一境性由此等引無悔歡喜安樂所引欲界不爾准此上界若在散心亦非等引同欲界故由此相對得作四句或等持俱非等引地謂欲界等散心位中三摩地俱心心

所等或等引地非等持俱謂定位中三摩地體及無想定滅盡定位所有諸法或等持俱亦等引地謂諸靜慮及諸無色有心定位心心所等除三摩地或有俱非謂除上位所有諸法又三摩地三摩鉢底三摩呬多名有寬俠三摩地名目心數中等持一法通攝一切有心位中心一境性通定散位然諸經論就勝但說空無願等名三摩地三摩鉢底通目一切有心無心諸定位中所有定體諸經論中就勝唯說五現見等相應諸定名爲等至等引地名通目一切有心無心定位功德故此地中通攝一切定位功德由是總故偏目地名

言非三摩呬多地者翻上易了無煩廣釋如是二地總攝一切定非定位所有諸法

所言有心無心地者略就五門建立差別一就地總說門謂五識身相應地意地有尋有伺地無尋唯伺地此四一向是有心地無尋無伺地中除無想定并無想生及滅盡定所餘一向是有心地若無想定并無想生及滅盡定是無心地於此門中無心睡眠無心悶絶亦名有心有七八故唯無想定等心不相應行與心相違名無心地二心亂不亂門謂四倒等所倒亂心名無心地失本性故三心生不生門謂若緣具此心得生名有心地若緣不具彼心不生名無心地於此門中隨此心生名有心地彼心不生名無心地四分位建立門謂除六位名有心地若無心睡眠位無心悶絶位無想定位無想生位滅盡定位及無餘依涅槃界位名無心地五就眞實義

門謂唯無餘依涅槃界中諸心皆滅名無心地餘位由無諸轉識故假名無心由第八識未滅盡故名有心地如是二地諸門差別進退不定

聞所成地者謂從聞所生解文義慧及慧相應心心所等

思所成地者謂從思所生解法相慧及慧相應心心所等

修所成地者謂從修所生解理事慧及慧相應心心所等聞謂聽聞即是耳根發生耳識聞言教故思謂思慮即是思數發生智慧思擇法故修謂修習即是勝定發生智慧修對治故從此三種發生三慧及相應法等名三地體三慧廣義如後分别如是三地用三慧品心心所等及所得果以爲自性故後論言修所成地亦是有餘無餘依地

聲聞地者謂佛聖教聲爲上首從師友所聞此教聲展轉修證永出世間小行小果故名聲聞如是聲聞種性發心修行得果一切總說爲聲聞地

獨覺地者常樂寂靜不欲雜居修加行滿無師友教自然獨悟永出世間中行中果故名獨覺或觀待緣而悟聖果亦名緣覺如是獨覺種性發心修行得果一切總說爲獨覺地

菩薩地者希求大覺悲愍有情或求菩提志願堅猛長時修證永出世間大行大果故名菩薩如是菩薩種性發心修行得果一切總說爲菩薩地三乘大義後當廣辯

有餘依地者謂有餘依涅槃地也依者即是有漏所依略有八種一施設依謂五取蘊由

依此故施設假者名種性等二攝受依謂七攝事即自父母妻子奴婢作使僮僕朋友眷屬三住持依謂四種食四流轉依謂四識住十二緣起五障礙依謂諸天魔六苦惱依謂諸欲界七適悅依謂諸定樂八後邊依謂阿羅漢相續諸蘊今全取一最後邊依除六攝事流轉障礙取餘一分又此地中有四寂靜一苦寂靜謂當來苦畢竟不生二惑寂靜謂諸煩惱畢竟不生三業寂靜謂不造惡修習諸善四捨寂靜謂六恒住於六根門不喜不憂安住上捨正念正知阿羅漢等住無學地具四寂靜有少餘依是故說名有餘依地此地即是二乘無學身中有漏無漏諸法總爲自性如來雖無眞實身心有漏餘依而有變化似有漏依故就化相亦得說名有餘依地

無餘依地者謂無餘依涅槃地也一切有漏餘依皆捨二乘有爲無漏亦捨如來雖有有爲無漏而無一切有漏餘依故亦說名無餘依地於此地中唯有清淨眞如所顯甚深功德離諸分別絶諸戲論不可說爲蘊界處等及人天等若即若離若有若無所有名相皆是假說有義此地正用究竟擇滅眞如無爲爲性兼以如來有爲無漏功德爲性如來功德甚深離相不可說故不言亦攝五識地等理實亦攝有義如來有爲功德有餘依攝無爲功德無餘依攝故後論言無餘依地五地一分謂無心地修所成地聲聞獨覺及菩薩地

瑜伽師地論釋

音釋

嗢柁 嗢烏没切咽許器柁丁可切

僮僕 僮徒紅切奴也僕博木切給事者

顯揚聖教論頌

唐三藏法師玄奘奉　詔譯

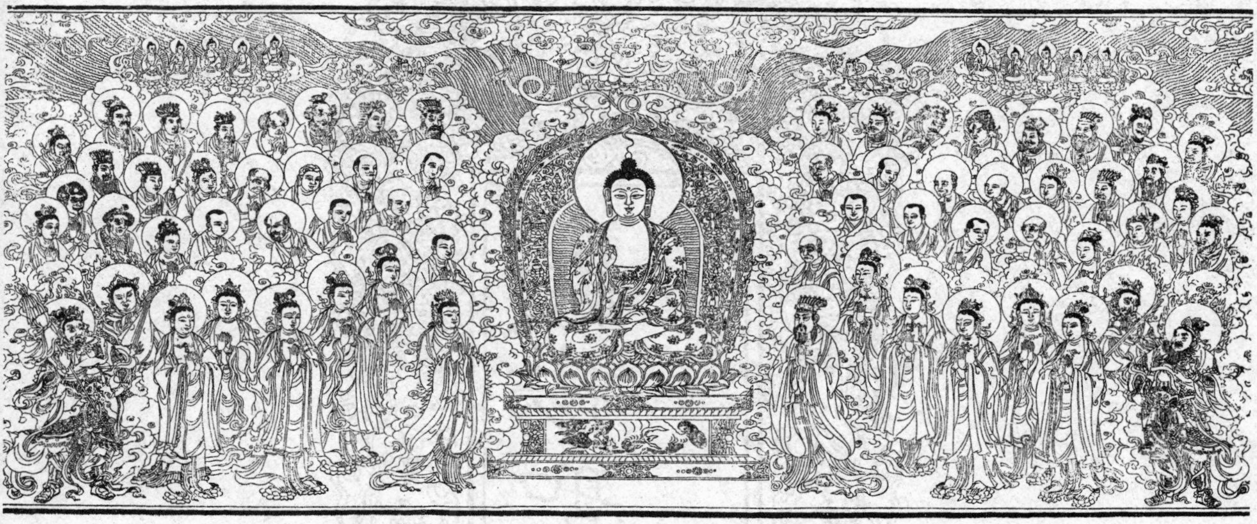

清刻龍藏佛說法變相圖

顯揚聖教論頌

無著菩薩造

唐三藏法師玄奘奉　詔譯

攝事品第一

善逝善說妙三身　無畏無流證教法
上乘眞實牟尼子　我今至誠先讚禮
稽首次敬大慈尊　將紹種智法王位
無依世間所歸趣　宣說瑜伽師地者
昔我無著從彼聞　今當錯綜地中要
顯揚聖教慈悲故　文約義周而易曉
攝事淨義成善巧　無常苦空與無性
現觀瑜伽不思議　攝勝決擇十一品
一切界雜染　諦依止覺分　補特伽羅果
諸功德九事　心心所有色　不相應無爲
界謂欲色等　及與三千界　煩惱業生性

雜染相應知　諸諦有六種　依止八與二
覺分有衆多　最初三十七　智與解脫門
行跡及止觀　居處及所依　發心與悲愍
諸行通達性　地波羅蜜多　菩薩行攝事
及彼陀羅尼　三摩地等門　諸無量作意
眞如作意相　信解不思議　廣大阿賴耶
應知諸自數　隨信行等七　復八種應知
及極七反等　退法等有六　輭根等七種
在俗及出家　聲聞乘等三　可救不可救
入方便等九　生差別故二　復由諸界別
應知十三種　果斷有五種　徧知及清淨
淨果界菩提　無學由自數　斷多因故斷
建立斷所從　由作意依修　及得斷次第
斷差別應知　及斷相利益　如是如所說
復應知多種　無量諸解脫　勝處與徧處
無諍妙願智　無礙解神通　諸相好清淨
及諸力無畏　不護與念住　永斷諸習氣
無忘失妙法　及如來大悲　佛不共德法
一切種妙智　當知前九事　初爲二所依
次二後六種　攝雜染清淨　染依差別故
清淨所緣故　心不流散故　正修方便故
彼位差別故　言說等因故　彼果功德故
數次第惟爾　欲思量無量　諸問答差別
由諸佛語言　事與想攝故　句迷惑戲論
住眞實淨妙　寂靜性道理　假施設現觀
方所位分別　作執持增減　闇語所覺上
遠離轉藏護　簡擇與現行　睡眠及相屬
諸相攝相應　說住持次第　所作境瑜伽
奢摩他與觀　諸作意教授　德菩提聖教
若欲正修行　徧知等功德　由十種法行

及六種理趣

攝淨義品第二

諸論中勝論　亦善入瑜伽　清淨義應知
由具四淨德　攝一切義故　彼外不壞故
易入故入已　行不失壞故　諸佛說妙法
正依於二諦　一者名世俗　二者名勝義
初說我法用　爲隨餘故說　七種及四種
眞如名勝義　自性義建立　數次第善巧
想差別應知　顯蘊世俗義　五三法眞實
彼復四應知　及四種尋思　四種如實智
三自性成立　差別業隱密　方便攝別異
是各有多種　聞十二分教　三最勝歸依
三學三菩提　爲有情淨說　聞歸學菩提
六三十二五　隨名數次第　如應廣分別
聖行無上乘　大菩提功德　異論論法釋
應知各多種　殊特非殊特　平等心利益
報恩與欣讚　不虛方便行　不顛倒方便
退墮與勝進　相似實功德　善調伏有情
諸菩薩受記　墮於決定數　定作常應作
最勝法應知　諸施設建立　一切法尋思
及如實徧智　弁及諸無量　宣說果利益
大乘性與攝　菩薩十應知　建立諸名號
執因中有果　顯了於去來　我常宿作因
自在等害法　邊無邊矯亂　見無因斷空
計勝淨吉祥　名十六異論　功能無體性
攝不攝相違　有用及無用　爲因成大過
論體論處所　論據論莊嚴　論負論出離
論多所作法　體釋文義法　起義難次師
說衆聽讚佛　略廣學勝利　諸地相作意
依處德非德　所對治能治　略廣義應知

成善巧品第三

於諸蘊界處　及衆緣起法　處非處根諦
善巧事應知　身者自在等　無因身者住
流轉作諸業　及增上二種　於身者等起
實我所住持　流轉者作者　及諸增上義
染汙若清淨　起七種愚癡　對治此應知
攝七種善巧　妄計我身者　依止諸根住
於境界迴轉　受用愛非愛　言說所依住
作者有覺者　由於差別蘊　總見一身者
迷惑初因故　計常因無因　我住持諸根
能觸及能受　從此死生處　計有流轉者
法非法作者　及彼果增上　於修習邪行
計爲染汙者　於修習正行　妄計解脫者
佛未出於世　如是愚癡轉　由佛現世間
說七種善巧　知世等別故　能除一合想
即離與解脫　衆生不可得　多種及總略
共有差別轉　增益損減智　蘊善巧應知
見三因生故　說名界善巧　從無始自種
多種種生起　由此及於此　取者不可得
依自智成故　能除下劣性　知諸觸諸受
由二種生門　依止於觸故　當知處善巧
如法處天處　後後所依止　由世俗諦二
了知二種性　知未斷無常　因能生諸果
自相續相似　名緣起善巧　衆生不可得
而有捨續者　由了達甚深　四種緣起故
不作不趣得　二餘體不轉　淨見無餘業
非我自在二　如是智能知　處非處善巧
於自果定處　異此說非處　於能取生住
及染汙清淨　無理我觀餘　於彼果增上
於如是方便　名爲根善巧　謂於取生住

染淨增上故　二自性苦故　合故不應理
由無因有因　及五種譬喻　如是隨覺故
應知諦善巧　隨覺未曾見　未受義因緣
當知諸善巧　差別二十三　異攝論爲先
後最極清淨

成無常品第四

無常謂有爲　三相相應故　無常義如應
六八種應知　無常性轉異　別離得當有
刹那續病等　心器受用故　變異應當知
十五種差別　所謂分位等　八緣所逼故
下界具一切　中界離三門　具三種變異
上界復除器　無性義無常　徧計之所執
所餘無常義　依他起應知　諸無常皆苦
衆苦所雜故　迷法性愚夫　得爲害不覺
由彼心果故　生已自然滅　後變異可得
念念滅應知　心熏習增上　定轉變自在
影像生道理　及三種聖教　生因相違故
無住滅兩因　自然住常過　當知任運滅
非水火風滅　以俱起滅故　彼相應滅已
餘變異生因　相違相續斷　二相成無相
違世間現見　無法及餘因　非身乳林等
先無有變異　亦非初不壞　最後時方滅
位思煩惱分　非常變異故　此若無變異
受作脫非理　功能無有故　攝不攝相違
有用及無用　爲因成過失　自性變異相
有無不應理　無差別無常　有差別五失
無相亦無因　非自性恒異　先無有變異
我應常解脫　常造不應理　由二三因故
財有情增上　極微非常住　無常爲彼依
次第差別轉　諸受等異故　當知覺無常

於無常無智　四顛倒根本　當知世上道
愚癡力轉增　由放逸懈怠　見昧之資糧
惡友非正法　當知無智因　不如理作意
憶念前際等　相似相續轉　於無常計常
生初後中間　取三有爲相　無常調伏智
當知由二因　彼見有六種　及緣起四種
自種故非他　待緣故非自　無作故非共
用故非無因

成苦品第五

生爲欲離因　滅生和合欲　倒無倒猒離
彼因爲苦相　依三受差別　建立三苦相
故說一切受　體性皆是苦　當知行性空
皆麤重隨故　樂捨不應理　同無解脫過
利深等障礙　依進住乘空　執著性下劣
顛倒及染汙　如癰疥癩等　三受之所依
彼能發三觸　取樂等隨轉　自相自分別
不安隱苦性　五十五應知　三苦之所攝
界緣身等趣　種類諦三世　時命品異故
引衆苦差別　未離欲色等　三種地應知
欲界一切種　色無色除二　世俗有二種
勝義謂徧行　二緣通上地　當知無現染
非無色重擔　徧行天麤重　及諦最後邊
餘七上隨縛　當知生等苦　各五種差別
若麤重相應　三苦所依止　最後與最後
各四苦所依　謂生生根本　及苦性變壞
三世之所攝　二緣苦非上　所說餘諸苦
皆欲界應知　失念無功用　亂不正思惟
不正了愚癡　及由放逸等　昧故羸劣故
及起放逸故　相續斷絕故　忘念轉應知
昧故放逸故　保重現法故　不信當苦故

無功用發起　相似相續轉　對治妄分別
慣習總取故　起四種顛倒　界別緣起別
位別次第別　及相續差別　當知各多種
信解與思擇　不亂心猒離　見修及究竟
又如前十一　纏疑不樂離　沉惡趣餘趣
下劣行所起　徧獨衆苦盡

成空品第六

若於此無有　及此餘所有　隨二種道理
說空相無二　甚深相應知　取捨無增減
差別有衆多　如彼彼宣說　惟假過失故
蘊無我過故　我無身過故　三我不應理
如主火明空　形異依他過　無常無業用
非因非有我　我惟應是假　譬喻不可得
七喻妄分別　無見者等三　若如種無常
作者應成假　如成就神通　應世俗自在
我如地如空　應無常無性　應如二無作
分明業可得　能燒及能斷　惟火等所作
我於見等具　非如刀火等　如光能照用
離光無異體　是故於內外　空無我義成
如世間外物　離我有損益　內雖無實我
染淨義應成　位思煩惱分　無常變異故
我常無轉易　受作脫應無　法性從緣生
展轉現相續　有因而不住　變異故名轉
如身幻河燈　有種種作用　我常無變異
轉還不應理　依我起名想　見二種過失
是故徧一切　實我性都無　爲言說易故
隨順世間故　斷除怖畏故　顯德失二故
率爾覺亂起　世間現可得　覺爲先作業
有十種過失　覺我因功用　自在等各二
有因及無因　當知十種過　不審決徧行

增益及無事　於事怖妄見　譬喻五應知
無體及遠離　除遣依三種　對治諸縛想
十六種差別　自性與執著　不開解失念
一切徧一分　愚差別流轉　法住求自心
住自心除縛　怖無二染淨　證得眞空理
修差別十八　或有毒無毒　對治五種執
略二種應知　修果應當知　三菩提功德
依止轉依性　所作事成就

成無性品第七

三自性應知　初徧計所執　次依他起性
最後圓成實　三無性應知　不離三自性
由相無生無　及勝義無性　非五事所攝
此外更無有　由名於義轉　二更互爲客
於名前覺無　多名及不定　於有義無義
轉非理義成　取已立名故　餘即不能取
如衆生邪執　增益爲顛倒　由熏起依他
依此生顛倒　如是互爲緣　展轉生相續
自性與差別　有覺悟隨眠　加行名徧計
又當知五種　分別有八種　能生於三事
分別體應知　三界心心法　由二縛所縛
堅執二自性　故二縛解脫　正無得無見
假有所依因　若異壞二種　雜染可得故
當知依他起　相麤重爲體　此更互緣生
非自然是有　故說生無性　非決定有無
一切種皆許　通假實二性　世俗說爲有
宣說我法用　皆名爲世俗　當知勝義諦
謂七種眞如　圓成實自性　二最勝智義
無有諸戲論　遠離一異性　清淨之所緣
常無有變異　善性及樂性　一切皆成就
實勝義無性　戲論我無故　依他無彼相

亦勝義無性　依三相應知　建立五種相
彼如其所應　別別有五業　法執故愚夫
起彼衆生執　彼除覺法性　覺法我執斷
於依他執初　熏習成雜染　無執圓成實
熏習成清淨　雜染有漏性　清淨則無漏
此當知轉依　不思議二種　眞實及自體
寂靜與功德　一切不思議　當知由四道
聲聞有二種　趣寂趣菩提　依止變化身
趣無上正覺　諸聲聞轉依　猒背修所得
菩薩方便修　無二智依止　不住生滅故
諸佛智無上　利樂諸有情　不思議無二

成現觀品第八

當知現所觀　下中上品事　有漏及無漏
未見未受徧　出世間勝智　能除見所斷
無分別證得　惟依止靜慮　極感非惡趣
極欣非上二　處欲界人天　佛出世現觀
未離欲倍離　及已離欲者　獨一證正覺
最勝我所生　非我爲智因　亦非自取境
我非自現觀　執愛自我故　無常有境界
待緣智生起　斷麤重等三　故依心現觀
已成熟相續　或聽聞正法　自然極如理
作意故現觀　繫念於所緣　精勤修靜定
增上善根力　證聖覺道分　從是入見道
無漏正見起　永斷於三結　證現觀應知
雖惡趣雜染　計所起惑斷　境見導師等
隨生三所攝　田先世間智　簡擇諦究竟
於諦無加行　決定生起相　智境和合相
於所知究竟　當知諦現觀　於十種決定
我性無三有　不滅無有二　無分別無怖
自斷中決定　發起證等流　成滿次第四

又法住智等　次第八應知　無悔住所緣
如實見境界　道所依無惑　純差別行斷
三淨攝應知　戒淨及心淨　境界依止道
說爲慧清淨　知身等因緣　善達於三世
次了知四苦　復八苦應知　從是正觀諦
起十六行智　爲治四顛倒　後後之所依
從是轉修習　於心總猒離　諦簡擇決定
究竟覺生起　從此無加行　解脫智三心
一百一十二　煩惱斷十攝　此證菩提分
六種淨智相　行無分別故　隨所作建立
菩薩在此位　先修勝因力　於自他身苦
起平等心性　是大我意樂　於自性無得
廣意樂當知　二性無分別　次上十六行
清淨世間智　對治界地故　究竟事成就
此現觀差別　或六或十八　相勝利衆多

隨經論廣說

成瑜伽品第九

般若度瑜伽　等至無分別　一切一切種
無有分別故　一切一切種　三相與三輪
謂名相染淨　及俱非二種　於法及法空
無二種戲論　無分別無窮　此上非應理
若都無所取　無慧亦無度　俱成取離言
爲順非無用

成不思議品第十

九事不思議　由依止五處　有五種因故
得失俱三種　不應思不記　當知由四因
非定一甚深　引無義相住　不思我有無
成二過失故　於他亦二失　不應思一異
二雖不依見　成故不應思　不思如是生
三過所隨故　善趣與惡趣　二作者非定

過去善惡業　處事等難思　眞如無漏性
成所作義利　靜慮者如來　無譬自在故
外道所宣說　能引無義利　非理遠四處
無記不應思　非處勤功用　毀謗於大義
不修清淨善　故成三過失　遠離不思議
思可思議處　具八種功德　故如理應思
諸佛之所說　徧知等無違　五因二因故
於此不應理

攝勝決擇品第十一

數相別有處　邊際與生起　想善巧攝等
勝決擇諸事　心性有二種　異熟及與轉
初阿賴耶識　種子二應知　執受初明了
種子業身受　無心定命終　無皆不應理
所緣境相應　更互二因性　識等俱流轉
雜染汙還滅　所依境界力　建立心差別
復由七種行　難了相應知　所緣無自在
住惡所依止　隨緣力所轉　心繫縛應知
散亂及安住　六種十五種　緣境界六等
所治心非一　依多境了別　各爲自業生
心法不應思　相似境轉故　引心三分別
領位審了想　德失等營爲　名作意等業
上界無香味　大造隨可得　極微無自體
非實有七事　微和合不離　善惡無自然
三相想外無　法處色十二　當知不相應
皆假施設有　假有性六種　彼皆二過故
三過因非五　因相略繫合　相依處差別
建立有多種　心所緣等故　清淨所緣故
四種離繫故　建立八無爲　三界應當知
十二相差別　所治及能治　惟當損伏種
法王海鹹味　欲惡趣長壽　多世界共一

各二種因緣　意相應四惑　徧行而俱起
無記最後滅　隨所生彼性　一切生相續
現起及與緣　隨眠境麤重　各差別二十
隨順自生故　種子故事故　生四過失故
不淨三因故　業思及思已　差別有十三
彼果六三位　業決定五種　自業等四種
此先熟亦四　復九種當知　即二種差別
命終定不定　中夭由六因　明了位三心
中有或有無　依餘有所緣　染汙心生起
於四種生中　及三界五趣　當知世俗諦
意解義及說　淨所緣彼性　方便名勝義
當知是四種　染淨之所攝　未見未經受
如病病滅因　當知是四諦　各四相四行
徧知等四種　因果性差別　彼覺無乖諍
法爾證亦然　諦三種惟善　復二種應知

當知七依止　三種所依性　彼善巧二種
四句等廣說　靜慮數障分　及彼廣建立
遠離於苦動　後後分勝異　近分喜有動
惟初能盡漏　亦二種緣聲　八等至捨八
現法安樂住　能入於現觀　讚說想解脫
四種因當知　愛味等當知　十種六三種
退相續障治　各多種差別　利根及生轉
當知無有退　依下地發定　離欲後生故
依二乘大乘　由二十七相　正方便當知
建立於覺分　身等三差別　彼影像隨觀
由聞等三智　念法無迷惑　彼所治九種
作意當知二　修差別有三　二種無失壞
爲斷於沈掉　相應道二種　觀察捨煩惱
及爲盡三愛　爲斷增上慢　味所依顛倒
及三心趣入　修習於念住　由根等差別

建立五惟二　假設五應知　三事成圓滿
證轉依不起　二因果無退　三因故斷常
三果三因記　建立諸功德　由十七增上
彼差別無邊　治所治障故　思惟義樂苦
作意及安住　艱難與相貌　殊特非殊特
種性如來說　多佛與大乘　五種及十種
六六種道理　諸佛妙功能　彼果土清淨
解脫與法身　等不思無上　雖不用加行
先願力所引　依無爲發起　所作無二相
宣說諸事法　別解脫分別　諸法相十一
是經律本藏　諸相與斷滅　無失壞方便
彼二果差別　是諸經略義　略說瑜伽道
緣所聞正法　奢摩他與觀　依影像成就

顯揚聖教論頌

音釋

錯綜（綜子宋切錯綜謂間廁總括也）癰（於容切腫瘡也）疥（居拜切瘙也）癩（落蓋切惡疾也）掉（徒弔切搖動也）

彌勒菩薩所問經論

元魏天竺三藏法師菩提留支譯

清刻龍藏佛說法變相圖

彌勒菩薩所問經論卷第一

元魏天竺三藏法師菩提留支譯

如是我聞一時婆伽婆住王舍城耆闍崛山中與大比丘衆千二百五十人俱并諸菩薩摩訶薩十千人等爾時彌勒菩薩摩訶薩即從座起偏袒右肩右膝著地合掌向佛白佛言世尊我今欲以少法問於如來應正遍知不審世尊聽許以不爾時世尊告彌勒菩薩摩訶薩言彌勒隨汝心念問於如來應正遍知我當爲汝分別解說令汝心喜爾時彌勒菩薩摩訶薩白佛言世尊如是願樂欲聞世尊諸菩薩摩訶薩畢竟成就幾法不退阿耨多羅三藐三菩提於勝進法中不退不轉行菩薩行時降伏一切諸魔怨敵如實知一切法自體相於諸世間心不疲惓以心不疲惓

故不依他智速疾成就阿耨多羅三藐三菩提爾時世尊告彌勒菩薩摩訶薩言善哉善哉彌勒汝今乃能問於如來如是深義佛復告彌勒菩薩摩訶薩言汝今應當一心諦聽吾當爲汝分別解說如是深義即時彌勒菩薩摩訶薩白佛言世尊如是願樂欲聞佛復告彌勒菩薩摩訶薩言彌勒若諸菩薩摩訶薩畢竟成就八法不退阿耨多羅三藐三菩提於勝進法中不退不轉行菩薩行時降伏一切諸魔怨敵如實知一切法自體相於諸世間心不疲惓以心不疲惓故不依他智速疾成就阿耨多羅三藐三菩提何等爲八彌勒所謂諸菩薩摩訶薩成就深心成就行心成就捨心成就善知回向方便心成就大慈心成就大悲心成就善知方便成就般若波

羅蜜彌勒云何諸菩薩摩訶薩成就深心彌勒若諸菩薩摩訶薩聞讚歎佛及毀呰佛其心畢竟於阿耨多羅三藐三菩提堅固不動聞讚歎法及毀呰法其心畢竟於阿耨多羅三藐三菩提堅固不動聞讚歎僧及毀呰僧其心畢竟於阿耨多羅三藐三菩提堅固不動彌勒如是諸菩薩摩訶薩畢竟成就深心彌勒云何諸菩薩摩訶薩成就行心彌勒若諸菩薩摩訶薩遠離殺生遠離偷盜遠離邪淫遠離妄語遠離兩舌遠離惡口遠離綺語彌勒如是諸菩薩摩訶薩畢竟成就行心彌勒云何諸菩薩摩訶薩成就捨心彌勒若諸菩薩摩訶薩是能捨主是能施主施諸沙門及婆羅門貧窮乞匃下賤人等衣食卧具隨病湯藥所須之物彌勒如是諸菩薩摩訶薩

畢竟成就捨心彌勒云何諸菩薩摩訶薩成就善根回向方便心彌勒若諸菩薩摩訶薩所修善根謂身口意業皆悉回向阿耨多羅三藐三菩提彌勒如是諸菩薩摩訶薩畢竟成就善根回向方便心彌勒云何諸菩薩摩訶薩成就大慈心彌勒若諸菩薩摩訶薩畢竟成就大慈身業畢竟成就大慈口業畢竟成就大慈意業彌勒如是諸菩薩摩訶薩畢竟成就大慈心彌勒云何諸菩薩摩訶薩成就大悲心彌勒若諸菩薩摩訶薩畢竟成就不可譏訶身業畢竟成就不可譏訶口業畢竟成就不可譏訶意業彌勒如是諸菩薩摩訶薩畢竟成就大悲心彌勒云何諸菩薩摩訶薩成就善知方便彌勒若諸菩薩摩訶薩善知世諦善知第一義諦善知二諦彌勒如是諸菩薩摩訶薩畢竟成就善知方便彌勒云何諸菩薩摩訶薩成就般若波羅蜜彌勒若諸菩薩摩訶薩如是覺知依此法有此法依此法生此法所謂無明緣行行緣識識緣名色名色緣六入六入緣觸觸緣受受緣愛愛緣取取緣有有緣生生緣老死憂悲苦惱如是唯有大苦聚集彌勒此法無故此法無此法滅故此法滅所謂無明滅則行滅行滅則識滅識滅則名色滅名色滅則六入滅六入滅則觸滅觸滅則受滅受滅則愛滅愛滅則取滅取滅則有滅有滅則生滅生滅則老死憂悲苦惱滅如是唯有大苦聚集滅彌勒如是諸菩薩摩訶薩畢竟成就般若波羅蜜彌勒是名諸菩薩摩訶薩畢竟成就八法不退阿耨多羅三藐三菩提於勝進法中不退

不轉行菩薩行時降伏一切諸魔怨敵如實知一切法自體相於諸世間心不疲倦以心不疲倦故不依他智速疾成就阿耨多羅三藐三菩提

佛說此經已彌勒菩薩摩訶薩及餘諸菩薩摩訶薩比丘比丘尼優婆塞優婆夷天龍夜叉乾闥婆阿脩羅迦樓羅緊那羅摩睺羅伽人非人等一切大衆聞佛所說皆大歡喜信受奉行

彌勒菩薩摩訶薩所問經論

歸命彌勒世尊問曰何故如來說此修多羅答曰捨等四句示現施戒修行相三種功德是菩薩外道聲聞辟支佛共法深心等四句示現即彼四法唯菩薩行不與外道聲聞辟支佛共是故如來說此修多羅布施示現施功德遠離殺生等示現戒功德慈悲等二句示現修行功德此義云何有外道凡夫離善知識不聞正法不善思惟不如說行故妄執常見等能集業因諸結使等相依有力增長世間因故堅著妄執決定成就世間因故離實諦見故無利益他心故貪著世樂故彼諸外道雖有施等善根種子以疑悔故愛水潤識在五取陰地無明土覆時節和合能生識芽次第增長成世間果又聲聞辟支佛人親

近善知識從已渡生死海欲渡生死海人聞說世間過患復自少見猒世間苦樂涅槃樂欲捨世間追求出道雖不取施等功德而亦不離施等功德能伏煩惱得上勝法以是義故雖復修習施等善法以無四法故不得大菩提又菩薩人畢竟具足成就八法建立大事荷負重擔親近眞善知識深見世間過患知涅槃寂靜爲衆生故不猒世間苦初發菩提心不失因故深心成就捨自身樂爲利益衆生故修行施等功德回向大菩提依方便力增長微少施等功德能護自身不墮聲聞辟支佛地以究竟成就般若波羅蜜故能清淨施等功德令住菩薩道示現深心等四句能攝取施等四句爲菩薩不同法能得一切種智是故如來說此修多羅

問曰復以何義如來說此修多羅答曰爲遮無因顛倒因隨順正因果是故如來說此修多羅此義云何言不退阿耨多羅三藐三菩提者以深心成就故此名何義以諸菩薩摩訶薩見法界時即得永離菩提心障謂身見等一切煩惱出過聲聞辟支佛地入菩薩位起於初地菩提之心不失因故證得深心是故名爲不退阿耨多羅三藐三菩提又言不轉者以證勝法故此名何義以成就施行故此復何義以起無損害心根本業道攝取上勝行是故不轉離根本業道修行施等行一切處不退以是義故名爲不轉又言行菩薩行時降伏一切諸魔怨敵者以善知回向方便心成就故此明何義略說四魔謂煩惱魔陰魔死魔及以天魔唯煩惱魔以爲根本

依煩惱魔有餘三魔何以故以諸凡夫煩惱纏心依此煩惱所纏之心樂於世間求彼處樂布施等法回向天道以此義故爲彼陰魔死魔所縛繫屬天魔是故菩薩斷身見等一切煩惱復能遠離不活等畏捨自身樂爲欲利益諸衆生故修習慈悲布施等行善根功德皆悉回向薩婆若智遠離一切諸魔惡道是故名爲行菩薩行時降伏一切諸魔怨敵又言於諸世間心不疲倦者以大慈大悲心成就故此明何義以諸菩薩摩訶薩常爲世間一切衆生愚箭所射心受苦惱以大慈大悲心成就故見衆生利即是已利是故大慈大悲心生則能利益一切衆生是故名爲於諸世間心不疲倦又言如實知一切法自體相者以方便成就故此明何義以知諸法自相同相故此復何義以諸菩薩善知世諦善知第一義諦方便是故不著有無二邊此明何義菩薩雖見識境界事而先已觀察識境界事何以故以常不捨第一義諦深心力故是故不隨著有邊見雖常不捨第一義諦而常善知世諦之事何以故以常明見諸有爲行不捨世間心念言說故是故不墮著無邊見以能善知此二種義是故名爲如實知一切法自體相又言以心不疲倦故不依他智速疾成就阿耨多羅三藐三菩提者以般若波羅蜜成就故此明何義以諸菩薩摩訶薩般若觀察有爲法故此復何義菩薩觀察諸有爲行無人無衆生無主無自在迭共相因增長有力依於本業造一切業猶如幻師所作幻人往來跳躑種種技術無疲倦者是故

名爲以心不疲倦故又心不疲倦者以離衆生相故此明何義有爲諸行一切無實唯有種種諸業使行他力相依故能成就有爲諸行是故菩薩知有爲法實無神我而不依他智隨所修行皆以毗離耶波羅蜜增長成辦速疾成就阿耨多羅三藐三菩提以諸菩薩摩訶薩求薩婆若示現遠離無因顛倒因隨順正因果是故如來說此修多羅

問曰復以何義如來說此修多羅答曰依不定聚菩薩求定聚故成就何等行得入正定聚示現彼菩薩入正定聚修正因行是故如來說此修多羅此義云何菩薩未證初地正位雖無量劫修習善根而未能得不退轉位未得畢竟無怖畏處心未安隱常爲世間苦惱所逼未得菩提心根本慈悲心力未得增上力故以世間道智觀察十二因緣如實觀有爲行以依世間道觀寂靜法界求大涅槃無方便智故墮聲聞辟支佛地若墮聲聞辟支佛地有三種失何等爲三一者退失一切大乘善根種子二者退失能與一切衆生樂因三者退失薩婆若智以是義故如來經中說言迦葉譬如一切世間天人雖復修治僞瑠璃珠而彼僞珠終不能作眞瑠璃寶如是迦葉一切聲聞修戒定慧及頭陀等一切功德終不能得坐於道場成阿耨多羅三藐三菩提迦葉譬如修治大毗瑠璃隨意能得無量百千萬億珍寶如是迦葉修菩薩行故能出生一切聲聞辟支佛等及以天人依此義故如來寶積經中說菩薩有四種非善知識何等爲四一者求聲聞人但欲自度二者求

緣覺人喜樂小事三者讀外經典路伽耶等四者習學一切文辭嚴飾所有親近此四種者但增世利不增法利復有經中大德迦葉白文殊師利有五逆人能發阿耨多羅三藐三菩是心修諸功德證大菩提而羅漢不能譬如根敗之人於五欲境界無所能爲無所增益如是聲聞辟支佛人離諸結使於一切佛法無所能爲無所增益無如是觀察佛法力是故文殊師利一切凡夫報如來恩非聲聞也何以故凡夫之人聞佛功德爲不斷絶三寶種故能發阿耨多羅三藐三菩提心聲聞之人雖復終身聞諸佛法十力四無畏等而不能發阿耨多羅三藐三菩提心又般若波羅蜜經中說諸天子未發阿耨多羅三藐三菩提心者彼人應發大菩提心已入聲聞辟支佛位不能復發阿耨多羅三藐三菩提心何以故一切聲聞辟支佛等斷生死流不能數數受生世間發阿耨多羅三藐三菩提心諸菩薩摩訶薩於初地中見實諦故發阿耨多羅三藐三菩提心不失因故攝得深心以般若波羅蜜如實攝取修戒行等不著身命唯爲利益衆生修行彼時名爲不退轉菩薩應知是故如來十地修多羅中說菩薩生如是心即時過凡夫地天菩薩位生在佛家種姓尊貴無可譏嫌過一切世間道善住菩薩法中善住菩薩正處入三世平等眞如法中如來種中畢定究竟阿耨多羅三藐三菩提菩薩住如是法名住菩薩歡喜地以不動法故過五怖畏所謂不活畏惡名畏死畏墮惡道畏大衆威德畏彼皆遠離何以故是諸

菩薩離我等相故過凡夫地者彼過有九種應知入菩薩位者位過初成出世間心如始住胎相似法故生在佛家者家過以依方便般若生家生相似法故種姓尊貴無可譏嫌者種姓過以大乘行生子相似法故過一切世間道者出過以世間道不能攝取出道生相似法故入出世間道者入過以出世間道攝取入道生相似法故善住菩薩法中者身過以大悲爲體於作他事卽是已事自身體相似法故善住菩薩正處者處過不捨世間方便不染善巧正住生住處相似法故入三世平等眞如法中者業過順空聖智生命相似法故如來種中畢定究竟阿耨多羅三藐三菩提者畢竟過佛種不斷究竟涅槃道成就相似法故如是示現凡夫生菩薩出入胎不相似以有染無染故如是次第家不相似種姓不相似出不相似入不相似身不相似處不相似生業不相似成就不相似如是尊者婆藪槃豆說畢竟成就心有餘論師更異法釋偈言

菩薩摩訶薩　似生何等心　見世間虛妄
佛說彼初心

此明何義見世間虛妄者以一切世間唯因緣生無有實體如尊者龍樹菩薩偈說

因緣和合生　彼法無實體　若無實體者
云何名有法

聖者無盡意菩薩摩訶薩無盡經中說觀察因緣方便智知一切法依因依緣和合而生若一切法依因依緣和合生彼法不依我人衆生壽命若法非我非人壽命彼法不可

數為過去現在未來菩薩若能如是觀察是名菩薩摩訶薩觀察因緣和合方便智不依我者此義云何以依種種因緣法生不依我生以無實我體故如衆緣生火火體有熱熱無實體而因緣和合名火有熱如是不離身根知外更有實我以無實體故無實體者為同虛空為同有為若同虛空即是無物若同有為即是無常我人衆生壽命等者為可化衆生種種名說非有實我又如經中大海慧菩薩為聖者大悲思梵說成就一切佛法問答品中偈言

諸法因緣生　彼法無實體　法若實無體
彼法實不生　菩薩知衆生　如是無實際
依彼實際智　知諸法虛實

以是義故菩薩知一切法因緣和合而生衆生無其實體若如是者一切世間心識皆是虛妄分別彼菩薩心於一切法實際平等無礙智行即是初心是故名為初發阿耨多羅三藐三菩提心是故偈言

彼不見凡地　以彼體空故　是故諸佛說
過彼凡夫地　遠離聖人法　染著身見等
住五欲資生　故名凡夫人

此明何義地者彼處生凡夫人是名凡夫地此是三界中煩惱所縛處依止煩惱生是名凡夫地是故彼初心見三界皆空不起一法相以其不起一法相故則不願樂一切處生除慈悲心為欲教化諸衆生故而常觀察寂靜法體以是義故說彼菩薩過凡夫地是故偈言

法體無故空　空故無所作　離一切相故

智者無所求
入菩薩位者偈言
即空名菩提　佛說煩惱病　墮辟支佛地
及取聲聞位
即空名菩提者如實覺知衆生虚妄名爲菩提是故聖者無盡意菩薩四念處說諸菩薩摩訶薩修法觀時若見一切法離空無相無願無行無生無起及離十二因緣者不名如實覺若不見少法離空無相無願無作無生無起及離十二因緣菩薩若能如是覺知一切衆生無其實體是名如實覺是故偈言即空名菩提故名初地菩薩覺知一切諸衆生空棄捨利益一切衆生而取聲聞辟支佛位是則名爲初地菩薩所治煩惱是故偈言佛說煩惱病墮辟支佛地及取聲聞位故又復偈言
知空離二邊　無二染涅槃　以無涅槃染
佛說菩薩位
知空離二邊者此義云何如如來法印經中說舍利弗言無差别法者即名爲空舍利弗言世尊所言空者此言何謂佛告舍利弗所言空者非可說非不可說若非可說非不可說彼不可表若不可表彼非世間非出世間以非世間非出世間故說名爲空若能如是了知空者名離二邊菩薩若離彼二邊者不墮煩惱不取聲聞辟支佛等二種涅槃佛說煩惱病者取異地相故取異地相者謂取聲聞辟支佛等異地相故亦名棄捨利益衆生以取無爲涅槃樂故又以妨於佛菩提故復有異義無煩惱病者離煩惱病故以其不取

二乘涅槃依本願力不捨利益諸衆生故若如是者無二乘病無煩惱病如是修行一切法空是名諸菩薩摩訶薩入菩薩位以能遠離一切煩惱遠離一切對治法故如是菩薩以無二行依本願力不捨利益諸衆生故不隨聲聞辟支佛地不爲世間煩惱所染此是菩薩摩訶薩等最難勝事以雖不見一切衆生而爲衆生修行諸行如是之事不可思議一切世間不能覺知第一希有一切聲聞辟支佛等所不能見以此義故龍樹菩薩摩訶薩集菩提功德論中說偈言

此最希有事　第一不思議　菩薩爲修行
而不見衆生

如來亦說爲欲讚歎諸菩薩摩訶薩如實希有功德如經中說菩薩摩訶薩有四種眞實功德何等爲四一者能信解空亦信因果二者知一切法無有吾我而於衆生起大悲心三者深樂涅槃而遊生死四者所作施行皆爲衆生不求果報若如是者即生在佛家是故偈言

菩薩摩訶薩　以離諸煩惱　則證菩薩位
是故生佛家

此明何義又佛家者行何等法生如來家謂離煩惱故解空行故知自位故又作利益衆生行故不迷失行故得如是法名爲菩薩摩訶薩生在佛家此明何義偈言

佛說如來家　謂方便般若　菩薩生是家
是故不可嫌

此義云何言方便者略說不捨一切衆生言般若者所謂不取一切諸法此二種法是諸

佛家是故菩薩摩訶薩依方便般若生以爲方便般若二法之所攝故菩薩摩訶薩爲欲利益一切衆生生在世間而實不依煩惱業生若如是者菩薩摩訶薩不可譏嫌一切天等可訶之法皆悉遠離生佛勝家以是義故種姓尊貴不可譏嫌是故如來修多羅中爲婆羅門而說偈言

天人乾闥婆　龍夜叉衆鳥　如是等諸業
皆悉已滅盡　彼漏散滅盡　如蓮華不染
若能如是知　不染著諸欲

如是菩薩摩訶薩是名眞佛子非天等異子是故偈言

菩薩知實際　及修波羅蜜　以得無漏道
故出過世間

菩薩知實際者此明何義明一切法皆悉寂靜是故如來而說偈言

一切法無體　以實無諸事　不生不滅故
得名爲實際

如是般若波羅蜜知一切諸法無體眞實際以般若波羅蜜知斷道行五波羅蜜知方便功德道如是菩薩摩訶薩以此功德智慧能成佛菩提能盡諸煩惱能利益衆生又修諸波羅蜜亦知如實際云何知不見施者受者財物三種法故修行清淨諸波羅蜜菩薩如是修行實際是故無漏以無漏故出過一切諸世間道是故偈言

分別世間行　煩惱稠林中　取出世間位
是入出世道

分別世間行者略有二種分別一者實分別謂色是可見相如是等二者勝分別即彼色

中青黃赤白等世間者即五陰煩惱稠林者深險黑闇恐怖可畏不可觀察難見難知如是菩薩摩訶薩觀察自體分別勝分別五陰分別如向所說事中不著作是思惟我當云何令衆生解是故偈言

如實知諸法　實勝陰一二　不見衆生事
云何化衆生　菩薩摩訶薩　修行無漏智
及以功德行　趣於出世道

是故菩薩入出世間道問曰云何善住菩薩法中答曰偈言

入菩薩諸地　安住已法中　依通及自在
化一切衆生

入菩薩諸地者如下經言善知地地轉行故化一切衆生者如下經言得百三昧乃至無量百千萬億那由他劫不可數知故得自在者如說種種功德何等時何等法何等自在何等成就事何等行得諸自在不退一切佛法種子義成就一切佛法故言善住菩薩法中問曰云何善住菩薩正處答曰偈言

一時諸佛邊　聞持思修說　行解義成就
正覺供養等　菩薩摩訶薩　修行如是法
是名爲安住　菩薩正處中

是故經言善住菩薩正處問曰云何入三世平等眞如法中答曰偈言

知諸佛菩提　及佛菩薩行　知佛三世空
是名善意入

此義云何謂知一切三世諸佛法身平等又復能知一切諸佛依色身故修行一切佛菩薩行及知一切過去未來現在諸法皆從因緣和合而生無其實體善意入者如向所說

三世諸法平等無二如實而知一味等味不破壞入是故經言入三世平等眞如法中問曰云何如來種中畢定究竟阿耨多羅三藐三菩提答曰偈言

菩薩淨煩惱　及淨衆生心　具足大慈悲　畢定成菩提

菩薩淨煩惱者此義云何以初地所治身見等煩惱於見道時中皆悉遠離故彼見道中遠離煩惱如向所說見一切法三世平等如實中說及淨衆生心者如下經言於一念頃教化百衆生乃至若以願力自在勝上如是等依教化力清淨諸煩惱故得故下經言是故我當先住善法亦令他人住於善法何以故若人自不行善不具善行爲他說法令住善法無有是處以得大慈大悲心故是故上經言是心以大悲爲首是故菩薩自淨煩惱淨衆生心具大慈悲悲名爲畢竟得阿耨多羅三藐三菩提以畢定進趣大菩提故偈言

佛子金剛藏　說十法初心　即名佛菩提　畢成佛道故

此義云何以聖者金剛藏菩薩摩訶薩說此十種法爲菩薩初地無漏菩提心即此十種心名爲佛菩提故言畢竟阿耨多羅三藐三菩提又偈言

譬如好種子　能生莖葉等　如是菩提心　不異諸佛法

此義云何以初證法心於一切佛法以爲種子以初地法與一切佛法以爲因故又偈言

初地心增長　佛說爲諸地　最妙勝菩薩　說初月爲喻

此明何義如文殊師利問菩提經中說偈言

譬如月初生　增長即滿月　如是歡喜地

增長即是佛

如是十句義餘論師異釋應知是故如來爲

不定聚菩薩求定聚故說此修多羅

彌勒菩薩所問經論卷第一

音釋

訾（將此切譏也）勾（居太切乞也）跳躑（跳田聊切跳躍也躑直隻切躑躅也）薩婆若（梵語也此云一切智若爾者切）藪（蘇後切）

彌勒菩薩所問經論卷第二

元魏天竺三藏法師菩提留支譯

問曰以何義故名不退轉荅曰以諸菩薩證得初地畢定因故乃至未得成佛以來常以深心如實修行次第增長菩提之心彼所治法不能障故名不退轉

問曰復以何義名不退轉阿耨多羅三藐三菩提荅曰以得成就不退轉因謂深心等八種法故又不退轉心相違之法身見貪等一切煩惱以見道力悉遠離故又身見等一切煩惱無始世來隨無智生不能遠離取我樂等因離方便般若爲諸世間苦惱所逼棄捨利益一切衆生取於涅槃是故菩薩得慈悲深心遠離取著我樂等因有方便般若雖爲世間苦惱所逼而不放捨利益衆生所作之事斷身見等煩惱根本彼時得不退轉阿耨多羅三藐三菩提是故聖者無盡意說言彼心離一切煩惱生如是等

問曰若離身見等煩惱名不退轉因者菩薩及須陀洹俱離身見等煩惱何故菩薩不退轉阿耨多羅三藐三菩提而須陀洹等退轉荅曰以心行差別故此明何義菩薩聲聞發心以來心行等相一切差別故云何差別聲聞之人不能修學利益他因是故棄捨利益衆生自求涅槃見三界中貪等煩惱火之所燒無常所逼猒離三界如身衣火然觀無常等五陰有爲行乃至離三結然後餘貪等煩惱漸漸微薄出過三界菩薩之人得深心故常樂利益一切世間爲諸衆生作利益行雖爲世間苦惱所逼以成就方便智慧力故雖

能如實修行聲聞道而不證聲聞道以先斷所障取聲聞位法故何者是取聲聞位法謂捨大悲心不能增長大悲等行若諸菩薩得深心等修行菩提心眷屬等法能作證菩提位因彼時菩薩見一切法故能增長菩提心力方便推求利益一切衆生之事彼時即見如實法界見法界故即時遠離見道所治一切煩惱即得畢竟大菩提心如十地經說菩薩摩訶薩生如是心是心以大悲爲首如是等彼菩薩如是證見道已方便推求利益一切諸衆生因善學大悲深心等法離我樂等不爲煩惱火之所燒因不相似故菩薩摩訶薩常以深心爲利益他而修行故即見道時斷三界中一切煩惱而聲聞等先不修集慈悲方便是故無有利益他行漸斷煩惱後得

羅漢以是義故大海慧菩薩經中說菩薩先已修集善根相應煩惱所謂大悲波羅蜜等此諸善法名爲煩惱非餘煩惱依彼煩惱爲化衆生住於世間以其所求未究竟故以是義故雖復俱離彼身見等一切煩惱而菩薩不退轉阿耨多羅三藐三菩提聲聞退轉如阿耨大池聖者龍王經中佛告龍王菩薩摩訶薩所證之位是出世間法而不離世間龍王有方便般若聖智三昧是名菩薩摩訶薩出世間位龍王譬如聲聞入聲聞位名須陀洹不墮惡道龍王菩薩亦爾入菩薩位名爲不退轉菩薩不墮惡道龍王聲聞之人不斷煩惱取聲聞位以其未過不自在法得初果故龍王菩薩摩訶薩過聲聞位證菩薩位是故不取聲聞小果乃取道場大菩提果以是

義故聲聞有量菩薩無量龍王如有二人俱墮高山其一人者勇健多力先已習學種種伎能以方便智還上山頂其第二人身力微少先不習學種種伎能無方便智墮彼山下不能還上龍王如是菩薩摩訶薩觀察一切法空無相無願無為依般若力觀察衆生住於一切種智山頂復有經說大德須菩提菩薩摩訶薩斷身見等無量煩惱而不取彼聲聞小果乃取諸佛大菩提果觀察一切佛法以大慈悲心憐愍一切衆生修菩薩行斷身見等一切煩惱是故不取聲聞小果乃取諸佛大菩提果須菩提白文殊師利言文殊師利此事希有此大方便菩薩之人斷身見等一切煩惱而能不取聲聞小果文殊師利言大德須菩提菩薩摩訶薩有大方便所攝智性是故菩薩雖如實知彼身見等一切煩惱而能不取聲聞小果大德須菩提如大力士持薄利刀斬斷娑羅樹彼娑羅樹即住不倒大德須菩提菩薩摩訶薩亦復如是有大方便般若智性是故菩薩斷身見等一切煩惱而能不取聲聞小果大德須菩提彼娑羅樹復於異時值天雨潤即便還生枝葉華果具足如本衆生受用大德須菩提菩薩摩訶薩亦復如是得大慈悲心雨所潤雖斷身見等諸煩惱還入三界方便示現生世間家隨順一切衆生受用大德須菩提復於後時彼娑羅樹大風吹動即便倒地更不復生大德須菩提菩薩摩訶薩亦復如是為大智慧猛風所吹在道場地永滅不生是故菩薩摩訶薩發心已來一切心行不同聲聞辟支佛等以

諸菩薩摩訶薩心行等法本來不同故若一切同者應聲聞作菩薩菩薩作聲聞

問曰如聲聞人先斷見道煩惱然後漸斷修道煩惱菩薩何故不同聲聞先斷見道煩惱然後乃斷修道煩惱又問如菩薩取無量世住修集無量善根須陀洹等何故不取無量世住亦不修集無量善根答曰須陀洹等常有樂斷煩惱心故以得無漏對治明故轉轉怖畏諸世間故生如是心何時當得離一切苦入無餘涅槃界故修道中餘殘煩惱自然漸盡以是義故聲聞不取無量世住亦不修集無量善根菩薩之人無量世來為諸衆生作利益因為諸衆生作利益事得如是等畢竟之心復見真如甘露法界觀察一切諸衆生身而實不異我所求處是故菩薩見修道中一切煩惱能障利益衆生行故即見道中一切俱斷又以觀察利益一切諸衆生樂勝涅槃樂是故菩薩取無量世住於世間修一切行謂薩婆若智故能明見修集無量菩提善根得大菩提利是故修集無量善根

問曰菩薩若見修道煩惱能障利益諸衆生行以是義故於見道中即斷除者以何義故即見道中不以世間智伏修道煩惱答曰遠離一切煩惱名不退轉因若離無漏道見法離無漏道斷一切煩惱者可如是難何故世間道不伏修道煩惱若世間道同世間道無如是力是故不得言不退轉而此菩薩即見道時永斷一切所治之法得大悲等生畢竟菩提心名不退轉菩薩應知是故菩薩如實見法成就方便不取聲聞辟支佛地如實知

見一切世間種種過患爲欲利益一切衆生行世間行不捨世間不爲世間過患所染是故聖者文殊師利告天子言諸天子菩薩摩訶薩不住有爲不住無爲是故菩薩名爲福田何以故菩薩離有爲法不住無爲法知有爲有過知無爲無過知一切過故不住有爲知無爲法不住無爲諸天子如大力士仰射虛空而彼射箭於虛空中無所依住而不墮地諸天子此事爲難更有難者天子白文殊師利言如是之事希有最難更無難者文殊師利告天子言菩薩摩訶薩所作難事復過於此以菩薩摩訶薩不捨有爲而證無爲不墮有爲而能教化墮有爲者

問曰畢竟定者如來經說若畢竟定聲聞之人遠離三結得須陀洹不墮惡道人天七反永離諸苦畢竟證得阿羅漢道菩薩亦爾斷三結等以何義故不同聲聞而無量世住答曰此義不然何以故言畢竟定者依聲聞乘修多羅說菩薩摩訶薩依無量行依求一切種智清淨出世間道能淨薩婆若大乘修多羅中說以是義故菩薩攝取無量世住

問曰此義不然何以故若初地菩薩摩訶薩遠離一切對治之法得畢竟不退轉阿耨多羅三藐三菩提者以何義故文殊師利問菩提經中說初發心能過聲聞地第二行發心能過辟支佛地第三不退發心過不定地第四一生補處發心安住定地答曰彼經中依證勝進地依遠中遠離所治法依上上地說過不定地是故此說不違彼經此義云何如初禪對治法此明何義如小乘人未來禪中

斷不定因欲界修道煩惱乃至第四禪中亦說斷修道煩惱以遠中遠勝對治法而不相違何以故以對治因等故菩薩摩訶薩亦復如是於初地中斷菩提心相違退因謂身見等一切煩惱以得成就深心等修行畢竟遠離退菩提心因故乃至八地中得勝進遠中遠勝對治法名爲過不定地安住定地以對治法等故以定因故言過不定地義不相違又言過不定地者求佛菩提大涅槃心未斷絕故所起諸行功用疲倦名不定因是故八地以上始言過不定地此義云何如彼處過苦等此明何義如小乘中猒過欲界苦雖猒過欲界苦而初禪地未過識等苦因以未過所治法是故如來經中說第二禪中過苦如經中說憂根何處滅佛言初禪中滅又問苦根何處滅佛言二禪中滅又問喜根何處滅佛言三禪中滅又問樂根何處滅佛言四禪中滅如是過一切色相等猒初禪時即過一切色等諸相而第四禪中猒過因故說第四禪過菩薩摩訶薩亦復如是於初地中已過不定地二地已上乃至七地以來求佛菩提大涅槃心未斷絕故所起因行疲倦功用名不定地是故爲彼未滿足心不定因故八地中說過不定地言不相違又得畢竟菩提心因緣具足和合故言初發心過聲聞地如法印經中如來說言彌勒發菩提心有七種因何等爲七一者諸佛教化發菩提心二者見法欲滅發菩提心三者於諸衆生起大慈悲發菩提心四者菩薩教化發菩提心五者因布施故發菩提心六者學他發菩提心七者

聞說如來三十二相八十種好發菩提心彌勒諸佛教化發菩提心見法欲滅發菩提心於諸衆生起大慈悲發菩提心此三發心能護正法速疾成就阿耨多羅三藐三菩提餘四發心非眞菩薩不能護持諸佛正法速疾成就阿耨多羅三藐三菩提此明何義若菩薩成就深心畢竟不退得大悲心大勇猛力爲諸世間一切衆生愚箭所射而觀衆生起大慈悲攝諸善根聚集增長故言初發心時過聲聞地第二發心過辟支佛地者辟支佛人勝聲聞人畢竟不爲他身畢竟自爲身求寂滅涅槃若菩薩初觀察法性上上觀無生法忍時未得過不定道所有生心皆悉能過聲聞辟支佛地故言第二發心過辟支佛地第三發心過不定地者於初地中離不定因得定因故所有生心過不定地故言第三發心過不定地第四發心安住定地者二地已上遠離一切所治之法是故安住畢竟定地故言第四發心安住定地

又不退轉阿耨多羅三藐三菩提者所謂菩薩得離發菩提心相違法時名不退轉菩薩如寶女經中說寶女菩薩摩訶薩有三十二罜礙壍路發菩提心相違之法何等三十二一者求聲聞乘二者求辟支佛果三者求釋梵處四者倚著所生淨修梵行五者專一德本言是我所六者若得財寶慳貪愛悋七者以偏黨心而施衆生八者輕易誠禁九者不念道心專精之行十者瞋恚之事以爲名聞十一者其心發逸十二者馳騁十三者不求博聞十四者不察所造十五者貢高自大十

六者不能清淨身口心行十七者不護正法十八者背捨師恩十九者不棄捨恩二十者離堅要法二十一者習諸惡友二十二者隨諸陰種二十三者不勤助道二十四者念不善本二十五者所發道意無權方便二十六者不以殷勤咨嗟三寶二十七者憎諸菩薩二十八者所未聞法聞之誹謗二十九者不覺事三十者習持俗典三十一者不肯勸化衆生類三十二者猒於生死又復所以不退不轉以諸菩薩畢竟受持不退轉法故如娑伽羅龍王經中說龍王菩薩摩訶薩畢竟成就八種法故得名爲入不退不轉菩薩之數何等爲八所謂如說修行一者觀察自過不觀他過二者乃至不爲自身命故施惡於人三者若得利養其心不高若失利養心亦不下四者於諸衆生起福田想不生惡心五者所有財物悉與一切衆生共之六者於諸法中不欲獨解令他不知七者見他得樂生歡喜心不由自樂生歡喜心八者於愛不愛其心平等菩薩具此八種法故不退不轉阿耨多羅三藐三菩提

問曰應說不轉相云何不轉相答曰我正欲說而汝復問菩薩成就不轉相者如來處處修多羅中廣說應知如智印三昧修多羅中說言彌勒有五種法名爲菩薩畢竟不轉阿耨多羅三藐三菩提相何等爲五一者於諸衆生起平等心二者於他利養不生嫉心三者乃至自爲身命不說法師比丘諸惡過失四者終不貪著供養恭敬讃歎等事五者畢竟得甚深法智忍彌勒更有五法故得名爲

不轉菩薩何等爲五一者不見自身二者不見他身三者心不分别妄說法界四者不見菩提五者不以相見如來如是等又般若波羅蜜經中廣說不轉之相如彼經說應知

問曰云何得異法菩提心不退轉菩提心因於異佛菩提名不退轉阿耨多羅三藐三菩提心答曰以得決定因故此明何義以初地菩薩成就畢竟因以依此因畢竟證大菩提是故言得不退轉阿耨多羅三藐三菩提言阿耨多羅者謂勝一切有爲法故言三藐三菩提者謂離一切諸不善法煩惱習氣故於一切處無障礙故一切種一切法如實正知故是故言三藐三菩提

問曰應說不退不轉功德云何不退不轉功德答曰不退不轉功德者如來處處經中廣說應知如十地經說諸佛子若有衆生厚集善根故善集諸善行故善集諸功德行故善供養諸佛故善集清白法故善知識善護故善清淨心故入深廣心故畢竟信樂大法故現大慈悲故如是衆生乃能發阿耨多羅三藐三菩提心厚集善根者菩薩從初發心已來能過聲聞辟支佛性是故能與不退不轉菩薩之位以爲種子貪等善根非正種子久修無量諸功德行故言厚集善根故善集諸善行者菩薩正修諸行名修諸善行行修生起名異義一又言行者清淨身口意業正命自活以諸菩薩離損害心爲起成就利益一切諸衆生行一切聲聞辟支佛等不能得渡智慧大海而菩薩能渡故言善集諸善行故善集諸功德者以布施忍辱不放逸等四攝

四家化衆生因諸法種子增長正集故言善集諸功德故善供養諸佛者爲增長他利益因力即是己事正快無量種種供養種種恭敬聞正法等生生供養恭敬諸佛故言善供養諸佛故善集清白法者以諸菩薩無量門集布施等行修諸白法爲取大菩提成就一味心正回向故能成就不退轉法故言善集清白法故善知識善護者唯佛如來爲善知識能護菩薩令發心增長安住不退不轉法中故言善知識善護故善清淨心者以不求自樂專一味心爲他利益長夜不爲自愛等門煩惱所涂故言善清淨心故入深廣心者大乘法中專念廣勝畢竟因成就故言入深廣心故畢竟信樂大法者以起大心不怯弱故不畏世間一切諸苦見求小乘諸衆生等起大悲心欲與一切衆生樂故知一切種智處以方便力令衆生得故言畢竟信樂大法故現大慈悲者以見生死種種諸苦逼惱衆生無舍無洲無有救者爲彼衆生滅諸苦惱行捨大捨極難捨等以方便力入大苦中故現慈悲又言慈者初發心菩薩以少力故但願憐愍一切衆生是故名慈又言悲者如是如是爲於一切衆生修行如是如是於勝法中起上上心是故名悲故言現大慈悲故又不退轉者菩薩摩訶薩有八種法能成不退轉地何等爲八一者大悲二者心安住三者智慧四者方便五者不放逸六者發精進七者善住念八者值善知識初發心菩薩應速修行此八種法如救頭然後方修集菩薩其餘不退轉法依此八法修集其餘不退不轉

一切功德彼不退轉一切功德處處經中廣説應知

問曰但説不退阿耨多羅三藐三菩提便足何故復言不轉以得不退者即是不轉故答曰以得不退因畢竟成就深心故名不退言不轉者依不退深心起餘心行上上勝進故名不轉

問曰若爾不退不轉更無異義云何不轉於不退爲勝答曰言不退者依不損害心根本業道起利益他行證上上勝義故言不轉者修行成故又不退者永斷一切得勝法障身見等煩惱根本盡故言不轉者於修道中斷滅根本無明故又不退者善集具足功德故言不轉者善集具足智慧故又不退者成就方便故言不轉者成就般若故又不退者過聲聞辟支佛地因故言不轉者善集得菩提諸善根故又不退者成就大力故言不轉者成就修行故又不退者具足成就十力因故言不轉者具足成就四無畏因故又不退者依檀等白法爲利益衆生故言不轉者檀等善根爲衆生故回向大菩提常樂利益諸衆生故又不退者以得初地不失菩提心因深心等成就故言不轉者二地已上起心十善業道所攝異十善業道修行檀等數數增長故

問曰勝進法者其義云何答曰以諸菩薩心行增長於先所得白淨法中上上勝進以是義故名勝進法降伏一切諸魔怨敵者以降伏魔降伏怨降伏敵對是故說言降伏一切諸魔怨敵此義云何菩薩降伏煩惱魔故天

魔伺求不得少過故言降伏一切諸魔以得聞思修慧力故利益衆生相違怨等所不能障故言降伏一切諸怨一切外道諸論師等不能折伏故言降伏一切敵對是故說言降伏一切諸魔怨敵又以般若力故斷煩惱魔故言降伏一切諸魔以方便力故能修集善提善根過二乘所證涅槃怨敵是故說言降伏一切諸魔怨敵又復成就深心等法過魔道因故言降伏一切諸魔求一切智地心未斷絶伏所敵對疲倦等法求一切智地心已斷絶伏所敵對疲倦等法故言降伏一切敵對又得菩薩十種自在故能降伏陰等四魔故言降伏一切諸魔以住正定聚過菩薩怨敵聲聞辟支佛地是故名爲降伏怨敵又能善知諸魔業事故言降伏一切諸魔得諸善薩善淨諸業能過一切諸惡道因故言降伏一切怨敵又能善護所治等法諸魔怨敵是故名爲降伏一切諸魔怨敵如經中佛說龍王菩薩摩訶薩成就八法故能降伏諸魔怨敵何等爲八所謂一者知五陰法如幻化故二者離身見等一切煩惱如實知空故三者如實知一切有爲行不生而生諸世間故四者常教化衆生常不捨離菩提心故五者心常堅固修行精進而常怖畏三界故六者入不應入者而常求上智爲衆生故七者常修集功德而信無常相故八者常修集智慧功德而不求聲聞辟支佛智故

問曰應說菩薩行云何菩薩行答曰菩薩行者菩薩深見世間過患涅槃利益發起智慧方便所攝大慈悲心常爲利益衆生修行是

故名爲行菩薩行

如實知一切法自體相者知一切法如彼法相如實知故又自體相名爲相如彼一切法自體相相如是如實知

問曰應如是說知一切法相不應說知一切法自體相答曰爲明可見能見法不二故是故說如實知一切法自體相此義云何爲明諸法自體相不離諸法更有相故

問曰若爾應如是說知諸法體不應說知相

答曰不然若如是說不離向所說過此明何義如諸法相離諸法更有體恐如是取爲護彼過故一種說此明何義即自體相離體更無相自體與相名異義一是故說如實知一切法自體相不如向難所說

問曰何故名爲自體相答曰若如實知一切諸法因緣而有無實體相此明何義以諸菩薩隨順出世間智慧能如實知彼諸法體能如實知諸法體者以見一切有爲諸行依他因緣不常不斷以是義故不著斷常虛妄執著有無不二成就中道如實知見諸有爲行虛妄不實以得清淨心知有爲行虛妄分別故遠離破戒等垢因清淨戒具足乃至未成佛來修集善根與一切衆生樂因令得一切種智

彌勒菩薩所問經論卷第二

音釋

塹 七焰切 坑也

伺 相吏切 察也

彌勒菩薩所問經論卷第三

元魏天竺三藏法師菩提留支譯

問曰何故名他答曰非自命故問曰以何義故自斷命者不得罪報答曰以無可殺殺者故此明何義若有他人是可殺者能殺生人得殺生罪以自殺者無可殺境即更無殺者以無殺者故自斷命不得惡報又過去陰不續殺生等陰是故自殺不得殺罪問曰自殺身者起於殺心斷人命根破壞五陰捨離人趣殺業成就何故不得殺生罪報答曰若爾阿羅漢人應得殺罪此明何義以死相羅漢自害其身斷已命故彼阿羅漢亦應獲得斷命之罪而彼無罪何以故以離瞋心等故是故自殺不得殺罪

又定不定衆生相者定衆生相不定衆生相彼衆生相名爲定不定衆生相又定衆生相者有百千人作心於中定殺某人是名爲定若殺彼人得成殺罪若殺餘人不得殺罪不定者以捨一切故隨殺得罪以彼處不離衆生相故疑者疑心殺生亦得殺罪以彼是衆生既捨衆生其心雖疑以捨慈悲心殺衆生故得殺生罪起捨命方便者此明何義若殺者於彼事中起不善心必欲斷彼衆生命根非慈悲心無護罪心捨衆生心作殺方便是名爲起

又作不作相無作相者作者所作事不作者所不作事彼作事共起雖作業滅而善無記法相續不斷問曰云何不作而名爲業答曰以能與作事作因與作果事作因此明何義處處亦有因中說果果中說因如如來經中

說可見可觸名無作色以作不可見不可觸而作名爲可見可觸以彼不作說名可見可觸如是彼處若身所依身事刀杖等殺生名爲作不作得名身業又如自在人口勑令殺仙人瞋心欲殺衆生受勑使者依自在人口勑而殺信仙夜叉依仙瞋心而殺衆生彼自在人及仙人等作殺生因使人夜叉身業成時彼自在人及以仙人俱得成就不作身業人如受戒人臨受戒時身動口說及受戒時默然而住身口不動師羯磨已彼人成就無作身業此亦如是又如口業事而口不言但動頭眴目奮眉舉手如是等相表前事者亦得成就不作口業又應身作業而身不動口說種種身業方便彼事成時亦得成就不作身業有人言口意亦得成就殺生此殺生業是口意業非是身業雖有此言是義不然何以故若即口說心念之時成殺生者可是口業可是意業此明何義若口與意是殺業體自在人勑殺某衆生仙人心念殺某衆生即勑念時彼命應斷而此事不然以彼使人信仙夜叉身業成時成殺生事若不如是彼自在人口言殺時及彼仙人起瞋心時應即成殺而實不成又復有過彼自在人口勑殺生使人未殺彼自在人得證見道受勑使者後方殺生若口勑殺已成殺者證見道已然後殺生而此義不然以得遠離彼殺生因破戒等惡心是故不以口意二業爲殺生體何以故以業無差別故此明何義以善不善無記等業相各異故以無差別相如是身口意業則無差別而遠近方便身口意等成殺生業

此則不遮

問曰口言殺者爲畢竟成爲不成耶答曰不成何以故以過時等故此明何義以何等時以何等方便以何等處彼人殺時過自在人說時處等殺者得罪教者無罪身業者依身作業名爲自業此明何義依身作業隨身所作名爲身業

問曰無命可殺云何斷命得殺生罪答曰雖無實命斷和合體名爲殺生如斷樹林滅燈炷等若有神我神我是常無殺生義問曰害何等陰名之爲殺爲害過去爲害未來爲害現在若害過去過去已滅若害未來未來未到若害現在剎那不住答曰有人說言住現在世壞未來世和合陰體復有人言壞未來現在此明何義以現在陰中刀仗能到能作害事復有人言五陰自滅非因緣滅復有人言現在陰中唯壞色陰以刀仗等能割能觸餘四陰者不可割觸故復有人言殺害五陰自餘四陰雖不可觸而依色陰住色陰壞故彼亦隨壞如破餅故水乳亦失復有人言唯害無記陰以無記陰中刀仗能觸以無觸陰有其二種一切業有三種如向所說應知

問曰如來修多羅中說有二種業一者起業二者作業此二種業廣說有三謂身口意業此三種業云何差別爲從依說爲從體說爲從起說若從依說即是一業以一切業依止身故若從體說即是一業以一切業唯口業故若從起說即是一業以一切業從心起故答曰依三次第有三種業此明何義由心思惟即是心業依彼心業起身口業以依心故

起身口業如是次第應知彼作無作應知彼身口業差別應知又身業作者依身威儀依止身作彼彼形相是名身作業

問曰以身去來動轉名爲身業不去不來不名爲業答曰若言去來是身業者此事不然何以故一切有爲法刹那不住故刹那不住者隨何處滅不去不來云何而言去來動轉名爲身業問曰此義不然何以故若一切法刹那不住可如是說亦見有法刹那間住非是不住云何而言無去無來答曰此義不然何以故以有爲法畢竟不住此明何義以彼一切有爲諸法無因無緣自然而滅故此復何義以可作法是有因緣而滅法者即是無物若無物者彼法不作以有爲法無因無緣自然滅故若法即生時不滅後亦不應滅若不滅者應是定實若是定實不應變異若如是者不應從彼滅因緣滅問曰我見有法從因緣滅如薪等法從彼火等因緣而滅一切量中現見量勝以是義故一切法滅從於因緣答曰云何知薪等法依於火等因緣而滅我言無因自然而滅此義應思爲因火等薪等法滅故不見耶爲無因緣自然而滅故不見耶此義云何本相續因緣滅餘更不生是故不見非因緣滅如風滅燈手滅鈴聲如是等知是比智知答曰已說非可作事故此明何義若有一法從因緣滅應一切法皆因緣滅不應有法非因緣滅猶如生法一切皆悉從因緣生無有法生不從因緣如心聲焰非因緣滅以彼不待因緣滅故問曰此義不然何以故以後心生前心滅後聲生前聲滅以

彼先法待後法故是故得知從因緣滅答曰此義不然何以故以彼心聲不相待故此明何義以有疑知決定知故二法不俱苦樂貪恚等皆亦如是又以前心聲疾後心聲遲云何不疾心聲而能害彼疾心疾聲是故法滅不從因緣問曰雖燈與焰念念不住以無因住而有滅法及滅非法依彼滅法滅於燈焰是故應依因緣而滅答曰此義不然何以故以無物法云何能作滅因又生因緣法非法刹那不住刹那心刹那心中終不能作生因滅因如是一切有爲諸法不從因滅應知又答若依火等能作薪等滅因如是生因即是滅因此明何義依何等火焰生何等色即彼火焰能作熟勝熟勝滅因以是故即生因是滅因更無異因而此義不如是云何此一法

能令法生能令法滅又異異火焰中如是因差別虛妄分別如因灰汁苦酒雪日地水穀米能生熟異熟異等色彼處云何分別問曰不然何以故以火煎水水由火盡火爲滅因答曰如向解釋云何得知水因火滅非自然滅問曰若爾火何所作答曰火界增上依彼火力水力漸微乃至後時水相續體斷絕不起是火所作非火所滅是故一切有爲之法自然而滅無因緣滅以彼滅法刹那不住是故則滅如是成就諸法刹那不住刹那不住是故此法不彼處去問曰我於餘處猶見此法若法不去云何而得於餘處見於餘處識答曰如草火焰是故不去是故身威儀名身作法此義已成非謂異身別有實法如一方生色名爲長色依彼長色更見餘色名爲短

色依四方故見四方色依圓物故名爲圓色如是長短方圓高下諸色譬如挑火一箱直去不斷不絶相續而見名爲長火周帀四箱不斷不絶名爲圓火隨種種轉見種種火如是離火更無別有實形相法若離火外有形相法應爲二相所伺眼根見長身相觸短以一色入非二根見如觸法長短等如是色中應知觸法唯心非是現根可捉可知如見火色觸中生念知如齅華香色中生念此法應如是依餘法念餘法而無一觸法於威儀中實有依觸法得餘法是故無實身威儀法問曰此義不然何以故若於暗夜遠見土牆等色或長或短比應是實答曰但見色不了虛妄分別長短等色如不異蟻子等見行見圍此亦如是異身威儀更無實法唯身威儀名爲作法不離身外別有作法向說心思惟者心中分別我如是如是作能生身口業名爲心業若身所作名爲身業若口所作名爲口業不異三業別有實法

問曰異身口業實有別法何以故以有三種無垢色增長不作業道等故此明何義以如來修多羅中說色攝三種何者爲三一者有色可見可礙二者有色不可見可礙三者有色不可見不可礙無垢色者謂無漏色何者無垢色無垢色者謂無漏法何者無漏法謂於過去未來現在色中不生瞋愛乃至識中不生瞋愛以是義故名無漏法若如是者離無作法何處有色不可見不可礙是無漏故知應有無作法離身口意業增長者如來修多羅中說有信者善男子善女人修行七種

功德行住睡寤等日夜常生功德增長功德若離身口業更無無作云何異心法而得增長是故當知離身口業有無作法又自不作業使他作業若無無作此云何成又復非但使人作業即得名爲成就業道以彼業未成復更有過雖作業未有實體成就以如來經中說諸比丘外入十一入不攝不可見不可礙而不說非色此爲何義故如是說以如來見法入中攝無作色故如是說又復作難若無無作法亦應無八聖道以定中無正語正業及以正命當知決定有無作法又復有難若無無作法離波羅提木叉亦應無無作戒以受戒竟後即無故以在睡眠及癲狂等諸失心者亦名比丘比丘尼故當知決定有無作法復有修多羅中如來說言離破戒橋梁若無無作法云何說言離破戒橋梁是故當知有無作法答曰此難極繁雖有種種衆多言說而義皆不然何以故汝向雖引如來修多羅中說色三種而汝不解如來經意此義云何一切聖人禪定力見三昧境界色依三昧力而生彼色彼色非是眼根境界故不可見餘一切物所不能障故不可礙問曰若言非是眼根境界不可障礙云何名色答曰汝離心意有無作色云何得名爲無作色又答此色乃是無漏境界聖智三昧色不同世間有漏之色又言無漏色者即是依彼三昧禪定力色名爲無垢聖人於無漏三昧中說無漏法又有人言阿羅漢色及以外色名爲無漏以離有漏法故我不受此義又增長功德者此義云何法如是故如是如是施主施物

數數受用如是如是數數受用者依受用人功德力故雖施主異心而依本心念修相續體細細轉勝以轉勝故於未來世而得成就多福德果依此義故如來說言多生功德增長功德非離心離色有無作法問曰云何異身心依異身心異身心中相續轉細增長福德答曰云何異身心依異身心異身心中有無作法又答而此義不然我依於心身業口業有善惡功德依本心作不失本心有相續體瞋狂睡等常得增長不作者已自不作使他人作云何而得成於業道此明何義以依使者於他衆生起於害法是故使者細相續體轉轉生麤以是義故未來世中能生多過亦復不但使人作惡自作惡者作惡事竟未來世中亦生多過是故於彼未來身體相續轉生名爲業道以於因中明果義故離破戒橋梁者汝今爲有狂瞋病耶而作是說若狂瞋者速覓陳蘇服令除愈不應種種非法言說問曰何故增我有無作法而汝自立從心起於細相續體有增長法答曰我不增汝有無作法而汝所說法無如是義此明何義以依心故身口行事行事訖竟成就業道汝所有法離心身口於佛法中無如是義是尼乾子微塵世性時方等法離心而有無心善惡如是等法智者不受是故不立離於色心身口之外有無作法

遠離偷盜者偷盜有九種一者他護二者彼想三者疑心四者知不隨五者欲奪六者知他物起我心七者作八者不作相九者無作相是等名爲偷盜身業他護者此明取他護

物彼想者若不生自想不言是我物名爲彼
想疑心者若心有疑爲是我物爲是他物而
彼物他物知不隨者知他物生心他隨我想
欲奪者起損害心知他物起我心者若不異
見若闇地取若疾疾取若取餘物若取他物
取自物想作不作相無作相者如前殺生中
說成業道不成業道隨義相應解釋應知
遠離邪淫者邪淫有八種一者護女人二者
彼想三者疑心四者道非道五者不護六者
非道非時七者作八者無作相是等名爲邪
淫身業護女人者所謂父護母護如是等彼
想者若知彼女是父母等所護女想非不護
想疑心者若生疑心爲自女爲他女爲父母
護爲不護爲我女爲他女而彼女人爲父母
護於彼父母所護等女一一邪淫道非道者
道者所有道非道者謂非道彼護女非道非
時者亦名邪淫又非護者自護女不護女彼
非道邪淫又非護女者一切不護女等邪淫
作無作相者如前殺生中說應知不作相者
邪淫中無如是不作法以惡自作成故如病
人服藥因服藥故遠離於病生於無病病者
得差藥師病不差
遠離妄語者妄語有七種一者見等事一者
顛倒非顛倒事三者疑心四者起覆藏想五
者作六者不作相七者無作相是等名爲妄
語口業見等事者謂見聞覺知於顛倒非顛
倒事中又顛倒事者如聞如彼事非顛倒者
謂如彼事疑心者生疑爲如是爲不如是爲
一向如是爲一向不如是起覆藏想者覆藏
實事異相事中住異相說作不作相無作相

者如前殺生中說有人言身相及布薩中默然而住皆有妄語不作相成身意業以爲妄語雖有此言而義不如是何以故以業異相故異相者以身口意業異相故是故口業非身意業體而依本口業世間用事而口業事身業示現名爲不作口業而口業得名若布薩中比丘不說而成口業何以故以依口業立制故以先受是語我於佛法中不作如是法作如是法而彼人先有要心而後時不說默然而住彼人退本要心所受是故得成妄語口業

遠離兩舌者兩舌有七種一者起不善意二者實虛妄三者破壞心四者先破不和合意五者作六者不作相七者無作相是等名爲兩舌口業不善意者不善業煩惱心相應實虛妄者知他他心壞若實若妄語壞他心破他心以先破者無和合心以起惡意起自身不善法是名兩舌作不作相無作相者如前殺生中說有一人言破壞無作業兩舌中無如爲破僧兩舌而說於如來邊不能破壞是則不成破僧惡業如是不破壞不兩舌業

遠離惡口者惡口有七種一者依不善意二者起惱亂心三者依亂心四者惡言說他五者作六者不作相七者無作相是等名爲惡口口業依不善意者口說惡言令他聞者能生苦惱起惱亂心者但起惱亂心不起安隱心若爲安隱心雖惡口說無惱亂罪依亂心者起如是心隨他聞時亂以不亂作惡心說作不作相無作相者如前殺生中說

遠離綺語者綺語有七種一者依不善意二

者無義三者非時四者惡法相應五者作六者不作相七者無作相遍一切惡口是等名爲綺語口業依不善意者依欲界修道煩惱心相應說名爲綺語無義者離實義故非時者語雖有義而非時說亦成綺語又有時說於大衆中爲自在人說亦成綺語惡法相應者謂一切戲語非法歌舞等一切不與善法相應者皆是綺語作不作相無作相者如前殺生中說

貪者爲愛心所纏欲得他人錢財爲愛心貪心之所堅縛求他人自在是名貪相應知瞋者於他衆生起於惡心欲打害等大慈悲心相違是名爲瞋衆生者離非衆生事故他者離自身事故言他衆生瞋者於他衆生起於惡心害者無慈心打者無悲心以欲斷命故又打者以鞭杖土石等能生苦惱皆名爲打慈悲相違者欲斷他命慈心相違打者悲心相違如是等是名瞋相應知

邪見者於施等中見無施等此明何義於施中見無施於與中見無與於捨中見無捨如是等見名爲邪見問曰云何如是名爲邪見又施與捨三句有何差别答曰施者止心施與福田非福田與者亦止心施與福田非福田捨者但止心施與福田又言見無施者見所施不清淨故又言見無與者謗無施主功德故又言見無捨者謗無受者功德故如是不正見皆慳人相以見富人慳惜貧者能捨此人起如是心若實有施者慳人不應富何以故以其先世習慳來久故復生疑心此能施主不應貧窮何以故以其先世習施來久

故彼人雖生如是邪見而義不如是問曰若爾此義云何答曰彼人過去雖久習慳而忽值遇清淨福田於彼田中少行布施是故願得今身富報以習成性慳猶不捨貧能施者此復云何彼人過去於非福田無信心故不至心故爲名稱故爲求事故求尊重故彼人能施以是義故不得富報習施來故今猶能捨無善行惡行者此依自身見常無常起於過相無善惡行業果報者彼人見有行善者受苦行惡者受樂是故彼人生如是心苦樂果報自然而有非從因緣無此世他世者彼人心見即此世滅以不見更生故此人起心言無後世彼人復生是心實無有我若有我者世間則無化生衆生以不觀察十二因緣故復生疑心一切男女爲自樂故而行婬欲不爲生我我依自業於此中生如濕生衆生依濕地生濕地非是衆生父母我亦如是又見羅漢求冷求熱求飲食等便謂世間無阿羅漢何以故以阿羅漢有愛心故彼人自無修行等力是故不能斷諸煩惱便謂世間無阿羅漢

問曰應說離殺生義以何義故得名爲離爲有可殺事故得名爲離爲無可殺事故而名爲離若有可殺事故名爲離者離義不成何以故以作習果成故云何而言離於殺生若無可殺事故名爲離者則無離殺生福如無兎角可以割截則亦無有離割截義又言離殺生者名爲不殺生事不捨攝衆生事答曰以受不殺生法依本受心有力故不作彼殺生惡事以受離殺生法以起善法是故離殺

生不離攝取衆生
問曰爲於可殺衆生邊離殺生爲於不可殺衆生邊離殺生爲於可殺不可殺衆生邊離殺生答曰於可殺不可殺衆生邊離殺生何以故以起惡心不休息故是故名爲離於殺生此明何義若於可殺衆生邊離殺生不可殺衆生邊不離殺生者離義不成此復何義以離可殺衆生邊罪成不可殺衆生邊福以是義故於可殺衆生邊於不可殺衆生邊成離殺生福若不如是不得言離殺生事不成捨殺生事不受殺生事應得離殺生事若不如是不受應是離受應是不離問曰要依現在陰界入邊得離殺生非過去未來答曰若如向問答者不成離殺生義問曰應說離殺生等有幾種離答曰有三種離一者成二者依三者起依者成者殺生惡口依衆生以瞋心成偷盜邪淫依資生以貪心成妄語兩舌綺語依名字以貪心成邪見依色以癡心成起者十不善業道一切皆從貪瞋癡起依貪心故起殺生者貪心殺生或爲皮肉筋骨齒角錢財等故斷衆生命或爲自身爲所愛者一一具足三事依瞋心故起殺生者以瞋心故殺害怨家及殺怨所愛人是名依瞋心故起於殺生依癡心故起殺生者如有人言殺虵蠍等雖殺無罪何以故以生衆生諸苦惱故又有人言若殺麞鹿水牛羊等無有罪報何以故以是衆生業所感故又波羅斯等言殺老父母及重病者則無罪報如是等名依癡心故起於殺生依貪心故起偷盜者以須如是如是物故取如是如是物或爲自身或

爲他身或爲飲食是名依貪心故起於偷盜依瞋心故起偷盜者於瞋人邊及瞋人所愛偷盜彼物是名依瞋心故起於偷盜依癡心故起偷盜者如婆羅門言一切大地諸所有物唯是我有何以故以彼國王先施我故以我無力故爲餘姓奪我受用是故我取即是自物不名偷盜而彼癡人生是心故有是偷盜是名依癡心故起於偷盜依貪心故起邪淫者謂於衆生起貪染心不如實修行是名依貪心故起於邪淫依瞋心故起邪淫者於他守護若自護若他護資生依瞋心故起不如實修行如怨家妻邊及怨所愛人妻邊是名依瞋心故起於邪淫依癡心故起於邪淫者如有人言譬如碓臼熟華熟果飲食河水及道路等女人如是邪淫無罪又如波羅斯等邪淫母等是名依癡心故起於邪淫妄語貪心生者依貪心起瞋心生者依瞋心起癡心生者依癡心起如是兩舌惡口綺語皆亦如是應知貪依貪心起者依貪結生次第二心現前如是名爲依貪心起依瞋結生名爲依瞋心起依癡結生名爲依癡心起如貪瞋與邪見皆亦如是應知

彌勒菩薩所問經論卷第三

音釋

瞤 舒閏切目動也 瘨 多年切狂病也 筋 舉欣切骨絡也 蠍 許竭切毒蟲也

彌勒菩薩所問經論卷第四

元魏天竺三藏法師菩提留支譯

問曰云何於諸世間心不疲倦答曰於見道時離身見等疲倦因故此明何義以諸凡夫取我相故爲生死等種種諸苦之所逼惱於世間中生疲倦心諸菩薩等見法體時皆悉遠離著我相等是故菩薩於諸世間心不疲倦又復所以於諸世間心不疲倦以得遠離五怖畏故此明何義以世間衆生未離不活等五怖畏故於諸世間生疲倦心菩薩離不活等五種怖畏以離我相等故具足修集功德智慧是故菩薩於諸世間心不疲倦又得一味利他心故心不疲倦此明何義以諸菩薩依慈悲心起利他行深心善修猶如大海同一鹹味菩薩亦爾爲利益他一味心故以諸菩薩利益他行即是自利爲利衆生修集諸行是故菩薩於諸世間心不疲倦又以菩薩得安住心故於諸世間心不疲倦此明何義以諸菩薩乃至惡道所謂活地獄黑繩地獄合地獄呌喚地獄多波耶地獄波多波那地獄阿鼻地獄究究羅地獄死屍地獄刀林地獄劒林地獄擘裂地獄安浮陀地獄阿波波地獄阿吒吒地獄憂鉢羅地獄拘勿頭地獄香地獄分陀利地獄波頭摩地獄種種寒熱受諸苦惱及泥犁中畜生餓鬼脩羅人天互相殺害共相食噉牽挽追求或生或退起於我慢嫉妬瞋恨恩愛别離怨憎合會老病死等憂悲苦惱如是種種諸苦惱相見聞不離利益衆生其心一向不退不轉畢竟安住大菩提心是名菩薩於諸世間心不疲倦又

不疲倦者以願堅固故此明何義以諸菩薩依大慈悲等起利益衆生行畢竟得深心根本諸行善知堅固心故隨順諸願作利益行是故菩薩於諸世間心不疲倦

問曰何者名爲菩薩摩訶薩堅固心願答曰有五種法名爲菩薩堅固之願何等爲五一者聲聞乘不能動轉二者辟支佛乘不能動轉三者諸外道論不能動轉四者一切諸魔不能動轉五者不以無因無緣自然動轉是故菩薩於諸世間心不疲倦復有五法於諸世間心不疲倦何等爲五一者若見衰損利益心無憂喜二者所作巳辦如實知道故三者如實知道果故四者自身得寂靜故五者拔諸衆生苦惱心故是故菩薩於諸世間心不疲倦又不疲倦者以得大慈大悲心故此明何義以諸菩薩得大悲心見諸衆生沒溺生等極苦淤泥無明所盲貪愛所縛無所歸依菩薩以得慈悲心力智慧爲首勤行精進拔衆生苦爲諸衆生於世間中受苦惱業是故菩薩於諸世間心不疲倦復有五法知菩薩有大慈悲心何等爲五一者爲與衆生安隱樂故不惜一切資生之物二者不惜自身三者不護惜命四者修一切行不待多時五者怨親等悲是故菩薩於諸世間心不疲倦又不疲倦者能忍一切諸苦惱故此明何義以諸菩薩得依緣力其心勇猛過無數劫能受苦惱以能忍受一切苦惱是故菩薩於諸世間心不疲倦有五種法於諸世間能受苦惱何等爲五一者信諸法無我二者信諸法空三者觀世間法四者觀諸業報五者觀察

諸業已盡爲諸衆生於無量劫而受苦惱又不疲倦者深心常求佛菩提故此明何義以諸菩薩常以深心樂於涅槃求佛菩提以堅固增長爲一切衆生種菩提因緣善根種子行世間行是故菩薩於諸世間心不疲倦復有五法菩薩常求無上菩提何等爲五一者不同餘乘智勝餘乘故二者世間最上首故三者自度身故四者度他人故五者具足一切功德藏故又不疲倦者以爲教化諸衆生故此明何義菩薩長夜爲諸世間可化衆生隨順教化爲斷衆生世間苦惱雖爲種種苦箭所射而於世間心不疲倦又教化衆生者觀衆生心隨諸衆生於五乘法應受化者而授與之何等爲五一者應正遍知乘二者辟支佛乘三者聲聞乘四者天乘五者人乘又

不疲倦者勇健無畏故此明何義以諸菩薩依大智慧力故依勇猛無畏力故雖爲世間苦箭所射而於世間不生疲倦有五種法得知菩薩勇猛無畏何等爲五一者衰損敗壞其心不憂二者成就一切諸利益法其心不喜三者受諸苦惱其心不慼四者得諸勝樂其心不欣五者瞋喜二相不可測知是名菩薩勇健無畏應知又不疲倦者不著身命故此明何義以世間人著身命故常爲生死苦箭所射猒背世間生疲倦心是故菩薩樂作利益諸衆生事如實知身命故棄而不著爲欲利益一切衆生是故菩薩於諸世間心不疲倦菩薩能知五種法故不著自身何等爲五一者知身不從過去世來二者知身不向未來世去三者知身非堅固法四者知身無

實神我五者知身無實我所是故菩薩不著自身菩薩能知五種法故不貪著命何等爲五一者依智慧活不依邪命二者怖畏一切諸不善法三者觀無始世來未曾不死四者等共一切諸衆生有五者不可常保又不疲倦者不著自樂故此明何義以諸衆生著自身樂受種種苦生疲倦心菩薩捨自身樂拔衆生苦是故菩薩於諸世間心不疲倦菩薩如實知五種法不求自樂何等爲五一者知樂如水上泡二者知樂敗壞時苦三者得世間方便以諸菩薩依善知識聽聞正法繫念思惟以爲根本得身及衆生出世方便四者不依他智五者依自智力又不疲倦者現見一切諸白法故此明何義以諸菩薩依丈夫力得果報故以諸白法依丈夫力故無量劫事現見如夢於未來世不依他力依自丈夫力修集諸白法作是思惟一切種智非他能與依自力得是故菩薩知不依他自發精進修集諸行速得阿耨多羅三藐三菩提如佛告阿難唯精進波羅蜜能得大菩提是故菩薩於諸世間心不疲倦又不疲倦者以證自然智故此明何義以諸菩薩過疲倦因是故成就不疲倦心善知一切諸因緣法依法生法次第增長猶如梯隥依般若根本成就精進是故速證阿耨多羅三藐三菩提又不退不轉等諸句餘一切修多羅中廣說應知又復有義言不退者以得成就深心法故又不退者以得成就行心捨心故言不轉者以得成就深心法故降伏一切諸魔怨敵者以得成就善知回向方便心故如實知一切法自

體相者以得成就善知方便故於諸世間心不疲倦者以得成就大慈大悲心故以心不疲倦故不依他智速疾成就阿耨多羅三藐三菩提者以得成就般若波羅蜜故是故佛告彌勒菩薩摩訶薩言菩薩摩訶薩畢竟成就八法不退阿耨多羅三藐三菩提如是等

問曰何故如來唯說八法不多不少答曰此非正問何以故若多若少俱致問故然佛世尊非無因緣說此八法以此八法具足成就菩提因故此明何義成就深心乃至般若波羅蜜畢竟成就此八種法具足菩薩功德智慧速疾成就一切種智以此八法具足成就佛菩提因是故如來唯說八法不多不少又復所以唯說八法以攝菩薩道故此明何義略說菩薩有二種道一者方便差別道二者慧道成就深心乃至方便等諸句示現方便差別道成就般若波羅蜜者示現慧道是故文殊師利問菩提經中聖者文殊師利言諸天子菩薩摩訶薩略道有二以是略道速得阿耨多羅三藐三菩提何等爲二一方便道二智慧道方便道者知攝善法智慧道者如實知諸法智又方便者觀諸衆生智慧者離諸法智又方便者知諸法相應智慧者知諸法不相應智又方便者觀因道智慧者滅因道智又方便者知諸法差別智慧者知諸法無差別智又方便者莊嚴佛土智慧者莊嚴佛土平等無差別智又方便者入衆生諸根行智慧者不見衆生智又方便者得至道場智慧者能證一切佛菩提法智以是義故但說八法不多不少又復所以但說八法以攝

助道斷道故此明何義即彼修多羅中說復次天子諸菩薩摩訶薩復有二種略道諸菩薩摩訶薩以是二道疾得阿耨多羅三藐三菩提何等爲二一者助道二者斷道助道者五波羅蜜斷道者般若波羅蜜又從深心乃至方便以爲助道攝五波羅蜜成就捨心攝檀波羅蜜成就行心攝尸波羅蜜成就深心攝羼提波羅蜜成就善知回向方便心成就善知方便攝毗離耶波羅蜜成就大慈心成就大悲心攝禪波羅蜜成就般若波羅蜜攝斷道如是有礙道無礙道有漏無漏等皆可類解應知又攝有量無量道故如彼經中說復有二種略道何等爲二一者有量道二者無量道有量道者取相分別無量道者不取相分別又從深心乃至方便等七句取相分別攝有量道應知如是成就般若波羅蜜不取相分別攝無量道應知如是四家四攝四無量三十七品諸菩薩摩訶薩一切功德隨義相應八法皆攝應知

問曰應說深心義云何深心義答曰深心義者心實不住非心相應慢使異相五陰相應起業修行增長因果深心因相違涅槃果相違修行善根非心相應行屬陰聚體隨順涅槃果如因聞慧生餘慧等是名深心又深心者心少時住離心相應善根行體依行起行猶如流水次第生法是名深心又深心者依種子生猶如乳等一切白法隨順因緣修行善法是名深心又深心者如久卷物雖暫牽舒放還依本深心亦爾隨本因作法還續如本不可說一不可說異是名深心又深心者

修學白法名爲深心又深心者修行一切諸善根法成就不失不增不減大涅槃法名爲深心

問曰如毗摩羅吉利致所説經説菩薩摩訶薩修無量行有無量心此深心者爲起何行答曰此深心者悉能發起求佛菩提一切諸行是名深心何以故以此深心發生一切菩提因故悉能增長諸功德力譬如尸羅此明何義如持戒人得善根尸羅一切善法無量差别悉名尸羅而身口意三業成就名爲尸羅何以故身口意業與諸善法爲根本故深心亦爾與佛菩提因一切善行以爲根本故是故伽耶山頂經中月淨光德天子問文殊師利言諸菩薩摩訶薩深淨心以何爲本文殊師利答言天子諸菩薩摩訶薩深淨心以阿耨多羅三藐三菩提心爲本以是義故此修多羅中所説深心菩提心爲本如金剛密迹經中説諸菩薩摩訶薩深心功德不誑世間以是故説爲菩提因應知

問曰以何義故得言菩薩成就深心答曰以一切所治法不能動轉故此明何義以種種苦惱不能動轉一切菩薩求菩提心彼時菩薩名爲成就深心應知又諸菩薩他身樂心有力降伏自身樂心故此明何義以彼菩薩自求樂心爲與他樂深心降伏彼時菩薩名爲成就深心應知又成就深心者以至究竟故此明何義以依深心下中上法次第增長乃至畢竟堅固名爲成就深心應知又成就深心者以起難捨能捨心故此明何義若諸菩薩修行檀等難行布施深心發起修行等

心彼時菩薩名爲成就深心應知如聖者無盡意經中說以頭施等難捨能捨名爲成就深心應知又成就深心者以能降伏慳嫉等心故此明何義以諸菩薩得畢竟成就深心能降伏慳嫉等菩提道相違法彼時菩薩名爲成就深心應知如聖者無盡意經中說大德舍利弗諸菩薩深心者降伏嫉妬教化慳嫉衆生故如是等名爲成就深心應知又成就深心者以因果不盡故此明何義以諸菩薩深心因果無盡彼時名爲柔軟菩薩應知因不盡者修行廣大無量無邊故果不盡者一切佛法無量無邊以不斷絕三寶因故又無盡意經中說菩薩深心修行施等以其能捨一切物故是名菩薩成就修行如是等又言大德舍利弗諸佛如來十力四無所畏十八不共法略說乃至一切佛法皆不可盡是故深心亦不可盡以修行果不可盡故故言菩薩成就深心又成就深心者依此經說應知以此經中說彌勒若菩薩摩訶薩聞讃歎佛及毀呰佛其心畢竟於阿耨多羅三藐三菩提堅固不動如是若聞讃歎法僧毀呰法僧亦復如是菩薩如是如實見知十二因緣即知諸佛如來法身於三寶中成堅固心以得無漏智畢竟深心故一切外道諸魔怨敵不能退轉是故菩薩成就深心

問曰以何義故先說深心次說修行答曰以彼修行是證智因故此明何義以修行心能與深心作證因故以起大慈大悲心故此心即是護持佛果應知而彼深心不可得見以依深心故眼耳等識於境界中不能發起損

害等心爲利益他離殺等行示現彼心以是義故說深心後次說修行應知又復示現次第義故此明何義一切諸法應當如是次第生故先說深心後說修行

問曰云何修行義答曰爲利益他起不損害深心身口意業攝自利行及利他行是名修行

問曰云何菩薩成就修行答曰以不共外道聲聞辟支佛故此明何義以諸外道求世間樂修善業道貪著世間樂果報故所修諸行成世間果以其成就世間果故彼不能得成就修行又以聲聞辟支佛等求涅槃樂修善業道離大悲心成就小乘涅槃果故彼聲聞人於菩薩果不得名爲成就修行菩薩過於一切世間見諸世間種種過失乃至不著轉輪聖王樂果報等雖復能證小乘涅槃依大慈悲勇猛心故捨涅槃樂求佛菩提修行十善業爲救一切諸衆生故攝大勝願其心唯以一切種智以爲究竟是故菩薩不同一切外道聲聞辟支佛等修行十善業道是故名爲成就修行

又成就修行者受持增上十善業道故此明何義以菩薩修行過於聲聞辟支佛等十善業道是故名爲成就修行諸菩薩摩訶薩有五種法勝於聲聞十善業道何等爲五一者專心修行故二者常修行故三者爲安隱自身故四者爲安隱他身故五者善清淨故專心修行者畢竟不離一味心故常修行者不斷不絕不休息故爲安隱自身者爲自身取人天安隱及大菩提故爲安隱他身者爲與

一切衆生安隱畢竟回向大菩提故以救過於無數衆生故善清淨者不破故不黠故不汙故無所屬故善究竟故不食故智者讃歎故破者少分修治少分不修治故名爲破是故菩薩具足修治名爲不破黠者自不修行教他修行故名爲黠是故菩薩自身修行教他修行名爲不黠汙者自不修行不教他修見他修行而心隨喜故名爲汙是故菩薩具足修行名爲不汙屬者要依他智而能修行故名爲屬是故菩薩不依他智而能修行名無所屬善究竟者專念畢竟欲心專念畢竟愛心專念畢竟恭敬心專念畢竟信心專念畢竟畏心專念畢竟無常心以是義故名善究竟食者回向於有取有資生故名爲食是故菩薩不取於有名爲不食智者不讃歎者聲聞辟支佛乘中回向世間大乘中回向聲聞辟支佛乘故名智者所不讃歎是故菩薩聲聞辟支佛乘中不回向世間大乘中不回向聲聞辟支佛乘是故名爲智者讃歎

又成就修行者出過一切諸世間故此明何義以諸菩薩修行十善業道勝諸世間是故名爲成就修行應知菩薩有五種法修行十善業道能過一切世間何等爲五一者願二者安隱三者深心四者善清淨五者方便願者菩薩摩訶薩凡所發願一切凡夫聲聞辟支佛無如是願是故菩薩依願修行十善業道則能出過一切世間如摩訶衍修多羅中無垢德女所說經言尊者目連諸菩薩摩訶薩從初發心乃至道場常爲一切世間天人而作福田勝諸聲聞辟支佛故安隱者以諸

菩薩雖爲一切世間極深重苦之所逼惱不能回轉取阿耨多羅三藐三菩提心爲阿耨多羅三藐三菩提故專心修行十善業道是故菩薩依安隱心修行十善業道則能出過一切世間深心者以最勝修行故以諸菩薩最深愛心修行十善業道是故菩薩依深心故修行十善業道則能出過一切世間清淨者除二地已上清淨菩薩何以故以諸菩薩摩訶薩等有三種清淨修行十善業道是故菩薩依清淨修行十善業道則能出過一切世間方便者菩薩於何等法中以何等方便修行十善業道餘世間衆生無如是方便是故菩薩依方便力修行十善業道則能出過一切世間

又成就修行者以時等無量故此明何義以諸菩薩於無量世修行十善業道無量行等是故菩薩成就修行又諸菩薩得五種法故修行無量十善業道何等爲五一者無量世二者無量善法三者無量觀四者無量盡五者無量回向無量世者以諸菩薩過無量世修行十善業道是故菩薩於無量時修行十善業道無量善法者以諸菩薩修行無量善法以彼善法無量是故菩薩起無量善業道修行如如來清淨毗尼大乘修多羅中說迦葉如四大海滿中生酥一切衆生之所受用菩薩摩訶薩修集一切有爲善根亦復如是以諸菩薩回向取彼無漏智故能與一切衆生受用無量觀者以爲無量衆生觀故以諸菩薩非爲有量衆生修行十善業道不作是念我爲若干衆生修集善根不爲若干衆生

修集善根以諸菩薩觀一切衆生修集善根是故菩薩善業無量無盡者如如來清淨毗尼修多羅中説諸天子譬如長者財富無量是大捨者行大慈者行大悲者大商主者憐愍一切諸衆生故而修行者不退心者起如是心我能與彼一切衆生無量無邊安隱之樂諸天子菩薩摩訶薩亦復如是以住深心爲諸衆生住安隱心起大精進心作是思惟我當教化無量無邊苦惱衆生皆悉安置涅槃樂中是故菩薩修行無盡無量回向者如初地中起無量願行十盡句等菩薩以彼十盡無量修行善業道亦復無量以依先回向無量故菩薩摩訶薩修行一切善業道果亦復無量是名無量回向

又成就修行者以眞實故此明何義以諸菩薩摩訶薩眞實希有修行十善業道是故菩薩成就修行菩薩有五種法成就希有何等爲五一者起大勇猛心二者精進三者堅固四者慧五者果起大勇猛心者發心能取阿耨多羅三藐三菩提假使有人若以指鉗或一指節能舉三千大千世界無量劫住此事非難發心能取阿耨多羅三藐三菩提是事爲難是故菩薩修行善業道成就希有精進者菩薩作是思惟衆生能發大勇猛心無量無邊勤精進者少不足言若能精進求菩提者是最希有是故菩薩若欲求於第一希有無量功德依大精進修善業道是故菩薩修行善業道成就希有堅固者以諸菩薩發大精進修行善業道住第一希有堅固力中故能進趣究竟精進是故菩薩修行善業道成

就希有慧者菩薩作是思惟勇猛精進堅固等法皆依般若根本而有是故般若希有之法何以故以依般若得有勇猛精進堅固是故菩薩作是思惟依於般若希有之法修行善業道是故菩薩成就般若果者以依修行善業道等故能生果證得無量無邊一切佛法是故成就希有之法

又成就修行者方便攝取故此明何義以諸菩薩依方便力攝取修行善業道故不同聲聞辟支佛等是故菩薩成就修行菩薩有五種法攝取方便應知何等爲五一者時處智二者回轉入智三者合智四者得意智五者次第智時處智者以何等時應說如是法以何等處應說如是法隨何等時應如是化衆生隨何等處應如是化衆生彼一切如實知以依如是時處智如是如是教化衆生是名時處智回轉入智者菩薩如實知諸衆生於外道法中應如是回轉如實知於佛法中應如是入如實知如是回轉如實知置安樂中如實知如是置佛法中不復回轉取外道法彼處非十二因緣觀是回轉觀是名回轉入智合智者隨諸衆生以何等何等門相合善知彼彼門依彼彼門合彼彼衆生如信如力如分教化是名合智得意智者知衆生意知衆生信知衆生求如是知菩薩入彼修行入信入求入於言語隨順彼故起可化事如是起不回轉是名得意智次第智者知衆生業次第覺展轉覺所謂聲聞乘中說布施持戒人天果報說諸欲過說在家染過說出家利益又說苦集滅道次說須陀洹斯陀含

阿那含阿羅漢果次說不可壞解脫次說無礙於辟支佛乘中說貯積過散用利益說在家過出家利益說戲論過靜默利益說聚落過阿蘭若利益說多欲不知足過少欲知足利益說護諸根門於食知量初夜後夜精勤修行說觀中念想過樂空閑處說戒重三昧重般若重不被譏訶讚歎自利益讚歎深法非他知如是等於大乘中次第憂波提舍布施持戒忍辱精進禪定智慧次說實捨滅慧是名次第智

又成就修行者發菩提心十句願十句盡十句遠離退轉法修行不退轉法讚歎堅固精進讚歎堅固心讚歎安住智是名菩薩成就修行

又成就修行者讚歎住地法讚歎一向畢竟地法說深退地法讚歎清淨地法讚歎能進趣地法讚歎住地中間可得法說地退法讚歎地果法讚歎地習氣果法是名菩薩成就修行

又成就修行者說諸地所謂歡喜地離垢地明地炎地難勝地現前地遠行地不動地善慧地法雲地是名菩薩成就修行

又成就修行者以諸菩薩深心攝取勝妙法故此明何義菩薩深心攝取妙法爲不斷絕三寶爲教化衆生行菩提行爲一切種智修善業道是故菩薩成就修行善業道菩薩有五種法攝取妙法何等爲五一者爲欲報諸佛恩二者爲自身故令妙法常住三者供養諸佛四者爲欲利益無量衆生五者難得妙法故彼法復有五種法故名爲攝取妙法何

等爲五一者自如實修行二者教他如實修行三者降伏諸魔惡剌四者捨黑阿波提舍五者攝取大阿波提舍諸比丘是名菩薩成就修行

又成就修行者以所作業無可譏訶故此明何義以諸菩薩一切所作住持修行善業道等皆不可譏訶是名菩薩成就修行有五種法諸業成就不可譏訶何等爲五一者有所爲作一切能成二者能得大果三者不違善法四者隨順清淨法五者德稱名聞是名菩薩成就修行

又成就修行者以起一切種修行清淨故此明何義以諸菩薩起一切種清淨十善業道是名菩薩成就修行如十地修多羅中說是菩薩復深思惟行十不善業道集因緣故則墮地獄畜生餓鬼行十善業道集因緣故則生人中乃至生有頂處又是上十善業道與智慧觀和合修行其心狹劣故心猒畏三界故遠離大悲故從他聞聲而通達故聞聲意解成聲聞乘又是上十善清淨業道不從他聞故自正覺故不能具足大悲方便故而能通達深因緣法成辟支佛乘又是上上十善業道清淨具足其心廣大無量故爲諸衆生起悲愍故方便所攝故善起大願故不捨一切衆生故觀佛智廣大故菩薩地清淨波羅蜜清淨入深廣行成又是上上十善業道一切種清淨十力力故集一切佛法令成就故是故我應等行十善業道修行一切種令清淨具足故是名菩薩成就修行

又成就修行者以爲利益一切衆生修行十

善業道故此明何義以諸菩薩不著自樂修行十善業道爲利益衆生見我能利益衆生以慈悲心非直自利能自利已復能令他住十善業道是故菩薩成就修行以是義故十地修多羅中說是故我當先住善法亦令他人住於善法是故成就修行又如十地修多羅中說是菩薩復於一切衆生中生安隱心柔輭心慈悲心憐愍心利益心守護心我心平等心師心生尊心又菩薩復作此念是諸衆生隨於邪見惡意惡心行惡道稠林我應令彼衆生行眞實道住正見道如實法中如是等是故名爲成就修行

又成就修行者修行善業道畢竟無盡故此明何義以諸菩薩爲不斷絕三寶修行不斷絕常修行善業道無盡是故名爲成就修行如無盡意修多羅中說大德舍利弗諸菩薩摩訶薩尸波羅蜜無盡以常修行故何以故凡夫戒者在所受生是故有盡人中十善盡故有盡欲界諸天福報功德盡故有盡色界諸天以禪無量盡故有盡無色界天取入諸定盡故有盡外道仙人所有諸戒退失神通盡故有盡一切聲聞學無學戒入涅槃際盡故有盡辟支佛戒無大悲心盡故有盡舍利弗菩薩淨戒皆無有盡何以故於是戒中出一切戒如種無盡果亦無盡是菩提種不可盡故如來戒禁亦無有盡

又成就修行者遠離身見煩惱垢故此明何義以諸菩薩十善業道離我見等垢彼時名爲清淨業道是故菩薩成就修行即彼修多羅中說清淨戒者所謂不著我相戲論如是

等是故名為成就修行
又成就修行者以成就一切種清淨故此明何義以諸菩薩修行善業道一切種一切眷屬清淨彼時菩薩名善業道成就修行應知如彼修多羅中說無盡意言唯舍利弗菩薩戒衆六十六事清淨修治亦不可盡何等名為六十六事一者於他衆生不起惱害二者於他財物不生竊盜三者於他婦女終不邪視四者於諸衆生無有欺誑五者初不兩舌於自眷屬知止足故六者無有惡口忍麤獷故七者無有綺語常善說故八者於他樂事不貪嫉故九者初無瞋恚忍惡言故十者正見不邪賤餘道故十一者深信於佛心不濁故十二者信順於法善法法故十三者信敬於僧尊重聖衆故十四者五體投地志念佛故十五者五體投地思惟法故十六者五體投地宗敬僧故十七者堅持禁戒一切無犯乃至小禁不放捨故十八者持不缺戒不依餘乘故十九者持不穿戒離惡處生故二十者持不荒戒不雜諸結故二十一者持不汙戒專長白法故二十二者持是深戒隨意回向得自在故二十三者持讚歎戒智者不訶故二十四者持淳善戒正念知故二十五者持不訶戒一切戒不散故二十六者持善堅戒防護諸根故二十七者持名聞戒諸佛所念故二十八者持知足戒無不猒故二十九者持少欲戒斷貪惜故三十者持性淨戒身心寂滅故三十一者持阿蘭若戒離憒閙故三十二者持聖種戒不求他意故三十三者持威儀戒一切善根得自在故三十四者持

如說戒人無不歡喜故三十五者持慈心戒護衆生故三十六者持悲心戒能忍諸苦故三十七者持喜心戒不懈怠故三十八者持捨心戒離愛恚故三十九者持自省戒心善分別故四十者持不求短鈌戒護他心故四十一者持善攝戒善守護故四十二者持慧施戒教化衆生故四十三者持忍辱戒心無恚礙故四十四者持精進戒不退還故四十五者持禪定戒長諸禪枝故四十六者持智慧戒多聞善根無猒足故四十七者持多聞戒博學堅牢故四十八者持親近善知識戒助成菩提故四十九者持遠離惡知識戒捨遠離惡道故五十者持不惜身戒觀無常相故五十一者持不惜命戒勤行善根故五十二者持不悔戒心清淨故五十三者持不邪命戒心行清淨故五十四者持不焦戒畢竟清淨故五十五者持不燒戒修善行業故五十六者持無慢戒心下不憍故五十七者持不淫戒遠離諸欲故五十八者持不高戒心平直故五十九者持柔和戒心無抵突故六十者持調伏戒無惱害故六十一者持寂滅戒心無垢穢故六十二者持順語戒如說行故六十三者持化衆生戒不離攝法故六十四者持護正法戒不違如實故六十五者持如頌成就戒於諸衆生心平等故六十六者持親近佛戒入佛三昧具足一切諸佛法故是故名爲成就修行

又成就修行者以成不共果故此明何義以諸菩薩成就修行十善業道攝取菩提心以是義故得菩提時成不共果是故名爲成就

修行應知如聖者娑伽羅龍王經中說龍王離殺生人得十種清淨法遠離殺生一切善根回向阿耨多羅三藐三菩提彼人得菩提時心自在故壽命無量如是等

問曰應說業道義云何業道義答曰次說云何說以造作故名爲業相即業名道能趣地獄故名業道又身口七業即自體相名爲業道餘三者意相應心又即彼業能作道故名業道此明何義唯心是業彼心七業共起名道餘三共相應名爲業道

問曰若即業名道皆悉能趣地獄等者何故餘三非是業道答曰如彼七業此三能作彼根本故以相應故不能如彼業故不名業道

問曰一切美味飲酒食肉捲手摑打一切戲笑如是等惡行一切禮拜供養恭敬遠離飲酒等如是等善行何故不說以爲業道答曰遠離飲酒等唯是心業能起七業非身口業是故非業道若作與心相應亦是業道

問曰若即彼業能作道名爲業道如是相解業道者一切法於心皆應名業道若爾何故但說十種業道不說無量業道答曰以勝重故此明何義以諸惡行及善行中十善道重餘非重故不說無量

問曰此義不然何以故以業不定故此明何義或有近遠方便爲重正業爲輕是故不應但說十業以爲業道不說無量答曰不然何以故十業多重近遠方便多輕又世間衆生多畏十業不畏近遠方便又十業道能作深重逼惱餘者不能是故汝說業不定者是義已答又汝向言一切法於心皆應名業道者

此義不然何以故七業一向極重意三亦輕亦重飲酒等不爾以是義故但說彼十名爲業道不說餘者名爲業道

問曰遠離殺生者殺生等相應說答曰殺生有八種一者故心二者他三者定不定衆生相四者疑心五者起捨命方便六者作七者不作相八者無作相是等名爲殺生身業身口意業名爲殺生故心者

問曰有人言不作心殺成殺生罪譬如觸火此明何義如火能燒若故心觸不故心觸皆能燒人殺生亦爾若故心殺不故心殺悉皆應得殺生罪報答曰不然何以故若無心殺得罪報者則阿羅漢不得涅槃此明何義以阿羅漢斷世間因有不作心而殺衆生如是亦應還生世間而實不然以是義故不故心殺不得罪報又言如火者此義不然何以故以惡業中無惡心隔故此明何義猶如彼火薪炭等隔觸而不燒如是彼惡業中無惡心隔雖復殺生不能與報是故火喻義不相應

問曰云何死者受苦而殺生者不得罪報答曰以心不壞故又此義不然何以故離逼惱衆生有罪離利益衆生有福如斷善根慈悲無諍滅盡定等得罪得福

彌勒菩薩所問經論卷第四

音釋

擘博厄切分也　噉徒濫切食也　淤依據切澱也　隥丁鄧切梯也　輭乳兗切柔也　貯掌與切積也　獷古猛切惡也　憒閙憒古對切亂也閙奴教切不靜也　捲手捲逵員切與拳同　摑古獲切批打也

彌勒菩薩所問經論卷第五

元魏天竺三藏法師菩提留支譯

問曰何故不說作不作相無作相決定何業中有何業中無答曰唯除邪淫餘六業道中悉皆不定此義云何若自作者成就作業及無作業若使他作唯有不作不得有作於邪淫中決定有作不得有不作何以故以此邪淫畢竟自作無使他作是故經言頗有非身作業而得成就殺生罪不答言有口使人作成就殺罪又問頗有非口業作而得成就妄語罪不答言有以身業作成就口業妄語之罪又問頗有非身業作非口業作而得成就身口業不答言有以依仙人瞋心故以唯欲界色身善業道中畢竟有作及以無作禪無漏戒無無作戒何以故以依心故中間禪不定若深厚心畢竟恭敬心作身口業成就作業及無作業若深厚結使心起身口業亦成就作業及無作業若非深厚心非畢竟恭敬心造身口業唯有作業無無作業若非深厚結使心發身口業亦唯有作業無無作業而方便作業心還悔者唯有作業無無作業問曰於業道中何者是前眷屬何者是後眷屬答曰若起殺生方便如屠兒捉羊或以物買將詣屠所始下一刀或二三刀羊命未斷所有惡業名前眷屬隨下何刀斷其命根即彼念時所有作業及無作業是等皆名根本業道次後所作身行行業是名殺生後眷屬業乃至綺語皆亦如是應知自餘貪瞋邪見等中無前眷屬以初起心即時成就根本業道故又身口意十不善業道一切皆有前後眷

屬此義云何如人起心欲斷此衆生命因復更斷餘衆生命如欲祭天殺害衆生即奪他物欲殺彼人復淫其妻生如是心還使彼妻自殺夫主復以種種鬬亂言說破彼親屬無時非實於彼物中生於貪心即於彼人復生瞋心爲殺彼人故生如是邪見增長邪見以斷彼命復欲殺其妻男女等如是次第具足十種不善業道如是等業名前眷屬一切十不善業道皆亦如是應知又離善業道非方便修行善業道是方便以遠離根本故及遠離方便故言方便者如彼沙彌欲受大戒將詣戒場禮衆僧足即請和尚受持三衣始作一白作第二白如是悉皆名前眷屬從第三白至羯磨竟所起作業及彼念時起無作業是等皆名根本業道次說四依乃至不捨所受善行身口作業及無作業如是悉皆名後眷屬問曰應說不善業道於五道中何道具足何道不具足何道中多何道中少答曰地獄有五不善業道兩舌綺語貪瞋邪見此義云何不殺害他故無殺生無他護心是故無盜無護女人故無邪淫以無正心故無妄語以常無有正念相故無破壞心故無惡口以常破壞故依苦惱逼故有兩舌有非時說故有綺語貪瞋邪見以畢竟有故名爲有非是現有以是義故一處說有一處說無如北鬱單越無前六種有後四種以命定故無有殺生以無守護故無偷盜無護女人故無邪淫彼人欲受淫欲樂時即捉女人將至樹下若樹曲枝覆彼人者則行淫欲受淫欲樂若樹不覆彼人慚愧即放而去非誑他心故無妄

語以常定心故無兩舌常柔輭語故無惡口以有歌儛故有綺語餘意業者以畢竟有非是現有又除鬱鬱單越餘三天下受十業道北鬱單越亦離不善業道畜生餓鬼欲界天中亦離受十業道欲界中天離無受戒不善業道雖天不殺天而天亦殺餘道衆生又有人言天中亦有截手足等即時還生若斷其頭若中間斷絶即死不生亦有殺他盜他物等不善業道色無色天中無不善業道

問曰不善業道於諸道中各有幾種答曰地獄北鬱單越無貪無瞋亦無邪見以畢竟有非是現有餘三天下及欲界天離受法有受法界欲界天有善無漏受法應知畜生餓鬼亦無受法色界天中有受法現前受善法攝取故又彼處所有聖人生者有依無漏善業道無色界中唯有心業道以成就業非是現有色界天中雖復成就非是現有彼處所有聖人生者一切現有以依無漏持戒力故

問曰應說十不善業道果及隨順因答曰有三種果一果報果二習氣果三增上果一一業道皆有三種此義云何具足十不善業道下中上生地獄中是名果報果習氣果者從地獄退生於人中依殺生故有斷命果依偷盜故無資生果依邪淫故不能護妻依妄語故有他謗果依兩舌故眷屬破壞依惡口故不聞好聲依綺語故為人不信依本貪故貪心增上依本瞋故瞋心增上依邪見故癡心增上如是一切名習氣果增上果者依彼十種不善業道一切外物無有氣勢所謂土地高下雀鼠雹棘塵土臭氣多有蛇蝎少穀細

穀少果細果及以苦果如是一切名增上果復有相似果殺者故與所害衆生種種諸苦因彼苦故生地獄中受種種苦以斷他命後生人中得短命報斷他煖觸是故一切外物資生無有氣量如是一切十業道中隨義相應解釋應知劫奪他物邪淫他妻雖不生他重逼惱苦而破壞心是故受罪雖不破壞不瞋不惡口而由惡心是故得罪

問曰故心起作一切惡行爲決定成就不善惡業決定受彼惡道苦果爲不決定成就惡業不決定受惡道苦果若諸惡業決定受者惡道罪業不可得過此明何義以畢竟成就惡道罪業墮惡道等除五逆業從無始世界所習作業取惡道罪畢竟定者一切惡道不可得過又空修梵行又與修多羅相違如如來修多羅中說有人修習不善業道所得罪報應地獄受彼人即於現身中受如是等若彼五逆罪等果報畢竟在於地獄中受何故說言惡道罪業可得回轉云何而言惡道等罪現身中受又復有過若地獄等惡道罪業現身中受若如是者因果雜亂何以故以時果輕重悉不定故答曰有人言現身中受地獄罪者此人見實諦故於現身中受少罪果而此義不然何以故以業無自在故此明何義一切所作罪業福業無自在力而隨何等因緣和合依彼因緣應現身中受果罪業後身中受應後身受果報罪業現在身受而有勝義若業應受樂果報者則受樂果應受苦果則受苦果是以依不定業故如是說又依不定相似業故作如是說亦非依定果何以

故以無得解脱果故以阿羅漢受波羅提木叉戒禪定戒無漏戒業乃至命未盡來常有不斷波羅提木叉戒等若有果報則不得解脱是故現受不定業果問曰若如是者諸業不定亦與修多羅相違何以故以如來修多羅中說故作習業不受果報無有是處而彼習業若現身中若後身中畢竟定受答曰此義不然何以故以諸因緣未和合故未受果報此義云何習作諸業雖實能受現身果報而現不受何以故以諸因緣未和合故猶如種子此明何義猶如種子依於地等因緣和合能生芽等此亦如是依於識住因緣和合業不淨識種子能生名色芽等此明何義若依如實修行隨順如實般若如實知有爲行斷諸煩惱時依聖道力故修集諸功德能生善根芽彼時雖有受後生業以其無有煩惱伴侶是故不能受後生果以斷煩惱故雖復不受後身果報而猶依彼不善業道於現身中少受習果故不畢竟惡道中受如修多羅中如來說言應如是受應如是受者此明何義雖少受喜樂雖少受憂惱而善不善業即時受盡乃至少受頭痛等苦此受少罪彼相似果向言修多羅相違者此義不然何以故以依不定果報依未治所治業修多羅中作如是說若畢竟定心作業不受果報無有是處此明何義阿羅漢人斷生後報罪福等業於現身中受報因緣不復和合若如是者彼阿羅漢依此業道可不入涅槃以是義故知汝不解如來所說修多羅意

問曰應說清淨不清淨戒云何清淨戒云何

不清淨戒答曰有同戒清淨聲聞辟支佛菩薩同修五種清淨戒法應知何等爲五一者根本清淨二者眷屬清淨三者覺觀不亂四者攝取念五者回向涅槃根本清淨者遠離根本業道罪故眷屬清淨者遠離殺生等方便行故覺觀不亂者遠離欲害瞋恚等覺所有惡行故攝取念者攝取念佛念法念僧等諸念故回向涅槃者爲涅槃護戒不爲世間資生故此是少分同戒諸菩薩摩訶薩勝戒者依初發菩提不損害心所起戒聚乃至八地無量時修一切戒聚以利益他心回向薩婆若智離一切習氣得大涅槃是故諸菩薩摩訶薩一切戒善清淨應知自餘依師教持戒等皆不清淨

問曰持戒有幾種答曰略說則有一種持戒依不損害心不顛倒心起身口業又有二種一者受戒二者法戒又有三種謂學無學非學非無學又有四種一者受波羅提木叉戒二者禪定戒三者無漏戒四者遠離煩惱戒波羅提木叉戒者所謂受世教戒如七衆所受戒禪定戒者謂有漏所轉戒無漏所轉戒無漏戒者謂學無學戒遠離煩惱戒者所謂依猒欲事中間道所轉彼戒破戒及彼能起破戒因緣煩惱對治又言有漏者依禪定戒說言無漏者依無漏受戒說又有五種欲界色界無色界作不作無漏不作復有六種不貪等作戒三種差別無作三種差別復有七種謂離殺生乃至綺語即此七種依作無作差別有十四種即此七種依不貪等起有二十一種即此七種依作無作差別有四十種

依刹那展轉差別有無量種

問曰何者是戒果答曰有漏定戒無漏定戒彼屬界依屬界即如相應果應知無漏戒者以離煩惱有二種果諸菩薩摩訶薩爲薩婆若持戒取佛菩提果離殺生等十善業道勝果諸修多羅中如來廣說如彼一切修多羅中應知如娑伽羅龍王所問經中如來說言龍王離殺善男子善女人獲得十種離煩惱熱清涼之法何等爲十所謂一者施與一切衆生無畏二者安住大慈念中三者斷諸煩惱過患習氣四者取無病果五者種長壽種子六者諸非人等常所守護七者睡寤安隱八者不見惡夢離怨恨心九者不畏一切外道十者形生天中是名十種離煩惱熱清淨之法龍王若不殺善根回向阿耨多羅三藐三菩提者彼人得菩提時心得自在是故壽命無量乃至正見道中皆應廣說如一切修多羅中應知

成就捨心者問曰以何義故說持戒後次說成就捨心答曰以見作他利益力故此明何義以菩薩持戒依持戒故得生善道雖成就捨心而無具足資生若爾不能作他利益又復不能成就諸餘一切功德何以故爲他利益攝取世間而彼菩薩利益他時離捨財物不能成就以是義故依他利益說持戒後次說成就捨心又復有義持戒捨心迭共相依互爲利益以彼持戒能益捨心捨心亦能利益持戒以是義故次持戒後說成就捨心又離持戒故生惡道中捨心不能受持果報如相應果則不得能具足現前而持戒人生善

道中捨心則能受於果報如相應果具足現前以是義故持戒持捨能作利益捨心亦能利益持戒以持戒人生善道處無資生故則爲貧窮苦惱所逼雖生善道即名惡道成就捨心生善道處於自利及他利因是故施能利益持戒又以修行次第義故此明何義菩薩爲欲利益衆生修行義故如是次第欲自取勘等口言功德先住持戒次後依於不損害心起大慈悲心爲他作利益法施資生施如彼衆生可化攝取又施等法能莊嚴戒故此明何義菩薩摩訶薩以施等法莊嚴持戒故能成就種種勝果如如來娑伽羅龍王所問經中說龍王菩薩摩訶薩離殺生故能起布施則得成就大富資生不可破壞得長壽命行菩薩行過諸世間所惱惡事如是等龍王十善業道亦復如是布施莊嚴十善業道成就大利益持戒莊嚴十善業道成就一切佛法願忍辱莊嚴十善業道成就三十二相八十種好佛妙音聲精進莊嚴十善業道成就佛法降伏一切諸魔怨敵思惟莊嚴十善業道成就聞慧思慧修慧堅固清淨般若莊嚴十善業道成就離諸邪見慈心莊嚴十善業道成就不害一切衆生心悲心莊嚴十善業道成就不捨一切衆生心喜心莊嚴十善業道成就修行佛法不怯弱心捨心莊嚴十善業道成就遠離愛心憎心四攝莊嚴十善業道成就教化一切衆生心

問曰捨義云何答曰對治貪著五陰及以資生起慈悲心爲攝受彼利益他行不著因果等法住持修行名爲捨義

問曰應説捨成就義云何菩薩捨成就答曰菩薩遠離自取樂行名捨成就此義云何又外道人求自取樂行於布施彼外道人爲自身捨雖廣行施而爲愛境界心之所纏故果報微薄又聲聞辟支佛人雖不求世間樂果報事而心畢竟取於涅槃捨利衆生但取涅槃樂是故施等業道功德雖少爲他而畢竟自爲畢竟專念成就自身利益果報又菩薩摩訶薩出過一切世間大士爲利益他發起堅固大力之心起大悲柔軟所施最勝畢竟成就又成就捨者有六種因何等爲六一者捨自身樂二者觀無衆生三者求無量佛法四者攝取無量世住五者修集無量種種善根六者不斷三寶以能成就無量果報是名菩薩捨成就義應知又爲他利益一味心故此明何義世間衆生多爲自身棄捨利益一切衆生爲求自樂爲現受報爲未來果施與他物若諸菩薩摩訶薩等爲利益他專心一味見諸衆生貧無資財般若等法以是義故不著因果依法施財施於現在世及未來世能與衆生大利益事是故菩薩摩訶薩捨成就又復以捨隨順義故此明何義布施等事隨順攝取衆生行故則能攝取一切衆生作大利益事雖爲利益他事而外道聲聞辟支佛等棄捨利益一切衆生唯爲成就自身利益菩薩摩訶薩依大慈悲心起樂利益他衆生行如菩薩所求如是成就以是義故名捨成就又以依於取佛菩提起心義故此明何義以菩薩摩訶薩爲與一切衆生樂故自求佛菩提起於捨心見諸衆生墮墜惡趣我於

現在及未來世令諸衆生離苦惱事是故菩薩其心日夜轉轉爲欲利益衆生名捨成就又以能攝取種種果故此明何義以諸菩薩爲欲利益一切衆生種種布施於現在世及未來世爲欲攝取一切衆生取種種果是名菩薩捨成就如無盡意修多羅中說求飲食者施與飲食爲命爲樂爲辯爲色及以爲力如是等皆悉施與又爲遠離邪命自活求資生故此明何義以諸菩薩布施波羅蜜相違之法貪求資生邪命自活等皆悉遠離如無盡意修多羅中說菩薩摩訶薩無顛倒邪命追求資生等布施

問曰應說清淨不清淨捨云何清淨云何不清淨答曰菩薩摩訶薩依自心清淨布施清淨如如來修多羅中說有四種清淨布施何等爲四謂有布施從施主清淨非是受者如是等於彼四種清淨施中所謂施主清淨非是受者是名菩薩摩訶薩清淨施又從施者受者清淨亦名菩薩清淨之施何以故以諸菩薩施與他物不求果報即能施與一切衆生又求布施果報者彼人於受者邊求清淨而菩薩離果報故一切時自身心清淨以心清淨故施清淨又以遠離忽然施等此明何義以如來修多羅中說有九種施一者值施二者畏懼施三者報恩施四者求恩施五者學父母施六者爲生天施七者爲名稱施八者爲莊嚴心施九者眷屬法施爲修行功德爲得上義施值布施者謂得值福田求多果報故又值施者謂近眷屬名值布施畏懼施者見一切物無常敗壞寧用布施故報恩施

者謂報恩相施彼先施我我應還施求報恩施者謂求後時報恩故施學父母施者謂著過去修行起如是心我父母精進常行布施我亦如是行於布施故爲生天施者謂求天中五欲境界故爲名稱施者爲令四方沙門婆羅門等知而施故如是七種施爲智者所呵以不清淨故又聲聞辟支佛人離世間樂求涅槃樂如是布施亦非清淨又菩薩摩訶薩不著自樂唯求諸佛菩提心施於諸施中最勝清淨是名菩薩施清淨又以如實知有爲行體故此明何義以諸凡夫取著虛妄戲論我相心顛倒故唯求五欲樂境界事以離慧眼以爲愛等諸煩惱垢之所染汙捨不清淨菩薩摩訶薩如實知見有爲行體虛妄不實是故遠離我見等相及能遠離五怖畏故無有内外可施之物不能捨者以爲求他利益所縛及能遠離自求樂等垢汙之法以是義故名捨清淨又以空觀觀所起故此明何義以諸菩薩空觀等觀觀施等法以是義故名捨清淨如無盡意修多羅中如來說言以觀空觀觀起布施以是義故施不可盡如是等問曰應說布施差别之相答曰略說則有一種布施謂不貪心相應心施復有二種一見受者二不見受者不見受者如置物火中及恒河中又見施主者有施有布施彼亦有二種謂染不染染者謂家法飲食及淫女人莊嚴具施是名染施不染施者謂施貧窮孤獨人等是不染施復有二種施謂法施資生施法施者謂離供養恭敬等心於法中法想遠離愛心及顛倒心說修多羅等是名法施

復有三種施即此二種加無畏施無畏施者作如是言汝莫怖畏汝莫怖畏又無畏施者見諸衆生種種怖畏施與無畏此義云何謂見他畏起與現世及未來世無怖畏心而口說言汝莫怖畏汝莫怖畏我爲汝作如是如是方便隨何等方便與汝畢竟無畏之處名無畏施彼怖畏者如貧窮人受於苦惱此怖畏者亦復如是以與無畏對治法故復有四種施即向三種復有大施言大施者謂受持五戒此是如來所說大施以能攝取無量衆生故成就無量衆生樂故資生飲食用布施者不能廣作利益衆生受持五戒能作利益以能盡形受持五戒念念增長種種功德以依止彼根本心故諸功德聚乃至命根不斷絕住復有四種施此四種施略有二種一者不淨二者淨不淨中有二種差別何等爲二一者怖畏施二者求報恩施以何義故名爲不淨如世間田以爲荊棘惡草等覆故名不淨此亦如是以怖畏故求報恩故名不淨施淨中亦有二種差別何等爲二一者敬重心施二者慈悲心施除此四種更有上上勝施如偈言

下有求資生　下下怖畏施　智者敬重施
勝智慈悲施

復有四種施何等爲四一者自利益施非他利益二者他利益施非自利益三者俱利益施四者俱無利益施自利益施非施利益者謂凡夫聖人伏離煩惱或有非是伏離煩惱或時施與諸佛如來或時施與形像塔廟是名自利益施非他利益他利益施非自利益

者謂阿羅漢阿那含等除爲現果施與衆生是名他利益施非自利益俱利益施者謂施伏離煩惱凡夫或未伏離煩惱凡夫是名俱利益施俱無利益施者除爲現果謂阿羅漢阿那含等爲塔廟施是名俱無利益施又復略說諸菩薩摩訶薩有四種施悉能攝取一切善根何等爲四一者平等心施二者對治施三者回向大菩提施四者依寂滅施如是諸菩薩摩訶薩爲滿足檀波羅蜜故如是布施應知

問曰應說布施果云何布施果答曰略說布施有一種果所謂受用復有二種果所謂現在受果未來受果復有三種果即此二種復加般若復有四種果何謂四種一者有果而無用二者有用而無果三者有果亦有用四者無果亦無用有果而無用者謂不至心施不自手施輕心布施彼如是施雖得無量種種果報而不能受用如舍衛天主雖得無量種種珍寶而不能受用有用而無果者謂自不施見他行施起隨喜心以是義故雖得受用而自無果如天子物一切沙門婆羅門等雖得衣食及以受用而自無果又如轉輪聖王四兵雖得衣食而不得果有果亦有用者謂至心施不輕心施如樹提伽諸長者等無果亦無用者謂布施已因即滅盡或爲出世聖道障故猶如遠離煩惱聖人復有五種果謂得命色力樂辯等如如來修多羅中說因食得命是故施食即是施命以是因緣後得長命如是施色施力施樂施辯才等皆亦如是復有五種勝果所謂施與父母病人法師

菩薩得勝果報父母恩養生長身命是故施者得勝果報又病人者孤獨可愍以是義故起慈悲心施病人者得勝果報又說法者能生法身增長法身示導善惡平正非平正顛倒非顛倒是故施者得勝果報又諸菩薩等悉能攝取利益衆生故以快心故心無因緣而能發起慈悲心故以攝取三寶不斷絕因故以是義故施菩薩者得勝果報復有五種果即現身得何等爲五一者入慈三昧二者入無諍三昧三者入滅盡定四者見道五者阿羅漢果若布施者即得果報入大慈定者能發心與無量衆生安隱之樂以與無量衆生樂故名爲慈心以是慈心勤修自體是故初起慈心三昧即布施者得現果報又入無諍三昧者悉能防護一切衆生諸煩惱心以廣攝取利益衆生勤修自體是故初起無諍三昧即布施者得現果報又入滅盡定者則能攝取無量功德以取無量功德勤修自體以此三昧似於涅槃是故初起滅盡三昧即布施者得現果報又見道者離見道煩惱以聖道力勤修自體以是義故初起見道即布施者得現果報又阿羅漢果者遠離修道一切煩惱心得自在是故初起阿羅漢果即布施者得現果報又菩薩摩訶薩布施果者如無盡意修多羅中及餘一切修多羅中廣說應知而諸菩薩摩訶薩等修行布施勝餘人施離自取樂爲欲利益他衆生故而行布施又復略說菩薩求於二種法故而行布施一者求於大富資生故二者求得成就波羅蜜故又復菩薩起如是心我若無於多資生者

雖有施心而無財物可以布施是故起心爲欲成就資生大富施與衆生依此施故怨親平等攝取利益是故菩薩見依布施故得成就無量福德一者能攝取怨二者恒常給濟一切衆生衣食等物三者心不怯弱四者餘親不欺五者常爲衆人敬信尊重六者一切眷屬信受其語七者入大衆時心無怖畏八者一切怨敵不能傷害九者親屬歡喜十者現果資生常有不空十一者常爲他求十二者所作已辦十三者情所愛敬常自圍繞十四者所不愛敬皆悉遠離十五者所有成就世間出世間利益勝事常爲一切親屬所愛十六者若無利益一切諸親則懷憂惱十七者護一切惡十八者自令安住諸善法中十九者見他神通心不欣尚二十者恒常讚歎一切功德二十一者覆藏諸過二十二者棄捨一切非丈夫相二十三者成就一切大丈夫相二十四者無有貧窮下賤乞人看施主眼二十五者一切求心稱事滿足是故菩薩摩訶薩深見布施有如是等無量功德爲欲利益一切衆生自能成就如是力故信喜布施以依信喜行布施故則能滿足檀波羅蜜問曰爲從勝心成就清淨布施果報從勝福田成就清淨布施果報答曰有人言從勝心故成就清淨布施果報何以故現在施事是一而果報差別猶如種子此義云何猶如種子地等是一而依種子見有勝果如是施物是一而依勝心乃至施畜生等以心力故得人天果報轉輪聖王聲聞辟支佛佛菩提果以是義故依於勝心得勝果報是故得知勝

心為重此復何義若施事是重依事故成就清淨施果報者離重施事以慈悲心施與畜生施與福田如布施佛不應成就清淨施果又若離快勝尊重心等布施如來應得成就清淨施果而實不成以是義故成就清淨布施果報心為勝因而施事福田能生勝心依此義故如來經中讚歎福田復有人言依勝福田依重施事成清淨果何以故以聞布施不知福田得勝果報此明何義不識佛等功德福田布施佛等得勝果報如有獼猴施如來蜜及婆私吒迦尸迦等又如女人愛念心故以諸旛蓋及華鬘等本心實欲供養兒塔而實供養辟支佛塔謂是兒塔從辟支佛得無量福不從本心兒邊得福如是等以是義故從勝福田及以重事得勝果報不從心得故知福田施事為重又有人言不知福田無福田事不得成就清淨施果如有一人施尼乾子生羅漢想而不成就清淨果報又有人言心以福田及施事等三種和合此明何義若布施者從所尊重起布施心知福田等無量功德值遇諸佛如來福田或時值遇如來弟子從尊重心起布施心所可施物是難捨事能捨布施三種和合方得成就清淨果報而心為重以是義故此三種中唯心一種為重為勝

是能捨主是能施主者問曰捨主施主有何差別答曰有乞求者持他物施是能施主持自物施是能捨主又有人來乞持自物施是能施主若人發心求貴重物而口不言知心即施是能施主又布施物時慳心數數中間

隔起是能施主若無慳心數數起者是能捨主又雖施他物以慳心故自求果報是能施主若施他物不以慳心專求自果是能捨主又離喜等心而行布施是能施主共歡喜心於三時中不悔心施是能捨主又若求未來勝果報者是能施主離世間報求涅槃果是能捨主又若施求於現在未來及涅槃果是能施主若發心求大菩提果唯大悲心施與衆生是能捨主

成就善知回向方便者問曰何故說戒施後次說善知回向方便答曰爲欲示現異道功德故此義云何外道人等求自樂故修戒施等回向三有又聲聞人辟支佛等亦自爲身求涅槃樂修戒施等回向涅槃諸菩薩摩訶薩爲利益他求大涅槃以慈悲心一味等味與衆生樂修戒施等回向無上大菩提果以戒施等同彼外道聲聞辟支佛是故如來示現回向勝道功德說戒施後次說善知回向方便又修戒施等貪著世間樂果報心難可防護是故如來說戒施後次說善知回向方便此明何義以戒施等非三昧行唯取欲界天人之中淨妙色等境界果報而彼淨妙色等境界雖作心護貪等煩惱不可得離何以故以於過去無始世來習貪愛爲染等境界以心取彼色等境界難防護故而諸菩薩彼時修行地方便法即於彼時雖復未離貪等煩惱而修戒施貪等煩惱不能染心又爲斷疑是故如來說戒施後次說善知回向方便此示現何義世間有人疑於菩薩不離煩惱修戒施等以利根故觀有爲法一切皆悉苦

空無常修戒施時貪等煩惱爲染菩薩不染菩薩爲斷彼疑菩薩爾時爲欲利益一切衆生捨自利益乃至不求轉輪王處樂果報事唯爲一切衆生樂故求佛菩提所有善根回向涅槃以是義故菩薩雖復未離世間一切世間所有過患不染菩薩又依清淨戒回向清淨故此明何義以依清淨持戒之力是故能捨以捨力故諸所求法皆悉成就是故如來說戒施後次說回向方便是故如來修多羅中說持戒人所願所作皆悉成就何以故戒清淨故

彌勒菩薩所問經論卷第五

音釋

儛（罔甫切與舞同）雹（弼角切雨氷也）臰（尺救切與臭同）吒（陟駕切）鬘（莫班切）

彌勒菩薩所問經論卷第六

元魏天竺三藏法師菩提留支譯

問曰應說回向義及說方便義云何回向義云何方便義答曰若回餘處善根功德向佛菩提是名回向又依佛菩提起修行心無量種門於一切時於一切處集諸善根爲欲證得一切種智依於世諦境界般若回向方便普令轉來故此明何義以諸菩薩依於世諦境界般若知因似果修有量因深心成就菩薩不共道功德等增長勝法置於無量果報之中是故名爲回向方便

又以同勝回向故此明何義以略說菩薩摩訶薩有二種回向何等爲二一者同回向二者勝回向同回向者一切善根皆悉回向薩婆若智勝回向者如無盡意修多羅布施果中說須食與食具足命辯色力樂故須飲與飲離渴愛故如是施衣得色施乘得樂施燈得眼施音樂者得淨天耳如是乃至施髓腦者得金剛身堅固不壞如是等又同回向者爲與一切衆生樂故勝回向者未生信心者令生信心故若有破戒者令得持戒故若無聞慧者令得聞慧故若有懈怠者令得精進故若有喜忘者令得憶持故若心散亂者令得禪定故若無智慧者令得智慧故若有慳惜者令成就捨故如是等又同回向者爲滿六波羅蜜故勝回向者謂捨外事故爲令一切衆生具足大富資生故捨手脚等一切支節及以諸根爲令一切衆生具足諸根手足等故如是等回向一切修多羅中廣說應知又爲欲清淨諸佛國土是故回向此義云何

菩薩爲欲清淨四種義故檀等諸白法回向佛菩提何謂四種一者爲欲清淨諸佛國土二者爲欲清淨菩提之心三者爲欲教化淳熟清淨衆生之心四者爲欲清淨一切佛法而菩薩不爲得世間位故回向不爲求於自身樂故回向不爲取聲聞辟支佛地故回向又施等布施遠離盡因回向以諸菩薩取一切種智因是故菩薩善知回向方便又菩薩有四種事施等功德盡何等爲四一者不回向阿耨多羅三藐三菩提二者求於世間人天生處三者無回向方便四者親近惡知識如是菩薩一切施等善根盡滅若菩薩行布施等若三種法常現前者菩薩爾時施等功德遠離盡因能成一切種智何等爲三一者正遍知菩提心二者憐愍衆生三者不違如來言教

又以攝受方便故此明何義以諸菩薩乃至攝取微少善根能成就廣果以即彼布施等世間衆生取天人果報即彼布施等諸菩薩摩訶薩取佛菩提是故菩薩成就回向方便如如來方便修多羅中說又善男子菩薩摩訶薩以方便智乃至捨一口食施與一人則能遍滿一切衆生何以故以菩薩有方便智慧故以一口食乃至施與畜生而心常共一切衆生以彼善根皆願回向一切種智菩薩布施爲二種事是故施與一切衆生一者求一切智地二者回向大菩提復次善男子菩薩摩訶薩以方便力施布施時六波羅蜜皆悉滿足何以故以諸菩薩摩訶薩見乞索人時攝伏慳嫉心增長大捨心故即得成就檀

波羅蜜又諸菩薩以自身持戒布施持戒人所有破戒人令成就持戒是名菩薩摩訶薩尸波羅蜜又諸菩薩慈心不瞋心定心布施是名菩薩摩訶薩羼提波羅蜜又諸菩薩布施佉陀尼蒱闍尼等種種飲食身口意業去來進止是名菩薩摩訶薩毗離耶波羅蜜又諸菩薩施布施時專心一念歡喜不散亂不求餘事是名菩薩摩訶薩禪波羅蜜又諸菩薩施布施時觀察法相誰是能捨誰是能受誰受果報是菩薩如是觀察不見一法以不見一法誰是能捨誰是能受誰能受果是名菩薩摩訶薩般若波羅蜜如是等方便修多羅中所明回向方便應知

問曰應說淨不淨回向如布施中有淨不淨此回向中亦應如是有淨不淨云何淨云何不淨答曰因修行果如餘一切修多羅中廣說應知成就慈心者

問曰何故如來說善知回向方便後次說成就慈心答曰持戒布施是散亂心修道功德決定感於欲界果報菩薩以回向方便攝取決定欲界果報轉求大菩提示現彼果不定示現善能修習菩薩道故又持戒布施是三昧心修道功德決定感於禪地果報菩薩以回向方便攝取決定禪地果報轉求大菩提示現彼果不定示現善能修習菩薩道故是故如來說回向方便

復次說成就慈心此明何義以諸凡夫不如實知眞實法界無始世來修習無智以無智故不能遠離我我所法以其妄執我我所故爲色境界愛心所纏是故心常求世間果作

極惡行自然成就世間果報修行戒施決定成就同界果報而菩薩心見諸世間所有一切種種過患見於涅槃安樂利益善能覺知眞實法界善知因緣有爲諸行其心唯爲無上菩提修戒施等爲欲救度世間所有墮墜嶮難放逸衆生持戒布施雖不取彼世間果報而爲衆生修一切行不爲自身取於果報增長所修大功德力心能攝受回向方便隨順成就求處果報

問曰應說四無量云何菩薩成就四無量云何行云何世辯云何體云何相云何地差別依止何處觀何境界觀何法云何相應云何得云何成就義答曰云何菩薩成就四無量者以其不同外道等故此明何義諸外道輩雖復修行四無量行以爲愛心之所潤著是故成就色界果報又聲聞人辟支佛等一切善根皆爲自身其心常爲自身樂故取於涅槃畏煩惱熱爲伏諸結修行無量非爲衆生若諸菩薩摩訶薩等其心常爲一切衆生修行諸行皆悉轉施一切衆生以慈悲心起戒施等爲欲利益一切衆生雖爲世間極惡過患之所逼惱以爲不捨諸衆生故爲滅一一衆生苦惱畢竟寂滅一切苦惱觀察無量諸衆生身一一身有無量種種苦惱差別復如實知一一方便救彼無量苦惱衆生以無量時雖見涅槃界觀無量衆生能得成就無量佛法以是義故名爲菩薩成就無量

又以遍取果故此明何義以諸菩薩摩訶薩等修行無量無邊行故慈等無量是故菩薩成就無量如無盡意修多羅中聖者無盡意

告舍利弗言大德舍利弗菩薩修慈亦不可盡何以故菩薩之慈無量無邊是修慈者無有限齊等衆生界菩薩修慈發心普覆舍利弗譬如虛空無不普覆是菩薩慈亦復如是一切衆生無不普覆舍利弗如衆生界無量無邊不可窮盡菩薩修慈亦復如是無量無邊不可窮盡虛空無盡故衆生界無盡衆生無盡故菩薩修慈亦不可盡如是等

又爲安隱他與功德故起心修行此明何義菩薩摩訶薩修四無量不爲自身爲一切衆生爲畢竟安隱一切衆生與功德心是故成就如無盡意修多羅中無盡意菩薩告舍利弗言大德舍利弗是慈能自擁護已身是慈亦能利益他人是慈無諍是慈能斷一切瞋恚嫌恨如是等

云何行者謂有所猒此明何義依猒所得四無量者彼初禪地所有無量猒欲界得如是乃至第四禪中所有無量猒三禪得而後時作方便後時現前

問曰何等名爲無量故修行方便答曰慈依親起此明何義菩薩若欲修四無量彼時心於一切衆生三種分別一者親分二者怨分三者非親非怨分於親分中復爲三分作三分已彼三分中於上親所起與上親安隱樂心所謂父母及餘尊重諸師僧等以無始來習極惡心難可平等是故如是分別報恩於親分中不能平等轉轉修習又乃平等若心如彼增上親中若怨分中心住平等如與父母樂心無異爾時名爲成就慈心悲喜捨心亦復如是應知而捨無量從於非怨非親分

中起乃成就

又諸菩薩摩訶薩等不離煩惱修集禪地方便無量若斷煩惱攝取初禪無量如是四無量次第成就應知

又四無量說有三種一者衆生觀二者法觀三者無觀初發菩提心菩薩未知衆生相同於外道聲聞辟支佛觀無量是名衆生觀無量又諸菩薩即彼衆生觀無量次第漸漸增長勝上如實知衆生相修菩薩行未知一切有爲法相依假名衆生有爲諸行起衆生相戲論即取此有爲行以爲衆生名爲法觀無量又諸菩薩能如實知有爲行相得無生法忍從慈心後次生平等觀般若說名慈心名爲無觀無量如共慈心相應覺分此明何義如慈心後次生擇法覺分而說名慈如是慈無量後次得平等觀般若說名慈無量是名無觀無量

又諸菩薩摩訶薩等爲與他樂從慈心故起一切行此明何義以諸菩薩摩訶薩等所起諸行一切皆從慈心而生以爲利益他衆生故以爲安隱他衆生故以得無生法忍菩薩摩訶薩般若從慈心起與一切衆生安隱之樂似於慈心說名爲慈

又世諦境界法第一義諦境界法迭共相依增長有力能廣修行成就無觀說名善清淨說名慈心云何名爲世諦境界爲般若因以諸菩薩見諸法體依慈悲心觀察衆生所作之事不墮聲聞辟支佛地以是義故不捨衆生所作之事是則名爲世諦境界慈悲等法爲般若因云何名爲第一義諦境界般若爲

世諦境界慈悲等因以諸菩薩欲清淨世諦慈悲等法以知依止衆生行相起諸煩惱觀察煩惱染衆生行相以如實知煩惱從衆生行相起是故菩薩遠離慈等不清淨因一切煩惱是名般若能爲世諦境界法因諸菩薩等如是修行般若方便廣修諸行是故成就無生法忍彼時無觀不捨衆生所作事因清淨究竟慈心名字慈心說名慈心是名無觀云何世辯者釋彼無量名以能觀察無邊衆生故名無量

云何體者慈悲心體者不瞋善根是何以故以對治瞋法故又對治可瞋處是名爲慈對治不可瞋處是名爲悲又對治起捨衆生心是名爲慈對治打衆生心是名爲悲是以求功德故能生無量非求過故能生無量何以故以諸菩薩乃至斷善根人若求功德見淨業果乃至阿羅漢邊若見過失見惡業果何以故以見羅漢現身中受不善業果不見過去餘業不盡謂阿羅漢今身造惡以是義故於阿羅漢不能發起慈悲無量喜心體者謂喜根是捨心體者不貪善根是

問曰若如是者則非貪欲及害根等對治之法答曰不然以不瞋善根相應法故故如是說問曰若捨心能對治貪法不淨觀亦對治貪法答曰汝知何等貪法捨能對治何等貪法不淨對治

問曰不知答曰汝聽色貪不淨能斷淫貪捨心能斷此四無量共心展轉五陰爲體

云何相者與衆生樂相安隱衆生是名慈相拔衆生苦相滅相寂靜相憐愍衆生是名悲

相離不樂心相嫉妬對治法是名喜相捨愛不愛相利益一切衆生事因相違之法自然縱任是名捨相

云何地差別者除喜無量餘三無量在六地中應知何等爲六謂未來禪及中間禪四根本禪是名六地初禪二禪有喜無量餘三無量遍四禪中以喜無量喜根爲體故依止何處者依止欲界以欲界中現起四無量非是餘處何以故以欲界衆生多苦惱故見衆生苦起與樂心見衆生苦起拔苦心以色無色界無苦惱故又是惱害等對治法故此明何義以四無量對治害等法故以是義故經中說言修行慈心下中上成就離害心修行悲心下中上成就離瞋心修行喜心下中上成就離不樂心修行捨心下中上成就離貪欲害等心色無色界貪欲害等皆悉無有以是義故在欲界中非色無色雖在欲界唯三天下非鬱單越觀何境界者謂慈觀樂悲觀拔苦喜觀喜境界捨觀捨境界觀何法者謂觀欲境界衆生五陰之身或觀二陰又若共心同類彼則五陰不共心同類彼則二陰或觀無心衆生或觀一陰衆生或觀二陰衆生

問曰有經中說慈悲喜捨普遍一方虛空法界如是乃至遍覆十方世界此中唯說觀於衆生其義云何答曰遍十方者謂觀一切依世界住所有衆生故言遍覆十方世界非謂遍覆彼器世間言普遍者示現依彼器世界住所有衆生

又初禪地無量觀欲界衆生二禪地無量觀欲界及初禪如是乃至四禪地無量觀欲界

乃至第三禪又初禪地無量觀欲界及初禪如是乃至四禪地無量觀欲界乃至第四禪又慈觀欲界乃至三禪何以故以慈心觀樂境界故又樂根從欲界乃至第三禪故悲觀欲界至初禪何以故以悲心觀苦境界故以欲界衆生多苦惱故又苦根從欲界至初禪故喜觀欲界乃至第二禪何以故以彼喜心勇悅相故又喜根從欲界乃至第三禪故捨觀欲界乃至四禪何以故以捨捨相觀故又捨根從欲界乃至第四禪故又有人言一切無量唯觀欲界衆生云何相應者初禪二禪地喜根捨根相應第三禪地樂根捨根相應未來禪中間禪第四禪地捨根相應

云何得者若生第三第四禪者得三無量除喜無量何以故三禪已上無喜根故又欲界生離煩惱者及在初禪二禪生者得四無量如如來修多羅中說慈無量者至遍淨處以爲邊畔悲無量者至虛空處以爲邊畔喜無量者上至識處以爲邊畔捨無量者無所有處以爲邊畔何以故以根本初禪所攝故此明何義以無量從無邊虛空處以爲邊畔故如是說又有人言彼處聖道以無量名說何以故以可化衆生有如是根聞無量名來入聖道故復有人言依彼對治覺分菩提分說此明何義以第三禪對治覺分即彼覺分以慈名說如是乃至無所有處依彼對治以捨名說復有人言彼相似法此明何義以慈觀樂而樂受乃至第三禪中以悲觀苦而無邊虛空處共色相違以喜觀無樂而無邊識處識喜住故以捨觀捨而無所有處捨無所捨

說名爲捨復有餘修多羅中說大德舍利弗初發心菩薩以四無量觀於衆生名衆生觀菩薩摩訶薩行菩薩行觀已行故名爲法觀菩薩摩訶薩得甚深無生法忍名爲無觀問曰四無量者觀於衆生云何復言觀法觀無答曰爲他利益一切行等以前相似法故此明何義菩薩摩訶薩爲諸衆生修一切行皆以般若爲本是故般若以慈名說以彼慈能樂他相故如是菩薩捨自身樂般若波羅蜜與他樂相是故般若以慈名說是故觀法觀無皆是慈悲般若復有人言無觀慈心以慈名說此明何義以諸菩薩觀察衆生復爲自身推求遠離煩惱方便觀有爲行得甚深無量心時即得畢竟般若力作是思惟此諸衆生無智所覆不能如實知見法界我當令彼諸衆生等漸漸次第得入正道復有餘修多羅中說佛告諸比丘過去七年修行慈心世界成壞經由七返不來生此乃至無量百千萬劫作轉輪王等問曰若四無量所得果報非欲界者云何如來經中說言修行無量所得果報乃至無量百千萬劫作轉輪王答曰彼經中依三地無量作是說此義云何有欲界地果報無量作轉輪王有初禪地果報無量作梵天王有二禪地果報無量生少光天又欲界起心三摩跋提所有果報作帝釋王及轉輪王根本地禪所有果報作梵天王生少光天復有餘修多羅中佛告比丘過去世時有外道師名善眼世尊彼外道師善眼世尊獲得神通離欲界煩惱諸比丘彼外道師善眼世尊多有無量聲聞弟子有無量百

有無量千有無量萬有無量百千萬諸比丘彼外道師善眼世尊所有聲聞具足持戒彼外道人修四梵行離欲界煩惱修四梵行生梵世間諸比丘彼外道師善眼世尊所有弟子不能具足修四梵行彼弟子中或生他化自在天者乃至人中如是等爾時外道師善眼世尊生如是心我今不是云何乃與弟子一處去一處生作是思惟我依慈心修第二禪生少光天諸比丘彼時外道師善眼世尊修上大慈入第二禪生第三禪如是等

問曰若諸菩薩摩訶薩等爲利益他於諸衆生起平等心何故自生勝心慈心修第二禪生少光天而不爲弟子說生少光天法又復有難彼外道師善眼世尊有所說法勝於佛法何以故以彼皆生上善道故而如來聲聞亦有入惡道者答曰此無過失何以故菩薩觀機而說法故此明何義以彼外道婆羅門等長夜思惟初梵天處是究竟處隨順樂心而生彼處不能修行生第二禪四無量行以是義故菩薩善知彼弟子心故不爲說生第二禪四無量行

又以無力故此明何義有人說言除佛出世無有外道能具修行二禪無量生第二禪唯除大力諸菩薩等又言外道法勝佛法者此義不然何以故以外道取世間果故

又以時節故此明何義有如是時多有衆生生善道處何況復有無量衆生修行無量又言如來弟子入惡道者非如來過復有餘修多羅中說有三種行梵行天行聖行梵行者謂四無量天行者所謂四禪聖行者謂三十

七菩提分法以何義故說四無量名爲梵行答曰以四無量梵天因故又以修行者身中可得故又以對治非梵行故

問曰何故色界諸善根中唯說無量以爲福事答曰以爲起他利益行故此明何義世人多於他利益中生功德相餘利益中不多生故問曰復有餘修多羅中說有四種人能生梵功德何等爲四一者器世間地未有塔處於中立塔二者種植園林施四方僧三者和合先破壞僧四者能生四無量心

問曰若修四無量得梵天果得言成就梵天果者立塔等三得梵天果此義云何答曰依梵行說是故無過此明何義非立塔等成就梵果若有人依梵如來立舍利塔彼人能生梵行功德又依修梵行者施與園林如是施者得成就梵福又依聖道修習梵行和合破僧得梵天果

又以彼相似故此明何義立塔等三成就梵天果報功德非一向同四無量果而彼少分相似義故如人成就四無量心彼人則爲攝受衆生成就無量利益功德此亦如是若人於彼器世間中未有塔處立舍利塔施僧園林和合破僧彼能成就無量福德以是故言修四無量立塔等三有相似義

問曰梵行功德其量幾何答曰有人說言隨何等業得轉輪王王四天下勢力自在梵行功德其量如是復有人言隨何等業得帝釋王勢力自在梵行功德其量如是復有人言隨何等業得作魔王於欲界中勢力自在梵行功德其量如是復有人言隨何等業得生

梵天梵行功德其量如是復有人言梵天請佛轉于法輪隨所得福梵行功德其量如是

問曰復有其餘修多羅中如來說言若有人能成就慈心彼人功德火不能燒水不能漂刀不能割毒不能害命不中夭爲何義故作如是說答曰諸佛如來所有境界不可思議一切禪定不可思議一切諸業不可思議如是等復有人言若人能與無量衆生無量安隱以是故說彼外因緣不能傷害

又彼人憶念色界四大此明何義以彼修習慈心之人入慈心故依於色界成就色界四大之身以是義故外諸因緣不能傷害

問曰以何義故此修多羅中唯說修行慈心悲心得多功德不言喜捨答曰以利益他多修行故此明何義修慈悲心與樂拔苦依慈悲故起心修行捨布施等得無量福而喜捨等不能如是此義云何以彼喜心見他衆生自修善業自得受樂彼人生喜以是故喜捨亦如是以他衆生自心分別瞋心愛心及無害心故名爲捨以是義故喜捨福少慈悲福多以慈悲心成就與他無量利樂非是喜心捨心成就以對治瞋名爲慈心不瞋善根以爲體故以最勝義對治於瞋何以故以瞋心故捨諸衆生與一切衆生利益事相違是故菩薩爲欲利益一切衆生對不利益衆生事因此經中說修行對治慈悲心等

又發菩提心修諸善行皆慈悲心以爲根本此明何義即此修多羅中說不退轉心成就發菩提心因彼發菩提心初始欲生依慈悲心以爲根本則能修集無量功德非喜捨等

以是義故此修多羅中唯說慈悲多生功德不言喜捨是故十地修多羅中說彼菩薩發菩提心是心以大悲爲本如是等以畢竟成就大慈大悲身口意業故

又是三昧身口意業依慈悲心起與樂相說名慈心以見世間因中說果譬如世間本作畫作因中說果成就無害身口意業以悲對害心不生他惱亂身口意業故

成就善知方便問曰以何義故說無量後次說成就善知方便答曰爲欲示現以方便力攝取所修四無量行隨順自心受果報故如說四大隨順此明何義略說菩薩二種善巧利益方便以外道等一切無有第一義諦巧方便故修行無量爲愛所潤成色界果又諸聲聞辟支佛人爲取涅槃心取以爲究竟善根棄捨利益一切衆生棄捨世諦所作諸業其心專爲利益自身不能如實修四無量不能究竟斷諸煩惱唯能折伏一切煩惱若諸菩薩摩訶薩等能如實知一種之法有爲無爲觀察衆生不捨有爲雖如實知寂靜無爲以爲成就一切佛法不墮有爲以諸所修爲利益他以如實知自相同相以不能得隨心自在定得色界清淨果報四無量行以彼愛心所不能潤而隨順心成就果報如隨順四大此明何義如四大相非是成就第一義諦如禪定人隨順心力而能捨離四大自相此亦如是雖復成就有爲法相以諸菩薩清淨持戒諸功德衆修四無量隨順心力成就果報而不隨順四無量心以是義故聖者思益梵天所問修多羅中如來說言若諸菩薩摩

訶薩等成就四法修行四禪生於欲界何等四法一者得心自在二者具足諸善根力三者觀察一切衆生四者修行方便般若是故示現方便攝取無量修行隨心受果說無量

後次說方便

問曰應說方便義云何方便義答曰次說方便義有二種一者求異義二者不捨二義心修諸行智慧觀察名爲方便此明何義求異義者諸菩薩等非爲現前證聖道果亦非爲猒世間苦惱捨於世間心爲利益一切衆生及爲自身取大菩提方便爲教衆生菩提方便及欲清淨大悲等行取菩提法出過聲聞辟支佛等所證之位道功德等所對治法菩薩所證聖道現前名求異義不捨二義者謂菩薩心不捨世諦第一義諦故此明何義以

諸菩薩實見一切有爲諸法皆悉無常觀察衆生不捨一切有爲諸法不離有爲法不捨無爲法如是菩薩摩訶薩般若行不退轉因說名方便如聖者文殊師利於經中說天子菩薩摩訶薩般若智知菩薩摩訶薩非行有爲智不墮無爲智如是菩薩摩訶薩名爲無畏菩薩復次天子若諸菩薩觀察衆生不捨有爲行觀察諸佛法不墮無爲行如是菩薩摩訶薩名爲無畏菩薩如是等又隨順心所求之義稱心所求能成就行名爲方便又以畢竟具足智故名爲方便

問曰善知世諦者如是等句說何等義答曰善知世諦者善知自相故善知第一義諦者善知同相故善知二義者善知自相同相故

問曰但說善知世諦善知第一義諦便足何

故復說善知二義答曰爲欲示現菩薩勝義知方便故是故復說善知二義此明何義外道遠離如實般若智唯有世智無出世智聲聞辟支佛捨世間智但有涅槃智無世間智菩薩摩訶薩爲欲利益一切衆生求妙法故於世諦中及第一義諦中修行方便智如來爲欲示現菩薩勝方便智是故復說善知二義成就般若波羅蜜問曰何故如來說方便後次說成就般若波羅蜜答曰示現方便攝取般若故又以示現諸菩薩等所證位義是故如來說方便後次說成就般若波羅蜜此明何義以觀能成菩提分法清淨善根菩薩欲見眞如法體而未能見眞如實智於先觀察出過聲聞辟支佛位所對治法觀察大慈悲等成就根本大慈悲等然後得見彼眞如法以是義故見眞如法不墮聲聞辟支佛地是故如來示現修行次第義故先說方便次說成就般若波羅蜜

問曰成就般若波羅蜜者應說般若義如實知見名爲般若能觀所觀境界名爲般若如實知深淺數量名爲般若是義應說答曰到彼岸故名波羅蜜義又諸佛如來已到彼岸名波羅蜜初地菩薩以其畢竟到彼岸故名波羅蜜以諸菩薩畢竟得彼岸行名波羅蜜是故如來經中說言隨順彼行名波羅蜜以彼處未決定彼岸義故是故如來於無盡意所問經中說滿足行菩薩行名波羅蜜義快深智滿足名波羅蜜義如是等問曰應說般若波羅蜜義云何般若波羅蜜義答曰求佛菩提大慈悲心攝取所起方便智慧能如實

知一切諸法同相別相勝義名爲般若波羅蜜義

問曰應說成就義云何成就義答曰究竟義成就義遠離一切凡夫名爲般若波羅蜜究竟義依般若波羅蜜遠離世間得究竟義名爲般若波羅蜜成就此明何義依般若波羅蜜得究竟無畏處問曰若如是者證初地時即得名爲究竟成就般若波羅蜜答曰彼依如分次第應知此明何義從初地來得佛菩提以得對治法現前以得對治法故又初地方便攝取方便般若離一切惡道及離聲聞辟支佛地如是餘地隨分相應分處應知菩薩若能如是知者隨順如實智般若觀有爲行他力相依無有自體

問曰依此法有此法依此法生此法而重說者有何勝義答曰爲欲示現二種因義故二種說此明何義有爲行生因有二種何者爲二一者先生因二者共生因先生因者如眼識等欲生之時先生意識相似隨順前心不滅不容後心要前心滅後心得生前心雖滅與後爲因名先生因共生因者諸識相應謂受等法及心不相應法共彼法生眼等諸法能作因緣依止彼法能生彼法彼法生時能與作因名共生因又依此法者說先生因生此法者說共生因問曰說依此法生此法者此義不然何以故共生之法無定因故無因果差別故此明何義共生之法此法是因此法是果無有如是定因差別以不可說此法是因此法是果故無定因因果差別答曰以見故說此明何義亦見世間共生之法一法

是因一法非因猶如燈炷共照俱生而此燈炷能作照因照不能與燈炷作因何以故以此照法隨順燈炷此明何義以見照法隨順燈炷而非燈炷隨順於照以見燈炷有增有減照亦如是有增有減以燈炷滅照亦隨滅又以燈炷異處去時照亦隨去如是共生眼識等法依眼身等因身眼等生眼識等非因眼識等生眼身等又依此法者諸菩薩等如是觀察先時生法無有作者唯共因緣和合而生以有此法生此法故又諸菩薩生如是心因既無常云何而得生于此法是故菩薩生如是心依此法故而生此法非先有法於後時生法若先有後時生者即是常法以是義故即法生時因緣和合無有一法是定實者無有定實眼識境界照了等法以是義故此法生時決定不從彼處而來又以即共因緣而滅若法即共因緣滅者離諸因緣念時不住以是義故此法滅時不離此處而餘處去又依此法生此法者謂依彼彼因緣和合生彼彼法見彼彼法示現彼法因緣而生非無因緣又依此法生此法者因觀念故又依此法生此法者示現過去無明行分此明何義以依過去無明等二得有現在識等八分示現現在有分故又依此法生此法者示現現在有分此明何義依現在有分示現速有生老死分又依此法生此法者以無明愛取示現煩惱道依此煩惱道生行有業道又依此法生此法者依於業道生餘有支謂苦道等又依此法生此法者依無明行及愛取有集諦因故生餘七分名爲苦諦又依此法生

此法者即依七分苦諦法故生無明等五分集諦又依此法生此法者如來修多羅中説依無明行而生識等復有修多羅中説依行因緣生於無明此明何義以生相時無明等法共心相應及心不相應法身業口業皆悉共生非後時生又依此法生此法者即生念時無明闇智共同時生非先時生

彌勒菩薩所問經論卷第六

音釋

佉（丘迦切）　嶮（虛檢切與險同）　限齊（齊才詣切限齊分量也）

彌勒菩薩所問經論卷第七

元魏天竺三藏法師菩提留支譯

問曰說無明因緣以爲初因緣若如是者十二因緣則爲有始何以故以無明前更不說有餘因緣故於諸世間有爲法中以彼無明爲最初故答曰以生煩惱業迭共因緣故此義云何從生生煩惱從煩惱生業從業生生如是無始輪生以是義故世間無始問曰自在天等所作此明何義從自在天及微塵等而生世間以是義故世間有始答曰此義不然何以故常法不能生世間故不見一法從自在天微塵等生見從無常因緣中生以不見從常法中生見從無常因緣中生而汝法中自在天等皆悉是常以是義故自在天等不能生法又以現見異異因中生種種果何以故以見象馬牛羊驢駝至人天等有差別故以是故非自在等作問曰非從因緣生一切法何以故以見棘刺及孔雀等異異不同故知不從無明因緣有世間生此明何義以無因緣有世間生何以故我見棘刺及孔雀等非從因緣而有差別如是世間非無明生答曰此義不然何以故我以現見果從因生非無因生猶如種子地水時熟和合生芽非離此等種種因緣而有芽生若離於因無因而有萬物生者此義不然何以故見異異法於異異法以比智知世間亦爾未曾見有離因無因而有法生以是義故從因生果是故世間一切諸法非無因生又有過咎若爾不應生種種果從種種因生種種果不離種種因生種種果而汝說果無因而有若如是者

萬物應等世間不應生種種果以我現見從種種因生種種果以是義故非無因生又復有答若一切物無因生者應一物中一切法生不爾便應一切物中一一各有一切物生而此義不然以是義故非無因果又復有答應無變異此義云何若一切物不從因生應不變異猶如虛空而此義不然何以故以變異故云何變異先無後有已有還無異生異滅無因法中不見如是果法轉變是故諸法從因而生非無因生又復有過一切所作諸業空故此明何義若無因生一切物者諸所作業空無利益而實不見有如此事以是故非無因有果問曰我見從智生智此明何義現見外物有爲法中種子爲因非過去因如是現見內有爲法因赤白等和合而生非過去因答曰此義不然何以故以現在智從過去智而得生故此明何義以見智生從於過去智因而有非無智生若智不從前智生者應從土塊木石等生亦非從於異相續生何以故若異相續生於智者父母亦應能生兒智以是故我知彼胎等諸衆生智從相續生此明何義以胎等智前更有智彼胎等智不離先智相續而生是故智有過去世因問曰此義不然何以故如從鑽燧人功牛糞衆緣和合先無有火而能生火智亦如是先無有智因緣和合而能生智答曰此義不然何以故以見餘法比智知故此明何義以見何等法中生法彼法相似能生於法非無相似異生中見如見從稻生稻雖不見稻而見從稻還生於稻是故種稻火亦如是以見從於鑽

燧牛糞等中生火雖不見火而從鑽燧等中求火如是以見從智生智雖不見智而知智從過去智生是以汝說如先無火而能生火先無有智而能生智說一切物唯從現在因生不從過去因生者是義不然以是義故從煩惱業生世間法此云何知以聖人論世間人說此義云何以離煩惱一切聖人諸佛如來及佛弟子聲聞人等彼如是說從煩惱業因而生世間作如是言若人著貪身作惡行口作惡行意作惡行彼人依於惡行因緣此身壞已生惡道中一切諸論亦如是說從業有生是故經言從明入明從暗入暗世間之人亦如是說從業有生作如是言以畏一切不樂生處遠離一切種種惡行以求一切可樂生處修行一切種種善行以是義故依諸

聖人依一切論依世間人我如是知從業因故而生世間非無因生問曰因念不住何能生果此以何義諸煩惱業刹那不住以煩惱業刹那即滅是故非從諸業煩惱而生世間答曰我見因滅而能生果此以何義以見因滅依彼滅因而能生果如於摩多隆伽果中見有酢味而於彼子芽莖枝葉及華等中悉皆不見而依彼子芽莖枝等相續後時於果中見而彼摩多隆伽果中所有酢味非即彼因亦非果因如是見外因果和合生如是法如是比智知因滅已依彼滅因有世間生非無因生亦非果因問曰若非無因非顛倒因生於世間而依業煩惱有世間者此云何知答曰不知生過爲作業行此明何義諸世間人不知生過彼人則著五欲境界一切種種

無利益事爲生世間一切種種無利益事是故修行爲得世間果報作業非爲除斷煩惱作業此以何義一切世間愚癡凡夫無智慧故不能觀察以無明晴智於無量百千種種苦惱中見有功德生求未來世受樂果故行功德修行戒施等諸功德行又復有人心顛倒故著現在世五欲境界見未來世無有福德是故修行無福德行殺生等業又復有人著三昧樂愛禪見禪慢禪疑禪增上禪等修行一切諸通等行是故於彼三界中生不斷不絕從生復起一切煩惱從煩惱故起一切業如是世間無始以來不斷不絕問曰若從一切煩惱而生世間行者如來於此修多羅中何故唯說從於無明而生世間答曰雖說無明攝得貪等一切煩惱此明何義雖說無明而攝貪等一切諸過此云何知以愚癡人起於貪等以無智故起於貪等一切煩惱非無因起如經中說無明因緣起於貪過起於瞋過起於晴過是故說彼無明根本攝得其餘煩惱諸過猶如世間王來王去諸臣兵衆亦來亦去問曰以何義故過去分中唯說無明而不說愛未來分中而但說愛不說無明答曰大境界故此明何義以無明遍一切境界愛不如是此以何義以彼無明遍一切處愛不遍故又以緣於有爲無爲此以何義以彼無明緣有爲法及無爲法愛不如是唯緣有爲又以緣於同不同地此以何義以無明緣同不同地愛不如是唯緣同地又以一切煩惱相應此以何義以彼無明一切煩惱皆共相應愛不如是唯愚人起非智者起又一

切苦不斷絶因此以何義以無明於一切苦聚以爲根本以是義故於初分中唯說無明依彼第二煩惱門中唯示現愛是故於彼未來分中唯說於愛不說無明問曰以何義故過去世中所攝諸業隨何煩惱能與作因彼諸煩惱以無明名說現在世中所攝諸業隨何煩惱能與作因彼諸煩惱以愛取名說答曰以非現見以現見故此以何義過去世中所有煩惱以是遠故不可現見是故彼中煩惱差別不可示現以彼暗相不可得說是故皆以無明名說現在世生所攝煩惱可現見故彼諸煩惱差別可說可得示現此是愛取此是欲取此是見取如是等是故現在所有煩惱以愛取名說問曰此說是妙說以因煩惱業有世間生死非自在天微塵等故而無明等十二有支其義云何答曰不如實知三世中事名爲無明無明轉起取後有因福業罪業不動業等是名爲行依行因有生分染意是名爲識爲彼識住名爲名色彼清淨識之所依止名爲六入根識境界三事和合對意地法是名爲觸依觸而生愛不愛二顛倒念受是名爲受見著受等集樂名愛依止於愛求有斷有取我依止樂諸煩惱隨順煩惱是名爲取取能轉起取後生因身口意業是名爲有依止行有取後世身是名爲生依止生身增長熟變是名爲老先得身壞是名爲死遠離不離愛不愛事求供養等從意地生焚燒自心是名爲憂依壞憂心說愛功德內心愁縛種種悲言名爲啼哭依色識身共意相應非愛樂受是名爲苦唯意識身意地相

應是名爲愁於愛不愛二種境界或有求有或不求有求資生故受種種苦其心逼惱是名爲極

問曰無明緣行云何名行答曰依止容受伴侶觀起隨順共生名爲行義問曰應釋因緣名云何名因緣答曰能成就果是名爲因依此法故能顯彼法因此法故能生彼法是名爲緣問曰何故但說無明緣行而不說言無明因行答曰爲攝一切諸因緣故若說無明因於行者但攝因因緣不攝因緣是故不說無明因行以四因緣無明等共能因緣行是故唯依因緣名說以能攝取四因緣故問曰行亦能作無明因緣若如是者何故但說無明緣行而不說言行緣無明答曰以有二義定不定故此以何義以無明因定緣於行而非業行定緣無明何以知之以阿羅漢雖復有業而無無明是故非業定緣無明是故不說行緣無明又依無明因緣有業以是義故依彼無明因緣有業若如是者雖依無明因緣有業不應遠離無明有業而實遠離無明有業是故說依無明緣行不說依行緣於無明問曰以何義故已受果業以行名說未受果業以有名說答曰未受果業但有有爲分是故說有以畢竟有故以未來世畢竟得果業體雖滅而畢竟有以必能與未來世果是故名有以有名說已受果業已受有爲分是故說行以得受果是故名有以有名說又復有義何故名有以依此法能生名有此以何義隨何等業能畢竟生未來世果以有名說隨何等業非是畢竟未來世有如鴦瞿離魔

羅等業未曾有故以行名說是故經中行緣業果以識名說非生名說何以故以彼行業非是畢竟生有支故此以何義以現身中受果報業彼業行緣能生識支而不能生彼生支故又以見有力無力故此以何義何故名行能辦事故過去世生所作諸業見彼有力以能成果是故彼業以行名說現在世生所作諸業未見彼力以未成果彼業果報在未來故是故彼業不得名行以有名說問曰以何義故名爲不動答曰異地不能與果報故名爲不動此以何義如欲果報於異地中能與果報隨以何等善根業道應生人中即彼善業依願求心乃至生於他化自在如如來依功德生修多羅說又隨何等惡不善業應生地獄受果報者即依彼業人中受苦如如來依鹽喻經說色無色業不得如是此以何義初禪地業不生二禪二禪地業不生初禪如是餘地皆亦如是應知是故佛說色無色業名爲不動又諸蓋障所不能動故名不動如密室燈

問曰行以名色二因緣識而重說者此有何勝答曰初託胎識行爲因緣以彼能作種子義故已種種子名色爲因緣以能和合成就事故以二因緣住持成就依止能取境界觀故又行因緣而業得名是故經中說諸業因爲能生因名色因緣而愛得名是故經中說彼愛緣爲能生緣以二因緣於境界中依境界住又行因緣初生心得名色因緣已生六入未成就六入得名又行因緣依一門行此以何義彼行因緣唯依門行名色因緣依二

門行此以何義名色依於身根意根二門而行以二因緣依六門行又行因緣唯惡道中以依罪業能攝住故如經中說彼諸衆生於惡道中乃至惡業未盡不死業盡乃死如是等名色因緣人及天道欲色界中以彼處有名色二事無色界中無二因緣

問曰如來於彼城喻經中大因緣等修多羅中說依名色因緣於識何故於此修多羅中而說依識因緣名色答曰名色因緣依識而有此以何義以實有識名色與識迭共相因而依識有有名色有如依所依是故有依此以何義如王及臣迭共相依而王爲勝以王去時臣亦隨去此亦如是識與名色迭共相依而識爲勝是故依識而有名色若識因緣不託母胎諸心數法則不得有以識託胎諸心數法皆亦隨從又因根本心成歌羅邏以赤白等和合則能成歌羅邏爲成衆生彼處識心爲根本因如大因緣法門中說佛告阿難若彼識心不託母胎彼歌羅邏及名色等亦不成就是故識爲諸苦種子爲欲示現根本義故是故唯說識緣名色不說名色因緣於識問曰有人說言十二因緣有於時節彼人依識因緣名色義則不成何以故無因緣故此以何義爲識滅已然後能作名色因緣爲識不滅能作因緣若識滅已作名色因緣此義不成何以故以滅種子不能與芽作生因因緣故又復有過中間斷絶衆生體故若識不滅能與名色作因緣者一衆生身於一念中並有二識以是義故識不能作名色因緣答曰相續不斷不絶因緣如燈焰體相續

不斷此以何義如焰相續不斷不絕而能有用非先焰滅而後焰生若先焰滅後焰生者是則滅已後時更生又復有過後焰生時無因而生又復有過若無因生則應常生又亦非是先生焰住後餘焰生若先焰住後焰生者先焰便應第二念住而佛法中無如是義又復有過先生之焰無因而生又復有過焰應增長又復有過應多焰生又亦非即先焰住時更生餘焰何以故不容受故此以何義隨先生焰以何等處何等因緣即彼生處即彼因緣即先生焰即時俱謝是故得容餘焰餘因緣又復有過前燈焰滅後燈焰生不從無火因緣而生此義不然何以燈炷焰前後次第不斷不絕相續而生如是識名色等次第生滅能成因果應知以是義故依識因緣能生名色因果義成

問曰名色因緣有六入者以何等因答曰以彼因故何以故以色清淨因緣五入以名清淨因緣意入故說名色因緣六入問曰若以名色緣六入者此義不成何以故以雖有彼而無彼故此以何義歌羅邏等時雖有名色無六入等以是義故此義不成又復所以此義不成以衆生有盲聾等故此以何義若名色能作六入因者則不應有盲聾衆生一切悉應具足諸根答曰此義不然何以故不離彼有成猶如雲雨此以何義如汝天雨若先有雲後時雨者非離雲雨亦有有雲而無有雨如是六入若有名色有六入者非離名色復有名色而無六入問曰以何義故有彼名色而無六入答曰以諸因緣不具足故此以

何義猶如眼識如實有眼以諸因緣不具足故有成眼識又復猶如實有種子以諸因緣不和合故不能成芽此亦如是歌羅邏等時中因緣不具足故眼等諸入亦不具足問曰彼諸因緣云何具足答曰以煩惱業名色和合淳熟故成問曰云何得知煩惱亦是六入因緣答曰以阿羅漢不復生故此以何義以阿羅漢雖復有業而無煩惱是故不生以不生故無有六入是故得知煩惱亦是六入遠因業亦是彼六入因緣何以故以成盲等故是故雖復實有煩惱隨種類生具六種業有盲聾等是故知業亦六入因又以十二入有種種故此以何義以入種種迭共不同但一衆生一身體中種種不同何況種種衆生身中諸業不同家力色命皆悉不同如是等以諸衆生家力色等一切差別此皆依業以是義故彼業亦是六入因緣名色亦是六入緣以彼六入依種子故此以何義以雖復有煩惱業等名色種子生於六入不離名色能生六入如不離子而能生芽是故得知近因名色生於六入亦依彼業生於六入何以故以雖有彼而無彼故此以何義以雖復有煩惱業等而彼名色不具成就如歌羅邏等時中無眼等入而依彼故成就六入如始結子終能成果是故得知煩惱業等名色淳熟而能作彼六入因緣問曰汝說因緣猶不具足何以故是中不說外因緣故此以何義唯除聲入名色等緣共六入生若如是者但說六入因緣不具足說名色因緣此是過失答曰彼不須說何以故以二處見故此以何義以彼

外入二處見故以彼衆生攝依非衆生攝此以何義此中但依衆生次第說彼十二因緣而不依彼非衆生說十二因緣是故但依衆生所攝入說不依非衆生說以是義故此中但依衆生所攝内因緣說而非依彼外因緣說問曰若爾不應說於名色此以何義若如是者名色有支中不應說名色以色二處見故答曰實如所難雖然若於彼處不說名色但言以名緣六入者如是不說五種色入彼六入中色亦清淨非但名色入清淨此以何義應說可見色等入緣是故彼處亦說色名以是故說識因緣名色緣意入如是等如是三時無有分別是故如來於此中說是名正說問曰何故不說外入因緣答曰說眼等者是即成就此以何義此修多羅中具足成就說衆生體此復何義隨何等處眼等諸入彼處必有色等外入何以故以不遠離色等境界有眼識等以是義故說眼等入則已攝得外色等入是故不別說外入等又以依内入得名字故此以何義依内入故得衆生名非依外入以是義故唯說内入不說外入

問曰何故名觸答曰對到名觸問曰此以何義答曰於念境界中識相對治故以眼識等於彼色等諸境界中彼此相對是名爲觸復有觸者近對和合到一處等名異義一又和合生意地法故故名爲觸

問曰說觸因緣猶不滿足以三種法和合因緣而生觸故此以何義以有三法和合生觸佛如是說此中唯說六入因緣而生於觸是故此中不具足說生觸因緣此是過咎答曰

以説内因緣攝得外故如彼鼓聲此以何義如人鼓桴和合生聲唯説鼓聲如是三法和合生觸雖依内説而攝得外是故無過又不同義如種子芽此以何義如雖有時及地水等和合能作生芽因緣而説種子名爲勝因子能生芽是芽勝因此是稻芽此是麥芽不説共因觸亦如是有不同義雖有三法和合故生唯説内入不説共因又以勝因故此以何義雖有三事和合生觸以依根能生而説内因以彼勝故以依根故諸識能生以盲聾等無識等故以色等法識境界故是故依根三法和合能生彼法雖三法生而根是勝是故如來唯説勝法如説六入又雖説六入而攝得三法和合成觸以説入名即説六識以彼相隨以説眼等入即攝色等入何以故不離色等入有眼等入以是義故如説六入此亦如是問曰六入緣觸此是何因答曰以盲等人無眼等觸餘者有故此以何義以有眼等根有眼等觸離眼等根無眼等觸如盲等人唯有意識此亦如是六入緣觸

問曰依觸緣受此是何因答曰以樂受等境界和合有樂受等此以何義如人患熱依熱逼惱求於雪冷摩尼珠等及以蔭涼又如有人依寒逼惱求火求衣求煖水等一切煖觸問曰觸緣受者此義不然何以故共觸生故此以何義觸共受生以是義故觸緣受者此義不成如兩角共生右角不作左角因緣左角不作右角因緣此亦如是是故應依餘因緣生非觸因緣又若共生而觸能作受因緣者以何義故受不能與觸爲因緣以受觸生

相應因故答曰雖復共生而一是因一非是因此以何義有二種法雖復共生而有一法能作彼因非第二法作彼法因如明與焰雖復共生焰是明因明非焰因又如日與光二法共生而日能與光明作因光明不能與日作因又如身共生身作影因影非身因觸亦如是雖共受生觸爲受因受非觸因是疑已斷復有異義我此法中非觸共生次第因緣此以何義我此法中非受與觸一時俱生云何而生依過去時即與後時受法作因次第緣生此云何知以說一因此以何義以說依觸因緣生受不說依受因緣生觸此以何義若此二法共俱生者應說迭因以是義故說次第緣不說一時

問曰依受緣愛此是何因答曰以受爲因欲取樂故而生於愛問曰若如是者苦不應生答曰以求離故問曰求樂受者見樂故求不應求苦以不用故答曰雖不求苦而亦有愛以不欲得彼苦受故求欲離苦彼即是愛是故苦受亦愛因緣又樂受者欲愛因緣苦受遠離有愛因緣此以何義如人有苦依苦逼惱不知無力爲殺害身以不求苦以不求樂而愛因緣又依無明盲故取苦如彼渴人暗夜飲於糞和合水此亦如是問曰色等境界皆是愛緣何故但說受爲愛緣答曰爲樂受故求彼色等此以何義樂受之生必有伴侶以是義故於色等法皆生愛心受爲勝因非色香等是故但說受爲愛因不說色等

問曰取有何義答曰取近染著皆名爲取求於有支及資生等一切染著以得染著不相

捨離名之爲取此有四種何者爲四欲取見取戒取我取又欲取者貪於五欲境界功德戒取觸者謂以持戒取三種見見取身見及以我見又執著我名爲我取彼人著我爲我求樂是故求彼五欲境界求諸天樂戒取欲見諸天造行如是等法是名見取若已求得五欲境界貪著彼法是名欲取著未來世欲境界因不能遠離五欲境界如是持戒是名戒取又著已身隨順二邊是名見取此義云何若隨斷邊即便堅著五欲境界是名欲取若隨常邊貪著五欲爲勝生處如是持戒是名戒取問曰愛緣取者此是何因答曰不足愛故更求增長如飲鹹水轉增長渴又依愛故有四種取此以何義依愛緣故求於現在五欲境界如經中說依愛因緣求於諸欲是名欲取又依愛故求未來世五欲境界爲彼愛故起於持戒是名戒取以彼但求五欲境界若已求得五欲境界不欲捨離求諸天故好日祭祀是我所欲如是著我名爲我取是名依愛因緣於取問曰以何等愛緣何等取答曰欲愛欲取有愛能取戒取我取離有支愛能取見取又復衆生我愛見取生愛戒取受愛欲取於一切取貪著見取又四取中欲取戒取二取是愛餘二以爲無明根本

問曰有義云何答曰此能生故依此能生此能勤修依此法故能生餘法是故名有問曰依有緣生此是何因答曰依業有生如向前說依行有識此中亦爾應具足說

問曰煩惱亦是生支因緣如經中說愛因能生何故唯說有因緣生不說取緣答曰依勝

生因故如是說此以何義此中唯說生法勝因云何爲勝此是地獄此是人此是天如是等此種種身業爲近因而非煩惱彼種種因復有已生同類生中各有差別謂家力色長壽短壽有病無病受用資生一切差別此中亦爾業種種故知是近因非煩惱也是以說有因緣有生非取因緣問曰若有能作生因緣者何以故說有因緣生而不說生因緣於有答曰以有定不定故此以何義以有有支必有生支有生支者不必有有猶如依彼第二諦故必有初諦而不必因有初諦故有第二諦若不爾者畢竟無有解脫因緣是故說依有支因緣必有生支非生緣有

問曰老者何義答曰消皺力減名之爲老有人說言所謂老者以變異故此義不成何以故以不住故以有爲行剎那不住若有爲行念念不住者云何而言變異名老又復有過法若變者便應第二剎那中住法若第二剎那住者非佛法義又復有過言變異者捨於實體若即前法有變異者彼法便應即捨本體又若彼法不變異者則不得言有變有異若法不捨彼本體者亦不得言變異名老是故不得言有轉變名爲老也先說老相彼是老義問曰心心數法云何知老答曰以見心法依止法異所謂諸根四大損減思惟念薄忘失所有諸法門等聞聲不了見境界難見如是等知心有老

問曰死有何義答曰死者捨命終亡謝滅異世去等是名爲死如是此死及先說老此二合故名老死支又復有言根四大等後時損

滅微細難別是名爲老破壞名死如柯漸盡又四大破壞是名爲老散盡名死如朽故車破壞散盡又於五陰隨順滅故是名爲老滅名爲死如故舍壞

問曰生緣老死此有何義答曰壞彼法故得有此法若無彼法亦無此法此以何義如初作餅後時朽故又先作餅後時破壞此亦如是有衆生生後有老死非是不生是故說依生緣老死

問曰若生念中即時死者彼中云何生緣老死答曰命滅此以何義彼處有命損現前命五陰滅故是名爲老猶如彼雨有雲故雨無雲無雨亦有有雲而無有雨彼處亦爾

問曰何故有爲三相法中一處唯說生爲生支一處說老以爲老支答曰隨順義故法欲生時生能隨順法欲滅時老支隨順又老死支隨順壞法生支與彼老死相違老死二法迭共隨順言隨順者隨順破壞故名爲老死亦如是是故老死合爲一支生者別支

問曰何故不說憂等爲支答曰不遍一切諸衆生故此以何義憂等諸法不遍三界以是義故不說爲支

問曰無明滅則行滅者有何次第答曰如來次第說無明等十二因緣能生於有以諸衆生不能識知十二因緣墮斷見故如來次第說無明滅餘亦皆滅以諸衆生不能見知無明因緣墮常見故又如先說云何世間有以不見知十二因緣墮於無邊以是義故如來說云何世間滅以不見知何等法故墮於有邊以是義故如來次說如如來迦旃延經中

說又已說身見集諦道諦未說身見苦諦滅諦是故欲說又已說染諦未說淨諦又已說縛諦未說解脫諦今欲說故是故說言無明滅行亦滅如是等

問曰此諸因緣有於幾種答曰略說四種何者爲四一者有時十二因緣二者刹那三者次第四者不斷絕時者到時名時因緣此以何義無明時者謂過去時生煩惱者是無明時言行時者過去時業是名行時言識時者謂託生心共眷屬生是名識時名色時者未和合成即歌羅邏安浮陀毗尼堅支等如是時中未生眼等五情諸根六入未滿彼時生體是名名色時六入時者以生眼等諸根滿足六入諸根未能有力作彼心心數法依止是名六入時言觸時者隨何等時諸根於彼心心數法能作依止而不能作分別苦樂亦不能作好惡諸事未有勝行是名觸時言受時者謂受苦樂分別苦樂攝好惡事愛貪非愛欲貪生等未有取力是名受時言愛時者愛欲資生行非分別有無是名愛時言取時者知有無分別求如是起是名取時言有時者求於此世未來世中五欲境界追求推覓爲未來生起種種業是名有時言生時者此生已退即次後生所託生處是名生時老死時者自此以後破壞諸根名老死時言刹那者名色等支名爲刹那以一念中具足一切十二有支此義云何如人依止貪心殺生彼處所有迷愚癡等名爲無明彼處所有相應思心是名爲行彼處所有相應意法是名爲識彼處所有共識生法想等四大及依四大

所生四塵如是等法名爲名色彼處所有依入作業而非離入名爲六入彼處所有相應對法是名爲觸彼處所有相應覺者是名爲受彼處所有相應貪心是名爲愛彼處所有不捨愛心是名爲取彼處所有身口意業是名爲有彼處所有如是等法所起之法是名爲生彼處所有諸法變異是名爲老彼處所有諸法散滅是名爲死有次第者無始義故此以何義以彼因果不斷絶故以是義故不知其始不斷絶者以彼因因不斷絶故此以何義遠來義故又復非但十二有支能生因緣以彼一切有爲諸法名爲因緣問曰深心等法有何次第答曰以成就一切勝功德故以一切法中不失菩提心以爲根本故此以何義於諸菩薩摩訶薩修行功德中說彼深心以爲根本以諸菩薩成就深心以爲不失菩提心因如深心諸行亦爾自然爲欲利益一切衆生修行是以如來爲欲示現如實修行次第義故說深心後次說行心又以菩薩成就深心成就行心然後於他利益修行爲欲示現如是勝義說修行後次說成就捨心又以菩薩持戒布施等如實修行相回向勝法依如是義示現修行助菩薩道是故次說成就回向又從持戒乃至回向非定善根次欲示現勝三昧法欲令衆生住慈悲等諸善根中以是義故說回向後次說成就大慈悲等已置定法妙樂菩提爲欲離彼貪著心故說慈悲後次說方便以有方便故有智慧明見諸法以是義故不墮聲聞辟支佛地入菩薩位是故如來說方便後次說成就般若波

羅蜜又復略説成就深心乃至方便示現成就助道功德究竟成就般若波羅蜜者示現成就助道智慧又成就深心乃至方便示現成就菩提功德道究竟成就般若波羅蜜示現成就菩提智慧道又成就深心乃至回向示現成就戒身慈悲二法示現成就定身方便般若示現成就慧身又成就深心即是示現成就直心自餘七句示現成就修行又成就深心成就行心示現戒家成就捨心成就回向示現施家成就大慈成就大悲示現滅家成就方便成就般若示現智家如是有礙無礙等一切諸法諸餘一切修多羅中廣説應知此修多羅依諸菩薩摩訶薩學戒義説如是諸菩薩摩訶薩八萬四千無量無邊諸法門等皆應類知

彌勒菩薩所問經論卷第七

此經舊爲六卷開元録作五卷子注或七卷或十卷據此今開初卷爲二總爲七卷即釋大寶積經第四十一會是也

音釋

燧徐醉切取火木也　歌羅邏梵語也此云凝滑邏郎佐切　皷桴桴房尤切擊鼓椎也　蔭於禁切蔭庇也　皺側救切面皺也

無量壽經優波提舍

元魏天竺三藏法師菩提留支譯

轉法輪經優波提舍

元魏天竺三藏法師毗目智仙等譯

清刻龍藏佛說法變相圖

二論合卷

無量壽經優波提舍

轉法輪經優波提舍

無量壽經優波提舍

婆藪槃豆菩薩造

元魏天竺三藏法師菩提留支譯

無量壽經優波提舍願生偈

世尊我一心　歸命盡十方　無礙光如來

願生安樂國　我依修多羅　眞實功德相

說願偈總持　與佛教相應　觀彼世界相

勝過三界道　究竟如虛空　廣大無邊際

正道大慈悲　出世善根生　淨光明滿足

如鏡日月輪　備諸珍寶性　具足妙莊嚴

無垢光炎熾　明淨曜世間　寶性功德草
柔軟左右旋　觸者生勝樂　過迦旃隣陀
寶華千萬種　彌覆池流泉　微風動華葉
交錯光亂轉　宮殿諸樓閣　觀十方無礙
雜樹異光色　寶欄遍圍遶　無量寶交絡
羅網遍虛空　種種鈴發響　宣吐妙法音
雨華衣莊嚴　無量香普熏　佛慧明淨日
除世癡闇冥　梵聲悟深遠　微妙聞十方
正覺阿彌陀　法王善住持　如來淨華衆
正覺華化生　愛樂佛法味　禪三昧爲食
永離身心惱　受樂常無間　大乘善根界
等無譏嫌名　女人及根缺　二乘種不生
衆生所願樂　一切能滿足　故我願往生
阿彌陀佛國　無量大寶王　微妙淨華臺
相好光一尋　色像超羣生　如來微妙聲
梵響聞十方　同地水火風　虛空無分別
天人不動衆　清淨智海生　如須彌山王
勝妙無過者　天人丈夫衆　恭敬遶瞻仰
觀佛本願力　遇無空過者　能令速滿足
功德大寶海　安樂國清淨　常轉無垢輪
化佛菩薩日　如須彌住持　無垢莊嚴光
一念及一時　普照諸佛會　利益諸羣生
雨天樂華衣　妙香等供養　讚佛諸功德
無有分別心　何等世界無　佛法功德寶
我願皆往生　示佛法如佛　我作論說偈
願見彌陀佛　普共諸衆生　往生安樂國

無量壽修多羅章句我以偈頌總說竟

論曰此願偈明何義觀安樂世界見阿彌陀佛願生彼國土故云何觀云何生信心若善男子善女人修五念門成就者畢竟得生安

樂國土見彼阿彌陀佛何等五念門一者禮拜二者讚歎三者作願四者觀察五者回向云何禮拜身業禮拜阿彌陀佛如來應正遍知爲生彼國意故云何讚歎口業讚歎稱彼如來名如彼如來光明智相如彼名義欲如實修行相應故云何作願心常作願一心專念畢竟往生安樂國土欲如實修行奢摩他故云何觀察智慧觀察正念觀彼欲如實修行毗婆舍那故彼觀察有三種何等三種一者觀察彼佛國土功德莊嚴二者觀察阿彌陀佛功德莊嚴三者觀察彼諸菩薩功德莊嚴云何回向於彼觀察一切世間苦惱衆生同願生彼安樂國土願心所有功德善根以巧方便作願回向攝取衆生不捨一切世間故云何觀察彼佛國土功德莊嚴彼佛國土功德莊嚴者不可思議力故如彼摩尼如意寶性相似相對法故觀察彼佛國土功德莊嚴者有十七種事應知何者十七一者清淨功德成就二者無量功德成就三者性功德成就四者形相功德成就五者種種事功德成就六者妙色功德成就七者觸功德成就八者莊嚴功德成就九者雨功德成就十者光明功德成就十一者聲功德成就十二者主功德成就十三者眷屬功德成就十四者受用功德成就十五者無諸難功德成就十六者大義門功德成就十七者一切所求功德成就清淨功德成就者偈言觀彼世界相勝過三界道故無量功德成就者偈言究竟如虛空廣大無邊際故性功德成就者偈言正道大慈悲出世善

根生故形相功德成就者偈言淨光明滿足如鏡日月輪故種種事功德成就者偈言備諸珍寶性具足妙莊嚴故妙色功德成就者偈言無垢光炎熾明淨曜世間故觸功德成就者偈言寶性功德草柔輭左右旋觸者生勝樂過迦旃隣陀故莊嚴功德成就者有三種應知何等三一者水二者地三者虛空莊嚴水者偈言寶華千萬種彌覆池流泉微風動華葉交錯光亂轉故莊嚴地者偈言宮殿諸樓閣觀十方無礙雜樹異光色寶欄遍圍遶故莊嚴虛空者偈言無量寶交絡羅網遍虛空種種鈴發響宣吐妙法音故雨功德成就者偈言雨華衣莊嚴無量香普熏故光明功德成就者偈言佛慧明淨日除世癡闇冥故妙聲功德成就者偈言梵聲悟深遠微妙聞十方故主功德成就者偈言正覺阿彌陀法王善住持故眷屬功德成就者偈言如來淨華衆正覺華化生故受用功德成就者偈言愛樂佛法味禪三昧爲食故無諸難功德成就者偈言永離身心惱受樂常無間故大義門功德成就者偈言大乘善根界等無譏嫌名女人及根缺二乘種不生故淨土果報離二種譏嫌過應知一者體二者名體有三種一者二乘人二者女人三者諸根不具人無此三過故名離體譏嫌名亦有三種非但無三體乃至不聞二乘女人諸根不具三種名故名離名譏嫌等者平等一相故一切所求功德滿足成就者偈言衆生所願樂一切能滿足故略說彼阿彌陀佛國土莊嚴十七種功德示現如來自身利益大功德力成就

利益他功德成就故彼無量壽佛國土莊嚴第一義諦妙境界相十六句及一句次第說應知

云何觀佛功德莊嚴成就觀佛功德莊嚴成就者有八種應知何等八種一者坐莊嚴二者身莊嚴三者口莊嚴四者心莊嚴五者衆莊嚴六者上首莊嚴七者主莊嚴八者不虛作住持莊嚴何者坐莊嚴偈言無量大寶王微妙淨華臺故何者身莊嚴偈言相好光一尋色像超羣生故何者口莊嚴偈言如來微妙聲梵響聞十方故何者心莊嚴偈言同地水火風虛空無分別故無分別者無分別心故何者衆莊嚴偈言天人不動衆清淨智海生故何者上首莊嚴偈言如須彌山王勝妙無過者故何者主莊嚴偈言天人丈夫衆恭敬遶瞻仰故何者不虛作住持莊嚴偈言觀佛本願力遇無空過者能令速滿足功德大寶海故即見彼佛未證淨心菩薩畢竟得平等法身與淨心菩薩無異淨心菩薩與上地諸菩薩畢竟同得寂滅平等故略說八句示現如來自利利他功德莊嚴次第成就應知

云何觀菩薩功德莊嚴成就觀菩薩功德莊嚴成就者觀彼菩薩有四種正修行功德成就應知何等爲四一者於一佛土身不動搖而遍十方種種應化如實修行常作佛事偈言安樂國清淨常轉無垢輪化佛菩薩日如須彌住持故開諸衆生淤泥華故二者彼應化身一切時不前不後一心一念放大光明悉能遍至十方世界教化衆生種種方便修行所作滅除一切衆生苦故偈言無垢莊嚴

光一念及一時普照諸佛會利益諸羣生故三者彼於一切世界無餘照諸佛會大衆無餘廣大無量供養恭敬讃歎諸佛如來偈言雨天樂華衣妙香等供養讃佛諸功德無有分別心故四者彼於十方一切世界無三寶處住持莊嚴佛法僧寶功德大海遍示令解如實修行偈言何等世界無佛法功德寶我願皆往生示佛法如佛故

又向說佛國土功德莊嚴成就佛功德莊嚴成就菩薩功德莊嚴成就此三種成就願心莊嚴略說入一法句故一法句者謂清淨句清淨句者謂眞實智慧無爲法身故此清淨有二種應知何等二一者器世間清淨二者衆生世間清淨器世間清淨者向說十七種佛國土功德莊嚴成就是名器世間清淨衆生世間清淨者如向說八種佛功德莊嚴成就四種菩薩功德莊嚴成就是名衆生世間清淨如是一法句攝二種清淨應知如是菩薩奢摩他毗婆舍那廣略修行成就柔輭心如實知廣略諸法如是成就巧方便回向何者菩薩巧方便回向菩薩巧方便回向者謂說禮拜等五種修行所集一切功德善根不求自身住持之樂欲拔一切衆生苦故作願攝取一切衆生共同生彼安樂佛國是名菩薩巧方便回向成就菩薩如是善知回向成就遠離三種菩提門相違法何等三種一者依智慧門不求自樂遠離我心貪著自身故二者依慈悲門拔一切衆生苦遠離無安衆生心故三者依方便門憐愍一切衆生心遠離供養恭敬自身心故是名遠離三種菩提

門相違法故菩薩遠離如是三種菩提門相違法得三種隨順菩提門法滿足故何等三種一者無染清淨心以不爲自身求諸樂故二者安清淨心以拔一切衆生苦故三者樂清淨心以令一切衆生得大菩提故以攝取衆生生彼國土故是名三種隨順菩提門法滿足應知向説智慧慈悲方便三種門攝取般若般若攝取方便應知向説遠離我心不貪著自身遠離無安衆生心遠離供養恭敬自身心此三種法遠離障菩提心應知向説無染清淨心安清淨心樂清淨心此三種心略一處成就妙樂勝眞心應知如是菩薩智慧心方便心無障心勝眞心能生清淨佛國土應知是名菩薩摩訶薩隨順五種法門所作隨意自在成就如向所説身業口業意業智業方便智業隨順法門故

復有五種門漸次成就五種功德應知何者五門一者近門二者大會衆門三者宅門四者屋門五者園林遊戲地門此五種門初四種門成就入功德第五門成就出功德入第一門者以禮拜阿彌陀佛爲生彼國故得生安樂世界是名入第一門入第二門者以讃歎阿彌陀佛隨順名義稱如來名依如來光明知相修行故得入大會衆數是名入第二門入第三門者以一心專念作願生彼修奢摩他寂靜三昧行故得入蓮華藏世界是名入第三門入第四門者以專念觀察彼妙莊嚴修毗婆舍那故得到彼處受用種種法味樂是名入第四門出第五門者以大慈悲觀察一切苦惱衆生示應化身回入生死園煩

惱林中遊戲神通至教化地以本願力回向故是名出第五門菩薩入四種門自利行成就應知菩薩出第五門利益他回向行成就應知菩薩如是修五門行自利利他速得成就阿耨多羅三藐三菩提故

無量壽修多羅優波提舍願生偈略解義竟

無量壽經優波提舍

轉法輪經優波提舍翻譯之記

轉法輪經如來初説優波提舍義門之名天親菩薩之所開示佛説爲誰憍陳如等義行此方必主其人魏驃騎大將軍開府儀同三司御史中尉勃海高仲密善求義方選真揀僞故請法師毗目智仙并其弟子瞿曇流支於鄴城内在金華寺出此義門優波提舍興和三年歲次大梁建酉之月朔次庚子十一日譯三千九百四十二言沙門曇林對譯録記

轉法輪經優波提舍

天　親　菩　薩　造

元魏天竺三藏法師毗目智仙等譯

如是我聞一時婆伽婆住王舍城耆闍崛山中與大比丘僧大菩薩衆俱爾時世尊告智貪大海樂説辯才菩薩言智貪大海樂説辯才有二種住持如來轉法輪何等爲二一者衆生住持二者法住持智貪大海樂説辯才此二種住持如來轉法輪乃至盡此修多羅説此正法輪勝修多羅以何義故彼牟尼王不可思議不可稱不可説不可量不可喻如虚空不斷不常順入因緣寂靜勝寂靜最勝寂靜第一寂靜如實諦不虛妄如來轉無上法輪説此修多羅如來弟子聲聞之人聲聞弟子諸仙人等之所讃歎此因緣故我今解釋云何解釋無量功德大牟尼王何故轉此不可思議不可稱量第一寂靜善無垢輪二以何義名此勝修多羅三以何義故名爲世尊四如來何故在王舍城耆闍崛山二種住持轉此法輪不在餘處五以何義故名爲如來六以何義故名爲法輪七又復世尊幾轉幾行而轉法輪八又復世尊此中説轉何故如來不生法門説一切法不轉不回應如是知畢竟不起若此轉者云何得避彼修多羅彼修多羅則不須避九又若此説衆生住持法住持者云何般若波羅蜜中如來告彼須菩提言如來設復經劫説言衆生衆生頗有衆生生滅不耶須菩提言不也世尊一切衆生無始來淨如來復於無垢名稱修多羅説若住法想此則大病若衆生法皆不可得然

則世尊何所住持而轉法輪此須解釋十又復世尊以何義故捨彼寬博種種勝妙華樹莊嚴無量勝人多衆集處於波羅柰少人衆處在波咤離樹影蔭下鹿苑之中而轉法輪此之因緣亦須解釋十一又復世尊何處初坐而轉法輪十二又復世尊轉法輪時幾許衆生捨惡行善十三以要言之示現云何衆生住持及法住持十四此皆是難自下解釋彼法今說以何義故彼最第一無垢廣博不可稱量不可思議不可破壞甚深不動正覺世尊已說此經又復今說勝無垢廣博不可稱舉三界衆生所讚世尊何故說此不可稱量離一切過勝修多羅此義今釋世尊恐彼會中有天阿脩羅人龍及夜叉鳩槃茶等聞轉法輪心生疑惑不知世尊幾種住持而轉法輪世尊觀察衆生疑心爲斷彼疑是故爲說二種住持而轉法輪此義云何偈言

世間人及天　疑心觀法主　爲斷疑義故
說此修多羅

又復世尊有大悲力饒益衆生故說此經云何世尊大悲力說此義今說世尊如是於諸衆生知無衆生諸法皆如乾闥婆城如是知已衆生住持及法住持已轉法輪此義云何偈言

知世間無我　如幻乾闥婆　衆生法住持
如來大悲說

示現自力故能說義世間更無能住持者唯佛能作二種住持更無有人能轉法輪如我轉者又復有義偈言

非是天宮殿　非阿脩羅舍　非人處龍宮

有如是衆生　第一不可稱　離過滅三苦
天人恭敬禮　善轉第一輪
又無量苦無量具足然後乃得阿耨多羅三藐三菩提故始行菩薩若聞是已心生怯弱如來爲欲除彼怯弱示現此義無垢淨覺若無量苦無量具足得阿耨多羅三藐三菩提無量功德示此法輪偈言
金珠眞珠等　妻子國城施　頭分眼骨髓
手足等施勝　種種苦持戒　希有得佛身
功德不可稱　爲疑怯者示
佛增上意觀衆生心無量功德而轉法輪又復未發菩提心人聲聞緣覺乘欲入涅槃舍大乘住持此義示現又復勝意若有聲聞緣覺等乘入涅槃舍則不復轉無上法輪偈言
小心離悲等　欲入二涅槃　牟尼說此經
令住第一乘
又此福人歡喜饒益此義示現一切世間最勝無比轉法輪師無如我師偈言
若已歸依佛　今歸當復歸　牟尼喜彼人
說此修多羅
若餘依止外道之人將引饒益此義示現無垢功德莊嚴妙身而轉法輪汝師非比汝師不能令汝獲得無漏善法偈言
依止惡知識　如來見世間　爲引彼人故
爲說此經寶
一切智慢寂靜饒益示現此義我一切知今者新轉無上法輪云何汝是一切智人偈言
佛初轉法輪　能除斷常倒　不能轉淨輪
彼非一切智
求廣勝果無上福田饒益示現不可思議果

報能與若有能轉無上法輪布施彼者得大果報偈言

若有人能轉　無上正法輪　少施如是人得無比果報

又菩薩行得果饒益示現此義世尊說言我此法輪能大饒益已行無量億那由他百千苦行能捨難捨譬如抒海心不休息又言本生作摩那婆身及妻子我皆捨施又言本生作梵德王所愛二子我捨布施心不生悔又言本生作善牙王最端正女人中勝妙名孫陀利施婆羅門又言本生作德藏王得陀羅尼我七千年未一脇卧又言本生作不思議功德寶德王之太子童子之身一切論義我皆已得爲衆生說又言本生作身汁仙割身手足不生瞋恨爲說忍法又言本生作月光王捨頭布施不生瞋恨又言本作一切衆生所喜見王童子之身我十二年食香燒身供養佛法心不生悔又言本作療病王身已療一切閻浮提人一切病苦如是種種無量苦惱皆悉已作有大饒益我已證得如是菩薩種種苦行得果示現示現饒益世尊已說此修多羅偈言

若如是初因　苦行廣捨身　貧窮乞匃者隨所應施與　離一切諸過　第一寂靜輪說不毀第一　是故我今轉

以何義故名世尊者堪受供養故名世尊更有餘義如菩提心優波提舍彼中示現如來何故在王舍城耆闍崛山二種住持轉于法輪不餘處者難不相應隨在何處此難無窮世尊若在餘處遊行亦有此難是則無窮更

有餘義如菩提心優波提舍彼處示現以何義故名如來者彼義今說如實而來故名如來何法名如涅槃名如衆生與法彼二不如如世尊說諸比丘第一聖諦不虛妄法名爲涅槃知故名來異聲論界知字論界如世人說此人來生此明何義此明智慧具足來義如是涅槃名如知解名來正覺涅槃故名如來又空無相無願名如如彼一切行故名如來又四聖諦此名爲如非餘人見彼一切行故名如來又復一切如是佛法此名爲如彼來此人故名如來又復如名六波羅蜜布施持戒忍辱精進禪定般若正覺彼來故名如來實捨寂慧安住是如如彼無上正遍知來故名如來一切如是菩薩諸地歡喜離垢明焰難勝現前遠行不動善慧法雲等十此名爲如如彼無上正遍知來故名如來如八道來故名如來以有般若波羅蜜足方便足來故名如來或名如去言如去者或以如說故名如去又如去者不去復來故名如去以何義故名法輪者彼義今說法體是輪故名法輪譬如世間銅體是鉼故名銅鉼木體爲輪故名木輪此亦如是法體爲輪故名法輪如是示現何者是法謂三十七菩提分法此法是輪故名法輪又一切法自體覺義是法輪義又一切法勝莊嚴義又取捨義如是等義名爲法輪捨何等物謂捨有爲取何者物謂取涅槃又能破壞一切煩惱是故名輪如時運輪法王治輪如輪王輪一切世間光明照輪如星宿輪又說法輪不斷常輪二邊不定又不生輪如因緣生又不二輪如眼與色乃

至意法不二應知不可得輪以三世法不可得故又復空輪離諸見故又無相輪觀一切相離諸相故又無願輪離三界故一切分別不別異輪以一切法不分別故

世尊復於阿那婆達多龍王修多羅中告龍王言賢首龍王又法輪者實不壞行如是名輪三世等故無自體輪以離有無二種見故又復離輪身無染故又不著輪以離心意意識等故無處所輪以捨一切有行生故又復實輪大實見故又復諦輪正修不壞故又不盡輪示不盡故又法界輪以一切法皆悉行故又實際輪以前後際非際輪故又如如輪諸法自體無自體故已無爲輪一切疑慮觀察定故又復常輪聖性集故又復空輪不見內外一切物故又無相輪以一切相不分別故又無願輪以一切法不攀緣故又無爲輪一切言語所說皆空不可說故如是世尊所說法輪此等皆是法輪之義

又復世尊幾轉幾行轉法輪者彼義今說法輪三轉有十二行此苦聖諦此集聖諦此滅聖諦此苦滅道聖諦此第一轉此苦聖諦應知此苦集應斷此苦滅應證此苦滅道應修此第二轉此苦聖諦已知此苦集已斷此苦滅已證此苦滅道已修此第三轉此說三轉如是苦智集智滅智道智如是苦諦有三轉智如是集諦如是滅諦如是道諦有三轉智彼如是說有十二行何以故如是異行於苦諦中有三轉智異行集諦異行滅諦異行道諦皆三轉智此如是說有十二行所言苦者謂之五陰五陰苦相是名爲苦彼苦相空通

達此空是名苦智聖諦彼五陰因愛使見因是名爲集若不分别不分别不取不觸愛因見因是名集智聖諦若彼五陰畢竟盡滅前際不來後際不去中際不得是名爲滅彼如是知是名滅智聖諦若道得巳攀縁苦智集智滅智彼平等相彼不二智是名苦滅道智聖諦又復何故非少非多説彼聖諦如是分别此則無窮又復如是知四聖諦則得解脱所謂知苦苦因苦滅後得方便如是四聖諦此如是義次第而説又平等相何者名聖諦不虚妄法以不虚妄故名爲諦各各自相皆不虚妄如是不虚妄法是平等相又復勝相何者勝相苦逼迮相集能生相滅寂静相道者出相又十二行若逆若順有十二分因縁生轉又復廣普修多羅説正分别能分别不善觀察生於無明非有生法如是乃至大苦聚集彼有及滅如是法輪十二行轉居隣若知三寶具足

又復世尊此中説轉何故如來不生法門説一切法不轉不回應如是知畢竟不起如是次第彼義今釋彼眞諦説此世諦説又此時説又此爲治信受故説此義巳説是故今説又復此爲初業菩薩故如是説得大地人如是不諍若衆生法皆不可得然則世尊何所住持而轉法輪彼義今釋佛以大悲不取衆生亦不取法而常住持衆生及法巳轉法輪又復世尊於龍王問修多羅説如虚空轉名法輪轉又復此是世尊方便諸法無名以名字説是故偈言

一切法無名　説名以名法

世尊汝爾不取衆生而治衆生爲之說法雖不取法而常廣說一切諸法又復般若波羅蜜經無垢名稱修多羅說爲知真諦故說世諦如是無過

又復世尊以何義故捨彼寬博種種勝妙華樹莊嚴無量勝人多衆集處於波羅柰少人衆處在波咤離樹影蔭下鹿苑之中而轉法輪彼義今釋世尊往昔已於彼處八十千億那由他會廣行布施又於彼處已曾供養六十千億那由他佛又於彼處已有九十一億千佛轉於法輪彼處常饒寂靜仙人有如是等諸大功德是故世尊在於彼處而轉法輪此義已釋今復更說又廣普經有偈說言

我六十千億　那由他會施　供六十千億
那由他諸佛　波羅柰處勝　有勝舊仙人
第一天龍等　常讚說法處　九十一億前
我億無上勝　於此妙林中　轉無上法輪
此有那由他　寂靜勝仙人　常在鹿苑中
故名仙人處　如是勝林中　轉無上法輪

如是已轉又爲法人如是已轉

又復世尊何處初坐而轉法輪彼義今釋世尊坐彼大圓殿處無量清淨妙色珍寶莊嚴師子座上而轉法輪此何處說廣普經中如是說言諸比丘有諸地天知波羅柰欲轉法輪有本饒益置大圓殿種種莊校廣博嚴麗其殿縱廣七百由旬虛空諸天以蓋幢旛而爲莊嚴於上空中欲界天子八十四千師子之座奉施如來施如來已一一請言唯願如來坐我此座而轉法輪一一天子各見世尊坐其所施師子座上而轉法輪世尊如是滿

足一切諸天子意

又復世尊轉法輪時幾許衆生捨惡行善彼義今釋憍陳如等有五比丘復有諸天六十億數復有色界天八十億數復有八十四千億人此何處說彼廣普經有偈說言

阿若居隣等　如是五比丘　六十億諸天皆得法眼淨　八十億色天　淨無上法眼淨勝法眼人　八萬四千億

以要言之衆生住持示說衆生法住持者示現說法又復有義衆生住持示現令知衆生心行八萬四千法住持者示現令知八萬四千法聚光明多所饒益又復有義衆生住持此爲示現衆生平等法住持者示法平等又復此二世諦示現

轉法輪經優波提舍

音釋

驃騎（驃毗召切騎奇寄切驃騎官名）鄴（魚怯切地名）咤（陟駕切）抒（神與切挹也）脇（虛業切腋下也）療（力照切治也）

大般涅槃經論

元魏沙門達磨菩提譯

涅槃經本有今無偈論

陳世天竺三藏眞諦於廣州譯

能斷金剛般若波羅蜜多經論頌

唐三藏法師義淨奉　制譯

清刻龍藏佛說法變相圖

三論同卷

大般涅槃經論

涅槃經本有今無偈論

能斷金剛般若波羅蜜多經論頌

大般涅槃經論

婆藪槃豆作

元魏沙門達磨菩提譯

頂禮淨覺海　住持甘露門　亦禮不思議

自性清淨藏　救世諸度門　正趣實諦道

及如學而學　如法證實義　愍長迷蒼生

含悲傳世間

從初如是至流血灑地名不思議神通反示分純陀哀歎二品名成就種性遣執分從三告已下訖大衆問品名正法實義分五行十

功德名方便修成分師子吼品名離諸放逸入證分迦葉品名慈光善巧住持分憍陳如品名顯相分云何得長壽金剛不壞身迦葉欲共衆生同聞故問答意我修三業故得長壽云何金剛不壞身問一切衆生皆敗壞云何得不壞如前所行得不壞云何堅固力心無分別故得堅固無來無去故長壽不可說故不壞無流動故堅固云何得長壽金剛不壞身故得長壽云何不壞得堅固力故不壞迦葉爲衆生非一問可了答法相不盡故問願佛開微密廣爲衆生說云何微密身外有佛亦不密身内有佛亦非密非有非無亦非密衆生是佛故微密云何衆生是佛衆生非有非無非非有非非無是故衆生是佛云何得廣大爲衆作依止何以名廣大無有識相無不是佛行無不淨德無不滿故言爲衆作依止見釋迦依止者不名依止小乘解義慈故令衆生依止實非阿羅漢如與羅漢等者昔教王宮生得阿羅漢今說王宮非生雙林非滅云何非羅漢如與羅漢等迦葉未蒙佛教不問四依止問如來若王宮非生雙林非滅自然得戒不由四果實非阿羅漢云何如來與羅漢等解云若如來實是阿羅漢四依可與羅漢等佛實非羅漢那得言如與羅漢等釋迦身有二名一名應來二名菩薩實行言應者從蓮華藏世界是大莊嚴佛作太子現王宮生雙林滅此是菩薩遊戲法第一眞者無所從來云何與羅漢等佛有二種名一眞佛化同聲聞阿羅漢佛非實聲聞云何與四聲聞等解向前實有羅漢可言我與羅漢

等前不曾有羅漢言羅漢者我身自作云何與等又解釋迦身名阿羅漢性地菩薩云何與羅漢等第二實行菩薩應來亦能化作佛釋迦實是阿羅漢可言等釋迦不曾是羅漢云何等是故止性地菩薩是阿羅漢阿羅漢此菩薩實非佛羅漢云何與佛等釋迦實是阿羅漢可言等釋迦不曾是羅漢云何等是故正實行菩薩是阿羅漢是故王宮生雙林滅皆是遊戲菩薩現作前實無阿羅漢由我化故衆生得阿羅漢是故我作阿羅漢第二蓮華藏世界菩薩化與我無異是故實非阿羅漢如與羅漢等若我實是羅漢菩薩可與我等執我爲羅漢者此非菩薩法相化通皆是不實解四依歡喜地爲初依六地爲二依八地爲三依法雲地爲四依化聲聞聲聞虛

斷不曾是阿羅漢云何與等菩薩名爲法佛亦名緣佛云何法佛從法中生行法故得見故名法佛云何緣佛有緣故見名爲緣佛問迦葉意若自解不須如此問若不曾聞不曾見云何作如此問答迦葉是十二童子如來威神力加教故能問迦葉所問正是涅槃更無異外云何知天魔爲衆作留難解此迦葉正問如來身不問未來何以故知衆生身自不信云何有外魔來作留難如來今在道樹下始成佛正法將興魔畏失其徒衆故作留難云何諸調御心喜說眞諦云何名調御凡夫衆生無所知聞大乘是大乘聞小乘是小乘聞苦是苦樂是樂何以名調御非苦說苦非樂說樂非常說常昔日說小今說大亦不名心喜說眞諦不名爲調御今說無常非無

常苦樂非苦樂無來無去是名說眞諦正善具成就演說四顚倒正善具成就者菩薩行四無量心十波羅蜜無不平等是名相中正善菩薩行無不正善聲聞有彼此故不名爲正善菩薩無彼此故名爲正善第二正善者昔教不正聲聞不具成就今者涅槃理正無來無去無生無滅名爲正善具成就第二從歡喜以上至法雲地是名具成就演說四顚倒聲聞人言我常樂我淨佛苦空無常是倒聲聞苦空無常佛常樂我淨亦顚倒佛常樂我淨衆生苦空無常亦是倒云何如來說四顚倒爲聲聞說正說四顚倒是不顚倒更無外法是顚倒不顚倒是名心喜說眞諦經云說法不有亦不無是名眞諦云何諸菩薩能見難見性迦葉有二種意一欲使一切衆生知有佛性二不欲使見佛性何以不欲使知見欲令如來深解佛性何以故名深佛性非是可作可造可修可得故名深聲聞狹小不究竟不能見菩薩行慈悲曠濟不求見爲衆生故被縛故名難見第二解性佛非是可見法能見所見能知所知能修所修故名能見難見性云何解滿字及與半字義半字者漸教滿字者涅槃滿足教故名滿字攝佛教果功德盡名滿字聲聞緣覺教不滿足故名半字涅槃名頓亦名漸今論涅槃二諦相對中滿就行有滿不滿故名漸教然理無滿不滿是故涅槃名漸教形半字涅槃名頓教第二復次言滿半者是衆生妄想理不是滿不滿是故言涅槃漸教云何諸菩薩能見難見性是或但見法又言云何解滿字及與半字義

今更無見不見云何共聖行如娑羅娑烏如來在王宮取婦有兒或出家與聲聞同譬如娑羅娑烏共爲一群不可分別聖者如來與一切衆生同修同行故言云何共聖行如娑羅娑烏第二解色爲聖人聲聞色心爲聖人菩薩聖人非心色言有心色者故非聖人聲聞聖人形色爲共菩薩聖人無青黃赤白心識理共有心識凡夫無心識聖人故言聖人言娑羅娑烏者總名譬如來共一切衆生不可分別迦隣提者譬涅槃別一切衆生還去聲聞意菩薩知如來與一切衆生無差别故名共解有相捨離如來未出世有凡有聖相捨離如來出世一切衆生不相捨離聲聞意菩薩不相捨離者如來不出世不相捨離如來出世不相離解世諦無苦空無常第一義諦無常樂我淨有人言無世諦有常樂我淨淺解義理

又有人言有是世諦無是第一義諦亦有亦無是世諦非有非無是第一義諦非有非無更無外法故名共聖行迦隣提日月太白與歲星云何名日月此日月者譬喻凡夫見日月有出没聖人不曾見出没第二聲聞人見佛王宮生雙林滅菩薩不曾見王宮生雙林入涅槃第三日月没故太白歲星出世人生怪如來入涅槃聲聞緣覺出法與如來異故言星出衆生妄見日月歲星有出没而實無出没衆生見如來有生滅而如來實無生滅云何未發心而名爲菩薩聲聞有發不發緣覺亦有發不發菩薩亦有發不發此三種菩薩名發心云何發心者果異可得名發心如

來從初教衆生有發不發昔教有發不名爲發云何不名發見有佛異可得可求差別不名發何者名發今說無相涅槃理熏故令一切發名爲發無有聲聞緣覺菩薩有發不發故言未發心而名爲菩薩涅槃平等照一切故一切未發心皆名爲菩薩迦葉何故問云何未發心而名爲菩薩發心者見日月不發心不見日月二發心者見常住不發心不見向者如來出世有發不發發者見不發不見今者涅槃平等照發亦是發亦是不發云何於大衆而得無所畏菩薩出世慈悲平等不壞衆生相故言無所畏菩薩無畏衆生亦無畏云何衆生不畏菩薩出世不壞衆生相是故衆生亦不畏如來出世以慈悲喜捨四無量心平等無有差別無有天魔外道乃至一闡提如一子想無所畏何以衆生無所畏一切衆生視如來如父母故無所畏何以名闡提不識佛不識內外道名一闡提問一闡提不識內外與菩薩何異解言菩薩不識內外不殺一闡提不識故行殺猶如閻浮金無能說其過解此是和衆義閻浮檀金有四種其四者何一青二黃三赤四紫磨青者喻外道黃者喻聲聞緣覺赤喻六波羅蜜菩薩紫磨喻如來閻浮金亦有青黃赤白有四種諸色二者世間好物雖復端正猶有闕少閻浮金者不如此物不可說其過喻如來得涅槃亦種種聲聞外道六波羅蜜菩薩猶如閻浮金不可說其過紫磨金具有衆色喻涅槃具有天魔外道聲聞緣覺六波羅蜜菩薩何以如此此外更無異法紫磨金一切具足諸色不

可說聲聞緣覺六波羅蜜外道種種有故不可說涅槃理非青黃赤白法亦青黃赤白故言不可說若有青黃赤白可說其過此青黃赤白不曾有故不可說云何處濁世不汙如蓮華濁世者五濁云何五濁劫濁煩惱濁釋迦出於五濁王宮生有妻子金銀七珍種種財物皆名爲濁不爲所染故名處濁世不汙如蓮華第二第三乘法名之爲濁今者涅槃不爲三乘所染故名不汙云何處煩惱煩惱不能染如醫療衆病不爲病所汙迦葉問意據如來三界煩惱九十八使如來出世不爲所汙一切衆生三界煩惱九十八使所汙第二聲聞緣覺六波羅蜜計有煩惱可斷佛果可得是故爲煩惱所汙十地菩薩行通達大智故不爲煩惱所汙第四大菩薩望果亦爲煩惱所汙今者涅槃非是因果所得是故不爲所汙第五四諦教乃至般若波羅蜜法華亦爲煩惱所汙今者涅槃理無流動無得失無起滅是故不爲所汙如醫療衆病不爲病所汙如來出世始從三歸五戒乃至菩薩戒彈指低頭以漸教化治衆生病知煩惱故不爲病所汙衆生不知煩惱故恒爲病所汙第二次第教亦名治衆生病第三名力教神通變化身一切降伏亦名治衆生病第四今時說涅槃治前別教患亦名療衆病云何名患一切衆生未發心名患見丈六發心又解非丈六使發心涅槃平等照令使發心故名療衆病生死大海中云何作船師三界名生死如來出世亦名生死何以名生死如來法能度衆生令不生死故言生死大海中作船師

第二丈六說次第法乃至法華亦名生死法令說涅槃無來無去無生無滅度前生死教故名船師初解丈六不生死及教不生滅第二丈六及教亦生死涅槃無生滅第三佛滅度誰能度生死唯大菩薩能度生死第四菩薩亦不能度大涅槃理能度生死喻世間船師善解方便能知海難煩惱大海三界爲船如來種種方便說三乘法爲船師世間船師指因指果衆生上船如來方便說三乘法說因說果言出三果者猶是生死是故以三界爲船初次第教者以生死度衆生故名爲船師法華以萬行爲船今涅槃以無生死爲船何以示病所汙復有生死大海中云何作船師前去煩惱又煩惱大海中作船師度令到彼岸云何捨生死如蛇脫故皮迦葉問如來出世生死今說入涅槃道我不生不死如蛇脫故皮不生滅次第丈六所說是生死法今者說涅槃不滅前次第教此教無理如蛇脫故皮無利無功德今者涅槃無生無滅亦不破教第二一切衆生乃至言說不言說有形類悉有空名唯涅槃是眞實理云何觀三寶猶如天意樹三寶名軌則如來出世亦現有三寶由有三寶故受三歸得五戒亦得彈指亦得隨意所修隨意所得如來亦名如意亦名衆生如意隨意受三歸五戒乃至菩薩悉得果報故名衆生如意如來如意者隨衆生根感故名如意今言涅槃如意者一切苦樂善惡無不是理故名如意故言觀三寶猶如天意樹喻他化自在天有一樹能隨諸天意所得故名如意樹諸天行行久故感得此樹

三寶亦如是衆生行行久故感得丈六故名三寶猶如天意樹三乘若無性云何而得説三乘者非如來説一法三乘者衆生根故言一音説隨類解如來説三乘不名説逐衆生根故有小有大如來雖説三乘非如來本意何者如來本意涅槃是迦葉問意三乘若無性云何而得説如來答言一切諸佛不爲衆生説三乘今者涅槃實相小非小大非大當知三乘教是一相無有大小第三説涅槃理處不道大不道小衆生智差別故教差別理無差別大小故得説大小向者差別者正是無差別更無異外猶如樂未生云何名受樂迦葉問言衆生不知樂云何説受樂凡夫有苦無樂菩薩有樂無苦何以有樂菩薩智通達到果故知樂衆生不知故苦菩薩知果言菩薩樂不是樂衆生苦不是苦等是妄故涅槃無苦無樂名爲大樂故樂未生云何名受樂問如來娑羅林説法何以不純戒持得福戒不得福戒外道是佛戒非佛答意向者雜教是涅槃更無外道涅槃云何諸菩薩而得不壞衆一解聲聞緣覺六波羅蜜菩薩乃至外道有彼此有得證故名爲壞衆第二菩薩密行密教知衆生根性不壞衆生相故名壞菩薩所不壞者能壞不能壞非菩薩能作法如此不乖法相故名不壞衆第三菩薩知涅槃無青黄赤白無彼此故名不壞衆第四不壞者涅槃理非得非證非造非作故得不壞衆第五眞理不壞衆生衆生亦不壞理何以如此衆生是理理外更無衆生故不壞衆云何爲生盲而作眼目導迦葉問云何作眼目

導一解前教聲聞緣覺六波羅蜜隨其相解名生盲如來解聲聞緣覺六波羅蜜若曾有所得是不可聞此法曾有故開譬如盲人不知青黄赤白若有人語青黄赤白轉迷若道無青黄赤白稱所解名作開喻三乘人明有因有果差别有得不得令語涅槃若有長有短有得有不得轉迷言涅槃無青黄赤白無得無證無長無短故名爲開因丈六修道持戒布施不是因因佛性無得無修是名爲因一切衆生視三乘人以爲法三乘者名清盲非但三乘人一切衆生亦清盲法非可見不可見可開不可開可至不可至此教故道清盲理不道清盲無清盲是故道清盲不清盲不乖法相若有此二種可道不曾有不曾無何以說是有不有無不無開不開都不乖故言開云何六多頭唯願大仙說迦葉問意如來初教種種多頭令涅槃何以唯一無二如來答非我多頭衆生昔行多根故是故說多頭故言示多頭第二法多何以名多法相如此所以示多頭第三所由說多此法若有可名多說此法不曾有是故不多說第四涅槃理相如此非是多不多第五眞理本非是有無法是故說不說無所妨礙

大般涅槃經論

涅槃經本有今無偈論

天親菩薩造

陳世天竺三藏眞諦於廣州譯

涅槃經三世義

解純陀疑問論曰多弟子已成熟純陀未成熟佛爲純陀未成熟故顯示大般涅槃講說大經受大功德爲成熟故來拘尸那城云何純陀而有疑心有二因緣一見同相未見別相生疑心二見別相不見同相故起疑心者如遥見杌疑爲是人爲是杌若見烏鳥集上鹿從其下過知是杌非人若見舉手挑衣者知人非杌別相不見同相生疑心者如空不共相是常住如見地不共相是無常聲聞者不共相於聲聞不共相生疑爲同空是常住爲同地是無常凡夫爲同相故起疑心聲聞緣覺爲別相故起疑心凡夫爲有生法故起疑心聲聞緣覺爲無生法故起疑心純陀不爲此二種故起疑心爲欲利益衆生故生此疑如此大菩薩那得於佛生疑於此大會大有外道聚集有外道說佛死而更生復有說如燈盡火滅復有說佛滅後有盡有不盡爲釋此疑故佛說偈

本有今無　本無今有　三世有法　無有是處

佛爲二乘故說偈煩惱生得聖修得凡夫性生得聖性修得煩惱縛生得解縛修得生死生得涅槃修得本生今修本是生今是修爲二乘作此解說不謗大乘爲大乘作此解說是謗大乘此是不相應大乘誰能令相應大乘是故我等依義選擇思惟義不依語言不選擇思惟語言爲修行大乘者說過三種義

顯了別義言本有今無本無今有三時有是三種義無有是處何故三種義不成就若本有今無者一切如來等則無解脫何以故性不定住故以前有後無故一切眞有亦無眞有俗有亦無何以故眞有前後無異故俗有無本故是故眞俗二義不成就於此二義不明了僧佉外道亦如是說因中有果譬如乳有酪生酥等是增益僧佉等義若本無礙現在時中誰能爲障若汝思惟妨礙因緣和合爲障者是義不然何以故前後無異故若今不障本時何故不障有何道理本不依因緣生後依那因緣滅所言本者以何法爲本爲初起爲當相續爲本若初起爲本初不爲因緣所生後如初亦不爲因緣所生若如是說十二因緣法如如義皆悉已破則同外道說無因義若相續爲本者相續亦不定何以故分分不定故云何相續爲本是故一切有生之法說本無因如此說者則無道理本無今有者若前是無本而今有有者則無得解脫者前煩惱未起則是離解脫而後生煩惱則無解脫若前無今有者最極無生當應得生如空生華若汝思惟一則無因是義不然何以故如空與華二同是未有何故因緣生空不因緣生華等是無故是義無道理若本無生而今得生則破本義是義不然何以故初生是本故若汝思惟因緣是初生則非初是故生非是本是亦不然何以故汝意欲破本有故欲立因緣本者是故不過本故前未有法因云何生若其生者爲具足生爲分分生若具足生者爲一時生爲前後生若一時生

則因果同時不可分別若果後生因在前滅誰生後果如煑熟鷄而復作聲還生若具足者何用觀因若分分生者亦同前失是故本無今有欲安立因是義不然

三時有者無有是義若有是三世者爲一義遍三世爲一一義各各三世如此二義並皆不然何以故若一義遍三世者不得一世有三何以故相妨礙故若義依時則過去未來分分無窮若時依義義一故則無三世離義故則無別時是故三時皆不成就若一物遍三世者是物則不可說名何以故一物二成就故若爾生死涅槃則是一若各各世有者三世各自有如現世能生果過去未來何意不能生若具能生則無一人得解脫者若不能生過去未來誰斷果報言過去未來是有者爲體故說有爲用故說有若爲體說有云何可破而爲三分若爲用說有者過去滅未來未生云何起用若汝思惟三世是有爲能說三世不爲能說三世不爲體說若同有體一則有能二則無能是義不然若汝思惟爲時節有能不說能知芭蕉一生果不能重生義亦不然何以故義不定故此三時誰之所有若有因生則難難則無窮若無因生則時節義不成就若汝思惟未來是前現在是中過去是後作三世者何以故未來力逼出故現在現在力逼出過去如恒河水未來水逼現在水現在水逼過去水若一世成就則三世成就是義不然何以故水是同時處所別故故說三時三世有義是故不然無無是處者如小乘說無是處如外道說無是處破小

乘外道如是偈義一破邪義二立正義破邪義者依語言說立正義者依於義說所言正義者本有今有過於三世是名正義本有今有者從初發心至得涅槃一味無異不依生因不依滅因有則清淨凡夫法不能染聖人法不能清淨若起四重五逆不能令滅若修慧斷惡不能令增若有見得清淨眼若有見得毒惡眼依方便則過語言道及一切思惟不可說不可思惟攝受因果非因非果是地非數量一時能分別是諸佛如來境界生死涅槃是地逆順故若逆是生死若順是涅槃地是前際是後際是發心地是金剛後心地破一切見清淨一切見一切衆生應當受用如來一體最歸依處攝受一切寶是大涅槃過三世者爲用說涅槃功德何者過三世爲生故分別三世涅槃無生故不可分別三世者未生得生巳生則滅涅槃無滅故常住是故自在以自在故是故最樂爲體故說清淨爲用故說常樂我自體故清淨對生死故常樂我復次有二種義若本有今有則是常見若過三世則是斷見若二義待來離斷常是中道如是俗諦眞諦相待故有如是十二因縁眞實何以故離二邊是眞十二因縁若能善解即見如來現在於世是故如來說十二因縁是如來身於眞俗二諦以不二故是十二縁眞佛道如是偈有二義一則對因義斷於邪道二理得義顯示實如是二義是如來事依大智依大慈悲五常義

一無窮常二無起常三恒在常四湛然常五無變常無窮常者有十一因無邊故常二衆

生無邊故常三大悲無邊故常四四如意足無邊故常五慧無邊故常六恒在定故常七安樂清涼故常八行於世間八法不能染故常九甘露寂靜遠離四魔故常十性無生故常因無邊者無量刧來捨身命財爲攝持正法正法旣無邊際無窮盡此即以無窮之因得無窮之果果即三身也二無起常者依前際非本無今有不爲惑生身所生故三恒在常者依後際離不可思議死壞故四湛然常者依中際不爲無明煩惱病所破壞故五無變常者過三際不爲無漏業果報所變異故第三恒在離死第四湛然離病第五無變者初地至如來地通名無窮從八地至如來名無起從九地至如來地亦分得名爲無變常者正論五義併在佛地

諸行無常是生滅法　生滅滅已　寂滅爲樂三藏闍梨解旨云諸行無常者諸行即是色心諸行行於三世中也無常自有五義一失滅無常二相離無常三變異無常亦名回轉無常四有分無常五自性無常所言失滅者如百年報盡壽命失滅也二相離無常者即是骨肉離散也三變異者如骨色初白後變爲鴿色也回轉者即轉白爲鴿色四有分無常如根塵識三事未和合時名爲本無無常已有還無名爲滅壞即是已有還無無常根塵識共聚總名爲有分也五自性者爲有前四義故名爲自性無常也是生者是未來世生也滅法者是過去世已滅法也生滅者是現在世也而現在攝生滅者生而即滅故云生滅居現在也言寂滅爲樂者若言滅法爲

樂此義不然何以故爲有現在滅是過去已滅法爲殘以有殘故非樂也若滅現在生滅爲樂者此事不然何以故爲有未來生是現在世殘故有殘故非樂也若言未來生是常者此義不然生必有滅故非常也若能令未來應生法而不得生乃可爲樂耳寂滅爲樂即其義也上三句明生死有爲法故無常後一句辯涅槃是無爲法故常住

涅槃經本有今無偈論

能斷金剛般若波羅蜜多經論頌

無著菩薩造

唐三藏法師義淨奉制譯

勝利益應知　於身并屬者　得未得不退
謂最勝付囑　於心廣最勝　至極無顛倒
利益意樂處　此乘功德滿　六度皆名施
由財無畏法　此中一二三　名修行不住
爲自身報恩　果報皆不著　爲離於不起
及離爲餘行　攝伏在三輪　於相心除遣
後後諸疑惑　隨生皆悉除　若將爲集造
妙相非勝相　二相遷異故　無此謂如來
因與果甚深　於彼惡時說　此非無利益
由三菩薩殊　由於先佛所　奉持於戒學
并植善根故　名具戒具德　能斷於我想
及以法想故　此名爲具慧　二四殊成八
別體相續起　至壽盡而住　更求於餘趣
我想有四種　皆無故非有　有故不可說
是言說因故　法想有四種　由彼信解力
信故生實想　不如言取故　取爲正說故
佛了果非比　由願智故知　爲求利敬者
遮其自說故　證不住於法　爲是隨順故
猶如捨其筏　是密意應知　化體非眞佛
亦非說法者　說法非二取　所說離言詮
自受爲他說　非無益集福　福不持菩提
彼二能持故　得自性因故　此餘者是生
唯是佛法故　能成最勝福　不取自果故
非可取可說　解脫二障故　說妙生無諍
在然燈佛所　言不取證法　由斯證法成
非所取所說　智流唯識性　國土非所執
無形故勝故　非嚴許嚴性　譬如妙高山

於受用無取　非有漏性故　亦非是因造
爲顯多差別　及以成殊勝　前後福不同
更陳其喻說　兩成尊重故　由等流殊勝
煩惱因性故　由劣亦勝故　彼果勝苦故
難逢勝事故　境岸非知故　於餘不共故
是甚深性故　勝餘略詮故　冑族高勝故
望福福殊勝　彼行堪忍時　雖苦行善故
彼德難量故　由斯名勝事　由無恚怒情
不名爲苦性　有安樂大悲　行時非苦果
生心因不捨　是故應堅求　謂是得忍邊
及此心方便　應知正行者　是利生因故
於有情事相　應知遍除遣　彼事謂名聚
最勝除其想　諸世尊無比　由眞見相應
果不住因位　是得彼果因　世尊實語故
應知有四種　立要說下乘　及說大乘義

由諸授記事　皆無有差舛　不得彼順故
是非實非妄　如言而執者　對彼故宣說
常時諸處有　於眞性不獲　由無知有住
智無住得眞　無智猶如闇　當闇智若明
能對及所治　得失現前故　由如是正行
獲如是福量　於法正行者　業用今當說
於人有三種　受持聞廣說　義得由從他
及已聞思故　此謂熟內已　餘成他有情
由事時大性　望福福殊勝　非境性獨性
能依是大人　及難可得聞　無上因增長
若但持正法　所依處成器　蠲除諸業障
速獲智通性　世妙事圓滿　異熟極尊貴
於此法修行　應知獲斯業　由自身行時
將已爲菩薩　說名爲心障　違於無住心
授後時記故　然燈行非勝　菩提彼行同

非實由因造　無彼相爲相　故顯非是妄
由法是佛法　皆非有爲相　謂以法身佛
應知喻丈夫　無障圓具身　是遍滿性故
及德體大故　亦名爲大身　非有身是有
說彼作非身　不了於法界　作度有情心
及清淨土田　此名爲誑妄　於菩薩衆生
諸法無自性　若解雖非聖　名聖慧應知
雖不見諸法　此非無有眼　佛能具五種
由境虛妄故　種種心流轉　離於念處故
彼無持常轉　故說爲虛妄　應知是智持
福乃非虛妄　顯此福因故　重陳其喻言
謂於眞法身　無隨好圓滿　亦非是具相
非身性應知　於法身無別　非如來無二
重言其具相　由二體皆無　如佛說亦無
說二是所執　由不離法界　說亦無自性
能說所說雖甚深　然亦非無敬信者
由非衆生非非生　非聖聖性相應故
少法無有故　無上覺應知　由法界不增
清淨平等性　及方便無上　由漏性非法
是故非善法　由此名爲善　說法雖無記
非不得應知　由斷一法實　勝彼寶無量
於諸筭勢類　因亦有差殊　尋思於世間
喻所不能及　法界平等故　佛不度衆生
於諸名共聚　不在法界外　若起於法執
與我執過同　定執脫有情　是無執妄執
不應以色體　唯如來法身　勿彼轉輪王
與如來齊等　即具相果報　圓滿福不計
能招於法身　由方便異性　唯見色聞聲
是人不知佛　此眞如法身　非是識境界
其福不失亡　果報不斷絕　得忍亦不斷

以獲無垢故　更論於福因　爲此陳其諭
彼福無報故　正取非越取　彼福招化果
作利有情事　彼事由任運　成佛現諸方
去來等是化　正覺常不動　彼於法界處
非一異應知　微塵將作墨　諭顯於法界
此論造墨事　爲障煩惱盡　非聚非集性
顯是非一性　於彼總集性　明其非異性
不了但俗言　諸凡愚妄執　斷我法二種
非證覺無故　是故見無見　無境虛妄執
由此是細障　如是知故斷　由得二種智
及定彼方除　陳福明化身　非無無盡福
諸佛說法時　不言身是化　由不自言故
是其眞實說　如來涅槃證　非造亦不殊
此集造有九　以正智觀故　見相及與識
居處身受用　過去并現存　未至詳觀察

由觀察相故　受用及遷流　於有爲事中
獲無垢自在

能斷金剛般若波羅蜜多經論頌

音釋

一闡提（梵語也此云信不具闡齒善切）杌（五忽切木無枝也）蠲（圭淵切除也）

遺教經論

陳天竺三藏法師真諦譯

清刻龍藏佛說法變相圖

遺教經論

天親菩薩造

陳天竺三藏法師眞諦譯

頂禮三世尊　無上功德海　哀愍度衆生
是故我歸命　清淨深法藏　增長修行者
世及出世間　我等皆南無　我所建立論
解釋佛經義　爲彼諸菩薩　令知方便道
以知彼道故　佛法得久住　滅除凡聖過
成就自他利

此修多羅中建立菩薩所修行法有七分一序分二修習世間功德分三成就出世間大人功德分四顯示畢竟甚深功德分五顯示入證決定分六分别未入上上證爲斷疑分七離種種自性清淨無我分

經曰釋迦牟尼佛初轉法輪度阿若憍陳如

最後說法度須跋陀羅所應度者皆已度訖於娑羅雙樹間將入涅槃是時中夜寂然無聲爲諸弟子略說法要

論曰初序分修多羅顯示利益成就畢竟故是中成就畢竟有六種功德一法師成就畢竟功德二開法門成就畢竟功德三弟子成就畢竟功德四大總相成就畢竟功德五因果自相成就畢竟功德六分別總相成就畢竟功德

初成就畢竟有三種相一總相二別相三總別相總相者如經牟尼故別相者如經釋迦故總別相者佛故是中釋迦者示現化衆生巧便故復家姓尊貴故牟尼者一切諸佛功德故復示自體清淨故

開法門成就畢竟功德者有二白淨法句一道場白淨法句二涅槃白淨法句此二白淨法前後二句說示轉說義應知道場白淨法者如經初轉法輪故涅槃白淨法句者如經最後說法故

弟子成就畢竟功德者示能受持二種白淨法門故成就自利益行故顯現如來快說法門功德故如經度阿若憍陳如故度須跋陀羅故此二句修多羅示八種成就故云何爲八謂二種受持成就故二種白淨法門成就故二種自利益行成就故二種快說法門功德成就故

大總相成就畢竟功德者二八成就總故如經所應度者皆已度訖故

因果自相成就畢竟功德者有四種自相一因自相如經娑羅雙樹間故二因共果自相

如經將入涅槃故三總自相如經是時中夜故四果自相如經寂然無聲故於中總自相者遠離二邊故成就二種中道故一者正覺中道二者離正覺中道是中離正覺中道者即果自相應知此果有二種一者自性無說離念涅槃果二者遠離覺觀涅槃果故

分別總相成就畢竟功德者分別人法二位差別故人位差別者上首眷屬差別故如經爲諸弟子故法位差別者世間出世間法等故如經略說法要故已說序分

二說修習世間功德分此功德有三一者修習對治邪業功德二者修習對治止苦功德三者修習對治滅煩惱功德

初修習對治邪業功德者

經曰汝等比丘於我滅後當尊重珍敬波羅提木叉如闇遇明貧人得寶當知此則是汝大師若我住世無異此也

論曰此修多羅中毎說比丘者示現遠離相故復示摩訶衍方便道與二乘共故又於四衆亦同遠離行故於我滅後者此言示現遺教義故不盡滅法故以不盡法清淨法身常爲世間作究竟度故如經當尊重珍敬波羅提木叉故此木叉亦是毗尼相順法故復是諸行調伏義故如來不滅法身自體解脱波羅提木叉依此法身得度二種障故一者有煩惱暗障二者空無善根障得度煩惱暗障者如盲得眼相似法故如經如暗遇明故得度空無善根障者滿足財寶相似法故如經貧人得寶故餘者示現波羅提木叉是修行大師故如經當知此則是汝大師故又示住

持利益人法相似故如經若我住世無異此也故依根本清淨戒經已

次說方便遠離清淨戒

經曰持淨戒者不得販賣貿易安置田宅畜養人民奴婢畜生一切種植及諸財寶皆當遠離如避火坑不得斬伐草木墾土掘地合和湯藥占相吉凶仰觀星宿推步盈虛歷數筭計皆所不應節身時食清淨自活不得參預世事通致使命咒術仙藥結好貴人親厚媟慢皆不應作當自端心正念求度不得包藏瑕疵顯異惑衆於四供養知量知足趣得供事不應畜積

論曰此中方便遠離淨者護根本淨戒故如經持淨戒者故云何護根本何者是根本護根本者今說二種何等爲二一者不同凡夫增過護二者不同外道損智護不同凡夫增過護者有十一事一者方便求利增過如經不得販故二者現前求利增過如經不得賣故三者交易求利增過如經不得貿易故若依世價無求利心不犯賣買法式如毗尼中廣說四者所居業處求多安隱增過如經不得安置田宅故五者眷屬增過如經不得畜養人民故此示外眷屬非同意者何故不但言人而復說民者以其同在人中於善法不了畜生之屬故六者難生卑下心增過如經不得畜奴婢故七者養生求利增過如經不得畜畜生故八者多事增過如經不得一切種植故九者積聚增過如經及諸財寶故十者不覺增過如經皆當遠離如避火坑十一者不順威儀及損衆生增過如

經不得斬伐草木墾土掘地故此十一種增過事修行菩薩宜速遠離不應親近避大火聚相似法故如經皆當遠離如避火坑故不同外道損智護者謂世間分別見故此分別見有五句十種分別如經合和湯藥乃至皆所不應故遮異見故何者是根本者此示根本有二種一者行法根本故二者行處根本故行法根本者波羅提木叉故行處根本者身口意故於身口意行處行波羅提木叉故節身時食等示現身口意行處波羅提木叉故修行菩薩當知三處波羅提木叉無復有餘解脫故身處波羅提木叉有五種解脫三種障對治二種不應作不作故一者他求放逸障此障對治如經節身故二者内資無猒足障此障對治如經時食故三者共相追求障此障對治如經清淨自活故四者自性止多事如經不得參預世事故五者自性尊重不作輕賤事如經不得通致使命故後二句示現不應作不作云何五種身解脫一者外緣身解脫二者内緣身解脫三者自相緣身解脫四者衆事緣身解脫五者遠離異方便緣身解脫五種解脫中初句總餘句別應知口處波羅提木叉者有二種邪語不應作不作一者依邪法語有二種不應作一邪術惱衆生語二依邪藥作世辯不正語如經呪術仙藥故二者依邪人語亦二種不應作一者與族姓同好多作鄙媟語二者親近族姓多作我慢語如經結好貴人親厚媟慢皆所不應故意處波羅提木叉者有六句說三種障對治三種不應作不作一者多見他過障

犯自淨心故此對治如經當自端心故二者邪思惟障不能自度下地故此對治如經正念求度故三者於受用衆具中無限無猒足障此障對治第五句於四供養知量知足故此供養有二種一者於身分中供養謂供飲食衣服卧具湯藥供養身分故二者於心分中供養謂不共心供養無猒足心供養二事相違心供養等分心供養此四種心供養癡亂衆生常受用故不知節量故若入三昧分者知量故若入道分者知足故三種不應作不作者一不汙淨戒不受持心垢故如經不得包藏瑕疵故二者遠離無緣顯已勝行令他不正解故如經顯異惑衆故三者遠離貪覆心貯積衆具故如經所得供事不應畜積故已說從根本戒

次說根本戒與從戒俱解脱能生諸功德故經曰此則略說持戒之相戒是正順解脱之本故名波羅提木叉依因此戒得生諸禪定及滅苦智慧

論曰從戒是戒相不可廣說顯示略說應知如經此則略說持戒之相故戒是正順此言示現從戒義故於此彼處說從有二種一者從根本戒二者從根本所起成就戒從根本戒者示現順根本無作波羅提木叉如向已說故從根本所起成就戒者示現後際解脱因中際從戒生故如經解脱之本故戒是解脱體能正度故如經故名波羅提木叉故此言示現能度身口意惡彼岸成就三業解脱故能生諸功德者示現有色解脱功德無色解脱功德彼二相順相違解脱功德皆從彼

生故如經依因此戒得生諸禪定及滅苦智慧故

次說勸修戒利益故

經曰是故比丘當持淨戒勿令毀缺若人能持淨戒是則能有善法若無淨戒諸善功德皆不得生是以當知戒爲第一安隱功德之所住處

論曰云何勸修戒利益於中有五種勸一者勸不失自體如經當持淨戒故二者勸不捨方便如經勿令毀缺故三者勸遠離諸過身口意業常集功德故如經若人能持淨戒是則能有善法故四者勸知多過惡於身口意中一切時不能生功德故如經若無淨戒諸善功德皆不得生故五者顯示持戒菩薩於所修行三種戒中有如是得失者我當住安隱處不住不安隱處故如經是以當知戒爲第一安隱功德之所住處故此言正示現勸修利益勝義故已說修習對治邪業功德

次說修習對治止苦功德是中苦有三種一者根欲放逸苦二者多食苦三者懈怠睡眠苦是三種苦三昧樂門對治應知云何根欲放逸苦對治

經曰汝等比丘已能住戒當制五根勿令放逸入於五欲譬如牧牛之人執杖視之不令縱逸犯人苗稼若縱五根非唯五欲將無崖畔不可制也亦如惡馬不以轡制將當牽人墜於坑埳如被劫害苦止一世五根賊禍殃及累世爲害甚重不可不慎是故智者制而不隨持之如賊不令縱逸假令縱之皆亦不久見其磨滅

論曰根放逸苦者是苦因苦果故依戒淨三昧方便攝念對治故如經已能住戒當制五根故何故但說五根示現色非色別故復次意根中有五根二種對治故云何二種一者動念對治故二者不動對治故戒念護根利益相似法故如經勿令放逸乃至犯人苗稼故身戒清淨故種種色不放逸牧牛相似法故正念成就故種種心不行執杖相似法故以戒念成就故三昧方便及正受功德無減無失故不犯苗稼相似法故復示無戒念失上上損心故氣分成就難對治故如經若縱五根非唯五欲將無崖畔不可制也故次說無對治難對治惡馬相似法故如經亦如惡馬不以轡制將當牽人墜於坑埳故復示過重相似不相似又因果深苦無量世故示現先際中慎故如經如被劫害苦止一世五根賊禍殃及累世為害甚重不可不慎故向說戒念護令說智護故智者三昧觀故彼是三昧重障故如經是故智者制而不隨故護彼如害命者相似法故如經持之如賊不令縱逸故重者既如是輕者云何制是中輕者謂細相習障故於此處有時則有無時則無故不作意起故如經假令縱之故勢無自立故如經皆亦不久故性是無對不相見故如經見其磨滅故是中云何立見示現依見時說故彼無見故滅見故

次說欲放逸苦對治

經曰此五根者心為其主是故汝等當好制心心之可畏甚於毒蛇惡獸怨賊大火越逸未足喻也譬如有人手執蜜器動轉輕躁但

觀於蜜不見深坑譬如狂象無鉤猨猴得樹騰躍踔躑難可禁制當急挫之無令放逸縱此心者喪人善事制之一處無事不辦是故比丘當勤精進折伏汝心

論曰是中欲苦者心性差別故亦是苦因苦果故示現種種色苦依彼而有故如經此五根者心為其主故應知自他生過故勤遮故如經是故汝等當好制心故何故勤遮示現此心三昧障法故何者是三昧相云何障法相三昧相者有三種一者無二念三昧相二者調柔不動三昧相三者起多功德三昧相故障法相者亦有三種一者心性差別障二者輕動不調障三者失諸功德障心性差別障者如經心之可畏甚於毒蛇惡獸怨賊大火越逸未足喻也故是中差別者貪等四種差別故修無二念三昧者於此差別處可畏應知四種譬喻相似法故復示不相似法大可畏故輕動不調障者如經動轉輕躁如是等故於中動轉者示現諸根中轉識動故復速疾故猨猴相似法故但觀於蜜者示現有瞕不見未來故深坑者障礙義故是障礙有二種一者生處障礙二者修一切行時困苦不能成就障礙狂象相似法故急挫者示現抑入無動處故無令放逸者顯示攝入調伏聚故失諸功德障者如經縱此心者喪人善事故無二念三昧相者如經制之一處故起多功德三昧相者如經無事不辦故調柔不動三昧相者如經當勤精進折伏汝心故已說根欲苦對治

次說多食苦對治

經曰汝等比丘受諸飲食當如服藥於好於惡勿生增減趣得支身以除飢渴如蜂採華但取其味不損色香比丘亦爾受人供養趣自除惱無得多求壞其善心譬如智者籌量牛力所堪多少不令過分以竭其力

論曰多食者三昧障故食有二種何等爲二一者身食二者心心數法食若多段食難止息故去禪定遠故是心心數法食者欲界相遠法中方便對治故復有第一義心三昧中盡故成就無食三昧故如是二種三昧有六種功德成就何等爲六一者受用對治功德成就二者平等觀功德成就三者究竟對治功德成就四者顯示平等觀功德相似成就五者不虛受功德成就六者知時功德成就此六種功德成就顯示二種三昧第一第五第六功德成就顯示少食三昧故受用對治功德成就顯示無食三昧故餘者三種功德成就者如經汝等比丘受諸飲食當如服藥故平等觀功德成就者如經於好於惡勿生增減故究竟對治功德成就者如經趣得支身以除飢渴故此示平等法身攝平等觀究竟無飢渴故顯示平等觀功德相似成就者如經如蜂採華但取其味不損色香比丘亦爾故是中不損者示現非壞法觀故不虛受功德成就者如經受人供養趣自除惱故知時功德成就者如經無得多求壞其善心故多求者示現心心數法多三昧功德不現前故籌量牛力等示知時相似法故示現知時有二種一者方便時計校故二者成就時相應故示多食過故已說多食苦對治

次說懈怠睡眠苦對治

經曰汝等比丘晝則勤心修習善法無令失時初夜後夜亦勿有廢中夜誦經以自消息無以睡眠因緣令一生空過無所得也當念無常之火燒諸世間早求自度勿睡眠也諸煩惱賊常伺殺人甚於怨家安可睡眠不自警悟煩惱毒蛇睡在汝心譬如黑蚖在汝室睡當以持戒之鉤早屏除之睡蛇既出乃可安眠不出而眠是無慚人也慚恥之服於諸莊嚴最爲第一慚如鐵鉤能制人非法是故比丘常當慚恥勿得暫替若離慚恥則失諸功德有愧之人則有善法若無愧者與諸禽獸無相異也

論曰懈怠睡眠苦對治者不疲倦思惟對治故是中何故懈怠睡眠共說障法示現懈怠者謂心懶惰故睡眠者身悶重故此二相順共成一苦故五種定障中共說故於中起睡眠有三種一從食起二從時節起三從心起若從食及時節起者是阿羅漢眠以彼不從心生故無所蓋故是三種睡眠中初二種以精進對治無有時節故無始來未曾斷故復示聖道難得故如經汝等比丘晝則勤心修習善法無令失時初夜後夜亦勿有廢中夜誦經以自消息無以睡眠因緣令一生空過無所得也故自餘修多羅示現第三從心起睡眠對治故是中對治有二種一者思惟觀察對治觀諸生滅壞五陰故如經當念無常之火燒諸世間故復示求禪定智慧度所度故如經早求自度勿睡眠也故復次觀察陰界入等常害故是中可畏求自正覺故如經

諸煩惱賊常伺殺人甚於怨家安可睡眠不自警悟故二者淨戒對治謂禪定相應心戒故六種境界心安住自心故可畏如蛇相似法故如經煩惱毒蛇睡在汝心譬如黑蚖在汝室睡故淨心戒對治故如經當以持戒之鉤早屛除之故復示遠離故安隱故如經睡蛇既出乃可安眠故次說下地相似安隱無對治故如經不出而眠是無慚人故又示治法勝能令自地清淨莊嚴亦令他地無過故如經慚恥之服於諸莊嚴最爲第一慚如鐵鉤能制人非法故是中最爲第一者示現勝餘戒莊嚴故是故比丘等爲明何義示現勸修勝莊嚴故常修故復示遠離者損自地故如經若離慚恥則失諸功德故復示有無得失故如經應知已說修習對治止苦功德

次說修習對治滅煩惱功德於中有三種障對治示道道義應知

經曰汝等比丘若有人來節節支解當自攝心無令瞋恨亦當護口勿出惡言若縱恚心則自妨道失功德利忍之爲德持戒苦行所不能及能行忍者乃可名爲有力大人若其不能歡喜忍受惡罵之毒如飲甘露者不名入道智慧人也所以者何瞋恚之害則破諸善法壞好名聞今世後世人不喜見當知瞋心甚於猛火常當防護無令得入劫功德賊無過瞋恚白衣受欲非行道人無法自制瞋猶可恕出家行道無欲之人而懷瞋恚甚不可也譬如清冷雲中而霹靂起火非所應也

論曰是中初障對治者瞋恚煩惱障對治故示現堪忍道故修行菩薩住堪忍地中能忍

種種諸苦惱故無輕重對治故如經汝等比丘若有人來節節支解當自攝心無令瞋恨故此示幻化法身成就故又復口行清淨常作軟語致如經亦當護口勿出惡言故復說自他利道德障法故如經若縱恚心則自妨道失功德利故顯示功德智慧二種心行淨故校量勝諸眷屬行故如經忍之爲德持戒苦行所不能及故於中行者三昧功德苦對治故三種苦業清淨及校量勝相示行安苦道應知次說眞如觀清淨顯示安樂道故成就觀智丈夫力故如經能行忍者乃可名爲有力大人故又顯示不入丈夫力成就者無智慧觀故依相違顯勝應知如經若其不能歡喜忍受乃至智慧人也故是中不歡喜者無信入觀故惡駡之毒者示無生法門相中不如法受用故甘露者示無生法自體相相似法故於中道者示智慧自體故復說過患事常護故如經所以者何如是等故於中諸善法者自利智慧相故好名聞者利他善法名稱功德故人不喜見者自他世無可樂果報故於中防護有二種何等爲二一者護自善法如防火相似法故二者護利他功德防賊相似法故復示世間功德違順法中有受用故未畢竟相違故如經白衣受欲非行道人無法自制瞋猶可恕故於中無法者無白淨法對治故次示出世間道於世間受用二法中一向相違故如經出家行道無欲之人而懷瞋恚甚不可也故餘者顯示道分中不應有相似法故如經譬如清冷雲中霹靂起火非所應也故

次說第二煩惱障對治道

經曰汝等比丘當自摩頭已捨飾好著壞色衣執持應器以乞自活自見如是若起憍慢當疾滅之增長憍慢尚非世俗白衣所宜何況出家入道之人爲解脫故自降其身而行乞也

論曰第二煩惱障對治道者示現自無尊勝心成就輕賤身心行故遠離貢高煩惱故於中有七句行遠離一者於上上尊勝處最先折伏故常應自知故如經汝等比丘當自摩頭故二者於餘處莊嚴不受用故如經已捨飾好故三者於衣服處對治爲好心故如經著壞色衣故四者自受用具常自持故如經執持應器故五者於内外受用事不作餘生過方便故及自調伏故如經以乞自活故六者智慧成就常自觀察故如經自見如是故七者對治成就遠離微起故如經若起憍慢當疾滅之故餘者明何義故示現校量自降伏者不應起憍慢故障礙先後際功德故如經增長憍慢尚非世俗如是等故

次說第三障對治

經曰汝等比丘諂曲之心與道相違是故宜應質直其心當知諂曲但爲欺誑入道之人則無是處是故汝等宜當端心以質直爲本

論曰第三障對治者示現根本直心遠離諂曲煩惱障於口意中自違違彼故如經汝等比丘諂曲之心與道相違故復示違道障對治故如經是故宜應質直其心故又復相違法道分時中不應有故如經當知諂曲但爲欺誑入道之人則無是處故是中欺誑者心

口俱時不實用故餘者示現直心是道心本故如經是故汝等宜當端心以質直爲本故

已說修習世間功德分

三說成就出世間大人功德分大人功德分有八種一切大人常用此以自覺察故長養成就方便畢竟故

經曰汝等比丘當知多欲之人多求利故苦惱亦多少欲之人無求無欲則無此患直爾少欲尚應修習何況少欲能生諸功德少欲之人則無諂曲以求人意亦復不爲諸根所牽行少欲者心則坦然無所憂畏觸事有餘常無不足有少欲者則有涅槃是名少欲

論曰是中第一大人成就無求功德知覺多欲過故於中說所知覺有五種相一者知覺障相謂煩惱業苦三種障故如經汝等比丘當知多欲之人多求利故苦惱亦多故此示回轉不息故二者知覺治相成就遠離三種妄想故如經少欲之人無求無欲則無此患故三者知覺因果集起相成就無量行故如經直爾少欲尚應修習何況少欲能生諸功德故四者知覺無諸障畢竟相三障畢竟故如經少欲之人則無諂曲以求人意亦復不爲諸根所牽故五者知覺果成就相彼若等三種功德果成就故如經行少欲者心則坦然無所憂畏觸事有餘常無不足有少欲者則有涅槃是名少欲

次說第二大人知覺功德

經曰汝等比丘若欲脫諸苦惱當觀知足知足之法即是富樂安隱之處知足之人雖臥地上猶爲安樂不知足者雖處天堂亦不稱

意不知足者雖富而貧知足之人雖貧而富

不知足者常爲五欲所牽爲知足者之所憐

愍是名知足

論曰第二大人知覺功德者成就知足行故

對治苦因果故如經汝等比丘若欲脱諸苦

惱當觀知足故是中惱者示現煩惱過從苦

生故復説清淨因果成就治法故如經知足

法卽是富樂安隱之處故若如是者二種知

覺云何差別此中示現初知覺者遠離他境

界事故知足者於自事中遠離故復次有三

種差別示現知足不知足故一者於何等何

等處受用差別故二者於何等何等事受用

差別故三者於何等何等法中無自利有自

他利差別故如經知足之人雖卧地上如是

等如經應知

次説第三大人遠離功德

經曰汝等比丘欲求寂靜無爲安樂當離憒

閙獨處閑居靜處之人帝釋諸天所共敬重

是故當捨己衆他衆空閑獨處思滅苦本若

樂衆者則受衆惱譬如大樹衆鳥集之則有

枯折之患世間縛著没於衆苦譬如老象溺

泥不能自出是爲遠離

論曰第三大人遠離功德於中三門攝義應

知一者自性遠離門體出故二者修習遠離

門方便出故三者受用諸見門常縛故自性

遠離門者示現四種對治一者我相執著障

此障對治如經汝等比丘若求寂靜無爲安

樂故於中寂靜者示法無我空故無爲者無

相空故安樂者無取捨願空故二者我所障

五衆亂起無次第故此障對治如經當離憒

閙故三者彼二無相障此障對治如經獨處閑居故四者無爲首功德障以其天可重法故此障對治如經靜處之人帝釋諸天所共敬重故修習遠離門者遠離我我所不復集生故如經是故當捨已衆他衆故方便慧成就如法如住故如經空閑獨處故善擇智成就遠離起因故如經思滅苦本故受用諸見門者樂集我我所生起自他心境相惱故如經若樂衆者則受衆惱故諸見集生生已自害大樹相似法故如經譬如大樹衆鳥集之則有枯折之患故復示無出離相煩惱業深生故老象溺泥相似法故如經世間縛著没於衆苦如老象溺泥不能自出是爲遠離故

次說第四大人不疲惓功德

經曰汝等比丘若勤精進則事無難者是故汝等當勤精進譬如小水常流則能穿石若行者之心數數懈廢譬如鑽火未熱而息雖欲得火火難可得是名精進

論曰是中不疲惓者示現不同外道精進故於一切法一切行善趣故成就不退轉故如經汝等比丘若勤精進則事無難者故以能成就不退須修習長養故如經是故汝等當勤精進故復以譬喻顯示不休息精進成就有力故如經譬如小水常流則能穿石故次說懈怠過不能常精進念處退失不成就心慧故依譬喻顯示應知如經若行者之心數數懈廢如是等故

次說第五大人不忘念功德

經曰汝等比丘求善知識求善護助無如不忘念者若有不忘念者諸煩惱賊則不能入

是故汝等常當攝念在心若失念者則失諸功德若念力堅强雖入五欲賊中不爲所害譬如著鎧入陣則無所畏是名不忘念

論曰第五大人不忘念功德者示現是一切行上首故能破無始重怨故於中一切行者略說三種一者求聞法行如經汝等比丘求善知識故二者内善思惟行如經求善護故三者求如法修行如經求善助故復示此等行中爲首爲勝故如經無如不忘念者故能遮無始重怨不害三種善根故如經若有不忘念者諸煩惱賊則不能入故煩惱者示心相中惑亂故賊者從外集生過故復示勸修令初後念成就示現遮無始心故如經是故汝等常當攝念在心故無始終故失念成就多過故如經若失念者則失諸功德故又成就多功德隨順世間門集諸行故如經若念力强雖入五欲賊中不爲所害故念力强故勇健無畏入陣相似法故如經譬如著鎧入陣則無所畏是名不忘念故

次說第六大人禪定功德

經曰汝等比丘若攝心者心則在定心在定故能知世間生滅法相是故汝等常當精進勤習諸定若得定者心則不散譬如惜水之家善治隄塘行者亦爾爲智慧水故善修禪定令不漏失是名爲定

論曰大人禪定功德者謂八種禪定等因攝念生故如經汝等比丘若攝心者心則在定故云何攝心能生禪定示現攝遍所行處心行對治緣故次及中輭取事心行對治緣故此三種緣處對治成時則近禪定故禪定成

就有方便果用故如經心在定故能知世間生滅法相故又懈怠無修習方便障故如經是故汝等常當精勤修習諸定故是中懈怠有三種一者不安隱懈怠二者無味懈怠三者不知恐怖懈怠云何修習一一對治示現精進修習節量食卧及調阿那波那故精勤修習覺知諸定有通慧功德及盡苦源故大希有事故精進修習觀察生老病死苦及四惡趣苦我未能離故是三障對治故復修習功德成就無所對治故如經若得定者心則不散故又以譬喻示善修功德上上增長故如經應知

次說第七大人智慧功德

經曰汝等比丘若有智慧則無貪著常自省察不令有失是則於我法中能得解脫若不爾者既非道人又非白衣無所名也實智慧者則是度老病死海堅牢船也亦是無明黑暗大明燈也一切病者之良藥也伐煩惱樹之利斧也是故汝等當以聞思修慧而自增益若人有智慧之照雖是肉眼而是明見之人是爲智慧

論曰是中智慧功德者於眞實義處障及世間事處障能遠離故如經汝等比丘若有智慧則無貪著故於一切時常修心慧故以其難得故如經常自省察不令有失故復示難得能得於第一義處遠離故如經是則於我法中能得解脫故復示非自性慧不入出世及世間中故非施設故如經若不爾者既非道人又非白衣無所名也故又以四種譬喻顯示四種功德聞思修證故如經應知言實

智慧者示實能對治故於四種功德中第四功德自利益最勝義故又四種修學功德於分內處而有覺照故如經若人有智慧之照雖是肉眼而是明見人也是爲智慧故已說長養方便功德

次說第八大人成就畢竟功德

經曰汝等比丘若種種戲論其心則亂雖復出家猶未得脫是故比丘當急捨離亂心戲論若汝欲得寂滅樂者唯當速滅戲論之患是名不戲論

論曰大人成就畢竟功德者示現自性遠離非對治法故四種差別智障法分別可分別故如經汝等比丘若種種戲論其心則亂故修道智非自性故如經雖復出家猶未得脫故餘者二句勸修遠離成就無戲論故一者有對相遠離有彼彼功德相故如經是故比丘當急捨離亂心戲論故二者無對相遠離無彼彼功德相故如經若汝欲得寂滅樂者唯當速滅戲論之患故示現行成就體性異故如經是名不戲論故已說成就出世間大人功德分

四說顯示畢竟甚深功德分

經曰汝等比丘於諸功德常當一心捨諸放逸如離怨賊大悲世尊所說利益皆已究竟汝等但當勤而行之若於山間若空澤中若在樹下閑處靜室念所受法勿令忘失常當自勉精進修之無爲空死後致有悔我如良醫知病說藥服與不服非醫咎也又如善導導人善道聞之不行非導過也

論曰顯示畢竟甚深功德者有二種畢竟顯

示二種甚深功德故一者如來分別說法畢竟功德顯示非分別說法甚深功德常說故二者修行菩薩修世間功德畢竟顯示餘者甚深功德常修故此二種修行功德如上一一種中各修二種功德應知是中常修功德者第一義心修故如經汝等比丘於諸功德常當一心故遠離一心相似相違行如怨故如經捨諸放逸如離怨賊故無限齊大悲常利益限齊畢竟故如經大悲世尊所說利益皆巳究竟故次復廣說常修功德有七種修相一者云何修示現常修勤行故如經汝等但當勤而行之故二者於何處修示無事處故如經若於山間若空澤中若在樹下閑處靜室故三者何所修示修真實無二念法故如經念所受法故四者何故修修令現前故如經勿令忘失故五者以何方便修如經常當自勉精進修之故六者於相似法處穌息遠離上上心故如經無爲空死故七者於晚時自知有餘悔不及事故如經後致有悔故次廣說如來分別說法功德畢竟示現二種畢竟相一者說化法畢竟相應無餘故如經我如良醫知病說藥服與不服非醫咎也故二者與念畢竟度法相應無餘故如經又如善導導人善道聞之不行非導過也故是中服與不服等示現如來於二種畢竟中無過失故不負衆生世間法故

五說顯示入證決定分

經曰汝等若於苦等四諦有所疑者可疾問之無得懷疑不求決也爾時世尊如是三唱人無問者所以者何衆無疑故時阿㝹樓馱

觀察衆心而白佛言世尊月可令熱日可令冷佛說四諦不可令異佛說苦諦實苦不可令樂集眞是因更無異因苦若滅者即是因滅因滅故果滅滅苦之道實是眞道更無餘道世尊是諸比丘於四諦中決定無疑

論曰入證決定者示現於所證法中成就決定無所疑故是中有三門攝義示現決定無疑一者方便顯發門二者滿足成就門三者分別說門方便顯發門者示現於諸實法處顯發故以彼法是修行者常所觀察及依之起行故如經汝等若於苦等四諦故於四諦中有作無作法示現有疑無疑分齊故如經有所疑者可疾問之無得懷疑不求決也故疾問者示二種將畢竟故如向已說二種畢竟事故無得懷疑者於見有作無作諦處及修行有作諦處彼二相違處皆不得疑故滿足成就門者有三種示現一者示現法輪滿足成就三轉實法故如經爾時世尊如是三唱故二者示現證法滿足成就如經人無問者故三者示現斷功德滿足成就如經所以者何衆無疑故分別說門者示現彼衆上首知大衆心行成就決定復了知所證實義故分別說彼彼事答如來故如經時阿㝹樓馱觀察衆心如是等故日月冷熱者示於四諦中違順觀行不可異故實苦不可令樂者以佛說故苦樂各實不變異故更無異因者示苦滅各自因故復示滅道同是自性觀故決定者苦樂因果入行決定故無疑者無異無餘義故已說顯示入證決定分

六說分別未入上上證爲斷疑分

經曰於此衆中所作未辦者見佛滅度當有悲感若有初入法者聞佛所說即皆得度譬如夜見電光即得見道若所作已辦已度苦海者但作是念世尊滅度一何疾哉

論曰分別未入上上證者有三種分別顯示未入上上法故一者於有作諦修分時中未入上上法故如經於此衆中所作未辦者見佛滅度當有悲感故二者於無作諦見道時中速決定故示現不同修分法故去上上法轉遠故如經若有初入法者聞佛所說即皆得度故復以譬喻示現見道速決定義應知如經譬如夜見電光即得見道故三者於彼二相違無功用無學道中於上上法境界有微細疑故復有異義於自地中見佛速滅故如經若所作已辦已度苦海者但作是念世尊滅度一何疾哉故次說爲斷彼彼疑故

經曰阿㝹樓馱雖說此語衆中皆悉了達四聖諦義世尊欲令此諸大衆皆得堅固以大悲心復爲衆說汝等比丘勿懷悲惱若我住世一劫會亦當滅會而不離終不可得自利利人法皆具足若我久住更無所益應可度者若天上人間皆悉已度其未度者皆亦已作得度因緣自今已後我諸弟子展轉行之則是如來法身常在而不滅也

論曰是中斷疑者斷彼勝分疑故於自地中先所成就故如經阿㝹樓馱雖說衆中皆悉了達四聖諦義故復令上上成就於彼所得究竟不退故是如來悲心淳至故不護上上法故如經世尊欲令此諸大衆皆得堅固以

大悲心復爲衆説故云何説有爲功德自他俱滅故自他者説聽差別故如經汝等比丘勿懷悲惱若我住世一劫會亦當滅會而不離終不可得故復説法門常住不滅故如經自利利人法皆具足故又説他利事畢竟無復所作故如經若我久住更無所益故又説於彼彼衆中自利事畢竟無復所作故如經應可度者若天上人間皆悉已度故又説未修習者依不滅法門能作得度因緣故如經其未度者皆亦已作得度因緣故復有異義於上上法中未得度者依常住法門度故又説住持不壞功德於中有二種一者於因分中住持不壞常修故不斷修故如經自今已後我諸弟子展轉行之故二者於果分中住持不壞常顯故如經則是如來法身常住在而不滅也故此二種住持不壞功德示現上上法斷疑應知

次重説有爲功德無常相故

經曰是故當知世皆無常會必有離勿懷憂惱世相如是當勤精進早求解脱以智慧明滅諸癡暗世實危脆無牢强者我今得滅如除惡病此是應捨罪惡之物假名爲身没在老病生死大海何有智者得除滅之如殺怨賊而不歡喜

論曰是中何故重説有爲功德無常相者示現於此處勸修世間生猒離行故於有爲相中得脱故如經是故當知世皆無常乃至早求解脱故又示無我如實觀成就能滅我我所見根本故如經以智慧明滅諸癡暗故陰等諸法實不實故如經世實危脆無牢强者

故又示如來是度世大師證成可患故如經我今得滅如除惡病故又說異異可猒患相唯智能滅故示現勸修智滅對故得無對法現前故如經此是罪惡之物如是等故

七說離種種自性清淨無我分

經曰汝等比丘常當一心勤求出道一切世間動不動法皆是敗壞不安之相汝等且止勿得復語時將欲過我欲滅度是我最後之所教誨

論曰是中種種自性者於五陰法中作種種見患故妄想自性障故此障對治如經汝等比丘常當一心故復以一心如實慧難可得故如經勤求出道故又示除如實慧所有相對法悉無常故示現名相等法應知如經一切世間動不動法皆是敗壞不安之相故於中動不動者謂三界相靜亂差別故清淨無我者示現於甚深寂滅法中寂滅故如經汝等且止如是等故且止勿語者勸示三業無動故是寂滅無我相應器故最後教誨者正顯遺教義故是遺教義於住持法中勝以其遺教故

遺教經論

音釋

墾 口很切耕田用力也 媟 私列切慢也 瘕疵 瘕何加切正作瑕過也疵疾資切病也 貿 莫候切交易也 埳 苦感切與坎同 躁 則到切不安靜也 踔 敕教切跳也 曀 壹計切陰曀也 蚖 吾官切毒蛇也 屏除 屏必郢切弃除也 鎧 可亥切甲也 脆 此芮切與脃同

成唯識寶生論

唐三藏法師義淨奉制譯

清刻龍藏佛說法變相圖

成唯識寶生論卷第一 一名二十唯識順釋論

護法菩薩造

唐三藏法師義淨奉制譯

有情恒爲衆苦逼 熾然猛火燒内心
善士意樂起慈悲 譬如自身皆自受
敬禮善惠諸佛種 於衆煩惱皆除滅
與無依者作歸依 能令極怖心安隱
微笑降伏大魔軍 明智覺了除衆欲
於此大乘能善住 深識愛源唯自心

論曰謂依大乘成立三界但唯是識

釋曰此復何意輙名大乘本契弘心堅持禁戒徧諸生品拔濟有情普令出離獲得難勝無罪之行極妙吉祥是諸善逝去而隨去無邊大路并所獲果圓滿尊極餘不能知由此義故名爲大乘如經所說言大乘者謂是菩

提薩埵所行之路及佛勝果爲得此故修唯識觀是無過失方便正路爲此類故顯彼方便於諸經中種種行相而廣宣說如地水火風并所持物品類難悉方處無邊由此審知自心相現遂於諸處捨其外相遠離欣感復觀有海諠静無差棄彼小途絕大乘望及於諸有躭者之類觀若險崖深生怖畏正趣中道若知但是自心所作無邊資粮易爲積集不待多時如少用功能成大事善遊行處猶若掌中由斯理故所有願求當能圓滿隨意而轉縱如所許有其外事然由内心意樂慇重弘誓力故能到無邊六度之岸若異此者所捨之物盡持行施及所遺生何能總徧令其歡喜愜順求心此即便成無邊際境所爲施事無有竟期又復所有廣爲利益有情戒等於諸無障有情之類隨彼樂欲悉能稱意赴彼希望正行施等速便收集正覺資粮由斯但自心復何須外境若許外事復與正理義有相違故知境無斯成勝妙妙如仗自心安生分別作色等解起身見等無實不待外諸有情而作所緣因生離染然於施等各隨其事而能獲果實不假藉識外境事若其識外有别境者遂便依彼起諸煩惱既被執取隨轉而住見此過已心捨離生深懷猒棄不怖大覺既捨有情界如何欲弘益由非攝取諸有生類小心自度大行難成然諸覺情依斯而轉方能長養菩提資粮謂於客塵有爲之事猒背心故證無爲法由無爲法體不生長故希餘小寂偏證一邊無上覺山遂便淪退若無外境愛猒俱亡正覺之處斯

成易得豈非大悲常存於念菩提薩埵極果方成唯識之言便爲違害然而大悲要託他身爲緣性故既除外境但緣自識此則便成憐自身故利他爲意大行方竪唯顧已身寔乖弘度雖陳雅貴因斯無過藉外相續爲增上緣於自識中現有情相緣此爲境起大悲心於有情處而作弘益此無相違決定如是應起信心假令於彼色聲等處一一推求彼無其我設使和集我亦不成然而本性不可捨故既同所許無我爲宗當於何處欲興悲念於世共許當情妄執爲所緣相以爲有情亦不應言情所執事即是外境由此應知假令不樂理必許然但於自識現有情相依仗斯事色相生焉是故定知無其外境若離於識必不可得是顛倒故何謂顛倒本無外境見爲實物非妄執故終能獲得無上之處可爲應理唯識之見是眞實故爲彼方便深成稱理如何得知斯爲實見三界唯心是詮說故凡有諍事欲求決定須藉二門一順阿笈摩二符正理謂欲爲彼信證聖人無倒宣說所有傳教引阿笈摩若爲此餘不信之者應申正理或可爲彼二人俱陳兩事如所信事令安住故陳其正理又爲顯其所論正理有依仗處說阿笈摩由其正理不依傳教未見眞者所有言說無非謬故名强思構是故應知阿笈摩者便成正理所託之處或於自部有力用故爲此先陳阿笈摩教爾來據義依大乘說即第七聲目其所爲謂欲證得彼大乘理說唯識觀是眞實故此不虛性以阿笈摩善成立故又若唯據言說大乘猶如於義

假名乘者依第七聲所託聲也謂即依託大乘言教聚集之處眞實句義而成立之但唯是識爲欲明其所立宗義於大乘教而引一隅顯所立宗不於自教有相違背

此復何故名阿笈摩輙自引證説斯言耶謂從能説如理教者假彼相續爲增上緣此教方生於其聽者識之差別體有功能現前而住或是親聞或復傳説於所詮事當情相狀次第而生猶如筆畫章句形段昞然明現從他來故名阿笈摩若復有時自生憶念隨順本相識方生者從彼生故得阿笈摩名猶如自説名爲佛語聽者義相爲智因故名智資糧豈非一切但唯有識此違所許故及自語相違理固不然非由於色有別異故依識差別而爲建立如無色界所有差別如無色界實無其色但依於識分爲四種立空處等餘界亦然設復説三於識何妨猶若有情雖無差異然而安立欲色界殊據其所繫色差別故色雖無異別立無過豈不詮教言唯有心

今此立宗言唯有識説違本教諒在憑虛義有所歸誠無斯過由其先許心意識了是名差別由同體事名不俱陳故以異名而宣其義即此唯了之言非衆共許欲令解義取共知聲更陳餘號復更顯與經不相違重説意識二聲況彼二義知體不別即是其果若欲要明不違經者心了二聲同其一義明不違教釋妨已周何須更説意與識耶若説了聲心異名者心望心所是別有體猶如於境同生之類念昔睡等便成是無此則前後理相違背實無此過有所由故此中心言許有相

應即是了言兼攝於彼若如是者識外之境心意詮故於其心處更置唯聲意有取遮以爲其果境若無者遂成無用唯聲不遮可如來責現遮所緣境如何言無用若如斯解由同生法及所緣境俱是離心別有其體一便遮止一乃見留豈得事無由緒而空談自愛若無別意成如所詰然由於境心聚共緣決斷等事同類性故於心所處假說心聲復爲遮其非所許事故於心處更置唯聲縱有所談此還非理便成亦是不取心言非一處顯眞假二事俱能彰顯有力用故如牛等聲於心所處置此心言說心聲時眞事便捨如於邊鄙假說爲牛垂胡等事理定應棄有言本意二事俱說亦應更作一種異聲用表斯義或可攝聲撮略而顯依俗論法猶如欲聲而爲辯釋非唯自意能爲巧釋元其緒系生決定耶亦復不由有染等言蘇呾囉中有染等說於其遮遣無有力用於彼亦有境言故境亦不遮所說唯聲便成無用若言外境非理須遮無阿笈摩摩呾攞聲二處同故隨遮一事無決定因是故須依異宗之見心心所法體不相離但位有別即此唯聲能遮外事同生之法無不遮故凡總相聲所有詮名於其自事必不差別非爲決定而並現前由其不遮理便總攝爲欲述曉如斯道理故說心言許有相應若離心所獨心非有故不應難亦遣同遮作是釋時唯遮外境實有功能述巳義成故說唯言以理准餘但遮現事豈非所引有此中言明知於餘有除心所復是容有如六識身名爲識聚若言此中說識蘊時兼

攝心所理定不然想受及思諸心所法餘蘊無故若言猶如於色蘊者由如取其仳喏那分立爲色蘊想等同然非相似故若言許取由色差別便以識聲説其識蘊非色等法是心位差猶如於想若以位差簡有差時隨其色類爲簡別已以色等聲於識而立此亦非理斯乃便成撥其識聚由彼被斯色受等聲割其分故非位差外別可得故離仳喏那位差之外別有色位猶如樂等所現相狀憂慼苦惱於斯相處安置識聲隨牛犢理若如是者識六識身爲其識蘊義乃相違眼等諸識色等相現故由其並是色聚所収復更有餘雜亂之過若其青等相現之時或違或順色行二蘊便成雜亂如是復成於樂等位受等相雜准斯道理亦是破其總別之義有説識能徧故是總相聲猶如初相此之別相謂是色等彼乃是其現相位差之因性故此亦如前受等便有雜亂之過是故除其心所性言猶如成立所有色聚唯心之聲表唯識耳此亦不能於其心所及以所緣令疑斷絶言唯字者有何所遮雖言心所不離於心此成虛言由其相狀體各別故所言識者唯觀現境雜染等性但是愛著體非照察如何能見此即於彼體成殊別及以更互上來所述道理既多然於本宗未爲的要且息傍論應辯正宗心及心所設令體別以其心字亦得相収應知此義共成已久若於其處諸心所法不以自名而顯説者應知此中即是總目所有心聚如調心等但道其心此謂共成故知唯聲但遮其境若無境者如何於青及甜味等

而了別之由理不能撥現見故誰言撥其現見之境但於自識境相生焉由自識相領受之時遂即計執所有青等如外而住但爲是其邪妄之解猶如眩目見髮蠅等斯乃但是識之相別現其蠅相即便妄執爲有蠅耶然而在外曾無蠅等自性可得如何作境令識別生此若無境如何得之識似於彼相狀生耶要有本相似彼相生可於此時得言似彼如斯之事世皆共許如於陽燄謂言似水非無其境亦能見故如於薩埵有覺相生而非離於色等體外有別薩埵實事可得亦非色等或總或別有其自性變壞等性而簡別故於心實事亦復不能捨其本性或可薩埵是覆俗有如斯道理我亦同然於色等處謂從於識生差別性是覆俗故如依色處執爲車等然而但由情所計執於其色等覆障實性於衆緣處作自相狀而安置之如在於外即於是處見車等故未審覆俗是何義耶是覆障義順俗情故由彼於其車乘等處計執自性是覆俗有覆其實體生餘執故彼妄情施設其相先於斯事而執取之雖無實相妄生境想又如掌等情所現相何有本相而隨順之是故雖無識外實境識所現相其理善成或可此中言似相者乃是隨順顛倒事義如陽燄處翻作水解便作水想識亦於其色等相處生起倒情故言現相此不相違有說其顛倒境亦依實事方始生心此亦同前悉皆徵責

復有外律作斯異執離色等外別有我體此復依何而生於倒經云依內此亦無違謂於

俱生所起身見容而說故故云於我正可用心當見現見如其親近惡友等人即云於我故作是說然彼凡小妄生其識遂起顛倒爲外境相或可隨順他共成事而爲言說即如世間所共許事將爲境者即於其事唯識生起是故由斯似境相故緣色等識不取外境如眩瞖人見髮蠅等此外境空但唯有識是其宗義即由此義而爲難曰此喻不成於光明分妄生髮想斯由其眼根虧力故有說有别大種生而可見遂令情執爲其髮等若如是立似境相現但唯識者處時等定便成非理如其所有色等諸境離識别有即於色等定其方所所現形量分局之處其識於後形量決斷方隅決定似彼相生斯成應理若如所許不由外境但唯内識起妄所執色相生者於餘無處如何不隨形量決定處時現識相耶隨於方處見其處定如隨處有非一切處境既無定即於餘處亦應可見或不可見然彼所立定不取其外境生識於非有境所生之覺曾無決定處時可得有其實事說境空故決定時處所現之相便成非有然不如是此既無定見色等心與彼乃是不相離性是故不應執境空無既無重執有有分者此顯立宗有相違過若言其喻有成理者身不定屬理有相違相應時處和會共觀不偏屬一咸覿斯境此不應理許境無故此既境無或復異類言異類者見異相時此是根壞爲其緣故如眩瞖人亦不應有諸能觀者咸皆患瞖然於時處現相應者於諸身處不定而生并於色等能見識生唯此應知外境無故

於所量事在不定身不見生故此則同前難斥宗過又諸事用亦不應理諸實髮等現見能爲磨鏡等用何不用此識之髮相雖無眞實事而作用轉生此亦非理無功能故若其識分有功能者眩目所覩何無髮用此之同其似髮相故斯亦同前所量之境作用功能不可見故出其宗過三喻爲依三事不同於不實境而作三喻由依根境功能差別應知根有二種一是色根二非色根即此初根由闇損故妄見其事故爲初喻次第二根於彼夢中見有差別述第二喻由其彼境有功力故能生倒見引第三喻此則是其一家異釋有餘復言處時決定故緣色等心心是依託非內現事而爲其境猶如緣彼章句之心然於心內據最初起隨現有事而執取故又且諸覺容有定時然而於心如何定處非無方處物有定處定及不定故此據境上所有之法於其心處而假說之斯亦無過此處能作現相事故說爲定處凡由彼事心得生者即名爲境此謂成立別有外境取共許者將以爲喻於其相應時處住者咸共生其無異相故緣色等心以外一事而爲其因如同學類依教者心依增上識此得生起隨其自相作用生故故知離識別有色等此不應有更應成立無髮等用彼相之覺猶如夢覺是覺性故上來所述衆多成立相違道理意欲障他不定之過有餘復言謂即於斯時處二種有其實義即於此處時處決定應成非有仁既不許有其境事依彼差別亦不許故何勞爲他作便成過此若非有便即相符如賊被捉

唱瘡痛言强作前宗誠爲麤淺不應理故若言於識所現相狀爲所許者不應道理雖呈雅思不異前釋或復隨於時處差別所有之事即於此處見其時處許爲決定縱於所許有實外境然而色等永爲定者此亦非理異時異處有時見故設令於此常時見有然他不許如何於他不共許境此之能別決定道理可遣許耶故但於識而現其相復有別作相違因難而爲詰責猶如成立境是空無我還成立時處決定令非有故若其時處是共許者便成共許而遮遣之由其無違方可得作相違之言若言不是衆所共許斯乃全無我所不愛由斯理故成無力難

復有自許但用遮遣於無境處緣空之識無定時處故彼之決定於色等處共見有故成立外境是其實有此亦應知離彼隨成但有遮遣不應理故但用此一不能令他生其正解斯非眞實且如前宗所立之義由底蜜攞之所損故於眼睛上有其踈膜如羅網目外觀白色於彼隙中明相斯顯便生妄解將爲髮等即此之喻於其所立隨成理闕今應問彼若先明相髮等形狀此不應理此先明相有見爲黃或見爲赤然於髮等見爲純黑或見衆彩如鑠羯羅弓等然其明目總能見者於彼光邊不觀異相如事見之能作斯語在隙光處倒爲髮解此即便成見髮等心境空無性光明支分非髮相性故及此似髮等相現故非但爲因能爲生者遂令作其所緣性故勿令緣其色等諸識便成緣彼眼等諸根因義同故或可更有如斯別意託實事因方

生顛倒餘則不爾斯言是實此亦便依在内安布種子成就不待外境凡論境者要須自相安布在心然後方得成所緣性其光明分起不關心如何得作所緣之性此亦未堪發生歡悅次有計云其患目人大種失度睛生瞖眩損其眼分由彼損力便生異相令於外境別大種生依損根識便能見彼是故定知羝窶梨迦所有覺慧緣實外境如斯計者有大過失凡邪倒事所起覺心皆來設難於樂等倒託誰爲緣而生是相作其境耶雖無外境然有妄見此則顛倒便成非有若言世俗不共許事我即將此以爲邪倒還有大過苦空等見緣薩帝時是彼類故此則不勞功力能見非倒諸具縛者咸是悟眞如來出世宣暢正法此即便成空無果利何處得有如是定判偏令瞖目獨受邪迷又復於彼情有相狀見其有情飛行往還令諸覺者觀其摇颺此諸薩埵許大種生何不計命設復百千群瞖同聚遂於一處各觀別形此時如何有對礙物而不更相共爲排擯若言此亦由其瞖力則底窶攞多用其功於所學門善修幻術能令諸法自性遷移或應見許彼非質礙非質礙故如無貪等便非色性斯乃何殊唯識論者

又復何勞非處呈力彼許大種於其一一非青等性但由種合因緣力故眼初諸識緣彼相生此本宗義凡是聚合非實物有即此之識緣非實物不勞深搆無違諍故詎煩辛苦而爲成立

成唯識寳生論卷第一

大唐景龍四年歲次庚戌四月壬午朔十
五日景申三藏法師大德沙門義淨宣釋
梵本并綴文正字
翻經沙門吐火羅大德達秣磨證梵義
翻經沙門中天竺國大德拔努證梵義
翻經沙門罽賓國大德達摩難陀證梵文
翻經沙門淄州大雲寺大德惠沼證義
翻經沙門洛州崇光寺大德律師道琳證
義
翻經沙門福壽寺寺主大德利明證義
翻經沙門洛州太平寺大德律師道恪證
義
翻經沙門大薦福寺大德大勝莊證義
翻經沙門相州禪河寺大德玄傘證義筆
受

翻經沙門大薦福寺大德律師智積證義
正字
翻經沙門德州大雲寺寺主惠傘證義
翻經沙門西涼州伯塔寺大德惠積讀梵
本
翻經婆羅門右驍衛翊府中郎將員外置
宿衛臣李釋迦讀梵本
翻經婆羅門東天竺國左衛翊府中郎將
員外置同正員臣瞿金剛證譯
翻經婆羅門東天竺國大首領臣伊舍羅
證梵本
翻經婆羅門左領軍衛中郎將迦濕彌羅
國王子臣阿順證譯
翻經婆羅門東天竺國左執戟直中書省
臣度頗具讀梵本

翻經婆羅門龍播國大達官准五品臣李
輸羅證譯
金紫光祿大夫守尚書左僕射同中書門
下三品上柱國史館國公臣匡臣源等及
修文館學士三十三人同監
判官朝散大夫行著作佐郎臣劉令植
使金紫光祿大夫行秘書監檢校殿中監
兼知內外閑廐隴右三使上柱國嗣號王
臣邕

音釋

仳喏（仳旁脂疋比二切喏人者切）眩（熒絹切目無常主也）瞖（於計切目疾也）覿（亭歷切見也）闇（烏紺切與暗同）隙（乞逆切鏬隙也）鑠（式灼切）

成唯識寶生論卷第二

護法菩薩造
唐三藏法師義淨奉制譯

論曰復言處時定如夢者謂如諸覺雖無其境共許有定若時決斷而有方處見村園等復有定時現前可得然非彼有斯言爲顯雖有決定時處之覺而無境故彼於他成因無用故即彼因云諸無境者便成時處不決定故由斯道理既有其定故知所言彼之決定非顯有言欲令成彼境無非有不應道理此即全無宗之過也又成立時能有功能有功能說所立既無能立非有能徧無故所徧亦無方能與他出其宗過猶如於秤無其重故無別有分此既共許說無重故便捨別物然非於此翻彼便成時處定故能得成立令境是有無隨成故猶如耳識所聽聞性不能成立聲是其常雖無不聞性然不遮無常他所成立外境是有令欲顯其是不定因縱非外事於情亦復見其時處有決定義有說由心惑亂遂乃便生時處定解然於夢中無其實境決定可得故世共許如何將此比餘定事爲作過耶若此夢想欲同覺者理應夢心便是錯解斯則但是判在自膺而爲瞖咽實不能知他之本意非是他不許事於此更令置其差別而難於他成正理故此已於前善爲通訖由此所有時處定心外境非有不應致難心帶相生何不合理又向所說應言惑亂爲定解者許離識外無定時處曾無非假遂令簡彼安能別言望所餘事斯爲應理然許如斯色類咸非外境何須非處令安能別爲

出其過爾者於彼夢中實亦無其處時決定
相狀在心由何得知如有頌言
若眠於夜裏　見日北方生　參差夢時處
如何有定心
此但不委前後所述朋黨旨趣空愛巧詞由
於時處不許但言唯於此處故不應詰處時
決定於他所許不相應故如前已述復有立
言夢心有境是其念故准知處等是其決定
此即緣彼曾境起故於其夢中多有所見設
在空中見其流水或於宏海都大火然此亦
是其昔時曾見若水若空或燄或海各於別
處觀斯事物夢中起念爲一處解執爲空河
若不爾者應許生盲憶青等故若不許此於
其夢中是憶念者生盲之人應憶青倩凡爲
憶念是曾受故此輩於青不能生想應成道
理又復夢中自觀斬首此亦是念合其餘事
而有功能如向陳說或中有位親見自身被
他斫截觀彼前身作自心解曾受而捨今時
尚憶此固無違豈不如先所經之物名爲憶
念彼便夢中生其異見非同昔時所觀之物
非不定故非唯一向曾所領事生憶念耶即
如多年曾所學業所有書疏後起憶時或倒
次第或復增言或於其文而有忘失若爾此
之憶念便成非有憶念之境遂是空無非餘
實物別事相屬於其決定實事想心而爲施
設如於馬首曾不觀角然於憶時見其境事
如曾領受爲自解相於其念處生其異解不
緣外境然於夢中見馬有角如牛角者准此
應知於寤所見遂在夢中起顛倒想成立空
河生其憶念此亦如是縱有非倒之見於彼

夢內相續識中而生其執所見之相固非識外是故當知夢中憶念有眞實境道理不成然復夢者所見之事如在目前覩江山等然非寤時所有憶念能得如斯分明顯著既無異相何意不同於其夢內被睡亂心所生憶念於境分明見在目前然非於夢覺悟之後平善心中得有斯見由如是故而於夢中分明顯現彼此決斷猶如覺時見境明白准彼夢心所見之物非關憶念先於夢中曾見有物後時夢內憶前夢事然斯夢憶如彼覺人雖念其境狀似障隔處遥遠時不能顯著觀其色等又如所言生盲之類於其夢中無所覩見雖有巧詞理應不成此亦隨其自種功能至成就位遂於心上夢觀青等然此未曾而作計會如餘流類雖夢青等遂令言說啓發無由又夢所見多是今生不曾經事而現在前是故夢心不開憶念縱令是念緣過境故此則成立念境空無過去未來非現在故猶如非有據實事故此中意言其能緣覺境雖非有然而時處決定可得故知所許以境爲先方能見者未能於我作無利事有餘復言由夢障心有力用故於其別事暫時生起識體清淨無礙現前猶如定者三摩地力清淨光明觀無礙故如於小室夢覩象群及覩諸餘廣大之物又夢見自身於別界趣等在彼託生然不能言於彼餘體非執受身爲我身解如非夢時受用之體然非不捨此趣之身更執餘處得有斯理復非此時有其生死便成見有亡屍之過

又復縱許有其生死然於重生有其違害後

時覺寤其舊體曾無毫釐虧損處又於卧時傍人不曾見身有異然此漸頓於受生時有相違失由此應知但唯是識於彼熏習功能現時即便觀見種種相貌分明在心斯爲應理又復縱於平田廣石藤蔓虛懸寢卧於斯夢觀大境此亦非色無質礙故猶如受等又此所許於地水等是其色性體應質礙若不許者失對礙性復非無表有不定過由斯與彼道理同故此之夢心有何奇異營大功業不假外形而能功利構茲壯麗或見崇墉九刃飛甍十丈碧條蘺蘼紅華曜粲匠人極思亦未能雕若言於他同斯難者彼無此過不假外色功力起故但由種熟仗識爲緣即於此時意識便現又未曾見有經論說於彼夢中生其別色是故定知畏難巧說於已所宗蓋其穴隙縱爲方便終亦不能令其夢中有別色起是故理善成處時定如夢

身不定如鬼者實是清河無外異境然諸餓鬼悉皆同見膿滿而流非唯一覩然於此處實無片許膿血可得何容得有溢岸而流雖無實境決定屬一理定不成此即應知觀色等心雖無外境不決定性於身非有遮却境無即彼成立有境之因有不定過於無境處亦有多身共觀不定如何實無膿流之事而諸餓鬼不別觀之由其同業咸於此位俱見膿流慳悋業熟同見此苦由昔同業各熏自體此時異熟皆並現前彼多有情同見斯事實無外境爲思益故准其道理仁亦於斯共同造作所有熏習成熟之時便無別相色等相分從識而生是故定知不由外境識方得

起豈非許此同一趣生然非決定彼情同業由現見有良家賤室貧富等異如是便成見其色等應有差別同彼異類見成非等故知斯類與彼不同彼亦不由外境力故生色等境然諸餓鬼雖同一趣見亦差別由業異相所見亦然彼或有見大熱鐵團融煑迸濆或時見有屎尿橫流非相似故雖同人趣薄福之人金帶現時見爲鐵鏁赫熱難近或見是蛇吐其毒火是故定知雖在人趣亦非同見若如是類無別見性由其皆有同類之業然由彼類有同分業生同分趣復有別業各別而見此二功能隨其力故令彼諸人有同異見復以此義亦答餘言有說別趣有情鬼傍生等應非一處有不別見由別作業異熟性故此雖成趣業有差別同觀之業還有不異即諸有情自相續中有其別異業種隨故彼任其緣各得生起

有餘復言諸餓鬼等同見事時非無外境由此器界是諸有情共增上業之所生故要假現有河水澄流方於此處見膿流等由其薄福慳貪垢故遂見如此不可愛事若其彼類不見水者即諸有情同增上力感得共果理便闕失故知此類有其實境膿血等識要假其事此方有故如於相續身邪倒執執爲我解由無別事同見膿等是故不定屬一身生者此由不能善了所緣故有斯見要待心心所了前境相故說爲所緣然非餓鬼見其流水如何不見得作所緣若以別相即於水處觀膿流者何處得有如斯定判觀其本水然於水相曾無片許爲所觀察但觀其相而爲

境界有說由似相狀識許此名爲境膿血之識無彼相故方知不緣水等爲境猶如夢覺亦非爲因成所緣性有大過失前已申述然此外境於所緣心曾無恩益若但爲因亦大過失前已說故又如所言由共相業之所感故必須見者此亦不然未生天眼及以遠方不能觀故生無色者亦應得見若言非彼業力生者轉向餘生亦應不見若言後時是所須者我亦同然如無色界趣餘生時非無益故然於餓鬼理亦同然又復緣我所生邪見即如次前所引道理不緣色等有爲之事不緣彼相故如無爲覺是故定知自不曉了必不令他能爲解悟然諸論文極分明故如有頌云

縱使河流鬼不見　設有所見別爲形
明知彼皆由故業　業障重人壞眼睛

境雖非有由業過故而令眼見體是現有而不能見斯即自許故所見物便有別形由此應知實無膿血便有妄見有餘復言然諸餓鬼由其非愛惡業力故遂令其眼見如是相雖同一時餘有福類所不見物此遂諦觀可猒之境由此故知諸餓鬼心緣其實境今應問彼爲由眼根作斯妄見雖無前境見非愛事爲當前境實有斯事眼識依此生了別耶初且非理許不愛境無妄心成故若言此見由想差別實不相違前境空無是所許故其第二計如何彼境能現此形若言由其惡業生者如何一處衆多同類得共居耶不許礙物此得共餘同一處故如石與瓦許有同居故知膿水體是別方令同處見是其應理質

礙性故猶如樂等成非礙性若言膿等是質礙性不應一處可見如石由此故知一處見者與理相違若言聚物多有間隙於彼空處共相涉入多者映餘設令相似不可別見猶如水乳徧皆合故又極堅硬金剛石等火分入中是相違故又復定者業力眼藥所發眼根決定能觀前境之事遠近麤細不論可意及不可意隨其力用悉能見之應有誠說由此不能作如是說於彼隙中更相涉入雖在一處除可念水見非愛膿此則許有外境實事餘人所觀曾無緣礙及其覩水應見餘形鬼亦同然俱瞻於水如煑香油咸皆共覩若言雖彼無別因緣但由其業不能於境水膿俱見斯固是其暫違共許非理愛膿然仗自識一類同業自種熟時隨緣現前起諸相貌斯之妙理何不信耶又復更有諸防護者容像可畏懾膽摧心拔利刀執罥索見便驅逐不令得近縱使此時遭其巨難亦不能得强作分疎言此生類由彼惡業爲勝緣故雖復先無忽然而有此即便成扶助唯識共立眞宗由此道理識所現相固無違害如是應知

不定屬身雖無外境在識成就

如夢有損用雖無外境理亦得成由於夢內男女兩交各以自根更互相觸雖無外境觸而有作用成現流不淨但是識相自與合會爲其動作此既如是於餘亦然惡毒刀兵霜雹傷害雖無外境但依其識有毒刀等何理不成此作用事既無外境成共許故寧容得有宗之過耶彼定不能成作用者此亦於其相離之處差別之觸於識分上現斯相狀便

於自宗有不定過然唯於識精流事成復有説云憶如斯位諸有生類於一切時不見有故然此所述不能成因有不定過覺情於事作用亦成流泄之因於識轉故又復彼定不成作用之因爲當但據總相之識言不能成爲識差別此之初見即無同喻由此所云識能爲用其增上識亦能生故若第二計其識能爲所有作用便與不能成事之因有不定過若爾何處得有如斯定事同無有境或時有緣能爲事用非一切耶功能別故由彼諸緣功能各異隨其功能而爲作用又復與汝執外境師其理相似境既同有何不諸事一切時成是故應許於別別事各有功能作用之時呈其異相此即便同唯識者見

有餘復言理實不由觸著女形能生不淨覺時亦爾然由極重染愛現前便致如斯流溢之相由於夢有等無間緣差別力故遂便引起非理作意以此爲因便見流泄如於夢中雖無實境能流不淨服毒噉食觸女形等身體煩疼根充足力生男女等於其夢中事應成有是故定知如於夢泄無境有用覺之如是雖用無境非爲應理雖無其境識用成者若於覺時縱境非有許是唯識作用得成此即豈非善符唯識無境論者有何不愛若言別有如斯意趣諸有觸等咸仗外事方成作用但唯有識理不能成如栴檀木磨作香泥用塗身體能除熱悶使得清涼然此流泄但依識生此還於理未爲的當依觸等境而有作用非所許故由非不許有外觸者而欲令他依斯觸事作用起故由此不應與他作用

成非有之過也由其成立唯有識者但是事物所有作用差別皆從識處生故於此乍可作如斯難既無外境如何離識能有作用而成事耶既有此徵便申雅喻由如夢內損害事成此於唯識能有作用並已如前頗具申述若爾夢飡毒等應成身病此亦由其唯識有用猶如於境而有定屬還將後答用杜先疑或復有時見其毒等雖無實境而有作用由見不被蛇之所螫然有疑毒能令悶絕螫汙心迷若遭蛇螫亦於夢中由呪天等增上力故遂令飽食氣力充强又復聞乎爲求子息事隱牀人夢見有人共爲交集便得其子如何得知於彼夢內被毒等傷是爲非有睡覺之後不覩見故今此所論還同彼類於現覺時將爲實事見毒藥等執爲非謬眞智覺時便不見故同彼夢中體非是實然於夢中許實色者彼亦獲斯非所愛事毒等果用便成實有若言無者但有毒相毒等用無此云毒狀便成違害許毒相等固成無益於其識上藥體無故是故定知實無外境但於覺心生其作用猶如於夢覺亦同然斯乃眞成稱契道理上來且隨如所說事將別夢喻及別鬼等如彼所陳四種之難各爲喻訖

今更復以捺落迦喻答彼諸難其事善成由極惡情極惡卒等有定處時不定皆見咸不離識而有別形并狗烏等所生礔害猛利之苦隨捶栲事至受罪終可將斯喻隨言難詰凡諸釋答如上應思

復次理實無有極惡卒等如所說事有定不定因何得生然亦於彼起作用心生此之因

當時有用獲得生故即此所觀衆多相異假藉功能並由內心相續隨轉業力差別而爲正因復更假於取等順緣共相助故隨事而起見等轉成異熟等果悉皆顯現由此雖無實有獄卒然於彼中要藉相似自造惡業增上力故共於此中見處定等亦復於彼生作用心此等即是於彼色等非外實有顯從識生爲明此義作斯成立然由不待離識之境是能徧故出相違過若觸等境是色自性即是所立若言但是實事定執謂立已成由將出彼過失之言爲方便故應知即是顯已自宗成立之相於中所立隨順之因以夢等識爲其喻故即此執言顯如斯義決定處時所有事體當情顯現諸相貌故如於夢內徧昧其心旣夢覺後分明之想覩色等時實亦不

緣非識之色未必要須色等境現然由同業異熟所感共受用時於自相續不定屬一而生起故猶如飢渴諸餓鬼輩有同惡業見膿河等或復如於極惡之處皆見猛卒於此宜應說兩成立如現見境有其作用而顯現故如於夢中但唯識相見與女人爲交涉事如獄卒等皆共覩其苦害之事並可述之豈非要須極惡卒等成非有已方可將爲能立之事此旣不成便成無有同喻之過固無如是便成之失由斯等物亦復將爲有情猶如無說離於執受非受事故然此亦非是執受事猶如瓦木亦如蟻封由其不是有情數故有何意故不許獄卒及狗烏等是其情數然此同見有情形勢及有動搖亦不假藉外緣力故如餘薩埵若爾斯乃便爲諸因不成此難

非理諸那落迦所有動作不待外緣彼那落迦先罪惡業爲任持者作揺動故如木影舞同衆生相

復由彼定不是有情於五趣中所不攝故猶如木石由此故知彼定不應同惡生類如餘惡生生於此處同受於此所有共苦然彼不受此之苦故彼趣有情所有共苦不同受故如持髮等非那落迦而諸惡生同受斯苦由彼共業俱生此處若異此者生尚難得況受害耶雖有斯理其獄卒等不受彼苦不是共成此非正說彼生不受同害苦故由非能害者還如被害生一種焦然同受於苦若也轉計道爲更互共相害惱故許彼生有時受苦此亦非理由其展轉相害之時此是那落迦此是波羅者此之行位便爲亡失以其能害可有作用爲緣由故説爲獄卒如一既爾餘亦應然此則兩皆成獄卒性即那落迦體性不離遂成乖失由此非是獄卒性故如三十三天意欲顯説其那落迦非被害者若許更互爲害理齊彼此相陵知巳有力形量壯等更互相欺不應生怖設令見彼極大形軀忖巳驍勇便生勝想如是知巳寧容有怖豈如那落迦見於獄卒等何況形量氣力不殊見彼之時令興怯念又復俱爲獄典形量是同身力既齊此無强弱理應別有形量不等勇健慘烈見便生怖如是計時那落迦類正受苦時見彼卒來便生大怖憂火内發胷臆全燒相續苦生形體戰越惡業生類受如斯惱縱令善巧明智之徒亦復未能總知其事此之階位理固相違由於世間亦見斯事有生

惡意懷鴆毒心欲害於他令生怯畏雖即在於極重可畏怖懼之處被拘頓時不同怯者生其怖畏然而彼類懷堅硬心多見有故彼那落迦受苦之類多懷恐怖身若融消故此那落迦非爲能害者由如屠所繫柱之獸然此是彼生怖因故非受彼苦

成唯識寶生論卷第二

音釋

倩倉甸切 墉餘封切垣墻也 蘳蘼蘳息委切蘼母彼切蘳蘼柔弱也 濽音贊水濺也 硬魚孟切堅 䧪粲䧪取猥切粲蒼按切䧪粲鮮好貌 齅許救切以鼻攝氣也 懾膽懾質涉切震懾也 螫施隻切蟲行毒 慘七感切酷毒也 鴆直禁切毒鳥也

成唯識寶生論卷第三

護法菩薩造

唐三藏法師義淨奉制譯

論曰捺落迦波羅如獵鹿者如是應知非但不受相害之苦然於器處共相之苦亦復不受此之獄卒能害彼故若異此者彼在熱鐵融沸地上受燒然苦不能忍時如何此際能逼害他於此熱地身動轉時那落迦類自身支節尚不能持豈況更能有所爲作然而但可於熱鐵中洋沸騰湧身由他制無片自在然彼獄卒勇健害他是故定知不受彼苦猶若厨人遥執鐵鏟於熱油内轉彼煎魚或將獄卒爲那落迦以其相害無功能故爾者便成違獄卒義然由那落迦類受燒害時不能相害若爾便成不是獄卒言那落迦捺落迦波羅立爲宗者有違宗過又復若言受彼熱鐵極苦觸故諸那落迦不能害彼如以生命置餤炭中或可斯類不害此苦如覩史天此顯獄卒非那落迦即於此見外人别釋引經爲證極成乖失然而暫爲少慧之輩顯其僻見略舉踈條彼便難曰於地獄處獄卒之流不受苦者我不許故如經說云汝等苾芻有捺落迦名六觸處若諸有情生在彼中彼若以眼視諸色時咸悉了見不可愛事實彼有情有如斯事獄卒非情何所觀見對執不許有情論者便是共聚咀嚼虛空彼設難云諸那落迦受彼苦時有其差别得異身故如一無間多無間罪此亦未能閑他意趣如前所云生捺落迦有情之類受苦切時簡於餘趣所有苦毒然彼獄中所有共苦咸悉同受然

於彼處由重業風驚飈猛烈身遭極苦一無間者則不受之望彼多種無間猛苦不同受故便成不定爲顯斯事除彼獄卒諸那落迦無斯差別彼趣同苦咸悉受故即所立宗無異宗處轉生道理何成不定然一無間受同苦故有外難云由其獄卒不受苦者斯非正答有不定故然且不應作斯定判見一受苦令餘亦然現見世間共覩斯事如羊駱駞被蠍嚙時遂便致死鳥之一分將以爲食且據傍生有斯差異於人趣中亦復見有一不受苦如患瘣者醫人遂便蹈熱鐵上即以熱脚蹋于病處病人雖受極苦醫足曾無痛處然而有情實無差別此亦由其捺落迦趣俱生苦法以不見故遂不名此爲那落迦見蠍毒等能斷命根此亦但是呈其廣見巧識俗途

非關所論契理之事若云但據趣之相似是彼趣收於斯宗處即彼趣中見有不受彼趣之苦顯他宗有不定過者此亦未解我成立義當趣所有決定之苦彼不共受是前作用能立義故然非人畜在彼趣生准彼法式須定受者而不受之所云羊等遭蠍毒時有斷命苦或被熱足所生之痛若全不受彼趣苦故非彼趣性可有斯憖有異執云然而獄卒由自他業增上所生不被害故互相苦刻他不許也我今謂汝而於自見樂著昏心設在虛空步步顛蹶捺落迦波羅非他所害故他逼所生所有苦痛必定不受是其所許然而執云不受彼處形害苦者與誰助力此轉難曰雖復有斯更互相害由作用別致使位殊猶如所縛能縛有異爾者還將自語返破已

宗由匪同時能縛所縛更互容爲繫絆之事若言彼二次第而爲此亦非理由非受繫名爲被縛及其縛彼爲能縛者然而此二縱令苦次於那落迦亦不能立若受慘毒極苦之時非那落迦若被他害遭彼惱時是那落迦是不應許一相續形有生有死成大過故同在一時更互相害不容成故由非一念是卒還非能爲此計若救轉計雖同一趣由作用別名號便異一名那落迦一號獄卒猶如人趣非典獄者有被枷者此亦非理不託彼故由非仗託作用差別說那落迦如被縛者然此但由趣爲因故斯乃如何捨其獄卒是故定知位有差別由非趣同作斯緣緒能所縛殊由作用別之所爲故理應隨彼而作分位誠無有違若時許樂階位別者應須共許諸那落迦非獄卒也於我所宗唯爾是要由此與前能立之義善符順故若許實有那落迦性由作用別有時名作掌獄者故斯之執見所有階位便成無失然則許有階級殊途如有頌云

多瞋爲憏業　好行罪惡事　見苦心歡悅
當生琰摩卒

由非此相那落迦有若此伽他是實義者如何輒爾作如是言其獄卒等非有情數隨那落迦所見之相作如斯說理復何違諸近見者由覩於他舉動差別爲所量故測度彼心然本在識種子熟時隨有如是相狀差別而起分別隨彼所見佛作斯說欲令波跛惡業有情斷除罪見於捺落迦極惡之處障顯惡業所生苦報隨彼情見於其識外說非愛事

確論實理咸是内緣似相而現固無違也有異執云雖復更相俱爲苦害此等階級不越常途由非此時有其定位被害之者名那落迦能害之人號波羅矣是故定知諸那落迦正被害時無有使成獄卒之過執此計時於我所成獄卒事用曾無片許令愛樂耶有說此由業力有斯異狀隨逐有情還非一准由此先曾更相惱害復於獄處共爲刑戮彼此逼害遭諸痛苦若有生命自無身力能害於他但知忍苦更無餘暇由彼有情先共爲怨故使今時更相苦害彼皆是此那落迦者而彼展轉共相害事非他所許隨其自業識相生故而云非是獄卒性故彼非能害出此過言全無意況若被害者許是那落迦然能害者即不受斯苦有說於同一趣諸獄卒類未必要須同形量等然與彼卒慘毒可畏見便生怖高大形軀非常威壯設有形量可容相似然彼身形含毒可畏如篾戾車見便悚懼是能害者設使此類軀貌矬穢由其禀性是猛利故縱令敵者形狀偉大情不比數事同草芥陵篾彼徒力有容裕此亦未能閉他意趣幽邃深義然彼踈失我且恕之諸那落迦更互相害事亦不殊形量力等必須相似有時雖復作如斯說秉玆語勢遂即難言未必要須形量相似此欲共誰而爲擊難諸有忖度自身勇力於他決勝便無怖心如是許時由其慘害或復威嚴者斯乃誠爲無義言也由切逼迫生極怖故非能害者作成立時道其極怖作便成過方便顯斯差別之相仁今更復成立慘害及以威嚴此則便成大爲恩

造能爲善伴增我光輝
如上所言得差別體地獄器若不同受之或諸猛火由業力故便無燒苦斯則自非善友誰能輒作斯說凡是密友性善之人不論夷險常爲恩益爲欲顯其不受燒苦故致斯言然於此時助成立義即是顯出善友之意由其不受彼之苦故意欲成立非那落迦令復更云由其業力說有大火言不燒者斯則眞成立唯識義由無實火但唯業力能壞自性既定不受如斯苦故便成此火自性元無然有實性是宗所許若也許其是識現相事體元無此由業力故無實火斯成應理由其先業爲限齊故若異此者彼增上業所招之果既現在彼如何不見如無智者欲求火滅更復澆酥令唯識宗轉益光熾由斯衆理證此非成那落迦類設爾不成那落迦類是鬼是畜理亦何傷爾者既非那落迦如何生惡處由非得餘趣生於捺落迦若爾既生彼處已應同那落迦又復如何而許彼處得有生理若生於彼當趣同分彼初生時必應非有有情數性非所許故復由於彼同趣有情無不定故若執此見名爲生者諸大威神亦有於茲捺落迦處爲拔有情應濟之苦此則雖非那落迦類亦見有故便成不定非即據斯恒決定見作斯說故此意欲論唯於惡趣捺落迦中而見有故當爾之時諸琰摩王侍從使者王若出行此必隨逐是時彼王并及侍從不出於界若其彼界無差別類云何天上亦有傍生如天象等雖非天趣而生彼故如是琰摩王界諸獄卒類及狗烏等然非彼類亦

生其中由此道理同那落迦諸獄卒等生地獄時即彼趣攝何以故同處生故即由斯理能成決定應受彼苦此救不然雖生地獄非那落迦何以故不同受故如天上傍生地獄中不爾者諸有傍生及諸天等處不差別如那落迦等自業能感差別不同彼所作業隨自業力而受彼苦是故定知天上傍生必有能感天上樂業方乃生天同受彼樂由順樂業之所生故

所執傍生鬼不受彼苦故者諸有傍生及餓鬼等彼所生趣受種種苦不爾云何諸獄卒等不受彼苦由是故知那落迦苦非生報業趣所受故由如那剌陀等若爾非無業者而生彼故此亦如前已廣分別如彼業力之所感者而於中現此非同喻然彼所立決定不成非我所許然於此中如鐵山等乍離乍合有所作故有餘師說彼獄卒等亦受彼苦然則所說因喻不同前後相違故應更說所依別故或由增上大異業力而不受苦何以故如不受時斯言有失有餘復說猶如無色界苦受樂受亦有受處然彼受者有所受故此亦如是斯見非理然無色界有情生者非是器故彼界無處受等及行云何方界攝取彼等方分爲因有方分者以爲因故如是應知實無方分但唯有生欲色二界有情生者有因積集是故彼生應有方分猶如色界有方分故欲界亦然彼界因故不爾以無色故無住處故猶如不和合者此不如理若爾應許彼那落迦業增上力生異大種非是有情之所攝故地等大種於地獄中起別形顯量力

差別如有情像顏色等異手足身分量力差別長短大小於彼作用方名卒等若爾非有情者云何卒等不待外緣手足身分種種作用欲令彼等生大怖畏變現種種增勝威力動手足等此由風界令動手足種種作用別別示現彼之風力如人意樂隨念所作諸那落迦亦復如是纔見此時便生怖畏彼地獄中那落迦等由業力故生大怖畏猶如木人能有所作種種示現大種和合雖無思覺業力因緣遂見如是動手足等相狀有異示現所作諸無情等道理許成彼之地處諸那落迦業增上力便令自見羝羊山等乍來乍去斯非有情而亦見有此則住處地等差別及獄卒等非是有情理得成立無勞致惑爾者非無所緣是獄卒等意樂生故彼諸卒等及以地等處所不同形相表示那落迦等許由業力於地獄中地等大種生是形色若別變異手足動等處及大種或有無斯諸繫縛等以業力故理應不成何緣不許識由業力如是轉變如夢所見色等和合外有影生種種相現理應共許轉變作用識由業力如是轉變與處相違若許由業力何用異大種者諸獄卒等由四大種種種轉變動手足等作用別故如夢所見色等處故彼等形狀無體用故或非地等差別相故如前所說羝羊山等他不許成色相變故變化亦然形狀等異由他力故此由識變種種異相轉轉形儀差別不同離識之外更無一物而有可見此中外難若但由識轉變別異種種形儀獄卒等相自識變故同苦因故諸那落迦非獄卒等此

四大種由增上果同業生故於受苦時不同受故是故方須說四大種如是所說不善他宗云何不善但說有情自識變現見獄卒等能爲慘毒由自識現各見卒等諸苦害具互不相違然如自識見苦害等同類影現彼因同故苦受用俱師與弟子所作事業有同不同於不同事而强說同及孤地獄互不相見苦不同故所立大種理謂不成

業熏習餘處者謂有執那落迦由自業力差别因生彼業熏習理應許在識相續中彼由業力不在餘處積集力故唯地等處業所作時合因果故此乃是爲彼習果處卒等影像識緣差别和合得生種種色類如應分别不爾是諸大種和合積集因業力故由業相續差别果成如是應知自身相續得定果故習之憶念緣於種子亦無殊異有情相續如是知已所以取少分一人等顯示所取相續內熏心及心所相差異果五趣所攝自業熏習之所成故如無色界熏習之果離心心所無别不相應行此中唯說名言差别體事無異故是容意或不離心心所體事不同及以生處未離欲者色之熏習如如自力生處得生行安立故如無色界熏習之業或心心所不離色處大種所生業力和合方能生故或識相續住熏習果故如念愛憎等亦復如是大所造色影像識變亦不離識彼之形狀差別所說執餘處有果所熏識有果者彼所習果此爲因故有餘師說唯自體力變爲果也欲色界生業力熏習識依止故如無色界積集生業所熏習故彼說無記識所依止熏習及

餘識聚俱相應果此不應有是故說依止者徧於一切有情所攝或不用力便應得之復有餘說自身業果於一身上而有因果故如異熟識所安置業是差別故說身大種別別安布果不應有彼若如是餘人身識能依所依同一作業亦無差別有情施設故同一流注俱異熟識爾者非卒等相差別大種和合建立地獄有情是故相續有其差別爾者若時相續無間之識增上因故能生別識種種異類此時應有相續別異因果轉生不爾云何此即欲說因差別故如心相續和合種子是安立因此中所說唯因能立不說識增上緣是依止故從斯種子無間相續識之差別然由種子自體相續方得轉生言增上者如彼地等唯能為緣能造四大亦應如是此亦不然從自種子生時說此唯緣不爾從識相續別有四大種子猶如無色界沒生色界時彼增上果是異熟業之所感得受用資具猶如異熟果此可愛樂自業相續所感此之正理順阿笈摩識所變果

何因不許者此由自見非理僻執強思構畫誰能輙說唯識之果違阿笈摩因何爾許阿笈摩經不立唯識離唯識外更無色等不應別說有十二處雖爾不離其識并十二處立善等法如是應知有色等處是佛說故若離色等所立不成違佛語故或色等處體實有故猶如意處是佛說故識與色等亦非別有猶如法處斯理不應此中所說不遮唯識何以故依彼所化生世尊密意趣說有色等處如化生有情者如佛世尊說有化生有情但

唯依心相續不斷能往後世是其密意不說實有化生有情此言密意謂欲調伏一類有情是故佛言有化生有情是密意說也謂彼斷見所害有情隨自樂爲者無後世者無善惡因果者爲欲洗除此之惡見是故說心相續不斷心相續言顯當生故此死彼生猶斯理故相續不斷說有化生是爲密意離識之外更無別我云何知然如契經說無我無衆生但有法因故契經不爾彼經不說有情亦無是故契經不相違故心相續言顯其不斷能往後世如是應知如色等處此爲成熟一類有情說斯密意是故所立亦無自教相違之過如斯所立因亦不定何以故依世俗諦佛說別有化生有情無亦不說離識蘊已有善不善及彼果等別有有情是因不定是故佛說爲除斷見無後世者如來世心相續不斷於其識蘊假立有情於略詮中而說有故離心無境有其四意何謂爲四一者密意二者境界三者顯果四者密意義分別所縛如是因緣說十二處此之一切當應建立次第發起如理問答云何密意說十二處而有衆生如心相續相續不斷說有情能詮所詮於心安立執形像事此中如是色等聲境當應分別識從自種生似境相而轉爲成內外處佛說彼爲十者從彼眼等處生彼色等處如理應知於彼二處說斯種子相及彼識如世尊說爲成處等說共許聲眼等差別此欲成立說其青等分明顯現彼同類色從彼識起未離欲者識之種子殊勝安立故得出生彼等種子雖且安立果未現受乃至未得相應

緣力無間生滅刹那刹那相續等中獲得微細體性巧妙差別轉變得殊勝者如穀麥等地等爲緣和合增長體性不同轉轉安立芽等出現如斯法性外之種子內亦如是此之內心相續現前相對無間刹那之頃能生青等體性差別然此種子說爲眼界如次現爲彼彼果性心及心所安立此色爲其眼處彼亦如是若如是色差別顯現識體和合驚覺青等種子在阿賴耶識由未顯現識能驚覺影像變異自體差別如頗胝迦瑠璃雲母等以薄物裹隨其本色影現識生此乃世尊如理分析說爲色處然自教中說彼意識形狀不同住利益故所以此色說爲色處如是乃至堅濕煖等識之影像所依所緣力用最勝是異熟識之所生事種子相狀出生影現聲及名等變異差別之所取故如是應成色之分段功能不同之所安立阿賴耶識諸有智者分分覺了而分別之說內外處安布差別是密意也如安立界此立識界依止意界依六出生如是意界自性差異然亦說彼十八界耶如異熟識與眼等識次第爲種名眼等處別別顯現何故名種由能出生芽等衆物別異體性如能造大及所造色共許出生自類芽等生差別故猶如稻麥等諸種子世間共許彼之體性異類非一乃能出生眼及眼識并與第二刹那相應從此二界生得彼緣隨順所立驚覺之性非爲一事一時能生如一心所別別能生無量色性故此亦如是異熟之識於眼等處或同或異識所生時自體別故異熟之識爲眼等處彼色微細眼等諸

根識生種種功能不同極難見故亦不如此有別眼等或緣色等清淨四大爾者別阿笈摩佛說內眼等處清淨四大所造色有見有對如是乃至身等亦復如是此不如理識之影像密意說故由是四大不離識之相分斯亦不取緣青等識而爲種子以熏習識執著相故識之種子由彼熏習是異熟識之所持故此亦不然有清淨色有見有對不爾若有對等識之種子顯非眼等識所熏習故然爛壞種依止所緣安立表示此亦不了阿笈摩中安布分析由是阿賴耶識無始時來因果展轉無量功力能含藏故別別發起體色相待彼彼界處生等別現非一切時一時總生如是廣說眼等差別乃至身相亦復如是彼識種子欲示現力體性殊勝此契經中佛說安立阿陀那識即如地等影像所現緣等相應彼所安立種種芽性體無損壞然彼形狀芽等顯現和合力故堅等體性隨緣現生以阿賴耶識所有因果色處和合或由地等影現變異不同能造四大在於色處然此假立語業所詮於無色界語業雖轉言詮不及於彼界中色不現故或色斷故不作是說雖有色之種子非眼境故此之色種影緣力故建立果色故由此因故質礙不成諸有眼根映所損者非此所取種之清淨方堪所用如是乃至身不雜亂所依所緣他所安立如彼斷壞及爛性等彼之所立理應合有是故此中若隨色類一一分別轉轉無窮

有餘復言說十二處爲欲成熟一類有情此說無力亦無義故人無性理極妙甚深難解

難入亦令悟入由是佛說立唯識義復令如是無力之人亦令易入於其色處無量過失是故此門執我之者令捨離故如說苦諦身之苦故如是說處色等狂亂增上愛著所住種子之密意者因立果名

成唯識寶生論卷第三

音釋

鏟初限切鐵器也　咀嚼咀在呂切含味也嚼疾雀切齧也　飃卑遥切旋風也　蠍許竭切毒蟲也　哳音哲　蹶居月切　縶絆絆博漫切　戮盧谷切殺也　矬穢矬祖禾切短也穢烏廢切惡也　羝都黎切牡羊也

成唯識寶生論卷第四 第五同卷

護法菩薩造

唐三藏法師義淨奉　制譯

論曰識從自種生者以因性同故非有質礙所依所緣五識身境識之相故猶如意識或不離心心所體性彼眼等識同共作業能生因故猶如意處法處此說表示蘇呾羅意經但說意不立宗故彼所破者亦不成立斯之所立唯少分義若立此義不應更說廣造衆論此云何知猶容意等說成立果及以境界入人無性說十二處亦復如是若離眼等色自性已即能趣入人無我性何以故此從二六内外差別謂即眼等色等六境如是轉生亦不從彼差別見者乃至眼觸眼等作用離此自性不應別更有其作者若依眼等而作事業自在受用斯說爲我我執所縛令於此中唯内外處和合自在眼等作用有生滅故斯亦非我眼等爲因無觸對故常與有情不相捨離但說爲因然能作者於眼等處義亦如前是故從彼別類不生由是能悟人無性理若人無性能調伏者趣寂之人此亦能入何以故由於生死見衆苦逼以苦無常於生死中心生厭離無我見力頓能棄捨怖我斷者次第因盡故猶如薪盡火即滅故是故佛言爲斯等類說十二處有說是中不爲人無性理說十二處此之二相等無差別有物性故我見顛倒以對治故此說如理如以顛倒對治顛倒此非所許亦不善了我之所立此之處等寧無差別心及心所體相差別若此志樂心心所時然彼眼處非耳等處由是此

說相差別故此亦如是同時非一識生於彼是眼等處自性樂欲然而色等住金性時非銀等性相無差別此之金等離色等已不能異說有其別物如是道理此無差別不於體性說有色等若如所說相顛倒故不能對治此與前執有情性同如彼有情於無我處而見我者是顛倒性斯見顛倒此能除遣如色等處除我倒故若心相續不斷無顛倒者此亦非理是中自性樂欲相似不顛倒者斯亦不善了前後故若有說云方便悟入人無自性說色等處有其體性猶如意處法處若心心所我之自性彼愛樂者便無諍論若離心心所別有我體實無有喻此之言論如所分別總相類故非第一義若說方便趣我無性是亦不然如應觀察安立此之巧妙方便說色等處然佛所說但有如斯所應作事謂若令入我無自性何煩更別說唯有心此既非有如何得云說十二處是密意耶此亦非理由其更說法無自性是極重事欲令悟入世尊遂說色等諸法而無自性欲使諸餘諸大菩薩得彼如來殊勝妙位周徧生界爲大勝益此如何作謂色等諸法相似現前但唯是心除識已外曾無片物爲色等性是可見事由是故知色等諸法無有自性斯言意顯諸事自性由自識力變現生起理成決定隨其所知所有諸事並皆離識無別可取但唯是此而現相狀是以故知實無自性便能悟入法無性理有說若爲悟入法無性者此據能勝作是說耶所見之境唯是錯亂據勝義理本性空無作此宣揚善符中觀所見境無識

非有故斯固未閑作何意趣且說如是心心所法所見之境不稱其事妄爲領納取不實相名爲錯亂豈非但說而唯有識若言諸法一亦無者爾復如何有所宣說境既是無識非有故將夢等喻善爲曉之如上所陳無勞致惑不待外境但唯識現此復云何識義非理若是其義由於業邊親益果故即以此言便成答難亦復不由體有別故能成方異有說能持自體此中復云是自性義此亦同前已分析訖此義不然離其作具要有別事方爲作用猶如自已還持自身故不應也爲欲令生悟法無性說唯有識將爲契當若言總無一切諸法皆無有我由此名爲我無自性斯即共許我之自性悉皆非有如是便成法無自性諸法非有由是故知識亦同爾性既非有如何於此欲爲安立爲彼諸法並非有者猶如假我更連趣性無自體者此是所許更連趣體全無性也此則便成法無性者謂一切法皆無性故是故應知識亦同爾此既非有如何依此欲使迷人入法無性由無有我遂令證入諸法無性共許如斯爲善方便爾者如何欲爲建立成彼方便說十二處證人無性實匪全無一切諸法方始名爲法無自性是故應知法無性聲非詮諸法皆無自體更連趣言亦同於此不欲總詮一切非有然而意說諸緣生法無有我性彼即是有此我無性其相云何謂喚我作無自性故是故名爲人無自性非是全無諸法自性色等諸法隨據一分說無自性非謂全無是故應知言法無性非全無體若言諸法事皆無者即

不應名法無自性理應說云諸法總無爾者但由所執法無自性緣有功能獲得差別離他自性簡別彼之實我自體恒時不有所詮之相此謂諸法無自性義非是豁脫總撥爲空然所執者是何言耶所謂無明倒見迷執從其自心種子成熟由他而轉現相不同執於外境有別自性由如倒見作外相解於自所見生定執時此則名爲所執之事

此復云何謂無一物如何無物名所執耶由此故然若於此執有片實物體不虛者即不應名是情所執然由於此義有相應由其計執實事自體不相忏故若有實物不名計執由此分齊近見之境此則悉皆說爲所執假使用識以爲斯境作所量時此亦還成所執之義是故應知所執之識亦是無性即唯識性是能悟入所有諸法皆無自體微妙方便但是本識隨處現相然無外境少許可得從色至識悉皆如是非是能現相分之識體亦無也若言異此但遣遮色說此唯聲唯識之言便不成就緣識之識有其境故復更便成緣色之識是爲有境何者是其體離於彼不可說事諸佛世尊方能了察云何了察此義後時我當宣釋此即是其心心生法有眞實事越言詮道是有性故亦不便成一切諸法悉皆非有同豁脫空是故應知證悟眞理善入方便說唯識教斯爲稱理由其次第漸能斷裂諸分別網所有正緣爲生因性故爾者若許安立離言詮處是實有事此即還成於彼色等亦同荷負有眞自性猶如於識若爾還應問彼何處得有如斯道理見他許有非

所詮識亦令色等同遣如斯未曾見有如是之事以由愛蜜酪亦令貪若復轉計言彼有斯不相離性事同芽者能有隨生果之因用彼若言有不相離性幸示方隅以理推徵定無共許若言如識將爲境時由所執體名爲所執實事相貌作彼生因色亦同斯是執性故亦應合有緣生之事與作因緣猶如識者此乃便成無片非愛於彼五聚皆依他起是所許故徧計分別法性之義可由於此理同於彼現有如斯正教言故若言其色亦有離識實依他起猶如受等如斯意趣有不定愆所執之分亦有識故即此受等緣生之分斯則是爲四聚體性然此現其影相之分即是依於心心生聚而施設故由斯道理其逾必成而於所立無隨合義亦復更有立已成過緣起之色亦是受等自性性故因此遂令而於因處置差別言異蠲其過而立於識現所執相差別生故此即除其不定之過仍在相中然共所許受等自體是自證性境無有故既有斯理實可依憑然色別有無別因由以義推尋固非齊致若爾一切諸識皆悉無有所知境者此如何知又云若有餘識得與餘識而爲境耶亦如有云諸佛境界其法是有并餘識境若於佛境不以自心取爲境者斯即無容能有宣說如此說者並成妄設如有思度發言詮故由其言義所表之相即是唯識現多種相雖無外境似觸其事而識得生此即是爲言論因也如云生已即滅之聲假令息教博士絕聲應聽其響固非於彼情有所得然即於中共申言論但可許業能爲造

作領納是受彼即便成許有實我豈復當時別有眞我而可得耶不許同時二識生者餘識無間體是滅壞如斯切難亦不相應餘識領此不相應故亦以此言兼遮後難如彼說云如知境有何以得知此亦於其共相之境而爲構畫說之爲知復亦與彼同招詰責如彼所說詮表如來有諸勝德汝亦應成證知勝德由此便非是佛之境固亦不同如食米齋此之共相是實有物是故定知不由外境現前力故方能了察此中但由心聚構畫而便生起旣有斯理於佛境界爲難不成此則因論生論傍義且周然密意果其因應說此之密意有其二因一謂餘教相違二於正理有害說唯識教即是相違此阿笈摩不言成故又復於彼幻網經中如佛爲於色等境處

生分別者作如是說即此眼識所知之色不見實有及以定住但於妄情起邪分別作決定解而生言論唯斯是實餘義成非如是廣陳乃至於法次第說云多聞聖弟子應如是學我觀過去未來現在眼識觀彼所緣諸色然於彼處無有常定無妄無異實事可得或如所有或無倒性悉皆非有唯除聖者出過世間斯成眞實世尊說此皆虛妄等違阿笈摩正理相違宜且爲說方興問緒發起疑情如何復知如是說者此非是實猶如說識是知言義說十二處耶由其一性及非一性思察之時將以爲境無堪能故是故定知不如所說即是其義故於今者試作商量此色聲等所應生處各隨自體由於其識作生相貌色等事相是識之境色識名色聲識名聲餘

皆准此此色聲等應無支分體是其一如有分色由此便於自所依處無支分性故然此色等是有事物體是質礙有所斷割於其同類多處性故能生識等不同處故（此中關極微義）由量力故決斷有無於諸量中現量為勝若無外境如何能起如是覺情此事是我別根之所知也別根如夢等雖無外境然亦得有此已如前細為分別

此若後緣時所見境已亡如何許現量於諸量為最者若其當時生現量覺此是我之別根所了爾時於境遂無所見唯是意識所刋定故眼識當時已謝滅故義既如是如何彼境許成現量耶況復是為殊異論者許一切法刹那不住此覺起時色等諸境亦皆已滅現量之理斯何得成雖復如前善開釋已仍為於斯甚深法義不能窺測更設難言由量力故斷為有者或復此由違比量故於色等處遮使成無縱實由量刋定有無然由於彼別根比知及正教等諸量之中別根最勝由親證境是果性故要於此處無違害已方於餘量而成立之此即別根於色等處既親證會豈能令彼比量相違輒欲遮其色等有性如何外色成別根境由若無境不能於此生如是覺此事是我別根知也此言意道各別自證領受相生重起心緣而宣說故猶如曾領苦樂染等此固不然於餘亦爾

別根如夢等見有如斯前已具說於夢等位亦有現見色等諸境即如所言覆察之心是有故者顯此立因有不定過然由夢翳及罪逆心之所損故如似別根現前明見雖無實

境而有見事復亦不越識之體性於所領事現前納受爲斷割故由斯道理意欲成立色等實境是離識者有相違過徒事慢心此復更有因不成過此覺後緣時所見境已亡如何許現量眼等諸識見色等時彼實不能生斯斷割此但由其各別内證相分性故因此爲先意識隨後取其定相總集思構方能決斷又復當時識不俱起設爾有色等諸境眼等識滅後何能見能見非有所鑒豈成正於此時何所希望從其滅識寧能有見況於色等共識同亡是故應知此不能見色等諸境藉彼見力重審之心觀於色等如何許成別根量性復於彼時意識斷割不共許爲現量性故由無能見及俱謝故有餘師云於此最初領受其境非分别垢之所染故彼定緣於外色實境此亦非理是不成故由非他許離於言詮色等外境是識所知然由内有自證之事當爾之時不起思構便緣諸境相貌差别彼但許有如斯内緣此亦隨其相貌現時但依於識猶如共成苦樂染等然由將彼色等外境爲别根量此但是爲虚妄情執猶如彼此數量業等還將此難用拓餘疑於夢見事從夢覺已後覆緣想雖復當時無境然有上心之知現量亦爾由因此故後時意識決了非無彼亦無無撥別根量於自内證心心所生不離自證而有現量是所許故然於外境將爲現量斯妄增益即是所遮如前爲出不成之過未見解詞但事空言寔無的當彼全不許有外色等更欲仗之明有現量然所成立不能遠離所斥之過故若也不曾領受

前境意識不能生憶念也決定應許於彼外境曾領受之由斯能見於色等境許别根性斯乃不成曾領受境方能憶者所以云何由有理故

已說如相識者雖無外境如境相現眼等諸識遂得生起如前已說次復云何從此生憶念者從此識後與念相應即於此相分别意識而生起也由領其境念方起故其義不成若爾於色等處以現量性決定了知所有相貌生憶念性故猶如樂等於憶念上安置形像而領取之決斷前相内自證解然非不領猶如石等有其焰等生意識時亦不能生此之憶念由斯決定依比量力於色等境應必定有親領受之若異此者所許憶念便成非有復由於此受領之境成現量故世間言論名之爲見若於色等是憶念性如共成者可有斯過即由於此外色等處領受憶念理不許成由有理故如離於境得有其見憶念同然爲其能立不共成故宗及於喻欲曉悟他於境領受全無力用

成唯識寶生論卷第四

成唯識寶生論卷第五

護法菩薩造

唐三藏法師義淨奉　制譯

論曰如何不與色等諸境而相關涉名作見耶若遣斯難此不勞言由斯識體自現形相雖無色等而境得成此前已說夢獄瞖等爲能喻事隨其所應廣陳比量

從此生憶念者不待外境而現前故見之自性方始得生雖無實義念與意俱由現見識所有功能安置力故隨其次第假籍餘緣爲能牽引覺想方生當爾之時名爲憶念如何復知見之與憶兩體差殊若此見憶俱並不籍外境有故能生自體由似境者爲性邪疑說分別識見之爲用不生計度前境相狀但有自證體性生起念之相也取其言相安布若了相不明分別生也以見爲先熏習所遣即此自性由他故生見不然也見之與念係然別故爲此定須許如斯理假令雖復有其外境二皆有境緣相不殊見之與憶自體不同如有異途幸應爲說彼設雖緣現在之境名之爲見如緣過去說之爲念由無境者彼雖境異有無之相所緣別故斯之異相終亦不能而於見念爲片思也宜應說爲自體別故斯成異相爾者此境是其識所現相若爲決定知如是耶由於前境決知見巳與彼相似所起之識分明不忘取彼事時即名斯事而爲似相猶如決了丈夫相貌方名此作似丈夫耶似相了知非不曾見然非曾見能有如斯決斷之理爲由不許有外境故斯亦非理由彼自證心心所生解相不同是所許故

斯固於他全不成難汝既分別於事善巧我聊致問理復如何同時自證既不許有如何此見能決定耶非過去事能有憶念由彼非是自證性故又非自證如所説事違道理故先當援已後乃彈他所有陳謀方能獲勝斯即念訖境生不共成也復於夢處領納外境令共成訖後時自可道彼元無成非理故猶如樂等領受樂事若其外境元有可領但有似相錯亂現前當爾之時外境非有自然決斷猶如夢者覺乃知非夢者見非有覺已乃知非若也覺時亦不領境猶如夢中彼是非有世人自知然不如是是故定知於正覺時然色等境有眞領受不同夢中識無力用此亦不能而爲曉喻令於色等領受義成由作夢者處夢中時不能了境是爲非有若由遠

離於睡闇時得分明慧隨其所有別別曾緣熏成念種然於夢位所領之境憶令上心方生決斷此事非有彼既如是此亦還然雖非外色可爲領受便即翻作見外色心起妄分別重重現前數數緣慮生此類性所有功能熏習成種令其上心即此熏習更欲彰其不實事故後起餘緣彰見眞義由有睡眠相似法故雖於覺位亦曰睡也爲此熏習恒隨逐故世間睡眠猶如餘睡但有妄情離識別見色聲等境而被纏縛極受艱辛漂泊生津淪迴欲海由未正得熏習斷故猶如夢中不能覺了色等境無未能稱事於非起故不了是無爲境所誑縱有聞思所生之智爲由分別熏習隨故未現證眞不能正起亦名誑妄當爾之時名爲不覺及由於彼熏習種子對治

已生畢竟拔除深有力用於創起時非世先有由此名爲出世間智正斷一切分別性故無分別智獲得現行能除熏習無知睡故證悟眞覺于時藉此無分別智以爲因故由此之力方便起故決能截除色等諸義固執熏習名爲清淨由涉計度諸境相故號曰世間彼智現已但唯是識隨其色類緣會力故生起之時唯於自識現其相分妄執諸境而作生因然非離識有自性故色聲等境而生了知其所立量若據總相不知彼境是爲無者許能立因有不成過若言差別覺時不知還有不成與前相似覺悟之位了境元無宗所許故既有斯過理固不能以斯能立成其前境有可領納或有於此不成之過申迷解詞猶若元來不爲境解此無之智理不應成要

先知境方於此事能生此心說爲非有若爾的知前境是有如何能得更復言無觀相是有復乃云無現是相違若爲通釋彼諸宗等撥爲非有因不相違如諸外論謂爲常等生前滅後悉並非無或於方所或此非餘有境無餘何過之有若時於我將爲無者由非不了可撥爲無於無起知非所許故此不如文於茲色等說我爲無然於色等造作之處無眞實我非據我也若爾於色等聚乍可無僁說識我無如何免難由不許有第二之識於餘識處了我爲無亦非不領於前而能憶念於後設令生念境已亡故是故應許但唯有識而現於相即如所許然於識處知我是無撥無其我識若生時此智爾時知無我體然由離境了唯有識隨此相貌緣若生時解境

爲無豈非齊致然於色等了無我時於色等處是爲共相非是自相由此各依以爲定性自體異故然非相似所有相貌是實事有欲令於餘而作簡別有其異相附識而生猶如實事有集心分於識自體轉起現前世俗言論因斯生起了知外境但是自心所生須受本非居外斯乃是爲最勝修習所獲性故此由無明盖覆於慧如在外轉觀斯共相即如所見時俗言成隨世俗情於言說路令得明解於諸論處似事而轉別以形相而宣說之於所餘事作其遮遣於此事中應有形段若總相是實即是總相應如色等自體各異而於別事體不相應此則色等成非異體如色似聲又復如彼一異非言所許共相此但覆俗當情顯現無所諍也此既不許將爲實事斯乃便成於色聲等成非異體又復色等一一便成有多體故共相之狀體無邊故此則合有多種體性便成諸事皆爲一體如隨自緣所帶相像斷割前境此之體相亦是假立衆多相貌爲俗言論而分別之由此便成於色聲等無我之智亦是共相斷割性故取其無境更成光顯唯識之宗然於色等無我解時有別相分復由前後分段本無故斯乃是爲先取別相分明決斷於異決了隨而攝取事境性故若青蓮也簡去其白識緣蓮體決斷是青言無我者理亦同然凡起決斷謂即於他所執我相仗此思構方生決斷無別我體縱雖無境而智得生理既齊衡何有乖諍若諸有情由自相續者若言於此自相體中各有無量功能不同於自識中變現別故至

成熟時由自種力識現在前不由外境而得興起非離自識從外境生然由親近善惡友故爲益及損此不得成由於眞妄損益之中但以言聲說爲境故既緣聲義兩種皆無於斯斷割便成非有由彼有其理非理行可令善惡逐彼而行彼行既無可取隨學寧容有故此則曾不依託外境而識得生違所許過必定依託外色等境緣色等心猶如有事無事聲心復如觀他所有行跡是能於境決斷性故亦復由如色等諸識定緣外境如聖量言但是於內似相現故此固無力破唯識義由展轉增上識互決定成者由其展轉識相假故即此二識更互相依本不待聲及於色等由所立喻不順於宗亦復全無違教之失有他相續爲別識故他識爲因自識生故善惡二友作用理成外境引夢撥使成無目擊友人可不同睡而遣爲非有何勞强立展轉相因夢聞善惡非由別識生如何現在隨他識行復如何知但由餘識分別得生於他言事隨順情起此識生時更有餘識功能差別爲因現故且聞者識如結契時唯聲現相有差別體識乃得生不依外境方能了事仗自功能所有差別託已內緣爲聲相解即於前境而有了知此時但是自識熟位功能轉起但有聲相共識俱生詳觀斯理又復聖者威神至極無其文字離取聲相爲間隙時成說方便然則但由勝差別故能作斯事遂令餘識殊別相生是共許故斯即是爲唯識功力然則曾無聲之自相能至餘識是他共許以將爲喻縱許如是但依他識聲覺得生斯乃

便成恒常聽響此之聲覺總被生津雖住遠方及耳根壞並應聞説無有廢時若其許覺由外聲起有時聞聽耳識方行分別因起仍須處在相應耳根復無損壞方能於境覺察是非由此全無便成並見總聽之過非獨如此識待有能差別性故事判於聲猶如於聲自性各異能生此覺非餘相心亦如於聲非聞一切緣此聲相但返緣斯唯生此覺於覺有時但生如此差別之緣有力用故爲因非餘即如於聲在相應處於自相續生其相像且如此事種子現前隨自用果方能生起如是便成無相似過復次諸字咸有支分分析至窮非根取性猶若極微非同時生不合聚故既不和聚有其決斷計一常聲處虛空者不應是理緣此聲心不可得故又彼許其所有細分體相似故及是非根所行性故然非功能有其差別及以造作容有安置勢力道理復如外聲隨所依緣差別之響有其自相爲緣之因識亦如是何有非愛豈非所云由展轉增上者即是許其取餘識故此識便成有於外境如不取境喻分便違斯難非理此識由其餘識現相爲所緣故喻乃共成如餘宗立猶如於彼非現在聲隨以一相而爲成立但有彼相識生而已其宗許成我喻亦然何成有過何故如來之識差別於餘分別之境並除不異相續而轉無邊差別所化有情在彼多心相若爲起如彼一聲體無差異隨自樂相識從生起但由如來威神之力極修所致令彼得生於別功能非一之境不同色類多而無雜一時興用分別事成猶如燈寶

鏡等現相復以如來諸化用事難思威力超尋思境是共學故强爲斯難非成妙說若言夢覺兩位不差由並許其無實境性隨其差別感引於果夢中所見或善或惡是總標也及於覺位心亦無境此亦便應俱時獲果或應如夢亦皆無果無境性故或復翻此斯難不然由有理故

心由睡眠壞夢覺果不同者然則夢心由睡壞故性不分明即此善惡能招劣果如於覺時或緣別事不爲恭敬或時餘思亂心於彼慧施雖行果不增大識雖無境果亦同然隨種差別能招當果愛非愛事由斯夢覺體有差殊得果不同非乖道理復非由境善等體殊所作業用招勝劣果然由自性及相應等自體增故及以相違此即夢等有其差別以此爲緣非關有境或時生已便於斯境能起害心造於極惡復於此處能招勝報種下中上善不善業以此而言實不藉其外境有故植果差殊或時有緣過去羅漢身福等事實無其境猶如於夢獲果不同有不定過後於夢中翹誠慶悅如來出世雖無實境大果當招此喻便成於宗不順有餘師云雖被夢損情斷前境而不闇昧如睡初覺尚有餘昏未足眠時强起情瞖身體沉重見不分明即此之損於彼夢中相應之識誠固難有由於夢內心心生法當爾之時明白觀境憂愁恐怖極思焦心縱使覺時未能同此由此要須是有情數於共見境取相分故然於夢中七色之業不立業道由其夢色非見無對是不共境不堪爲世言論事故所立色業非業道者

斯乃便成不察由緒然此所論於彼夢識見
不分明獲果微劣醒覺之位亦應如此既有
斯過而便答曰由夢損故獲其少果如若不
損與覺何殊即如所云夢識於境了事分明
便招勝果此若爲通由於夢中心明斷割許
其招得上妙果報七色業道不建立者本爲
評章招果差別遂論業道由緒何從由非招
果要須假斯業道方就於方便位被極重纏
害斯意樂遂令招得最惡之果輕薄煩惱縱
造根本亦未能同極清淨心於修善位方便
根本類此應知
唯識論者亦由於他相續與害隨心所生成
其業道有餘師說由他知故方成罪者此非
正答何意要須待於共境方建立斯非由他
力始成業道然藉堪爲世言論事由如苾芻
斷青流穢犯斯等罪豈在情邊及由共境假
他知故若於夢中實有青等爲所了事由大
師制便成有罪或可翻餘非由其事是有是
無此成應理若也生界但唯識者便成無有
語身業耶然由大種及從種生名爲身也語
業即是從種生色此二營爲成殺妄等兩種
若無事便非有諸屠獵者但唯自識轉變顯
現便招殺罪豈不相違由非前生命根自斷
遂令他得殺生罪耶此違所許身語二業不
爾云何
死由他識別者屠膾等識猶如屠者既與方
便彼遂分離此亦如是但由自識能有作用
差別現時便與彼命爲殺害因爾乃但由自
識功力妄現身相藉此勢故立爲業道自餘
業道准此應知由斯道理復有共許識之差

别遂與他身作壞因性即如鬼神及健達縛等其所嫌處惡念便生由鬼等識變現爲因遂令前生得失念等復由聖者專心念時由他識力爲勝緣故遂於夢中併除睡眛便觀彼彼差異形儀識於衆像而領納之言命根者謂是隨應順彼趣業力所招引異熟識流注時限齊如所攝引事便轉變令彼一業所招連續同分之報斷絶相違非謂一切流皆斷絶如他所許於其六處據同分斷說名爲絶識與命離假言其斷但由自他兩識爲緣所有作用命根斷滅

猶如於隱者獲得勝上定及由作用力差别功能成者令生變異但是内心差别性故如是雖無身語二業殺盜等事理得善成於彼經中定說隱者意發嗔火縁斯力故隨便殺彼無量有情此亦由心令彼斷故必如前理應可推徵決定須許成就隱者意樂害力令無量生咸致命斷若異此者樂欲是其意害大罪事乃不成故知引證成意罪大若也非人知彼意趣當時爲作殺害事者此亦便成明顯身業罪中最大有時不假餘相續識便遭石墜煙炭雨等損害有情誰增上力令軀命斷固非此識現如是相還爲殺害便有自縛相違過故此難非理即由斯識相續無能與斯命斷隨順性故猶如毿毒令心悶亂但是隨順自内相續識無力用更爲連住由此名爲壽命斷也然而許有石等相現亦匪成違但由增上識故令他命終者隣次之後何不壽終及其死時彼便非有旣不現前如何成罪及於斷命爲因性耶雖呈雅難應返問

之彼行殺時所招業道若於當時結業道者何不于時遂便卒命若於緣時彼死方結如何此得殺生過耶若言相合得殺罪者此二別時有無體異如何能作共合事耶然則此事作論尊者已詳定斷於能害者自相續中有其差別業性流注然我於斯有如是見由能殺者增上識故斷彼相續更互相因決定由此不假別事後致終亡當被傷時成其殺業由斷他命此有功能決定由斯取亡沒故然能害者但有此力於斷彼命與作親因或時即死或復後終由增上識能與他識展轉爲害令他後識剎那爲障更不相續亦非害者但唯以意便成殺業由此有其退轉之義於彼行害事乖離故以理言之他更不藉餘緣致死由斯必定而取命終乘此爲因命乃斷故由斯即立殺生業道此成無過如是賊等隨事應知若異此途彼能害者於彼彼時有何力用他死之時方招殺罪更復容成越理之失不假能害自身之中有其差別而但據彼被害者身有殊異故後死之時方成罪者由此加功彼命斷故此即已言當爾之時何不死等合以當時方便殺業當時即得殺生之罪死由彼故然於彼時更無異相是可得故還將此理用遺餘疑爾者猶如夢中能害所害身等無故斯乃便成無業道過此由夢内識亦不能害他相續是故於斯不成業道翻此覺時便成於業已廣成立但唯是心中無間事能成害業且縱如斯廣陳異見仍須執理更詰殊端如唯有識彼他心智爲知他心爲不了耶若言不知者何謂了他心此

名由智了他心故如其不了便成誑妄即此能詮於焉有失如其知者於離識境而領受故所成唯識理致便乖二事相違如何遣難所以云何有深義故他心智云何知境不如實者意取極深所證會處彼曰他心若有許識便傷他智如無誠違自教若他心智緣於外境如觀心外有境爲緣斯難避咎了境非實固無傷尤如何知境不稱其實而得名作他心智耶此中意言如所證事前境不虛由此方名是他心智爾者知於前境既不如實於此豈得名曰他心理不如是未閑本意雖於他心不緣爲境似彼相狀識上現耶是故離心無境可得生似彼相然不如境斯成本意立作他心此中但是領彼似相由此名爲不如實性雖不同彼似彼相生離心無境已共成故能知之者隨境相生如知自心智者二心同時不共聚故固非現在決定應許已滅未生但可得一而爲其境體復是無但唯自識還緣過現諸心聚法爲障顯相領納自心於此事中世咸共許了他心事理亦應知爾者若於自心親能了別如何復説不如實知爲由於境不實知故名爲不實爲是無事將以爲有而得名爲稱實知也若爾如何得説不如其境所有領納皆是其無由彼不能了實境故此亦不然不知如佛境者此他心智他緣青等了彼所緣即是稱實何以便將佛知心體自性清淨而云不知凡云了他心以他心爲緣了自心相假説知他即彼他心自性眞體是何境界此亦不然不爾云何佛知他心自性即是離心知有設有離心之色

佛了何傷此即心是實有兩共許成離心實色與理違背故不同也若爾佛了他心應不知境由境妄故佛依妄知亦復何損如人觀幻豈不知虛佛同虛知何過之有若爾諸佛境界有何相狀諸佛境界非餘所知若佛不知心何名一切智即彼無倒所有自性無知睡盡而得明覺正曉了時諸有覺了自他心者彼之眞性不能了故故言彼智不稱境知復云何通睡盡之智能正了斯由此覺知無言境性超過語路但自證知是故不能以言詮及然於此識所有自性非是餘識之所能知既非所知非言能及彼但總相爲其境故然斯唯有妄構畫性即此構畫於自證性識之實相極遼遠故唯於識處了不實相此二皆成不稱實境所以者何於非實事作實事解而爲決斷由於彼識現虛妄相故

成唯識寶生論卷第五

音釋

忓居寒切與干同 爴裂爴正作攫居縛切爪持也 析先的切分也 膾古外切細切肉也

四論同卷

清刻龍藏佛說法變相圖

四論同卷

十二因緣論

壹輸盧迦論

大乘百法明門論

轉識論

十二因緣論

淨意菩薩造

元魏三藏法師菩提流支譯

歸命牟尼尊　妙法比丘僧　略作因緣論

爲義顯現故　牟尼所演說　十二勝上分

因緣所生法　彼爲三所攝　煩惱業及苦

次說應當知　煩惱初八九　業二及以十

餘七說爲苦　三攝十二法　從三故生二

從二故生七　從七復生三　是故如輪轉

一切世間法　唯因果無人　但從諸空法

唯生於空法　誦燈印鏡響　曰珠種子水
諸陰轉不轉　智者善思量

有弟子成就隨所聞法堪能受持令不忘失於如來法謂事非事及性相等如是義中心懷疑惑爲得知故問言尊者

牟尼所演說　十二勝上分　因緣所生法
彼爲三所攝　如是等諸事　今爲請知故
願爲我解釋　除斷我疑網　師見弟子意
於法生渴仰　恭敬請示故　即答言汝聽
十二勝上分　彼爲三所攝　煩惱業及苦
次說應當知

是中十及二故曰十二以彼不異分故名爲勝分如車轝分故說勝分應知言牟尼者名爲寂滅亦名無分別亦名爲定亦名無言說彼牟尼所演宣暢辯說是名假名說然彼非是大人丈夫自在定時性相所生但唯因緣所生成故彼彼十二分於煩惱業及以苦處三法迭互共作因緣如拒瓶案如是三處所攝應知

問曰何者爲煩惱何者爲業何者爲苦而得有此諸因緣法勝分攝成答曰於此十二勝上分中初爲無明第八爲愛第九爲取此三勝分是煩惱所攝第二爲行第十爲有此二勝分是業所攝餘七勝分是苦所攝此是煩惱業苦等三攝十二分應知言餘七者謂識名色六入觸受及生老死恩愛別離怨憎合會所求不得如是等法生一切苦如是諸分於向所說煩惱業苦以爲根本應知攝十二分唯有三事更無餘法一切經中但有此分更無有餘問曰已知此等諸勝分義爲我解

釋煩惱業苦在於何處復云何成一切諸事答曰從三生二三是煩惱二者是業謂從煩惱而生於業從二生七七者謂苦從七生三此說煩惱業苦三種迭互相生是故生有輪轉不定所言有者所謂欲色無色界等彼中不住喻如輪轉以彼有故一切世間凡夫衆生次第上下猶如輪轉有中不定故說有三處問曰彼造一切身自在衆生何者是彼作事云何答曰偈言一切世間法唯因果無人除假說故有此是正思量彼非說性是故見作衆生不成問曰若如是者云何得從現在世間而取未來世間答曰乃至無有一毫等法從現在世間而取未來世間是故偈言但從諸空法唯生於空法此明自我我所空謂煩惱業處此五法行性離無我應如是取問曰若性無我法中而行性無我者今說何爲證答曰偈言誦燈印鏡響日珠種子水如是等諸喻爲證可取信無自體性假名故有言現在世未來世者如師所誦實不從師轉至弟子雖不從師轉至弟子豈可不成授弟子義可言弟子無因而得遮護妄計無因患故如是臨命終時心識不至未來世間防常患故非未來身從餘處來遮護妄計無因患故如師誦爲因令弟子得彼不可說以爲即是亦不可說爲一向異如是臨命終時心識爲因是故得生後身心識而彼心識不可說一不可說異亦不離彼亦不即彼如是從燈生燈從印生印從鏡生有像從聲有響從日從珠出生火從子生芽如安石榴菴羅果等口生涎水如是等法不名即彼不名異彼如是

一切諸因緣法轉不轉事諸有智者善思量應知是中陰者所謂說色受想行識彼託生者此諸陰滅因彼滅陰後相似生然實無有一毫等法從此至彼此是世間漸次之義以是義故一切世間無常不淨苦無我等以能觀察如是事故於諸法中不生疑惑不疑惑故則不生染不生染故則不生著不生著故則不虛渴不虛渴故則不造業以無業故則不取事不取事故不造有爲行無有爲行故則不復生以不生故一切身心業苦如是不造五種因故於彼處無七種果以無果故名爲解脫如是作故則是釋成不生不滅不常不斷有邊無邊如是等句於中有偈

不見無緣生　決定是正義　於諸最妙事
是故不成斷　於中無所滅　亦復無所增
應見如諦實　隨狀及如彼

十二因緣論

壹輸盧迦論

龍樹菩薩造

元魏婆羅門瞿曇般若流支於雒陽譯

自體性無常　如是體無體　自體性無體
故說空無常

問曰以何義故造此一偈論說何等義破何等人答曰為讀誦者於廣大部生懈倦心又為聰叡先已廣習無量諸論於如來法海義中思惟而生懈倦於無常自體空不異義中生異相疑為斷此疑故造斯論說何義者今當說謂一切法無常自體空自體空不離無常一切法自性自體空是故無有常一切諸佛緣覺聲聞於空法中而得出離非於諸行斷常法中而得解脫偈言

滅空住有體　則成於常見　若謂後時滅
則成於斷見

以此義故說一切法自體空諸佛緣覺聲聞羅漢於此義中得利益故破何等人者今當說若有所得人離於諸行說有無常則非正見若無常離有為無常則常猶如虛空若如是者則有為無為體無差別若有為與無為合無為合故則瓶不可破若無為與有為合有為合故則涅槃可壞若不異者則一切法不可破壞如涅槃常非緣生故若諸行非因緣生不異虛空涅槃者則有為法不名無常若諸行非因緣生是無常者則虛空涅槃不名為常若如是者則有為無為無有勝法若無常離有為猶名無常者則有為離常應名為常但是事不然若如是者何等修多羅中作如是說以何義說汝今所說以何義說汝

今所說義不相應非汝邪思之所能量是故汝說非爲正見若人有所得謂過去未來現在法自體成者當知是人則非正見何以故無因生見故若言未來體非因緣生自體成者則現在法亦非因緣生自性體成以未來現在自性平等無差別故若性平等者現在有法皆從緣生未來法何故非緣生汝今此義爲以修多羅說爲依義說說不相應則無理趣若無理趣則不可信若未來法無因緣生自性成者未來之法猶如虛空無有因緣離因緣故非因緣生則無實未來體無未來故現在過去亦無現在過去無故三世無體若有體者則是常見無因生故若佛弟子有所得見則與外道迦毗羅等無差別此論非爲迦毗羅優樓迦諸外道等爲汝等輩同見之人故造斯論向說破何等人爲令汝等有所得人斷除邪見故作斯論一輸盧迦偈句義今當釋偈言自體性無常者自體名有生有法故名爲體有所得人於此法中心取爲體此法於陰界入中有聲緣轉如說一體二體多體如彼此人一二衆多各有自體故名自體如地水火風堅濕熱動各有自性如是各各自相自體故言自體有所得人謂生住滅同相者是義不然自體性無常故彼體名有所得人分別故生是故離諸法無無常體以自相無常故如佛告比丘一切諸行皆悉無常以此說故離法有無常自相者是事不然若汝不了云何無常我今當說偈言如是體無體故體無體者汝所分別無常者彼無常無體是故體無體自性無體故言無體偈

言自體性無體者離無體更無別體故言自體無體若汝意謂離無體而有體者是義不然以汝此法非修多羅說故若謂無體是自體者是亦不然以修多羅所不說故世尊於何等修多羅中說如此法於佛世尊修多羅中都無此義以非經說故不成就非大聖修多羅所說之義則不應信是故非唯言說而得取證偈言故說空無常者如調伏三寂提經中說佛告三寂提眼空無常無不動無不壞無不變何以故性如是故耳鼻舌身意亦復如是世尊於此修多羅中說空說無常以是義故知諸法空無常無常無體是故諸法性自無體則無體義成若能如是入修多羅義其義則成若不入修多羅其義則壞以我所說入修多羅其義則成是故性自無體其義成就一輸盧迦論一卷凡諸法體性法物事有名異義同是故或言體或言性或言法或言有或言物莫不皆是有之差別正音云私婆婆或譯爲自體體或譯爲無法有法或譯爲無自性性

壹輸盧迦論

大乘百法明門論 本事分中略録名數

天親菩薩造

唐三藏法師玄奘奉詔譯

如世尊言一切法無我何等一切法云何爲無我一切法者略有五種一者心法二者心所有法三者色法四者心不相應行法五者無爲法

一切最勝故　與此相應故　二所現影故

三位差別故　四所顯示故

如是次第第一心法略有八種一眼識二耳識三鼻識四舌識五身識六意識七末那識八阿賴耶識

第二心所有法略有五十一種分爲六位一徧行有五二別境有五三善有十一四煩惱有六五隨煩惱有二十六不定有四一徧行五者一作意二觸三受四想五思二別境五者一欲二勝解三念四定五慧三善十一者一信二精進三慚四愧五無貪六無瞋七無癡八輕安九不放逸十捨十一不害四煩惱六者一貪二瞋三慢四無明五疑六不正見五隨煩惱二十者一忿二恨三惱四覆五誑六諂七憍八害九嫉十慳十一無慚十二無愧十三不信十四懈怠十五放逸十六惛沉十七掉舉十八失念十九不正知二十散亂六不定四者一睡眠二惡作三尋四伺

第三色法略有十一種一眼二耳三鼻四舌五身六色七聲八香九味十觸十一法處所攝色

第四心不相應行法略有二十四種一得二命根三衆同分四異生性五無想定六滅盡

定七無想報八名身九句身十文身十一生十二老十三住十四無常十五流轉十六定異十七相應十八勢速十九次第二十時二十一方二十二數二十三和合性二十四不合性

第五無爲法者略有六種一虛空無爲二擇滅無爲三非擇滅無爲四不動滅無爲五想受滅無爲六眞如無爲言無我者略有二種一補特伽羅無我二法無我

大乘百法明門論

轉識論

陳天竺三藏法師眞諦譯

識轉有二種一轉爲衆生二轉爲法一切所緣不出此二此二實無但是識轉作二相貌也次明能緣有三種一果報識即是阿梨耶識二執識即阿陀那識三塵識即是六識果報識者爲煩惱業所引故名果報亦名本識一切有爲法種子所依止亦名宅識一切種子之所栖處亦名藏識一切種子隱伏之處問曰此識何相何境答曰相及境不可分別一體無異問若爾云何知云何知有答由事故知有此識此識能生一切煩惱業果報事譬如無明當起此無明相境可分別不若可分別非謂無明若不可分別則應非有而是有非無亦由有欲瞋等事知有無明本識亦爾相境無差別但由事故知其有也就此識中具有八種異謂依止處等具如九識義中說又與五種心法相應一觸二作意三受四思惟五想以根塵識三事和合生觸心恒動行名爲作意受但是捨受思惟籌量可行不可行令心成邪成正名爲思惟作意如馬行思惟如騎者馬但直行不能避就是非由騎者故令其離非意就是思惟亦爾能令作意離漫行也此識及心法但是自性無記念念恒流如水流浪本識如流五法如浪乃至得羅漢果此流浪法亦猶未滅是名第一識依緣此識有第二執識此識以執著爲體與四惑相應一無明二我見三我慢四我愛此識名有覆無記亦有五種心法相應名字同前而前細此麤此識及相應法至羅漢位究竟

滅盡及入無心定亦皆滅盡若見諦内煩惱識及心法得出世道十六行究竟滅盡餘殘未盡但屬思惟是名第二識第三塵識者識轉似塵更成六種識轉似塵已如前説體通三性與十種心法相應及十善惡并大小惑具三種受十種心法者觸等五種如前但此為最麤也後五者一欲二了三念四定五慧此中言了者即舊所明解脫數也十善者一信二羞三慚四無貪五無瞋六精進七猗八無放逸九無逼惱十捨此十徧一切三界心及無流心數名大地此是自性善翻此十為自性惡大惑有十種者一欲二瞋三恚四癡五慳六貪七我八慢九見十疑小惑者有二十四種一忿恨二結怨三覆藏四不捨惡五嫉妬六悋惜七欺誑八諂曲九極醉十逼惱十一無羞十二無慚十三不猗十四掉戲十五不信十六懈怠十七放逸十八妄念十九散亂二十不了二十一憂悔二十二睡眠二十三覺二十四觀此小惑中有二種一作意徧行二不徧行五識於第六意識及本識執識於此三根中隨因縁或時俱起或次第起以作意為因外塵為縁故識得起若先作意欲取色聲二塵後則眼耳二識一時俱起而得二塵若作意欲至其處看色聽聲取香後亦一時三識俱起得三塵乃至一時具五識俱起亦爾或前後次第而起唯起一識但得一塵皆隨因縁是故不同也如是七識於阿梨耶識中盡相應起如衆像影俱現鏡中亦如衆浪同集一水問此意識於何處不起答離無想定及無想天熟眠不夢醉悶絶心暫

死離此六處餘處恒有如此識轉不離兩義一能分別二所分別所分別既無能分別亦無無境可取識不得生以是義故唯識義得成何者立唯識義意本爲遣境遣心今境界既無唯識又泯即是說唯識義成也此即淨品煩惱及境界並皆無故又說唯識義得成者謂是一切法種子識如此如此造作迴轉或於自於他互相隨逐起種種分別及所分別由此義故離識之外諸事不成此即不淨品但遣前境未無識故釋曰謂是一切種子識者是阿梨耶識爲諸法種子及所餘七識種子及所餘七識種子並能生自類無量諸法故通名一切法種子識也如此如此者由此等識能迴轉造作無量諸法或轉作根或轉作塵或轉作我或轉作識如此種種不同唯識所作云如此造作迴轉也或於自於他互相隨逐者於自則轉爲五陰或於色陰乃至識陰於他則轉爲怨親中人種種不同望自五陰故稱爲他如是自他互相轉作前後不同故云互相隨逐也種種所作並皆是識無別境界起種種分別等者一一識中皆具能所能分別即是識所分別即是境能即依他性所即分別性故云起種種分別及所分別也由如此義離識之外無別境但唯有識義成既未明遣識惑亂未除故名不淨品也問遣境存識乃可稱唯識義既境識俱遣何識可成答立唯識乃一往遣境留心卒終爲論遣境爲欲空心是其正意是故境識俱泯是其義成此境識俱泯即是實性實性即是阿摩羅識亦可卒終爲論是阿摩羅識也

記曰由二種宿業熏習及二種習氣能爲集諦成立生死二種宿業熏習者即是諸業種子一宿業熏習二宿業熏習執宿業熏習即是所分別爲分別性宿業熏習執即是能分別爲依他性所即爲境能即爲識此二種業名相似集諦能得五陰生二種習氣者即諸煩惱一相習氣二麤重習氣相即煩惱體是依他性能攝前相貌麤重即煩惱境是分別性境界麤顯故也此二煩惱名眞諦能集令未來五陰由此似眞兩種集諦若宿業已盡更受別報能安立生死

釋曰二種宿業熏習者一一種子備有兩義所分別即是宿業熏習能分別即是宿業熏習執所即分別性能作生起種子法門故說此法門名爲宿業熏習有名而無體也能即依他性正是起業種子名宿業熏習執有體而不眞實也二種習氣亦爾一一煩惱皆有兩義所分別即麤重習氣作起煩惱法門有名而無體能分別正是煩惱體亦有而不眞實是依他性然此中所明分別依他與三無性中名字不同三無性中說分別名相類依他性名麤重以分別性當體有共相類能作煩惱法門說名煩惱也依他性正是煩惱體能得生死報故名麤重今此中爲明分別性相類麤顯故名麤重依他性能執前相類故名爲相各自有意若欲轉此中目三無性中名亦好也

記曰如是如是分別若分別如是如是類此類名分別性此但唯有名名所顯體實無此所顯體實無此分別者因他故起立名依他

性此前後兩性未曾相離即是眞實性若相離者唯識義不成有境識異故由不相離故唯識無境界無境界故識亦成無由境無識無故立唯識義是乃成立是故前性於後性不一不異若定一異則有過失何耶分別與依他定一者分別性決定永無不爲五法藏所攝依他性亦應永無若爾便無生死解脫善惡律戒法此爲不可既不如此故分別性與依他性不得定一若定異者則分別性便不能遣依他性既由觀分別性是無所有方見依他性亦無所有故不得定異又若分別性定異依他性者分別性體應定是有非謂永無有可異無何所論異是故但說不一不異不可定說一異也如無常與有爲法亦不得定說一異前無後無是無常義五陰是有爲法若無常與有爲法定一者無常是無一切諸法並皆是無既不並無故不得定一若定異者既無常時不應通有爲法以其通故不得定異此亦是不一不異也如是一切諸法皆爾如色等與瓶亦不一不異若色與瓶定一色等不成瓶瓶則眞實若色定異瓶見色不應通瓶是故不定一異也兩說亦爾若不見分別性則不見依他性是故不一不異然一切諸法但有三性攝法皆盡如來爲衆生說諸法無性亦有三種三性如前說前二是俗諦後一是眞諦眞俗二諦攝一切法皆盡三無性者即不離前三性分別性名無相性無體相故依他性名無生性體及因果無所有體似塵相塵即分別性分別既無體亦是無也因亦無者本由分別性爲境能發生

識果境界既無云何生果如種子能生芽種子既無芽從何出是故無生也眞實性名無性性無有性無無性約人法故無有性約二空故無無性即是非有性非無性故重稱無性性也此三無性是一切法眞實以其離有故名常欲顯此三無性故明唯識義也若人修道智慧未住此唯識義者二執隨眠所生衆惑不得滅離根本不滅故由此義故立一乘皆令學菩薩道若謂但唯有識現前起此執者若未離此執不得入唯識中若智者不更緣此境二不顯現是時行者名入唯識何以故由修觀散亂執盡是名無所得非心非境是智名出世無分別智即是境智無差別名如如智亦名轉依捨生死依但依如理故麤重及執二俱盡故麤重即分別性執即依他性二種俱盡也是名無流界是名不可思惟是名眞實善是名常住果是名出世樂是名解脱身於三身中即法身

釋曰二執隨眠所生果惑不得滅離者即是見思二執隨眠煩惱能作種子生無量上心惑皆以本識爲其根本根本未滅支末盡如勝鬘經說無明住地不斷不究竟無邊四住地不斷不究竟也若智者不更緣此境二不顯現故者此境即此唯識境唯識散亂無由境故識無此識既無能緣唯識之心亦無故云一不顯現此二但談二識所現前境前境先已無故是名識轉品究竟也

轉識論

音釋

迭 從結切更互也　猗 於宜切輕安也

唯識三十論

因明入正理論

唐三藏法師玄奘譯

顯識論

陳天竺三藏法師真諦譯

清刻龍藏佛說法變相圖

三論同卷
唯識三十論
因明入正理論
顯識論

唯識三十論

世親菩薩造

唐三藏法師玄奘奉詔譯

護法等菩薩約此三十頌造成唯識今略標所以謂此三十頌中初二十四行頌明唯識相次一行頌明唯識性後五行頌明唯識行位就二十四行頌中初一行半略辯唯識相次二十二行半廣辯唯識相謂外問言若唯有識云何世間及諸聖教說有我法舉頌以答頌曰

由假說我法　有種種相轉　彼依識所變
此能變唯三　謂異熟思量　及了別境識
此二十二行半廣辯唯識相者由前頌文略標三能變今廣明三變相且初能變其相云何頌曰
初阿賴耶識　異熟一切種　不可知執受
處了常與觸　作意受想思　相應唯捨受
是無覆無記　觸等亦如是　恒轉如暴流
阿羅漢位捨
已說初能變第二能變其相云何頌曰
次第二能變　是識名末那　依彼轉緣彼
思量為性相　四煩惱常俱　謂我癡我見
并我慢我愛　及餘觸等俱　有覆無記攝
隨所生所繫　阿羅漢滅定　出世道無有
如是已說第二能變第三能變其相云何頌曰
次第三能變　差別有六種　了境為性相
善不善俱非　此心所徧行　別境善煩惱
隨煩惱不定　皆三受相應　初徧行觸等
次別境謂欲　勝解念定慧　所緣事不同
善謂信慚愧　無貪等三根　勤安不放逸
行捨及不害　煩惱謂貪瞋　癡慢疑惡見
隨煩惱謂忿　恨覆惱嫉慳　誑諂與害憍
無慚及無愧　掉舉與惛沉　不信并懈怠
放逸及失念　散亂不正知　不定謂悔眠
尋伺二各二
已說六識心所相應云何應知現起分位頌曰
依止根本識　五識隨緣現　或俱或不俱
如濤波依水　意識常現起　除生無想天

及無心二定　睡眠與悶絶

已廣分別三能變相爲自所變二分所依云何應知依識所變假說我法非別實有猶斯一切唯有識耶頌曰

是諸識轉變　分別所分別　由此彼皆無故一切唯識

若唯有識都無外緣由何而生種種分別頌曰

由一切種識　如是如是變　以展轉力故彼彼分別生

雖有内識而無外緣由何有情生死相續頌曰

由諸業習氣　二取習氣俱　前異熟既盡復生餘異熟

若唯有識何故世尊處處經中說有三性應知三性亦不離識所以者何頌曰

由彼彼徧計　徧計種種物　此徧計所執自性無所有　依他起自性　分別緣所生圓成實於彼　常遠離前性　故此與依他非異非不異　如無常等性　非不見此彼

若有三性如何世尊說一切法皆無自性頌曰

即依此三性　立彼三無性　故佛密意說一切法無性　初即相無性　次無自然性後由遠離前　所執我法性　此諸法勝義亦即是眞如　常如其性故　即唯識實性

後三行頌明唯識行位者論曰如是所成唯識性相誰依幾位如何悟入謂具大乘二種種性一本性種性謂無始來依附本識法爾所得無漏法因二謂習所成種性謂聞法界

等流法已聞所成具此二性方能悟入何謂五位一資粮位謂修大乘順解脫分依識性相能深信解其相云何頌曰

乃至未起識　求住唯識性　於二取隨眠
猶未能伏滅

二加行位謂修大乘順決擇分在加行謂能漸伏除所取能取其相云何

現前立少物　謂是唯識性　以有所得故
非實住唯識

三通達位謂諸菩薩所住見道在通達位如實通達其相云何

若時於所緣　智都無所得　爾時住唯識
離二取相故

四修習位謂諸菩薩所住修道修習位中如實見理數數修習其相云何

無得不思議　是出世間智　捨二麁重故
便證得轉依

五究竟位謂住無上正等菩提出障圓明能盡未來化有情類其相云何

此即無漏界　不思議善常　安樂解脫身
大牟尼名法

唯識三十論

因明入正理論

商羯羅主菩薩造

唐三藏法師玄奘譯

能立與能破　及似唯悟他　現量與比量

及似惟自悟

如是總攝諸論要義此中宗等多言名爲能立由宗因喻多言開示諸有問者未了義故

此中宗者謂極成有法極成能別差別性故隨自樂爲所成立性是名爲宗如有成立聲是無常

因有三相何等爲三謂徧是宗法性同品定有性異品徧無性云何名爲同品異品謂所立法均等義品說名同品如立無常瓶等無常是名同品異品者謂於是處無其所立若有是常見非所作如虛空等此中所作性或勤勇無間所發性徧是宗法於同品定有性異品徧無性是無常等因

喻有二種一者同法二者異法同法者若於是處顯因同品決定有性謂若所作見彼無常譬如瓶等異法者若於是處說所立無因徧非有謂若是常見非所作如虛空等此中常言表非無常非所作言表無所作如有非有說名非有

已說宗因等如是多言開悟他時說名能立如說聲無常者是立宗言所作性故者是宗法言若是所作見彼無常如瓶等者是隨同品言若是其常見非所作如虛空者是遠離言唯此三分說名能立

雖樂成立由與現量等相違故名似立宗謂現量相違比量相違自教相違世間相違自

語相違能别不極成所别不極成俱不極成相符極成此中現量相違者如説聲非所聞比量相違者如説瓶等是常自教相違者如勝論師立聲爲常世間相違者如説懷兔非月有故又如説言人頂骨淨衆生分故猶如螺貝自語相違者如言我母是其石女能别不極成者如佛弟子對數論師立聲滅壞所别不極成者如數論師對佛弟子説我是思俱不極成者如勝論師對佛弟子立我以爲和合因緣相符極成者如説聲是所聞如是多言是遣諸法自相門故不容成故立無果故名似立宗過

已説似宗當説似因不成不定及與相違是名似因

不成有四一兩俱不成二隨一不成三猶豫不成四所依不成如成立聲爲無常等若言是眼所見性故兩俱不成所作性故對聲顯論隨一不成於霧等性起疑惑時爲成大種和合火有而有所説猶豫不成虛空實有德所依故對無空論所依不成

不定有六一共二不共三同品一分轉異品徧轉四異品一分轉同品徧轉五俱品一分轉六相違決定此中共者如言聲常所量性故常無常品皆共此因是故不定爲如瓶等所量性故聲是無常爲如空等所量性故聲是其常言不共者如説聲常所聞性故常無常品皆離此因常無常外餘非有故是猶豫因此所聞性其猶何等同品一分轉異品徧轉者如説聲非勤勇無間所發無常性故此中非勤勇無間所發宗以電空等爲其同品

此無常性於電等有於空等無非勤勇無間所發宗以瓶等爲異品於彼徧有此因以電以瓶爲同法故亦是不定爲如瓶等無常性故彼是勤勇無間所發爲如電等無常性故彼非勤勇無間所發異品一分轉同品徧轉者如立宗言聲是勤勇無間所發無常性故勤勇無間所發宗以瓶等爲同品其無常性於此徧有以電空等爲異品於彼一分電等是有空等是無是故如前亦爲不定俱品一分轉者如說聲常無質礙故此中常宗以虛空極微等爲同品無質礙性於虛空等有於極微等無以瓶樂等爲異品於樂等有於瓶等無是故此因以樂以空爲同法故亦名不定相違決定者如立宗言聲是無常所作性故譬如瓶等有立聲常所聞性故譬如聲性此二皆是猶豫因故俱名不定

相違有四謂法自相相違因法差別相違因有法自相相違因有法差別相違因等此中法自相相違因者如說聲常所作性故或勤勇無間所發性故此因惟於異品中有是故相違法差別相違因者如說眼等必爲他用積聚性故如卧具等此因如能成立眼等必爲他用如是亦能成立所立法差別相違積聚他用諸卧具等爲積聚他所受用故有法自相相違因者如說有性非實非德非業有一實故有德業故如同異性此因如能成遮實等如是亦能成遮有性俱決定故有法差別相違因者如即此因即於前宗有法差別作有緣性亦能成立與此相違作非有緣性如遮實等俱決定故

已說似因當說似喻似同法喻有其五種一能立法不成二所立法不成三俱不成四無合五倒合似異法喻亦有五種一所立不遣二能立不遣三俱不遣四不離五倒離

能立法不成者如說聲常無質礙故諸無質礙見彼是常猶如極微然彼極微所成立法常性是有能成立法無質礙無以諸極微質礙性故所立法不成者謂說如覺然一切覺能成立法無質礙有所成立法常住性無以一切覺皆無常故俱不成者復有二種有及非有若言如瓶有俱不成若說如空對非有論無俱不成無合者謂於是處無有配合但於瓶等雙現能立所立二法如言於瓶見所作性及無常性倒合者謂應說言諸所作者皆是無常而倒說言諸無常者皆是所作如是名似同法喻品

似異法中所立不遣者且如有言諸無常者見彼質礙譬如極微由於極微所成立法常性不違彼立極微是常性故能成立法無質礙無能立不遣者謂說如業但遣所立不遣能立彼說諸業無質礙故俱不遣者對彼有論說如虛空由彼虛空不遣常性無質礙性以說虛空是常性故無質礙故不離者謂說如瓶見無常性有質礙性倒離者謂如說言諸質礙者皆是無常如是等似宗因喻言非正能立

復次爲自開悟當知惟有現比二量此中現量謂無分別若有正智於色等義離名種等所有分別現現別轉故名現量言比量者謂藉衆相而觀於義相有三種如前已說由彼

爲因於所比義有正智生了知有火或無常等是名比量於二量中即智名果是證相故如有作用而顯現故亦名爲量

有分別智於義異轉名似現量謂諸有智了瓶衣等分別而生由彼於義不以自相爲境界故名似現量若似因智爲先所起諸似義智名似比量似因多種如先已說用彼爲因於似所比諸有智生不能正解名似比量

復次若正顯示能立過失說名能破謂初能立缺減過性立宗過性不成因性不定因性相違因性及喻過性顯示此言開曉問者故名能破

若不實顯能立過言名似能破謂於圓滿能立顯示缺減性言於無過宗有過宗言於成就因不成因言於決定因不定因言於不相違因相違因言於無過喻有過喻言如是言說名似能破以不能顯他宗過失彼無過故且止斯事

已宣少句義　爲始立方隅　其間理非理　妙辯於餘處

因明入正理論

因明入正理論後序

因明入正理論者蓋乃抗辯標宗摧邪顯正之閫閾也因談照實明彰顯理入言趣本正以離邪論之者較言旨歸審明要會也昔應符道樹兹義備焉登庸鹿林斯風扇矣六師稽顙而卷舌十仙請命以知歸非天靈曜寢光邪津鼓浪同惡孔熾寔繁有徒所以世親弘盛烈於前陳那纂遺芳於後揚眞殄謬夷難解紛至矣神功備詳餘論粤有天主菩薩亞聖挺生博綜研詳聿修前緒撰略精秘逗適時機啓以八門通其二益芟夷五分取定三支其義簡而彰其文約而顯西方時彥鑽仰彌深自非履此通規未足預其高論大唐皇帝乘時啓聖闡金鏡而運金輪納錄嗣明振玉鼓而調玉燭洞敷玄化載緝彝章藝慧炬而鑒昏城艤智舟而濟苦海我三藏法師玄奘神悟爽拔峻節冠群行四勤如不及瞻三宗而好問漢地先達各擅專門寓目必察其微納心並殫其妙嗟乎聖迹緜遠像教陵夷未嘗不臨訛文以喟然撫疑義而太息望葱山而高視期鷲峯而遠遊旣而冐險乘危詢師訪道行達北印度迦濕彌羅國屬大論師僧伽耶舍稽疑八藏考決五乘論師以大義磐根嘉其素蓄唯因明妙術誨其未喻梵音覯止氷釋于懷後於中印度摩竭陀國遇尸羅跋陀羅菩薩更廣其例觸類而長優而柔之於是徧謁遺靈備訊餘烈雖遇銖腹縱辯無前風偃邪徒抑兼茲論旋弘周化景福會昌粤以貞觀二十一年秋八月六日於弘福寺承詔譯訖弘福寺沙門明濬筆受證文

弘福寺沙門玄謨證梵語大總持寺沙門玄
應正字大總持寺沙門道洪實際寺沙門明
琰羅漢寺沙門慧貴寶昌寺沙門法祥弘福
寺沙門文備廓州法講寺沙門道深蒲州栖
巖寺沙門神泰詳證大義銀青光禄大夫行
左庶子高陽縣開國男臣許敬宗奉詔監譯
三藏法師以虛已應物闢此幽關義海淼其
無源詞峯峻而難仰異方秀傑同禀親承筆
記玄章並行於世余以不敏妄忝吹嘘受旨
證文偶玆嘉會敢録時事貽諸後昆勝範鴻
因無泯來際

顯識論 從無相論出

陳天竺三藏法師眞諦譯

顯識品

一切三界但唯有識何者是耶三界有二種識一者顯識二者分別識顯識者即是本識此本識轉作五塵四大等何者分別識即是意識於顯識中分別作人天長短大小男女樹藤諸物等分別一切法此識聚分別法塵名分別識譬如依鏡色影色得起如是緣顯識分別識得起是分別若起安立熏習力於阿棃耶識由此熏力本識未來得生緣此未來顯識未來分別識得起以此因義是故生死無有前後爲顯此義佛於解節經中說偈言

顯識起分別　分別起熏習　熏習起顯識
故生死轉輪

所言熏習者一執著分別性二觀習眞實性以此二義故名熏習

第一熏習者增長阿梨耶識阿梨耶識彼增長具足諸能能生六道受生諸識以是義故生死圓滿第二熏習者名觀習眞實性此熏習能除執著分別性是第一熏習彼損壞故阿梨耶識亦被損阿梨耶識既被損受生識亦被損以阿梨耶識能生三界由被損故得三界轉依此轉依義具五種如滅差別相中解說顯識者有九種一身識二塵識三用識四世識五器識六數識七四種言說識八自他異識九善惡生死識其次分別識有二種一有身者識二受者識前九識中第一身識者謂轉作似身是故識名身識所言似者如

所執身相貌似身而非眞實故名似身此識能作相似身名爲身識即是五根餘塵等八種識亦如是即是唯識義也所言身識者有五種即眼根界等是名身識通是五根第二塵識有六種色界等乃至識塵通名應受識第三用識者六種眼識界等即是六識大論名爲正受識第四世識者有三種即三世過去未來現在也又生死相續不斷故名世第五器識者大論名處識也略即器世界謂外四大五塵廣即十方三界等第六數識者筭計量度第七四種言說識者謂見聞覺知四種一切言說不出此四若不說見即說聞覺知亦爾第八自他異識者謂依處各異六趣不同依處者身也六趣身謂自他異識第九善惡趣生死識者一切生死不離兩道善者人天惡者四趣此善惡道不離生死即生即滅無停住故又有身者識者我見所覆此識爲我見貪愛所覆故受六趣生此識爲生死身若有此識即有身識此識若盡則生死身盡我見生一切肉惑貪愛生一切皮惑故有生死身若離愛我見即無皮肉煩惱若無皮肉煩惱即無三界身故身識受生死也二受者識意界名受者識即三種意識一謂阿梨耶識是細品意識恒受果報不通善惡但是無覆無記二陀那識是中品意識但受凡夫身果報三者謂常所明意識是麤品意識通受善惡無記三性果五識亦爾此三種意識通能受用果報但今據與發爲言故呼梨耶識爲受者識又梨耶識是凡夫所計我處由陀那執梨耶識作我境能執正是陀那故七

識是我見體故分別識有二種一有身識二身者識合名意根大本染汙根即陀那識二次第緣意根體即緣本識作我境自出彼緣相彰顯識有九種如上顯識唯是梨耶若是分別識則是陀那及意識陀那分別我意識分別萬法意識有三種分別五識但有自性分別熏習有四種方便一忍二名三相四世第一法一忍有二一廣二略一切衆生皆迷眞實性今修習先作廣觀次作略觀得入眞實所言廣者即觀四諦苦集即是凡夫俗諦滅道即聖人眞諦各有九種觀苦九分即三界各有三世成九又欲界一有色界四有無色界四有故爲九種集諦九分即是九結分者滅此九結爲九滅諦道諦九分者九次第三摩提即九次第定次略觀先觀苦諦爲八種者觀四大四名四大即色陰四名即四陰以爲八種苦集有八者即八邪乘八聖道滅諦八種者滅八邪即名八種滅道諦八者修八聖道以爲道諦次復略觀苦爲七六趣及中陰集七者即是七使七使者貪瞋癡慢疑見欲界欲名欲使色無色界名爲有使合爲七種使滅七使名七種滅道諦七者即七覺分次略觀苦爲六種謂六種内入集六種謂六種貪愛即六塵生六種貪滅六貪爲六滅道六者六種出離界一出離殺他瞋修慈界二出離逼惱瞋修悲界三出離嫉妬瞋修喜界四出離貪欲修捨界五出離覺觀勤修念出入息界六出離無明惑修無我界修此六種名出離界

次略觀苦爲五即五陰集爲五即五蓋滅此

五蓋爲五種滅道五者即五根亦即五力等次略觀苦四種即四念處謂身受心法集四者即四取亦即四流四取者取只是貪有四種貪即是取有四種一欲取二見取三戒取四我語取我語取者是内取緣内五陰貪色無色八禪定内法名我語取於中取名我語取若貪欲界塵名外法名爲欲取欲取者是斷見衆生我語取是常見衆生此兩法緣事起見取戒取取常見緣理起此四取是受資粮明受愛有三種一遠離貪愛即一切三塗衆生二求得貪愛即人天至三空三安住貪愛即非想非非想謂爲涅槃如四種取名集諦滅四取名四滅諦道諦四者謂四念處即是四種般若觀身通達苦諦觀受通達集諦觀心通達滅諦觀法通達道諦觀身爲麤觀三界身麤爲苦觀欲界身寒熱等爲苦觀色界身四威儀爲苦觀無色界心念念不住苦觀受通達集諦者衆生一切貪愛緣受故起若無受貪不生故觀受通達集諦若觀心通達滅諦者一切衆生安立我見於心中故是衆生執我見則不信有滅只由陀那識執梨耶是一常故我體非滅觀心非我故信有滅以捨我見觀人法二無我故觀心通達滅諦觀法通達道諦者法有二一淨品二不淨品觀不淨品爲苦集淨法爲滅道又不淨品即一切諸惑淨品者一切治道故應須通達道諦次略觀苦三種即觀三界爲苦觀欲界爲苦苦觀色界爲壞苦生住不停樂壞時即苦故壞苦觀無色界爲行苦生住壞三時皆苦但衆生有二道惡道爲苦善道爲樂捨此二

邊謂爲涅槃此心有行有動是故無常故苦也集有三者即三毒又三種身見戒取疑身見者衆生著身見執有常樂我淨故住生死不修出世道戒取者不肯修正道疑者疑不決了滅諦滅此三種煩惱即爲三滅道三者謂戒定慧

次略觀苦爲二謂身心又名色亦是集二者十二因緣中謂無明愛滅此二種爲二種滅道諦二者即定慧次略觀苦爲一謂無常爲苦集者謂不正思惟滅此思惟爲滅道謂身念處即總觀四念處名爲身念處

又義若正思惟爲道諦不正思惟爲集諦欲令實慧分明故作廣略二種觀觀苦一切法作九分乃至一分餘三諦亦然語言及分別熏習有四種方便處語言熏習者從忍名乃至自性法處所言處者即名爲所及境界爲處分別熏習從相至第一一切修得法一切修得法處者從下品至上品相第一一切爲處若人依名爲思擇是名語言熏習若人離名句等眞思擇義是名分別熏習是顯識顯後兩識兩識者一四種言說識二自他差別識顯此兩識餘七種識及分別識此八種識緣語言熏習得起又兩識一身識二受者識及自他異識此三識緣身見熏習得生又善惡生死識緣有分熏習得起如是諸識是名一切三界唯有識也（義蹟九識第三合簡文義有兩一明識體二明識用一識體者出唯識論）

論曰一切三界唯有識

問曰一切法只是三界何用三言答兩義一者分段是三界二者變易是界外四種生死

是一切也二者廣言一切是何謂十方十方非三界故云一切三界也今唯有識者上七種死唯有識所顯現離識無別體故言三界唯有識也界者自性義自性有兩一者不離義欲性異色色非無色也二者性是不改不轉爲義欲爲欲色爲色無色爲無色善惡亦爾三性不改爲義唯有識者離識無有別境也由識見有似塵離識塵無體也

論曰何者爲識所謂三界

釋曰前明離識無三界此明離三界無識又前明二識用論曰識有二種一顯現識二分別識

釋曰初一是本識本識顯六塵也次一是六識六識分別此異彼也又前一明所緣後一明能緣就顯識有二種迴轉一迴轉作六塵二迴轉作五根次分別識迴轉作似我如是意執二識計我也即陀那與意識共作我見陀那執本識起我體相意識分別計我有種種差別用故一切法不有不無由六塵塵有六識不可定無也離六識無六塵不可定有又一切法不可定說有亦不可定說無也人法二我不實故不可說有有人法二空眞實故不可言無又義一切法決定有決定無人法決定無此人法二空是決定有此三悉共顯俗是有顯眞是無二明識用

論曰此分別識若起安立熏習力於阿梨耶識中

釋曰熏習力者譬如燒香熏習衣香體滅而香氣猶在衣中名爲熏衣此香不可言有香體滅故不可言無香氣在故故名爲熏如六

識起善惡留在熏力於本識中能得未來報名爲種子若小乘義正量部名爲無失譬如券約故佛說偈

諸業不失　無數劫中　至聚集時　與衆生報

摩訶僧耆柯部名爲攝識即是不相應行譬如誦經初一徧未得第二徧誦攝前第一如是乃至第十徧誦通利時即通攝前九如是初識能變異在第一如是乃至第九變異在第十中第十能攝前九即此第十變異之用名爲攝識有前九用故不失前九也薩婆多部名同隨得同者與數處時等相應長隨者與三性不相妨而得者不失義同亦不失隨亦不失譬如摩斗樓此言榆華取活柯汁謂赤色汁點摩斗樓華鬘華鬘與赤色俱後結實成熟則有赤色出是名同時修得赤色至果不失故名同前有赤色出是名同修得赤色至果不失故名同前來至後不失名隨隨最後顯故名得也若是他毗梨部名有分識有者三有即三界也亦有七有一中有二生有三業有四死有通前三有爲七有也欲色二界具四有若無色界無中有中有者正辯名爲向生處處者有因緣名處也如十二因緣有支是事有故是事有是事生故是事生有者是因因有二一前因二同時因如橘子生芽是前時因芽生則有並橘同時因行緣識識緣名色名色緣六入六入緣觸受等是同時所以言是事有故是事有者爲破外道生有義外義云一切衆生從自在天我有故生死是有言內義同今破由前因生故得生汝自在天無有非生生死有是生故不得是

有故是有也故佛立義是事有即有生汝自在天是有非是生不同内義乃至從世性微塵等生亦爾又外道立無因有果果自然生故破外道此物有是因有故果事是也所以明二義者爲明因縁具故得生若此物有故此物有是縁若此物生故此物生是明因義有分者是生處即是生因生縁此有分識體是果報法決是自性無記也

四有者從識支至六歳是生有從七歳已上能分別生熟起貪至未捨命是業有死有者唯一念中有即中陰就業有中六識起三種業善不善不動等三業有爲有爲有分識所攝持六識自謝滅由有分識攝持力用在問曰何故立有分識一期生中常縁一境若生人天此識見樓觀等事報若起六識用麤覆障則不覺此識用若生惡道此識但縁火車等若報起六識用强則不覺此識縁也若欲界六識縁欲界凡夫不能覺乃至無色亦然若無色諸識滅此有分識用則顯如梨耶及意識也

言種子者此相續變異能感未來果報是名種子相續無變異亦非種子若但變異無相續亦非種子相續變異不相離故成種子如螺白色非一非異若白色是螺螺則無三塵若白色異螺則見白色不得螺故不可言定異以不異故名白螺也

相續變異亦爾故成種子縁此熏習力本識未來得生者

釋曰縁熏習力種子若成本識得生縁未來顯識未來分別六識得生也是故生死無前

後者若離煩惱業則不得生若生死有前分則別有前分衆生處起煩惱業感前分處既無前分衆生起業則無有前分生死故知生死無始無初四義明無初一非本若衆生初無後有者此無不作有本有二種過失一者若無不能生後若能生有則非無二者平等過失若虛空華生有事者可得從無生有二者不見離欲衆生生故生死無初也若生死初無貪欲等後方有貪欲等者離欲羅漢等無欲亦應生欲二是羅漢更不生欲故故知生死無初三者修行梵行無用故故生死無初一切聖人修八聖行爲滅令不生修梵行離欲人更不生滅故故知生死無初四者生死有二種一惡報二善道是善惡由善惡二因不得無因是生死初爲善道爲惡道若善道者未有善因若惡道者未有惡因離善惡二道更無第三道故知無初也難曰初者自然不用因緣後者須因緣若爾者是義不然有二過一即理不平等故二者因果不相似若汝說生死不由因後由因者則不平等初後皆是生死何故一由因一不由因二不相似者果亦有因因亦有因因果皆有因故得相似若相似能生同類汝若前無因故後亦應無因若前無因後有因者則不能生若能生者荳應生麥麥亦應生荳而不然者故知汝前爲後果作因前因不成因也佛說偈初句顯識即是梨耶梨耶即果報識分別識即是煩惱識是從果報識起煩惱識煩惱識即陀那等次句明從煩惱起識識起熏習即是業功能能轉變本識成種子識也次句從業

起果報次句總結生死輪轉輪轉者以不定故或因轉作果或果轉作因也所言熏習有二種者下爲顯二義一顯生死方便名爲邪亦名違逆二顯涅槃方便名正亦隨順執著分别性者一切諸法有三種性一分别性二依他性三眞實性分别性者名言所顯諸法依他性者一切諸法因果道理所顯眞實性者一切諸法如如性分别者無相爲其性依他者無生是其性所言性者自有五義一者自性種類義一切瓶衣等不離四大種類義同是四大性是自性義二者因性義一切四念處聖法所緣道理起此道理能生聖法亦是因義三者生義若物無生則性不可見生義可見故性訓生五分法身是生性義如來正說衆生信樂生三種信一信有眞實道理二信得五分法身功德三自利利他德修此五分身五分身生則顯至得性故故五分法身生以此爲性義四不壞義此性在凡夫不染在聖不淨故名不壞五秘密藏義親近則行淨乖違則遠離此法難得幽隱故名秘密即名藏義生有四種一觸生如男女交會有子二嗅生者如牛羊等類雌雄有欲心雄以鼻嗅雌等根則便有子三法生如雞雀等雌雀起欲心以身坌塵沙之中而有卵等生子四聲生如鶴孔雀等類有欲心聞雄鳴聲亦生卵生子一切出卵不可食皆有子也分别性是無有空分别無法可得故依他性是不如空如是破所執眞實性是自性空無人法二我是自性空也復次分别性如空華是極無依他性異空華似幻化非空

有無觀依他性不有不無故能得道成聖空無是斷觀空無不能得道成聖一切煩惱別執著分別性一切諸法欲樂觀習眞實性執著觀習此二屬依他性此二種法是名熏習一煩惱種子熏習二道種子熏習也第二熏習增長本識者以同類故本識緣如如起四謗是虛妄熏習種子煩惱同是虛妄是故熏習能增長本識譬如甜物能增長淡淡亦是甜性同性故能增長具足諸能者明業有四種一被作不被長如利智人遇惡知識起不善業是作復即追悔故不被長二被長不被作如羞慙人隨人修行此善被增轉廣不能自起善心故不作三亦作亦長者如人作善業復恒數習此善業轉廣大也四不作不長者即無漏善業若轉增長生死報名爲作者無漏能除生死作者故不長前三是業後一分非就前三中取第三句亦作亦長故云具足諸法能生六趣者即能得六趣生死果報生阿梨耶識因此生死圓滿身因熏習方便故生死得成故云此因義生死圓滿第二觀習眞實性觀三種無性是名觀習眞實性觀有四用一者除觀二滅觀三證觀四修觀觀如如是苦諦性性三諦亦然觀四諦如如具四用觀如如滅苦滅集觀如如即證滅會如如即修道能除執著分別性者分別於無中作有眞實觀者顯有無與自性相違故云除分別性是第一熏習被損壞者現在被損未來被壞若損集諦苦亦被損阿梨耶識被損者本有七重苦諦三界即爲三重三重被損竟阿梨耶識是受果報本雖無惑業所引不

復入三界生而在無流界中四種生死内受生如是乃至無生死位也梨耶被損故受生亦被損何以故顯識是分別識因顯識被損故知分別識亦被損此分別人我及六塵等識又已滅盡何止被損耶今言被損者據淨品爲語此與本識俱盡也是阿黎耶能下者可滅除也

顯識論

音釋

閟閾（閟兵媚切深也閾越逼切閫閾也）芟（師銜切刈也）艤（語綺切整舟向岸曰艤）覯（居候切遇見也）鍱（音葉）㵘（彌沼切大水也）爇（儒劣切燒也）殫（音丹極盡也）

發菩提心論

姚秦三藏法師鳩摩羅什

清刻龍藏佛說法變相圖

發菩提心論卷上

天親菩薩造

姚秦三藏法師鳩摩羅什譯

勸發品第一

敬禮無邊際　去來現在佛　等空不動智

救世大悲尊

有大方等最上妙法摩得勒伽藏菩薩摩訶薩之所修行所謂勸樂修集無上菩提能令衆生發深廣心建立誓願畢定莊嚴捨身命財攝伏貪悋修五聚戒化導犯禁行畢竟忍辱調伏瞋癡發勇精進安止衆生集諸禪定爲知衆心修行智慧滅除無明入如實法門離諸執著宣示甚深空無相行稱讚功德使佛種不斷有如是等無量方便助菩提法清淨之門當爲一切上上善欲分別顯示悉令

究竟阿耨多羅三藐三菩提諸佛子若佛弟子受持佛語能爲衆生演説法者應先稱揚佛之功德衆生聞已乃能發心求佛智慧以發心故佛種不斷若比丘比丘尼優婆塞優婆夷念佛念法又念如來行菩薩道時爲求法故阿僧祇劫受諸勤苦以如是念爲菩薩説法乃至一偈菩薩得聞是法示教利喜當種善根修習佛法得阿耨多羅三藐三菩提爲斷無量衆生無始生死諸苦惱故菩薩摩訶薩欲成無量身心勤修精進深發大願行大方便起大慈悲求大智慧無見頂相求如是等諸佛大法當知是法無量無邊法無量故福德果報亦復無量如來説言如諸菩薩最初發心下劣一念福德果報百千萬劫説不能盡况復一日一月一歲乃至百歲所習諸心福德果報豈可説盡何以故菩薩所行無盡欲令一切衆生皆住無生法忍得阿耨多羅三藐三菩提故諸佛子菩薩初始發菩提心譬如大海初漸起時當知皆爲下中上價乃至無價如意寶珠作所住處此寶皆從大海生故菩薩發心亦復如是初漸起時當知便爲人天聲聞緣覺菩薩諸佛一切善法禪定智慧之所生處復次又如三千大千世界初漸起時當知便爲二十五有其中所有一切衆生悉皆荷負作依止處菩薩發菩提心亦復如是初漸起時普爲一切無量衆生所謂六趣四生正見邪見修善習惡護持淨戒犯四重禁尊奉三寶謗毀正法諸魔外道沙門梵志刹利婆羅門毗舍首陀一切荷負作依止處復次菩薩發心慈悲爲首菩薩大

慈無量無邊是故發心無有齊限等衆生界譬如虚空無不普覆菩薩發心亦復如是一切衆生無不覆者如衆生界無量無邊不可窮盡菩薩發心亦復如是無量無邊無有窮盡虚空無盡故衆生無盡衆生無盡故菩薩發心等衆生界衆生界者無有齊限我今當承聖旨說其少分東方盡千億恒河沙阿僧祇諸佛世界南西北方四維上下各千億恒河沙阿僧祇諸佛世界盡末爲微塵此諸微塵皆不與肉眼作對百萬億恒河沙阿僧祇三千大千世界所有衆生悉共聚集共取一塵二百萬億恒河沙阿僧祇三千大千世界所有衆生共取二塵如是展轉取十方各千億恒河沙阿僧祇諸佛世界所有地種微塵都盡是衆生界猶不可盡譬如有人析破一毛以爲百分以一分毛滴大海水我今所說衆生少分亦復如是其不說者如大海水假使諸佛於無量無邊阿僧祇劫廣演譬喻說亦不盡菩薩發心悉能遍覆如是衆生云何諸佛子是菩提心豈可盡也若有菩薩聞如是說不驚不怖不退不沒當知是人決定能發菩提之心假令無量一切諸佛於無量阿僧祇劫讃其功德亦不可盡何以故是菩提心無有齊限不可盡故有如是等無量利益是故宣說爲令衆生普使得聞發菩提心

發心品第二

菩薩云何發菩提心以何因緣修集菩提若菩薩親近善知識供養諸佛修集善根志求正法心常柔和遭苦能忍慈悲淳厚深心平等信樂大乘求佛智慧若人能具如是十法

乃能發阿耨多羅三藐三菩提心復有四緣發心修習無上菩提何謂爲四一者思惟諸佛發菩提心二者觀身過患發菩提心三者慈愍衆生發菩提心四者求最勝果發菩提心思惟諸佛復有五事一者思惟十方過去未來現在諸佛初始發心具煩惱性亦如我今終成正覺爲無上尊以此緣故發菩提心二者思惟一切三世諸佛發大勇猛各各能得無上菩提若此菩提是可得法我亦應得緣此事故發菩提心三者思惟一切三世諸佛發大明慧於無明㲉建立勝心積集苦行皆能自拔超出三界我亦如是當自拔濟緣此事故發菩提心四者思惟一切三世諸佛爲人中雄皆度生死煩惱大海我亦丈夫亦當能度緣此事故發菩提心五者思惟一切三世諸佛發大精進捨身命財求一切智我今亦當隨學諸佛緣此事故發菩提心觀身過患發菩提心復有五事一者自觀我身五陰四大俱能興造無量惡業欲捨離故二者自觀我身九孔常流臭穢不淨生猒離故三者自觀我身有貪瞋癡無量煩惱燒然善心欲除滅故四者自觀我身如泡如沫念念生滅是可捨法欲棄捐故五者自觀我身無明所覆常造惡業輪迴六趣無利益故求最勝果發菩提心復有五事一者見諸如來相好莊嚴光明清徹遇者除惱爲修習故二者見諸如來法身常住清淨無染爲修習故三者見諸如來有戒定慧解脫解脫知見清淨法聚爲修習故四者見諸如來有十力四無所畏大悲三念處爲修習故五者見諸如來有

一切智憐愍衆生慈悲普覆能爲一切愚迷正導爲修習故慈愍衆生發菩提心復有五事一者見諸衆生爲無明所縛二者見諸衆生爲衆苦所纏三者見諸衆生集不善業四者見諸衆生造極重惡五者見諸衆生不修正法無明所縛復有四事一者見諸衆生爲癡愛所惑受大劇苦二者見諸衆生不信因果造作惡業三者見諸衆生捨離正法信受邪道四者見諸衆生没煩惱河四流所漂衆苦所纏復有四事一者見諸衆生畏生老病死不求解脱而復造業二者見諸衆生憂悲苦惱而常造作無有休息三者見諸衆生愛别離苦而不覺悟方便染著四者見諸衆生怨憎會苦常起嫌嫉更復造怨集不善業復有四事一者見諸衆生爲愛欲故造作諸惡二者見諸衆生知欲生苦而不捨欲三者見諸衆生雖欲求樂不具戒足四者見諸衆生雖不樂苦造苦不息造極重惡復有四事一者見諸衆生毁犯重戒雖復憂懼而猶放逸三者見諸衆生興造極惡五無間業兇頑自蔽不生慚愧三者見諸衆生誹毁大乘方等正法專愚自執方起憍慢四者見諸衆生雖懷聰哲而具斷善根反自貢高永無改悔不修正法復有四事一者見諸衆生生於八難不聞正法不知修善二者見諸衆生值佛出世聞説正法不能受持三者見諸衆生染習外道苦身修業求離出要四者見諸衆生修得非想非非想定謂是涅槃善報既盡還墮三塗菩薩見諸衆生無明造業長夜受苦捨離正法迷於出路爲是等故發大慈悲志求

阿耨多羅三藐三菩提如救頭然一切衆生有苦惱者我當拔濟令無有餘諸佛子我今略說初行菩薩緣事發心若廣說者無量無邊

願誓品第三

菩薩云何發趣菩提以何業行成就菩提發心菩薩住乾慧地先當堅固發於正願攝受一切無量衆生我求無上菩提救護度脫令無有餘皆令究竟無餘涅槃是故初始發心大悲爲首以悲心故能發轉勝十大正願何謂爲十一者願我先世及以今身所種善根以此善根施與一切無邊衆生悉共迴向無上菩提令我此願念念增長世世所生常繫在心終不忘失爲陀羅尼之所守護二者願我迴向大菩提已以此善根於一切生處常得供養一切諸佛不生無佛國土三者願我得生諸佛國已常得親近隨侍左右如影隨形無剎那頃遠離諸佛四者願我得親近佛已隨我所應爲我說法即得成就菩薩五通五者願我成就菩薩五通已即通達世諦假名流布解了第一義諦如眞實性得正法智六者願我得正法智已以無猒心爲衆生說示教利喜皆令開解七者願我能開解諸衆生已以佛神力遍至十方無餘世界供養諸佛聽受正法廣攝衆生八者願我於諸佛所受正法已即能隨轉清淨法輪十方世界一切衆生聽我法者聞我名者即得捨離一切煩惱發菩提心九者願我能令一切衆生發菩提心已常隨將護除無利益與無量樂捨身命財攝受衆生荷負正法十者願我能荷

負正法已雖行正法心無所行如諸菩薩行於正法而無所行亦無不行爲化衆生不捨正願是名發心菩薩十大正願此十大願遍衆生界攝受一切恒沙諸願若衆生界盡我願乃盡而衆生界實不可盡我此大願亦無有盡復次布施是菩提因攝取一切諸衆生故持戒是菩提因具足衆善滿本願故忍辱是菩提因成就三十二相八十隨形好故精進是菩提因增長善行於諸衆生勤教化故禪定是菩提因自已調伏能知衆生諸心行故智慧是菩提因具足能知諸法性相故取要言之六波羅蜜是菩提正因四無量心三十七品諸萬善行共相助成若菩薩修習六波羅蜜隨其所行漸漸得近阿耨多羅三藐三菩提諸佛子求菩提者不應放逸放逸之行能壞善根若菩薩制伏六根不放逸者是人能修六波羅蜜菩薩發心先建至誠立決定誓立誓之人終不放逸懈怠慢緩何以故立決定誓有五事持故一者能堅固其心二者能制伏煩惱三者能遮放逸四者能破五蓋五者能勤修行六波羅蜜如佛所讃

如來大智尊　顯說功德證　忍慧福業力
誓願力最勝

云何立誓若有人來種種求索我於爾時隨有施與乃至不生一念慳悋之心若生惡心如彈指頃以施因緣求淨報者我即欺誑十方世界無量無邊阿僧祇現在諸佛於未來世亦當必定不成阿耨多羅三藐三菩提若我持戒乃至失命建立淨心誓無改悔若我修忍爲他侵害乃至割截常生慈愛誓無恚

礙若我修精進遭逢寒暑王賊水火師子虎狼無水穀處要必堅強其心誓不退没若我修禪為外事所娆不得攝心要必繫念在境誓不暫起非法亂想若我修習智慧觀一切法如實性隨順受持於善不善有為無為生死涅槃不起二見若我心悔恚礙退没亂想起於二見如彈指頃而以戒忍精進禪智求淨報者我即欺誑十方世界無量無邊阿僧祇現在諸佛於未來世亦當必定不成阿耨多羅三藐三菩提菩薩以十大願持正法行以六大誓制放逸心必能精勤修習六波羅蜜成阿耨多羅三藐三菩提

檀那波羅蜜品第四

云何菩薩修行布施布施若為自利利他及二俱利如是布施則能莊嚴菩提之道菩薩為欲調伏衆生令離苦惱是故行施修行施者於已財物常生捨心於來求者起尊重心如父母師長善知識想於貧窮下賤起憐愍心如一子想隨所須與心喜恭敬是名菩薩初修施心修布施故善名流布隨所生處財寶豐盈是名自利能令衆生心得滿足教化調伏使無慳悋是名利他以已所修無相大施化諸衆生令同已利是名俱利因修布施獲得轉輪王位攝受一切無量衆生乃至得佛無盡法藏是名莊嚴菩提之道施有三種一以法施二無畏施三財物施以法施者勸人受戒修出家心為壞邪見説斷常四倒衆惡過患分別開示真諦之義讚精進功德説放逸過惡是名法施若有衆生怖畏王者師子虎狼水火盜賊菩薩見已能為救護名無

畏施自於財物施而不恪上至珍寶象馬車乘繒帛穀麥衣服飲食下至麨團一縷之線若多若少稱求者意隨所須與是名財施財施有五種一者至心施二者信心施三者隨時施四者自手施五者如法施所不應施復有五事非理求財不以施人物不淨故酒及毒藥不以施人亂衆生故罝羅機網不以施人惱衆生故刀仗弓箭不以施人害衆生故音樂女色不以施人壞淨心故取要言之不如法物惱亂衆生不以施人自餘一切能令衆生得安樂者名如法施樂施之人復獲五種名聞善利一者常得親近一切賢聖二者一切衆生之所樂見三者入大衆時人所宗敬四者好名善譽流聞十方五者能爲菩提作上妙因菩薩之人名一切施一切施者非謂多財謂施心也如法求財持以布施名一切施以清淨心無諂曲施名一切施見貧窮者憐愍心施名一切施見厄苦者慈悲心施名一切施居貧少財而能用施名一切施愛重寶物開意能施名一切施不觀持戒毀戒田非田施名一切施不求人天妙善樂施名一切施志求無上大菩提施名一切施欲施施時歡喜施已不悔名一切施若以華施具足陀羅尼七覺華故若以香施具戒定慧熏塗身故若以果施具足成就無漏果故若以食施具足命辯色力樂故以衣服施具清淨色除無慚愧故以燈明施具足佛眼照了一切諸法性故以象馬車乘施得無上乘具足神通故以瓔珞施具足八十隨形好故以珍寶施具足大人三十二相故以筋力僕使施

具佛十力四無畏故取要言之乃至國城妻子頭目手足舉身施與心無悋惜爲得無上菩提度衆生故菩薩摩訶薩修行布施不見財物施者受者以無相故是則具足檀那波羅蜜

尸羅波羅蜜品第五

云何菩薩修行持戒持戒若爲自利他利及二俱利如是持戒則能莊嚴菩提之道菩薩爲欲調伏衆生令離苦惱是故持戒修持戒者悉淨一切身口意業於不善行心能捨遠善能訶責惡行毀禁於小罪中心常恐怖是名菩薩初持戒心修持戒故遠離一切諸惡過患常生善處是名自利教化衆生令不犯惡是名利他以己所修向菩提戒化諸衆生令同己利是名俱利因修持戒獲得離欲乃至盡漏成最正覺是名莊嚴菩提之道戒有三種一者身二者口三者心持身戒者永離一切殺盜婬行不奪物命不侵他財不犯外色又亦不爲殺等因緣及其方便不以杖木凡石傷害衆生若物屬他他所受用一草一葉不與不取又亦未嘗眄睞細色於四威儀恭謹詳審是名身戒持口戒者斷除一切妄語兩舌惡口綺語常不欺誑離間和合誹謗毀呰文飾言辭及造方便惱觸於人言則至誠柔輭忠信言常饒益勸化修善是名口戒持心戒者除滅貪欲瞋恚邪見常修輭心不作過罪信是罪業得惡果報思惟力故不造諸惡於輕罪中生極重想設誤作者恐怖憂悔於衆生所不起瞋惱見衆生已生愛念心知恩報恩心無慳悋樂作福德常以化人常

修慈心憐愍一切是名心戒是十善業戒有五事利益一者能制惡行二者能作善心三者能遮煩惱四者成就淨心五者能增長戒若人善修不放逸行具足正念分別善惡當知是人決定能修十善業戒八萬四千無量戒品悉皆攝在十善戒中是十善戒能爲一切善戒根本斷身口意惡能制一切不善之法故名爲戒戒有五種一者波羅提木叉戒二者定共戒三者無漏戒四者攝根戒五者無作戒白四羯磨從師而受名波羅提木叉戒根本四禪四未到禪是名定共戒根本四禪初禪未到名無漏戒守攝諸根修正念心見聞覺知色聲香味觸不生放逸名攝根戒捨身後世更不作惡名無作戒菩薩修戒不與聲聞辟支佛共以不共故名善持戒善持戒故則能利益一切衆生持慈心戒救護衆生令安樂故持悲心戒忍受諸苦拔厄難故持喜心戒勸樂修善不懈怠故持捨心戒怨親平等離愛恚故持惠施戒教化調伏諸衆生故持忍辱戒心常柔軟無恚癡故持精進戒善業日增不退還故持禪定戒離欲不善長禪枝故持智慧戒多聞善根無猒足故持親近善知識戒助成菩提無上道故持遠離惡知識戒捨離三惡八難處故菩薩之人持淨戒者不依欲界不近色界不住無色界是清淨戒捨離欲塵除瞋恚癡滅無明障是清淨戒離斷常二邊不逆因緣是清淨戒不著色受想行識假名之相是清淨戒不繫於因不起諸見不住疑悔是清淨戒不住貪瞋癡三不善根是清淨戒不住我慢憍慢增上慢

慢慢大慢柔和善順是清淨戒利衰毀譽稱譏苦樂不以傾動是清淨戒不染世諦虛妄假名順於真諦是清淨戒不惱不熱寂滅離相是清淨戒取要言之乃至不惜身命觀無常想生於猒離勤行善根勇猛精進是清淨戒菩薩摩訶薩修行持戒不見淨心以離相故是則具足尸羅波羅蜜

羼提波羅蜜品第六

云何菩薩修行忍辱忍辱若爲自利他利及二俱利如是忍辱則能莊嚴菩提之道菩薩爲欲調伏衆生令離苦惱故修忍辱修忍辱者心常謙下一切衆生剛强憍慢捨而不行見麤惡者起憐愍心言常柔輭勸化修善能分别說瞋恚和忍果報差别是名菩薩初忍辱心修忍辱故遠離衆惡身心安樂是名自利化導衆生皆令和順是名利他以已所修無上忍辱化諸衆生令同已利是名俱利因修忍辱獲得端正人所宗敬乃至得佛上妙相好是名莊嚴菩提之道忍辱有三謂身口意云何身忍若他加惡侵毀撾打乃至傷害悉能忍受見諸衆生威逼恐懼以身代之而無疲息是名身忍云何口忍若見駡者默受不報若有非理來訶責者當輭語附順若有加誣横生誹謗皆當忍受是名口忍云何意忍見有瞋者心不懷恨若有觸惱其心不亂若有譏毀心亦無怨是名意忍世間打者有二種一者實二者横若有過惡若人嫌疑爲彼所打自應忍受如服甘露於彼人所應生恭敬所以者何善能教誡調伏於我令我得離諸過罪故若横加惡傷害於我當自思惟

我今無罪當是過去宿業所招是亦應忍復應思念四大假合五衆緣會誰受打者又觀前人如癡如狂我當愍之云何不忍又罵者亦有二種一實二虛若說實者我應生慚若說虛者無預我事猶如響聲亦如風過無損於我是故應忍又瞋者亦爾他來瞋我我當忍受若瞋彼者於未來世當墮惡道受大苦惱以是因緣我身若被斫截分離不應生瞋應當深觀往業因緣當修慈悲憐愍一切如是小苦不能忍者我即不能自調伏心云何當能調伏衆生令得解脫一切惡法成無上果若有智人樂修忍辱是人當得顏貌端正多饒財寶人見歡喜敬仰伏從復當觀察若人形殘顏色醜惡諸根不具乏於財物當知皆是瞋因緣得以是因緣智者應當深修忍辱生忍因緣有十事一者不觀於我及我所相二者不念種姓三者破除憍慢四者惡來不報五者觀無常相六者修於慈悲七者心不放逸八者捨於飢渴苦樂等事九者斷除瞋恚十者修習智慧若人能成如是十事當知是人能修於忍菩薩摩訶薩修於清淨畢竟忍時若入空無相無願無作不與見覺願作和合不倚著空無相無願無作是諸見覺願作皆空如是忍者是無二相是名清淨畢竟忍也若入盡結若入寂滅不與盡結生死和合不倚盡結寂滅諸結生死皆空如是忍者是無二相是名清淨畢竟忍也若性不自生不從他生不和合生亦無有出不可破壞不可壞者是不可盡如是忍者是無二相是名清淨畢竟忍也無作非作無所倚著無分

別無莊嚴無修治無發進終不造生如是忍者是無生忍如是菩薩修行是忍時得受記忍菩薩摩訶薩修行忍辱性相盡空無衆生故是則具足羼提波羅蜜

發菩提心論卷上

音釋

析（先擊切分也）麨（尺小切乾糧也）罝（子邪切兎罟也）眄睞（眄莫甸切睞落代切眄睞傍視也）羼（初限切）撾（陟瓜切擊也）

發菩提心論卷下

天親菩薩造

姚秦三藏法師鳩摩羅什譯

毗梨耶波羅蜜品第七

云何菩薩修行精進精進若爲自利他利及二俱利如是精進則能莊嚴菩提之道菩薩爲欲調伏衆生令離苦惱故修精進修精進者於一切時常勤修習清淨梵行捨離怠慢心不放逸於諸艱難不饒益事心常精勤終不退没是名菩薩初精進心修精進故能得世間出世間上妙善法是名自利教化衆生令勤修善是名利他以己所修菩提正因化諸衆生令同己利是名俱利因修精進獲得轉勝清淨妙果超越諸地乃至速成正覺是名莊嚴菩提之道精進有二種一者爲求無上道故二者廣欲拔濟衆苦而起精進菩薩成就十念乃能發心勤行精進云何十念一者念佛無量功德二者念法不思議解脫三者念僧清淨無染四者念行大慈安立衆生五者念行大悲拔濟衆苦六者念正定聚勸樂修善七者念邪定聚拔令反本八者念諸餓鬼飢渴熱惱九者念諸畜生長受衆苦十者念諸地獄備受燒煮菩薩如是思惟十念三寶功德我當修習慈悲正定我當勸勵邪定衆生三惡道苦我當拔濟如是思惟專念不亂日夜勤修無有休廢是名能起正念精進菩薩精進復有四事所謂修行四正勤道未生惡法遮令不生已生惡法速令除斷未生善法方便令生已生善法修滿增廣菩薩如是修四正勤道而無休息是名精進是勤

精進能壞一切諸煩惱界增長無上菩提正因菩薩若能受於一切身心大苦爲欲安立諸衆生故而不疲倦是名精進菩薩遠離惡時謟曲邪精進已修正精進所謂修信施戒忍定慧慈悲喜捨欲作已作當作至心常行精勤無悔於諸善法及拔濟衆苦如救頭然心不退沒是名精進菩薩雖復不惜身命然爲拔濟衆苦救護正法當應愛惜不捨威儀常修善法修善法時心無懈怠失身命時不捨如法是名菩薩修菩提道勤行精進懈怠之人不能一時一切布施不能持戒忍於衆苦勤行精進攝心念定分別善惡是故說言六波羅蜜因於精進而得增長若菩薩摩訶薩精進增上則能疾得阿耨多羅三藐三菩提菩薩發大莊嚴而起精進復有四事一者發大莊嚴二者積集勇健三者修諸善根四者教化衆生云何菩薩發大莊嚴於諸生死心能堪忍不計劫數於無量無邊百千萬億那由他恒河沙阿僧祇劫當成佛道心不疲倦是名不懈莊嚴精進菩薩積集勇健而趣精進若三千大千世界滿中盛火爲見佛故爲聞法故爲安止衆生於善法故要當從是火中而過爲調伏衆生心善安止於大悲中是名勇健精進菩薩修習善根而起精進如所發起一切善根悉以迴向阿耨多羅三藐三菩提爲欲成就一切智故是名修習善根精進菩薩教化衆生而起精進衆生之性不可稱計無量無邊同虛空界菩薩立誓我當度之無有遺餘爲欲化度勤行精進是名教化精進取要言之菩薩修助道功德助無上

智慧修習佛法而起精進佛諸功德無量無邊菩薩摩訶薩發大莊嚴所行精進亦復如是無量無邊菩薩摩訶薩修行精進無離欲心拔衆苦故是則具足毗棃耶波羅蜜

禪波羅蜜品第八

云何菩薩修習禪定禪定若爲自利他利及二俱利如是禪定則能莊嚴菩提之道菩薩爲欲調伏衆生令離苦惱故修禪定修禪定者善攝其心一切亂想不令妄干行住坐卧係念在前逆順觀察髑髏項脊臂肘胷脇腨䏶脛踝安般數息是名菩薩初修定心修禪定故不受衆惡心常悦樂是名自利教化衆生令修正念是名利他以己所修清淨三昧離惡覺觀化諸衆生令同己利是名俱利因修禪定獲得八解乃至首楞嚴金剛三昧是名莊嚴菩提之道禪定由三法生云何爲三一從聞慧二從思慧三從修慧從是三法漸漸而生一切三昧云何聞慧如所聞法心常愛樂復作是念無礙解脱等諸佛法要因多聞而得成就作是念已於一切求法時轉加精勤日夜常樂聽法無有猒足是名聞慧云何思慧思念觀察一切有爲法如實相所謂無常苦空無我不淨念念生滅不久敗壞而諸衆生憂悲苦惱憎愛所繫但爲貪恚癡火所然增長後世苦惱大聚無有實性猶如幻化見如是已於一切有爲法即生猒離轉加精勤趣佛智慧思惟如來智慧不可思議不可稱量有大勢力無能勝者能至無畏安隱大城不復轉還能救無量苦惱衆生如是知見佛無量智見有爲法無量苦惱志願進求

無上大乘是名思慧云何修慧從初覺觀乃至阿耨多羅三藐三菩提皆名修慧離欲不善法有覺有觀離生喜樂入初禪滅覺觀內清淨心一處無覺無觀定生喜樂入二禪離喜故行捨心念安慧身受樂諸賢聖能說能捨常念受樂入三禪斷苦斷樂故先滅憂喜故不苦不樂行捨念淨入四禪過一切色相滅一切有對相不念一切別異相故知無邊虛空即入虛空無色定處過一切虛空相知無有識即入無色識定處過一切識相知無所有即入無所有無色定處過一切無所有處知非有想非無想安隱即入無色非有想非無想處但隨順諸法行故而不樂著求無上乘成最正覺是名修慧菩薩從是聞思修慧精勤攝心則能成就通明三昧禪波羅蜜

復次菩薩修定復有十法行不與聲聞辟支佛共何等十一者修定無有吾我具足如來諸禪定故二者修定不味不著捨離染心不求已樂故三者修定具諸通業爲知衆生諸心行故四者修定爲知衆心度脫一切諸衆生故五者修定行於大悲斷諸衆生煩惱結故六者修定諸禪三昧善知入出過於三界故七者修定常得自在具足一切諸善法故八者修定其心寂滅勝於二乘諸禪三昧故九者修定常入智慧過諸世間到彼岸故十者修定能興正法紹隆三寶使不斷絕故如是定者不與聲聞辟支佛共復次爲知一切衆生煩惱心故是故修習諸禪定法助成住心令此禪定住平等心是名爲定如是等定則等於空無相無願無作空無相無願無作

等者則衆生等衆生等者則諸法等入如是等是名爲定復次菩薩雖隨世行不雜於世捨世八法滅一切結遠離憒鬧樂於獨處菩薩如是修行禪定心安止住離世所作復次菩薩修定具諸通智方便慧故云何爲通云何爲智若見色相若聞音聲若知他心若念過去若能遍至諸佛世界是名爲通若知色即法性解了音聲心行性相寂滅三世平等知諸佛界同虛空相而不證滅盡是名爲智云何方便云何爲慧入禪定時生大慈悲不捨誓願心如金剛觀諸佛世界莊嚴菩提道場是名方便其心永寂無我無衆生思惟諸法本性不亂見諸佛界同於虛空觀所莊嚴同於寂滅是名爲慧是名菩薩修行禪定通智方便智慧差別四事俱行得近阿耨多羅三藐三菩提菩薩摩訶薩修行禪定無餘惡心以不動法故是則具足禪那波羅蜜

般若波羅蜜品第九

云何菩薩修習智慧智慧若爲自利他利及二俱利如是智慧則能莊嚴菩提之道菩薩爲欲調伏衆生令離苦惱故修智慧修智慧者悉學一切世間之事捨貪瞋癡建立慈心憐愍饒益一切衆生常念拔濟爲作將導能分別說邪道正道及善惡報是名菩薩初智慧心修智慧故遠離無明除煩惱障及智慧障是名自利教化衆生令得調伏是名利他以已所修無上菩提化諸衆生令同已利是名俱利因修智慧獲得初地乃至薩婆若智是名莊嚴菩提之道菩薩修行智慧有二十心能漸建立何謂二十當發善欲親近善友

心捨離憍慢不放逸心隨順教誨樂聽法心聞法無猒善思惟心行四梵行修正智心觀不淨行生猒離心觀四眞諦十六聖心觀十二因緣修明慧心聞諸波羅蜜念欲修習心觀無常苦無我寂滅心觀空無相無願無作心觀陰界入多過患心降伏煩惱非伴侶心護諸善法自伴侶心抑制惡法令除斷心修習正法令增廣心雖修二乘常捨離心聞菩薩藏樂奉行心自利利他隨順增進諸善業心持眞實行求一切佛法心復次菩薩修行智慧復有十法善思惟心不與聲聞辟支佛共何謂爲十思惟分別定慧根本思惟不捨斷常二邊思惟因緣生起諸法思惟無衆生我人壽命思惟無三世去來住法思惟無發行而不斷因果思惟法空而植善不懈思惟無相而度衆生不廢思惟無願而求菩提不離思惟無作而現受身不捨復次菩薩復有十二善入法門何謂十二善入空等三昧而不取證善入諸禪三昧而不隨禪生善入諸通智而不證無漏法善入內觀法而不證決定善入觀一切衆生空寂而不捨大慈善入觀一切衆生無我而不捨大悲善入生諸惡趣而非業故生善入離欲而不證離欲法善入捨所欲樂而不捨法樂善入捨一切戲論諸覺而不捨方便諸觀善入思量有爲法多過患而不捨有爲善入無爲法清淨遠離而不住無爲菩薩能修一切善入法門即能善解三世空無所有若作是觀觀三世空智慧力故若於三世諸佛所種無量功德悉以迴向無上菩提是名菩薩善觀三世方便復次

雖見過去盡法不至未來而常修善根精勤不懈觀未來法雖無生出不捨精進願向菩提觀現在法雖念念滅其心不忘發趣菩提是名菩薩觀三世方便過去已滅未來未至現在不住雖如是觀心心數法生滅散壞而常不捨聚集善根助菩提法是名菩薩觀三世方便復次菩薩觀一切善不善我無我實不實空不空世諦眞諦正定邪定有爲無爲有漏無漏黒法白法生死涅槃如法界性一相無相此中無法可名無相亦無有法以爲無相是則名爲一切法印不可壞印於是印中亦無印相是名眞實智慧方便般若波羅蜜發菩提心菩薩摩訶薩應如是學應如是行如是行者即近阿耨多羅三藐三菩提菩薩摩訶薩修行智慧心無所行法性淨故是則具足般若波羅蜜

如實法門品第十

若善男子善女人修習六波羅蜜求阿耨多羅三藐三菩提者應離七法何等爲七一者離惡知識惡知識者所謂教人捨離上信上欲上精進集衆雜行二者離於女色貪著嗜欲狎習世人而與執事三者離於惡覺自觀形容貪惜愛重染著守護謂可久保四者離於瞋恚暴慢嫉忌興起諍訟壞亂善心五者離於放逸憍慢懈怠自恃小善輕懱於人六者離於外道書論及世俗文頌綺飾言辭非佛所說不應讀誦七者不應親近邪見惡見如是七法所應遠離如來說言不見更有餘法深障佛道如此七法是故菩薩應當遠離若欲疾得無上菩提當修七法何謂爲七一

者菩薩當親近善知識善知識者所謂諸佛及諸菩薩若聲聞人能令菩薩住深法藏諸波羅蜜亦是菩薩善知識也二者菩薩應當親近出家亦當親近阿蘭若法離於女色及諸嗜欲不與世人而共從事三者菩薩應當自觀形如糞土但盛臭穢風寒熱血無可貪著日當就死宜思猒離精勤修道四者菩薩應當常行和忍恭敬柔順亦勸他人令住忍中五者菩薩應當修習精進常生慚愧敬奉師長憐愍窮下見危苦者以身代之六者菩薩應當修習方等大乘諸菩薩藏佛所讚法受持讀誦七者菩薩應當親近修習第一義諦所謂實相一相無相若諸菩薩欲疾逮得無上菩提應當親近如是七法復次若人發菩提心以有所得於無量阿僧祇劫修習慈悲喜捨布施持戒忍辱精進禪定智慧當知是人不離生死不向菩提何以故有所得心及諸得見陰界入見我見人見衆生見壽命見慈悲喜捨施戒忍進定智等見取要言之佛法僧見及涅槃見如是有所得見即是執著心執著者是名邪見所以者何邪見之人輪轉三界永離出要是執著者亦復如是永離出要終不能得阿耨多羅三藐三菩提若人發菩提心應當觀察是心空相何等是心云何空相心名意識即是識陰意入意界心空相者心無心相亦無作者何以故是心相空無有作者無使作者若無作者則無作相若菩薩解了如是法者於一切法即無執著無執著故於諸善惡解無果報於所習慈了無有我於所習悲了無衆生於所習喜了無

有命於所習捨了無有人雖行布施不見施物雖行持戒不見淨心雖行忍辱不見衆生雖行精進無離欲心雖行禪定無除惡心雖行智慧心無所行於一切緣皆是智慧而不著智慧不得智慧不見智慧行者如是修行智慧而無所修亦無不修爲化衆生現行六度而內清淨行者如是善修其心於一念頃所種善根福德果報無量無邊百千萬億阿僧祇劫不可窮盡自然得近阿耨多羅三藐三菩提

空無相品第十一

往昔一時佛在迦蘭陀竹林與諸大衆無量集會爾時世尊頒宣正法告諸大衆如來所說諸法無性空無所有一切世間所難信解何以故色無縛無解受想行識無縛無解色無相離諸相受想行識無相離諸相色無念離諸念受想行識無念離諸念眼色耳聲鼻香舌味身觸意法亦復如是無取無捨無垢無淨無去無來無向無背無闇無明無癡無慧非此岸非彼岸非中流是名無縛無縛故空空名無相無相亦空是名爲空空名無念無念亦空是名爲空空中無善無惡乃至亦無空相是故名空菩薩若如是知陰界入性即不取著是名法忍菩薩以是忍故得受記忍諸佛子譬如有人仰書虛空悉寫如來十二部經經無量劫佛法已滅求法之人無所見聞衆生顛倒造惡無邊復有他方淨智慧人憐愍衆生廣求佛法行到於此見空中字文畫分明即便識之讀誦受持如所說行廣演分別利益衆生此書空者識空字人可思

議不而得宣傳修習受持引導衆生令離繫縛諸佛子如來說言過去世時求菩提道得值三十三億九萬八千諸佛爾時皆爲轉輪聖王以一切樂具供養諸佛及弟子衆以有所得故不得受記於後復值八萬四千億九萬辟支佛亦以四事盡形供養過是已後復值六百二十萬一千二百六十一佛爾時皆爲轉輪聖王以一切樂具盡形供養諸佛滅後起七寶塔供養舍利後佛出世奉迎勸請轉正法輪供養如是百千萬億諸佛是諸如來皆於空法中說諸法相以有所得故亦不得受記如是展轉乃至得值然燈佛與見佛聞法即得一切無生法忍得是忍已乃得受記然燈如來於空法中說諸法相度脫無量百千衆生而無所說亦無所度牟尼世尊與出於世於空法中說有文字示教利喜普得受行而無所示亦無受行當知是法性相盡空書者亦空識者亦空說者亦空解者亦空從本來空未來亦空現在亦空而諸菩薩積集萬善方便力故精勤不懈功德成滿得阿耨多羅三藐三菩提此實甚難不可思議於無法中說諸法相於無得中說有得法如此之事諸佛境界以無量智乃可得解非是思量所能得知新發意菩薩誠心敬仰愛樂菩提信佛語故漸能得入云何爲信信觀四諦除諸煩惱妄見結縛得阿羅漢信觀十二因緣滅除無明生起諸行得辟支佛信修四無量心六波羅蜜得阿耨多羅三藐三菩提是名信忍衆生於無始生死妄想執著不見法性當先觀察自身五陰假名衆生是中無我

無有衆生何以故若有我者我應自在而諸衆生常爲生老病死之所侵害不得自在當知無我無我即無作者無作者亦無受者法性清淨如實常住如是觀察未能究竟是名順忍菩薩修信順忍已不久當成最上法忍

功德持品第十二

菩薩具足修無相心而心未嘗住於作業是菩薩於諸業相知而故作爲修善根求菩提故不捨有爲爲諸衆生修大悲故不住無爲爲一切佛眞妙智故不捨生死爲度無邊衆生令無餘故不住涅槃是名菩薩摩訶薩深心求阿耨多羅三藐三菩提諸佛子菩薩成就十法終不退失無上菩提何謂爲十一者菩薩深發無上菩提之心教化衆生亦令發心二者常樂見佛以已所珍奉施供養深種善根三者爲求法故以尊敬心供養法師聽法無猒四者若見比丘僧壞爲二部互起諍訟共相過惡勤求方便令其和合五者若見國土邪惡增上佛法欲壞能讀誦說乃至一偈令法不絕專心護法不惜身命六者見諸衆生恐畏苦惱爲作救護施以無畏七者發勤修行求如是等方等大乘甚深經法諸菩薩藏八者得是法已受持讀誦如所說行如所說住九者自住於法亦能勸導令多衆生入是法中十者入法中已能爲解說示教利喜開悟衆生菩薩成就如是十法於無上菩提終不退失菩薩應當如是修行此經如是經典不可思議所謂能生一切大慈悲種是經能開悟引導具縛衆生令發其心是經能爲向菩提者而作生因是經能成一切菩薩

無動之行是經能爲過去未來現在諸佛之所護念若有善男子善女人欲勤修習無上菩提當廣宣流布如是經典於閻浮提使不斷絶令無量無邊衆生得聞是經若有善男子善女人聞是經者是諸人等悉得猛利不可思議大智慧聚不可稱量福德果報所以者何是經能開無量清淨慧眼能使佛種相續不斷能救無量苦惱衆生能照一切無明癡闇能破四魔及諸魔業能壞一切外道邪見能滅一切煩惱大火能消因緣生起諸行能斷慳貪破戒瞋恚懈怠亂意愚癡六極重病能除業障報障法障煩惱障諸見障無明障智障習障取要言之此經能令一切惡法消滅無餘能令一切善法熾然增長若有善男子善女人聞是經已歡喜愛樂生希有心當知是人以曾供養無量諸佛深種善根所以者何此經是三世諸佛之所履行是故行者得聞是經當自慶幸獲大善利若有書寫讀誦此經當知此人所獲福報無量無邊所以者何此經所緣無邊故興發無量大誓願故攝受一切諸衆生故莊嚴無上大菩提故所獲福德亦復如是無有限量若能解其義趣如説修行一切諸佛於阿僧祇劫以無盡智説其福報亦不能盡若有法師説是經處當知是中便應起塔何以故是眞實正法所出生處故是經隨在國土城邑聚落寺廟精舍當知是中即有法身若人供養香華妓樂懸繒幡蓋歌唄讚歎合掌恭敬當知是人已紹佛種況復具足受持經者是諸人等成就功德智慧莊嚴於未來世當得受記決定當

成阿耨多羅三藐三菩提

發菩提心論卷下

音釋

髑髏 髑徒谷切髏落侯切 肘 陟柳切臂節也 髖 苦官切尻也 髀 傍禮切股也 脛 胡定切脚脛也 踝 胡瓦切腿兩傍也 憒 古對切心亂也 唄 蒲拜切梵音也

三無性論

陳 三藏眞諦譯

清刻龍藏佛說法變相圖

三無性論卷上 出無相論

陳 三藏 眞諦 譯

論曰立空品中人空已成未立法空爲顯法空故說諸法無自性品

釋曰前說空品後說無性品欲何所爲答曰前說空品爲顯人空但除煩惱障是別道故後說無性品爲顯法空通除一切智障及煩惱障是通道故復有別用爲除世間三虛妄論一鬬諍爲勝論如露伽耶犍迦及僧佉等論二多聞爲勝論如四韋陀及伊犍訶婆等論三正行爲勝論如二乘教等今說二空除此三論先說人空爲除前外道兩論次說法空爲除後二乘偏執乃至外道邪執論顯眞實正行依因此行得究竟無比故復次說人空爲破邪法說法空爲立正法若廣明論用

如十八部爲顯此用故說斯論此即第一明用分也
論曰外問於何法中立此無性應先安立是法若說如是則無相理有所相應實虛兩境即便可見答曰一切諸法不出三性一分別性二依他性三眞實性分別性者謂名言所顯諸法自性即似塵識分依他性者謂依因依緣顯法自性即亂識分依因内根緣外塵起故眞實性者謂法如如如法如者即是分別依他兩性如如者即是兩性無所有分別性以無體相故無所有依他性以無生性故無所有此二無所有皆無變異故言如如故呼此如如爲眞實性此即第二相應分即是立名次約此三性說三無性由三無性應知是一無性理約分別性者由相無性說名無性何以故如所顯現是相實無是故分別性以無相爲性約依他性者由生無性說名無性何以故此生由緣力成不由自成緣力即是分別性分別性體既無以無緣力故生不得立是故依他性以無生爲性約眞實性者由眞實無性故說無性何以故此理是眞實故一切諸法由此理故同一無性是故眞實性以無性爲性
釋曰約眞實性由眞實無性故說無性者此眞實性更無別法還即前兩性之無是眞實性眞實是無相無生故一切有爲法不出此分別依他兩性此二性既眞實無相無生由此理故一切諸法同一無性此一無性眞實是無眞實是有眞實無此分別依他二有眞實有此分別依他二無故不可說有亦不可

說無不可說有如五塵不可說無如兔角即是非有性非無性故名無性性亦以無性爲性名無性性即是非安立諦若是三性並是安立前兩性是安立世諦體實是無安立爲有故真實性即是安立真諦對遣二有安立二無名爲真諦還尋此性離有離無故非安立三無性皆非安立也此即第三相分明三種體相也

論曰此三種性如是無性已說其相今須說成立道理分別性者無有體相何以故此性非五藏所攝故若法是有不出五藏五藏者一相二名三分別四如如五無分別智一相者謂諸法品類爲名句味所依止名者即是諸法品類中名句味也分別者謂三界心及心法如如者謂法空所顯聖智境界無分別智者由此智故一切聖人能通達如如此五法中前三是世諦後二是真如一切諸法不出此五若分別性體是有法則應爲如此五攝以不攝故故如體無也外曰此法若無體相云何分別答曰但有名無義何以故如世間於義中立名凡夫執名分別義性謂名即義性此爲顛倒是故但有分別無有實體外曰云何知此分別是虛妄執答曰此名及義皆是客故所以然者名於義中是客非義類故義於名中亦客非名類故外曰云何得知兩互爲客答曰由三義故此理可知一者先於名智不生如世所立名若此名即是義體性者未聞名時則不應得義既見未得名時先已得義又若名即是義得義之時即應得名無此義故故知是客二者一義有多名故

若名即是義性或有一物有多種名隨多名故應有多體若隨多名即有多體則相違法一處得立此義證量所違無此義故故知是客三者名不定故若名即是義性名既不定義體亦應不定何以故或此物名目於彼物故知名則不定物不如此故知但是客復次汝言此名在於義中在義云何爲在有義爲在無義若在有義前三難還成若在無義則名義俱客此定成立外曰義及名非分別所作何以故實名能顯實義故如實有燈照實瓶等是故名義俱非分別答曰是義不然何以故照了不平等故若如汝言義實有者用名顯義如燈照色是義不成何以故要先得義後立名故未得義時不得立名既由先取義後方立名取尚不能了義何況其名而能了耶以燈照物義則不爾要因於燈故能了物無先了物然後須燈是故照義不平等也

釋曰言取尚不能了義者如識先得義次取青黃或是非等從取後方立名若取能了義則不應未取之時識已得義是故不因於取能得了義名在取後豈能了也又若名能了義餘人未識名時則不應聞名不得其義譬如由燈照色此人因燈能顯了色而餘人因此不能見色無有此義決定因燈照能顯色故由名顯義則不如是是故照義不平等也

論曰外曰若汝謂由名分別義實無所分別義是故名中無義義中無名二俱客者是義不然何以故若人執名異於義義異於名此人既無顛倒則於義中應無僻執不應聞說好惡生憂喜心名義不相關故聞好惡名即

生憂喜心故知名義相應不得是客當知客義是汝顛倒答曰是義不然何以故由久時數習顛倒故有此僻執不關名義相應若人已執名異義異由名於義亦未免僻執何以故由長時數習名言熏習心故必由此法門生分別心起虛妄僻執如凡夫正見人亦知此身但唯色等行聚由其數習我執堅固故於自他相續中不免人我僻執如此名義分別是法僻執即是顛倒增益無物故如人我僻執故知名義僻執是法顛倒既是顛倒云何生此顛倒而非繫縛是故由僻執熏習本識成於種子能生起依他性爲未來果此僻執即是分別性能爲未來依他性因也又因此未來依他性果更生未來法執顛倒即是由依他性爲因能生未來分別性爲果如此更互相因故生死恒起相續不斷此即第四成立三性分說分別性成立義已別有六種差別次說此性品類差別然此分別性差別有六種一者自性分別謂分別色等諸陰體相但以證量所取五識但能直取五塵乃至意識直能取法不於一中種種分別故名自性分別直取體性故二者差別分別謂有色可見不可見等色則可見香味五塵非眼所見如是墮於一自性中更種種分別不同故稱差別分別也三者覺知分別謂見前法即識其名字能爲他說既自識名字復能令他得識故稱覺知分別四者隨眠分別謂見前物不識名字不能宣說故稱隨眠分別五者加行分別又有五種一隨愛分別二增憶分別三和合分別四遠離分別五隨捨分別由

此五分別生三毒煩惱故稱加行合此五就前四並是約義分別六名字分別又有二種一有名字二無名字有名字謂此物實如是或色乃至及識或有爲無爲有常無常善惡無記如是等執皆有名字分別無名字者謂此何物此云何何所以云何如此此四句分別初一覺體性次二求因謂何因緣故有如此三覺體差別四求因差別此四皆是無名字分別此依名分別義自性五種又有五種所分別自性一依名分別義自性二依義分別名自性三依名分別名自性四依義分別義自性五依名義分別名義自性一依名分別義自性者謂此類是色由色體性而得成就乃至此類是受想行識等由識體性而得成就也

釋曰謂此人先未得義前得色名聞說色相如此有形礙可捉持有壞滅如此等相名之爲色此人後見色體品類相貌如昔所聞知其是色即是由名字能分別色體性乃至識陰亦爾先得其名未見其體後時得體如昔所聞即知是受乃至識也

論曰二依義分別名自性者謂此類可名爲色彼類不可名色乃至此類可名爲識彼類不可名識由先得義然後分別立其名也三依名分別名自性者謂此色名如人雖得其名未識此名品類更復思量學其訓釋是名依名分別名乃至識名求其所訓品類亦爾四依義分別義自性者謂未得色名因不定名分別色類如人未識物名但見物體而分別此體異於餘物不知定是何物不得其定

名致但名依義分別義亦如小兒所見未識名字及無分別識位所得境界如五識等並緣義不緣名也五依名義分別名義者謂此類以色爲體此色即是名如人先已識名識義後重分別前所識名義謂此爲色體此即色名乃至此類以識爲體此識即是名如是等皆名依名義分別名義也此五分別即是廣前六中最初自性分別前略明故但云自性分別後廣明故分別五種自性也如是前六後五皆名分別性品類差別也說分別性品類差別竟次說分別性功用此分別性能分別前六後五今爲顯此六五分別性功用差別有八種分別能作三種事類三事類者一戲論類二我見我慢類三欲等惑類八種分別者一自性分別謂色等類色即色陰等即餘四陰類即是前依名分別義等五種分別自性及前六中最初自性如是等皆名自性分別也二差別分別謂於色等類可見不可見礙無礙如是等無量差別分別皆依止自性分別是名差別分別也三聚中執一分別謂於色等陰執我衆生命者受者如是等名共期所立執此而起分別又於多法聚中執聚爲因謂屋軍車衣食飲等如是等名皆是共期所立執此而起分別是名聚中執一分別也此兩即是內外分別前執有人後執有法

釋曰共期者世流布所立名字皆共期契所作欲令同作一解也

論曰四我分別謂此類是有流有取長時我執數依慣習從此僻執慣習緣身見所依止

類起虛妄分別是名我分別也
釋曰此類是有流有取者類即是阿黎耶識爲諸惑本有流即是無明有取即是貪愛過去煩惱十使以滅不可分別爲諸惑名但總稱無明能障智明故此無明能爲諸惑因能流轉生死故稱有流如數人說流注生死故心漏連注故非人所持故說有流取者即是有流家果因謝過去故名有流果來在現在相續中故名爲取即是現相續中隨眠貪欲種子也若諸煩惱並在現相續中說流說取者流即四流取即四取如此別記此流取等皆不離本識故言此類是有流取也長時我執數依慣習者通說無始來有此流取等惑故說長時也我執有三種一隨眠二上心三習氣言數者即明隨眠我執數數依上本識言慣者即上心我執數數慣起言習者即明習氣我執數數而起隨眠上心是內煩惱得見諦道此惑便滅習氣爲久習所成非正煩惱故得羅漢時此猶未滅得法如如六能稍遣此三我執皆依本識也緣身見所依止類起虛妄分別者明本識有二義是三種身見所依止一能作種子生於身見二作身見所緣境界令起虛妄我執正談緣此本識作境界起故稱我分別也
論曰五我所分別謂此類是有流取長時我所執數依慣習從此僻執慣習緣我所見所依止類起虛妄分別是名我所分別也所執境界義不異第四但能分別有我執及我所執爲異耳六愛分別謂緣可愛淨類虛妄分別名愛分別也七憎憶分別謂緣可憎不淨

類虛妄分別名憎憶分別也八非愛非憎分別謂緣非可愛憎類翻前二分別名非愛非憎分別也若略說分別唯有兩種一分別依止二分別境界於八種分別中自性及差別并聚中一執此三分別能作戲論分別依止及作戲論分別境界何以故依止此類名想言所起分別名想言所熏習分別名戲論分別於三類中由緣三名故數數起行種種相貌如是分別名爲戲論以三類爲依止三名爲境界戲論爲分別體依止境界即是分別性戲論分別即依他性

釋曰八分別中前三分別名爲戲論分別此三各各即爲依止即爲境界即爲戲論體何以故於三分別中各有能所故能即是戲論體所中則有二謂類及名類即是三種義類名即是三類種種名是故以義爲依止以名爲境界緣此名字爲法門取於義類故正以所取爲依止所緣爲境界故云何依止此類緣名想言所起分別云想言者謂心想此名言說此名故云想言此則分別爲想言所依止今此中立想言者並是名字欲顯名字有麤細名則爲細想則小麤言爲最麤是故用此三名目三分別初自性分別直名色等法體此義爲細故立名名次差別分別明體差別則小爲麤故立想名後聚中一執分別謂瓶屋等此最爲麤故從言名也名想言所熏習分別名戲論分別者由緣此三名爲境界起於分別所分別即有熏習能分別義能分別即是戲論分別於三類中緣三名數數起行種種相貌者明依止三類緣三名爲法門

而數數生起種種相貌分別依止境界戲論體唯是一有三義用

論曰次我及我所此二分別能作身見及諸見本能作我慢及諸慢本事

釋曰此兩分別例前亦應明即爲依止境界及分別體前既已明例自可解故不須辯故但明能生後我見及作諸見本由執有我故生諸見我所執能作我慢本及諸慢本

論曰後愛憎對二此三分別能生欲瞋及無明等

釋曰此三分別即是三毒是故能生一切三毒也

論曰如是八種分別能作三種事用品類前三即作戲論類次二即作我見我慢類後三即作欲等惑類初六種分別顯攝法義一切分別不出此六凡攝三義自性及差別此二是分別依止覺知隨眠加行此三是分別體後一名字是分別境界是故六種攝法皆盡覺知隨眠通三性加行唯不善是上心惑離有五種隨愛生貪隨憎起瞋隨捨生無明此三是煩惱體和合遠離是煩惱用由貪故和合由瞋故遠離由無明故通成此二不立別能貪是引境界故和合瞋是棄境故遠離由有無明故有引棄是故通成二用次依名分別義等五種分別爲顯分別依止及境界差別依止及境界但分別性攝後八種分別爲顯三種障事謂自性分別聚中一執此三分別能生心煩惱爲一切智障我及我所此二分別能生肉煩惱爲解脫障可愛可憎及翻前二此三分別能生皮煩惱爲禪定障此三

煩惱即三事類心煩惱即戲論事類肉煩惱即我慢事類皮煩惱即是欲等惑事類此三事類是依他性若略說分別不出三種一分別依止二分別體三分別境界若說分別體謂三界心及心法依止及境界更無別體以似塵義類爲依止以似塵義類之名爲境界耳次辯相惑麤重惑若分別性起能爲二惑繫縛衆生一者相惑二者麤重惑相惑即分別性麤重惑即依他性此二惑所以得立者於他性中執爲分別性故得立

釋曰呼分別性爲相惑者相謂相貌說相貌爲惑能爲惑緣故說爲惑但依他性是正惑而說輕重者分別性但是惑緣說惑故說爲輕依他性正是惑體故說麤重由相惑故能障無分別智不合無分別境分別相貌故由麤重惑正感後生得諸苦等二必相由而有故言二惑繫縛衆生也

論曰若人不得不見此二性從此二惑即得解脱言不得者謂不得分別性此性永無有體故無所得言不見者謂不見依他性依他性雖有體以心不緣相故此性亦不有故言不見此性所以不得不見由二種道一見道二除道由見道故分別即無故言不得由除道故依他性即滅故言不見

釋曰昔由未見理故起邪分別非有謂有呼曰邪見由此邪見能障治道今既見理即達昔所見非有故云分別性即無由此正道能除昔邪見故云依他性即滅昔分別依他更無二體今見除二道亦一而無二也

論曰是名分別性功用成立分別性有四義

畢此次明成立依他性此性體相已如前說今爲成就此性故說成立道理此性不但以言說爲體何以故言說必有所依故若不依亂識品類名言得立無有是處若不爾所依品類既無有所說名言則不得立若爾則無二性無二性故則無惑品無惑品故則有二過一不由功用自然解脫二則生死涅槃不可顯現由無此二過失故是故應知決有依他性

釋曰此中言名言決有所依止以依他性爲所依由有依他性故得立名言若無此性則無能立是故此中明所依品類異前前則以分別性品類爲名言所依也

論曰此性體相云何答曰唯是相類及麤重惑類問曰此類云何說爲依他答曰互爲因緣共相成故所以然者由緣相故麤重得成由緣麤重相類得成故說此二類名依他性何以故無異體故並名依他性約義終不同也問曰若爾云何此性由無生故名無生性答曰所以得名無生性者由他力故生他既無體自無能生以無自無他體是故無生也問曰此性云何不知爲有爲無耶答曰此性如所分別不如是有故不可言有不一向是無亦不可說無不如是有故非有不一向無故非無若解意者則一切種名並皆可說亦可說有亦可說無亦可說亦有亦無亦可說非有非無皆不相違問曰此言有者爲是物有爲假名有答曰具有二義故可說有不如是有名假名有非一向無故名物有謂有物也問曰既說爲有爲是俗有爲是真有答曰

皆是俗有何以故非無分別境界故問曰俗
諦何相答曰俗諦有三相謂我說法說事說
我說者謂我衆生壽者行者人天男女等法
說者謂色受想行識等事說者謂見聞生滅
等此等名爲俗俗成立此依他性類前分別
性亦有四種一成立有二成立體相三成立
事用四成立差別廣明體相已如前說具明
事用後別更說今此中在先明有依他性爲
欲顯有此性故舉惑品等事用所以事用在
體相前略舉也
論曰此性體云何下更略說體相問曰俗諦
何相下明此性差別也七種如如甚多義生
如如中明分別依他用因果生滅無前後義
眞諦者謂七種如如一生二相三識四依止
五邪行六清淨七正行一生如如者謂有爲
法無前無後有爲法者但二性攝謂分別依
他此法無前無後凡有三種一約二性辯無
前後若說依他性在前無有分別性依他不
成若說分別性在前無有依他性分別性不
成是故二性遞互相須無有前後以相生故
分別性既無依他性不有二俱無故即是如
如也二約因果辯無前後若因定在前無更
所因則不成因若無因緣自然有因者因則
無量若果定在前既無有因則不成果若無
因緣自然有果果則無窮是故因果無定前
後轉轉相望望前則爲果望後則爲因故生
死無初如是因果體即分別依他分別既無
依他不有即是如如也三約生滅辯無前後
若生在前滅在後者有二過失一則未有老
死已便得生二則未捨此生便得彼生若爾

又有二失一者生則無用此既已生何用彼生未捨報故二者生則無窮已生復生轉轉而計豈得有窮也若爾復有二失一者但生不滅則應是常二者若有多生是多衆生若爾則因果無有相發生義又若恒生則無涅槃也若滅在前生在後者既未有生滅何所滅又應先涅槃後受生死先有滅故是則解脱已還受繫縛是故生滅無有前後亦不離分別依他故曰如如也二相如如者謂人法二空此二空相所以名如如有三義一離戲論戲論者謂執眞與俗或一或異等四謗通稱戲論若執眞與俗定一則不勞修道並皆解脱悉見眞故皆是聖人又若眞俗定是一則眞不能遣俗義既不能遣俗俗惑不除無解脱義但唯凡夫無有聖人也若執眞定異俗則依俗不能通眞眞即不可會無方便故是故二空離此戲論故名如如二是無分別智境界此智無顛倒無有俗諦堪爲境者是故此智所會即是如如三是眞實性若違此性則成生死若順此性則得涅槃此性爲一切法眞性故名如如是故二名相如如非言相空乃以相空爲相也三識如如者謂一切諸行但唯是識此識二義故稱如如一攝無倒二無變異攝無倒者謂十二入等一切諸法但唯是識離亂識外無別餘法故一切諸法皆爲識攝此義決定故稱攝無倒如如無倒如如未是無相如如也無變異者明此亂識即是分別依他似塵識所顯由分別性永無故依他性亦不有此二無所有即是阿摩羅識唯有此識獨無變異故稱如如前稱如

如但遣十二入小乘所辯一切諸法唯十二入非是顛倒今大乘義破諸入並皆是無唯是亂識所作故十二入則爲顛倒唯一亂識則非顛倒故稱如如此識體猶變異次以分別依他遣此亂識唯阿摩羅識是無顛倒是無變異是眞如如也前唯識義中亦應作此識說先以唯一亂識遣於外境次阿摩羅識遣於亂識故究竟唯一淨識也四依止如如者所謂苦諦苦諦有三一苦類二苦諦三苦聖諦苦類者謂五取陰依止此五說名衆生苦所依止不出此五故稱苦類苦諦者謂不顛倒明此苦類決定違逆聖意此義是實故名苦諦聖人緣此定生捨離不起染著苦聖諦者謂苦一味明此苦諦以無體性故空空故無相無相故無願無一法可願求者此約通相辯三解脫體唯是一一切諸法不離於此故稱一味聖是正義此一味無倒無變故名聖諦初苦類即是俗諦次苦諦即眞諦以無顛倒是安立眞諦後一即是第一義諦無倒無變異是非安立諦後去三諦亦爾五邪行如如者所謂集諦例苦亦三一集類謂六種貪愛依六塵所起能令生死相續不出此類二集諦者謂不顛倒知此六貪愛決定能令諸有相續眞實無倒名爲集諦三集聖諦者謂集一味不異於前四諦同以三解脫門爲體一味故六清淨如如者所謂滅諦亦有三種一滅類者謂四沙門果即是見思二惑滅盡不生是其類也二滅諦者謂不顛倒此滅類決定寂靜是其諦義三滅聖諦者謂滅一味亦不異前七正行如如者所謂道諦亦

有三種一道類者謂八聖道分是其類也二道諦者謂不顛倒此八定能出離集是其諦義三道聖諦者謂道一味亦不異前也復次依止如如者所謂苦諦苦諦者所謂行苦以無常故無常有三義一無有無常謂苦分別性永無所有此無所有是無常義眞實有此無所有名眞如如若以前無後無爲無常者此乃俗諦不顛倒名爲如如非眞如如也二生滅無常謂苦依他性此依他性旣非實有亦非實無異眞實性故非實有異分別性故非實無非實有故是滅非實無故是生如此生滅是無常義而生非實生滅非實滅是眞如如三離不離無常謂苦眞實性此性道前未離垢道後則離垢約位不定故說無常體不變異名爲如如復次邪行如如者所謂集諦集諦者謂眞似二集眞集者謂諸煩惱能令五陰相續是有似集者謂諸業能得諸道差別集有三種一熏習集謂分別性類惑能熏起執何以故由分別類惑能作執家因二發起集謂煩惱及業何以故由此生起成故

釋曰此發起集即是依他性依他性體即是煩惱及業由此性能生起未來五陰自體又爲分別性所生即是自生生他故名發起集也

論曰三不相離集謂集如如此如如體未離障說名集何以故此如如是集家性故集所障故說集如如此三即三無性故名如如復次清淨如如者所謂滅諦亦有三義一體相無生滅謂分別類惑本無體相故名爲滅二能執無生滅謂但亂識類惑由因由緣本無

有生故名爲滅三垢淨二滅謂本來清淨無垢清淨約分別性說本來無垢約依他性說無垢清淨何以故此性有體則能染汙由道除垢故得清淨本來清淨本來清淨即是道前道中無垢清淨即是道後此二清淨亦名二種涅槃前即非擇滅自性本有非智慧所得後即擇滅修道所得約前故說本有約後故說始有始顯名始有故名清淨如如復次正行如如者所謂道諦亦有三義一知道謂約分別性此性無體但應須知無有可滅故名知道二除道約依他性此性有體是故應知是煩惱類所以須滅故名除道三證得道約眞實性此性是二空故應知除滅故應得故名正行如如也此七種眞諦體即無三性故通名如如於此七中前三種是非安立諦

何以故此三但有別名無別體故生如如所以在先者爲可除滅故相如如所以居次者何是生家滅故識如如所以在後者是滅家方便故後四如如是安立諦何以故此四約用立名用有四故不約體立名體唯一味故依止所以最先者應知見故二義應知一所知境多二但應須知無更餘義所知境多者於苦諦中有無常苦空無我四種義故所餘集等三諦但有四名無四義異何以故集諦但因義爲實滅諦但以寂靜爲實道諦但以出離爲實所餘有緣等九義皆是假名一但應須知無更餘義者若是業果報非煩惱故不可除非勝德故不須證非正行故不須修但爲猒離所以須知是故更無斷證修等義也若知此即能滅除諸惑是故邪行在第二

由惑滅故證得清淨故清淨在第三由證得清淨具足故正行圓滿何以故道有三用一見眞實義二除惡法三能至寂靜此三若具足則道用圓滿故說正行在第四也此七如如即是眞實性

三無性論卷上

音釋

鞮都奚切 佉丘伽切 慣古患切習也 遞大計切更迭也

三無性論卷下

陳　三　藏　眞　諦　譯

問曰此七云何入眞實性攝答曰此七種如如是可讃最極二智境界故二智者即是如量如理智此是無流過凡夫故可讃出二乘故最極又是菩薩智故可讃是佛智故最極此顯無倒義是無倒智境界故復次無戲論故名爲眞實無戲論者於相等離一異虛妄故相等者謂相名分別正智等四攝即是五法藏中四法藏也云何不可說一異皆有過失故若眞如異相等有三過失一者此眞如則非相等實體二者修觀行人則不依相等爲方便得通達眞如三者覺眞如已則應未達相等諸法不相關故也若眞如與相等是一亦有三過一者眞如既無差別相等亦應無有差別二者若見相等即見眞如三者若見眞如不能清淨如見相等則無有聖人無得解脫無有涅槃世出世異是故由離一異等惑戲論故無變異無變異故即是眞實性也問曰此性若離一異者爲有爲無答曰此性不可說無若無此性者一切種清淨不可得何以故相結成眞實故是故不得無此性也一切種即如理如量智相結即是分別性依他性也復次此性實有由清淨境界故何以故若心緣此境即得清淨故復次此性實有故名常住清淨境界故名爲善常住故名爲樂眞實無性故說無性何以故此性是一切戲論法眞實體性故離有離無故名無眞性此眞實性是極智境故離戲論故是故應知眞實性也次於依他中約別道理分別眞

實無性若於眞實性中則具得說眞實及無性二義何以故體是眞實是無性故若於依他分別二性中則但得說無性不得說眞實何以故分別依他非眞實故而體是無性若不無性則分別依他成眞實有若說分別依他是眞實則無無性義是故不得具說眞實無性二義也若說無性眞實性義可然若說依他分別眞實無性此即不可眞實之名濫分別依他故問曰經中說有五相一名言相二所言相三名義相四執著相五非執著相二相又說三相謂分別相依他相眞實相此二處相攝云何爲五攝三爲三攝五答曰今約三相分別五相應知五相中前二相通爲三相所攝第三相偏爲分別相攝第四相但爲依他相攝第五相唯爲眞實相攝

釋曰初二相所以通爲三相所攝者初名言相即是諸法名字及說此名言是識所依識似名言相起即是分別性能分別識即依他性所分別名言既無所有能分別識亦無所有即是眞實性是故初相即三性攝第二相亦三性攝者所言相即是名言所目義謂一切諸物亦是識所作但識有似物相起即是分別性能分別識即是依他性亦二俱無所有即是眞實性第三相但爲分別性所攝者此名義相應相謂爲物立名令與物相應因名得顯物此名義實無所有無相義故但是分別性第四相但爲依他性攝者此執著名義二相辯其能執故但是依他性不明所執故非分別前但出所分別不出能分別故非依他第五相唯爲眞實性所攝者此不執著

名義二相即是境智無差別阿摩羅識故第四第三亦不離眞實性但其所立正爲偏顯一義耳

論曰分別各有五種事用復次此三性應知一一性中皆有五事分別性具五事用者一能生依他性二於依他性中能立名言三能起人法二執四能成立二執麤重五能作但入眞實性依止事

釋曰初即能生義體次能生義立名言第三即能生起人法二相第四即能生煩惱第五即能解脫前三明能作起惑得解方便第四正明起惑第五明得解有此次第者必有體故立名言由有名言故所以起人法二執由人法二執故增長起諸煩惱前唯起人法二執此則輕微由此後起無量惑由此已後久久輪轉方能依止此分別依他得入眞實性故得解脫也

論曰依他性五事者一生成煩惱體二能爲分別眞實二性依止三能起人法二執名言依止四能爲人法二執麤重依止五能爲入眞實性依止

釋曰一生成煩惱體者謂依他性有體異於分別性無體故能爲煩惱體也二能爲分別眞實二性依止者謂依他性執爲人法我者即爲分別性作依止若知依他性由分別起分別既無性相故依他性不生不生故即爲眞實性依止也三能起人法二執名言依止者謂名言必有所依依他性起故言能起人法二執名言依止也四能爲人法二執麤重依止者謂能生上心麤重人法二執也五能

爲入眞實性依止者謂依他性不生即知分別無相爲入眞實性方便也亦得言前解分別性無相即達依他無生爲入眞實性依止也夫入眞實性初在聞思慧中必須具解分別性無相依他性無生然後見眞實性

論曰約前分別依他有五事合成十種所以然者能爲二性五事對治依止緣緣三乘聖道是能對治能除前二性五事故能除前分別性五事者一由觀分別性無相故依他性不生二由依他不生故名言則無依三由名不起故人法二執則不得生四由二執不生相類及麤重二惑則不起五由二惑不起故即是見眞不勞更修方便入眞實性也由得聖道故分別性五事永不復起也除依他五事者一由聖道故依他煩惱體除滅二由體滅故不作分別及眞實二性依止三由體無故不能爲人法二執名言依止四由體無故不能爲二執麤重上心依止五已見眞如故不勞更覓入分別性依止也

釋曰依止處緣緣者於無分別境智中說智爲依止說境爲緣緣即是佛菩薩轉依義故名依止緣緣

論曰問曰立空品中已破人我執此品中破法我此二執並從何因生答曰人我執從法我執生何以故此人我執要由上心人我執滅後方能覺了諸法故

釋曰身見人未能見諸陰故於諸陰上橫計人我及我所若得人我及所空時始不見我及所方能覺了但是諸陰法由覺了諸法故法我即滅覺了法者謂見分別無相依他無

生眞實無性也以法執滅故隨眠我見悉滅故知人我執從法我執生
論曰問曰云何未滅人法二執立不淨品二執滅已方立淨品答曰於依他性中執我是分別性之所熏習名不淨品若於依他中修眞實性之所熏習名爲淨品若說不淨品謂有流界若說淨品謂無流界此無流界以轉依爲體也此轉依不可思惟復有二種言轉依者約位有五種一者一分轉依謂二乘人依我見我愛滅故無流相續異於凡夫所以名轉迴轉異前凡夫所依有流也二者具分轉依謂初地菩薩具得人法二空也三者有動轉依謂七地已還有出入觀故名之爲動四者有用轉依謂十地已還事未辦故不捨功用故名有用五者究竟轉依謂如來地至得圓滿故名究竟是名轉依也言不可思惟者自有四種一者成就不可思惟謂一切惑一切苦不能違害一向清淨常住無變故名成就也二者自性不可思惟謂此轉依即色爲自性離色爲自性皆不可思惟如是乃至識及六入四大三界六道十方等若即若離皆不可思惟如佛性中廣解三者寂靜不可思惟謂此轉依於樂住中不可思惟於靜住中不可思惟如是乃至有心住無心住聖住天住梵住佛住等皆不可思惟也四者功德不可思惟謂此轉依略說如來功德有六種一圓滿二無垢三無動四無等五利他爲事六勝能

釋曰八住中一樂住者謂三禪以還也二靜住者四禪以上也三有心住者謂有心定也

四無心住者謂無想定及滅盡定也五聖住者謂一切無流觀也六天住者謂初禪至非想也七梵住者梵言無量謂四無量定也八佛住者謂佛不住生死不住涅槃住無住處涅槃也

論曰有四種道能得轉依何等爲四一四聖行二四種尋思三四種如實智四四種境界初四聖行者一波羅蜜謂十波羅蜜總說爲一波羅蜜行境向大乘故此明利他因亦名緣因緣波羅蜜義如中邊論障品釋也二道行謂三十七品總說爲助道行能覺了境界眞實義故此名自利因亦名緣廣明道品如中邊論修對治品說也三神通行謂六神通總說爲一神通行能令受化衆生歸向尊重入眞理故此六通即是三輪一身通即身通輪能輕舉遠至轉變隱顯令衆生起歸向心二記心輪謂天眼天耳他心能見彼思惟覺觀如實記說令起尊重三正教輪即流盡通令離苦斷集證滅修道宿命一通通有後二輪也四成熟衆生行謂四攝法總說爲一成熟衆生行此明爲已入理衆生更以財法二施攝令成熟財攝者是利益利方便爲令成熟法攝者覺悟起行隨順方便爲令成熟

釋曰布施攝令其成熟成熟者逐位淺深也愛語攝令其覺悟利行攝令其起行同利攝令其隨順

論曰復次此四攝約五種攝名爲攝類五者一攝成自家謂以財施攝怨中人令捨憎恚成已親屬故名一家二令受教攝謂以愛語攝自家人令受正教三起正勤攝謂以利行

攝受教人未起正行令如理勤行四成熟善攝謂重以利行攝正行者令未捨令捨未得令得五解脫善攝謂以同利攝第四人令解脫惑障及一切智障

釋曰解脫惑障即二乘人脫一切智障即大乘佛菩薩也

論曰四尋思四如實智第二四種尋思者一尋思名言二尋思義類三尋思自性假四尋思差別假一尋思名言者謂菩薩於名中尋思但見名言不見名體何以故名本能顯色等諸義此色等義約相約生既不成就此名則無所顯名既不能顯義與不名何異故名不成名而此名與色等類爲同爲異若同者色等既無名亦同無若異者世界則無如兎角等何以故有物不出分別依他二性故是菩薩尋思聞名言不見名體此言體者即指名爲體也二尋思義類者謂菩薩尋思義類但見唯類不見餘義何以故菩薩尋思於義此義如所顯不如是有但有亂識無名無相名爲見類此類所緣既無能緣不起故菩薩尋思義類但見無相無生眞實義類也

釋曰尋思義類者所言義者如五陰中各有別義爲名所顯名之爲義如色以對眼爲義也所言類者若指色等氣類亦得名類今則不爾菩薩觀此五陰是分別所作但是亂識即名識類若始終作語正取此亂識家無名無相名之爲類此類是所緣既無能緣不起故云菩薩尋思此類但見無相無生眞實義類也

論曰三尋思自性假者謂菩薩尋思自性但

見唯假不見餘物何以故此色等自性假名於亂識中不可安立無相無名故於眞實性亦不可安立離相離生故此假名者但加增所作法體無增無減故菩薩尋思但見自性假不見自性也

釋曰尋思自性假者安立五陰名爲自性菩薩尋思惟見自性家假不見自性故言不見餘物餘物即是自性也何以故下釋此色陰等假名於亂識中不可安立即是不可安立分別故言離相離生離相者離分別性離生者離依他性也此假名但增加所作者若究尋陰體唯一如如體無增減若立爲亂識已是一重增加就亂識中更復分別立爲五陰復是二重增加菩薩尋思惟見自性家假不見假家自性也

論曰四尋思差別假者謂菩薩尋思但見差別假不見餘物何以故此假無名無相故無相無生故菩薩觀名類相貌異亦見不異見異者謂名義但客不異者如十無倒中解名句味有義無義無倒中釋也

釋曰差別假者於五陰中更復分別立諸法名如於色陰中開爲根大等菩薩尋思唯見差別家假不見假家差別故言不見物何以故下釋此差別若指亂識爲差別即無名無相若以眞實性爲差別則體是無相也菩薩觀名類相貌異亦見不異言名類者名是能顯類是所顯義類也若名類互不相是是名爲客此則爲異亦見不異者如十無倒中解若名與義相應說依次第數數修習此名即能顯類名爲不異也又菩薩尋思名類若異

者一切世間法不出此名類菩薩也若尋思名不成名類不成類此二根本既不成就合爲自性亦不成就二自性中離爲差別亦不成就

論曰故論云菩薩見名類異亦見不異見異者約離名類不同見不異者約自性及差別合名類所成故此四種是菩薩所尋思境界也

釋曰境界不出四種一名二類三自性四差別名但分別性類及自性差別寄通二性也名本名類類既不成名亦不立合此名類以爲自性自性亦不立離此自性以爲差別差別亦不成依他不立也

論曰第三四種如實智者一尋思名得如實智二尋思類得如實智三尋思自性得如實智四尋思差別得如實智一尋思名得如實智者菩薩尋思名但得名不得名體菩薩如實知此名世間於類中安立此名凡爲三義一爲想二爲見三爲說於色等類中世間若不立色等名者則無人能想此物名色若不能想則不能起增益見執若無見無執則不能宜說以是義故世間立名菩薩如實知此名是名尋思名得如實智也

釋曰如實知此名者有二種如實知一約世間如實知爲三義故立名二約出世如實觀此名約類故起類不可得故名亦不可得也

論曰二尋思類得如實智者菩薩尋思義類離一切言說不可言說見色等類離一切言說者菩薩觀依他類但亂識不見分別性故云離一切言說也不可言說者尋此亂識由

分別起分別既無亂識亦滅即是眞如絶於言語故云不可言說是名菩薩尋思義類得如實智也三尋思自性得如實智者菩薩於色等類尋思自性假此類無有自性由自性假似有自性菩薩如實見此自性如幻化影響水月像等體實非有而似有顯現如此等尋思自性得如實智以甚深義爲境何以故俱遣名類一時空故

釋曰前一尋思但遣於名此則爲淺第二尋思次遣於類可得居中今第三尋思能名類俱遣故言甚深義爲境也

論曰四尋思差別得如實智者菩薩尋思差別假於色等類中見差別假無二何以故此色等類非有非無故如所言體不成就故非有由不可言爲體決成就故非無由眞諦故無色由俗諦故非無色於中假說色故如有非有如色非色如是可見不可見有礙無礙諸餘差別道理應知菩薩若知此假離有離無二性是名尋思義差別得如實智也是名尋思得四種如實智在聞思慧中也第四四種境界者一徧滿境界二治行境界三勝智境界四淨惑境界徧滿境界者復有四種一有分別相二無分別相三種類究竟四正事成就有分別相及無分別相者謂境界類亦名等分是靜定位境即毗鉢舍那緣緣也境界類者所謂唯識何以故一切世出世境不過唯識是如量境界故由此如量是故徧滿亦名等分者此唯識由外境成外境既無唯識亦無境無相識無生是一切諸法平等通以如理故故名等分稱爲徧滿也是靜定境

界者過凡夫二乘所得定故名爲靜非散心所緣境故名爲定若菩薩入甚深觀方見此理故言靜定位境也此中若毗鉢舍那勝立名分別若奢摩他勝立名無分別此言分別者非分別性但說無分別智名分別第三種類究竟者於前分別無分別境如量如理二種品類攝一切眞俗究竟皆盡故名徧第四正事成就者謂菩薩諸佛轉依無分別智所緣名爲正事不可更治故名成就攝境智皆盡故名徧滿境界也第二治行境界者自有五種一不淨觀二無量心三因緣觀四分別界五出入息念初不淨觀者除四種欲謂色相貌威儀姿好欲也無量心者即四無量觀除四種瞋謂殺害逼惱嫉妬不安也因緣觀者即十二因緣觀除三世無明分別界者即界入觀除我我所也出入息念者除覺觀也廣解如諸義科釋也第三勝智境界者自有五種一除勝智爲除聚中執一我見陰有三義一多謂三世不一二異謂色等差別三和合謂聚集一處是故若多若異和合爲一世間說名爲集外道執我有三義一執我常故以三世義破二執我一以差別義破三執我實有以和合義破若人見此三義則於聚中不起一我執也二者界勝智爲除執我爲因界有十八所立界者顯種子義眼等六界是能執種子於自類中爲似分因故如前眼等根生後眼等根也色等六界是所執種子於自類中生似分因故如前色等生後色等也眼識等六界是執種子於自類中生似分因故如前眼識等生後眼識等也爲除三種無

明故於身中顯三種種子三無明者一除作者故説能執種子二除業無明故説所執種子何以故但是色等爲所作業離色等無別業故三爲除事無明故説執種子何以故但以眼等六識爲作業事離此識等無有別事若人如是了別於界則不執我爲諸法生因故界勝智能除執我爲因也三者入勝智爲除受者我執入有十二種所言入者爲受用入門義何以故眼等六根能爲受用苦樂捨三受入門色等六塵能爲受用怨親中人三想入門所言受用者是因義入門者是根塵是故六根能爲受用受門六塵能爲受用根門者也此根塵更無別法名之爲門若人了達此入則不執我爲受者也問曰外道執我爲受者何相答曰執別有一我能受用根塵覺知苦樂等故佛破此受者明藉内根外塵能作因緣受用於受覺知苦樂也四者緣生勝智爲除執我爲作者見緣生有十二種謂無明乃至老死緣生有二義亦有三義二者一不增二不減謂於因果及事三種不增不減也三義者謂無常無事有能此三爲因緣相增因者謂執常住法爲行等因乃至一切不平等因謂微塵自性自在天等能生於行乃至老死是名增因言不平等者彼執因常果無常因不從他生但能生果因果不相似故不平等也減因者謂執諸行自然而有不從因生是名減因通名增減者若論因用決須無常無事有能三種不可增減若外道執別有常等法乃至微塵能爲行因長此三義故名爲增又外道執行等自然而有不從因

生則三義頓闕是名減因增果者謂執行等本來有體緣無明等生是名增果減果者謂執無有行等從無明等生是名減果增事者謂執無明等由別有功用異於無明亦異於行別有此用故無明方能生行等是名增事減事者謂執無明等無有功能能生行等何以故但由無明在故說名行因不由功能是名減事若離此三處增減是名無增無減十二緣生也問何故但據行由因生不由因生不說無明由因等耶答曰行既有因故偏言此行義至無明也無常無事有能爲因緣相者無常者謂法未有有已有滅若以此爲因能破不平等因及無因執何以故未有有者破無因執已有滅者破常因執故此無常名爲有因及平等因也無事者謂一切有法同類因聚集從此聚集先未有果而今得生此同類因唯有聚集能生後果無別功用是名無事以此爲因破別有事執所言同類者謂因果相似因無常故果亦無常也有能者由此有故彼有由此生故彼生然彼有彼生彼由此不由自不由他決定由此故故此於彼決有功能是名有能如此無明生彼行等行不自生由無明生故言彼由此不由自也不由自在等生故言不由他也由此有故彼有破無因執由此生故彼生破常因執常法無生故由此有故彼有此生故彼生故知此於彼不作別事即破有別事執離此彼不成故此於彼不無任運功能即破無功能執若人得此勝智即除作者我執也五處非處勝智者爲除我自在執所言處非處者謂繫屬他

不自在爲義是所繫屬説名爲處非所繫屬説名非處處非處有七種一非愛二愛三清淨四同生五增上六至得七行衆生繫屬此七處不得自在也一非愛者謂衆生繫屬惡道二愛者謂衆生繫屬善業雖不屬生善道而必生善道三清淨者謂衆生未修七覺不除五蓋則不能得盡於苦邊繫屬煩惱於清淨法不得自在也四同生者謂二如來與轉輪王決不得一時同一處生於同生不得自在繫屬無等生故五增上者謂女人不得作轉輪王繫屬自在故六至得者謂女人不得作緣覺及佛是所至得繫屬大丈夫故七行者謂具正見人不作殺等惡行但凡夫能作何以故繫屬見諦故此七略説有三繫屬謂業惑生初二繫屬業次一繫屬惑後四繫屬生若人了達此七處非處者即能除我自在執故名處非處勝智此五名爲勝智境界也勝智者即是人空智也此五法門爲顯五種人我空義也第四淨惑境界者有二種一世問道境界二出世道境界世間道境界復有二種一者下地有三相謂麤動憂逼厚障二者上地亦有三相謂寂靜微妙遠離也二出世道境界亦有二種一爲離煩惱障修四諦觀二爲離一切智障修非安立諦離此二境界能除三障前觀世間道境界除凡夫障即皮煩惱次觀四諦除二乘障即肉煩惱後觀非安立諦除菩薩障即心煩惱故名淨惑境界也如此所明聖行四尋思四如實智四境界由此四道能得轉依也復有二種轉依者三乘轉依二乘者且約聲聞自有二種一一

向寂靜二迴向菩提問曰盡後生人云何受得無上菩提答曰住於化身修菩提道非住報身也聲聞轉依背於生死修無流道獨覺亦爾並修習所得菩薩轉依者由修正方便及依止無二智正方便可自有五種一通達無上法界即般若以如如爲境二徧滿法界即大悲緣一切衆生爲境三正勤功用自有二種一伏惑攝惑二修智伏智伏惑者爲異凡夫若惑多不能自利何況利他故勤伏惑攝惑者爲異二乘若無惑人一向涅槃則不能成熟佛法教化衆生是故菩薩勤攝留惑修智者爲異凡夫若無智人則被染汙入於生死故勤修智伏智者爲異二乘若修偏智則捨生死不能自利利他故起正勤伏二乘智是名正勤差別功用也四由觀衆生事滅除生死者若菩薩但觀自利滅除生死則同二乘若菩薩但觀衆生不滅除生死則同世間凡夫父母等若翻此二行則通能自他俱利是名觀衆生事也五爲求無比無上智無比者謂如來智此智非有爲以眞如爲體故非無爲以智見爲體故

釋曰非無爲智見爲體故者異於小乘教佛入涅槃後無復知見無所爲作也無上智者於信比證至四智中最究竟故故菩薩方便異於二乘此五方便即有五意第一方便眞諦爲體第二方便俗諦爲體此二並據境能生智取能生之境爲方便體也第三方便正行爲體第四方便共利爲體第五方便依止爲體雖有五意亦不出四義前二是方便緣緣次一是正方便第四是方便果由此方便

得自他二利故第五是方便依止亦名爲因因依此智方便得成故依止無二智者在因位中於生死涅槃二處無礙何以故由愛衆生不愛生死故在果位中入涅槃有更起心如小乘說入無心定還更起心也此智於因果二位無著不著無在不在無著不著者異凡夫二乘故不著生死涅槃無在不在者據於果地二乘所在有餘無餘涅槃涅槃故不在有更起心故非不在是故應知佛智無等何以故餘人智者或著生死或著涅槃佛則不爾此智能利益一切衆生何以故能成就自利利他故餘人智者或但自利或不二利以是義故佛智不可思惟二處不著故爲利益自他功能爲解脱涅槃不般涅槃故三無性品究竟

三無性論卷下

佛性論

陳　三藏法師真諦譯

清刻龍藏佛說法變相圖

佛性論卷第一

天　親　菩　薩　說

陳　三　藏　法　師　眞　諦　譯

一緣起分

問曰佛何因緣說於佛性答曰如來爲除五種過失生五功德故說一切衆生悉有佛性除五過失者一爲令衆生離下劣心故二爲離慢下品人故三爲離虛妄執故四爲離誹謗眞實法故五爲離我執故一爲令衆生離下劣心者有諸衆生未聞佛說有佛性理不知自身必當有得佛義故於此身起下劣想不能發菩提心今欲令其發心捨下劣意故說衆生悉有佛性二爲離高慢心者若有人曾聞佛說衆生有佛性故因此發心既發心已便謂我有佛性故能發心作輕慢意謂他

不能爲破此執故佛說一切衆生皆有佛性三爲離虚妄執者若人有此慢心則於如理如量正智不得生顯故起虚妄虚妄者是衆生過失過失有二一本無二是客一本無者如如理中本無人我作人我執此執無本由無本執故起無明等由無明起業由業起果報如此三種無實根本所執是無故知能執皆成虚妄由於此執所起無明諸業果報並是虚妄故無受者作者而於中執有虚妄故言本無二是客者有爲諸法皆念念滅無停住義則能罵所罵二無所有但初刹那爲舊次刹那爲客能罵所罵起而即謝是則初刹那是怨次則非怨以於客中作於舊執此執不實故名虚妄若起此執正智不生爲除此執故說佛性佛性者即是人法二空所顯眞如由眞如故無能所罵通達此理離虚妄執四爲除誹謗眞實法者一切衆生過失之事並是二空由解此空故所起清淨智慧功德是名眞實言誹謗者若不說佛性則不了空便執實有違謗眞如淨智功德皆不成就五離我執者若不見虚妄過失眞實功德於衆生中不起大悲由聞佛說佛性故知虚妄過失眞實功德則於衆生中起大悲心無有彼此故除我執爲此五義因緣佛說佛性生五種功德五功德者一起正勤心二生恭敬事三生般若四生闍那五生大悲由五功德能翻五失由正勤故翻下劣心由恭敬故翻輕慢意由般若故翻妄想執由生闍那俗智能顯實智及諸功德故翻謗眞法由大悲心慈念平等故翻我執翻我執者由佛性故觀一

切衆生二無所有息自愛念觀諸衆生二空所攝一切功德而得成就是故於他而生愛念由般若故滅自愛念由大悲故生他愛念由般若故捨凡夫執由大悲故捨二乘執由般若故不捨涅槃由大悲故不捨生死由般若故成就佛法由大悲故成熟衆生由二方便住無住處無有退轉速證菩提滅五過失生五功德是故佛說一切衆生皆有佛性

二破執分破小乘執品第一

復次佛性有無成破立義應知破有三種一破小乘執二破外道執三破菩薩執初破小乘執者佛爲小乘人說有衆生不住於性永不般涅槃故於此生疑起不信心釋曰所以生疑者由佛說故小乘諸部解執不同若依分別部說一切凡聖衆生並以空爲其本所以凡聖衆生者皆從空出故空是佛性佛性者即大涅槃若依毗曇薩婆多等諸部說者則一切衆生無有性得佛性但有修得佛性分別衆生凡有三種一定無佛性永不得涅槃是一闡提犯重禁者二不定有無若修時即得不修不得是賢善共位以上人故三定有佛性即三乘人一聲聞從苦忍以上即得佛性二獨覺從世法以上即得佛性三者菩薩十迴向以上是不退位得於佛性所以然者如經說有衆生不住於性永無般涅槃故又阿含說佛十力中性力所照衆生境界有種種性乃至麤糲妙等界不同故稱性力所以者何一切衆生有性無性異故有佛性者則修種種妙行無佛性者則起種種麤惡是故學小乘人見此二說皆有道理未知何者爲

定故起疑心復次生不信心者於二說中各偏一執故不相信何者若從分別部說則不信有無性衆生若薩婆多等部說則不信皆有佛性故明有佛性者問執無性曰汝云何有無性衆生永不般涅槃答曰衆生既有種種麤妙不同故知理有有性無性汝若不信有無性衆生永不涅槃而信有衆生有種種麤妙等界者是義不然何以故執不平等故問曰汝信有衆生種種麤妙等界即令信有無性衆生者亦應信有無根衆生耶何以故衆生由有根無根故有種種麤妙等界汝若不信有無根衆生者云何信有麤妙等界若謂有麤妙等界不關有根無根者我亦信有麤妙等界不關有性無性之義有何過失若汝言無有無根衆生者我亦說無有無性衆生答曰汝以有根無根例我有性無性是義不然何以故汝謂無根者爲是衆生爲非衆生若是衆生有二過失一㤗過過失若無六根而是衆生者則一切無情草木石等皆是衆生同無根故二者不及過失本說六根以爲衆生既無六根更說何物爲衆生耶而汝說無根衆生是義不然故知不爲有根無根說麤妙等界正爲有性無性說麤妙耳難曰若汝謂我立無根衆生有二過失者汝立犯重一闡提人無有佛性永不得涅槃亦有二失一者㤗過過失衆生本以我見無明爲凡夫法尋此無明由違人空故起既起無明故有業報若不違人空則無無明業報既無無明業報等三輪若爾應是聖人作於凡夫若謂衆生無佛性者但聖爲凡無凡得聖此成

泰過二者不及過失若汝謂有衆生無佛性者既無空性則無無明若無無明則無業報既無業報衆生豈有故成不及而汝謂有衆生無佛性者是義不然何以故汝既不信有無根衆生那忽信有無性衆生以二失同故

問曰汝說有衆生無佛性者如刹底利種爲具有四性及地獄人天等性爲不具有若言不具有者人應常人永無作諸道義若具足有者則違經如經中說如來性力能了種種麤妙等界此衆生性既其平等經不證故又若汝謂有衆生永不般涅槃者義亦不然如人先爲刹底利後作婆羅門或人或天無決定相故若汝說不具足者則與立譬相違何以故俱不具故汝說無佛性衆生永不得佛如人無天性則應永無天報若無天性而得天報者亦應有無佛性衆生而得涅槃復次若具足性與譬相似者則無佛性衆生應具有佛性若有有無二性爲相違不若相違者則應一有一無是義不可若無涅槃性衆生則不應有涅槃性汝言具二性者義亦不然何以故如刹底利無婆羅門性二性相違決定無故後則不得爲婆羅門乖世道故又若具有性義者後時決得若不具性義者後決不得若一人具此二義定何所屬又問汝立無佛性衆生始終定無爲不定無譬如大地初無金性後時或有有已更無汝立無佛性亦如是不若如此者則應得二乘性竟後更不得得大乘性竟後應更失得定性已後更不定雖修得通達解脫等功德後還更失則修道無用決定立性並成無用故又問汝立

無定性衆生如地或時轉爲金寳等物無佛性衆生住於下性是人性不定故能轉爲湼槃者爲今生轉爲未來轉若汝謂今生轉者云何得轉爲值三寳得解脱三善根故轉爲不值而能得轉若言修功德分故現在轉者何謂無佛性衆生永住下性是義自壞若汝謂今世雖修善根終不得轉未來方轉故名住下性者此性於未來中爲修善故轉不修故轉若修故轉今修何故不轉若言未來不修善自然轉者現在未修何故不轉又若汝謂無佛性是定無者如火定熱性不可轉爲水冷性佛性亦爾有無應定皆不可轉若不可轉者汝立此定爲由因故定不由因故定若由因故定此定不成定何以故本時未是定由因方定故若説不由因而定者則無窮過失是故我説此性亦復不定不由因故是義應成如汝説定等共無因若爾非理之事並應得成二者不平等過失如人謂石女生兩兒一白一黑亦如兔有兩角一利一鈍若人不由因説此不平等義亦應得成如汝所説此若不成汝亦不立三者失同外道有本定有無本定無有不可滅無不可生此等過失由汝邪執無性義生故問曰若爾云何佛説衆生不住於性永無般涅槃耶答曰若憎背大乘者此法是一闡提因爲令衆生捨此法故若隨一闡提因於長時中輪轉不滅以是義故經作是説若依道理一切衆生皆悉本有清淨佛性若永不得般涅槃者無有是處是故佛性決定本有離有離無故

破執分中破外道品第二

復次爲外道不識佛性故彼立義應知有外道說一切諸法皆有自性等有不空性各異故若諸法悉空無自性者則水火色心生死涅槃並無自性自性既無應可轉火爲水轉於涅槃更作生死何以故等無自性故現見火性定熱不可爲水水性定濕不可爲火涅槃生死亦復如是不可互相轉作如此二法並有自性故若互可轉則修道無用故知諸法各有自性是故不空復次爲破外道自性義應知難曰汝說諸法各有自性不空性定異者是義不然何以故自性決定不可得故決定者離此泰近泰遠八種不可見因外若物定有則應可見若物定無則不可見譬如兔角及蛇耳等以決定智依道現覓決不可得定永無故諸法自性亦復如是故知諸法無自性故空若汝說瓶等諸物更互各異如瓶異衣等者是義不然何以故瓶與色等爲即自性爲離自性若定即離者義皆不可若是一者則不應有八瓶與數相違故一義不立若定異者緣色則不應得瓶如人緣牛曾不見馬故瓶等即離自性皆不可得若汝說有性有故諸法有自性不空者是義不然何以故有性無自性故有性若是自性有者則不離空有二處若有中有者則二有相並無能所用法既以有何勞復須自性有耶若無中有者那不能令兔角龜毛等有故知二處不立復次問曰汝說自性與瓶等爲一爲異若一者則不應有八性若有八者一數即乖若言異者則不通有便無言智何以故汝言由自性有故有言說及生智慧今既是異故

知無言説無言説故智慧不生有無即離皆不可得故自性定無又若汝説汝言亦空是故一切諸法不空者此義不然何以故如是語言入諸法攝故語言亦空故知諸法皆空若汝説語言可聞故不空者是義不然何以故語言自性不可得故語言因縁種種異故異相者有八事一覺二觀三功用四風氣五八處八處者謂臍胷喉舌根項齒鼻脣六音聲七名字八關閉具此八義言聲得生分別語言並入一切諸法攝故知同皆是空又汝言若汝説空平等者云何於八種因縁但生語言不生餘法是義不然何以故汝不識他義本故若有人立不從因縁能出語言汝對此人可施此難我今説因果決定不無因縁因果定者如從因生果若果不從因生則應本來有果若因不生果果何縁有若因果俱無性者則自他同無云何自生不生於他爲自果生他果不生故不得無性由因生故不可説有從他生故不可説無以是義故我説因果決定汝難不成如中論偈言

一切處諸法　從自不得生　從他二皆爾
從無因亦然

初言一切處諸法者明處有三一約四生處謂三界生處及無流界生處此四攝一切內外處盡四中所有一切諸法攝法亦盡二約內道外道攝一切所有法處通世出世皆盡三約有情無情攝一切法皆盡處通三世攝有皆盡故言一切處諸法次三句以四種因縁覓諸法實生皆不可得一從自二從他三俱從自他四不從自他尋此四句皆無生義

故知諸法悉非性有一不從自生者若從自生生則無用自既以有何勞復生故文言從自不得生二若從他生何不生於異果同皆是無故故言從他不得生三若俱從自他生者亦復不然前約異體相續立自他義如兩物相望故互爲自他以張望王張即爲自王即爲他以王望張王自張他義亦如是此二他性爲一爲異若兩他性是一者則無自他義非兩相望故若彼他義異此他義者彼即不成他以異他性故彼他既非他此他亦復失本由他望我故我有他義他既非他我他亦失本由他故有自他義既空自性理失竟何俱從自他生耶故言二亦然次約同類因果相望論自他者本由種子爲因能生芽果芽必由因故名爲果種必生果故得名因因之與果爲一爲異若定一者則無生義本已是有復何用生若定異者則應生異果既俱是異因何故但生自果不生餘果既自他一異俱不可得故知不俱從自他生所以文言二亦爾故四不從自他生者是無因義若汝謂諸法不從因緣而自有者則一切諸法互能相生火應生水水能生火等無因緣故若不爾者無因生義即不得成故文言從無因亦然於四句中求覓生相並不可得是故當知決定無生復次若汝難即與證量相違若諸法無實性者則能所皆不可得聲不至耳耳不得聲我現見聲耳相對所以得聞故知不空者是義不然何以故是能所及證量自性皆不可得故汝言由自性得成故不空者是義不然何以故此自性於根塵證量中一

異有無等皆不可得故自性不成若汝說云何不可得由多因成故若法有自性即不由因得成以成物者更生無用故若汝言多因各生聲自性譬如鼓聲必由手桴等因緣隨此手等各自分有得聲義者是義不然何以故前自他等四句中覓生不可得由性空以顯故若一性不成者多性云何成若汝立自性者是因不勞立何以故自性自是有何復用因爲若汝說一果由一因得成果以因爲體故若爾但應一人得聞何以故由一人擊鼓但一人應聞餘人那並得聞若多人共聞則知因果不得一體若汝說有多果即從多因生隨至而取如人散種田中人田是一而種子衆多所生芽等亦復不少亦如一人打鼓鼓聲衆多故人聞亦多者是義不然何以故本不可取故若本已有自性何得稱言現見因打鼓已後方聞聲若汝說聲自性本有由八種不了故未得者是義不然何以故雖近遠等亦不得聞故知本無自性若汝說一聲轉作多聲者是義不然何以故一多數相違故倒義應成汝義本壞一多數相違者汝所立義聲有三種一但與果相違二雙與因果相違三但與因相違初剎那聲但與第二剎那聲相違最後剎那生但與因相違無更有別果中間無鼓聲前後相望有無量因果自俱相違以是義故一聲生無量聲者是義不可何以故一時俱聞故若前後生多聲者則應前後而聞不前後聞一時俱聞者故知非一聲生無量聲復次倒義得成故者若汝謂一能生多我亦言多能生一汝若不信多

能生一我亦不信一能生多復次汝義本壞故者汝義云有物得事等三種唯於物中可說有得有事不於得中更復立得而汝今於聲得中分別有數量得寧不自乖本執耶若汝說是數量但依名句味不依於聲譬如劫火燒屋實是火燒巳火與劫相應故非是劫燒由火依劫故云劫燒數量亦爾實是名句味家得此名句味與聲相應故數量得依聲而說故我義本不失者是義不然何以故名句味耳根所得故此名句味爲是聲非聲耶若是聲者不應有得諸得無體故若非聲者聞聲之時則不應得於名句味若一時得云何復言多句味等有於數量而聲無耶故知汝義自乖於本此前破鞞世師復次破僧佉義應知內曰汝義云聲有自性與自性不異故者是義不然何以故若聲有自性則聲應爲耳本故若說聲是耳耳即是聲可說自性即聲聲即自性若不許耳即是聲者亦不許汝聲即自性若汝說聲是所聞耳不爾者是義不然何以故汝聲與耳爲一爲異若汝說聲是所聞與耳異者巳所聞故與自性亦異若說聲與耳不異者何故不說聲能聞耳若汝說得如爾者是義不然何以故若聲滅時耳應俱滅聲耳是一故如耳聲一物不成例餘成不成亦爾故知諸法決無自性悉皆是空若汝說證量云何成者是義不然何以故今我立證量顯了二空諸法空故自性不可得如見幻事幻物者證量所見不如實有諸法亦爾不如所見而有所見由體不實故不有自證量故不無由體無故空

義得成以證量故假有不失復次一切諸法無有自性何以故依因緣生故譬如火依他而生離樵即不可見亦如螢火若火有自性則應離樵空中自然若自然有則應離於然具爲更生事則無有用火成無事一切諸水所不能滅若汝說有自性故是故可滅若無自性如幻化火無有實性無對治故水不能滅者是義不然何以故責汝此火爲本有性爲是無性若本有性者末亦是有本末既有則應是常不應可滅復次自性各各自不同可相壞故譬如作事後作事成前事則壞如火爲水所滅若一切法各有自性何能相滅若汝說若無自性則火與樵不得異者是義不然何以故多有過失能所不異故若一不異者有何能所火樵二物亦可說言樵爲能照火爲所照若不爾者則汝義本立一不成外曰若汝說火離一異者云何說火從因緣生耶內曰如樵中色等五塵是時不成樵即於一時並成熱性故四大四微等八物皆不一不異若言冷熱等八物一異者是義不然何以故若是一者冷應至熱即墮常見若言異者簡空而生即是斷見緣冷生熱故若異者應有八火火若有八一火不生並如前說是故諸法悉依緣生何以故相續不度故相續故不斷不度故不常以是義故斷常見滅不一不異隨世間故亦說一異復次若汝說能量所量二法成就所以諸法各有自性故不空者是義不然何以故量從自生故不緣所量境而能量智自成者無有是處既無所量能量之名對何而立則量何所量耶若汝

說由觀所量故得成能量若是義不然何以故若前境未有即量何所緣所量者是所緣境能量者是能緣智若所量已成能量何用所本由能故得所名若能量未有已成所量則能量無用若所量不關能量自得成者有何能所若汝說能量所量更互相成是二各有自性而更互相合故一名能量一名所量者是義不然何以故若未相對時兩法已成而後時得名者有四過失一者相對無用何以故一切諸法未被緣時已成所量智亦如是未能緣時已成能量既自性已成何用相對二者爲何事未足復須相對若爲立名須相對者體既已立何故無名若汝謂體本自性是有但未相對故未有名者是義不可既未有名云何有體三者所量前成能量後成者若所量已成故得所量能量未成復何所對而名所量四者若能所俱時成者則能所義壞如牛角並生則無能所既前後俱時求覓自性皆不可得故知諸法悉空復次若汝說譬如燈爲能照瓶爲所照燈瓶二物本性是有但相對時名能所照故量義得成者是義不然何以故燈譬未成故與量不相似豈得爲譬耶若汝說云何未成者燈中無暗故故不照自體若照自體體是所照如瓶等譬瓶既須別燈來照燈亦應更有別燈照之此則照照無窮過故而不然者汝謂證量相似故取燈爲譬者我明不相似故不得爲譬何以故燈但照他決不照自若體有暗可須自他來照體既無暗何勞自他照耶不如瓶等物體暗不自顯故須燈照若燈復須照則應

更有别燈來照而不爾者定知燈但爲能照非是所照量即不爾是能是所能緣前境名爲能量即自智緣及爲他智緣故名所量即自緣者如眼識爲證量直對前色不能分别作是青意若作是青意解即是意識是則二心俱起眼識取色不能自取意識分别青黄即是取眼識不能取自見色境故但分别眼識所得者即是所量分别眼識即是能量是故證量由他分别故得成立燈則不爾但是能照非是所照不由他照故得成立以是因緣不得舉此譬於證量若燈能自照不更須别燈照者瓶等亦應自照不更須别燈來照若燈體暗故應照自體而不須别燈照者瓶亦應爾瓶體有暗則應自照自體亦不勞别燈來照瓶應自照故是則瓶燈一種俱應自照並不由他則瓶與燈復有何異若燈不應照者云何能照自體若體無暗不須照者復何勞照若照自體者則有二失一者體應有照故須照者此則與瓶爲一瓶有暗故既不能自照燈亦有暗云何能照二者能所照一既是一體竟誰爲能所照耶汝燈譬既不成證量義亦壞又不但用一色爲瓶而合八物爲瓶者唯見一色云何得瓶若見一色即是瓶者唯色是瓶故知證色不證於瓶又色亦不可證何以故隣虚色不成就故汝謂隣虚微塵常不可空故聚衆多成塵色義則不爾者爲當就一塵中有六方不若有六方即成六分若無六方非謂爲色既有六分即可分析若有方無分是則六塵共入一塵無量諸塵並應如是則無成大義又如一塵日光照

時爲照一邊爲東西俱違若唯照一邊則有六分若東西俱違色則非有故知方分不實悉併是空有何證見既無有證量比等諸量理當自失又如自性離色等諸塵不可得比瓶亦如是若汝云先須證見後則比知如先曾證見火與煙相應有火比煙後時見煙雖不見火而由於前曾見火故比度前時知有火者是義不然何以故汝謂由色等塵能比知自性先來未見云何由色等而得比知瓶亦如是知先來未曾證見云何見色能比知瓶是則由證量故有比量此義不成證既不成比譬聖言等量皆失又有過失因果無差別故比知不成若汝謂自性生五唯等自性生五唯等自性爲因五唯爲果因中已有果果時亦有因至五唯時自性終不失五唯自性即並本有故自性五唯其體則一若爾因果無差云何說五唯能比知自性此即自體以比自體義何謂乎

復次破鞞世師義應知若汝謂瓶等與色等異者云何得證若離色等諸得是物可證者應如石女有兒用燄水浴被龜毛衣著兔角屣戴空華鬘入闥婆城共化女戲是等亦應可證若此不可證者瓶等亦爾色等既無瓶云何有如瓶一切諸量亦皆不成如是自性悉不可得故知諸法一切皆空復次爲破僧佉執應知若汝說因中有果故諸量不失如諸法有自性者是義不然何以故因果體一故汝謂自性因中即有果諸法中即有自性故得比知若爾因果爲一爲異若一者一體無有異故不可相比若汝說因果不一者則

自違汝義若因中定有於果即成二失一者以因即果則失於因自性一故只得是果云何有因二者若已有果因則何用本由因生果既已有何復用因若汝說是因有故自性不失者是義不然何以故自性處所無故若汝說由容空處故云何無處所者是義不然何以故容空處並未有故容者謂四大四塵入物空者謂空大聲塵二物如此五大五塵二處並未有者自性云何得立自性未變異時五唯五大並未有故空大是空處四大是容處二處昔未有時汝立自性爲在何處若汝說先自性未有空容者是義不然何以故生因違本故若變異前未有空容則無因用當變異時始有空容方有因用者是則變異應能生自性若汝說是時此二未有者是義

不然何以故因不成就故何物爲先耶若汝謂無物先自性者是義不然自性無住處故若無處所則違汝聖言故迦毗羅仙爲阿修利婆羅門說昔初唯有一暗冥此中但有智由處所既無法引聖言即自相違自性及我並不成就復以何譬得立自性若汝說第三是其譬喻者亦復不然何以故有二過失故一者自失本義二者因性不成若汝說無異即是譬者是義不然第三不成故若汝說由無異故第三得成者是亦不然但有數故若汝說數有即乖義本若汝所說義但唯有數數即義者是亦不然何以故數滅時義亦壞故變異與自性則爲無異如不如並皆不立自性及變異無差别故則因與果爲一並亦不成若汝說若因果一者則無言語故汝難

亦無若因果異者一義不然何以故有三過失故一自違汝義二成自顛倒三言語無因一自違義本者云何如此今我取汝義還難汝汝爲信爲不信汝若信我難汝義即壞若不信我難者汝難亦非難何以知然由我難故汝語義得成者我義亦立汝所立義是何時中爲在我難前爲後爲俱時若在前者我未有難汝對破誰若在我難後我義已成汝義那立若俱時者則無能所如江海水一時和合云何辯異汝我二義便無差別即成我義二自顛倒者汝取生義難我顯義此非難處若我立生義汝可以三時爲難難我生者不離三時故若三時不立是生不成可爾顯義者由道理故立若有道理則三時無異若無道理則不能顯義是故不成不由三時故是故難生須依三時今所難者須依道理汝將時節難道理義故自成顛倒三言語無因者言語由義得成若無義者語言不立因果一體異義不成故無語言若汝說是因是果者是義不然何以故有無常過故果既無常因亦應爾若因無常則違汝義本汝因是常果是無常異色等變異不可得故若汝說由色所比故非不可得者義亦不然所比無有故並如前破證量不成故比量亦不成未有空密處故因無住所故不得成若汝說若無可比比量亦得成如比有四句一有比無二無比有三有比有四無比無者是義不然石女兒兔角等並應可比色等可證非可證此義何用是因無道理故不可得成若汝說如隣虛塵以果比因自性亦爾者是義不然以

隣虛不成故因果異故離色等塵不可得故故譬不得成立若汝說取非證比非所證如地下水不可知見比自性我亦如是者是義不然何以故若汝能因石女兒比龜毛者我則信汝因隣虛塵得比自性若汝說如燈自成比量亦爾者是義不然何以故離色等八物燈不可見故如隣虛塵離色等亦不可得所比自性亦不可得故知無自性若汝說憶知有故故證量比量並成若無證比復何所憶者是義不然若離三種知外方有憶知證比不成故三種知者一異境知二能別知三一知異境知者如人見瓶後時憶衣此非謂憶汝義亦爾色即異物已見色時便憶於瓶故義不可二能別知者譬如張郎見瓶王郎後憶者無有是處汝義亦爾覺能取境我能憶知此兩別類不同是覺前見我後憶知無是義故三一知者如人正看瓶時不得生憶若有憶知則二過失一者兩知一時不得俱起以心是一故心取色時不得取聲二者根正對境未捨那復得憶餘境汝覺亦爾唯是一知無念念滅從變異初至解脫前際恒是一故是憶知中無有憶知若翻此三知憶知得成謂境界同類能知同類知念念滅不得一時備此三義憶知得成汝憶知不成故證比等量亦不得成以是緣故自性義壞若汝說憶知由自性所以得成一異有無等造初念取境則備三義一境二人三智並一時俱有至第二念時前三已滅後三續起前後同類是爲一義前後各一亦是一義前無後有是爲異義前能生後是其有義前滅後生是

其無義備此諸義故有憶知由自性故憶知得成者内曰若爾我大懽喜翻成我義有何損失我今由此義故說無自性譬如前種能生後穀此前後穀不一不二不有不無若一者則無前後若異者則前穀後豆故無一異自性不有不無者因滅果生故因滅故不有果生故不無因時未有果故不可說有果生時必由因故不可說無以是義故因果憶知並得成就故說無自性如穀前後不一不異能作種種諸事憶知亦爾前後不一不異故能憶知種種諸境若汝聞憶知若是無常云何修習者答曰已無常故則有修習譬如劫波婆種子種植於地以佉陀羅汁而溉灌之後時出生芽莖枝葉是其自相無有異色唯果熟時即成佉陀羅色爲相紅赤異劫波婆自相本色如是心者作法非法是法次第前心熏習後心如是方便熏習不失故不一異至果熟時苦樂等果即各顯現是故從無自性心諸業得生如劫波種子後同佉陀羅色若作此執有自性心是名憶知或有人說壽者亦是憶知若作此執即無憶知心及壽者有自性故則無忘失若汝說有忘失者有二過失一者憶知若有自性則無忘失若有忘失則無憶知如此忘失爲有自性爲無自性若有自性與憶知性爲相違不若不相違於一物中便應一時俱有憶忘兩心並起若相違者但有自性忘失則無憶知憶知既無何所忘失若汝說是知先生後滅故說忘失若爾者自性則不成若有憶知自性作具無用憶知恒有故若汝說由作具故得成者則無

自性有過失故若作者與具一體則無憶知知恒有故若知無者心或時無則無自性心或時有則無憶知若無憶知心則應滅若汝說有別物故心得是常者證知之時應不憶知即以證知當憶知處是故不失憶知體者是義不然何以故若物常作則無數習同類相似乃可數習若無自性似義可成若有自性則應恒守一物一事故無相似無相似故則無數習無數習故則無憶知若汝立自性憶知者比量等並不成就以一體故一切疑心應是決智欲即離欲偷即是施即婦是母是覺若與自性不異爲當先有爲當後有若先有者所覺既無覺何所覺若後有者則因中果義即自壞若汝說本有者所覺何物若言我是所覺者是義不然以證比二量我不可得故物若是有不離二量所得譬如五塵五根五塵者智不重生故是名證量比量者智重生故先見識生後比知有根以識不離根故如先見煙後知有火我者則不爾不如色等可證過根境故不如諸根可比無有相應事故故我非所覺是故覺若在前則不成覺故知一切法如實無自性唯真實空是其體性

破執分中破大乘見品第三

復次爲破大乘中學有偏執者應知若汝說一切有皆由俗諦一切無皆由真諦應作此問善友何者是真實何者是俗諦答曰一切諸法無有自性是爲真實於無自性法中說有自性是名俗諦以於無中假說有故問曰是執無有自性爲當依世俗言故有爲當唯

是語言若依世俗言有此執者則不可說何以故執是無故若此執唯是語言則無所詮世俗語言不成就故若不成就是世俗者是義不然又若汝謂於無自性中執有自性是名爲俗若執有者云何是無答曰爲顛倒品類故無中說有乃至於無常樂我等諸法說言皆有常等諸德其體實無但假說有如此執者爲四倒攝是故雖執是有而得是無問曰如此顛倒爲有爲無若是有者一切諸法無有自性是義不成若是無者此執顛倒亦不得成若無性中執有自性爲俗諦者是義不然何以故二諦不可說有不可說無非有非無故眞諦不可說有不可說無者無人法故不可說有顯二空故不可說無俗諦亦爾分別性故不可說有依他性故不可說無

復次眞諦不定有無人法無一無二空有不有俗諦亦爾分別性故非決定無依他性故非決定有

佛性論卷第一

音釋

鋡音含 捊縛謀切擊鼓杖也 鞞步迷切 佉丘迦切 竝部迥切皆也 漑古代切灌也 莖户庚切幹也

佛性論卷第二

天親菩薩説

陳三藏法師眞諦譯

三顯體分三因如品第一

復次佛性體有三種三性所攝義應知三種者所謂三因三種佛性三因者一應得因二加行因三圓滿因應得因者二空所現眞如由此空故應得菩提心及加行等乃至道後法身故稱應得加行因者謂菩提心由此心故能得三十七品十地十波羅蜜助道之法乃至道後法身是名加行因圓滿因者即是加行由加行故得因圓滿及果圓滿因圓滿者謂福慧行果圓滿者謂智斷恩德此三因前一則以無爲如理爲體後二則以有爲願行爲體三種佛性者應得因中具有三性一住自性性二引出性三至得性記曰住自性者謂道前凡夫位引出性者從發心以上窮有學聖位至得性者無學聖位

顯體分中三性品第二

復次三性所攝者所謂三無性及三自性三無性者一無相性二無生性三無眞性此三性攝如來性盡何以故以此三性通爲體故無相性者一切諸法但名言所顯自性無相貌故名無相性無生性者一切諸法由因緣生故不由自能生自他並不成就故名無生性無眞性者一切諸法離眞相故無更別有實性可得故名無眞實性復次三種性者一分別二依他三眞實别有十種義應知何等爲十一分別名二緣成三攝持四體相五應知六因事説七依境八通達九若無等十依

止一分别名者爲隨名言假説故立分别性若無此名言則分别性不成故知此性但是名言所顯實無體相是名分别性依他性者是十二因緣所顯道理爲分别性作依止故故立依他性眞實性者一切諸法眞如聖人無分别智境爲清淨二性爲解脱三或爲引出一切諸德故立眞實性是名分别名二緣成者問曰分别性緣何因故而得顯現答曰由緣相名相應故得顯現問曰依他性緣何因故得成耶答曰緣執分别性故得顯現問曰眞實性緣何因得成答曰由分别依他二性極無所有故得顯現故名緣成三攝持者性有三種法有五分言三性者所謂分别依他眞實五法者一相二名三分别思惟四聖智五如如前三是世間智聖智是出世智如如是無爲境爲明此五法攝前三性故問曰於五法中幾法攝第一性答曰五法並不可攝何以故爲無體故問曰第二性幾法能攝答曰有四法攝問曰第三性幾法能攝答曰唯如如一法能攝問曰若依他性爲聖智所攝者云何説依他性緣分别性得成答曰依他有二種一染濁依他二清淨依他染濁依他緣分别得成清淨依他緣如如得成故四體相者有二一通二别通者由此三性通能成就一切諸餘眞諦或二三四七諦等法故諸眞諦不出三性是以三性爲諸眞諦通體二别體者於三性中各有實義何者實義一者分别性體恒無所有而此義於分别性中非不爲實何以故名言無倒故二者依他性體有而不實由亂識根境故是有以非眞如

故不實何以故因緣義無倒故是以對分別性故名爲有對後眞性故非實有是名有不眞實三者眞實性體有無皆眞如如之體非有非無故問曰是三性實相云何答曰分別性實相者人法增益及損減由解此性故此執不生是分別相人法者是分別所作若依眞諦觀此人法爲有名增益執若依俗諦觀此人法是無名損減執若通達此分別性則增益減損二執不生是名分別實性相復次依他性性相者能執所執增益及損減由解此性故此執不生是名依他性相此能執所執若見眞爲有則是增益名爲常見若見俗定無則是損減名爲斷見若通此二性斷常二執並不得生是名依他實性相唯有似塵識故則無能所無能所故無增益執由有似塵識故無損減執復次眞實性相者有無及增益損減執由解此性故執不得生所以者何若執空爲有名增益謗若執空爲無名損減謗若通達此性則二執不生是名眞實性相五應知等者問曰是三性幾應知幾不應知答曰一切應知何以故由知三性能通達三解脫門能除三障故知分別性能通達空解脫門除肉煩惱知依他性通達無願解脫門能除皮煩惱知眞實性能通達無相解脫門除心煩惱又初解脫障次禪定障後一切智障故問曰三性中幾性不可滅幾性可滅耶答曰二性不可滅一性可得滅何以故分別性本來是無故不可滅眞實性本來是眞故不可滅依他性雖有不眞實是故可滅以是義故說應知等六因事說諸佛說法有

二種一了義經二不了義經不了義經者由此三性是故佛說不了義經如緣有燈故知物在暗中後時因燈能得了現暗中之物如來亦爾由有著三性者故說不了義經達三性者自然顯了名了義經如經中說若人已得無生法忍則不退墮問曰此言云何成立答曰由有三性故則得成立如來約分別性故說本來無生忍約依他性故說自性無生忍約眞實性故說惑垢苦本性無生忍問曰如來約何性說如此義言一切諸法無生無滅本來寂靜自性涅槃耶答曰約無相性說如是言問曰如來約何法說一切諸法譬如幻化耶答曰約無生性說問曰如來約何法說如是言一切諸法譬如虛空答曰約眞實性說是故佛因三性說故有了不了義經七依境者問曰此三性爲何智境答曰分別性者唯是凡惑境非聖智境何以故無體相故依他性者爲聖凡俗智境是俗有故眞實性者唯爲無分別聖智境如量如理故如量則攝一切如理則無顚倒是名依境八通達者問曰修觀行人若通達分別性者爲當可說行執相中爲不可說行執相中耶答曰若由世俗智分別可說行執相中若由出世無分別智通達者可說不行於執相中是故依他與分別同一無相如分別依他眞實亦如是問曰修觀行人能如眞實理入分別性照了何性耶答曰了眞實性問曰修觀行人如眞實理入眞實性照了何性答曰了依他性故然後得眞實性是名通達九若無等者問曰若分別性無有何過失答曰若無分別性則

名言不立名言不立故則依他性不得成就乃至淨不淨品並皆不立問曰若無依他性有何過失答曰若無依他性一切煩惱不由工用應自能滅若爾淨品亦不得成問曰若眞實性無有何過失答曰若無眞實性則一切一切種清淨境不得成故一切者別攝眞俗盡一切種者通攝眞俗故問曰是眞實性者爲可立淨爲立不淨答曰不可得說定淨不淨若定淨者則一切衆生不勞修行自得解脫故若定不淨者一切衆生修道即無果報若定淨者則無凡夫法若定不淨者則無聖人法何以故淨不淨品皆以如爲本故若其定淨不即無明若其不淨不即般若此兩處如性不異故此眞如非淨非不淨何以故欲顯眞如異眼等諸根異禪定心等故異眼等諸根者諸根既不被染亦應得同如理清淨而不然者以有漏業爲因故從本不淨眞如不爾在於佛地本性清淨無有從本是不淨義故異諸根異定心等者定體本性自淨可得同眞而爲四惑所敢故轉成不淨眞如之理本來清淨則不如是雖復在無明𣫍中終不爲彼所汙問曰此三性幾性無體能生有體答曰唯分別一性無體能生依他性體問曰此幾性有體能生有體答曰唯是依他一性有不實體還能生依他體猶如無明生諸行等問曰此三性幾性有體能生無體答曰眞實一性能滅依他令其無體故是名若無等十依止者問曰分別性依何法得成答曰依三法故成何者三一相二名三思惟依此三故分別性立問曰依他性依何得成答

曰依四法成四法者謂相名分別聖智等依此四法故依他性成問曰眞實性依何法得成答曰此性無住無著無有依處境無分別顯體分中如來藏品第三

復次如來藏義有三種應知何者爲三一所攝藏二隱覆藏三能攝藏一所攝名藏者佛說約住自性如如一切衆生是如來藏言如者有二義一如如智二如如境並不倒故名如如言來者約從自性來至來至得是名如來故如來性雖因名應得果名至得其體不二但由清濁有異在因時爲違二空故起無明而爲煩惱所雜故名染濁雖未即顯必當可現故名應得若至果時與二空合無復惑累煩惱不染說名爲清果已顯現故名至得譬如水性體非清濁但由穢不穢故有清濁名若泥滓濁亂故不澄清雖不澄清而水清性不失若方便澄渟即得清淨故知淨不淨名由有穢無穢故得非關水性自有淨穢應得至得二種佛性亦復如是同一眞如無有異體但違空理故起惑著煩惱染亂故名爲濁若不違二空與如一相則不起無明煩惑不染所以假號爲清所言藏者一切衆生悉在如來智內故名爲藏以如如智稱如如境故一切衆生決無有出如如境者並爲如來之所攝持故名所藏衆生爲如來藏復次藏有三種一顯正境無比離如如境無別一境出此境故二顯正行無比離此智外無別勝智過此智故三爲現正果無比無別一果過此果故故曰無比由此果能攝藏一切衆生故說衆生爲如來藏二隱覆爲藏者如來自

隱不現故名爲藏言如來者有二義一者現如不顛倒義由妄想故名爲顛倒不妄想故名之爲如二者現常住義此如性從住自性性來至至得如體不變異故是常義如來性住道前時爲煩惱隱覆衆生不見故名爲藏三能攝爲藏者謂果地一切過恒沙數功德住如來應得性時攝之已盡故若至果時方言得性者此性便是無常何以故非如得故故知本有是故言常

四辯相分自體相品第一

復次佛性一切種相有十義應知言十相者一自體相二因相三果相四事能相五總攝相六分別相七階位相八遍滿相九無變異相十無差別相一自體相者有二種一者別相二者通相別相有三種何者爲三一者如意功德性二者無異性三者潤滑性所言如意功德性者謂如來藏有五種何等爲五一如來藏自性是其藏義一切諸法不出如來自性無我爲相故故說一切諸法爲如來藏二者正法藏因是其藏義以一切聖人四念處等正法皆取此性作境未生得生已生得滿是故說名爲正法藏三者法身藏至得是其藏義此一切聖人信樂正性信樂願聞由此信樂心故令諸聖人得於四德及過恒沙數等一切如來功德故說此性名法身藏四者出世藏眞實是其藏義世有三失一者對治可滅盡故名爲世此法則無對治故名出世二不靜住故名爲世由虛妄心果報念念滅不住故此法不爾故名出世三由有倒見故心在世間則恒倒見如人在三界心中決

不得見苦法忍等以其虛妄故名爲世此法能出世間故名眞實爲出世藏五者自性清淨藏以秘密是其義若一切法隨順此性則名爲内是正非邪則爲清淨若諸法違逆此理則名爲外是邪非正名爲染濁故言自性清淨藏故勝鬘經言世尊佛性者是如來藏是正法藏是法身藏是出世藏是自性清淨藏由說此五藏義故如意功德而得顯現佛爲顯此義故說如意寶譬如人以宿業故感得如意寶珠得此珠已隨其意所樂事自然得成佛性亦爾由伏事善知識修諸福慧感得此性便隨修行者意各各自得三乘之果故如意功德是其別相二無別異性者凡夫聖人及諸佛無分別心性過失功德究竟清淨處平等遍滿譬如虛空又如土銀金器此三雖異而其性等皆是空空處不別故名無別異性釋曰言過失者謂凡夫功德者即有學聖人究竟清淨者即諸佛此三處雖殊而其性不異此即以土喻凡夫銀喻學者金喻諸佛雖復三器有異而其空性一種故又是有清淨遍等三義有者顯無爲義清淨顯無染義遍滿顯無礙義故佛告舍利弗衆生界不異法身法身不異衆生界由此義故無二無別唯有名字如是佛性於三位中平等遍滿由淨不淨品無變異故說如虛空性三潤滑性者辯如來性於衆生中現因果義由大悲於衆生輭滑爲相故大悲者有三義一體二大三別異一體義者以般若爲體般若有二一無分別眞智二有分別俗智今取有分別智爲大悲體以大悲緣衆生起故二大

義者有五一爲資粮二爲相三爲行處四爲平等五爲最極一資粮者能作大福德智慧二行資粮故二爲相者能觀三苦衆生悉濟拔故三爲行處者通三界衆生爲境界故四爲平等者爲於一切衆生處起平等心故五最極者過此修外無更勝行故三別異義者有八種一爲自性差別悲無量者以無瞋爲性大悲者以無癡爲性二爲相差別悲者以苦苦爲相大悲者以三苦爲相三爲行處差別悲者以欲界爲境界大悲者通三界爲境界四爲地差別悲者以第四禪爲其地大悲者以無流如來果爲其地五境界差別悲者以凡夫及二乘爲境界大悲者唯菩薩與佛爲境界六爲德差別悲者以離欲欲界德大悲者離欲三界德七爲救濟有差別悲者但有拔苦之心無拔苦事大悲者有心有事八爲究竟不究竟差別悲者能小暫救濟不能眞實救大悲者能永救濟恒不捨離故潤滑者潤以顯其能攝義滑者顯其背失向德義譬如水界亦有二能一則能攝散物唯滑不澁故由潤故能攝由滑故不澁故以潤者爲因以滑者爲果故曰現因果義復次自性清淨是其通相義者如前實空水界等譬並自性清淨是其通相故如來性在煩惱中無所染汙故此四相爲四惑障故爲非四人所得故爲四德作本故爲離四倒故爲滅生死對治故故說四相通一別三一通相者唯有自性清淨相三別相者一不可思惟二應得三無量功德是名自體相

辯相分中明因品第二

復次有四種因能除四障得如來性義應知四因者一信樂大乘二無分別般若三破虚空三昧四菩薩大悲四障者一憎背大乘二身見計執三怖畏生死四不樂觀利益他事初障闡提二障外道三障聲聞四障獨覺由此四惑能令四人不能得見自性清淨法身若略說世間有三種衆生一樂生死恒有二樂滅生死有三兩俱不樂有滅並忘一樂生死有者復有二種一憎背解脱道無涅槃性快樂生死不樂涅槃二已墮定位者非聖非凡進退無取而是佛法内人背大乘法因此人故佛說是言我非是某師某非我弟子舍利弗此人從輕暗入重暗復從重暗入於盲暗取暗爲友復取闡提爲友是故我說此人如是二樂滅生死有者有二種一墮非方便二墮方便中就墮非方便復有二一外道謂九十六種二是佛法内人與外道同執約正法起邪執我見故於正教義不能了達因此人故佛說是言若不信樂眞空則與外道無異復次有增上慢人取空爲見是眞空實解脱門約此空解脱門起於空執謂一切有無並皆是空此空執者即無所有無所有故因果二諦道理並失執此空過故即墮邪無是等執者由空而起故成邪執一切邪執莫不由空故能滅除此執既依空起故不可治因此人故故佛語迦葉若人起我見執如須彌山大我亦許之何以故以可滅故若此增上慢人所起空執猶如髮端四分之一我急呵責決定不許二隨墮方便中有二一聲聞人自利修行但爲自度不爲利他二獨覺人於利

他心無樂無事但起捨心無樂者不樂利他無事者了無度人之事唯爲自覺自利故但起捨心者捨是平等住心不願利人亦無所損獨自覺悟故言獨覺墮方便聲聞亦爾如末田地及阿斯那二比丘佛涅槃時其皆不往後至迦葉集法藏時被召方出迦葉呵責之言汝爲從佛得聖道不答云實爾又呵責言汝大過失今去當以佛法付汝任持若不如法罪失屬汝其人甘失懺悔受旨奉行三俱不樂者謂修行大乘最利根人既不同闡提樂生死有亦不墮非方便中同外道執亦不墮方便中如二乘人是故此人具行生死涅槃平等之道住無住處雖行生死而不染雖行涅槃亦非淨但爲大悲故不捨生死爲般若故不捨涅槃不離涅槃者異聲聞執求住無爲不捨生死者異一闡提樂於生死若樂著生死者名一闡提佛法內人墮定位者亦同闡提如是二人墮在邪定聚中若樂滅生死有者是人墮非方便中則在不定聚若人樂滅生死有是人墮方便中及俱不樂得前二者修平等道是人在正定聚中離發行大乘修習無障道人之外所餘闡提外道聲聞獨覺等四人有四種障故不見佛性何者四障一憎背大乘是闡提障爲對治此故佛說菩薩修習信樂大乘之法二於諸法中起我見執是外道障爲對治此故佛說菩薩修習般若波羅蜜三於生死中定執苦想及猒怖心是聲聞障爲對治此故佛說菩薩修習破空三昧空三昧者從初地以上能得此三昧則破虛空等執入觀之時不即有無不離

有無喻如八地真俗雙觀而異八地者八地以上無出入觀初地入時則同出時則異四背衆生利益事作捨衆生意是獨覺障爲對治此故佛説修習菩薩大悲菩薩大悲利他爲事明獨覺人但自觀因緣無度他意故無大悲聲聞亦爾爲滅此四障故以信樂等四種爲因令諸菩薩修習此因得至無上法身清淨波羅蜜是名佛性清淨因如是之人得名佛子是故佛子有於四義一因二緣三依止四成就初言因者有二一佛性二信樂此兩法佛性是無爲信樂是有爲信樂約性得佛性爲了因能顯了正因性故信樂約加行爲生因能生起衆行故二緣者謂般若波羅蜜能生菩薩身是無爲功德家緣故三依止者破空定等樂有之人執斷無處有樂淨等故菩薩修破空三昧能除彼執由此定力是故菩薩法身堅固則不羸弱四成就者菩薩大悲利益他事無盡故由眞如不盡衆生無數故利益事亦復無盡是佛性爲應得家因故一因如父身分二緣如母三依止如胞胎四成就如乳母故諸菩薩由此四義名爲佛子

辯相分中顯果品第三

復次果相義應知果相者有二處一者地前凡聖二位不得四德二者十地諸位地前有如是信樂等四德爲清淨佛性因爲對治四倒如來法身四相功德波羅蜜是其果應知四倒者於色等五陰實是無常起於常見實苦起樂見實無我起我見實不淨起淨見是名四倒倒者有三義一見所滅二修所滅三

非二所滅見眞諦時能除見倒定破思惑能除想倒非二所滅能除心倒爲對治此四說四無倒何者爲四於色等五陰未有有已有應滅故實無常如實起無常解苦故樂滅苦時苦故捨三時苦故故實是苦於中生苦解無常爲因無常爲果由因果得成以依他執故果不自在因亦如是未有有已有還無旣由前因是故依他亦不自在離因果外無別餘法爲我是故無我爲實生無我解不淨有二種一色二非色色不淨有三謂初中後初者始入胎和合種子不淨中者出胎已後飲食資養多諸不淨後者捨身已後身體壞時種種不淨故非色者或喜或憂或惡或無記或不離欲諸繫縛等故非色由此等法故不淨是以聖人通觀三界皆是不淨如是五陰如實不淨生不淨解此四皆實是故非倒若約佛性常等四德此四無倒還成顚倒爲對此倒是故安立如來法身四德四德者一常波羅蜜二樂波羅蜜三我波羅蜜四淨波羅蜜如勝鬘經說世尊是諸衆生生顚倒心於內五取陰無常見常苦中見樂無我見我不淨見淨世尊一切聲聞獨覺由空解未曾見一切智知境如來法身應修不修故若大乘人由信世尊故於如來法身便作常樂我淨等解是人則不名倒名得正見云何如此世尊如來法身是常樂我淨諸波羅蜜若人作是見者名爲正見是如來胷子胷子者恒在佛心胷故復次如來四德波羅蜜是因次第漸深應知逆說翻後爲前謂淨我樂常由一闡提憎背大乘爲翻彼樂住生死不淨故修

習菩薩信樂大乘法得淨波羅蜜是其果應知由一切外道色等五陰無我性類計執爲我而是色等法與汝執我相相違故恒常無我諸佛菩薩由眞如智至得一切法無我波羅蜜是無我波羅蜜與汝所見無我相不相違故如來說是相恒常無我是一切法眞體性故故說無我波羅蜜是我如經偈說

二空已清淨　得無我勝我　佛得淨性故
無我轉成我

諸外道等於五取陰中執見有我爲翻其我執虛妄故修習般若波羅蜜至得最勝無我即我波羅蜜是其果應知由諸聲聞人怖畏生死苦樂住生死苦滅靜中爲翻此樂意故修習破虛空三昧一切相世出世法樂波羅蜜是其果應知由獨覺聖人者不觀衆生利益等事但樂獨處靜住爲翻此意故修習菩薩大悲爲利益衆生事乃至窮於生死常所持護常波羅蜜是其果應知如是信樂大乘般若波羅蜜破虛空三昧菩薩大悲等四因能成就如來法身四功德波羅蜜是故佛說由此四德一切如來唯法界爲勝由如虛空取虛空爲邊際極後際之後如是四句現何等義由修習信樂大乘法故諸佛至得最極清淨波羅蜜故佛說唯法界爲勝爲上由修習般若波羅蜜故至得衆生世界器世界極無我波羅蜜五陰名衆生世間即人空國土四大名器世界即是法空是二空所顯故故說由如虛空爲修習破空三昧等故一切處諸法自在如意應得故取虛空爲邊際由修習菩薩大悲故於諸衆生常起悲心護持無

有邊際故説極後際之後後際之後者假令後際有後菩薩大悲亦能過之是故通辯地前聖凡二位不得四德復次十地由四障故未得極果四德金剛後心方乃得之應知何以故以出三界外有三種聖人謂聲聞獨覺大力菩薩住無流界有四種怨障由此四怨障故不得如來法身四種功德波羅蜜四怨障者一方便生死二因緣生死三有有生死四無有生死一方便生死者是無明住地能生新無漏業譬如無明生行或因煩惱方便生同類果名爲因緣如無明生不善行若生不同類果但名方便如無明生善行不動行故令無明住地生新無漏業亦爾或生同類或不同類生福行名爲同類以同類俗故生智慧行名不同類以智是眞慧故是名方便生死二因緣生死者是無明住地所生無漏業是業名爲因緣生死譬如無明所生行是業但感同類不生不同類果善行但生樂果不善但招苦報故名因緣生死方便生死譬凡夫位因緣生死譬須陀洹以上但用故業不生新業三有有生死者是無明住地爲方便無漏業爲因三種聖人是意所生身譬如四取爲緣有漏業爲因三界内生身有有者未來生有更有一生名爲有有如上流阿那含人於第二生中般涅槃者餘有一生故故名有有四無有生死者是三聖意生最後身爲緣是不可思惟退墮譬如生爲緣老死等爲過失是故無明住地爲一切煩惱所依止處而一切煩惱通名無明者以無明爲衆惑根本根本既未滅盡由爲一切煩惱垢皁穢

熏習故阿羅漢辟支佛及自在菩薩不能至得無所染汙大淨波羅蜜復次依此緣此無明住地微細妄想相遊行未息故極不能至得無行無想大我波羅蜜因此無明住地爲緣及微細妄想所起無漏業爲因得起三種意生身故不能至得極離因果苦大樂波羅蜜若未證得業難生難滅盡無餘如來甘露界及未證得不可思惟退墮界未滅謝故不能至得極無別異老死等大常波羅蜜復次應知無明住地如煩惱難無漏業如業難三種意生身如果報難不可思惟退墮如過失難若在三種意生身中則無常樂我淨波羅蜜故如來法身是常等四波羅蜜以如來法身一切煩惱習氣皆滅盡故是名極淨一切我無我虛妄執滅息故故名大我意所生身因果究竟盡故故名大樂生死涅槃平等通達故故名大常復次四德各有二緣義應知初有二因緣故說如來法身有大淨波羅蜜一者本性清淨名爲通相二者無垢清淨故名別相本性清淨通聖凡有故名爲通無垢清淨但佛果有所以名別復有二種因緣說如來法身有大我波羅蜜一由遠離外道邊見執故無有我執二由遠離二乘所執無我邊故則無無我妄執兩執滅息故說大我波羅蜜復有二種因緣說如來法身有大樂波羅蜜一由一切苦集相滅盡無餘故拔除習氣相續盡故二由一切苦滅相證得故三種意生身滅不更生故苦滅無餘是名大樂波羅蜜復有二種因緣說如來法身有大常波羅蜜一無常生死不損減者遠離斷邊二常

住涅槃無增益者遠離常邊由離此斷常二執故名大常波羅蜜故勝鬘經說若見諸行無常是名斷見不正見若見涅槃常住是名常見非是正見是故如來法身離於二見名爲大常波羅蜜由此如實法界道理門故即是涅槃即是生死不可分別即是得入不二法門亦不一不二住無住處故由滅諸惑不住生死由本願故不住涅槃由般若故諸惑得滅由大悲故本願得成故不可思量經偈中說

諸惑成覺分　生死成涅槃　修習大方便
諸佛叵思議

辯相分中事能品第四

復次事能相義應知此清淨性事能有二一於生死苦中能生猒離二於涅槃欲求樂願若無清淨之性如是二事則不得成故經中說世尊若無如來藏於生死苦無猒離意亦無欲求樂願之心故不定聚衆生起此二事爲用一於生死苦觀於過失爲依止處生不定聚衆生猒離心故二於涅槃樂觀於功德爲依止處生生不定衆生欲求樂願欲求願樂是四種心云何爲異初欲者名信信有四種一信有二信不可思議三信應可得四信有無量功德具足四義故名爲欲二求者爲至得此法心恒勤求無有退悔名之爲求三樂者思擇如不如方便如方便者謂涅槃不如方便謂生死思擇涅槃不求速證思擇生死不求捨離故名爲樂四願者從今發願窮未來際恒以願攝一切衆生未曾捨離隨所行道並入菩提願海所攝以自利故不捨涅

槃爲利他故不捨生死故有二觀一於生死觀苦過失二於涅槃觀樂功德故淨分人由清淨性此觀得成言淨分者一福德分二解脱分三通達分福德分者宿世善根能感此身具足諸根爲受法器解脱分者已下功德種子能感未來世中解脱果報通達分者由聖道故能通達眞如是名淨分是人由淨分爲縁淨性爲因故成此觀非無因縁若不由於此二事成觀無因縁如闡提人無涅槃性應得此觀而一闡提旣無此觀故知定須因縁觀方可現是清淨性不爲客塵之所染汙隨三乘中未起一乘信樂又復未能親事善知識等乃至四種聖輪亦未相應言四輪者一住如法國土二依善知識三調伏自身四宿植善根輪有三義一者未得令得得令不失二者能度從此至彼從他相續至自相續從自相續復至於他三者能截爲能從生死得至涅槃一住善處者即是能修正行善人所住之處若於中住恒見此人故得覺意覺者覺悟意者善心因此受持善法等事故佛說偈言

無知無善識　惡友損正行　蜘蛛落乳中
是乳轉成毒

是名應住如法國土二近善友善友者有七分如偈言

能施重可信　能說能忍受　說深爲善友
安弟子善處

七分者一能施由能施故令他憐愛愛故尊重故可信可信故能說由能說故能忍受外難能忍受故能說深理利於善友由說深法

故能安善友置於善處若有能備此七德者可堪依止爲善知識若總論此七不出三義一樂憐愍二聰明三堪忍三義若少一種則非善友若但憐愍不能聰明譬如父母雖念子病不能救治若但聰明無慈愍者如怨家師不治他疾若不能堪忍則自行不足憐愍聰明亦不成就故離雖七種合不出三能施尊重可信此三屬憐愍攝能說及說深理此二屬聰明攝能忍屬堪忍攝安善處並通三種其聰明者表離愚癡能堪忍者表異凡夫三憐愍者表異二乘唯佛世尊備此三德故堪爲衆生真善知識三調伏自身心者如正教行聞時無散亂心思時無輕慢心修時無顛倒心若不自調伏身心者善處善友則無所用四宿植善根者以爲解脫分故修善根善根者謂信戒聞捨智信者不離三寶正念戒者爲不離善道聞者自聞令他聞不令他倒聞不障他聞因四聞故令世得聞及思修等可爲法器三慧具足捨者有二一由昔捨物施他今則損於貪愛二由昔捨法施人今則輕滅無明由此捨故貪愛無明並稍輕薄以是因緣得解脫果智者是人先世已曾思擇三寶四諦故於此生得世正見乃至盡智及無生智如是之人雖具三輪若無宿善今生五根則不具足便是生於八難等處故知若無宿世善根則前三輪無所復用總此四義譬之爲輪四若少一輪則不成解脫之名無由得立由此四法和合故能得解脫道者如輪能運能轉至解脫時無復此能如聖王輪備有四物所謂轂輞輻軸若無此四輪則

不成以是義故若未與四輪相應者是時猒離生死觀及涅槃功德觀並不得成故經中説一闡提人墮邪定聚有二種身一本性法身二隨意身佛日慧光照此二身法身者即眞如理隨意身者即從如理起佛光明爲憐愍闡提闡提一身者一爲令法身得生二爲令加行得長修善提行故觀得成復有經説闡提衆生決無般涅槃性若爾二經便自相違會此二説一了一不了故不相違言有性者是名了説言無性者是不了説故佛説若不信樂大乘名一闡提欲令捨離一闡提心故説住闡提時決無解脱若有衆生有自性清淨永不得解脱者無有是處故佛觀一切衆生有自性故後時決得清淨法身故經偈言

聰明人次第　數數細細修　除滅自身垢
如金師鍊金

聰明人次第者明此人有解不倒修能如次學數數者時無暫捨恒自研求細細者從微至著如聞思修慧細細而習除滅自垢者稍除無明重輕諸惑令清淨本性永得顯現故説猶如金師能鍊於金除諸滓朴金得淨光明

佛性論卷第二

音釋

噉 徒濫切食也　㲉 口角切　滓 側氏切澱也　渟 特丁切水止也　輭 而兗切與軟同　羸 力追切瘦弱也　轂 古祿切所湊也　輞 文紡切車輞也　輻 方六切輪輻也

佛性論卷第三

天親菩薩說

陳三藏法師眞諦譯

辯相分中總攝品第五

復次總攝義應知攝有二種一者由因二者由果由因攝者是如來性清淨有四種因三種法與三譬相似故取海爲喻三法者一法身清淨因二佛智德生因三佛恩德因法身清淨因者修習信樂大乘應知佛智德生因者修習般若及禪定應知恩德因者修習菩薩大悲應知修習信樂大乘者與器相應此中有無量定慧大寶所遍滿故故說與器相似修習般若禪定與寶相似者般若無分別故禪定不可思惟功德所依止故般若如淨寶禪定如如意寶修習菩薩大悲如清淨水於一切世間衆生潤滑一味故譬如大海唯一鹹味菩薩大悲潤諸衆生亦復如是故此三法於因地中爲所依能依故說總攝名如來法海是名因攝次由果攝者明如來法身有三種法與三譬相似故能總攝三譬相似者如日有三一體二光三明此與三身相似故三法者一神通二流滅三顯淨一神通者譬日有明能除障自境界無明之暗以爲事用故與日明相似二流滅者謂盡無生智能燒除業煩惱令無餘以爲事用故與日光相似所言滅者即是眞智正能除惑故與滅名盡者即惑無時名爲解脫故與盡稱三顯淨者謂盡無生境名轉依極清淨故無垢故澄靜故與日輪相似清淨者解脫障滅故無垢者一切智障滅故澄靜者客塵所不能染以

本性清淨故轉依者勝聲聞獨覺菩薩三人所依止法故又有四種相應知一者爲生依二滅依三善熟思量果四法界清淨相一生依者佛無分別道相續依止若不緣此法無分別道即不得生以依緣此故故名此法爲道生依二滅依者一切諸惑及習氣究竟滅不生無所依止故若不依此轉依法究竟滅惑者則聲聞獨覺與佛滅惑不異由不同故故知此法爲究竟滅惑依止三善熟思量果者善正通達長時恭敬無間無餘等修習所知眞如是轉依果若在道中轉依爲因若在道後即名爲果若轉依非是善熟思量果者則諸佛自性應更熟思量更滅更淨而不然者故知轉依爲善熟思量之果四法界清淨相者一切妄想於中滅盡故此法界過思量過言說所顯現故故以法界清淨爲相此即心行處滅言語道斷不可詮諮方是得無所得眞如理故復次如來轉依有八種法攝持應知八法者一不可思量二無二三無分別四清淨五照了因六對治七離欲八離欲因此八合有二意一離欲是滅諦二離欲因即是道諦前不可思量等三句屬滅諦攝次清淨等三句屬道諦攝初離欲有三句一者云何不可思量於有無等四句覺觀思量不能通達故一切衆生言語名句味等不能詮辯故唯聖人無分別智所證知故故名不可思量二無二者如經中說舍利弗諸佛法身無二法無分別法所言二者煩惱及業是名爲二如來法身無此二法故名無二三無分別分別者煩惱業家習不正思惟由不正思惟

故起二由通達自性故滅二是二及分別不應不行不應者上心煩惱不相應共行不行者隨眠煩惱不共隨行既不應不行此二處故故說如來法身苦滅究竟永無生起云何如此非爲除滅一法故名爲滅以本來不生故名爲滅如無上依經中說阿難於無生無滅法中心意及識決定不生故釋曰心者即六識心意者阿陀那識識者阿梨耶識於此三中不得生故此中若無三識則無分別分別既無亦無不正思惟等既無三識則不得起無明是以如來法身離不正思惟故則不起無明若不起無明十二有分不爲生緣故名不生又勝鬘經說是苦滅者非滅壞法名爲苦滅壞者破三界見諦得有餘涅槃滅者除四種生死思惟煩惱得無餘涅槃故言滅壞由苦滅名無始時節非作非生無滅離盡常住恒寂湛然自性清淨解脫一切煩惱殼功德過恒沙數相攝非相離不捨離智不可思惟與如來法相應如來法身諸佛所說是如來法身說名離欲二離欲因者爲得此法身見諦道修道所攝由境界故說無分別智有三義與日相似無流清淨故與日輪相似能照了一切境界故與日明相似能對治一切眞見暗障故與日光相似釋曰眞見暗障者謂具足想煩惱難業難果報難具足想者以隨眠煩惱爲因五塵欲爲緣不正思惟爲俱起因具此三故名爲具足想是暗障如實不見不知離欲法身一界故即得生起如此應見應知如來法身離欲云何見知謂如實思量不見想及不見境境者名分別性想名

依他不見分別依他二性故名爲真實見知一界又想者人境者法不見此人法想境故名二空如是一切諸法如來悉見悉知由平等平等已通達如真實故境智等無增減是名平等觀此觀能除真實見暗障是如來法身至得家因見修二道所攝故以是義故此離欲因不離二修而得成就二修者一如理修二如量修故世間所知唯有二種一人二法若能通達此二空者則爲永得應如實際是故名爲如理如量際者窮源達性究法界源故名爲際如理修者不壞人法何以故如此人法本來妙極寂靜爲性故無增無減離有離無寂靜相者自性清淨諸惑本來無生見此二空名寂靜相自性清淨心名爲道諦惑本無生淨心不執名爲滅諦是心有自性清淨及有煩惱惑障如此兩法無流界中善心惡心獨自行故於一念中兩心不相應故此兩法難可通達如勝鬘經說世尊善心念念滅不住諸惑不能染惡心念念滅諸惑亦不染世尊煩惱不觸心心不觸煩惱云何無觸法而能得染心如此而知名如理智如量智者究竟窮知一切境名如量智若見一切衆生乖如境智則成生死若扶從境智則得涅槃一切如來法以是義故名爲如量至初地菩薩得此二智以通達遍滿法界理故生死涅槃二法俱知又此兩智是自證知見由自得解不從他得但自得證知不令他得故名自證知見又此二智有二種相一者無著二者無礙言無著者見衆生界自性清淨名爲無著是如理智相無礙者能通達觀無量

無邊界故是名無礙是如量智相又此二智有二義如理智爲因如量智爲果言如理爲因者能作生死及涅槃因如量爲果者由此理故知於如來眞俗等法具足成就又如理智者是清淨因如量智者是圓滿因清淨因者由如理智三惑滅盡圓滿因者由如量智三德圓滿故前不可思量無二無分別等三名爲離欲以清淨照了對治等三名離欲因是名如來轉依攝持八種功德

復次轉依法身有七種名應知一沉没沉没取陰故二寂靜諸行無生故三棄捨棄捨諸餘伴故四過度出二苦故五拔除拔除本識故六濟度濟度五怖畏故七斷斷於六道果報故釋曰言沉没取陰者取名貪愛有四種一欲取二見取三戒取四我語取取有二義一受取二受資糧取受取者如因受生愛受資糧取爲貪此受故取四種資糧四資糧者即四取也一欲取者貪欲界六塵二見取者於欲界中唯除戒取與常見二種所餘四見名之爲見貪愛此見名爲見取三戒取者於三界中取世間邪正二道爲離苦得樂是名爲戒貪著此戒故名爲取四我語取我語者緣內身故一切內法爲我語貪著內法名我語取色無色界定緣內法成故名我語貪著此定名之爲取此四取前二屬斷見但執現在謂無未來後二屬常見執有未來故又前二是在家人起後二是出家人執又前二在家出家鬪諍因後二爲在家出家修行因又前二欲取爲所成見取爲能成後二我語爲能成戒取爲所成復次陰者有衆多義如別

釋今略明有二義一能生取凡夫五陰能爲取因緣故二從取生即此五陰是取家果故故言取陰而言沉没者於法身中因果俱無故稱沉没取爲對治故沉没陰爲報盡稱沉没故說法身約取陰永無是名沉没二寂靜諸行者一切有爲法名行與四相相應故四相者一生二異三住四滅一切有爲法約前際與生相相應約後際與滅相相應約中與異住相相應行役不息故名爲行如來法身則不如是約前無生約後無滅中無病老湛然常住無生故說寂無滅故說靜約前不更生離意生身故約後不更死已過不可思惟退墮故約前後際不破損汙過無明住地煩惱病故三棄捨諸餘諸餘者二乘人有三種餘一煩惱餘謂無明住地二業餘即無漏業三果報餘謂意生身一煩惱餘應滅二道餘應修三虛妄餘應除如來已離虛妄說名無餘二乘未離故名爲餘如來轉依法身已度四種生死故一切煩惱虛妄已滅盡故一切道已修故棄生死捨道諦故此二無四德故唯法身獨住四德圓滿故是名棄捨諸餘四過度二苦苦者違逆爲義逆有二一違聖人意是聖人怨能惱聖故二聖意違逆以聖能除之故二苦者一凡夫苦樂二受二聖人行苦即捨受又二者一身苦二心苦又二者一名苦二色苦又二者一二乘界內苦二菩薩界外苦故法身地中無二乘麤苦故名爲過無菩薩四種生死細苦故名爲度是名過度二苦五拔除阿梨耶阿梨耶者依隱爲義是生死本能生四種末故四末者煩惱有二業

一果報一初煩惱本二者一者一切諸見以無明爲本無相解脱門爲對治道二者離諸見外一切煩惱以貪愛爲本無願解脱門爲對治道次業本一者以凡夫性爲本凡夫性者即是身見故次果報本一者一切生死果報依阿梨耶識爲本故以未離此識果報不斷於法身中由兩道故二世滅盡故說拔除言兩道者一無分别智能除拔現在虚妄能清淨法身即名盡智二無分别後智能令未來虚妄永不得起圓滿法身即無生智拔者清淨滅現在惑除者圓滿斷未來惑故名拔除六濟五怖畏五怖畏者一自責畏二畏他責三畏治罰四畏惡道五畏衆集一自責畏者如人作諸罪惡晝夜怖畏二他責畏者既自作惡恒恐他及冥中天神見之而懷怖畏三治罰畏者身所作惡恒懼王法四惡道畏者既有罪自隨畏生惡道五衆集畏者三業不淨兼知解不深恒怖畏德衆若人已證見法身則離此五畏故說法身爲濟五怖畏七斷六道果報者道義衆多略說二種一行處故名爲道五陰爲所行處三世爲能行又以生老病死四苦所遊處故名爲道二者六種同異故名爲道如人同人異於五道餘亦如是是同異類云何名道有二一衆生所輪轉處二業所行處故以此二義立名爲道如來法身無復此道若有餘涅槃業盡衆生輪轉果未盡無餘涅槃因果二種俱盡故名斷滅六道若有處說如來法身當知與此七名相應是說名竟復次說法身相者諸苦靜息是法身相爲靜苦緣故復次說法身味味者有

二一不退墮故名爲味二安樂故名爲味衆生在生死中乃至夢中並未曾見若修正行人求見此法得見之時即得不退安樂故以安樂爲味復次說法身事事者以無相爲事五陰相於中盡無餘故又以無戲論爲事戲論有三一貪愛二我慢三諸見是三戲論如來滅之已盡故以無戲論爲事戲論者有三義一能違礙實理二名虛誑世間三障隔解脫初違正境次違正行後違正得合此三義名爲戲論又戲論有九種一通計我二的計是我三計我應生四計我不更生五計我有色應生六計我無色應生七計我有想應生八計我無想應生九計我非想非非想應生一通計我者於五陰中通執有我而不能分別即離但漫執故二是我者於現世五陰中隨取一陰爲我而言是者是的別義定是二處一定在現世有二定在一陰上執故名爲是三計我應生者一切諸見不出有無二種由有見故所以執常於無見中復有二種一邪見者謂一切無因無果並撥三世故二斷見者謂唯有現在不信未來故四計我不更生者此計因斷見起五計我有色應生者於欲色二界中以色爲我此執則因常見故起六計我無色應生者於無色界中計受心法爲我觀色壞滅此二法不滅因常見故起七計我有想應生者於三界中除無想及非想天所餘諸處並計有想爲我因常見起八計我無想應生者計無想天及草木等爲我以同無想故由因常見起九計我非想非非想應生者此計有頂處爲我以觀想爲繫縛計

涅槃爲坑塹若不除想無由解脱有繫縛故若併除想復恐失我墮涅槃塹何以故想與於我不得相離故不得棄及與不棄爲繫縛故欲除於想故名非想恐失我故不敢併除故名非非想由此散亂心不得涅槃故説此等名爲戲論若能觀證法身一切戲論並不復生外曰於法身中何用立此想等諸義如汝所立法身應決定是無不可執故若物非六識所得決定是無如兔角兔角者非六識所得定是無故法身亦爾是故法身決定是無何用諸義答曰汝言非六識所見故法身無者是義不然何以故以由方便能證涅槃故想稱正行是名方便由此方便是故法身可知可見譬如由他心通故則能得見出世聖心釋曰他心通者有三種因緣所得兩是方便一是正道方便二者一因天耳二由天眼因天耳故聞覺觀聲由此聲故得知他心依天眼能見他内心孔中有水水相若黒則知癡生黄則知貪赤則知瞋清白則知善見縹色時知是無記因於耳目方便故比知他心次正道者若欲得他心通須緣自心先修觀行不用現在心觀現世心自體不得一時見故以現在心能觀過去心何以故可追緣故從遠至近次第向後初則觀無量念如是漸漸至一刹那乃至滅一刹那於自心觀中而得自在然後取前人心作自境界以修觀行初入觀時須作願心起要期意先須假想觀前人身相具足如是遣析除皮肉骨三相都盡唯餘心在細細修習緣前人心隨其利鈍遠近奢促自能徹見如彼所緣我皆能見

種種諸心故如他聖心雖過六根境亦能得見如來法身亦復如是雖非六識所見由方便正行所以能見故知是有不得同無復次更有別義知法身不無何以故若法身無者則諸正行皆應空失以正見爲先行攝戒定慧等善法故所修正行不空無果由此正行能得果故故知法身非無若汝說法身定無而正行能令至五陰入等滅盡故當知正行不無果者是義不然何以故涅槃不有故若五陰等無是涅槃者則去來二世陰等並無應是涅槃而此二世陰等無處旣非涅槃故知不取陰無之處名爲涅槃又若汝取此爲涅槃者狂醉等人應有涅槃而其等者故知陰等無處非涅槃也又若汝言現世五陰無爲涅槃者是義不然何以故無是無故若法現在則非是無更互相違故若法已滅則非現在若現在則不滅以有無不得並故復次依現在陰修聖道時不應得涅槃故八聖道者依現在五陰得成是時現世五陰實有未無此中永無得涅槃義云何如此汝立計言現世五陰無處名爲涅槃依現五陰修八聖道得於涅槃是故汝執現世五陰無名涅槃者是義不然若汝言是時煩惱非現在故無過失者是亦不然若汝言修八聖道時五陰現在者則諸煩惱非是現世是時煩惱不得生故由八聖道得證得見是故現世得涅槃者是義不然何以故煩惱先非現世故修道則無用修聖道時是諸煩惱未除滅故汝見非相應便言非現世若隨逆流初修行時煩惱已不相應此不相應則非現世此即是汝

所計涅槃若汝執此是涅槃者聖道未起時已應滅惑已得涅槃故後修聖道則無復用是八聖道能滅諸惑及得涅槃者是義不可故知煩惱滅處不名涅槃若汝說由聖言故欲等滅盡名爲涅槃如吉祥經偈說

滅盡及離欲　無死墮微妙　若人見此理
成佛得寂滅　無法與此等　若證則無憂
是眞妙法寶　由是義吉祥

若汝言欲等諸惑非現世非有是盡由此三義名滅諦者是義不然何以故第四果同此義故佛經中說何者名阿羅漢果以三界惑盡名羅漢果但以欲等滅爲果此果實不如此正以出世果報四陰戒等五身爲羅漢果但由此惑滅羅漢果得成故於果中說此因名涅槃亦爾由涅槃故諸惑得滅是故因中說於果名是故汝說由八聖道能得涅槃道不空者是義不然復次法身住時短促有爲法相非功用得是三過失於汝義則壞若汝所說欲等惑滅說名法身汝所立義中則有三失一是住時短促短促者諸法念念不住是名滅盡以滅盡故不得暫住汝云何立此滅盡義爲法身耶以短促時故失法身常義二有爲法相過失者若此滅盡是法身法身則是有爲法相　法身若是有爲相者無有是處三有非功用過失者此一切諸法依因緣依滅則是自性何以故滅爲本故若滅非功用得法身亦不因功用而得既無功而得者睡眠狂醉等亦應皆得涅槃以此三失故汝義不成復次若滅盡爲涅槃者則與有爲諸法相應以滅有同動苦二法故夫有爲法皆

爲欲等惑火所然故恒散動不住則爲生老死等所壞是故恒苦如佛說言比丘生老死等是有爲法故一切有爲恒然恒苦是死者即是滅盡此滅盡即有爲若是有爲故知汝立法身不得是常既非常者汝義寧立何以故則汝義計最靜爲動最樂爲苦是故不然若汝說從此一滅永無復生爲涅槃者是義不然何以故不離前諸過失故汝言永滅者生與死滅不異故是義不可若汝說永滅爲涅槃者道亦應成涅槃何以故無有一滅永不復生無有此法我今隨汝意說我願有此滅若有此滅終不能離前諸失故又道滅後煩惱亦復不生若謂永滅是涅槃者是道用滅應是涅槃又若汝說能滅爲涅槃者無別涅槃以爲能滅唯以道用正爲能滅故知道

體應能爲滅若汝說煩惱不生爲涅槃者是義不然何以故不免二種失故若煩惱不生即與滅盡同體如前死滅等五難過失故是不生者爲在道前爲在道後若在道前未修道時已應得之修道無用若在道後則屬未來過三世義則不成立又汝立無生其義云何爲是有惑故無生爲是無惑故無生若煩惱有則無無生何以故有無二法不得一時同處故譬如一人行時不住住時不行以二法相違行住不得俱故故知煩惱在時則不得立以無生故若無煩惱立無生者是時煩惱既無約誰而辯無生耶譬如人說石女之女不能生兒復次汝立煩惱無生者爲是物有爲非物有物有者如四大等有實法有假名此等是有物非物有者如空華兔角等了

自無故故言非物有若言是有物者則由四縁所成四縁所成故無生義則不立以是義故有爲無爲則無差別若汝說是物有不爲四縁成者即同邪見外道所執自性隣虚我時方等故若非有物是涅槃者但有名字便如人說兎角尖利若爾即同前破則修道無用外曰若不取無生爲涅槃者云何佛說無生滅盡爲涅槃耶答曰道依涅槃能使煩惱未來不生現在者滅因中說果故名涅槃爲無生滅盡外曰何故果說因名而不直取果體自名答曰極微細故一切法中無有能細涅槃之者是故若得此法一切欲等諸惑滅不更生故假此麤名以顯細理理相可知故此經中作此說也問曰云何知此涅槃極微細耶答曰大仙不樂說法故無分別聖智所知故大師觀涅槃極微細故觀衆生根性不相稱故是故佛心迴向寂靜入於涅槃不欲說法故經言我寧不說法疾入於涅槃故無分別聖智所知者如摩健持經說世尊若涅槃是有我今自有聰明利智云何不見佛言涅槃實有汝今未得無分別聖智故不得見以微細故非聞慧所得以眞實故非思慧所得思慧雙能通達眞俗諦故不得同於妙理無思之界以甚深故非世間修慧所得修慧但得淺理未能通達甚深之理以此微細非言語能說故借麤名顯於妙理由無分別聖智所見故故言微細得成外曰若涅槃是修道所得者與未能修道之人不得相應既不相應是故不共若不共則是無常答曰若從此向前是無向後是有者可說無常無此義我

故前際無有故說無生若汝說未修道時不能得故無無生者是義不然何以故非道所生故此法必須因道得至非道能生是故未修時不得言無是故無生義立無後際故是故無滅中際無業煩惱等故無變異以無生異滅等三失故說常住不同外道以無因故一名常住也正義者不取因爲常住法如涅槃不由因故有汝謂隣虛等亦不由因故有無如是義何以故涅槃離有離無四謗不及以不由因故得是常汝計隣虛既有有故不得無因是有因即無常故若汝說涅槃無三失故常住隣虛等亦無三失故常住者是義不然何以故汝證義相不成就故涅槃常住不與隣虛同相異相隣虛等是有分別故無有證義得成涅槃是無分別故涅槃常住隣虛等常住則不得立復次隣虛等亦不成就何以故以獨聚不成故獨者義不成以四大不相離故若聚者亦不成就以相麤故並非隣虛塵故若離涅槃無有一法是常住故以涅槃實有常住依方便得解脫故修道不空過故故有涅槃前際等無故故知常住過色等相故故說非色不離清涼等色相故故說非非色大功用無分別智所得故故說眞有因出世大精進所成就道佛所得故故知實有如經中說比丘是法實有不生不起不作無爲故知涅槃實常住此法是如來轉依是故名總攝竟亦云相應

辯相分中分別品第六

復次分別相義應知分別者是如來性明一切法如如清淨是其通相如般若等經中所

說一切法者即三性法如如者俗如即眞如眞如即俗如眞俗二如無別異故清淨者有二種一者因中如如未得無垢果地如如無復垢穢故二者因果俱淨因中是無染清淨至果無垢清淨故如此等義是佛性通相爲顯此義故佛說般若波羅蜜等諸經是佛性中分別衆生自有三種一者不證見佛性名爲凡夫二者能證見佛性名爲聖人三者證至此理究竟清淨說名如來復次約此佛性衆生事用有三一者顚倒爲事二者無顚倒爲事三者無顚倒無散亂有別法爲正事顚倒者一切凡夫無倒者一切有學聖人無倒散者道後法身有別法爲正事者是應化二身爲度衆生皆由大悲本願力故言顚倒者一切凡夫有三倒謂想見心即皮肉心等三煩惱故二無顚倒者無惑無行二種倒故即一切菩薩有學聖人惑倒者違逆眞如故起一切煩惱名爲惑倒行倒者二乘人應修常等四德翻四顚倒行菩提道而今不修但修無常苦等爲解脫因故名行倒此明是無小乘偏修之行離此兩倒故說大乘有學聖人三無倒散有別法爲正事者是滅除禪定解脫一切智等三障故法界澄淨澄故靜寂淨故無垢不捨正事大悲本願恒化衆生名爲如來故約此性分別衆生是名分別相

辯相分中階位品第七

復次階位相義應知階位義者於種種法門中若有分別廣說無流法界不出六種一自性二因三果四事五總攝六分別爲顯無流界自體故先說自性依止此性故起信樂等

四種勝因由此因故得常住等四德之果由佛性故起厭惡生死樂求涅槃事用得成由此自性故得離欲得離欲因名爲總攝約佛性故故得分别三種衆生如來所說八萬四千法門爲六種所攝次第在三位中三位者一不淨位謂衆生界二者淨位謂菩薩地三者最清淨位即是佛地故無上依經說阿難是如來法界無量無邊諸煩惱𣪊之所隱蔽隨生死流漂没六道無始輪轉我說名衆生界阿難是衆生界於生死苦而起厭離除六塵欲依八萬四千法門諸波羅蜜所攝修菩提道我說名菩薩阿難是衆生界已得出離諸煩惱𣪊過一切苦洗除垢穢究竟湛然清淨澄潔爲諸衆生之所願見微妙上地一切智地一切無礙入此中住至無比能已得法王大自在力我說名如來

辯相分中遍滿品第八

復次遍滿相應知遍滿者凡夫聖人及諸如來無分别性次第三位中一顛倒虚妄二無倒聖道三四德究竟清淨此三處平等通達相並隨道理遍滿故譬如土銀金等器中虚空遍滿平等無差别如來法界遍滿三位中亦復如是是故從位次第說此遍滿如無上依經說阿難是如來界於三位中一切處等悉無罣礙本來寂靜譬如虚空一切色種不能覆不能塞若土銀金器虚空處等悉無罣礙是名遍滿

佛性論卷第三

音釋

殼苦角切 **漫**莫半切與謾同 **塹**七豔切繞城水也 **縹**普沼切帛青白色也

佛性論卷第四
天親菩薩說
陳三藏法師真諦譯

辯相分中無變異品第九

復次無變異義應知離有六義合則成三離有六種者一無前後際變異二無染淨異三無生異四無轉異五無依住異六無滅異言無前後際變異者如佛爲海智菩薩說解節經偈言

客塵相應故　有自性德故　如前後亦爾是無變異相

復次釋不淨位中有九種客塵非所染汙故不淨淨位中常樂我淨四德及如來恒沙功德恒相應故故說如來性前後無變異若略說一切煩惱客塵凡有九種一者隨眠貪欲煩惱二隨眠瞋三隨眠癡四貪瞋癡等極重上心惑五無明住地六見諦所滅七修習所滅八不淨地九淨地惑若煩惱在世間離欲衆生相續中爲不動業增長家因能生色無色界爲出世無分別智所滅是名隨眠欲瞋癡等三毒釋曰言煩惱在者有二一有體說在二無體約因在故說在言體在者即見諦隨眠未得治道故言在約因在者即思惟隨眠已得治道故以思惟用見諦爲因思惟雖滅由有見諦爲思惟因故言因在思惟必由見諦而生若除思惟因有根本見諦惑在後更能生思惟之惑故言思惟因在不動業增長家因者一思惟能成業二見諦能得果何以故斷思惟盡業不成故斷見諦盡不感果故故說不動業爲增長家因能生色無色界

故爲出世無分別智所滅者有二種滅一者性滅二治道滅一性滅者有二謂念念滅及相違滅相違滅又有二種一等類相違如貪違瞋等二不等類相違如正思惟違欲瞋等是名性滅二治道滅者有二種一通二別通道者謂觀眞如滅三界煩惱二別道者如不淨觀等能滅貪瞋等煩惱如苦諦觀滅苦諦惑不滅集諦惑故名隨眠欲瞋癡等四三毒極重上心惑者有諸煩惱在欲行衆生相續中爲罪福兩行增長家因但生欲界修不淨觀等所破是名貪瞋癡極重上心煩惱五無明住地惑者在阿羅漢相續中爲無流業生家因能生意所生身爲如來菩提所破是名無明住地惑故阿羅漢約安立諦觀能破諸煩惱此無明住地非安立諦觀所能破故猶在羅漢相續中爲無流業生家因無流業生家因者流有三義一流入三界生死二者退失如失欲界流往色界或失色界流下欲界則隨生死不定一處故名爲流三者流脫功德善根失戒定慧譬如破塘水則不住無此三流故名無流業者作意爲義此意業能生四種生死如來菩提破者如來菩提非安立諦觀是名如來菩提因此道故能滅此惑故名無明住地六見諦所滅惑者有二種學人一凡夫二聖人此惑在學道凡夫相續中無始已來未曾見理因初出世聖道所破名爲見諦釋曰學道凡夫相續中者若小乘則從煗頂忍世法此四是學道凡夫位見諦隨眠其未能滅故言在中無始時節未見者從無始以來訖至此道所未曾見安立聖諦故言

未曾得見初出世聖道所破者始自苦法忍
初念之道能破煩惱名爲見諦自此後去並
屬思惟平等觀者有利有鈍若利根人於一
念中則等觀四諦八十八惑一時俱斷皆名
見諦若鈍根人於次第觀者則初念觀苦不
見餘三諦但斷苦下四諦名爲見諦餘未斷
者皆屬思惟是名見諦所滅惑若大乘則十
信等諸位聖人者初地以上七修道所滅惑
者在學道聖人相續中昔已曾見出世聖道
所破是名由修道所滅惑八不淨地惑者在
未究竟行菩薩相續中對障菩薩七地爲無
相無功用道所破對障故釋曰七地者即前
七地已還故無相無功用道者即八地以上
無相者即真如境無功用者即自然昇進道
是名不淨地惑九淨地惑者在究竟行菩薩
相續中能障八地以上三地譬金剛定慧所
破言究竟者八地以上見境皆同無更別境
所未見者故名究竟但方便由有淺深故諸
地爲別故分別煩惱有此九種約此煩惱立
衆生有四種一凡夫二羅漢三有學四菩薩
此四種衆生依無流界由四煩惱故不淨第
一衆生由四煩惱故不淨第二衆生由一煩
惱故不淨第三由兩煩惱故不淨第四衆生
由兩煩惱故不淨第一凡夫由四種惑者前
三是隨眠貪瞋癡等後一即止心煩惱由此
四故不淨二由一惑者即羅漢由無明住地
故不淨三由二惑者謂見諦思惟即有學聖
凡學道凡夫由見諦煩惱故不淨有學聖人
由思惟煩惱故不淨是名由二惑四由二惑
者謂淨不淨即是從初地以上至七地菩薩

由不淨地惑故不淨若從八地以上三地由淨地惑故不淨是名由三惑故言不淨復次爲現此九種煩惱故立九譬者一爲顯貪欲煩惱故立蓮華化佛譬譬如蓮華初開之時甚可愛樂後時萎悴人猒惡之貪欲亦爾初依塵成後依塵壞故以華譬貪而華壞時化佛出世如貪覆法身二爲瞋煩惱故以蜂爲譬者如蜂若爲他所觸放毒螫人瞋亦如是若心起瞋即能自害復能害他而有甘蜜即譬法身爲瞋所覆故三爲無明惑故立穀中粳粮譬譬如白米爲糠所覆不得受用法身亦爾爲無明𣪍所隱覆故不得現四爲上心三種煩惱立金墮不淨譬譬如淨潔金寶爲糞穢所塗違逆人心離欲之人亦復如是爲上心煩惱違逆其意故說此譬法身本淨爲上心惑所覆故言不淨五爲顯無明住地故立貧女寶藏譬譬如貧女宅中地下有金寶藏爲地覆故受貧窮苦二乘亦爾爲無明所覆不見佛果故受四種生死之苦六爲顯見諦惑立菴羅樹子譬譬如菴羅子生芽之時必破其皮然後得出皮譬見諦芽譬法身見諦亦爾初見眞理即破此惑法身顯現故七顯思惟惑故立弊帛裹金寶譬譬如敗衣不堪服用身見貞實先來已破聖道對治數數習故思惟煩惱無復勢力譬彼敗衣金如法身爲思惑所障八爲顯不淨地惑立貧女懷王子譬譬如轉輪王子在貧女腹中胎不能汙七地以還煩惱亦爾雖名煩惱而有三德一者無染濁智慧慈悲所含養故二者無過失以不損自他故三者無量功德能成熟

佛法及衆生故若長煩惱即成凡夫不能成熟佛法若斷煩惱即成二乘不能成熟衆生九爲顯淨地惑故立模中金像譬譬如鑄金像未開模時像已成熟水等諸物不能破唯斧等乃能破故八地以上惑亦如是唯金剛心能破究竟故因三種自性爲顯心清淨界名如來藏故說九種如蓮華等譬三種自性者一者法身二如如三佛性合此九譬爲三初三譬法身次一譬如如後五譬佛性云何如此明諸佛法身有二種一正得二正說言正得法身者最清淨法界是無分別智境諸佛當體是自所得法二正說法身者爲得此法身清淨法界正流從如所化衆生識生名爲正說法身正說法身又有二種一深妙二麤淺爲安立此二道理一深妙者爲安大乘道理二麤淺爲二乘人說此道理復次第一義諦爲安立菩薩甚深法藏約眞俗二諦安立二乘十二部等種種法藏釋曰一正得法身者體是眞如世間無物可爲譬者故還取花中佛像爲譬二正說深妙法身者以眞如一味故故取蜂家蜜爲譬三麤淺正說法身者以顯眞俗種種義味故故取糠中米爲譬由此三譬顯諸佛正得法身正說法身是三法身遍滿攝藏一切衆生界無餘故故經說無一衆生出如來法身外者如無一色出虛空外者故次金墮不淨一譬譬如如者如如有三義故取金爲譬一者性無變異二者功德無窮三者清淨無二自性亦如無變異故功德亦如無增減故清淨亦如無染汙故故曰如如是眞如如在一切邪定聚及一闡提

諸衆生中本無差別若至客塵滅後說名如來藏故說一切衆生爲如來藏能藏如來不得顯現爲顯此清淨無二故佛說此經文殊師利諸佛已出離於我取根本由此自性清淨應一切衆生清淨是自性清淨與衆生清淨無有二故爲顯此如故說金寶譬後五譬佛性者佛性有二種一者住自性性二者引出性諸佛三身因此二性故得成就爲顯住自性故說地中寶藏譬此住自性佛性者有六種德故如寶藏一者最難得佛性亦爾於無數時節起正勤心因福德智慧滿足莊嚴方始顯現故譬如意寶藏由勝因乃感二者清淨無垢由佛性與煩惱不相染故是故譬如意寶不爲不淨所汙三者威神無窮明六神通等功德圓滿故如意寶亦爾隨意能辦

故說寶藏譬四者能莊嚴一切世間功德善根於一切處相稱可故如意寶亦爾能爲世間種種莊嚴具五者最勝於一切法中無與等故亦如如意寶物中最勝故說寶藏爲譬六者八種世法中無有變異爲十種常住因故眞實亦爾雖燒打磨不能改其自性故取寶藏以譬住自性佛性二者引出佛性從初發意至金剛心此中佛性名爲引出言引出者凡有五位一能出闡提位二能出外道位三出聲聞位四出獨覺位五出菩薩無明住地位此法身能破煩惱殼其體顯現故第六說菴羅樹芽爲譬如彼樹芽能破皮肉得出生爲大樹王故說引出佛性如菴羅樹芽能生大樹王故爲約此兩因故佛說三身果一者因住自性佛性故說法身法身有四種功

德是故第七說敗帛裹眞金譬四功德者一自性有如金本有非所造作二清淨如金本淨塵垢不能染汙三爲一切功德所依處如金能成種種貴物故四平等所得謂一切衆生並同應得如金無的主衆人共有隨其功力修者即得故說法身猶如眞金二者因引出佛性故說應身應身有四種功德是故第八說如貧賤女人有轉輪王胎四功德者一依止依止者三十七道品是所依止二者正生謂欲得應得即是未知欲知根三者正住謂正得即是知根四正受用即知已根合此四義名爲應身如胎中轉輪王子亦有四義一以宿業爲依止二未得王位欲得如初生三正得王位如住四得已不失如受用是故應身以胎中轉輪王爲譬三者因引出佛性復出化身化身者有三事一有相如水中月以影相爲體故二由功力以宿願所作故三有始有終故第九立模中佛像爲譬釋曰三義者一有相貌譬如月影但似而不眞實化身亦爾非實體故二由人工造作者譬化身宿願所起三明有始有終者譬化身隨緣變化故能有始有終復次以三義故顯此三身初甚深義顯於法身甚深者體微細故故此法身具足五相五種功德五相者一者無爲相離生老等四相過失故二者無一異相眞與俗諦不一不異復有二種一約法辯二就人論約法辯不一不異者爲眞通故不可言異以俗別故不得言一如螺白色螺之與色不一不二若言異者見取螺白色時不應得於螺解若言一者不應有香味觸異但應是

色二約人論眞俗不一不異者若眞與俗一凡人見俗則應通眞若通眞者應是聖人以不見眞故故知不一若言異者聖人見俗不應通眞若不通眞即是凡夫以聖人見故不得爲異是故不一不異三離二邊相者有六種中道故能出離六種二邊何者爲六一者執可滅滅二者執可畏畏三者執可執執四者執正與邪五者執有作無作六者執不生同生一執可滅與滅者有人謂言一切諸法畢竟可滅是名一邊畢竟滅盡是名爲空復是一邊因此二邊偏執而生怖畏爲離此二邊偏執故佛說諸法不有故非可滅不無故非滅非滅非不滅是名中道故佛立虛空譬所以寶頂經云迦葉譬如有人怖畏虛空椎胷叫呼作如是言善友汝等爲我除此虛空

除此虛空迦葉於汝意云何此空爲可除不迦葉言不可世尊佛言迦葉若有如是沙門婆羅門怖畏性空我說是人失心狂亂所以者何迦葉一切諸法並是說空方便若畏此空云何不畏一切諸法若惜諸法云何不惜此空問曰此經爲顯何義答曰爲示一切諸法本性非有故說法空非關法滅然後得空故於空性不應生怖是名離可滅滅二邊顯非能滅所滅中道二執可畏畏二邊者以分別性所起色等六塵執爲實苦是爲一邊生怖畏心復爲一邊此是因依他性執分別性於中計有實苦而生怖畏爲離此二邊偏執欲顯中道故佛以畫師爲譬迦葉譬如畫師作羅刹像像甚可畏畫師見像自生怖畏覆面敢看失心顛狂迦葉如是凡夫由自所作

色等諸塵流轉生死於如是法不能通達如實道理此譬爲顯何義爲明色等諸塵非是實有但以妄想分別所作如彼畫師自分別作羅剎惡像見還生怖是人亦爾自於空中而生怖畏釋曰初一譬約聲聞小乘說此第二譬約大乘說云何如此以小乘人說眞如中不數習故故生怖畏大乘人能數數習空故不生畏如師子子聞師子吼不生怖畏若不了分別依他二性執爲實有故被染汙三可執執二邊者分別可執與能執以爲實有爲離此二邊故經中佛以幻師爲譬迦葉譬如幻師作諸幻像所作虎等還食幻師迦葉如是觀行比丘隨觀一境顯現唯空故實無所有虛無眞實云何能得離此二邊由依意識生唯識智唯識智者即無塵體智是唯識智若成則能還滅自大意識何以故以塵無體故意識不生意識不生故唯識自滅故意識如幻師唯識智如幻虎以意識能生唯識故唯識觀成還能滅於意識何以故由塵等無故意識不生譬如幻虎還食幻師如提婆法師說偈言

意識三有本　諸塵是其因　若見塵無體
有種自然滅

四邪正二邊者正者通達位中眞實觀行分別爲正未通達前分別爲邪爲離此二邊故以兩木生火爲譬如經中說迦葉譬如二木相揩即能生火火生之時還自燒木如是正相眞實觀行與邪相治生聖智根智根若成還除邪正二分別故譬如火生還燒兩木兩木若盡火亦無依邪正不二故言中道五有

作無作二邊者有作者有人執言欲修智慧必先作意然後事成無作者有人執言智慧無事無能何以故由解惑相對由解生故惑自然滅非解能除故說智慧無事無能爲離此二是故立於油燈爲譬如經云迦葉譬如燃燈燈光旣起黑暗即滅而彼燈光雖不作意言能滅暗暗由我滅而必因於光起暗方得滅是故燈光雖不作意不無事能智慧亦爾不作是意我能滅惑而亦非不由智慧生惑便除滅故知智慧不無事能若說作意我能滅惑是名增益即有作邊若說智慧起時無明自滅不由智慧是名損減即無作邊爲離此二邊故說智慧生不作意非不作意非作故不增非不作故不滅是名中道六不生同生二邊者一不生執者譬如凡夫相續中煩惱恒起未曾生道由惑礙故未來亦爾故知永不解脫即是一邊二同生者明諸惑於無始長時本有若對治道與惑同時起者可能滅惑若道始生此道力弱不能滅惑故知永不解脫爲離此二邊是故佛說第二燈譬迦葉如嶮暗山巖及廟堂房舍無數千年暗在其中未曾有人燃燈照了設有人能於中燃燈得成以不答言得成迦葉此中諸暗得作念言我住此已久我今不去是暗能作此意以不不可世尊何以故燈光旣成不得不去迦葉如是煩惱及業從無數劫來在衆生相續中若能生一念正思惟者則久劫煩惱悉皆自滅迦葉是燈光者即譬聖無分別智黑暗者即譬衆生煩惱業由此燈譬破道不生執何以故以道依因緣生故若因緣未合

道不得生因緣具者道即得生由如燃燈後方暗滅暗滅譬者破同生執以暗分羸弱故可滅是無顛倒境界故以白淨最强有眞實境無顛倒故是名離六種二邊顯六種中道四離障相者障有三種一煩惱障能離此障得慧解脫阿羅漢二禪定障由離此故得俱解脫阿羅漢及獨覺等三一切智障是菩薩道所破離此障故得成正覺如來法身在三位中雖有三障非所染汙五法身界清淨相者凡有四譬譬各四義初四義者法身不改如金如如清淨如水第一義諦無相如空大般涅槃顯了如覺二四義者神通轉變如金慈悲潤澤如水自性不捨衆生如空般若解淨如覺三四義者因本清淨無染如金勝道洗浣如水解脫無累如空果體顯現如覺四四義者樂性利益如金淨體清潔如水常德無壞如空我義無著如覺問曰此五相各顯何義答曰初無爲相者爲顯種類義何以故如來法身以無爲爲種類相故二無別異者爲顯相義明如來相者應知不一不二爲相故三離二邊相者爲顯足跡義足者即菩薩一切聖道跡者聖道所依止處捨離二邊能依中道之理得至法身故四離一切障相者爲顯法身功德無諸染汙智障永度故五清淨法身相者顯法身果無垢澄寂故復次五相次第義應知初無爲相者顯常住二無別異相者顯眞實義三離二邊相者顯對治義四離一切障相者顯解脫義五法界清淨者顯自性清淨義如是相生亦得從前向後從後向前故復次五義次第者一自性故說無

爲二無分別故說不一不二三聖智境界故說離二邊四自性清淨故說離一切障五究竟成就故說法界清淨是名五相復次五德者一不可量二不可數三不可思四無與等五究竟清淨一不可量者有四義一由時節久故不可量二功用大故不可量三無餘不足故不可量四無中間故不可量如佛問舍利弗汝能如量通達如來功德不舍利弗言不能世尊又問汝云何得信如來功德舍利弗言我今依聲聞能觀見如來戒等功德無處不生希有譬如有人行天園路見寶莊嚴樹生希有心我今亦爾世尊譬如有人在大城外見彼諸人出入無不可憐作如是計此城中人皆應可憐我亦如是依聲聞故能觀如來戒等功德無非希有以信知故二不可數者是不可量功德爲一爲多其數無窮過恒沙數如馬先行經中說偈

若人有千頭　頭頭有百口　口口百言舌
舌舌百言聲　十力等一分　窮劫說不盡

三不可思者非覺觀境界故四無與等者不與聲聞獨覺菩薩三乘等共得故五究竟清淨者無明住地永滅無餘故是名法身五德復次應身者勢用廣大故此身本有三德一大般若二大禪定三大慈悲大般若者無分別聖智是其體相大禪定者無作意是其體相已離出入意故大悲者能拔能救是其體相如衆生意令得圓滿故須此三一爲法樂二爲六通三爲拔濟是故大悲爲拔三惡道苦安置人天大定能顯六通令生信樂般若爲受法樂能成熟解脫是名應身復次化身

者大悲爲本禪定爲變現般若能令有五種能一令生猒怖二令入聖道三令捨昔執四令信樂大法五令受大菩提記此三大法在因地中熏修如如安立本願由此本願至道後時隨於三身能作利益衆生之事是故出現五濁世中事有十四一現本生事二現生兜率天三從天下處中陰四入胎五出胎六學伎能七童子遊戲八出家九苦行十詣菩提樹十一破魔軍十二成佛十三轉法輪十四般涅槃此十四事現五濁世至衆生盡此十四事爲五因緣一爲說無常苦無我空涅槃寂靜由此正說音聲能令衆生於三有中而生怖畏二生怖畏已令入二乘聖道三入聖道已生究竟涅槃心爲破如此增上慢心故說大乘法華等眞實法教令諸衆生捨本所執攝取慈悲般若方便四攝已於無上乘中而成熟之五成熟已授其無上菩提道記是名化身事復次依此三身隨一一身各有一德法身微細故甚深是其德應身威神具足故廣大是其德化身能濟度凡夫等諸衆生故和善是其德復次此三身者恒能生起世間利益等事故說常住常住者依十種因緣十者一因緣無邊二衆生界無邊三大悲無邊四如意足無邊五無分別智無邊六恒在禪定無散七安樂清涼八行於世間八法不染九甘露寂靜遠離死魔十本性法然無生無滅一因緣無邊故常者無量劫來捨身命財爲攝正法正法既無邊際無窮無盡還以無窮之因感無窮果果即三身故得是常二衆生無邊故常者初發心時結四弘誓起

十無盡大願若衆生不可盡我願無盡衆生若盡我願乃盡衆生既其無盡是故化身常在世間教導衆生無有窮盡三大悲無邊故常者若諸菩薩分有大悲尚能恒救衆生心無齊限久住生死不入涅槃何況如來衆德圓滿常在大悲救拔恒恩豈有邊際是故言常四四如意無邊故常者世間有得四神足者尚能住壽四十小劫何況如來爲大神足師而當不能住壽自在億百千劫廣化衆生是故名常五無分別慧無邊故常者遠離生死涅槃二執一向與第一義諦相應不動不出故知是常六恒在禪定故常者世間有人得禪定者尚能不爲水火燼溺刀箭所傷何況如來常在禪定而應可壞是故名常七安樂清涼故常者安樂即是金剛心能除無明住地最後念無常苦以無苦故故名安樂佛果顯成故名清涼是解脱道故名爲常八行於世間八法不染故常者佛身雖復在於道前生死相應而不爲彼煩惱所染無妄想縁故是常住九甘露寂靜遠離死魔故常者甘露令人長仙不死金剛之心能除無明最後念惑故得佛果常樂常樂故寂靜寂靜故遠離死魔離死魔故是常住法十性無生滅故是常者法身非本無今有本有今無雖行三世非三世法何以故此是本有非始今有過一世　法是故名常問曰佛說大乘諸經一向皆言顯諸法空如雲夢幻煩惱能障故以雲爲譬一切諸業不眞實故以夢爲譬一切五陰果報煩惱業所起故故以幻爲譬前說此經顯於此義云何更說一切衆生皆有佛性

答曰已如初説五種功德除五過失明有佛性是故言有復次此九種譬爲顯佛性有五義應知五義者一眞實有二依方便則可得見三得見已功德無窮四無初不應相應殼釋曰無初者謂煩惱業報並皆無始故言無初不應者由此三故違逆法身故言不應相應者由依法身得起此三故説相應殼者此三能藏法身故名爲殼五無初相應善性爲法者釋曰無初者以性得般若大悲禪定法身並本有故故言無初體用未曾相離故言相應是名無初相應善性爲法者法身自性無改由般若故性有威德由禪定故性能潤滑由大悲故故稱善性爲法如是九譬釋無前後際變異義竟二無染淨變異者法身不爲生死陰界入等所汙故言無染非智數所作故言無淨三無法變異者法身無生故非起成非起成故非是始有不論變異四無老變異者法身無動轉故無所改異故言無老五無依住變異者若法有依有住即有變異法身不由他故無依無所的在故言無住六無滅變異者法身常住不可破壞故言無滅變異是名無變異六種別義究竟復次合六爲三者一前後寂靜謂無前後際異二無流即無染淨異三無爲謂無四相生住滅等故無有變異是故一切妄想諸法有三變異一果報盡故變異二對治所破故變異三剎那念念滅故變異法身不爾離三過失故一前後寂靜故無果報盡變異二無流故無對治破變異三非有爲法故無念念壞變異故名無變異

辯相分中無差別品第十

復次無差別義應知無差別者此如來性已至極清淨位若略說是無流界中約如來性有四義因此四義故立四名約於四人顯以四德四義者一者一切佛法前後不相離二者一切處皆如三者非妄想倒法四者本性寂靜釋曰一切佛法前後不相離者如勝鬘經說世尊如來藏不空過恒沙數等不相離不捨智不可思惟諸佛功德故知如來藏由如來功德故不空不空者即明佛具足一切功德故此性一切處皆如者一切諸法無自性故如無上依經說一切衆生有陰界入勝相種類內外所現無始時節相續流轉法然所得至明妙善以是義故故知一切處皆如非妄想顛倒法者如解節經中說佛告無盡意菩薩善男子如來性者是眞實諦若如來出世及不出世性相常然非虛妄法由此經故知無妄想倒法名眞實諦本性寂靜者如文殊師利遍行經說佛言文殊師利諸佛如來本性自般涅槃不生不滅以是義故故知本來自性寂靜復次立四名者一由佛法不相離故說名法身二由性一切處如故名如來三由無虛妄顛倒故名眞實諦四由本來寂靜故名般涅槃是四義四名於如來性無有差別故說無差別相復次約四人者一者非身見衆生境界由此眞性是邪執對治故爲身見人說名法身問曰云何對此人以眞如名法身答曰是諸凡夫色等諸陰無有此性强橫執有我及有我所由此人法二執染汙其心身見滅處是甘露界不能信樂何能

通達如來法界若見此界身見執滅雖復身見已除未除此界恒爾是故此界乃名真身凡夫所執既非真實故不俱在不得名身爲對如是身見凡夫立名爲身二者對顛倒人說名如來顛倒人者謂二乘人如來常住應修應行而翻倒修無常想等何以故此修依於虛妄境起故名倒修樂我淨等亦復如是由倒行故一切二乘不能進修得與如來道果相稱是故常等真如非其境界此真如者不如無常等世間對治故此真如非如中有如無非如亦如二乘如者是非如中如無非如中非如云何如此二乘之人約虛妄觀無常等相以爲真如此虛妄觀唯因中有果地則無是故此如或成或壞因中則成果地則壞菩薩如者離於虛妄約真性以觀真故如此如於因果中二處無異故唯成不壞是故二乘人如逐其定滅去而不來菩薩如者因果恒有去來不異捨因到果故稱如去從果出用故曰如來是故如來非二乘境界故對二乘立如來名三者對散動心人說名真諦真如者是無增減法散動心人者始行大乘菩薩迷如來藏有二種人一者唯信滅除諸法名之爲空一切諸法未分析時是名爲有若分析竟乃名爲空二者謂有實法名之爲空我今應修應得此二人者迷如來藏前則執無故迷後人執有故迷如來藏者道理何相如偈說言

無一法可損　無一法可增　應見實如實
見實得解脫　由客塵故空　與法界相離
無上法不空　與法界相隨

如來性者自清淨故能染客塵者自性空故故言無一法可損真如者與清淨因不相離過恒沙數等不捨智不可思惟諸佛功德恒相應故故言無一法可增若法無因此無法觀真如空以餘法有故觀如不空故言真如亦空不空何以故以離增減二邊故無一法可損故是空無一法可增故非空若作是觀名真實觀故得遠離增減二邊爲始行菩薩不能得見此藏理故爲對此人說真實諦從初地至十地是其境界觀於此理行十地行是故非關始行境界四者對十地菩薩說名涅槃唯佛一人能得涅槃餘諸菩薩不能至故如勝鬘經說世尊由得涅槃故世尊成就如來阿羅訶三藐三佛陀得一切無量不可思惟究竟清淨諸佛功德是故涅槃四種功德無差別相復次四功德者一一切功德二無量功德三不可思惟功德四究竟清淨功德由得涅槃故成如來是故如來與於涅槃無有差別何以故若離佛者無得涅槃若離涅槃無得佛故釋曰功德者初一切功德即是第八不動地位無分別無穿漏無中間自然成菩薩聖道恒相應故諸佛如來無流界中一切功德皆得成就二無量功德者是第九善慧地位無數禪定陀羅尼門海能攝無量功德智所依止故無量功德皆得成就三不可思惟功德是第十法雲地位一切如來祕密法藏證見明了智慧所依故故不可思惟皆得成就四究竟清淨者一切惑及習氣一切智障已滅盡故由滅盡智障故究竟清淨功德圓滿成就涅槃與此四功德相攝不

相離故唯佛得涅槃餘人未得是故如來性於此四義四名四人四德無有差別故言無差別德以是因緣此自性等十相爲顯三義一顯本有不可思議境界二顯依道理修行可得三顯得已能令無量功德圓滿究竟故造斯論

佛性論卷第四

音釋

燸(乃管切與暖同) 萎悴(萎邕危切枯也悴秦醉切瘠也) 螫(施隻切蟲毒也) 鑄(之戍切鎔也) 涴(胡玩切濯垢也) 跌(徒結切蹉跌也) 燼(徐晋切火餘也)

大乘成業論

唐沙門玄奘奉制譯

清刻龍藏佛說法變相圖

大乘成業論

世親菩薩造
唐沙門玄奘奉　制譯

如處處經中世尊說三業謂身業語業意業此中有說身所造業故名身業語即是業故名語業此二皆用表與無表爲其自性意相應業故名意業此業但以思爲自性今於此中何法名表且身表業形色爲性緣此爲境心等所生誰之形色謂身形色若身形色何故前言身所造業故名身業謂總名身一分攝故名身形色依身大種而發生故名身所造以總身言於別亦轉如世間說居邑住林何緣復說緣此爲境心等所生爲欲簡彼脣等形色彼非緣彼心等所生以緣言音心等生故又爲簡彼宿願心等所引形色彼非緣

彼心等所生餘異熟因心等生故何故名表此能表示自發業心令他知故爲顯此義故說頌曰

由外發身語　表內心所思
鼓波而自表　譬彼潛淵魚

形色者何謂長等性何者長等謂於彼生長等名想此攝在何處謂色處所攝今應思擇長等爲是極微差別猶如顯色爲是極微差別積聚爲別一物遍色等聚設爾何失長等若是極微差別應如顯色諸色聚中一一細分長等可取若是極微差別積聚此與顯色極微積聚有何差別即諸顯色積聚差別應成長等若別一物遍色等聚一故遍故一一分中應全可取於一切分皆具有故或應非一於諸分中各別住故又壞自宗十處皆是極微積集又應用助食米齊宗執實有分遍諸分故即於和合諸聚色中見一面多便起長覺見一面少便起短覺見四面等便起方覺見諸面滿便起圓覺見中凸出便起高覺見中坳凹便起下覺見面齊平起於正覺見面參差起不正覺如旋轉輪觀錦繡時便生種種異形類覺不應實有異類形色同在一處如諸顯色若許爾者應於一一處起一切形覺然無是事是故形色無別有體即諸顯色於諸方面安布不同起長等覺如樹蟻等行列無過若爾云何於遠闇處不了顯色了形色耶如何不了樹等形色而能了彼行列形耶然離樹等無別行列或於遠闇諸聚色中若顯若形俱不能了雖復能取而不分明疑是何物此何所見由是應知但取顯色由

遠闇故見不分明故表是形理不成立
有説身表行動爲性緣此爲境心等所生何緣復説緣此爲境心等所生爲欲簡彼脣等摇動彼非緣彼心等所生以緣言音心等生故云何名行動謂轉至餘方此攝在何處謂色處所攝何緣知此轉至餘方謂差別相不可知故此理不然如熟變物雖纔觸火光雪酢等諸熟變緣即有差別而不可知彼差別相然彼前後非無有異此亦應然如長薪草衆分相似各別生焰雖有差別而不可知彼差別相然彼衆分非無有異此亦應然若熟變物纔觸緣時諸熟變相不即生者彼於後時亦應亦生緣無異故若長薪草衆分相似非分分中別生焰者彼焰應無由彼別故形量照明炎熱差別是故不應以差別相不可知故便謂即此轉至餘方應審了知彼差別相若謂滅因不可得故知即此法轉至餘方此亦非理如心心所聲燈焰等有何滅因而念念滅餘亦應爾滅不待因若言心等亦有滅因謂唯各別自無常相若爾何故餘不許然餘既不然此云何爾故知心等滅不待因心等既然餘亦應爾若餘法滅不待因者薪等未與火等合前彼色等性應不可取如合後位後亦應如前位可取如何風手未觸未執燈鈴已前燈焰鈴聲分明可取非於後位然焰聲滅不待風手薪等亦然不應爲難又若薪等由火等滅彼色等性不可取者纔觸無間應不可取彼纔觸時有差別故又彼外緣無差別故諸熟變物下中上品諸熟變相差別生時由彼爲因後後生起前前滅壞誰

復爲因不應此法由彼故生即此復由彼法故滅二相違法非共一因世極成立故有爲法不待滅因任運自滅如前可取不可取者應知相續隨轉滅壞差別之相有微增故又若滅法亦有因者是則應無無因滅法心心所等如待因生滅亦應爾非離心等别有無常世共成立又因異故滅應差别如火光雪酢等異故熟變差别又已滅法應更可滅許有因故猶如色等是故滅法決定無因滅無因故纔生即滅故知無有轉至餘方若謂生因不可得故知即此法轉至餘方此亦非理有生因故謂前與後而作生因如前念心與後念心前念熟變與後熟變乳與其酪葡萄汁與酒酒復與酢等故無少法轉至餘方轉相既無何有行動又若有住則無行動既無行動彼應常住法若無住亦無行動纔生即滅無動義故若爾現見行動者何餘方所見非即本物何緣知彼非本物耶由彼彼方新新生故如草火焰及如影行非此方影餘方可見形質不動日等光明遠近迴轉便見彼影或長或短或移轉故又障光明少分生故有反詰言何緣徵難至餘方義且如何知餘方所見非即本物此亦應引前理爲證謂若有住則無動等又外火等緣無差别而於後時差别可取由此證知念念各别又若以證異因無故謂餘所見還是本物既無有因證即本物何緣不謂非本物耶由此二義應俱不定故至餘方義有成立日出論者作如是言諸行實無至餘方義有爲法性念念滅故然别有法心差别爲因依手足等起此法能

作手足等物異方生因是名行動亦名身表此攝在何處謂色處所攝若爾何緣不許眼見如諸顯色既非所見不表示他如何名表復云何知此法實有云何此法能令自身轉趣餘方別異而起若言由心差別所生風界即應如是風界其性是動足能爲彼異方生因何乃離風執有動法又草葉等離外風界無別動法云何移轉然諸風界搖觸等生其性能動即應許彼能令手等轉餘方生何勞別執若體若用俱不極成能動法性若不爾者即心差別所生風界能爲手等異方生因應是身表如是風界無所表示云何名表又許觸處是善不善便非釋子若不爾者即心差別能令自身餘方生起即身生起應是身表是則身表應假非實自身多法合爲體故又無表示云何名表香等不能表示他故又許香等是善不善便非釋子若不爾者即心差別所生顯色應是身表顯色非心差別所起自種子風差別生故又許顯色是善不善便非釋子若此顯色體非身表此餘方生應是身表大愛任汝於此表業盡力所能勤加轉計然此非因功力能成何乃於中徒生勞倦誰能成立生別有體此所執生非如色等是所現見非如眼等是能現見何緣知有又不可見云何名表前說不能表示他故又若顯色是善不善可說此生爲身表業然諸顯色非善不善前已說故生亦應然是故定無身實表業若爾身業應唯無表此無表名爲自何法謂法處攝律儀色等云何欲界有善無表離表而發若欲界中有此無表復有何

過應隨心轉如在色界是則餘心及無心位應無律儀不律儀等若謂受時要期發語所引發故無斯過者說戒經時默無所說亦無要期如何獲得虛誑語罪又應無有無記身業以無表業唯二種故又亦應無一刹那頃善惡身業以諸無表定相續故謂若輕心不發無表重心所發決定相續雖彼隨情計度實有身語業色而不應成善不善性所以者何彼說色業於命終位必皆捨故如何由此能得當來愛非愛果有作是言此何非理謂過去業其體實有能得當來所感果故此於癰上更復生癰謂執過去業體實有先有後無名爲過去如何可執其體實有若爾世尊何故自說

業雖經百劫　而終無失壞　遇衆緣合時　要當酬彼果

無失壞言爲顯何義顯所作業非無果義由後半頌證此義成誰不信受善不善業雖經久遠而能得果但應思擇如何得果爲由相續轉變差別如稻種等而得果耶爲由自相經久遠時安住不壞而得果耶若由相續轉變差別而得果者義且可然若由自相經久遠時安住不壞而得果者應言此業經久遠時體不謝滅而能得果若謂此業非自相無名爲謝滅然由此業無復作用名謝滅者如何此業無復作用由更不能引當果故何緣不能更引當果此於彼果已曾引故不可於果引而復引如法已生不重生故何緣不引餘等流果以等流果無分限故豈不此果亦現在時已曾引故不須重引業體不滅常應

現在何不常引所得果耶豈不前言不可於果引而復引如法巳生不重生故如何復難前雖有言而未釋難業體恒有應如中際常名現在常能引果應如初際恒復可生若謂過去業體雖有而無作用故非現在非現在故不能引果此亦不然既恒有體應如現在恒有作用又汝所宗過去諸法有與果用何非現在若謂現在唯依諸法取果用說理亦不然用義同故應俱現在過去諸法無取果用名過去者有與果用應名現在此用盡時應名謝滅是則諸法滅而復滅如是亦應生而復生故彼宗義理不成立又法如何名能引果謂安立彼令當生故諸漏盡者最後剎那應不引果後不生故是則此念應非現在不應更滅入於過去初現在時巳無作用如何後時說名謝滅若雖無用而更滅者是則過去復應須滅若滅巳復滅應生巳更生便有自違前所說過若謂此念雖有能生後果作用而緣闕故後果不生此亦非理果必不生如何知有能生作用應言此念違順二緣有非有故雖從因生而無作用能生後果是故彼宗如是種類能引果義理必不成由此但應於果種子能長養故名能引果又彼宗說過去未來體皆實有未來何故非如現在能引果耶若一切時一切物有何待何物體非有故而經言遇衆緣合時當酬彼果又彼應說誰於何位於誰有能言安立彼令當生故名能引果以一切時一切有故是故所言謂過去業其體實有能得當來所感果者理定不成若爾應許由善不善身語二業蘊相

續中引別法起其體實有心不相應行蘊所攝有說此法名爲增長有說此法名不失壞由此法故能得當來愛非愛果意業亦應許有此法若不爾者餘心起時此便斷滅心相續中若不引起如是別法云何能得當來世果是故定應許有此法若於先時誦習文義後經久遠復生憶念又於先時於諸境界數見聞等後經久遠於彼境中還生憶念於何剎那引起何法由此後時還生憶念又先趣入滅定等心引起何法由此後時還從定起生出定心又紫礦汁染枸櫞華彼二俱滅引起何法後結果時瓤生赤色故離彼許身語二業所引別法但應由思差別作用熏心相續令起功能由此功能轉變差別當來世果差別而生如紫礦汁染枸櫞華相續變至後結果時其瓤色赤內法熏習應知亦爾又何不許身語二業熏心相續以身語業由心引成善不善故不應由心成善不善於果相續能與當來愛非愛果非餘造業餘受果故若所作業體雖謝滅由所熏心相續功能轉變差別能得當來愛等果者處無心定及無想天心相續斷如何先業能得當來愛非愛果有作是說於此生中先所熏心必還相續故得當來愛非愛果既已間斷何因能續入定心作等無間緣故能令續彼久謝滅云何能作等無間緣如破過去業能得果此亦同彼應如理破故出定心不應續起有作是說依附色根種子力故後心還起以能生心心所種子依二相續謂心相續色根相續隨其所應豈不經說意法爲緣生於意識云何離意

而意識生應知意種或時名意以於因中立果名故如於所觸立饑渴名如何一一心心所法從二種子相續而生不見芽等從種生法有如是事可藉多緣生於一果無從二種有一果生若爾還應不免前過謂無心定及無想天心相續斷如何先業能得當來愛非愛果是彼宗過何謂彼宗謂執此位全無心者若說此位是有心者即無斯過如尊者世友所造問論中言若執滅定全無有心可有此過我說滅定猶有細心故無此失彼復引經證成此義如契經言處滅定者身行皆滅廣說乃至根無變壞識不離身今此位中許有何識有說此有第六意識豈不經說意法爲緣生於意識三和合觸與觸俱起有受想思云何此位得有意識而無三和或有三和而無有觸或復有觸而無受想由是說名滅受想定有作是釋如何世尊說受緣愛而一切受非皆愛緣觸亦應爾非一切觸皆受等緣世尊餘經自簡此義謂無明觸所生諸受爲緣生愛曾無有處簡觸生受無簡別故非爲善釋有別釋言三和觸者三事有力合故觸生於此位中三事無力可能生觸及生受想由入定心所猒壞故正在定位尚無有觸況有受想故此位中唯餘意識無諸心所若爾此位意識是何爲善爲染爲無記性設爾何失若善性者如何善性非無貪等善根相應設無貪等善根相應如何無觸若謂由善等無間緣所引發故此識善者理不應然善心無間生三心故又善根力所引善心無因能遮無貪等故又無善根應不成善然此滅

定如滅是善若染性者如何染性不與貪等煩惱相應設與貪等煩惱相應如何無觸如佛於彼十問經中自作是說所有受蘊想蘊行蘊皆觸爲緣又無想定尚不許染況滅盡定若是無覆無記性者爲異熟生爲威儀路爲工巧處爲能變化設爾何失若異熟生如何有頂定心無間此下八地中間懸隔而起欲界異熟生心如何復從此心無間而得現起不動等心如摩訶俱瑟祉羅契經中作如是問出滅定時當觸幾觸答言具壽當觸三觸謂不動觸無所有觸及無相觸又異熟心宿業所引有何道理由滅定前要期勢力令彼出定時限不過復有何緣要於有頂緣滅爲境定心邊際欲界宿業習氣所引異熟果心方得現起非於前位又以何緣於此所起異熟生色斷已不續異熟生心斷而更續若威儀路或工巧處或能變化如何此心緣威儀等無觸而能有所造作又許所修九次第定及八解脫體皆是善不應此位現起染汙或無記心又用有頂緣滅爲境寂靜思惟定爲依止方能現入滅受想定如摩訶俱瑟祉羅契經中依滅盡定作如是問幾因幾緣爲依能入無相界定答言具壽二因二緣爲依能入無相界定謂不思惟一切相及正思惟無相界若滅定中有意識者此緣何境作何行相若緣滅境作靜行相如何非善設是善者如何不許與無貪等善根相應設許相應如何不許觸爲緣起若緣餘境作餘行相如何入滅定心無間起散亂心而不違理設自計度有餘無記由此二因亦不應理是故汝

等不如實知阿笈摩義縱情妄計第六意識滅定等有由是而執此位有心若爾云何許滅定等諸無心位亦有心耶應如一類經爲量者所許細心彼位猶有謂異熟果識具一切種子從初結生乃至終沒展轉相續曾無間斷彼彼生處由異熟因品類差別相續流轉乃至涅槃方畢竟滅即由此識無間斷故於無心位亦說有心餘六識身於此諸位皆不轉故說爲無心由滅定等加行入心增上力故令六識種暫時損伏不得現起故名無心非無一切心有二種一集起心無量種子集起處故二種種心所緣行相差別轉故滅定等位第二心闕故名無心如一足牀闕餘足故亦名無足彼諸識種被損伏位異熟果識剎那剎那轉變差別能損伏力漸劣漸微乃至都盡如水熱煎引燒發力漸劣漸微至都盡位識種爾時得生果便初從識種意識還生後位隨緣餘識漸起即前所說異熟果識攝藏種種諸法種子彼彼餘識及俱有法善不善性數熏發時隨其所應種力增盛由此相續轉變差別隨種力熟隨遇助緣便感當來愛非愛果依如是義有說頌言

心與無邊種　俱相續恒流　遇各別熏緣
心種便增盛　種力漸次熟　緣合時與果
如染枸櫞花　果時瓤色赤

世尊依此於解深密大乘經中說如是頌

阿陀那識甚深細　一切種子如暴流
我於凡愚不開演　恐彼分別執爲我

能續後有能執持身故說此名阿陀那識攝藏一切諸法種子故復說名阿賴耶識前生

所引業異熟故即此亦名異熟果識若不許有此異熟識復有何識能執持身非有餘識能遍持身乃至命終恒不捨故又何處蘊煩惱隨眠對治生時可名能斷若言蘊在能對治心此不應理如何隨眠煩惱隨逐可爲能治又諸有情生無色界染善無漏心正起時有何趣攝異熟法在或應許趣通非異熟及不繫法便與理違又不還果生有頂處爲盡餘漏修對治道無所有處無漏起時於有頂處有何別物自體猶存而不名死非衆同分或復命根離色心等別有實物此二唯於異熟諸蘊相似勢分而假建立相似勢分無別實體如稻稗等相似勢分故定應許異六識身有如上說持種識體即依此識赤銅鍱部經中建立有分識名大衆部經名根本識化地部說窮生死蘊云何此識緣境行相此境行相不可了知云何名識而得如是如執滅定等位有餘識者境界行相難知此亦應爾此識攝在何取蘊中理實應言識取蘊攝若爾經句當云何通如說云何名識取蘊謂六識身又說云何識緣名色識謂六識應知此經別有密意如契經說云何行蘊謂六思身非行蘊中更無餘法此亦應爾說六非餘有何密意且如世尊解深密說我於凡愚不開演者恐彼分別執爲我故何緣愚夫執此爲我此無始來窮生死際行相微細無改變故又以六識所依所緣行相品類麁易了故與諸煩惱及對治道有相應故建立雜染清淨品故體是果識由此比知有種識故諸契經中隨所宜說不說因識與上所說皆相違故

是名説六非餘容意由此已釋餘部經中唯說六識身爲有分識等隨其所應皆無違害又於今時一一部内無量契經皆已隱沒如釋軌論廣辯應知故不應計阿賴耶識定非經說理必有故若爾一身應有二識俱時而轉謂異熟識及餘轉識應如是過若一身中二識俱轉應俱時立二有情身如餘身中二識俱轉此無有失因果二識展轉爲依不相離故又異熟識是餘轉識所熏習故非異身中二識俱轉有如是事故無此失頗有現見種與種果相續異耶現見世間青蓮花等根與莖等相續各異而爲種果此亦應然又縱世間見與不見若不許有阿賴耶識便有如前所說過難故應定許阿賴耶識離六識身其體實有何縁不許我體實有與六識身爲所依止汝所執我其相云何而說能爲六識依止若許我如阿賴耶識生滅相續隨縁轉變與識何殊而執爲我若執我體是一是常畢竟無變如何可說受識等熏爲所依止夫熏習者令彼所熏相續變成功能差別如紫礦汁熏枸櫞華令彼相續功能轉變若無熏習則無轉變差別功能如何先時領智貪等數習異故後經久時念智貪等生起差別又無心位與彼後時我體無別今既無識後意識等從何而生又於識等我有何能而執我爲識等依止若言識等因我故生我體恒時既無差別如何識等漸次而生非於一時一切頓起若謂更待餘因縁助方能生者離餘因縁如何知有我能生用若言識等依我而轉諸法纔生無間即滅既無住義何容有轉

故不應執我體實有與六識身爲所依止又執有我違阿笈摩說一切法皆無有我故汝所執一常實我都無正理但率妄情由此證成但思差別熏習同時阿賴耶識令其相續轉變差別能引當來愛非愛果非如彼說身語業相

若不許有身語二業豈能遺謗三業契經不能遺謗然能如理解釋此經令無過失如何無失解釋此經應除執毒當爲廣說何爲契經說有三業何者是身何者是業何義名身何義名業復以何義名爲身業語業意業問亦如是復以何緣契經唯說身等三業非眼等耶何爲契經說三業者爲顯三業攝十業道勸勵怖多所作者故如略說三學授佛栗氏子有執諸業唯身所造非語非意爲顯彼二亦有所造故說三業身謂諸根大造和合差別爲體業即是思差別爲性積集所成是爲身義大造極微積集成故有說種種穢惡集成是爲身義身是種種諸不淨物所依處故若爾天趣應無有身隨作者意有所造作是爲業義能動身思說名身業思有三種一審慮思二決定思三動發思若思能動身即說爲身業此思能引令身相續異方生因風界起故具足應言動身之業除動之言但名身業如益力之油但名力油如動塵之風但名塵風此亦如是十業道中初三業道許身業攝謂殺生不與取欲邪行如何思業而得彼名由此思業能動其身令行殺盜及邪行故思力動身令有所作即名思作如世間說狂賊燒村薪草熟飯思復云何得名業道思

有造作故名爲業復與善趣惡趣爲道通生彼故得業道名或所動身是思業道三種思業依彼轉故又殺盜婬由思業起依身而生隨世俗故亦名身業然此實非善不善性亦隨世俗假立其名爲令世間依此門故於善惡思勤修止作是故假說善不善名若唯思業是善不善何故業道契經中言由身三種故思造業作及增長是不善故能生苦果及苦異熟此經意說能動於身以身爲門身爲依處緣殺盜婬爲境思業爲因能感苦果異熟名身三種故思造業除此餘思名爲意業意相應故不能動發身及語故若爾何緣經說二業所謂思業及思已業即前所說三種思中初二種思名爲思業第三一思名思已業無違經過語謂語言音聲爲性此能表了所欲說義故名爲語能發語思說名語業或復語者字等所依由帶字等能詮表義故名爲語具足應言發語之業除發之言但名語業喻說如前意者謂識能思量故趣向餘生及境界故說名爲意作動意思說名意業令意造作善不善等種種事故具足應言作意之業除作之言但名意業或意相應業名意業除相應言但名意業喻說如前若三種業但思爲體於散亂心及無心位爾時無思如何得有名具律儀不律儀者由思差別所熏成種不損壞故名具律儀不律儀者故無有過思差別者簡取勝思能發律儀不律儀表由此思故熏成二種殊勝種子依二種子未損壞位假立善惡律儀無表齊何當言損壞如是由思差別所熏成種謂從此後不作因

生遮不遮思如先所受誰能損壞如是種子謂若有思能發於表因此棄捨善惡律儀及餘捨因亦能損壞所以不說眼等業者由此經中但說有情加行之業不說諸法作用之業何謂有情加行之業謂隨作者意所造作何謂諸法作用之業謂眼耳等各别功能

佛說三業義深細　我依理教妙辯成
願乘此福濟群生　咸使速登清淨覺

大乘成業論

音釋

凸 田結切高起也　坳 烏交切不平也　凹 烏瓜切與窪同　酢 倉故切與醋同　詰 契吉切問也　癰 於容切癕也　礦 古猛切　枸櫞 枸俱羽切櫞與專切　瓤 汝陽切瓜實也　笈 極曄切　稗 蒲拜切穀草也　似　鍱 與渉切

業成就論

元魏天竺三藏毗目智仙譯

清刻龍藏佛說法變相圖

無量壽優波提舍論

業成就論飜譯記

大國将寧必感靈瑞以爲喜兆鄴隍方盛聖降神寶以爲祥徵天親菩薩造業成論出於今世以示太平此乃大魏都鄴安國之兆也法行有時寄必得人興和三年歲次大梁七月辛未朔二十五日驃騎大将軍開府儀同三司御史中尉渤海高仲密衆聖加持法力資發誠心敬請三藏法師烏萇國人毗目智仙共天竺國婆羅門人瞿曇流支釋曇林等在鄴城内金華寺譯凡四千八百七十二字

業成就論

天親菩薩造

元魏天竺三藏毗目智仙譯

業有三種所謂身業口業意業此是修多羅有人說言身所作業是名身業口言說業是名口業此二皆有作與無作意相應業是名意業此業是思

彼今思量意是何法所有身意皆有形相彼緣身生是何形相是身形相若身形相何因說名身所作業是身總分爲身攝故緣身大生名身作業別中之語於總中說譬如人言於城中住於林中住

彼攀緣生何故言彼遮脣等動及形相故彼心非緣脣等動生非緣形生緣語生故不取前願彼心不緣前願而生異報因緣是故心生何故言意起業心轉他人知故

何者形相所謂長等何者長等謂見長等是何入攝色入所攝

長等爲是微塵色耶爲如微塵共聚集耶爲是一物遍色等耶長等若是微塵色者則彼長等可分分取如色分取若如微塵共聚集者彼色微塵與彼聚集爲有何異彼微塵集無異長者若是一物遍色等者則彼一物遍在長等若一物遍於分分中皆應可取以一切處皆具有故若非一者應分分取阿含十入微塵和集佛法則壞又迦那陀異法則成微塵聚集一面見長則生長知局見短知正見方知周見圓知中出而見則生高知卑見下知齊見正知種種面見則參差知見氍毹錦如如而見則生彼彼形相等知彼異異物

不得一見如色差別
若復意謂一切方處一切形相是義不然如是形相無有異物色亦如是於方處住見長短等如樹鳥蟻義成無過
若如是者云何闇遠而不見色見集形相云何皆見未見形相如樹行等見彼行聚不見形相彼無異物
於聚集中若闇若遠不見二種雖見不了為是何物彼見何物雖見彼色而不明了應如是知此意形相義不成就
復有人言心緣彼生往古名意攀緣彼生為是何義遮脣等動何故名往謂向彼方是何入攝謂色入攝
云何知此往彼方去以不異見如彼火雪苦酒日等變熟因緣入已即出未見變異然非不異如然可然備草木等不見異餤餤非不異初入之時若不變者後亦不變以彼因緣不別異故若薪草等麤細不均餤影明熱皆異不同以不同見向彼方義則不相應
若無滅因何故不得心心數法聲燈皆滅有何因緣餘亦如是彼滅因緣自因緣壞餘法因緣何故不爾又如彼法無有因緣餘亦如是若初入火草木等色如本不異後亦如是不應有異云何燈明鈴等音聲風手初觸即滅即止非此能滅非此能止若如火等木等燒等色等滅等初入出時何故不異以外因緣不別異故熟物不應有微中上初變熟物何因得變因緣唯一能生能滅此非道理非以一因能成二法如是中間更有滅因如前取捨異相續轉應如是知若滅有因無法無

因如心等生
滅法不成以一切法皆有因故滅則無因如
彼火雪苦酒日等熟變因緣若滅有因應滅
如色如是無法有因緣滅生亦無因見彼異
法謂是此法生實有因前心後心如心中間
熟變熟變如乳爲酪蒲桃汁酒酒爲苦酒如
是無有少法住相住物無行無行則住若如
是見彼見何物見此處物豈非見彼處方新
彼處方新而見如草然影非彼方影於此處
見如日所住如是日者近遠迴轉如影增減
迴轉而見日在方處映障不見
若復有人如是難言此何處物是彼前物轉
向此方答彼人曰此何處物向義夲說如是
住物則無有行若不行物則是住等外因緣
壞後則異見念念異知若不異知彼物不別
知非彼物何不言異如是二種俱不可見如
是行住義則不成
實無行住有爲法體念念自壞方中生因起
心爲因手足等動得言行意日出弟子作如
是說是何入攝色入所攝彼何以故眼所不
見如青等色若他人見可得言意他人不見
云何言意云何知有云何身中異處動行心
風界生此風界動所謂異方因緣而生云何
草葉隨風界傾行亦如是異方處生行力不
成何用分別
彼如是身方生因者心生風界如是名意云
何非意而得言意釋迦子法觸入非善亦非
不善彼如是心異方身生此生名意若如是
者意唯相貌無有實物身則多分意亦非意
味等他人釋迦子法則不如是味等非善亦

非不善心生色故彼得言意非彼心生自風種生釋迦子法則不如是色入非善亦非不善色彼方生意不可得若有彼物供養天得若彼物無天不能與則不可得生物無異誰能成異彼不可得如是色等如眼能見生則不爾既不可見云何言意是先已說如生不生色亦已說

唯有無作是身之業何名無作法入所攝怖畏等色云何無作得言無作若是欲界與心合轉則如色界是則異心及無心時怖與不怖共心俱失若受時勢力後常不失戒經中說比丘默然云何妄語又無記業則不可成無作二種謂善不善彼剎那間無作合轉如彼分別身口業色若善不善二俱不成何以故捨身則斷於未來世愛不愛果則不可得

復有人言過去業有何故不成若過去業於未來世得愛不愛二種果報此則癰上復生瘡子過去業有過去者名前有後無若如來說

雖復經百劫　而業常不失　得因緣和合
爾時果報熟

此偈云何能與果報是不失義如是已釋初半偈竟何人不信久遠得果得果何義若相續轉如稻種子若住自相應如是知若住自相能與果者則不失壞應常與果彼無自相故名失壞又不如是作已不作云何不作果不重與何故不與以與竟故不可與已復更重與如物生已不復更生彼同類果何不更與云何果報皆悉與竟生法因緣無如是力盡漏之人後念盡漏不與果報云何後時而

得言滅非如是力能成果報若種子因於果有力得言因力能與果報若何等人有過去者則有未來何故未來不與果報一切時有有何等物於何時無彼如是說若得和合果報則熟此則不然若何人力於何時力是何物力此人此果究竟不成有過去業於未來世得果報者如是不成

復有人言彼善不善身口等業陰相續中離心法熏若說名集若名不失後世則得愛不愛果若意業異心生滅轉若不熏心云何後世而得果報若人讀誦久時憶念彼見等物如是習者以何法熏若念何物彼見誦等後時何處憶念心生滅盡三昧初心既滅後時何處有心生起以紫鑛汁塗彼摩登隆伽樹華彼二共滅如是中間何物染果後赤穰生法中間思亦復如是心相續力熏力轉變後世得果應如是知如紫鑛汁染彼摩登隆伽樹華果中赤穰

身業如是相續熏心故故不得如是彼心與善不善而共相對若其此人作善不善彼人如是愛不愛果與力相應非異相應若復業滅心相續故後世得果云何無心滅盡三昧及無想心相續心斷前業果報即彼身上於後時生

復有人言彼熏於心相續而得彼滅三昧何處相續三摩䟦提初心因緣云何久滅云何因緣我先已說過去得果何處如是心中間生

復有人言色根種子彼種上得心心數種二處依止謂心身中色根身中如是次第如心

緣法而生意識中間無心彼云何生彼有種子得言意根應如是知說因爲果如飢渴觸心心數法云何皆有二種種子一種子中無二種芽不見如是一因緣中不見多生彼過亦爾無心三昧無想心斷云何業果於後時得此一箱過是何物箱隨何等人無心三昧復有人言有心三昧若毗婆沙五百羅漢和合衆中婆修蜜多大德說言若何等人滅定無心彼得此過我滅三昧是有心故引修多羅以爲證言身行則滅諸根不轉識不離身又復彼人信受何識有人意識如來說意因緣法而生意識三種和合故名爲觸觸共受想思等俱生云何有意識非三事和合或有和合而非是觸或復有觸而非受想若想受滅得言滅盡云何如來修多羅說受皆緣愛非一切受皆因緣愛觸亦應爾非一切觸皆因緣受如來亦於修多羅中別說彼義無明生觸觸生於受受因緣愛無處說觸離於受想如是不說彼過則成而不可遮三事具足得言和合無彼三事想受不生若不如是三摩提中尚無彼觸何處受想復有人言唯一意識

彼何者識爲善爲染穢汙無記此義今說若是善者則無貪等善根相應善無貪等云何無觸若善即時因緣勢力若是善者與善等心則不相離三種心生善等勢力心迴無因若是染者云何不與煩惱相應若染煩惱云何無觸又復如來於彼十難修多羅說若有受陰想陰行陰彼一切陰皆觸因緣無想三昧猶尚無染況滅三昧

如其彼是穢汙無記彼復云何爲是報生爲是威儀爲是工巧爲是變化今當問彼若是報生云何有頂三摩提心下至八地中間懸絶欲界報識與心相續如是復有不動心起云何相續如摩訶拘絺羅修多羅中問如來言起滅三昧幾觸所觸如來答言慧命拘絺羅三觸所觸所謂無動無相無所有前要期力入滅三昧前心要期不過時起此義云何云何皆緣滅盡三昧有頂心終前欲界業熏心得報何故非是前心得報何以故若前報色於彼斷絶不相續者云何後心而報相續若威儀等彼處無觸云何以心緣威儀等彼有爲善九次第定及八解脫則不相應彼無染心及無記心則不相續有頂三昧依止滅定憶念攀緣入想受滅若入滅定有心識者何所攀緣若緣滅定云何非善若善則與不貪相應若相應者云何不得是觸因緣若異攀緣入滅三昧云何中間亂心相應自心分別謂是無記如是二種皆不相應如是不知阿含實義彼論師者踊躍而言滅三昧中猶有意識如是分別

云何彼是有心三昧如修多羅法師信說修多羅師云何信說說彼報識一切種子密繫縛等行不斷絶彼彼處生報識壞相相續而行乃至涅槃而不斷絶彼若如是得言有心異六識身是故不轉初入滅定心增上力彼時種子皆悉隱閉故名無心有二種心一者聚集諸種子心二者種種攀緣壞心離第二心故名無心如一脚牀以無餘脚名無脚牀彼種子閉報識念轉有爽中上如水如熱放

箭等勢從此到彼彼種子識期至復生隨何因緣後時別異種種種子報識是藏彼彼異識對法共生善不善熏如彼次第種子力熏若相續轉如彼力熏於未來身則得彼彼愛不愛果此識因緣故如是說

此心識種子　無邊相續行　自心中因緣
彼彼種力生　彼次第不失　時至則得果
如摩登隆伽　塗華穰時現

如是之義如來於彼深密解脫大乘經中有說偈言

阿陀那種子　深細稠雨行　不爲愚夫說
畏分別我故

此偈明何義彼復有中容縛取身是故名爲阿陀那識是一切法種子依處是故名爲阿梨耶識前生業報故名報識若無彼識身以何覺身未盡來遍身不離更無異識若更無對何物對治煩惱根本煩惱根合云何對治無二法故

涂行善行無漏心行如是相續無色界生彼何者行依何物報若爾無報亦應得行彼不相應

如彼修集有頂漏盡阿那含人無所有處無漏現前有何我所有頂不退衆分和合名爲命根更無異物彼法復有報陰相似勢力轉行非有異物相似勢力猶如稻芉相似勢力應如是知更有異識如說有識

彼何所緣不決定緣云何識緣言不決定復說異識如滅三昧如彼大德銅色弟子說有心識復有人言是根本識何取陰攝如是之義識取陰攝此脩多羅文字章句云何而說

何識取陰謂六識身如行緣識是何者識六識身故憶此法説如彼行陰何者行陰六思身故不攝異法復何所憶深密解脱脩多羅等如來皆説愚癡凡夫我不爲説畏分別我復何因緣如是分別彼有爲行處處流轉恐人不知若説如是依止攀緣種種了知增上勝心若彼煩惱對治相應染淨等説彼種子識若以果此説如是識不説因識彼顛倒説如是意故此有身識復有身識如次第説此義相應非見一切脩多羅説義相應故如是非諸脩多羅説莫以一切脩多羅中皆不説故便謂無有阿梨耶識

如是二種心識並流一處皆有所謂報識及以異識若如是者有何等過若有二種識身相續如是則應有二衆生如身中識

不得如是彼種子果共相應轉報識流故能熏異識身識中間不如是法若如是者此則無過復有種子種子所生異異壞見如奢盧迦優鉢羅等根根所生若見不見如是不爾若如是説彼則無過如是實有阿梨耶識六識何故不依止我得何者識若如阿梨耶識相續因緣而轉彼有何異彼若是一畢竟不動云何識等而得成熏如紫鑛汁熏彼摩登隆伽樹華若無熏者無轉勝法云何先知如習欲等久時憶知欲等生長我中無心而於何處後時心生若無我者心有何力而於彼我依止分別若有我者彼心云何次第而生若共因緣彼異生力云何可知若是彼力生住念轉爲是何法若如是者不相似物而共依止則違阿含説一切法皆無我義如是非

理自意分别思量計我是故思熏阿梨耶識相續不斷後身得果義則成就非如説相身口之業

又復如是身口業無違脩多羅有三業説此義云何此義不違如來所説如是無過如是能説云何無過此義今説以何義故説三種業何者爲身何者爲業何義名身何義名業何者身業如是口業亦如是説

以何義故説身等業不説眼業以何義故説如是義十善業道三業攝示多説恐人如毗離支子學三種戒爲説三種是身所作非口非意唯分别一復爲餘人説身業相身復攝根大大所成集故名身業者是思集義名身大大所成微塵聚集

復有人言不淨名身以不淨物和合集故彼人天身不得言身

意所作行是名意業身動進業是名身業思有三種所謂思量決定進趣若以身動彼身相續方中生因風界所吹是名身業除中間句如婆羅油或如風塵説三業道殺盗邪行彼云何思彼身數攝彼身業動殺盗邪行彼身動轉身相續作彼得言作如賊燒村薪草熟飯

思復云何得言業道行惡道業故言業道或身動轉故名業道三種思業得説爲業彼思住持則得殺生竊盗邪行復依世諦而説身業有善不善復説彼門以彼思故世間往返相應之義若思如是善不善業修多羅中云何説言身三種作思業集作不善生苦得苦報故彼門住持彼攀縁者佛如是意

彼思異故說思意業唯意相應身口不轉何故如來說思思業如前所說思有三種彼二種思第三進趣

彼思是業語言是響響若可解彼業趣思名字相說故名言語憶念義說故名言語業如前說言語起業故名口業除中間語識意名意意處處生境界亦心餘如前說

若身業中要有思者異心無心爾時無思云何而得有怖不怖思熏不壞得怖不怖思義最勝若怖不怖意起分別

彼意所熏云何破壞如自證知遮與不遮思復無因彼何者壞若捨怖畏捨不怖畏思是其因意起分別復有捨因眼語等業

已說覺業非造作業何者覺業謂作意行何者造作眼等何處次第力轉

如來說三業　依法義成就　我解業成福

願衆生成佛

業成就論

音釋

記

鄮 魚怯切地名　驃 毗召切　㴾 蒲没切㴾澥海名　長 直良切鳥長國名

論

氍 強魚切　毹 山芻切氍毹毛席也　癤 子烈切癰也　鑛 古猛切銅鐵樸也　穰 汝羊切　絺 丑知切　芉 古罕切與稈同

因明正理門論

唐三藏法師義淨譯

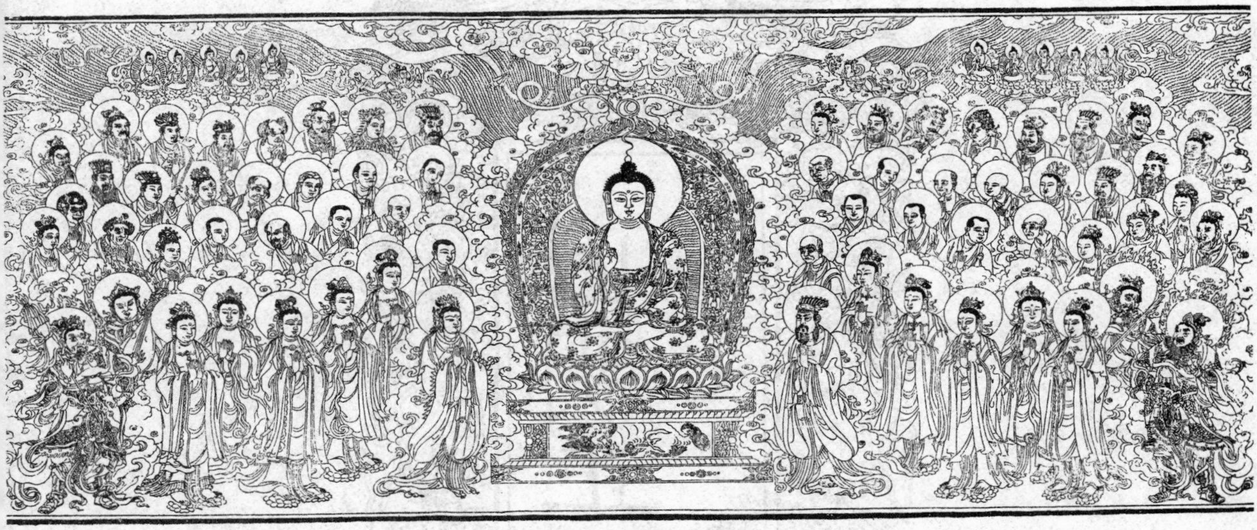

清刻龍藏佛說法變相圖

因明正理門論

大域龍樹菩薩造

唐三藏法師義淨譯

論曰爲欲簡持能立能破義中眞實故造斯論頌曰

宗等多言說能立　是中唯隨自意樂
爲所成立說名宗　非彼相違義能遣

論曰能立過義印眞實義此論今作宗等多言說能立如是等此言爲顯由緒所詮所爲言由緒者爲由利益諸有情等爲緣緒故言所詮者謂所詮義即宗等也所爲事者爲欲印定實義故也若其爲顯由緒等果於此論初置斯言者由於餘處已顯此義故猶如現量何謂餘顯解論後時由此於初不應說故若爾非論分故猶若餘言由於餘處已顯此

義此因不成解論後時方曉義者覺慧先聞於由緒等若不了知初便不轉由斯解故方契後時非論分故此亦不成設如斯意既非經故復非其釋必非支分誰釋此經誰經此釋是故當知如天授語非其支分諸論由緒亦成分故此因有故遠離非成餘復難言匆造斯論無由緒等故如狂人言爲顯此因不成答曰所謂能立能過義等若言如是匆造斯論述已顯義故如第二理門惡叉波柁已說宗等相此因彼言顯不成故豈非能立等有印實義然此論等不印實義故不成過上來已辯論主標宗自下本文隨次當釋宗等多言說能立者由宗因喻多言辯說他未了義爲開示故此之多言於論式等說名能立又以一言說能立者爲顯總成一能立性由此應知隨有所闕名能立過言是中者起論端義或簡持義是宗等中故名是中所言唯者是簡別義隨自意顯不顧論宗隨自意立樂爲所立謂不樂爲能成立性若異此者說所成立似因似喻應亦名宗爲顯離餘立宗過失故言非彼相違義遣若非違義言聲所遣如立一切言皆是妄或先所立宗義相違如獯狐子立聲爲常又若於中由不共故無有比量爲極成言相違義遣如說懷兔非月有故又於有法即彼所立爲此極成現量比量相違義遣如有成立聲非所聞瓶是常等諸有說言宗因相違名宗違者此非宗過以於此中立聲爲常一切皆是無常故者是喻方便要立異法由合喻顯非一切故此因非有以聲攝在一切中故或是所立一分義故

此義不成名因過失喻亦有過由異法喻先顯宗無後説因無應如是言無常一切是謂非非一切故義然此倒説一切無常是故此中喻亦有過如是已説宗及似宗因與似因多是宗法此差別相今當顯示頌曰

宗法於同品　謂有非有俱　於異品各三有非及有二

論曰豈不總以樂所成立合説爲宗云何此中乃言宗者唯取有法此無有失以其總聲於別亦轉如言燒衣或有宗聲唯詮於法此中宗法唯取立論及敵論者決定同許於同品中有非有等亦復如是何以故今此唯依證了因故但由智力了所説義非如生因由能起用若爾既取智爲了因是言便失能成立義此亦不然令彼憶念本極成故是故此中唯取彼此俱定許義即爲善説由是若有彼此不同許定非宗法如有成立聲是無常眼所見故又若敵論不同許者如對顯論所依性故又若猶豫如依烟等起疑惑時成立大種和合火有以現烟故或於是處有法不成如成立我其體周遍於一切處生樂等故如是所説一切品類所有言詞皆非能立於其同品有非有等亦隨所應當如是説於當所説因與相違及不定中唯有共許決定言詞説名能立或名能破非互不成猶豫言詞復待成故夫立宗法理應更以餘法爲因成立此法若即成立有法爲有或立爲無如有成立最勝爲有現見別物有總類故或立爲無不可得故其義云何此中但立別物定有一因爲宗不立最勝故無此失若立爲無亦

假安立不可得法是故亦無有有法過若以有法立餘有法或立其法如以烟立火或以火立觸其義云何今於此中非以成立火觸爲宗但爲成立此相應物若不爾者依烟立火依火立觸應成宗義一分爲因又於此中非欲成立火觸有性共知有故又於此中觀所成故立法有法非德有德故無有過重說頌言

有法非成於有法　及法此非成有法

但由法故成其法　如是成立於有法

論曰若有成立聲非是常業等應常故常應可得故如是云何名爲宗法此說彼過由因宗門以有所立說應言故以先立常無形礙故後但立宗斥彼因過若如是立聲是無常所作非常故常非所作故此復云何是喻方便同法異法如其次第宣說其因宗定隨逐及宗無處定無因故以於此中由合顯示所作性因如是此聲定是所作非非所作此所作性定是宗法重說頌言

說因宗所隨　宗無因不有　依第五顯喻由合故知因

論曰由此已釋反破方便以所作性於無常見故於常不見故如是成立聲非是常應非作故是故順成反破方便非別解因如破數論我已廣辯故應且止廣諍傍論

如是宗法三種差別謂同品有非有及俱除及字此中若品與所立法鄰近均等說名同品以一切義皆名品故若所立無說立異品非與同品相違或異若相違者應唯簡別若別異者應無有因由此道理所作性故能

成無常及無我等不相違故若法能成相違所立是相違過即名似因如無違法相違亦爾所成法無定無有故非如瓶等因成猶豫於彼展轉無中有故以所作性現見離瓶於衣等有非離無常於無我等此因有故云何別法於別處轉由彼相似不說異爲言即是此故無有失若不說異云何此因說名宗法此中但說定是宗法不欲說言唯是宗法若爾同品應亦名宗不然別處說所成故因必無異方成比量故不相似又此一一各有三種謂於一切同品有中於其異品或有非有及有非有於其同品非有及俱各有如是三種差別若無常宗全無異品對不立有虛空等論云何得說彼處此無若彼無有於彼不轉全無有疑故無此過如是合成九種宗法隨其次第略辯其相謂立聲常所量性故或立無常所作性故或立勤勇無間所發無常性故或立爲常所作性故或立爲常所聞性故或立爲常勤勇無間所發性故或非勤勇無間所發無常性故或立無常勤勇無間所發性故或立爲常無觸對故如是九種二頌所攝頌曰

常無常勤勇　恒住堅牢性　非勤遷不變
由所量等九　所量作無常　作性間勇發
無常勇無觸　依常性等九

論曰如是分別說名爲因相違不定故本頌言

於同有及二　在異無是因　翻此名相違
所餘皆不定

此中唯有二種名因謂於同品一切遍有異

品遍無及於同品通有非有異品遍無於初
後三名取中一復唯二種說名相違能倒立
故謂於異品有及二種於其同品一切遍無
第二三中取初後二所餘五種因及相違皆
不決定是疑因義又於一切因等相中皆說
所說一數同類多說二相更互相違共集一
處猶爲因等或於一相同作事故成不遍因
理應四種名不定因二俱有故所聞云何由
不共故以若不共所成立法所有差別遍攝
一切皆是疑因唯彼有性彼所攝故一向離
故諸有皆共無簡別因此唯於彼俱不相違
是疑因性若於其中俱分是有亦是定因簡
別餘故是名差別若對許有聲性是常此應
成因若於爾時無有顯示所作性等是無常
因容有此義然俱可得一義相違不容有故
是猶豫因又於此中現教力勝故應依此思
求決定攝上頌言

若法是不共　共決定相違　遍一切於彼
皆是疑因性　取諸法有法　自性或差別
此成相違因　若無所違害　觀宗法審察
若所樂違害　成躊躇顛倒　異此無似因

論曰如是已辯因及似因喻今當說頌曰

說因宗所隨　宗無因不有　此二名譬喻
餘皆此相似

論曰喻有二種同法異法同法者謂立聲無
常勤勇無間所發性故以諸勤勇無間所發
皆見無常猶如瓶等異法者謂諸有常住見
非勤勇無間所發如虛空等前是遮詮後唯
止濫由合及離比度義故由是雖對不立實
有太虛空等而得顯示無有宗處無因義成

復以何緣第一說因宗所隨逐第二說宗無因不有不說因無宗不有耶由如是說能顯示因同品定有異品遍無非顛倒說又說頌言

應以非作證其常　或以無常成所作
若爾應成非所說　不遍非樂等合離

論曰如是已說二法合離順反兩喻餘此相似是以喻義何謂此餘謂於是處所立能立及不同品雖有合離而顛倒說或於是處不作合離唯現所立能立俱有異品俱無如是二法或有隨一不成不遣或有二俱不成遣如立聲常無觸對故同法喻言諸無觸對不見彼皆常如業如極微如瓶等異法喻言謂諸無常見有觸對如極微如業如虛空等由此已說同法喻中有法不成謂對不許常虛空等爲要具二譬喻言詞方成能立爲如其因但隨說一若就正理應具說二由是具足顯示所立不離其因以具顯示同品定有異品遍無能正對治相違不定若有於此一分已成隨說一分亦成能立若如其聲兩義同許俱不須說或由義准一能顯二又比量中唯見此理若所比處此相審定於餘同類念此定有於彼無處念此遍無是故由此生決定解故本頌言

如自決定已　悕他決定生　說宗法相應
所立餘遠離

論曰爲於所比顯宗法性故說因言爲顯於此不相離性故說喻言爲顯所比故說宗言於所比中除此更無其餘支分由是遮遣餘審察等及與合結若爾喻言應非異分顯因

義故事雖實爾然此因言唯爲顯了是宗法性非爲顯了同品異品有性無性故須別説同異喻言若唯因言所詮表義説名爲因斯有何失復有何得別説喻分是名爲得應如世間所説方便與其因義都不相應若爾何失此説但應類所立義無有功能非能立義由彼但説所作性故所類同法不説能立所成立義又因喻別此有所立同法異法終不能顯因與所立不相離性是故但有類所立義然無功能何故無能以同喻中不必宗法宗義相類此復餘譬所成立故應成無窮又不必定有諸品類非異品中不顯無性有所簡別能爲譬喻故説頌言

若因唯所立　或差別相類　譬喻應無窮
及遮遣異品

論曰世間但顯宗因異品同處有性爲異法喻非宗無處因不有性故定無能若唯宗法是因性者其有不定應亦成因云何具有所立能立及異品法二種譬喻而有此失若於爾時所立異品非一種類便有此失如初後三各最後喻故定三相唯爲顯因由是道理雖一切分皆能爲因顯了所立然唯一分且説爲因如是略説宗等及似即此多言説名能立及似能立隨其所應爲開悟他説此能立及似能立爲自開悟唯有現量及與比量彼聲喻等攝在此中故唯二量由此能了自共相故非離此二別有所量爲了知彼更立餘量故本頌言

現量除分別　餘所説因生

論曰此中現量除分別者謂若有智於色等

境遠離一切種類名言假立無量諸門分別由不共緣現見別轉故名現量故說頌言

有法非一相　根非一切行　唯內證離言

是色根境界

論曰意地亦有離諸分別唯證行轉又於貪等諸自證分諸修定者離教分別皆是現量又於此中無別量果以即此體似義生故似有用故假說爲量若於貪等諸自證分亦是現量何故此中除分別智不遮此中自證現量無分別故但於此中了餘境分不名現量由此即說憶念比度悕求疑智惑亂智等於麤愛等皆非現量隨先所受分別轉故如是一切世俗有中瓶等數等舉等有性瓶性等智皆似現量於實有中作餘行相假合餘義分別轉故

已說現量當說比量餘所說因生者謂智是前智餘從如所說能立因生是緣彼義此有二種謂於所比審觀察智非現量生或比量生及憶此因與所立宗不相離念由是成前舉所說力念因同品定有等故是近及遠比度因故俱名比量此依作具作者而說如是應知悟他比量亦不離此得成能立故說頌言

一事有多法　相非一切行　唯由簡別餘

表定能隨逐　如是能相者　亦有衆多法

唯不越所相　能表示非餘

論曰何故此中與前現量別異建立爲現三門此處亦應於其比果說爲比量彼處亦應於其現因說爲現量俱不遮止已說能立及似能立當說能破及似能破頌曰

能破闕等言　似破謂諸類
論曰此中能破闕等言者謂前所說闕等言詞諸分過失彼一一言皆名能破由彼一一能顯前宗非善說故所言似破謂諸類者諸同法等相似過類名似能破由彼多分於善比量爲迷惑他而施設故不能顯示前宗不善由彼非現而破斥故及能破處而施設故是彼類故說名過類若於非理立比量中如是施設或不了知比量過失或即爲顯彼過失門不名過類頌曰
示現異品故　由同法異立　同法相似餘
由異法分別　差別名分別　應一成無異
顯所立餘因　名可得相似　難義別疑因
故說名猶豫　說異品義故　非愛名義准
論曰此中示現異品故由同法異立同法相似者顛倒成立故名異立此依作具作者而說同法即是相似故名同法相似一切攝立中相似過類故言相似者是不男聲能破相應故或隨結頌故云何同法相似能破於所作中說能作故傳生起故作如是說後隨所應亦如是說今於此中由同法喻顛倒成立是故說名同法相似如有成立聲是無常勤勇無間所發性故此以虛空爲異法喻有顯虛空爲同法喻無質等故立聲爲常如是即此所說因中瓶應爲同法而異品虛空說爲同法由是說爲同法相似餘由異法者謂異法相似是前同法相似之餘示現異品由異法喻顛倒而立一種喻中如前安立瓶爲異法是故說爲異法相似分別差別名分別者前說示現等故今說分別差別故應知分別

同法差別謂如前說瓶爲同法於彼同法有可燒等差別義故是則瓶應無常非聲聲應是常不可燒等有差別故由此分別顛倒所立是故說名分別相似所言應一成無異者示現同法前已說故由此與彼應成一故彼者是誰以更不聞異方便故相鄰近故應知是宗成無異者成無異過即由此言義可知故不說其名是誰與誰共成無異不別說故即此一切與彼一切如有說言若見瓶等有同法故即合餘法亦無別異一切瓶法聲應皆有是則一切更互法同應成一性此中抑成無別異過亦爲顯示瓶聲差別不甚異前分別相似故應別說若以勤勇無間所發成立無常欲顯俱是非畢竟性則成宗因無別異過抑此令成無別異性是故說名無異相

似有說此因如能成立所成立法亦能成立此相違法由無別異是故說名無異相似顯所立餘因名可得相似者謂若顯示所立宗法餘因可得是則說名可得相似謂有說言如前成立聲是無常此非正因於電光等由現見等餘因可得無常成故以若離此而得有彼此非彼因有餘於此別作方便謂此非彼無常正因由不遍故如說叢林皆有思慮有睡眠故難義別疑因故說名猶豫者過類相應故汝聲說此中分別宗義別異因成不定是故說名猶豫相似或復分別因義別異故名猶豫相似過類謂有說言如前成立聲是無常勤勇無間所發性故現見勤勇無間所發或顯或生故成猶豫今所成立爲顯爲生是故不應以如是因證無常義說異品義

故非愛名義准者謂有說言若以勤勇無間所發說無常者義准則應若非勤勇無間所發諸電光等皆應是常如是名爲義准相似應知此中略去後句是故但名猶豫義准復由何義此同法等相似過類異因明師所說次第似破同故頌曰

由此同法等　多疑故似破

論曰多言爲顯或有異難及爲顯似不成因過此中前四與我所說譬喻方便都不相應且隨世間譬喻方便雖不顯因是決定性然攝其體故作是說由用不定同法等因成立自宗方便說他亦有此法由是便成似共不定或復成似相違決定若言唯爲成立自宗云何不定得名能破非即說此以爲能破難不定言說名不定於能詮中說所詮故無有此過餘處亦應如是安立若所立量有不定過或復決定同法等因有所成立即名能破是等難故若現見力比量不能遮遣其性如有成立聲非所聞猶如瓶等以現見聲是所聞故不應以其是所聞性遮遣無常非唯不見能遮遣故若不爾者亦應遣常第二無異相似是似不成因過彼以本無而生增益所立爲作宗因成一過故此以本無而生極成因法證滅後無若即立彼可成能破第三無異相似成立違害所立難故成似由可燒等不決定故若是決定可成相違可得相似所立不定故成其似若所立因於常亦有可成能破第二可得雖是不遍餘類無故似不成過若所立無可名能破非於此中欲立一切皆是無常猶豫相似謂以勤勇無間所發得

成立滅壞若以生起增益所立作不定過此似不定若於所立不起分别但簡别因生起爲難此似不成由於此中不欲唯生成立滅壞若生若顯悉皆滅壞非不定故義准相似謂以顛倒不定爲難故似不定若非勤勇無間所發立常無常或唯勤勇無間所發無常非餘可成能破頌曰

若因至不至　三時非愛言　至非至無因
是名似因闕

論曰若因至不至三時非愛言至非至無因者於至不至作非愛言若能立因至所立宗而成立者無差别故應非所立如池海水相合無異又若不成應非相至所立若成此是誰因者能立因不至所立不至非因無差别故應不成因是名爲至非至相似又於三時作非愛言若能立因在所立前未有所立此是誰因若言在後所立已成復何須因若俱時者因與有因皆不成就如牛兩角如是名爲無因相似此中如前次第異者由俱説名似因闕故所以者何非理誹撥一切因故此中何理唯不至同故雖因相相應亦不名因如是何理唯在所立前不得因名故即非能立又於此中有自害過遮遣同故如是且於言因及慧所成立中有似因闕於義因中有似不成非理誹撥諸法因故如前二因於義所立俱非所作能作性故不應正理若以正理而誹撥時可名能破頌曰

説前無因故　應無有所立　名無説相似
生無生亦然　所作異少分　顯所立不成
名所作相似　多如似宗説

論曰說前無因故應無有所立名無說相似者謂有說言如前所立若由此因證無常性此未說前都無所有因無有故應非無常如是名爲無說相似生無生亦然者生前無因故無所立亦即說名無生相似言亦然者類例聲前因無有故應無所立今於此中如無所立應知亦有所立相違謂有說言如前所立若如是聲未生已前無有勤勇無間所發應非無常又非勤勇無間所發故應是常如是名爲無生相似所作異少分顯所立不成名所作相似者謂所成立所作性故猶如瓶等聲無常者若瓶有異所作性故可是無常何預聲事如是名爲所作相似多如似宗說者如是無說相似等多分如似所立說謂如不成因過多言爲顯或如似餘今於此中無說相似增益比量謂於論者所說言詞立無常性難未說前因無有故此似不成或似因闕謂未說前益能立故若於此中顯義無有又立量時若無言說可成能破無生相似聲未生前增益所難因無故即名似彼若成立時顯此是無可成能破若未生前以非勤勇無間所發難今是常義准分故亦似不定所作相似乃有三種若難瓶等所作性於聲上無此似不成若難聲所作性於瓶等無此似相違若難即此常上亦無是不共故便似不定或似喻過引同法故何以故唯取總法建立比量不取別故若取別義決定異故比量應無頌曰

俱許而求因　名生過相似　此於喻設難

名如似喻說

論曰俱許而求因名生過相似者謂有難言如前所立瓶等無常復何因證此於喻設難名如似喻說者謂瓶等無常俱許成就而言不成似喻難故如似喻說頌曰

無常性恒隨　名常住相似　此成常性過
名如宗過說

論曰謂有難言如前所立聲是無常此應常與無常性合諸法自性恒不捨故亦應是常此即名爲常住相似是似宗過增益所立無常性故以於此中都無有別實無常性依此常轉即此自性本無今有暫有還無故名無常即此分位由自性緣名無常性如果性等如是過類足自所說多分說爲似能破性最極成故餘論所說亦應如是分別成立即此過類但由少分方便異故建立無邊差別過類是故不說如即此中諸有所說增益損減有顯無顯生理別喻品類相似等由此方隅皆應諦察及應遮遣諸有不善比量方便作如是說展轉流漫此於餘論所說無窮故不更說又於負處舊因明師諸有所說或有墮在能破中攝或有極麤或有非理如詭語類故此不録餘師宗等所有句義亦應如是分別建立如是遍計所執分等皆不應理違所說相皆名無智理極遠故又復此類過失言詞我自朋屬論式等中多已制伏又此方隅我於彼古因明論中已具分別故應且止頌曰

爲開智人慧毒藥　啓斯妙義正理門
諸有外量所迷者　令越邪途契眞義

因明正理門論

音釋

柁（徒可切）

躊躇（躊直由切躇直魚切躊躇猶豫貌）

誹（府尾切誹議也）

詭（居洧切詐也）

因明正理門論本

唐三藏法師玄奘譯

清刻龍藏佛說法變相圖

因明正理門論本

大域龍菩薩造
唐三藏法師玄奘譯

爲欲簡持能立能破義中眞實故造斯論

宗等多言說能立　是中惟隨自意樂
爲所成立說名宗　非彼相違義能遣

宗等多言說能立者由宗因喻多言辯說他未了義故此多言於論式等說名能立又以一言說能立者爲顯總成一能立性由此應知隨有所闕名能立過言是中者起論端義或簡持義是宗等中故名是中所言惟者是簡別義隨自意顯不顧論宗隨自意立樂爲所立謂不樂爲能成立性若異此者說所成立似因似喻應亦名宗爲顯離餘立宗過失故言非彼相違義遣若非違義言聲所遣如

立一切言皆是妄或先所立宗義相違如鵂狐子立聲爲常又若於中由不共故無有比量爲極成言相違義遣如説懷兎非月有故又於有法即彼所立爲此極成現量比量相違義遣如有成立聲非所聞瓶是常等諸有説言宗因相違名宗違者此非宗過以於此中立聲爲常一切皆是無常故者是喻方便要立異法由合喻顯非一切故此因非有以聲攝在一切中故或是所立一分義故此義不成名因過失喻亦有過由異法喻先顯宗無後説因無應如是言無常一切是謂非非一切故義然此倒説一切無常是故此中喻亦有過

如是已説宗及似宗因與似因多是宗法此差別相今當顯示

宗法於同品　謂有非有俱　於異品各三

有非有及二

豈不總以樂所成立合説爲宗云何此中乃言宗者惟取有法此無有失以其總聲於別亦轉如言燒衣或有宗聲惟詮於法此中宗法惟取立論及敵論者決定同許於同品中有非有等亦復如是何以故今此惟依證了因故但由智力了所説義非如生因由能起用若爾既取智爲了因是言便失能成立義此亦不然令彼憶念本極成故是故此中惟取彼此俱定許義即爲善説由是若有彼此不同許定非宗法如有成立聲是無常眼所見故又若敵論不同許者如對顯論所作性故又若猶豫如依烟等起疑惑時成立大種和合火有以現烟故或於是處有法不成如

成立我其體周徧於一切處生樂等故如是所說一切品類所有言詞皆非能立於其同品有非有等亦隨所應當如是說於當所說因與相違及不定中惟有共許決定言詞說名能立或名能破非互不成猶豫言詞復待成故夫立宗法理應更以餘法爲因成立此法若即成立有法爲有或立爲無如有成立最勝爲有現見別物有總類故或立爲無不可得故其義云何此中但立別物定有一因爲宗不立最勝故無此失若立爲無亦假安立不可得法是故亦無有有法過若以有法立餘有法或立其法如以烟立火或以火立觸其義云何今於此中非以成立火觸爲宗但爲成立此相應物若不爾者依烟立火依火立觸應成宗義一分爲因又於此中非欲成立火觸有性共知有故又於此中觀所成故立法有法非德有德故無有過重說頌言

有法非成於有法　及法此非成有法
但由法故成其法　如是成立於有法

若有成立聲非是常業等應常故常應可得故如是云何名爲宗法此說彼過由因宗門以有所立說應言故以先立常無形礙故後但立宗斥彼因過若如是立聲是無常所作非常故常非所作故此復云何是喻方便同法異法如其次第宣說其因宗定隨逐及宗無處定無因故以於此中由合顯示所作性因如是此聲定是所作非非所作此所作性定是宗法重說頌言

說因宗所隨　宗無因不有　依第五顯喻
由合故知因

由此已釋反破方便以所作性於無常見故於常不見故如是成立聲非是常應非作故是故順成反破方便非別解因如破數論我已廣辯故應且止廣諍傍論

如是宗法三種差別謂同品有非有及俱先除及字此中若品與所立法鄰近均等說名同品以一切義皆名品故若所立無說名異品非與同品相違或異若相違者應惟簡別若別異者應無有因由此道理所作性故能成無常及無我等不相違故若法能成相違所立是相違過即名似因如無違法相違亦爾所成法無定無有故非如瓶等因成猶豫於彼展轉無中有故以所作性現見離瓶於衣等有非離無常於無我等此因有故云何別法於別處轉由彼相似不說異名言即是此故無有失若不說異云何此因說名宗法此中但說定是宗法不欲說言惟是宗法若爾同品應亦名宗不然別處說所成故因必無異方成比量故不相似又此一一各有三種謂於一切同品有中於其異品或有非有及有非有於其同品非有及俱各有如是三種差別若無常宗全無異品對不立有虛空等論云何得說彼處此無若彼無有於彼不轉全無有疑故無此過如是合成九種宗法隨其次第略辯其相謂立聲常所量性故或立無常所作性故或立勤勇無間所發無常性故或立爲常所作性故或立爲常所聞性故或立爲常勤勇無間所發性故或非勤勇無間所發無常性故或立無常勤勇無間所發性故或立爲常無觸對故如是九種二頌

所攝
常無常勤勇　恒住堅牢性　非勤遷不變
由所量等九　所量作無常　作性間勇發
無常勇無觸　依常性等九
如是分別說名爲因相違不定故本頌言
於同有及二　在異無是因　翻此名相違
所餘皆不定
此中唯有二種名因謂於同品一切徧有異品徧無及於同品通有非有異品徧無於初後三各取中一復唯二種說名相違能倒立故謂於異品有及二種於其同品一切徧無第二三中取初後二所餘五種因及相違皆不決定是疑因義又於一切因等相中皆說所說一數同類勿說二相更互相違共集一處猶爲因等或於一相同作事故成不徧因理應四種名不定因二俱有故所聞云何由不共故以若不共所成立法所有差別徧攝一切皆是疑因唯彼有性彼所攝故一向離故諸有皆共無簡別因此唯於彼俱不相違是疑因性若於其中俱分是有亦是定因簡別餘故是名差別若對許有聲性是常此應成因若於爾時無有顯示所作性等是無常因容有此義然俱可得一義相違不容有故是猶豫因又於此中現教力勝故應依此思求決定攝上頌言
若法是不共　共決定相違　徧一切於彼
皆是疑因性　邪證法有法　自性或差別
此成相違因　若無所違害　觀宗法審察
若所樂違害　成躊躇顛倒　異此無似因
如是已辯因及似因喻今當說

說因宗所隨　宗無因不有　此二名譬喻
餘皆此相似
喻有二種同法異法同法者謂立聲無常勤勇無間所發性故以諸勤勇無間所發皆見無常猶如瓶等異法者謂諸有常住見非勤勇無間所發如虛空等前是遮詮後唯止濫由合及離比度義故由是雖對不立實有太虛空等而得顯示無有宗處無因義成復以何緣第一說因宗所隨逐第二說宗無因不有不說因無宗不有耶由如是說能顯示因同品定有異品徧無非顛倒說又說頌言
應以非作證其常　或以無常成所作
若爾應成非所說　不徧非樂等合離
如是已說二法合離順反兩喻餘此相似是以喻義何謂此餘謂於是處所立能立及不同品雖有合離而顛倒說或於是處不作合離唯現所立能立俱有異品俱無如是二法或有隨一不成不遣或有二俱不成不遣如立聲常無觸對故同法喻言諸無觸對見彼皆常如業如極微如瓶等異法喻言謂諸無常見有觸對如極微如業如虛空等由此已說同法喻中有法不成謂對不許常虛空等爲要具二譬喻言詞方成能立爲如其因但隨說一若就正理應具說二由是具足顯示所立不離其因以具顯示同品定有異品徧無能正對治相違不定若有於此一分已成隨說一分亦成能立若如其聲兩義同許俱不須說或由義准一能顯二
又比量中唯見此理若所比處此相審定於餘同類念此定有於彼無處念此徧無是故

由此生決定解故本頌言
如自決定已　悕他決定生　說宗法相應
所立餘遠離
爲於所比顯宗法性故說因言爲顯於此不
相離性故說喻言爲顯所比故說宗言於所
比中除此更無其餘支分由是遮遣餘審察
等及與合結若爾喻言應非異分顯因義故
事雖實爾然此因言唯爲顯了是宗法性非
爲顯了同品異品有性無性故須別說同異
喻言若惟因言所詮表義說名爲因斯有何
失復有何得別說喻分是名爲得應如世間
所說方便與其因義都不相應若爾何失此
說但應類所立義無有功能非能立義由彼
但說所作性故所類同法不說能立所成立
義又因喻別此有所立同法異法終不能顯
因與所立不相離性是故但有類所立義然
無功能何故無能以同喻中不必宗法宗義
相類此復餘譬所成立故應成無窮又不必
定有諸品類非異品中不顯無性有所簡別
能爲譬喻故說頌言
若因唯所立　或差別相類　譬喻應無窮
及遮遣異品
世間但顯宗因異品同處有性爲異法喻非
宗無處因不有性故定無能若唯宗法是因
性者其有不定應亦成因云何具有所立能
立及異品法二種譬喻而有此失若於爾時
所立異品非一種類便有此失如初後三各
最後喻故定三相唯爲顯因由是道理雖一
切分皆能爲因顯了所立然唯一分且說爲
因如是略說宗等及似即此多言說名能立

及似能立隨其所應爲開悟他說此能立及
似能立
爲自開悟唯有現量及與比量彼聲喻等攝
在此中故唯二量由此能了自共相故非離
此二別有所量爲了知彼更立餘量故本頌
言
現量除分別　餘所說因生
此中現量除分別者謂若有智於色等境遠
離一切種類名言假立無量諸門分別由不
共緣現現別轉故名現量故說頌言
有法非一相　根非一切行　唯內證離言
是色根境界
意地亦有離諸分別唯證行轉又於貪等諸
自證分諸修定者離教分別皆是現量又於
此中無別量果以即此體似義生故似有用

故假說爲量若於貪等諸自證分亦是現量
何故此中除分別智不遮此中自證現量無
分別故但於此中了餘境分不名現量由此
即說憶念比度悕求疑智惑亂智等於麤愛
等皆非現量隨先所受分別轉故如是一切
世俗有中瓶等數等舉等有性瓶性等智皆
似現量於實有中作餘行相假合餘義分別
轉故
已說現量當說比量餘所說因生者謂智是
前智餘從如所說能立因生是緣彼義此有
二種謂於所比審觀察智從現量生或比量
生及憶此因與所立宗不相離念由是成前
舉所說力念因同品定有等故是近及遠比
度因故俱名比量此依作具作者而說如是
應知悟他比量亦不離此得成能立故說頌

言

一事有多法　相非一切行　唯由簡別餘
表定能隨逐　如是能相者　亦有衆多法
唯不越所相　能表示非餘

何故此中與前現量別異建立爲現二門此處亦應於其比果說爲比量彼處亦應於其現因說爲現量俱不遮止

已說能立及似能立當說能破及似能破

能破闕等言　似破謂諸類

此中能破闕等言者謂前所說闕等言詞諸分過失彼一一言皆名能破由彼一一能顯前宗非善說故

所言似破謂諸類者諸同法等相似過類名似能破由彼多分於善比量爲迷惑他而施設故不能顯示前宗不善由彼非理而破斥故及能破處而施設故是彼類故說名過類

若於非理立比量中如是施設或不了知比量過失或即爲顯彼過失門不名過類

示現異品故　由同法異立　同法相似餘
由異法分別　差別名分別　應一成無異
顯所立餘因　名可得相似　難義別從因
故說名猶豫　說異品義故　非愛名義准

此中示現異品故由同法異立同法相似者顛倒成立故名異立此依作具作者而說同法即是相似故名同法相似一切攝立中相似過類故言相似者是不男聲能破相應故或隨結頌故云何同法相似能破於所作中說能作故轉生起故作如是說後隨所應亦如是說今於此中由同法喻顛倒成立是故說名同法相似如有成立聲是無常勤勇無

間所發性故此以虛空爲異法喻有顯虛空爲同法喻無質等故立聲爲常如是即此所說因中瓶應爲同法而異品虛空說爲同法由是說爲同法相似

餘由異法者謂異法相似是前同法相似之餘示現異品由異法喻顛倒而立二種喻中如前安立瓶爲異法是故說爲異法相似

分別差別名分別者前說示現等故今說分別差別故應知分別同法差別謂如前說瓶爲同法於彼同法有可燒等差別義故是則瓶應無常非聲聲應是常不可燒等有差別故由此分別顛倒所立是故說名分別相似

所言應一成無異者示現同法前已說故由此與彼應成一故彼者是誰以更不聞異方便故相鄰近故應知是宗成無異者成無異過即由此言義可知故不說其名是誰與誰共成無異不別說故即此一切與彼一切如有說言若見瓶等有同法故即令餘法亦無別異一切瓶法聲應皆有是則一切更互法同應成一性此中抑成無別異過亦爲顯示瓶聲差別不甚異前分別相似故應別說若以勤勇無間所發成立無常欲顯俱是非畢竟性則成宗因無別異過抑此令成無別異性是故說名無異相似有說此因如能成立所成立法亦能成立此相違法由無別異是故說名無異相似

顯所立餘因名可得相似者謂若顯示所立宗法餘因可得是則說名可得相似謂有說言如前成立聲是無常此非正因於電光等由現見等餘因可得無常成故以若離此而

得有彼此非彼因有餘於此別作方便謂此非彼無常正因由不徧故如說藂林皆有思慮有睡眠故

難義別疑因名猶豫相似者過類相應故汝聲說此中分別宗義別異因成不定是故說名猶豫相似或復分別因義別異故名猶豫相似過類謂有說言如前成立聲是無常勤勇無間所發性故現見勤勇無間所發或顯或生故成猶豫今所成立爲顯爲生是故不應以如是因證無常義

說異品義故非愛名義准者謂有說言若以勤勇無間所發說無常者義准則應若非勤勇無間所發諸電光等皆應是常如是名爲義准相似應知此中略去後句是故但名猶豫義准復由何義此同法等相似過類異因

明師所說次第似破同故由此同法等　多疑故似破

多言爲顯或有異難及爲顯似不成因過此中前四與我所說譬喻方便都不相應且隨世間譬喻方便雖不顯因是決定性然攝其體故作是說由用不定同法等因成立自宗方便說他亦有此法由是便成似共不定或復成似相違決定若言惟爲成立自宗云何不定得名能破非即說此以爲能破難不定言說名不定於能詮中說所詮故無有此過餘處亦應如是安立若所立量有不定過或復決定同法等因有所成立即名能破是等難故若現見力比量不能遮遣其性如有成立聲非所聞猶如瓶等以現見聲是所聞故不應以其是所聞性遮遣無常非惟不見能

遮遣故若不爾者亦應遣常第二無異相似是似不成因過彼以本無而生增益所立爲作宗因成一過故此以本無而生極成因法證滅後無若即立彼可成能破第三無異相似成立違害所立難故成似由可燒等不決定故若是決定可成相違可得相似所立不定故成其似若所立因於常亦有可成能破第二可得雖是不徧餘類無故似不成過若所立無可名能破非於此中欲立一切皆是無常猶豫相似謂以勤勇無間發得成立滅壞若以生起增益所立作不定過此似不定若於所立不起分別但簡別因生起爲難此似不成由於此中不欲惟生成立滅壞若生若顯悉皆滅壞非不定故義唯相似謂以顯倒不定爲難故似不定若非勤勇無間所發立常無常或惟勤勇無間所發無常非餘可成能破

若因至不至　三時非愛言　至非至無因
是名似因闕

若因至不至三時非愛言至非至無因者於至不至作非愛言若能立因至所立宗而成立者無差別故應非所立如池海水相合無異又若不成應非相至所立若成此是誰因若能立因不至所立不至非因無差別故應不成因是名爲至非至相似又於三時作非愛言若能立因在所立前未有所立此是誰因若言在後所立已成復何須因若俱時者因與有因皆不成就如牛兩角如是名爲無因相似此中如前次第異者由俱說名似因闕故所以者何非理誹撥一切因故此中何

理惟不至同故雖因相相應亦不名因如是何理惟在所立前不得因名故即非能立又於此中有自害過遮遣同故如是且於言因及慧所成立中有似因闕於義因中有似不成非理誹撥諸法因故如前二因於義所立俱非所作能作性故不應正理若以正理而誹撥時可名能破

說前無因故　應無有所立　名無說相似
生無生亦然　所作異少分　顯所立不成
名所作相似　多如似宗說

說前無因故應無有所立名無說相似者謂有說言如前所立若由此因證無常性此未說前都無所有因無有故應非無常如是名爲無說相似

生無生亦然者生前無因故無所立亦即說名無生相似言亦然者類例聲前因無有故應無所立今於此中如無所立應知亦有所立相違謂有說言如前所立若如是聲未生已前無有勤勇無間所發應非無常又非勤勇無間所發故應是常如是名爲無生相似

所作異少分顯所立不成名所作相似者謂所成立所作性故猶如瓶等聲無常者若瓶有異所作性故可是無常何預聲事如是名爲所作相似

多如似宗說者如是無說相似等多分如似所立說謂如不成因過多言爲顯或如似餘今於此中無說相似增益比量謂於論者所說言詞立無常性難未說前因無有故此似不成或似因闕謂未說前益能立故若於此中顯義無有又立量時若無言說可成能破

無生相似聲未生前增益所立難因無故即名似彼若成立時顯此是無可成能破若未生前以非勤勇無間所發難令是常義准分故亦似不定所作相似乃有三種若難瓶等所作性於聲上無此似不成若難聲所作性於瓶等無此似相違若難即此常上亦無是不共故便似不定或似喻過引同法故何以故惟取總法建立比量不取別故若取別義決定異故比量應無

俱許而求因　名生過相似　此於喻設難
名如似喻說

俱許而求因名生過相似者謂有難言如前所立瓶等無常復何因證此於喻設難名如似喻說者謂瓶等無常俱許成就而言不成似喻難故如似喻說

無常性恒隨　名常住相似　此成常性過
名如宗過說

謂有難言如前所立聲是無常此應常與無常性合諸法自性恒不捨故亦應是常此即名為常住相似是似宗過增益所立無常性故以於此中都無有別實無常性依此常轉即此自性本無今有暫有還無故名無常即此分位由自性緣名無常性如果性等

如是過類足自所說多分說為似能破性最極成故餘論所說亦應如是分別成立即此過類但由少分方便異故建立無邊差別過類是故不說如即此中諸有所說增益損減有顯無顯生理別喻品類相似等由此方隅皆應諦察及應遮遣諸有不善比量方便作如是說展轉流漫此於餘論所說無窮故不

更說又於負處舊因明師諸有所說或有墮在能破中攝或有極麤或有非理如詭語類故此不録餘師宗等所有句義亦應如是分別建立如是徧計所執分等皆不應理違所說相皆名無智理極遠故又即此類過失言詞我自朋屬論式等中多已制伏又此方隅我於彼古因明論中已具分別故應且止

爲開智人慧毒藥　破斯妙義正理門
諸有外量所迷者　令越邪途契眞義

因明正理門論本

音釋

獯狐 獯兄云切狐口胡舊云鵂鶹是也

止觀門論頌

手杖論

緣生論

唐三藏法師義淨奉制譯

隋天竺三藏法師達摩笈多譯

清刻龍藏佛說法變相圖

三論同卷

止觀門論頌

手杖論

緣生論

止觀門論七十七頌

世親菩薩造

唐三藏法師義淨奉制譯

若見女形相　及以艷嬌姿　愚人不了知

妄生婬染意　佛說膖脹等　蠲除婬慾念

能隨世尊教　得勝果非餘　戒淨有聞思

策勵常修習　繫念觀諸境　斯爲解脫因

若人有瞋染　及昏沉睡眠　掉惡作并疑

此五遮修定　少聞與衆居　鄙事情欣樂

愛身并受用　亦能遮定心　心亂有五緣

情隨衆境散　味著并沉掉　我慢重名聞
苾芻依聖教　有過應說除　善取住心緣
是爲最初行　次依寂靜處　妨難並皆無
然後息邪思　是苾芻初業　應可住屍林
著糞掃衣服　常求靜息事　斷除婬染心
乞食見女人　應觀爲不淨　攝眼除邪意
正心當取食　多言多事務　此皆須遠離
惱亂緣來逼　慧力應須忍　樹下草積中
或居崖窟內　觀時應住此　寂靜可修心
習定緣境時　不太高太下　不應極近遠
於境使相應　善取所緣境　子細善觀察
閉目住心時　猶如開眼見　根門皆攝斂
住念凝內心　緣境現前觀　念念令相續
於前所取相　形貌用心觀　膖脹女根邊
可畏可嫌賤　猶如濁池水　風吹令動搖
觀諸樹影時　不善分明住　心垢煩惱水
亂情風所吹　澄念觀察時　闇昧所能住
心沉應策舉　可觀勝妙事　如蛭飲血肉
水澆令使甦　還應速收斂　於舊境安心
令意有堪能　調善皆隨念　若其心掉舉
應思厭惡事　令心寂靜住　如鉤斲象頭
遠離於沉掉　應平等運心　隨情住舍中
此時無過咎　從此漸得住　取相影心安
明了中道行　正念燈持照　此時用尋伺
次第應觀察　定影即便生　分明現前住
不動搖明淨　如大丈夫形　此影望前觀
是爲差別相　此相既生已　欲愛等便除
即是繫心人　初定方便相　次知瞋恚體
本由貪染發　欲愛既已除　得離於瞋恚
次以勤策念　遣除昏睡心　既觀差別相

疑情即便息　次當除惡作　善行安隱路
寂靜無障礙　能防於掉舉　應知用麤尋
觀其所取相　即於心影内　以伺細推求
見差別心喜　由此得輕安　次證於樂定
定支次如是　即是根本定　善安於念心
猶如欲至村　及至村中者　既獲根本定
更復作餘修　得他心宿住　神通天眼耳
於此有伺時　心未能靜住　猶如河有浪
非上地應知　既得初定已　仍於所縁住
次依二靜慮　尋伺皆止息　雖得住此位
尚有喜水漂　入第三定時　其心便靜住
由其心有樂　未能令住念　既證四靜慮
衆過並皆除　退分勝進分　住分決擇分
靜慮有四種　修定者初知　若定順煩惱
此名爲退分　後勝爲勝分　自住住應知

由先善分別　是決擇道因　此定能招彼
名爲決擇分　於無常等相　作苦等行解
若得此定者　是煖等道分　於青膖等相
觀事有多途　如聖教修行　差別宜應識
死屍風鼓腹　穴處有膿流　連膀並皆麤
說名爲膖脹　不愛身麤分　唯貪細滑身
對此染心人　令修如是觀　若於死屍分
少有白膿流　餘肉並多青　說此爲青膖
覩色而生愛　斯名愛色人　對治以青膖
日親之所說　死屍膿遍出　是謂膿流相
對彼愛香人　令觀染心息　死屍腰爛斷
名爲斷壞相　對彼愛全身　大仙尊爲說
屍骸狐狢噉　鳥啄有殘筋　對治愛肌膚
爲說食殘相　手足諸支骨　隨處皆分散
對貪支分人　說骨聊亂相　即於骨亂相

刀杖斫分離　亦爲愛全身　令觀打亂相
屍骸被刀斫　或由鋒箭傷　流血遍殘軀
名爲血塗相　淨潔香塗體　新莊著綵衣
於此起貪人　用斯爲妙藥　於境唯獨愛
不許外人看　多蟲唼死屍　令觀除惡念
骸肉皆銷散　但唯牙骨存　於齒生貪者
令觀齒骨相　若見新死者　識去有殘形
樂著衆生貪　令除嬌態欲　屎尿及洟唾
合聚共成身　三十二種物　皮囊喚作人
髮毛并爪齒　肝肚等相因　肉扶三百骨
横纏九百筋　九孔流不淨　垢汙穢難陳
審觀眞可惡　智者不應親　旣觀他女體
亦復察已形　於斯貪染因　理應常繫念
不出三界獄　咸由欲染心　是故明智者
極善思其事　經多地獄苦　幸會得人身
豈得縱狂心　不修殊勝行　婬貪有多種
隨生愛不同　一觀並能除　謂是白骨觀
色觸形嬌態　衣纓生染著　何藥能除此
無過白骨觀　先於足大指　定心緣作瘡
破壞旣膿流　肉皆隨墮落　即觀指骨形
由如白鴿色　其瘡旣漸大　膚肉盡皆除
作如是次第　身肉皆除盡　正念勝解成
但觀其骨鎖　若有片肉在　即名爲亂意
況復縱心猨　馳求趣諸境　於多時繫相
自知能善住　次漸及餘人　總觀爲骨鎖
漸寬至海際　滿中皆白骨　此定旣成已
捨廣復令狹　略時從外捨　乃至唯身骨
還觀指足端　是定心次第　或時片片捨
極至於頂骨　應知最後心　眉間攝令住
若作此修習　常生勝梵宮　不落墮三塗

得生於五淨　人間散心善　還流生死河

智人修定心　如救身衣火　即可捨諸緣

宜居靜林處　勿使無常逼　虛死散心中

以鉢若淨心　終獲可愛果　如不願後有

於勝道應修　剃髮著袈裟　宜應修聖道

自餘諠雜事　咸爲生死因

止觀門論七十七頌

手杖論

尊者釋迦稱造

唐三藏法師義淨奉　制譯

世間一類有情爲無慧解便生邪執由彼沉淪生憐愍故今造斯論頌曰

設於平坦道　有步步顛蹶　爲此等愚蒙
談茲手杖論

論曰一一世尊出現於世而便寂滅阿僧企耶諸有情類然諸有情無有終際猶若虛空無邊性故此是世親菩薩之所述理邊謂斷割爾許數量是一義故爲遮此故故曰無邊所言終者是盡了義爲此便無所立能立不相離過宗言無終因云無邊是宗一分過也有異論者作如是說許未曾有新生有情猶如神村如彼計云如林薄等雖有衆多斫伐等費見摧殘已而更新生因無窮盡由斯定計別有未曾新起有情略詮述故如略詮中作如是說因問致答命樂軍曰有舊有情有新衆生如是廣說是故決定應如是許若異此者如油麻等聚無新添數而損減必定見其有終盡故爾者如若許有未曾有情今始新起此即便成許其生死有最初也若許有始彼即便有無因之過既許無因一切皆應無因而有此是阿遮利耶之本意也彼復於此而爲答曰由有於子造相屬業善不善二法等種子阿陀那識羯剌羅等事此謂最初而得生起既屬著已由近善惡自造諸業而入流轉或出涅槃斯乃善順緣生道理即僧塞迦羅八底也毗若南婆薄八底也社底既有斯義如何强逼許有新生有情論者便成

生死有最初失有別論者曰此非雅答何為為也若容有新生彼便有增剩由增待其滅初者是無因若云此新有情曾不了知生死意趣但由他業為緣力故忽爾得生若如是者彼諸有情令受流轉一一刹那展轉相生便成增剩由斯道理彼新生論便應許有初一有情由許增者待其滅故一切時中許有新生衆多有情是諸情數定有其增前前刹那待其滅故若如此者能滅轉少乃至將終成唯獨一然此最初不待餘業便成最初是無因有斯固不能辯無因過若言必定有增剩者可招此過有加無費是增剩因如慳人物然諸有情有其滅理何者一一佛圖嗢波柁而令無筭衆多有情入於圓寂亦不如是

頌曰

佛出難遭故　信教亦難逢　生因既易得
脫理相不同

論曰由佛出世實是難逢如論中說於初無數劫中已曾承事五箇七十千佛第二六箇七十千佛第三七箇七十千佛成佛資粮極難得故如有頌曰

無數百苦行　無數善根生　進無數長時
斷無數煩障　得一切種智　淨除諸障惱
成無上世尊　如開篋覩寶

縱許或時逢如來出世彼之所演清淨法律敬信之者誠復難得由彼信心於八暇處方能具足然彼最是難得性故然生起因是極異得謂惑及業此之因緣隨在何時多現前故此之煩惱有三種縁一隨眠未斷二纏境現前三於彼起不如理思此為凡愚多所樂

著然而諸業但由能造屬著因者亦非難得或可有時而得解脫欲將少費答彼新增固亦未能免便成過理不相應頌曰

器界無增數　容成有滅時　生死既無初此應成大迮

論曰若容有新生應流至此由非器世界如有情世界而有增理橫竪世界安布定數容有滅時如劫壞時有界空故如有說云猶如天雨注若伊沙無間無缺從空注墮如是東方無間無缺有諸世界或成或壞如是等然非有情新生新長有其限齊然而薩埵增多數無窮極理不相容更互逼迫受迮苦耶今更設問新生論者所許未曾有情忽起藉餘業力識乃得生爲是熏也爲不熏也若言熏者從其屬著新生識熏便成體是一多過起凡論熏習須共雜染及清淨法同生同滅依止此已作彼生因非彼有情先有生因令彼二法可共生滅依止此已作彼生因耶然而能爲屬著者識與前二法同生同滅爲彼生因頗無違失若爾最初識許熏習其屬著者如前刹那是此因故次後刹那亦應如是若異此者熏習之法理不成故由斯道理其父用功而得解脫或復多聞子不施勞應同其父或時如子父亦應然如斯等類過失轉多悉皆招得

若言不由熏多種功能自起若轉救云爲無染淨同生滅故依彼作因有如前過而今但取能屬著者因緣合故爲增上緣爲無根源彼得生起此義固無不生果失若爾功能與果滅猶若業功能彼諸貪等所有功能既酬

果已並皆息滅如異熟業自有功能既生果已隨即淪喪若異此者便成無盡之態此亦如是縱爾何失以不許投餘種解脫不勞勤故貪等功能既其滅已離此所有貪等功能望自自果更不許其投新種子由種斷故縱不修習聖道便成圓寂此便符順善見天言苟出私懷讚揚非法如彼言曰我觀群衆類鬅心并鬅身離諸歡樂欲別求除苦因但須耽妙樂何勞作餘見即將貪染心便招涅槃理轉復生過業無用故如略詮云有三種福業事所謂施性戒性修性於此發起勤勞修習誠無用耶何故如是以和合功能果自起故若諸福事將欲滅時於阿賴耶識置異熟熏後時此熏隨其自用得助生因和合當生未來異熟爾者所用劬勞營彼福事果不虛也若也於先不修善業藉彼屬者爲其緣故異熟功能忽然生起從此能生現法生後所有異熟苦身勤修同前無用

又二種業思及思作善不善及以無記如斯等類並成虛設若言已後熏及除阿陀那識最初刹那乃至違緣未生已來於自相續熏其貪等如是便無所徵諸過若如是者先時熏亦爾將其自熏習此併盡成陳若不爾者如何與彼作生因耶出世之智雖不曾得但以墮在自相續中所有似說二無性智共許從此熏習之處而作生因此聞之熏是極清淨法界等流之體性故法界即是如來法身我法二無性解是法界所流果法謂法身界即因也是出世間諸法之界謂能持彼熏習性故及斷煩惱所知二障所有餘習名極清

淨其聞熏習是似彼果彼爲增上緣而得生起故同彼體性故如有說云諸初發心菩提薩埵所有正聞熏習種子雖曰世間應知即是法身所攝室羅縛迦鉢羝迦佛陀應知即是解脫身攝是故定知雖是世間而能親作出世間心種子也說法之義似相分識雖現是無而從其章依其句義顯彼所有相屬道理亦以一篇類諸餘頌咸亦同耳於此斷章雖無支分爲令解了若爾何過此併成陳如於其後先亦同然但是墮在自相續中以其貪等而熏著之若如是者即從先生種子而得生起彼復從先彼更由先斯乃薩婆石揭盡從陳種而生所執新生便成無氏據此便能立有先世

天授初眼識　定從餘識來　識性故應知
猶如於後識　假令滅定起　心彼亦攝居
宗內以理性　同無不定過　諸心心起法
共許四緣生　爾立最初心　何謂等無間

心心起法從四緣生阿毗達磨理成決定爾者汝之所許最初起心何者是其同無間緣亦非在他相續之中所有心聚與自心聚爲緣應理少多不同故更有定理諸生有染論自他煩惱令汝所許生有染心便非自他煩惱縱於三世境生理不能成且非過去不曾經故亦非未來由想曾經起願求故復非現在由其意識自在而起便成無有聾盲等故復爲五根及諸趣命根皆是異熟汝便非異熟奇異善談經然而說云內五有熟養故知眼等五根異熟性成五趣亦是異熟體性略詮爲量故有說具壽諸那洛迦由其漏惱現

前力故遂便造作生捺洛迦業令數增長具壽謂身語意曲穢濁業命終便於可惡賤處令其異熟色受想行識被極煎煑異熟生巳名那洛迦具壽此中離彼法外無别那洛迦而可得也言彼法者即是異熟生塞健陀義此處聚言非無差别此義即是遮其實我能馳諸趣義准應知意但攝取别異聚也所云異熟生者有情名體雖不差殊爲明有異熟者謂五聚内善惡無記不是趣性非是熟報若彼亦是趣體者即應現造生捺洛迦諸不善業或數增長此即應名那洛迦爲此諸識趣之體性但是無覆無記名爲有情於對法中亦如是説又云命根是毗播迦思擇命根必定但唯是其異熟然瑜伽論要立諸法皆異熟識曾無一法越異熟性故然汝新起有情論者便成根等不是異熟彼新有情先受後受所有諸業先非有故現法受業當爾之時弗容有故由殊勝等因乃無故亦復便成餘所作業令他招報故奇異善談經者將斯戲調意欲道渠不善經論呈自胷臆違阿笈摩故

手杖論

緣生論序

原是一心積爲三界癡流漫遠苦樹鬱高欲討其際難測其本理極實相之門筌窮假名之域五因七果十有二分緣生之法總備於此凡則迷而起妄聖則悟以通眞下似兔浮上如象度大哉妙覺淵乎洞盡十地與雙林俱暢闍城共稻芉咸敷至若此經獨苞彼例彼所未說此乃具演攀緣爲首對治爲末總則一十一門別則百二十問其旨微而密其詞約而隱經之綱目攝在茲焉并有聖者鬱楞迦附此經旨作論顯發其論也遍取三乘之意不執一部之筌先立偈章後興論釋偈有三十故亦名三十論也大業一年十月南賢豆國（舊名天竺者訛也）三藏法師達磨笈多與故翻經法師彥琮在東都上林園依林邑所獲賢豆梵本譯爲隋言三年九月其功乃竟經二卷論一卷三藏師究論開明義解沉密琮法師博通經論兼善梵文共對葉本更相扣擊一言靡遺三覆逾審辭頗簡質意存允正比之昔人差無尤失眞曰法燈足稱智藏願窮後際常益世間云爾

緣生論

聖者鬱楞迦造

隋天竺三藏法師達摩笈多譯

從一生於三　從三轉生六　六二二更六
從六亦生六　從六有於三　此三復有三
三復生於四　四復生於三　從三生於一
彼一復生七　於中所有苦　牟尼說皆攝
十二種差別　善淨說為空　緣生分力故
應知十二法　無智與業識　名色根三和
知渴及以取　集出熟後邊　初八九煩惱
第二第十業　餘七皆是苦　三攝十二法
初二是過去　後二未來時　餘八是現在
此謂三時法　惱起業感報　報還生煩惱
煩惱復生業　亦由業有報　離惱何有業
業壞亦無報　無報則離惱　此三各自滅
五分因生果　名為煩惱業　七分以為果
七種苦應念　因中空無果　因中亦無因
果中空無因　果中亦無果　因果二俱空
智者與相應　梵本一偈今　為一偈半偈
世中四種分　因果合故有　煩惱業果合
念欲為六分　有節所攝故　二節及三略
因果雜為節　三四節總略　二二三三二
苦時有五法　作者胎境界　發轉生流行
迷惑發起果　報流果為二　相應根分中
一一三二分　熱惱貧乏果　轉出津流果
相應他分中　二一一法　此有十二種
等力緣自生　無眾生無命　無動以慧知
無我無我所　無我無我因　四種無智空
餘分亦如是　斷常二邊離　此即是中道
若覺已成就　覺體是諸佛　覺已於眾中

仙聖説無我　曾於城喻經　導師説此義
迦旃延經説　正見及空見　破邏具膩經
亦説殊勝空　緣生若正知　彼知空相應
緣生若不知　亦不知彼空　於空若起慢
則不厭受衆　若有彼無見　則迷緣生義
緣生不迷故　離慢彼知空　及厭受衆故
不迷業果合　業作緣續生　亦非不緣此
空緣當有此　業報受具用　十二分差別
前已説緣生　彼煩惱苦業　三中如法攝
三中生於二　二中生於七　七中復生三
有輪如是轉　因果諸生世　無別有衆生
唯是於空法　還自生空法　藉緣生煩惱
藉緣亦生業　藉緣亦生報　無一不有緣
誦燈印鏡音　日光種子酢　衆續不超到
智應觀彼二　緣生三十論本竟

緣生三十論我當隨順次第解釋

從一生於三　從三轉生六　六二二更六
從六亦生六

從一生於三者一謂無智此智者説名無明於苦集滅道中不覺知故名爲無智由無智故則有福非福不動説名三行及身行口行心行等從其轉生從三轉生六者從彼三行生六識身所謂眼識耳識鼻識舌識身識意識六二者彼六識身轉生二種所謂名色二更六者名色二種轉生六入所謂眼入耳入鼻入舌入身入意入從六亦生六者從彼六入轉生六觸所謂眼觸耳觸鼻觸舌觸身觸意觸

從六有於三　此三復有三　三復生於四
四復生於三

從六有於三者從彼六觸轉生三受所謂樂受苦受不苦不樂受此三復有三者還從彼等三受轉生三種渴愛所謂欲渴愛有渴愛無有渴愛三復生於四者從彼三種渴愛轉生四取所謂欲取見取戒苦行取我語取四復生於三者從彼四取轉生三有所謂欲有色有無色有

從三生於一　彼一復生七　於中所有苦牟尼說皆攝

從三生於一者還以彼等三有作緣生當來一種生彼一復生七者還從彼一當有老死憂悲苦惱困等七種於中所有苦牟尼說皆攝者於中無明為始困為終無量種苦世尊略說皆此所攝

十二種差別　善淨說為空　緣生分力故

應知十二法

十二種差別善淨說為空者此無智等各別不雜有十二分又彼皆自性空應當正見如此所說唯是空法自生空法緣生分力故應知十二法者若以次第生分力故彼十二法如是應知彼中迷惑相者是無明彼行句處積集當有相者是行彼識句處次受生分轉出相者是識彼名色句處名身色身和合相者是名色彼六入句處相安置相者是六入彼觸句處眼色識共聚相者是觸彼受句處愛不愛受用相者是受彼渴愛句處無厭足相者是渴愛彼取句處執持攝取相者是取彼有句處也身色身相者是有彼生句處五衆出生相者是生彼老句處成熟相者是老彼死句處命根斷者是死彼憂句處高舉相

者是憂彼悲句處哭聲者是悲彼苦句處身
燒熱相者是苦彼惱句處心逼惱相者是惱
彼困句處極疲乏相者是困
無智與業識　名色根三和　知渴及以取
集出熟後邊
於中無智者是無明業者行識者是解名色
者是五衆總聚根者是入三和者是觸知者
是受渴者是渴愛取者是執持集者是有出
者是生熟者是老後邊者是死
又此等差別相攝我當次第說之於中業煩
惱報差別
初八九煩惱　第二第十業　餘七皆是苦
三攝十二法
三煩惱者無明渴愛取二業者行有七報者
識名色六入觸受生老死等此十二法三種
所攝
又時差別
初二是過去　後二未來時　餘八是現在
此謂三時法
無明行初二種過去時中生老死後二種未
來時中識名色六入觸受渴愛取有八種現
在時中
又此等各各次第相生
惱起業感報　報還生煩惱　煩惱復生業
亦由業有報
煩惱業報三種如前所說由彼煩惱故有業
由業故有報還由報故有煩惱由煩惱故有
業由業故有報
問曰由煩惱盡各各寂滅其義云何答曰
離惱何有業　業壞亦無報　無報則離惱

此三各自滅

若其此心無煩惱染則不集業若不作業則不受報若滅報者亦不生煩惱如是此三各各自滅

又此等有因果分

五分因生果　名爲煩惱業　七分以爲果
七種苦應念

五種因名爲煩惱業者如前所說無明行渴愛取有是也七種果轉生者亦如前所說七種苦所謂識名色六入觸受生老死是也

又此因果二種空

因中空無果　因中亦無因　果中空無因
果中亦無果　因果二俱空　智者與相應

梵本一偈仐　爲一偈半偈

若此所說因果二種於中若因空果果亦空因如是因亦空因果亦空果於此四際當與相應

又此更有別分

世中四種分　因果合故有　煩惱業果合
念欲爲六分

世中四種分因果合故有者

道中五種因及七種果和合故總略爲四種次第有四種分於中無明行過去時中二法爲第一分識名色六入觸受現在時中爲第二分渴愛取有亦是現在時中爲第三分生老死未來時中二法爲第四分此謂四種分也煩惱業果合念欲爲六分者煩惱業報三種和合以次第故於二根本有六種分於中無明所攝乃至受以無明爲根渴愛所攝乃至老死以渴愛爲根無明根中無明是煩惱

分行是業分識名色六入觸受是報分渴愛根中渴愛取是煩惱分有是業分生老死是報分

又節分總略

有節所攝故　二節及三略　因果雜爲節

三四節總略

有節爲本發起二節所謂有生兩間爲第一節行識兩間是第二節此二並爲業果節受渴愛中因果共雜是第三節此之三節復爲四種總略無明行二種是第一總略識名色六入觸受五種是第二總略渴愛取有三種是第三總略生老死二種是第四總略北謂

三節及四總略

又此等法中住時差別

二二三三二　苦時有五法　作者胎境界

發轉生流行

二二法者無明行說爲二種識名色說爲二種三三者六入觸受說爲三種渴愛取有說爲三種又二者生老死說爲二種此等五法是苦時中作者胎藏境界發轉出生於中流行如數當知於中無明行二種說爲苦時中作者應如是見識名色二種說爲苦時中胎藏應如是見六入觸受三種說爲苦時中境界渴愛取有三種說爲苦時中發轉生老死二種說爲苦時中出生

又果差別

迷惑發起果　報流果爲二　相應根分中

一一三二分

如前所說此無明根及渴愛根於無明根第一分中迷惑發起報流名四種果　一一三三

數分之中隨其次第當與相應於中無明是迷惑果行是發起果識名色六入是報果觸受是津流果復有餘殘果

熱惱貧乏果　轉出津流果　相應他分中
二一一法

如前所說第二渴愛根分中熱惱貧乏轉生津流果等隨其數分二一一　於此法中當與相應於中渴愛取是熱惱果有是貧乏果生是轉出果老死是津流果如是此等則有八果

此有十二種　等力緣自生　無衆生無命
無動以慧知

如是無明爲初老死爲邊有十二分平等勝故各各緣生而無衆生無壽命無動作以慧應知於中無衆生者以不牢固故無壽命者以無我故無動作者以無作者故

無我無我所　無我無我因　四種無智空
餘分亦如是

於無我中無智無我所中無智無我中無智無我因中無智此中以無我故四種無智空如四種次第無智空如是行等餘分亦皆是空應當知之

斷常二邊離　此即是中道　若覺已成就
覺體是諸佛

有是常攝無是斷攝如此二邊彼作緣彼處彼處諸有轉生離此二邊即是中道若無智諸外道則墮於邊若已覺悟諸佛世尊則爲覺體於此世間獨能成就餘人悉無此義

覺已於衆中　仙聖說無我　曾於城喻經
導師說此義

彼亦是此中道覺已於諸衆生佛説無我所謂比丘有我我所小兒凡夫無聞之類順墮假名於中無復我及我所比丘生時但苦生滅時但苦滅如城喻經中導師已説此義又迦旃延經説　正見及空見　破邏具膩經亦説殊勝空

此等三經及以餘處如是之相世尊已説彼亦是此

緣生若正知　彼知空相應　緣生若不知　亦不知彼空

於前所説緣生若有正知彼知無異彼復何知謂知於空緣生若不知亦不知彼空者於此緣生若其不知亦於彼空不能解入應當知之

於空若起慢　則不厭受衆　若有彼無見　則迷緣生義

於空若起慢則不厭受衆者若起空慢則於五受衆中不生厭離若有彼無見則迷緣生義者若復由於無見迷此緣生義故則於四種見中隨取何見一者斷見二者常見三者自在化語四者唯依宿世所作

緣生不迷故　離慢彼知空　及厭受衆故　不迷業果合

緣生不迷故離慢彼知空者於前所説各各緣生中若無迷心及於攝取我我所中若得離慢彼則如法能入於空及厭受衆故不迷業果合者五受衆中攝取我我所故則遍世間輪轉不息於彼受衆起厭離故於此業果相續則無顛倒亦不迷惑

又問此義云何

業作緣續生　亦非不緣此　空緣當有此
業報受用具

業作緣續生亦非不緣此者煩惱業染如前所說彼以如是淨不淨業推遣衆生傍及上下相續而生若非此業則不作緣若不然者則未作竟而來及已作竟而失（來謂業未作竟其果即來失業已作竟果便失）空緣當有此業報受用具者若由此等淨不淨業有報受用則自性是空本無有我作緣發生彼自空亦應當知彼義今更略說

十二分差別　前已說緣生　彼煩惱苦業
三中如法攝

無明爲初老死爲邊是十二分緣生差別如前所說彼中三是煩惱二是業七是苦皆已攝入

三中生於二　二中生於七　七中復生三
有輪如是轉

無明渴愛取三種所生行有二種彼二所生識名色六入觸受生老死七分彼七分中如前所說還生三種彼三復二其二更七是故二種次第不斷此之有輪如是普轉

因果諸生世　無別有衆生　唯是於空法
還自生空法

因果諸生世無別有衆生者無明行渴愛取有五種名因識名色六入觸受生老死七種名果此等所有普遍世間若我若衆生若壽若生者若丈夫若人若作者是等爲首次第分別其唯虛誑應當知之彼云何生唯是於空法還自生空法謂自性空中假名煩惱業果唯有別空假名煩惱業果法生此是其義

藉緣生煩惱　藉緣亦生業　藉緣亦生報
無一不有緣
若有煩惱則有種種無量種業及種種業所
生果報彼皆共因共緣應當知之無有一處
無因緣者
又爲明彼義今更説譬喻
誦燈印鏡音　日光種子酢　衆續不超到
智應觀彼二
如誦有教誦者受誦者所有教誦不到受誦
何以故教誦者仍安住故其教誦者亦不相
續何以故自不生故如燈次第生非是初燈
超到亦非第二無因而生如是印與像二種
面與鏡二種音與響二種日與火二種種子
與芽二種酢與舌涎二種此等所有皆不超
到亦非不生亦非無因而生彼二種五受衆
相續到時非是初受衆超到而第二受衆亦
非不生亦非無因而生智者於此受衆相續
不超而次第到應當正觀
又外内受用俱有十種皆應當見於中外十
種者一者非常故二者非斷故三者不超到
故四者無中間故五者非彼體故六者非別
異故七者無作者故八者非無因故九者念
念空故十者同類果相繫故彼外所有種子
滅無餘故非常芽出生故非斷種子滅無餘
已其芽本無今有生故不超到彼所相續無
有斷絶因果相繫故無中間種子芽差別故
非彼體從彼出生故非別異因緣和合故無
作者種子爲因故非無因種子芽莖枝葉花
果等傳傳相生故念念空甜酢鹹苦辛澀隨
因差別果轉出故同類果相繫於中内十種

者一者死邊受衆滅無餘故非常二者得次生分受衆故非斷三者死邊受衆滅無餘已次生分受衆本無今有生故不超到四者受衆相續無有斷絶因果相繫故無中間五者死邊次生分受衆差別故非彼體六者從彼出生故非別異七者因緣和合故無作者八者煩惱業爲因故非無因九者迦邏邏頞浮陀箄尸伽那奢佉出胎嬰孩童子少年長宿等傳傳相生故念念空十者善不善熏隨因差別果轉出故同類果相繫又有三偈

如燈焰轉生　識身亦如是　先際與後際
亦無有聚集　無生亦有生　破壞無相著
生已亦無住　而此作業轉　若於彼緣生
而能觀知空　爲其施設教　彼亦是中道

於中無明行渴愛取有是爲集諦識名色六入觸受生老死是爲苦諦彼等十二分滅是爲滅諦若於緣生如實能知是爲道諦

緣生論

音釋

胮脹 胮匹絳切脹知亮切　蛭 之日切水蟲馬蟥也　甦 桑姑切穌息也　斲 竹角切斫也　狢 下各切狐狢獸名　啄 竹角切鵮啄也　鉾 莫浮切與矛同　唼 子答切食也　屎尿 屎施止切尿奴弔切　洟 他計切鼻液也　蹶 居月切失脚也　嗢 烏沒切　髴 敷勿切　羝 都奚切　筌 且緣切魚笱也　破　邏具膩 張宿名也邏朗可切膩女利切　箄 必匙切

取因假設論

觀總相論頌

六門教授習定論

唐三藏法師義淨奉制譯

清刻龍藏佛說法變相圖

三論同卷

取因假設論

觀總相論頌

六門教授習定論

取因假設論

陳那菩薩造

唐三藏法師義淨奉制譯

論曰爲遮一性異性非有邊故大師但依假施設事而宣法要欲令有情方便趣入如理作意遠離邪宗永斷煩惱如是三邊皆有過故我當開釋此中取因假設略有三種一者總聚二者相續三者分位差別言總聚者謂於一時有多法聚隨順世間以一性說如身林等言相續者謂於異時因果不絕以一性

說如羯羅羅等位名之爲人芽等轉異名之爲穀言分位差別者謂於一事有其多性異不異時而爲建立如色生位異無常性有見有對業具性故等由此三義寄意説有補嗢揭羅及證圓寂然此三義但是假設不可説爲一性異性及總無性有過失故此中且辯總聚有聚無異性言事唯二種爲當許有此二自性遮其性別謂於有聚總聚不別名無異耶爲但無餘説名無異此有何過頌曰

若無異性體無別　有聚更互成無異

或於總聚別事殊　此復便成多種體

論曰若許手等自性與身是一名無異者此即於身無別性故手等更互成無差別手便成足違此間故或復說彼別別支分非身自性於聚集時説爲身者此即全無總聚自體少分可得爲異前義故置或言若於別事非是總聚自性者即是自性差別由別性故於聚集時云何與彼無別自性得成應理不由總聚捨自性故此復便成多種體性總聚於多無異性故若別若總是無異性由非總別捨自性故若頓若漸皆成多性望彼諸事無異性故如是且辯二計過失頌曰

若言唯遮餘有性　二種非有汝成過

若一有性是所遮　非無別故兩相似

論曰若言唯遮餘有性二種非有汝成過者若於有聚無別總聚名無異者此即更互相待成無異性若於一處有無異義第二亦爾云何汝得免斯過失如無總聚有聚亦無若異此者無異之言便成無用若一有性是所遮者縱許如是於他所執有分實事唯遮於

此名無異者此亦不然事無別故兩處相似由無異言一處既爾於餘亦然如初無異言故汝不應但遮一處若言意許唯遮彼者應可但言無其有分勿言無異彼之有性是不樂故若其許彼體性是有不許異者說無異言方成應理又有異義非無別故兩相似者如離手等更無別身是有分故如是手等亦待指等成其有分手等如身亦成非有如是乃至極微待於聲等聲等復待薩埵等薩埵等復待喜等待果功能此即分與有分同有分性故汝所執便成非有如是且辯許無異性有二種過頌曰

異性亦爾以一邊　於支分處別別轉
一邊便有無窮過　或非是一及全無

論曰異性亦爾者有二過言流至於此由彼於自支分轉時或別別轉或復遍轉此中且辯別別轉義若以一邊於手等處有分轉時彼亦一邊猶如手等復更應有一邊隨起如是展轉有無窮過或非是一者異無窮過故置或言若言身分一邊更不轉者此即應無一有分義便成有分唯有一邊若爾應許唯有手等何煩黨執於已支分有分轉耶及全無者一邊無窮及更有過故置及言以此一邊於分轉時此即全無有分可得由非有分如手足等有其一邊若言有分離手等時無別支分有分體一故若如是者便成於彼別支分處各各遍轉唯此二計更無第三分別執故頌曰

若遍彼成多種性　及於手等互無差
或此非彼故便成　諸事皆同一微性

論曰若言遍者所計有分與支分量同於一一處皆同遍故彼即便成多種體性更有異義故置及言由於一處遍皆有故由不許彼別處性故及餘支分更互無差由彼和合同一處時事無別故此則手處應許有足便違世間共許道理或此非彼者更有異計故置或言爲避前過云有分體於足轉時非於手等有分別轉此則無有於餘支分同處過者此同捺瘿反出眼睛若如是者一切有分成一實事是故諸事成一極微由彼有分於自支分展轉起時乃至唯有一實極微住處可得此一支分便與有分同一極微此有分執理成無用及違自宗若言離於色等別有極微即無如前所說之過由彼不於色等處轉故無此失理亦不然於此亦有二執過故故應許此有別方分或無方分若爾何過頌曰

有方分性非極微　爲遮一性異性故
或無方分多不聚　或復衆同於一微

論曰由非如是所執極微理得成就有方分故由此方分更成轉細又復彼遮一異性故由此於彼自支分處或同或異唯此二種無第三計已斥其過非諸極微有方分故既無方分假令共聚亦不和雜設許同處皆同一微然此極微不得和聚一與諸微相障礙故即諸微體共成於一由同處故如是已說總聚有聚一異之過頌曰

相續若一捨嬰孩　漸次乃至童年位
應失自身非不異　若言不失便相雜

論曰若許相續於有續事無異性者應許自性有其二種由此說爲相續自性或但遮餘

此之二種同前總聚已斥其過於中別者今更決擇若別別位領受之時爲捨前位而領於後爲當不捨斯有何過若捨嬰孩至童年位應失自身汝若許此於嬰兒位是不異者彼移易時自體應失於此位中無異性故故汝宗云凡諸實事有別法起有別法生爲轉變者無如是理然非不異移轉位別安危異故言不異者此即是彼如是且論轉捨之過若不失者法相和雜不捨嬰孩領童年位孩童等位體相和雜應成無別然不見有如斯之事已說不異性過頌曰

若是異性身不安　爲欲求安勞妄設
轉不相應及生滅　若言體別成實事

論曰相續有續體若異者諸有先病後時求差所有劬勞皆成妄設流轉之理不相應故曾不見有別體之物如牛馬等得相續故若言不可說事亦不見者此難非理是所成立故由離二邊於世間事因果之處見有斯事非於餘處又如酸酒欲轉成美心散亂人修令寂定所設劬勞並應無益由體異故若異性者生滅之理亦不相應諸有生滅相續起者應於現在支分處轉過未現在云何轉耶一分全遍並如前破又性異者相續體殊不應生滅此復何過若言別者有爲相異所許相續成實事有此不應理次後當說相續一異已障其過復次分位差別於果性等其事云何頌曰

於果性等分位處　取彼事已施言說
若異彼者事無體　不異二過辯如前

論曰於果性等分位之處取彼事已而與言

說異彼無體謂於色等說爲因果一異性自他性有見有對性等若言彼事異於此者此即便成非因果等亦無自體由無一事不待於德於自體處可成言說此不異性有二種失如前總聚已彰其過於隨有處應可思之若於有法說無異性捨不捨性亦如前辯或此於身相續轉時有差別性譬如牛味於熱病者能爲止息復能於此爲發動因已說三種假設之事異不異性所有過失總撥無者次當辯釋頌曰

若不許身是實有　無倒說法應無益
又復應無邪見人　亦無差別作用事

論曰如於身處顛倒說爲常樂我淨無倒爲說四念住法若無身者應成無用又若不許有相續者能治所治便成差別如於餘身執以爲常爲對治彼便於餘身爲說無常此成無用復次若無分位差別者說無常等法亦爲無用次邪見人說無施無受等及諸總聚所有福事應非邪見然衣食等所有施物皆是總聚如有說言風不能吹河不流等言無相續亦非邪見然非佛教許彼風等有實業用雖有風吹等用然而不許彼能向餘方相續生起若無相續皆無如是邪見之事若無分位差別者於一色處苦集二相撥無之時邪見差別應成非有色無別故亦無差別作業之事又若不許有總聚者於毗訶羅窣堵波等福德差殊應皆非有又相續別故其福亦殊如世尊告勇健長者曰若有苾芻受食食已入無量意定正念而住於如是等福德差別應成非有若不許有分位差別者此差

别故業用差别亦成非有事雖不殊勢力有異其用亦别是共許故猶如毒藥和餘物時便爲害命療病用故如是等類撥無其事皆有過失若有如是衆過失者何不許彼是實物有此不應理有過失故何者是耶頌曰

由遮一性異性故　非是展轉藉因成

自體亦是可說故　似境唯從於識起

論曰由於色等是實有故更互相望一異之性是可說故其總聚等是不可說若如是者身望餘身云何名異此由非是更互相因凡諸事物若捨於彼而心取此者斯則不名取因假設由不取彼以爲因故然於身等更互相待若捨彼時意不取此此乃方名取因假設若捨色等無其總聚是故應知但於自事一異之性是不可說非於一切然分位差别於異性等更互名異說之爲假若如是者於色等處亦不取故說爲異性應非實有理不應爾由彼自體是可說故亦是可得體相别故非於餘事不棄捨故然此似境亦從識起於彼所有一切境相若離識者即不能知所有自性亦是假設故無有過如有頌言

鬼傍生人天　各隨其所應　同處心異故

許境非實有

又總聚等非實物有非是有爲無爲性故一切諸法皆是有爲無爲性攝此且非是有爲之相頌曰

相不相應非有爲　若言有說是客意

於數取趣亦見說　若是無爲應不壞

論曰若是有爲應如識等有生住等有爲之相此不如是於總聚等二微聚時相乃無邊

有無窮過亦非假事有如是相一事便有無邊相故然於現有假施設事聚集等時便有生滅可了知故若言有説者實有此言説總聚等有爲之相如有頌曰

積聚皆消散　崇高必墮落　合會終别離　有命皆歸死

此謂三謨訶等説有滅相於毗訶羅等説有生相雖有此説皆是密意非於勝義有如是相此生等相世人皆知於假處有即如其事而爲説法此由隨順離欲事故雖非勝義順清淨故爲欲利益諸有情故作如是説佛告諸苾芻若見女人與毋狀同者應爲毋想如是等言皆是假説寧知生等是密意説非勝義耶於補嗢揭羅説有生等故如有一人出現世間能多利益等又説一切有情皆依食住又説吾今衰老須供侍人一切有情皆歸死等然非於人有生等事如是且辯於總聚等非有爲性若爾應許是無爲性若是無爲應不滅壞由無爲法無滅壞故諸總聚等應是常住如虚空等非總聚等不成實事有爲無爲皆不應理豈復世間於現事處一異性等有不可説耶有如是説現見世人於衣等處於絲縷等不曾思量一異性等而皆共爲賣買等事世尊爲欲利益世間方便宣説亦不言其一性異性頌曰

世尊欲令斷煩惱　同彼世間可思事
不言一性及異性　方便説法化衆生

論曰諸佛世尊不壞世間如其所有離難思事於諸衆生隨其意樂差别之性於被纏迫隨眠位中爲欲斷彼諸煩惱故宣説法要佛

告諸苾芻汝等勿同世人作無益思慮我說能知能見盡諸有漏非不知見乃至如理作意非不如理如是應知如理作意是斷煩惱之正因也不如理思能生衆苦當遣邪思宜順正念頌曰

一切義成由此本　易爲方便極難遇
色命須臾不暫停　智者宜應速修習

取因假設論

觀總相論頌

陳那菩薩造

唐三藏法師義淨奉制譯

諸有樂略者　彼已顯方隅　若有愛煩文
爲彼說總相　由聲及義智　俗言爲本者
是觀總相言　此頌聲及義　謂聲并義二
此中二種智　名聲兼義智　彼爲根本者
謂即於因義　由諸世間說　以聲義智本
是故勒爲頌　聲義及智義　故略造斯論
問名義連屬　是俗說爲本　何以故今云
但唯辯聲義　答曰不如此　縱有連屬聲
唯名與義二　諸有許共相　所詮及能詮
此中理印持　咸攝入於此　謂不相離性
方許相連屬　故今不別詮　由能詮名等
唯局連屬門　了彼所詮義　故以總相性
方得解了者　後當以廣說　故唯聲義智
連屬道理成　有餘復意樂　此中名義二
有三種差別　謂聲并義二

觀總相論頌

六門教授習定論

無著菩薩本
世親菩薩釋
唐三藏法師義淨奉制譯

今欲利益一切有情令習世定及出世定速能捨離諸煩惱故述此方便頌曰

求脫者積集　於住勤修習　得三圓滿已
有依修定人

釋曰此初一頌總標六門言求脫者謂是求解脫人積集者謂能積集勝行資粮於住勤修習者於所緣處令心善住名之爲定由不散亂不動揺故問云何修習謂得三圓滿已有依修定人圓滿有三一師資圓滿二所緣圓滿三作意圓滿有依謂是三定一有尋有伺定二無尋唯伺定三無尋無伺定修定人者謂能修習奢摩他毗鉢舍那若人能於解脫起願樂心復曾積集解脫資粮心依於定有師資等三而爲依止有依修習由習定故能獲世間諸福及以殊勝圓滿之果先作如是安立次第故名總標頌曰

於三乘樂勝　名求解脫人　二種障全除
斯名爲解脫　應知執受識　是二障體性
惑種一切種　由能縛二人　已降煩惱障
習氣未蠲除　此謂聲聞乘　餘唯佛能斷
若彼惑雖無　作儀如有惑　是習氣前生
若除便異此

釋曰此之四頌釋求解脫者謂於聲聞乘等有差別故於三乘中心樂解脫名求解脫云何解脫二種障全除斯名爲解脫何者是二障除之名解脫應知執受識是二障體性識

者即是阿賴耶識執受者是依止義謂是煩惱所知二障體性此復云何惑種即是煩惱障自性一切種即是所知障自性又一切種者即是二障種子能縛二人煩惱障種子能縛聲聞一切種子能縛菩薩由與聲聞菩薩爲繫縛故云何此二解脫差別謂聲聞人習氣未除斷煩惱障而證解脫唯佛世尊能總除故云何習氣彼惑雖無所作形儀如有惑者是名習氣此中應言若惑雖無令彼作相如有惑者此言作儀如有惑者即是於因說果名故彼謂聲聞獨覺未知此是誰之習氣謂是前生所有慣習之事尚有餘氣令雖惑盡所爲相狀似染形儀名爲習氣若能除斷與此不同應云若彼習皆無不作儀如惑頌曰

種植諸善根　無疑除熱惱　於法流清淨
是名爲積集　能持樂聽法　善除其二見
但聞心喜足　是四事應知

釋曰此之二頌釋積集義如經中說此人先應修習多聞復聽正法諸見熱惱已正蠲除心之蓋纏能正降伏依此文義故說初頌云何積集所有善根謂能持正法故以此爲先令其信等善法增故云何無疑謂樂聽法故由知法故已生未生所有疑惑悉能除滅云何除熱惱謂除二見故二見云何一者欲令他識知見二者自起高舉見謂作是念如何令他得知我是具德之人是則名爲令他識見依此見故自欲高舉名自高見此二能令心焦熱故名爲熱惱云何法流清淨謂能除遣但聞法時心生喜足故上之除字流入於

此於法流清淨者謂聽法時心無散亂相續而流心清淨故蓋纏止息若聽法無厭更能進思勤修不息方得名爲法流清淨當知此據聞思修位如次應知

次有十六頌釋於住勤修習初一總標餘是別釋頌曰

所緣及自體　差別并作意　心亂住資粮
修定出離果

言所緣者有其三種

外上及以內　此三所緣生　應知住有三
自體心無亂

釋曰言三種者一外緣二上緣三內緣外緣謂白骨等觀所現影像是初學境界上緣謂未至定緣靜等相內緣謂從其意言所現之相爲所緣境自體謂是心無亂相名之爲住

心無亂者於外等處三種緣時隨其所緣心無動亂頌曰

第一住相應　定心者能見　於境無移念
相續是明人　第二住相應　厭離心寂靜
專意無移念　相續是明人　第三住相應
於前境凝住　定意無移念　相續是明人

釋曰此之三頌如其次第配外上內言於境無移念者謂於餘境心無散亂故名無移相續者堅守於心令不斷絕言明人者或因自思或從他教於靜處法而起加行是謂明人應知如次是隨法行及隨信行種性言厭離心寂靜專意無移念者謂於其境生厭離心前唯觀境未能生厭今時專注心生厭離而不散動於前境凝住者謂於意言所現之境緣此境時其心凝定故云定意無移念相續

是明人頌曰
堅執及正流　并覆審其意　轉得心歡喜
對治品生時　惑生能息除　加行常無間
能行任運道　不散九應知
釋曰於彼住中差別有九謂最初住正念住覆審住後別住調柔住寂靜住降伏住功用住任運住此等並依阿笈摩經隨句次第而爲修習若於最初學緣境時其心堅執名最初住次於後時令其正念流注不斷名正念住若依託此有亂心生更覆審察緣境而住名爲覆審住次於後時轉得差別名後別住次於後時對治生起心得自在生歡喜時名調柔住於此喜愛以無愛心對治生時無所愛樂其心安靜名寂靜住次於後時所有已生未生重障煩惱爲降伏故名降伏住次於後時以加行心於所緣境無間隨轉一緣而住名爲功用住次於後時於所緣境心無加行任運隨流無間入定緣慣習道名任運住此之九種心不流散名之爲住應知以此不散之言與堅執等皆相配屬頌曰
勵力并有隙　有用及無用　此中一六二
四作意應知　謂外内邪緣　麤重并作意
此亂心有五　與定者相違　於彼住心緣
不靜外散亂　掉沉心味著　内散亂應知
應識邪緣相　謂思親族等　生二種我執
是名麤重亂　見前境分明　分別觀其相
是作意散亂　異斯唯念心　於作意亂中
復有其亂相　於乘及靜慮　初二應除遣
釋曰應知作意有其四種一勵力荷負作意二有間荷負作意三有功用荷負作意四無

功用荷負作意此中堅執不散是勵力荷負作意初用功力而荷負故次正流等六種不散是有間荷負作意中間數有亂心起故無間加行是有功用行荷負作意入慣習道是無功用行荷負作意如是攝已謂一六二應知即是四種作意又心散亂有其五種一外心散亂二內心散亂三邪緣心散亂四麤重心散亂五作意心散亂外心散亂者於住心境起緣之時遂緣餘事心流散故內心散亂者謂掉舉等三於所緣境中間亂起故邪緣散亂者於修定時諸有尋求親識等事而生顧戀麤重心散亂者有二我執令其心亂於修定時有此二事謂益及損若身安隱名之爲益身體羸弱即是其損或云我今得樂或云我今有苦或云是我之樂或云是我之苦此中我者是執取義言作意心散亂者有其三種於所緣相分明而住是思察性或從此乘更趣餘乘或從此定更趣餘定謂極分別思察定時遂使心亂名心散亂異斯唯念心者此餘對治初作意散亂由不分別而緣於境但有念心此明成就心不忘念此三散亂初二應捨第三由是從定趣定希勝上故亦非是過頌曰

住戒戒清淨　是資粮住處　善護諸根等
四淨因應知　正行於境界　與所依相符
於善事勤修　能除諸過失　最初得作意
次得世間淨　更增出世住　三定招三果

釋曰住資粮者謂戒即是無邊功德所依止處必先住戒戒行清淨無有缺犯若求戒淨有四種因一善護諸根二飲食知量三初夜

後夜能自警覺與定相應四於四威儀中正念而住何故善護諸根等令戒清淨由正行於境與所依相符善事勤修能除於過初因即是於所行境行清淨故二於所依身共相符順於受飲食離多少故三於善事發起精勤故四能除過失進止威儀善用心故由此四因戒得清淨如是應知由三種定得三出離緣外境時得作意住緣上境時得世清淨緣內心時得出世清淨住者即是求得出離必趣涅槃更不退轉已釋於住勤修習頌曰

多聞及見諦　善說有慈悲　常生歡喜心
此人堪教定　盡其所有事　如所有而說
善解所知境　斯名善教人　由聞生意言
說爲寂滅因　名寂因作意　是謂善圓滿

釋曰圓滿有三一師資圓滿二所緣圓滿三作意圓滿此中初頌說師資圓滿意顯其人善教圓滿證悟圓滿善語圓滿無染心圓滿相續說法加行圓滿此顯教授師衆德圓滿由此師故得聞正法有所證悟次明所緣圓滿說第二頌盡所有事如事而說善所知境名爲善說此明師資能說諸事窮盡無悋故名所緣圓滿次明作意圓滿說第三頌此顯以聞爲因所起意言能與聖道涅槃爲正因故緣此意言所有作意皆得圓滿此中因言顯聞即是意言之因言寂滅者即是涅槃及以道諦自體寂滅及能趣滅故總言之寂因作意者明此作意緣寂滅因何謂所緣了法無性如是緣時即是其因亦是寂滅故此作意名爲寂因是一體釋又緣此作意亦名寂因此別句釋頌曰唯如是釋應云寂因作意舊云如理作意者非正翻

也

謂尋求意言　此後應細察　意言無即定
靜慮相有三　無異緣無相　心緣字而住
此是心寂處　說名奢摩他　觀彼種種境
名毗鉢舍那　復是一瑜伽　名一二分定
麤重障見障　應知二種定　能爲此對治
作長善方便

釋曰次明有依諸修定者必有依託謂依三定說尋求等言尋求者顯是有尋既言有尋准知有伺言細察者顯無尋唯伺意言無者欲顯無尋無伺尋伺皆以意言爲性此據奢摩他法明其定義說無異緣等此明無差異義但緣其字而心得住名無異緣亦名無相但緣其字於觀義相所有作意非彼相故此住名奢摩他奢摩是寂止義他是處義非獨奢摩得盡於事謂據其心寂止之處心得凝住依止於定此定即是凝心住處故名奢摩他異此便無次據毗鉢舍那法明其定義說次一頌謂依多境名爲衆觀所言彼者謂與彼二俱相屬著即奢摩他及所緣字是依奢摩他得毗鉢舍那依於字處所有諸義起諸觀故於寂止處所有衆義依仗於字謂緣衆義而起觀察名爲衆觀名一二分定者或時但有寂處而無衆觀或有衆觀而非寂處或時俱有應知即是止觀雙運又奢摩他毗鉢舍那有二種障謂麤重障及見障應知一定是此對治如次應配何故此二名長善方便能長善法之方便故云何令方便法得善清淨耶頌曰

此清淨應知　謂修三種相　寂止策舉捨

隨次第應知　若心沉恐沒　於妙事起緣
若掉恐舉生　厭背令除滅　遠離於沉掉
其心住於捨　無功任運流　恒修三種相
定者修三相　不獨偏修一　爲遮沉等失
復爲淨其心
釋曰爲答前問求淨定者修三種相云何爲
三謂止舉捨復云何修隨次第應知隨其惑
障生起之時應次修習在於何時復修何相
且辯策舉相若心沉恐沒定者修三相如下
當知若心沉沒可修策舉相何者是耶於妙
事起緣令心喜爲相又寂止相者若心掉舉
或恐掉舉應修寂處此云何修厭背令除滅
於所緣境極生厭惡於自内心令過止息捨
相者謂離沉掉於何心中謂心住捨此捨相
者即是無功任運流恒修三種相如是次第
修三相時諸習定者得清淨相又奢摩他等
次第即是定者於此三相不獨修一何以故
爲遮沉等失復爲淨其心若但修止内心沉
沒既沉沒時便因策舉若因策舉心掉散者
觀不淨境令生厭離於此捨相正修習時名
爲正定能盡有漏由此遂令心極清淨應知
此中皆是隨順正經文句如理應思頌曰
出離并愛樂　正住有堪能　此障惑皆除
定者心清淨
釋曰此明清淨之益依去塵經說佛告諸苾
芻若人欲求内心淨時有惑障現前不能除
滅欲斷除者先於不善業道勿造大過息罪
惡見而求出家希求出離若處中煩惱欲瞋
害意起惡尋思障勝愛樂能除此障說愛樂
言若有微細眷屬尋思世間尋思不死尋思

障其正住對治此故說正住言若有功用方入定者此定即非堪任之性若能除此顯有堪任能除於惑說堪能言此顯淨定之人得四種勝益云何修定人果頌曰

於此定門中　所說正修習　俗定皆明了
亦知出世定

此頌意顯修習奢摩他毗鉢舍那者獲現果故若人能依所說定相修習之時得諸世間勝果圓滿及出世果如前已說

問曰如上所說欲明何事答曰

顯意樂依處　本依及正依　世間定圓滿
并了於出世

釋曰略說義周爲會前事故說斯頌如最初云求脫者爲顯意樂圓滿積集者依處圓滿此明有心修定必須依託積集資粮故於住勤修習者顯本依圓滿如經中說佛告諸苾芻汝等先當依定能盡有漏是我所說若欲求出生死海者離於正定無别方便得三圓滿者顯正依圓滿明師資承稟決定可依有依修定人者此顯修習圓滿諸有智者如前所說遠離放逸正修行時世間諸定悉皆圓滿及出世間咸能證悟顯得果圓滿

六門教授習定論

音釋

捺奴曷切手按也　瘿於郢切頸瘤也　蠲古玄切潔也　慣古患切習熟也　隙去逆切閒隙也　荷負荷胡可切荷負擔任也　悋良刃切惜也

能斷金剛般若波羅蜜多經論釋

唐三藏法師義淨奉　制譯

清刻龍藏佛說法變相圖

能斷金剛般若波羅蜜多經論釋上中 同卷

無著菩薩造頌　世親菩薩論釋

唐三藏法師義淨奉　制譯

此經文句義次第　世無明慧不能解
稽首於此教我等　無邊功德所生身
具如斯德應禮敬　彼之足跡頂戴持
覺轅難駕彼能乘　要心普利諸含識

經云能以最勝利益者此據成熟菩薩能以最勝付囑者此據未成熟菩薩云向於諸菩薩最勝利益復何者是最勝付囑爲答此問頌曰

勝利益應知　於身并屬者　得未得不退
謂最勝付囑

謂於菩薩身中爲其利益亦能令彼菩薩益其所有相屬伴類名最勝利益於彼身中令

其佛法成熟攝衆故即是利益彼身亦令化餘有情所有堪能皆成就故是於屬者能爲利益如是應知於得未得所有功德能爲彼作不退之因由於善友而親委寄是名以勝付囑而相付屬此中得而不退者欲令不捨大乘未得不退者令於大乘更趣殊勝諸有發趣菩薩乘者應云何住爲答此問頌曰

於心廣最勝　至極無顛倒　利益意樂處

此乘功德滿

此明何義若菩薩作此四種利益意樂始是發心住於大乘具此意樂方可名爲功德圓滿云何爲四利益意樂一廣大二最勝三至極四無顛倒經云諸有發趣菩薩乘者當生如是心廣説乃至如是一切此明廣大利益意樂我皆令入無餘涅槃而滅度之者此明最勝利益意樂雖度如是無量衆生乃至不名菩薩此明至極利益意樂此何意耶欲明所有一切衆生悉皆攝同菩薩己身由斯但是寂滅己身無别有情也若作别有衆生不爲己想者此即不名菩薩若攝爲己體即是至極不捨是故名爲至極意樂若菩薩有我想衆生想壽者想更求趣想者則不名菩薩此明無顛倒利益意樂此即由依有身見故我等想生爲令正斷是不顛倒次下當顯諸有發趣菩薩乘者應如是修行經云菩薩不住於事應行布施如是廣説此中何意以一施聲而總收盡六到彼岸耶答曰

六度皆名施　由財無畏法　此中一二三

名修行不住

爲明此六咸有施相此之施性由財無畏法

財施由一謂是初施無畏由二謂是戒忍於無怨讎戒也及怨讎處忍也不爲怖懼故法施由三謂是勤等由其忘倦勤也了彼情已定也宣如實法慧也此是大菩薩修行之處即是以一施聲收盡六度經云菩薩不住於事應行布施如是等者此中何謂不住性耶頌曰

爲自身報恩　果報皆不著

言不住於事者此顯不著自身不住隨處應行布施者此顯不著報恩於利養恭敬等求恩望益之處事有多途故云不應隨處生著而行布施不住於色等者謂不著果報問何須如是行不住施耶頌曰

爲離於不起　及離爲餘行

由顧自身不行其施爲欲離其不起心故莫著自身速應行施由望恩心及希果故遂捨正覺菩提果性爲於餘事而行惠施是故當捨求餘行施次下當說攝伏心其事云何頌曰

攝伏在三輪　於相心除遣　後後諸疑惑
隨生皆悉除

經云菩薩如是應行布施乃至相想亦不應著此顯所捨之物及所施衆生并能施者於此三處除著想心次明布施利益或有難云旣於施等離其相狀如何當獲福德利益爲答此故說生福甚多問何故宣說於修行後不障福利於攝伏下方始言之答爲顯若人不著相想方能行彼不著施也從此已後所有經文皆爲除遣後後疑惑於此便有如是疑生問若不著於法而行施者如何爲求正覺勝果行惠施耶爲答此疑經云於汝意云

何可以勝相觀如來不如是廣說頌曰

若將爲集造　妙相非勝相　三相遷異故

無此謂如來

若謂如來是由施等因緣所造於有爲相中得最勝性者便見如來有其勝相若望如來眞如之性即無此勝相是故不應以勝妙相觀於如來由彼法身是非集造之所顯故次云何以故如來說彼勝相三相遷異故由此勝相即非勝相此中意說三相之體是遷流故妙生所有勝相皆是虛妄是故應以勝相非相觀於如來此意欲用從因生法是虛假故無此謂如來由彼全無三種相故由離此相即以無相爲相若於是處無生住滅變異之性可了知者此顯如來不是有爲造作之性因緣所成如是明解如來性已雖爲佛果而行布施非著法施即是除去疑情次下妙生重生疑念若由如是無住施者即因極甚深復說如來是無爲性即是果極甚深如何末代得有信者令彼果報不虛棄耶爲斷此疑頌曰

因與果甚深　於彼惡時說　此非無利益

由三菩薩殊

縱於末代而有菩薩具戒具德具慧由此說法果利不虛頌曰

由於先佛所　奉持於戒學　并植善根故

名具戒具德

經云然彼菩薩非於一佛而行恭事非於一佛植諸善根此顯於先佛所爲持戒故而行恭敬承事及爲種諸善根如其次第即是具戒具德次明具慧人頌曰

能斷於我想　及以法想故　此名爲具慧
二四殊成八
此明我想有四法想亦四故成八想頌曰
別體相續起　至壽盡而住　更求於餘趣
我想有四種
我想四者謂是我想有情想壽者想更求趣想四種不同此於別別五蘊有情自生斷割爲我想故見相續起作有情想（薩埵是相續義）乃至壽存作壽者想命想既謝轉求後有作更求趣想法想四者頌曰
皆無故非有　有故不可說　是言說因故
法想有四種
法想四者一法想二無法想三想四無想此謂能取所取諸法皆無故法想不生即無法想彼之非有法無自性空性有故非無法想即彼非有有非有性非言所詮故非是想是言說因故非是無想由想力故雖非言顯而以言說故有八義不同由我及法八想斷故名具慧人何意此義但於具慧而說非具戒具德者何答爲顯實想有差異故何者是頌曰
由彼信解力　信故生實想　不如言取故
取爲正說故
由此義故說彼之後而云是人乃能聞此經典生一信心由具慧者不如言而取及由隨順勝義智故取爲正說故名爲實想爲斯理故說彼之後便云不應取爲法不應取爲非法不應如言不說將以爲法亦復不即執爲非法由此是能隨順勝義智取爲正說故即是經云聞說是經生實信不經云妙生如來

悉已知見是人等者爲顯何義頌曰
佛了果非比　由願智故知
彼具戒等人所有果報佛非比知然由願智
現量而了若不言見或謂比知若不言知恐
是肉眼等見是故知見並言何故世尊作如
是語頌曰
爲求利敬者　遮其自說故
彼具戒等爲求利養恭敬自說已德便生念
曰如來既遥鑒我爲此無疑自說
經云妙生彼諸有情當生當攝無量福聚者
此自何義謂是令其福聚當生又是彼福當
能相續熏習不斷言有我執等者意說有隨
眠性非有現行執
經云是故如來密意宣說筏喻法門諸有智
者法尚應捨何況非法此中有何密意頌曰

證不住於法　爲是隨順故　猶如捨其筏
是密意應知
謂於經等法非增上證所住處故即得證已
應捨彼法如到彼岸捨棄其筏於增上證是
隨順故應須收取如未達岸必憑其筏是名
密意一筏之上有其取捨故名爲密若是自
餘非順證法理須捨故次後更爲除疑何者
是上文云不應以勝相觀於如來彼從無爲
所顯性故若如是者復如何說釋迦牟尼如
來證於無上正等菩提乃能宣揚所有法教
由斯道理彼非正覺亦不說法答此疑故頌
曰
化體非眞佛　亦非說法者
由有三佛一法身佛二受用身佛三化身佛
言釋迦牟尼佛者即是化身此乃元非證覺

亦不說法度生文云何以故佛所說法等者爲遮總撥一切說法之事故云化體非眞佛亦非說法者然非總無頌曰

說法非二取　所說離言詮

如是二種謂法性非法性非耳能聽非言能說是故應知非法非非法此據眞如道理而說彼非是法謂是法無爲其性故復非非法由彼無自性體是有故何故但言所說之法不言能證之人答但言所說能證義顯由非不覺得有所說經云以諸聖者皆從無爲之所顯故者爲明說此法因由諸聖人並從眞如清淨之法所顯現故名無爲所顯是故彼還說無爲法凡所有事言不能宣者此即豈能取也彼之自性非是言說所行處故明此即是非言說性何故此中無有簡別總說聖者不唯言佛答爲明聖人皆從眞如清淨所顯由有全淨一分淨故隨其所應故無有過又說福差殊欲何所顯答法雖實是不可取性及不可說然而有益頌曰

自受爲他說　非無益集福

何故經云世尊此福聚者則非是聚是故如來說爲福聚福聚頌曰

福不持菩提　彼二能持故

言福於菩提不能持負故二於菩提是能持故頌意如是何謂爲二謂自受爲他說經云既自受已於他演說未了此言將述何義由其聚聲梵云塞建陀有甚多義或是聚義或是肩義或是分段義若依此方譯之爲聚但得積聚義遂無餘義此中且據一種此爲昔人不解梵音又譯之爲趣深成遼落又復須知此聚義肩義解時極難也有二種義一是聚積義二是肩荷義猶如在肩能持於擔爲此名肩爲

聚由斯理故彼福積聚説爲福聚由其不能持荷菩提説爲非聚即非有義是積聚義此二是菩提因福乃甚多問何故此二能持菩提爲顯斯義故經云何以故妙生由諸如來無上菩提從此經出等何故菩提言出諸佛言生頌曰

得自性因故　此餘者是生

言菩提者即是法身此是無爲性故名爲自性是故此二是得彼之因非是生因若望此餘受用化身是生以故由此親能持菩提故生福甚多爲顯此義經云何以故等何故此是能成立因頌曰

唯是佛法故　能成最勝福

言如來説爲非佛法者此顯所覺之法唯佛能證由不共性是故最勝此是最勝福因性故招福極多意明此是能成勝福之親因上經云聖人皆是非集造之所顯示爲此諸聖於彼證法不可取不可説者諸預流等聖人並悉取其自果如何此成非所取性於其所取而宣説者非不可説性爲遣疑故生起後文即彰非所取所證理善成就頌曰

不取自果故　非可取可説

由是無爲所顯性故彼於六境無有少法可得旣無可預名爲預流乃至阿羅漢亦無有法理皆同此無爲之法體無可取爲此聖人於自果不取不説若聖人作如是念我得果者即是有其我等執者意説有隨眠惑非是現行由非彼證現觀之時有我等執而云我得何意妙生自説得阿羅漢爲令一分有情知已親證故又復自説得無諍住者爲顯身

與勝德相應爲欲令他生勝敬信故爲何意趣而云妙生都無所住而說我得無諍住得無諍住頌曰

解脫二障故　說妙生無諍

障有二種一是煩惱障二是定障於斯脫故不住二障爲此再言此言二無諍性即是諍之非有次復起疑言世尊昔於然燈佛所有法可取彼亦爲他說其法要以此而言如何得成無取無說爲答斯難故云實無有法是如來所取此有何意頌曰

在然燈佛所　言不取證法

此言世尊在然燈佛所亦不以言取其證法頌曰

由斯證法成　非所取所說

若言諸聖皆是無爲所顯彼法不是所取一亦非所說者如何諸菩薩取嚴勝佛國土耶又受用身如何自已取爲法王世間於彼將爲法王爲遣疑故方生下文此中意者頌曰

智流唯識性　國土非所執

由彼實無佛土嚴勝是可取事除從諸佛淨智所流唯識所現此即不能有所執取若言實有形質是可取性我當成就國土嚴勝者斯誠妄語如來說彼不是嚴勝由此說爲國土嚴勝此有何意頌曰

無形故勝故　非嚴許嚴性

言莊嚴者此有二義一是形相二是勝相此最勝者是第一義此由無形質故佛土莊嚴非是莊嚴以彼不是眞莊嚴故是故說此以爲最勝勝法集此故名最勝若執有佛土形勝莊嚴云我當成就彼即便於色等境界有

住著心爲遮此見故有不住文生所云受用身佛如何自已取爲法王他亦爾者爲答此難故將受用身同妙高山此文欲顯何義頌曰

譬如妙高山　於受用無取

如妙高山王獲得勝大尊主性故名爲妙高而不自取爲山王性以山無分別性故受用身佛亦復如是具法王性由獲勝大尊主性故名爲勝大而不自取其法王性我是法王以無分別故如何得是無分別耶爲顯斯義文云如來說爲非身由彼非有說名有身此有何意頌曰

非有漏性故　亦非是因造

然受用身非有漏性故由此非有身說爲有身皎然纖淨自體有故亦非是因造由此有身非是仗他因緣生故何故於先顯福德性已說其喻今何更說頌曰

爲顯多差別　及以成殊勝　前後福不同更陳其喻說

前明三千世界喻顯福多今說無數三千彰其更廣何故於前不言斯喻爲受化者所樂不同先少後多意在於此前福差別不明成立之因爲於菩提無有荷持之用今欲顯其能立因相更將別喻隨事而言

能斷金剛般若波羅蜜多經論釋卷上

能斷金剛般若波羅蜜多經論釋卷中

無著菩薩造頌　世親菩薩論釋
唐三藏法師義淨奉　制譯

何謂能立因相

兩成尊重故　由等流殊勝　煩惱因性故
由劣亦勝故

言兩成尊重者由所託處成制底塔故謂是說法之地其所依身成如大師尊重性故即是持經之人施寶之地及能施者無如是事故次下經文顯此法門乃是諸佛親所證會等流之性頗曾有法是如來說不著此明何意言無有法是如來獨說皆是諸佛共宣揚故又此施珍寶福是苦惱事生起之因法門功德乃是煩惑斷除之要優劣懸隔是故下文將地塵爲喻如來說作非塵由此說爲地塵所言世界如來說爲非界由此說爲世界者此有何意言此地塵不是染等性塵是故名作地塵又彼世界非是煩惱之因名界爲此說爲世界界是因義即是世之因也斯言意顯彼福乃是煩惑塵坌之因由其外塵雖是無記彼福縱善方之極卑況並成佛福因而不更爲微劣又彼能成大丈夫相所有福業媲此成菩提因持說法門之福亦爲是劣由彼衆相非是正覺之體性故爲此名爲大丈夫相是彼標相故由持說福能得大覺性爲此名劣亦勝過施寶之福況法身因而不超越是故劣亦勝也即是寶福極卑爲能成立因此既成立施寶之福與此福因有差別已次下諸文更復成立欲何所明頌曰

彼果勝苦故　難逢勝事故　境岸非知故

於餘不共故　是甚深性故　勝餘略詮故
胄族高勝故　望福福殊勝
此述何義答施寶之福獲得自身所受用果
彼身是勝以能捨彼無邊之身此福勝前由
彼自身是苦性故何況爲彼而行其施爾時
具壽妙生了彼自身是苦事故由法勢力遂
便墮淚此之法門復是難逢妙生自從生智
已來亦未曾聞復是勝事此言欲顯般若之
名此下意欲成立是勝妙事即經云如來說
爲般若波羅密多者彼即非波羅密多爲何
意趣作如是說答境岸非知故由其所知境
岸除佛於餘無能知者復是於餘不共故此
之法門所有實想即實想者除佛教巳餘處
無故言實想者唯此處有言非實者是於餘
不生義是故文云若能生如是想者彼當成

就第一希有又此法門亦是甚深由於此經
或少受或遍持於我等想不復生起於我等
想不生故者明於所取義無有顛倒於我等
想即是非想者明於能取無有顛倒此二如
其次第明我法二無性智佛於此義隨印妙
生所說之事言不驚不怖不畏者此三皆名
爲懼即是驚懼怖懼畏懼然隨事亦不同故有
三別言驚者謂於非處生懼若正譯梵音應云越怖今言驚
等者此爲不能移舊若准論釋驚義未甚相當下二准此應可思之也違越正
理如越正道可厭惡故言怖者應云續怖相續生
懼怖既生巳不能除斷故言畏者應云定怖生決
定心一向畏懼此等若無便成心離惶惑若不
見本音本意於文即未開釋義爲此註出本音斯乃可亡疑惑餘家釋別義非此論又
此法門勝餘略詮故者由經說此是最勝波
羅蜜多如來所說經是略詮又此法門族胄高勝

故言勝族者謂由諸佛所共說故然彼寶施無有如斯衆德圓備即是成立此福望前福聚昇沉理別也所云於身是其苦性彼施即是苦果性故其福甲劣若然此法門若有持說彼之大士行諸苦行此亦豈非是招苦報如何不是得苦果耶爲除此難故有下文欲顯何義頌曰

彼行堪忍時　雖苦行善故　彼德難量故

由斯名勝事　由無恚怒情　不名爲苦性

有安樂大悲　行時非苦果

此述何義答縱令彼人行苦行時有苦惱果然於彼時由有堪忍性故此名勝事有其二因一是善性故由諸波羅蜜多皆以善爲體性故二是彼德難量故如經云此即是其非波羅蜜多由彼德岸曾無知者爲此名爲不知其岸由與勝法相應故即此難行之苦望前苦惱自有殊別何況我想瞋想悉皆無故必無其苦非但無苦更生悲樂如經云我無是想亦非無想言非無想者此顯有想與悲心相應准斯語理若諸有情於我想等不除遣者若行之時見有苦惱即便欲捨菩提之心是故應離諸想乃至廣說此何所顯若人不發勝菩提心便有如斯過失生瞋恨心頌曰

生心因不捨　是故應堅求

問於何處心是此心生因而遣堅固勤求復於何處是不捨菩提心因令進求也頌曰

謂是得忍邊　及此心方便

此謂入初地勝義之心得忍邊際行無住心即是文云應離諸想發起無上正等覺心何

以故者此謂顯其無住著心生起之因若於色等處有住著心者此必不能進求佛果故諸菩薩應無所住而行布施者文意欲明施攝六到彼岸即是生起無住著心方便謂得忍已雖復遭苦而不棄捨大菩提心　問如何起行爲利有情復遣不住利有情事此則取捨同門疑情遂發答曰菩薩如是應行布施爲利諸衆生等此顯何意頌曰

應知正行者　是利生因故　於有情事相

應知遍除遣

此述何義言此正行者是利益衆生因應知即是利益有情而不取有情所有相貌何謂有情相貌事耶頌曰

彼事謂名聚

彼衆生者即是名字施設喚爲衆生及所依事何者是其正行謂於衆生事相皆除遣故由彼名字想者即是非想以彼自體本非有故即彼衆生不是衆生謂於五蘊名爲衆生由彼衆生自體無故此我法無性何以故由佛世尊並除諸想此明我法二想皆無如何能成最勝妙事頌曰

最勝除其想　諸世尊無此　由眞見相應

此述何義由非彼二是實有性而諸大師强除彼想然諸如來與眞見相應故果不住因位如何得見彼果之因旣有此疑答如經云妙生如來是實語者有其四句頌曰

果不住因位　是得彼果因　世尊實語故

應知有四種

此實語性有其四種何謂爲四頌曰

立要說下乘　及說大乘義　由諸授記事

皆無有差舛

由佛自立要期元求佛果無有妄謬於下劣乘及以大乘并諸授記並無謬故於此隨其次第實語如語不誑語不異語而相配屬言如來者由於聲聞乘說苦等四諦是實不虛於其大乘說法無性所顯眞如稱實知故來是知義於一切時過去未來現在所有授記如其事故皆無妄謬故曰如來經云如來所證法及所說法此即非實非妄者此有何意

答曰

不得彼順故　是非實非妄　如言而執者

對彼故宣說

言諸如來所有說法此說不得彼故而是隨順於彼由彼說法不能親獲內證法故於其言下無有體故故非是實由順彼故故非是妄言我現證無上覺者此據文句道理而有此說問何故世尊自立要言我是眞實語者而所說法非實非虛一說兩兼理成難信由此答云如言而執者對彼故宣說言諸聖人是無爲所顯者然眞如性常時遍有如何佛果以無住心方能證得非有住心又復如何常時遍有實體眞如或有得者或不得者爲除此疑說入闇喻此明何義頌曰

常時諸處有　於眞性不獲　由無知有住

智無住得眞

此中意道眞如之性雖是常時遍有由其無智有住心故即不能得是不清淨義由其有智無住心故即便得見是清淨義然佛世尊是眞如所顯由斯理故以有住心不能證得

由此頌曰

無智由如闇　當闇智若明　能對及所治
得失現前故
猶如闇者是與闇相似義由斯以闇比其無識以其日光譬同有智有眼如文具述故云能對及所治得失現前故隨其所應由其有眼者顯得能對夜分曉已顯破所治冥闇謝故日明既出者顯能對現前日光既照見衆色像次後之文欲說何事頌曰
由如是正行　獲如是福量　於法正行者
業用今當說
由如是正行者此明文正行頌曰
於人有三種　受持讀演說
人有三者一受持二讀誦三演說言受持者謂持法人讀誦者依多聞說雖不能持由能讀故亦多聞攝義正行者謂是周遍得其義故頌曰
義得由從他　及已聞思故
義之得因從他及已何謂從他云何由已爲聞思故如其次第從他及已而得者據遍得義此謂文義正行頌曰
此謂熟內已　餘成他有情　由事時大性
望福望殊勝
此受持等但爲成熟內已餘成他有情即是於他廣爲正說獲如是福量者顯其福量差別由事時大性望福福殊勝此捨身福望前捨身福由事大故有其差別及由時大由一日中尚以極多自身而行布施復經多時於法正行者業用今當說何謂彼行業用耶頌曰
非境性獨性　能依是大人　及難可得聞

無上因增長　若但持正法　所依處成器
蠲除諸業障　速獲智通性　世妙事圓滿
異熟極尊貴　於此法修行　應知獲斯業
經云不可思者此顯不是凡情比度所行境界言不可稱者此顯獨性所獲之福於聲聞等是不共性故言爲益發趣極上最勝乘有情故說者顯此法門是大人所依大乘教名極上乘大乘行名最勝乘樂下劣者不欲聞故此顯難聞性聽者難得故由能成就不可思量等福聚故此顯增長無上之因福種增長故此中文云不可思不可稱者謂以非量非度如次應知當知是人則爲以肩荷負等者此即顯其能持法者由彼持法即是持菩提也所在之處香華供養者此顯所依之處成勝妙器由被輕辱故所有應生惡趣之業皆當消盡故此顯淨除業障言此爲善事者謂遭輕辱時顯被辱之人有福德性故言此爲善事（自古翻譯皆無此語由梵本中字隱密故）於然燈佛先供事諸佛所得之福比於末代於此法門能受持等獲多福故此顯得成智通性多福資粮悉圓滿故乃知當知是經不可思議此顯果報不可思也即是世妙事圓滿果報極尊貴謂於護世帝釋婆羅門等所有圓滿皆當攝取言狂亂者應知此是狂心因言不可思果報者此之多性勝性二種皆非凡情所測斯謂於法正行便能安住如是衆德是故名此爲正行業果報功用又復如前三種問答此中重問義有何殊答曰

田自身行時　將已爲菩薩　説名爲心障
違於無住心

妙生實無有法可名菩薩者若無菩薩云何如來於然燈佛所行菩薩行耶答此疑曰實無有法如來於然燈佛所如是等此顯何義

頌曰

授後時記故　然燈行非勝　菩提彼行同

非實由因造

此中意言我昔於然燈佛所非是勝上行菩薩行而我昔行時實無有法可於彼邊證得正覺若證覺者即不記我後時成佛此中意者言彼行時自云我當成佛若言菩提非有者佛言是無即總撥無佛爲除此難文云妙生言如來者即是實性眞如異名謂無顛倒義名爲實性無改變義是曰眞如如妙生若有說云如來證得無上正等覺者是爲妄語者此顯何義答曰菩提彼行同非實由因造由昔菩薩修行之時實無可行諸佛亦爾無法可證正等菩提此還總撥實無無上正等菩提答斯難曰妙生如來所有正覺之法此即非實非妄者此有何意然眞如理是佛所證彼即非實由從因生諸有爲相是聚相義彼即無其色等相故頌曰

無彼相爲相　故顯非是妄　由法是佛法

皆非有爲相

謂此無彼色聲等相色等相無是其自相由此故云無彼相爲相故顯非是妄是故如來說一切法即是佛法此顯何義由如來證此法故由法是佛法皆非有爲相者此顯以無爲體此何所陳由一切法以眞如爲自性此乃但是佛所覺悟是故一切法名爲佛法由此色等不能持其自體相故所有彼諸色聲

等法皆不是法由不是法是故此成其法即是畢竟能持非有之相丈夫之喻何所顯耶頌曰

謂以法身佛　應知喻丈夫　無障圓具身
是遍滿性故　及得體大故　亦名爲大身
非有身是有　說彼作非身

煩惱所知二鄣無故名圓具身言遍滿者是遍行義遍諸處故名爲具身及得體大故亦名爲大身此遍行者應知即是眞如之性在諸法中無有異性故云非有身是有說彼作非身如來說爲非身由此名爲具身大身者斯何所陳以非有爲身故名彼爲非身即眞如性故由其無身故是故名此爲具身大身若言無有菩薩者正覺亦無所覺亦無亦無衆生令入涅槃亦不嚴淨諸佛國土有何所爲諸菩薩等令諸衆生入於圓寂又復作意淨佛土耶爲答斯難故有下文此顯何義頌曰

不了於法界　作度有情心　及清淨土田
此名爲誑妄

若言此心是其誑妄爲此不名菩薩者若爾由何得名答妙生若有信解一切法無性一切法無性者如是等此文欲顯何義答曰

於菩薩衆生　諸法無自性　若解雖非聖
名聖慧應知

此明何義言法無性法無性者此據衆生及菩薩所有之法於彼若能信解或世出世謂是異生及聖皆名菩薩由此便成決定許有覆俗勝義二種菩薩此即顯其順彼再說菩薩菩薩經文前云如來是無得所顯者義成

明白若如是者豈彼聖人全無所見爲答斯難許有五眼爲顯其義頌曰

雖不見諸法　此非無有眼　佛能具五種

由境虛妄故

此乃如何不是妄耶爲答此難先爲喻已彼諸衆生種種性其心流轉我悉知之如是廣說此顯何義言彼非是妄見由境虛妄故何者是虛妄境謂種種妄識頌曰

種種心流轉　離於念處故　彼無持常轉

故說爲虛妄

即是種種識有六識殊故復是其妄何因名識爲心流轉經云如來說爲無陀羅者此顯離於念處性故由彼念處是此持處彼若無者即是無持陀羅喃阿羅瘀陀羅此之三名共目二義皆得名持亦有流注義由無持故心即流散言無持者爲顯常轉之緣既無持故顯其常轉是虛妄性 問何故本經初留梵語陀羅不譯爲漢字者有何意趣答梵本三處皆是陀羅而義有差別令時譯者若也全爲梵字即礬滯於東川如其總作唐音頓理乖於西域是故初題梵字可謂義詮流轉所由於內道持便是正述執持之事作斯譯者方稱須本無著菩薩之意符釋者世親菩薩之情如其不作斯傳定貽傷手之患若總譯爲流持理便成不現成爲持字流義固乃全無作此雙兼方爲愜當若譯爲流於理亦得然含多義不及陀羅一處既爾餘皆類知諸在梵本者咸有異意此般若已經四譯五譯尋者當須善觀不是好異重譯意好鞠理西國聲明自有一名目多事一事有多名爲此陀羅一言遂含衆義有流有持理應體方俗之殊致不得恃昔而膠柱若勘舊譯全成疎漏無暇言其藏否 何以故者由有過去等心不可得言故所云過去未來心者由是過去未來性故是不可得其現在者即是遍計所執自性非有故此顯流轉之心是妄識性所緣無有三世性故復有何意說福聚喻耶答曰

應知是智持　福乃非虛妄　顯此福因故
重陳其喩說
此述何義心旣流轉是誑妄性故所有福聚亦並成虛此旣是妄何成於善旣有深疑理須明決答流轉之心可是其妄所言福聚體不是虛由是正覺智之持故如何顯此是其持性如云妙生若此福聚者如來即不說爲福聚此何意趣由五取蘊體是虛妄若此福聚是取蘊者如來即不說此福聚爲福聚性是不說爲智之持處義若言如來是非集造所顯如何如來說有諸好及衆相耶爲除此難故云不應色身圓滿及相具足觀於如來言色身者是隨好義故

能斷金剛般若波羅蜜多經論釋卷中

音釋

筏 房越切桴也
緻 直利切
舛 昌兖切差錯也
痾 烏何切

能斷金剛般若波羅蜜多經論釋卷下 略明般若

末後一頌讚述附

無著菩薩造頌 世親菩薩論釋

唐三藏法師義淨奉 制譯

如來說彼爲具相者此非具相由此說爲具相此有何意頌曰

謂於具法身　無隨好圓滿　亦非是具相
非身性應知　於法身無別　非如來無二
重言其具相　由二體皆無

言法身實不圓滿隨好色身應知亦不具足衆相彼無身性故是謂法身無具相義亦非如來無斯二種所謂色身圓滿及以具相由斯二種不離法身是故如來有其相好爲此重言色身圓滿及以具相由二皆無故是故此二亦說爲無言此非圓滿此亦非具相亦說爲有以說色身圓滿及具相言故斯有何意由其法身無此相好是故名此爲如來色身圓滿及以具相由與彼身不相離故法身之性即不如是然法身非彼自性故若言不應以色身圓滿及具相身觀如來者如何如來有所說法耶爲答斯難此即以其惡取而謗於我由不能解我所說義故頌曰

如來說亦無　說二是所執

何意重言說法說法者頌云說二是所執云何爲二一乃是文二便是義由何所以文云無法可說是名說法耶答曰

由不離法界　說亦無自性

由不離法界外有說法自性可得若言無有世尊是能說者所說之法亦復不離法身故成非有如是甚深之法如何當有敬信之人

爲除此難答曰

能說所說雖甚深　然亦非無敬信者

經云妙生彼非衆生非非衆生者此有何意

頌曰

由非衆生非非生　非聖聖性相應故

諸有當能生敬信者彼非衆生由餘衆生不與聖性相應即與凡夫性相應故非非衆生者由與聖性相應故此中義者由彼望其凡夫性故不是衆生由望聖人性故非非衆生何以故衆生衆生者如來說彼爲非衆生此據愚小異生性由此說爲衆生者此據聖人性若言如來曾無有法是所覺知者云何離其後後正知次第而名無上正等覺耶爲答此難非是有法可覺方名無上正覺然由頌曰

少法無有故　無上覺應知　由法界不增

清淨平等性　及方便無上

於此乃至無有少法能過故名無上又復法界無有增故其法平等故名無上上性無故又復如來法身清淨平等故其法無不齊等無有少增故名無上又復其法是無我自相此即高高性無故名無上又復於諸方便亦是無上所有善法皆圓滿故名爲無上此餘菩提於諸善法不圓滿故即此方便實爲有上此乃如來說爲非法由此說爲善法者此有何意頌曰

由漏性非法　是故非善法　由此名爲善

由有漏性彼不是持有漏之相不能持故由此說爲善法由無漏性決定能持是善性故若要以善法獲大菩提者所有說法亦應不

獲菩提是無記性故爲遮此難更言差別之福答所説法縱令無記終有所得頌曰

說法雖無記　非不得應知

由非離此能得菩提故知藉斯菩提方契頌曰

由斯一法寶　勝彼寶無量

故此宣説法寶望前無數妙高無邊之寶顯福差別假爲第百分亦不能及一者乃至廣説將顯何義頌曰

於諸筭勢類　因亦有差殊　尋思於世間喻所不能及

此言何義謂以此福望前福聚謂是筭勢類因四種差別於此世間遍尋思巳無有其喻能比況者言由筭差別者始從假爲第百分乃至或爲筭分不顯差殊但言筭者此即應知總攝其餘所有筭數或爲勢分者由其勢力有差殊故如强弱人事不相並或爲比數者由品類別言此福類元不比數前之福類如貴賤人不相比數因者明其因果亦不相干涉故言彼亦不可與此爲因（鄔波尼煞曇譯爲因字如芥子種植將比松栢也）於此世間竟無其喻可況於福由斯前福望於此福實爲減少皆不足言故云乃至譬喻亦不能及若言彼法性相平等故無不平者即無能度所度云何如來説脱有情耶爲除此難故起後文將顯何義頌曰

法界平等故　佛不度衆生　於諸名共聚不在法界外

凡名有情者於彼蘊處由名共蘊不在法界之外即此法界其性平等是故曾無有一衆生可是如來之所度脱此即如何當有我執

者此有何意若言但唯脫其五蘊而已此即是有所許衆生由如是故頌曰

若起於法執　與我執過同　定執脫有情是無執妄執

如云妙生言我執者如來說爲非執妄執如來說爲非生者是不能生聖法之義若言不應以其具相觀於如來非彼自性故由是法身自性故然彼如來自性法身可以具相而比知之有作斯難爲除疑意生起後文將顯何義頌曰

不應以色體　唯如來法身　勿彼轉輪王與如來齊等

此則報相之福亦名其相由彼成此故藉其福力得菩提故有作是說此則如來以其具相現證無上正覺爲除此意不應以具相如是等將顯何義頌曰

即具相果報　圓滿福不許　能招於法身由方便異性

由眞法身是智自性故與彼福體性不同此二伽他要顯何義頌曰

若以色見我　以音聲求我　彼人起邪勤不能當見我　應觀佛法性　即導師法身法性識難知　故彼不能了

此二頌中所說之義頌曰

唯見色聞聲　是人不知佛　此眞如法身非是識境故

此文意顯不應以色聲二種觀於如來由是異生不能見者此何爲也彼人起邪勤言彼異生妄起邪勤不依正道求見於我此云法性者即是眞如若言福不證菩提者此即菩

薩福業其果應斷爲釋此疑故有下文言此福性雖復不能親招覺處頌曰

其福不失亡　果報不斷絕　得忍亦不斷
以獲無垢故　更論於福因　爲此陳其喻
彼福無報故　正取非越取

由此是彼智資粮性故又復何爲更於其福而陳喻耶故云得忍亦不斷以獲無垢故更論其福因爲此陳其喻又有疑云既得無生法忍智乃不生菩薩諸福皆應斷絕爲顯福不斷絕至極清淨獲福既多果報亦勝於不生法得無性者有二種無性由其二性體不生故經云妙生應正取不應越取者云何是正取不應越取答彼福無報故正取非越取凡所有福招果報者是可猒故當知彼取即是越取如越正路而行嶮道而彼福不招報是故彼是正取非爲越取問菩薩福津既不感報所獲之果如何可知答曰

彼福招化果　作利有情事　彼事由任運
成佛現諸方　去來等是化　正覺常不動
彼於法界處　非一異應知

諸佛世尊現衆變化非彼如來若來若去等故云彼事由任運成佛現諸方去來等是化正覺常不動爲顯斯義生起下文曾無有去亦不有來由此故名爲如來此有何意若如來有去來等異者彼即不是如其常性無有變易微塵作墨喻者是誰之喻顯何事耶答曰

彼於法界處　非一異應知

言彼如來於法界處非一非異性意顯斯事故彰其喻頌曰

微塵將作墨　喻顯於法界

又世界爲墨喻顯何義頌曰

此論造墨事　爲障煩惱盡　非聚非集性

顯是非一性　於彼總集性　明其非異性

譬如造墨所有塵埃衆多極微性非一處其聚集物非一事故亦非異性由總集故此由無有别别斷割之理如是應知諸佛世尊於法界中煩惱障盡非一處性亦非異性此即兼述三千大千世界不是聚性及是聚性其喻亦同如來說爲非是聚性是故說爲極微聚者此顯何義若其聚物是其一者不應名此爲極微聚又復若是一界者亦不應言三千大千世界由此故云此即是其有聚執也此即如來說爲非執不爲聚執故由其妄執是故說爲聚執欲明異此餘悉應無無上正智復有何因諸凡愚類於實無聚而執耶爲除斯難而云其聚執者但俗論說有如是等此何所明頌曰

不了但俗言　諸凡愚妄執

妙生諸有說云如來宣說我見等者此明何義頌曰

斷我法二種　非證覺無故

言我法二種體是無故此兩雖言得斷而亦不證菩提是誰之斷而能獲耶答由二見之斷彼二之見是所除故頌曰

是故見無見　無境虛妄執

由此故知我體是無諸有我見如來說爲非見以無境故意道所有我境元來是無文云故名我見者明虛妄分别有也如是於無我理顯見無見性已亦是顯其於法見無見性

是故文云於一切法應如是知等然其法想亦是非相性故猶如我見復有何意此之我法二見說爲非見性耶答曰

由此是細障　如是知故斷

是所顯義此之我法二見是其見取此謂細障由於二事如是正知非見性故方能除斷經云應如是知應如是見應如是解者此文說頌曰

由得二種智　及定彼方除

謂以覆俗勝義智及以此二所依之定方除彼障又論差別之福何所顯耶答頌曰

陳福明化身　非無無盡福

如來雖復任運廣爲化用然彼化身宣說正法即是無漏之福便成無有盡期云何正說等者此意爲顯如來不自言我是化身頌曰

諸佛說法時　不言身是化　由不自言故
是其眞實說

此何所陳欲明如來雖爲衆生宣揚法化而不自說我是化身由作如是不正說故爲此名彼以爲正說意道若異此者於彼所化諸衆生輩不生極敬斯乃爲利多衆生事復是無法可說故若言如來爲多化身無盡說法如何彼復說有涅槃耶爲釋此疑說伽陁曰

如來涅槃證　非造亦不殊

非諸如來所證圓寂是其造作有爲自性望其造作復不是異雖現涅槃而是其化示同生死利益有情欲顯如來無住涅槃生死涅槃兩皆不住故復有何因示同生死而不住於生死因緣事耶答頌曰

一切有爲法　如星翳燈幻　露泡夢電雲

應作如是觀　此集造有九　以正智觀故
由以星等九事爲同法喻喻九種正智而觀
於境何謂九觀應知即是九種所觀之事何
謂所觀頌曰
見相及與識　居處身受用　過去并現存
未至詳觀察
此中應觀見如星宿謂是心法正智日明亦
旣出已光全滅故應觀所緣境相如瞖目人
覩髮團等是妄現故應觀其識猶若於燈此
能依見由愛膩力而得生故應觀居處猶如
於幻即器世間有多奇質性不實故應觀其
身譬如露滴暫時住故觀所受用猶若水泡
其受用性是三事合所生性故應觀過去所
有集造同於夢境但唯念性故應觀現在事
同於電疾滅性故應觀未至體若重雲阿賴
耶識在種子位體能攝藏諸種子故作斯九
種觀察之時有何利益獲何勝智頌曰
由觀察相故　受用及遷流　於有爲事中
獲無垢自在
此義云何觀有爲法有其三種一由觀見境
識故即是觀察集造有爲之相二由觀器界
身及所用故即是觀其受用於此由彼所受
用也三由觀三世差別轉故即是觀其遷流
不住由此觀故便能於諸有爲法中獲無障
礙隨意自在爲此縱居生死塵勞不染其智
設證圓寂灰燼寧味其悲頌曰
由斯諸佛希有法　陀羅尼句義深邃
從尊決已義廣開　獲福令生速清淨
能斷金剛般若波羅蜜多經論釋卷下